Zu diesem Buch

«Juliette Benzoni, allen Freunden abenteuerlicher Liebesgeschichten durch ihre ‹Cathérine›-Romane ein Begriff geworden, hat mit ihrem Roman ‹Marianne – Gesandte des Kaisers› unzweifelhaft einen Bestseller geschrieben. Sie erzählt leidenschaftlich und mit Fabulierlust von der schönen Marianne d'Asselnat, Gattin eines Fürsten, die als ehemalige Geliebte und nunmehrige Gesandte Napoleons wieder in einen Strudel turbulenter Ereignisse gerät und zum vollen Einsatz ihres betörenden Charmes und ihrer weiblichen Klugheit gezwungen wird ... Ob sie ihre Mission als Gesandte des Kaisers erfüllen kann, sei nicht verraten, denn allzu viele entschleierte Geheimnisse zerstören den prickelnden Reiz eines so wildbewegten Abenteuerromans» (Presseurteil).

Juliette Benzoni, geboren in Paris, studierte an der d'Hulet-Universität, dann am Institut Catholique Philosophie, Jura und Literatur. Später arbeitete sie als Journalistin. Außer den erfolgreichen historischen Romanen um Marianne, von denen ferner «Marianne – Ein Stern für Napoleon» (rororo Nr. 4254), «Marianne – Das Schloß in der Toskana» (rororo Nr. 4303) und «Marianne und der Mann der vier Meere» (rororo Nr. 4692) vorliegen, schrieb sie den in aller Welt gelesenen und ebenfalls als rororo-Taschenbücher erschienenen Romanzyklus «Cathérine» (Nr. 1732), «Unbezwingliche Cathérine» (Nr. 1785), «Cathérine de Montsalvy» (Nr. 1813), «Cathérine und die Zeit der Liebe» (Nr. 1836) und «Cathérine im Sturm» (Nr. 4025).

Juliette Benzoni

Marianne

Gesandte des Kaisers

Roman

Deutsch von
Hans Nicklisch

Rowohlt

Die Originalausgabe erschien bei
Éditions de Trévise, Paris,
unter dem Titel «Toi Marianne...»
Umschlagentwurf Eva Kausche-Kongsbak

Veröffentlicht im Rowohlt Taschenbuch Verlag GmbH,
Reinbek bei Hamburg, Februar 1982
«Toi Marianne...» Copyright © 1972 by Opera Mundi, Paris
Copyright © 1979 by F. A. Herbig Verlagsbuchhandlung, München
Satz Aldus (Linotron 404)
Gesamtherstellung Clausen & Bosse, Leck
Printed in Germany
780-ISBN 3 499 14894 3

Erster Teil

Lucindas Palazzo

1. Kapitel

Florentinischer Frühling

Während sie das sich im Nest seiner Hügel von zartem Graugrün in der Sonne ausbreitende Florenz betrachtete, fragte sich Marianne, warum diese Stadt sie zugleich bezauberte und irritierte. Von der Stelle aus, an der sie sich befand, sah sie zwischen dem schwarzen Pfeil einer Zypresse und dem rosafarbenen Gewirr einer Gruppe von Lorbeerbäumen nur ein Stück von ihr, doch dieser Ausblick barg so viel Schönheit in sich, daß es fast verschwenderisch wirkte.

Jenseits der langen blonden Strähne des Arno, überspannt von Brücken, die beinahe unter dem Gedrängel ihrer mittelalterlichen Verkaufsbuden zusammenzubrechen drohten, dehnte sich ein Gewirr verblaßter rosa Ziegeldächer kreuz und quer über dem warmen Okker, dem zarten Grau und dem milchigen Weiß der Mauern. Und dazwischen ragten wahre Juwelen auf: eine Halbkugel aus Korallen über einem funkelnden Intarsienschrein, dem Dom, eine nie völlig aufblühende Lilie aus silbrig schimmerndem Stein über dem alten Palazzo der Signoria, strenge Türme, deren Zinnen sich gleich Schmetterlingen dem Himmel zuwandten, und Kampanile, die in der Heiterkeit ihrer vielfarbigen Marmore Osterkerzen glichen. Oft schossen sie unversehens aus einem dunkel sich schlängelnden Gäßchen hoch, zwischen der fast blinden Mauer eines wie ein Geldschrank verriegelten Palais und den rissigen Wänden eines baufälligen Hauses. Aber zuweilen stiegen sie auch aus dem duftenden Wuchern eines Gartens, den in Zucht und Ordnung zu halten niemand geschmacklos genug gewesen war.

Und Florenz, das seine vergangenen Schätze und matt gewordenen Stickereien in der Sonne wärmte, faulenzend unter einem indigoblauen Himmel, über den eine einsame kleine Wolke irrte, schien ebenso daran zu zweifeln, daß es eine Zukunft gab und daß der Lauf der Zeit unerbittlich war. Zweifellos genügte die Vergangenheit, seine Träume zu nähren. Und vielleicht war es das, was Marianne an Florenz irritierte. Die Vergangenheit hatte für sie nur noch Bedeutung als Ausstrahlung auf ihr gegenwärtiges Leben. Ungewisse Bedrohungen lasteten wie Blei auf der Zukunft der jungen Frau, eine Zukunft, die sie jedoch sehnlichst herbeiwünschte.

Sicherlich hätte sie in dieser Minute, inmitten der Schönheit des sie umgebenden Gartens, den flüchtigen Augenblick der Verzauberung gern mit dem Mann geteilt, den sie liebte! Welche Frau hätte es sich nicht gewünscht? Doch noch zwei lange Monate trennten sie von ihrer Wiederbegegnung mit Jason Beaufort in der Lagune von Venedig, wie sie es sich im Verlauf der seltsamsten und dramatischsten aller Weihnachtsnächte geschworen hatten. Und zudem noch vorausgesetzt, daß es ihnen überhaupt gelang, zueinanderzukommen, denn zwischen Marianne und dem Rendezvous ihres Lebens erhob sich der beklemmende Schatten des Fürsten Corrado Sant'Anna, ihres unsichtbaren Gatten, drohte die unvermeidliche, vielleicht gefährliche und jetzt so nahe Auseinandersetzung, die die junge Frau mit ihm haben würde.

In ein paar Stunden würde sie Florenz und die relative Sicherheit, die es ihr geboten hatte, verlassen und sich auf den Weg zu dem weißen Palast begeben, dessen Springbrunnen nicht die Kraft besaß, mit ihrem heiteren Lied unheilvolle Gespenster zu verjagen.

Was würde dann geschehen? Welche Sühne würde der maskierte Fürst von derjenigen fordern, die ihren Teil des Vertrags nicht hatte erfüllen und ihm das erhoffte Kind von kaiserlichem Blut, das die Bedingung dieser Ehe war, nicht hatte schenken können? Welche Sühne ... oder welche Bestrafung?

War es nicht seit mehreren Generationen das Schicksal der Fürstinnen Sant'Anna, tragisch zu enden?

In der Hoffnung, sich des besten, verständnisvollsten und auch bestunterrichteten aller Verteidiger zu versichern, hatte sie gleich nach ihrer Ankunft in Florenz durch einen Boten einen dringenden Brief nach Savona geschickt, einen Hilferuf an ihren Paten Gauthier de Chazay, Kardinal von San Lorenzo, den Mann, der sie in einer außerordentlichen Lage verheiratet hatte, um ihr und ihrem Kind ein mehr als beneidenswertes Los und zugleich einem freiwillig in völliger Abgeschiedenheit lebenden Unglücklichen die Nachkommenschaft zu verschaffen, für die er selbst nicht sorgen konnte oder wollte. Der kleine Kardinal, so schien es ihr, war besser als jeder andere dazu geeignet, eine unvermutet tragisch gewordene Situation zu klären und eine erträgliche Lösung für sie zu finden.

Doch der Bote war nach Tagen des Wartens allein und mit leeren Händen zurückgekehrt. Er hatte große Mühe gehabt, sich der auf wenige Personen beschränkten Umgebung des Heiligen Vaters zu nähern, den Napoleons Männer fast auf Sicht bewachten, und die Nachrichten, die er mitbrachte, waren alles andere als befriedigend. Der Kardinal von San Lorenzo befand sich nicht in Savona, und niemand wußte, wo er sich aufhielt.

Natürlich war Marianne enttäuscht gewesen, doch andererseits nicht allzu überrascht. Seitdem sie alt genug war, um zu begreifen, was um sie herum geschah, wußte sie, daß ihr Pate den größten Teil seines Lebens auf mysteriösen Reisen im Dienste der Kirche, zu deren aktivsten Geheimagenten er offensichtlich gehörte, unter der Schirmherrschaft des im Exil lebenden Königs Ludwig XVIII. verbrachte. Er war vielleicht am anderen Ende der Welt und hundert Meilen davon entfernt, sich die neuen Schwierigkeiten seines Patenkindes vorzustellen. Sie mußte sich eben an den Gedanken gewöhnen, daß ihr auch diese Hilfe fehlen würde ...

Die kommenden Tage kündigten sich also keineswegs wolkenlos an, soviel war sicher, dachte Marianne seufzend. Aber Sie wußte schon seit langem, daß die ihr vom Schicksal bei ihrer Geburt gewährten Gaben – Schönheit, Charme, Intelligenz und Mut – keine bloßen Geschenke waren, sondern Waffen, dank derer es ihr vielleicht gelingen würde, das Glück zu erobern. Blieb festzustellen, ob der Preis dafür nicht zu hoch sein würde.

«Was habt Ihr beschlossen, Madame?» fragte neben ihr eine Stimme, deren vorgeschriebene Höflichkeit nur notdürftig die in ihr lauernde Ungeduld verbarg.

Jäh ihrer melancholischen Grübelei entrissen, verschob Marianne leicht das rosa Schirmchen, das ihren Teint vor der Sonnenglut schützen sollte, und bedachte den Leutnant Benielli mit einem zerstreuten Blick, in dem leise Gereiztheit bereits einen beunruhigenden grünen Funken entzündete.

Mein Gott, war dieser Dragoner unerträglich! ... Seit sie vor bald sechs Wochen mit der militärischen Eskorte, deren Chef er war, Paris verlassen hatte, hatte sich Angelo Benielli an ihre Fersen geheftet und jeden ihrer Schritte begleitet!

Er war Korse. Stur, rachsüchtig, eifersüchtig über die kleinsten Details seiner Autorität wachend und zudem noch mit einem fürchterlichen Charakter bestraft, bewunderte der Leutnant Benielli nur drei Männer auf der Welt: den Kaiser natürlich (zumal er ein Landsmann war!), den General Horace Sébastiani, der aus demselben Dorf kam wie er, und einen dritten, gleichfalls von der «Insel der Schönheit» stammenden Soldaten, den General-Herzog von Padua, Jean-Thomas Arrighi de Casanova, weil er sein Vetter und nebenbei auch noch ein authentischer Held war. Außer diesen dreien hielt Benielli alles, was in der Grande Armée Rang und Namen hatte, sei es nun Ney, Murat, Davout, Berthier oder Poniatowski, für höchst unbedeutende Größen. Diese Einschätzung rührte daher, daß diese Marschälle nicht die Ehre hatten, Korsen zu sein, und das war nach Beniellis Meinung ein bedauerlicher, aber nicht wiedergutzumachender Fehler.

Überflüssig, hinzuzufügen, daß unter diesen Bedingungen die Mission, eine Frau, selbst eine entzückende, selbst eine Fürstin, selbst eine durch die ganz besondere Aufmerksamkeit Seiner Majestät des Kaisers und Königs mit «Lorbeeren» geschmückte zu eskortieren, für Benielli nur eine scheußliche Plage war.

Mit der schönen Offenheit, die die anziehendste Seite seines Charakters war, hatte er es ihr zu verstehen gegeben, bevor sie noch die Poststation von Corbeil erreicht hatten, wo umgespannt werden sollte, und von dieser Minute an hatte sich die Fürstin Sant'Anna ernstlich gefragt, ob sie nun eine Gesandtin oder eine Gefangene sei. Angelo Benielli überwachte sie mit der Aufmerksamkeit eines Polizisten, der einen Taschendieb verfolgt, regelte alles, entschied alles.

Dieser Stand der Dinge hatte zwangsläufig zu allerlei ernsthaften Reibereien mit Arcadius de Jolival geführt, dessen hervorstechendste Tugend nicht eben Geduld war. Die ersten Abende der Reisen waren durch ebenso viele Wortgefechte zwischen dem Vicomte und dem Offizier gekennzeichnet gewesen. Doch die besseren Argumente Jolivals prallten von dem einzigen Postulat ab, auf das Benielli seine Belagerung gründete: Er sollte bis zu einem vom Kaiser selbst im voraus bestimmten Zeitpunkt über die Fürstin Sant'Anna wachen, und das auf eine Weise, daß besagter Fürstin nicht die kleinste Unannehmlichkeit, welcher Art auch immer, widerfuhr.

Anfangs gereizt, hatte Marianne sich ziemlich rasch damit abgefunden, den Leutnant mit ihrem Schatten verschmelzen zu sehen, und es war ihr sogar gelungen, Jolival zu beruhigen. Sie hatte sich in der Tat klargemacht, daß diese für den Moment widerwärtige Überwachung sich als sehr vorteilhaft erweisen konnte, wenn sie, von ihren Dragonern flankiert, das Tor der Villa Sant'Anna auf dem Wege zu dem sie erwartenden Gespräch durchschreiten würde. Falls Fürst Corrado Sant'Anna sich auf irgendeine Weise an ihr zu rächen gedachte, stellte die dickschädelige Dogge, die Napoleon seiner Freundin mitgegeben hatte, vielleicht eine Lebensversicherung dar. Aber trotzdem war der Bursche eine wahre Plage!...

Halb amüsiert, halb ärgerlich betrachtete sie ihn einen Moment. Es war wirklich ein Jammer, daß er ständig wie ein zorniger Kater aussah, denn er hätte selbst einer anspruchsvollen Frau gefallen können. Nicht sehr groß, kräftig gebaut, hatte er ein eigensinniges Gesicht mit einem verkniffenen Mund, das eine schiffsbugartig vorspringende Nase bis zur Schattengrenze des Helms verlängerte. Seine Haut von der Farbe dunklen Elfenbeins errötete mit erstaunlicher Leichtigkeit, und die Augen, die man überrascht unter buschigen schwarzen Brauen und ebenso langen Wimpern wie die Mariannes entdeckte, waren von einem hübschen, lichten Grau, das in der Sonne goldene Reflexe zeigte.

Aus Spaß und vielleicht auch aus dem unbewußten weiblichen Wunsch, diesen Widerspenstigen zu bändigen, hatte die junge Frau während der Reise einige vage Verführungsversuche gemacht. Doch Benielli war für den Charme ihres Lächelns wie für den Reiz ihrer grünen Augen unempfindlich geblieben.

Eines Abends, an dem sie ihn in einer nicht ganz so schmutzigen Herberge wie sonst in einer hinreißenden weißen Robe, die mit einem verführerischen Dekolleté versehen war, becirdte, hatte sich der Leutnant während der ganzen Mahlzeit der außerordentlichsten Augengymnastik befleißigt. Er hatte alles betrachtet, angefangen von den von den Deckenbalken hängenden Zwiebelkränzen über seinen Teller mit zahlreichen Brotkrümelklößchen bis hin zu den schweren schwarzen Feuerböcken im Kamin, aber nicht ein einziges Mal hatten seine Augen die matt schimmernde Brust gestreift, die das Kleid freizügig enthüllte.

Am folgenden Abend dinierte Marianne wütend und viel verärgerter, als sie zugeben wollte, allein in ihrem Zimmer und in einer Robe, deren hoch gekrauster Musselin bis zu ihren Ohren reichte, zur stummen Freude Jolivals, den das Treiben seiner Freundin höchlichst amüsiert hatte.

Im Augenblick betrachtete Benielli aufmerksam eine Weinbergschnecke, die gerade den schützenden Schatten des Lorbeers verließ und sich auf die steinerne Öde der Balustrade wagte, auf die Marianne sich stützte.

«Was beschlossen, Leutnant?» fragte sie endlich.

Der ironische Klang ihrer Stimme konnte Benielli nicht entgehen, und er lief im Nu puterrot an.

«Was wir machen werden, natürlich, Frau Fürstin! Ihre Kaiserliche Hoheit Erzherzogin Elisa verläßt morgen Florenz, um sich zu ihrem Besitz in Marlia zu begeben. Werden wir ihr folgen?»

«Ich sehe nicht recht, was wir sonst tun könnten, Leutnant! Bildet Ihr Euch ein, ich würde ganz allein da drin bleiben? Wenn ich ‹allein› sage, schließt das selbstverständlich Eure liebenswürdige Gesellschaft ein», bemerkte sie, während sie mit der Spitze ihres plötzlich geschlossenen Schirms auf die imposante Fassade des Palazzo Pitti wies.

Benielli zuckte förmlich zusammen. Sichtlich schockierte ihn das impertinente «da drin», bezogen auf eine gewissermaßen kaiserliche Residenz. Er war ein Mann, der große Achtung vor der Hierarchie empfand und alles verehrte, was Napoleon betraf, Residenzen inbegriffen. Aber er wagte nichts zu sagen, denn er hatte bereits die Erfahrung gemacht, daß diese seltsame Fürstin Sant'Anna ebenso unberechenbar sein konnte wie er selbst.

«Wir reisen also ab?»

«Wir reisen! Überdies liegt der Familiensitz der Sant'Anna, zu dem Ihr mich bringen sollt, ganz in der Nähe der Villa Ihrer Kaiserlichen Hoheit. Es ist also nur zu natürlich, daß ich sie begleite.»

Zum erstenmal seit Paris sah Marianne auf dem Gesicht ihres Leibwächters etwas erscheinen, was zur Not als ein Lächeln gelten konnte. Die Kunde machte ihm Vergnügen ... Im übrigen schlug er die Hakken zusammen, nahm Haltung an und grüßte militärisch.

«In diesem Fall», sagte er, «werde ich mit Eurer Erlaubnis die notwendigen Dispositionen treffen und den Herrn Herzog von Padua davon in Kenntnis setzen, daß wir morgen aufbrechen.»

Und bevor Marianne auch nur den Mund öffnen konnte, drehte er sich auf den Hacken um und steuerte eilends dem Palazzo zu, ohne sich durch den um seine Waden schlagenden Ordonnanzsäbel stören zu lassen.

«Der Herzog von Padua?» murmelte Marianne auf dem Gipfelpunkt der Verblüffung. «Was hat denn der damit zu tun?» Sie begriff in der Tat nicht, was ihr Dasein mit diesem gewiß außerordentlichen, aber ihr völlig unbekannten Mann verbinden konnte, der zwei Tage zuvor in Florenz aufgetaucht war, zur offenkundigen Freude Beniellis, zu dessen drei Hausgöttern er gehörte.

Nach Italien gekommen, um den Rekrutierungsgesetzen Respekt zu verschaffen und die Jagd auf Deserteure und Widerspenstige zu organisieren, war Arrighi, Cousin des Kaisers und Generalinspekteur der Kavallerie, bei der Großherzogin an der Spitze einer Schwadron der von ihm dem Prinzen Eugen, Vizekönig von Italien, zugeführten 4. Colonne Mobile eingetroffen. Seine Reise in die Toskana hatte scheinbar kein anderes Ziel, als seine Cousine Elisa zu begrüßen und bei ihr den wichtigsten Mitgliedern seiner korsischen Familie zu begegnen, die, da sie ihn seit Jahren nicht gesehen hatten, sich speziell zu diesem Zweck von Corte nach Florenz begeben mußten. Doch niemand am toskanischen Hof kannte den tieferen Grund dieser Familienvisite mitten während einer militärischen Mission.

Die Großherzogin, von der die Fürstin Sant'Anna, mit der Übermittlung der Nachricht von der Geburt des Königs von Rom betraute Gesandtin, schmeichelhaft aufgenommen worden war, hatte den General Arrighi enthusiastisch empfangen, denn sie liebte den Ruhm und die Helden fast ebenso wie Napoleon und Benielli. Und während des zu Ehren des Herzogs von Padua am Vorabend gegebenen großen Balls hatte Marianne eine ganz ungewöhnliche Persönlichkeit mit tragischem Gesicht sich über ihre Hand neigen sehen, einen Mann, dessen im Dienste des Kaisers erlittene zahlreiche und schwere Verletzungen, manche von ihnen für jeden anderen außer ihm tödlich, ihn nicht hinderten, noch immer einer der besten Reiter der Welt zu sein.

Gebührend durch Elisa und Angelo Benielli darüber belehrt, hatte Marianne mit natürlicher Neugier einen Mann betrachtet, dem im Gefecht von Salahieh in Ägypten die Schädeldecke von einem Türkensäbel gespalten, vor Saint-Jean-d'Acre die äußere Kopfschlagader von einer Kugel zerrissen, bei Wertingen der Nacken durch einen wütenden Säbelhieb tief verletzt worden war, von einigen anderen «Kratzern ohne Bedeutung» ganz abgesehen, und der, praktisch halb enthauptet, sein Spitalbett nur verließ, um seine Dragoner zur Attacke zu führen ... bevor er, schlimmer zugerichtet als zuvor, dorthin zurückkehrte. Aber in der Zwischenzeit kämpfte er wie ein Löwe. Man zählte weder die Menschenleben, die er gerettet, noch die Flüsse (erst kürzlich die reißenden Bergströme Spaniens), die er schwimmend durchquert hatte.

Und Marianne hatte einen seltsamen Schock verspürt, als ihre Blicke sich begegnet waren ... Sie hatte den wunderlichen, flüchtigen, aber wirklichen Eindruck gehabt, plötzlich dem Kaiser selbst gegenüberzustehen. Arrighis Blick zeigte die gleichen stählernen Reflexe wie der kaiserliche und war mit der schonungslosen Direktheit einer Klinge in sie eingedrungen. Doch die Stimme des Neuankömmlings hatte den Zauber sehr rasch behoben: Es war ein tiefer, rauher Klang, wie geborsten infolge gebrüllter Befehle während wütender Kavallerieattacken und so fern wie nur möglich den metallischen Akzenten Napoleons, und Marianne hatte unbestimmte Erleichterung darüber empfunden. Einem so getreuen Abbild des Kaisers im gleichen Moment zu begegnen, in dem sie sich anschickte, seine Befehle nicht zu beachten und mit Jason zu einem weit von Frankreich entfernten Ort zu fliehen, war gewiß das letzte, was sie sich wünschte!

Dieser erste Kontakt mit Arrighi hatte sich auf einen Austausch höflicher Phrasen beschränkt, der durch nichts vermuten ließ, daß der General irgend etwas mit Mariannes Angelegenheiten zu tun hatte. Infolgedessen bereitete es ihr einige Schwierigkeiten, Beniellis sibyllinische Äußerung zu verstehen. Was hatte er es nötig, dem Herzog von Padua ihre Abreise anzuzeigen?

Verstimmt und wenig geneigt, die Rückkehr ihres hitzigen Leibwächters abzuwarten, verließ Marianne die Terrasse des Freilufttheaters und wandte sich den zum Palazzo führenden Treppen zu. Sie beabsichtigte, sich in ihr Appartement zu begeben, um ihrer Kammerfrau Agathe Anweisungen für die bevorstehende Abreise zu erteilen. Doch eben am Brunnen der Artischocke angelangt, unterdrückte sie eine ärgerliche Bewegung: Benielli kam zurück. Aber er kam nicht allein zurück. Fünf Schritte vor ihm marschierte ein General in blauer, goldbetreßter Uniform und mächtigem, von weißen Federn kammartig gekröntem Zweispitz: der Herzog von Padua persönlich, der eilig Marianne zustrebte.

Die Begegnung war unvermeidlich. Die junge Frau blieb stehen und wartete, vage beunruhigt und dennoch neugierig, zu erfahren, was der Cousin des Kaisers ihr zu sagen haben könnte.

Wenige Schritte von ihr entfernt griff Arrighi nach seinem Zweispitz und grüßte korrekt, doch sein grauer Blick war schon in den Mariannes getaucht und ließ ihn nicht mehr los. Dann rief er, ohne sich umzuwenden:

«Ihr könnt gehen, Benielli!»

Der Leutnant schlug die Hacken zusammen, machte kehrt und verschwand wie durch Zauberei, den General und die Fürstin ihrem Tête-à-tête überlassend.

Nicht gerade erfreut, ihren Weg auf solche Weise verlegt zu sehen, schloß Marianne ruhig ihren Schirm, setzte die Spitze auf die Erde und stützte sich mit beiden Händen auf den elfenbeinernen Griff, als suche sie ihre Position zu festigen. Dann schickte sie sich mit einem leichten Runzeln der Stirn zur Attacke an. Arrighi ließ ihr keine Zeit dazu:

«Aus Eurem Gesicht, Madame, ersehe ich, daß Euch diese Begegnung nicht eben befriedigt, und ich bitte Euch um Entschuldigung für die Unterbrechung Eures Spaziergangs.»

«Mein Spaziergang war beendet, General! Ich war eben im Begriff zurückzukehren. Was Eure Frage anbelangt, ob mich unser Rendezvous befriedigt oder nicht, werde ich es Euch mitteilen, sobald ich weiß, was Ihr mir zu sagen habt. Denn Ihr habt mir etwas zu sagen, nicht wahr?»

«Natürlich! Aber ... darf ich wagen, Euch zu bitten, mich einige Schritte in diese herrlichen Gärten zu begleiten? Ich sehe dort kaum Menschen, während der Palazzo schon von der Unruhe des bevorstehenden Aufbruchs erfüllt ist ... und dieser Hof hallt wider wie eine Trommel!»

Zuvorkommend beugte er sich zu ihr und bot ihr seinen Arm. Die schweren Verletzungen des Halses, die der mit goldenen Lorbeerblättern bestickte hohe Kragen und die schwarze Halsbinde verbargen, zwangen ihn, sich von der Taille an wie in einem Stück zu bewegen, doch diese Steifheit paßte zu dem massigen Umriß seiner Erscheinung.

Er fuhr fort, ihr aufmerksam in die Augen zu sehen, und Marianne errötete, ohne recht zu wissen, warum. Vielleicht, weil ihr nicht zu entziffern gelang, was in diesen Augen stand.

Um sich Haltung zu geben, nahm sie den ihr gebotenen Arm an, legte ihre behandschuhte Hand auf den bestickten Ärmel und hatte plötzlich die Empfindung, sich auf etwas ebenso Solides wie eine Schiffsreling zu stützen. Dieser Mann mußte aus Granit bestehen!

Langsam und ohne zu sprechen schritten sie dahin, vermieden das große Amphitheater und traten in die Stille einer langen Allee aus Eichen und Zypressen, deren Gezweig nur hier und da Pfeile des Sonnenlichts durchdrangen.

«Ihr scheint zu wünschen, daß niemand uns hört», seufzte Marianne. «Ist es so wichtig, was wir uns zu sagen haben?»

«Wenn es sich um Befehle des Kaisers handelt, ist es immer wichtig, Madame!»

«Ah! ... Befehle! Ich dachte, der Kaiser hätte mir bei unserer letzten Begegnung alle die gegeben, die er mir zu geben wünschte.»

«Deshalb geht es auch nicht um Eure, sondern um meine Befehle. Es ist normal, daß ich sie Euch mitteile, da sie Euch betreffen.»

Marianne gefiel diese Einleitung nicht sonderlich. Sie kannte Napoleon zu gut, um sich nicht über einer so wichtigen Persönlichkeit wie dem Herzog von Padua gegebene Befehle, ihre Person betreffend, zu beunruhigen. Es war ungewöhnlich! Mit der Frage beschäftigt, welche Art Streich der Kaiser der Franzosen für sie aufgespart haben mochte, begnügte sie sich deshalb mit einem so zerstreuten «Was Ihr nicht sagt!», so daß Arrighi mitten auf der Allee abrupt stehenblieb.

«Fürstin», sagte er unumwunden, «es ist mir durchaus begreiflich, daß diese Unterredung Euch kein Vergnügen bereitet, aber ich bitte Euch zu glauben, daß ich viel lieber über angenehme Dinge mit Euch plaudern und mich geruhsam eines Spaziergangs erfreuen möchte, der in Eurer Gesellschaft und an diesem Ort voller Charme sein müßte. Leider ist es nichts damit, aber ich sehe mich deshalb nicht weniger genötigt, Euch um Eure ganze ungeteilte Aufmerksamkeit zu bitten!»

«Aber ... er ärgert sich ja!» konstatierte Marianne bei sich eher amüsiert als verwirrt. «Diese Korsen haben entschieden die schlimmsten Charaktere der Welt!»

Um ihn zu besänftigen, und weil ihr bewußt war, wirklich nicht sehr höflich gewesen zu sein, widmete sie ihm ein so strahlendes Lächeln, daß in das rauhe Gesicht des Kriegers Röte stieg.

«Verzeiht mir, General, ich wollte Euch nicht kränken! Ich hatte mich nur in meine Gedanken verloren. Seht, ich bin immer beunruhigt, wenn der Kaiser sich die Mühe nimmt, meinetwegen besondere

Befehle zu formulieren. Das Wohlwollen Seiner Majestät äußert sich oft ... recht energisch!»

Ebenso plötzlich, wie er sich geärgert hatte, brach Arrighi in Gelächter aus, griff dann nach Mariannes Hand, die herabgeglitten war, hob sie an seine Lippen und legte sie auf seinen Arm zurück.

«Ihr habt recht», gab er gutgelaunt zu. «Es ist immer beunruhigend. Aber wenn wir Freunde sind ...»

«Wir sind Freunde!» bestätigte Marianne mit einem neuerlichen Lächeln.

«Da wir also Freunde sind, hört mir einen Moment zu. Ich habe Befehl, Euch persönlich zum Palais Sant'Anna zu geleiten und Euch auf dem Besitz Eures Gatten keinen Augenblick zu verlassen! Der Kaiser hat mir erklärt, daß Ihr Euch mit dem Fürsten über ein Problem intimer Art auseinanderzusetzen habt, wobei jedoch auch seine Stimme gehört werden müsse. Er wünscht also, daß ich der Unterredung beiwohne, die Ihr mit Eurem Gatten haben werdet.»

«Hat Euch der Kaiser gesagt, daß Ihr zweifellos ebensowenig wie ich den Vorzug haben werdet, mit Euren Augen den Fürsten Sant'Anna zu sehen?»

«Ja. Er hat es mir gesagt. Er wünscht deshalb nicht weniger, daß ich zumindest höre, was der Fürst Euch sagen wird und was er von Euch fordert.»

«Es kann sein ... daß er ganz einfach fordern wird, ich müsse von nun an bei ihm bleiben», murmelte Marianne, ihre geheimste und schlimmste Angst in Worte fassend, denn sie sah nicht, wie der kaiserliche Schutz den Fürsten daran hindern konnte, seine Gattin zu zwingen, zu Hause zu bleiben.

«Eben da setzt meine Rolle ein. Auf Veranlassung des Kaisers habe ich dem Fürsten seinen formellen Wunsch vorzutragen, daß Eure Unterredung an diesem Tag eine gewisse Zeit, im Höchstfall einige Stunden, nicht überschreitet. Sie soll nur der Feststellung dienen, daß der Kaiser seinem Ersuchen entsprochen hat, und ihm erlauben, mit Euch einen Existenzplan für die Zukunft ins Auge zu fassen. Was die Gegenwart betrifft ...»

Er unterbrach sich einen Moment und brachte ein großes weißes Taschentuch zum Vorschein, mit dem er sich die Stirn wischte. Selbst unter der grünen Wölbung der Baumkronen war die Hitze zu spüren. Doch Marianne, die das Gespräch überaus interessant zu finden begann, drängte ihn fortzufahren.

«Was die Gegenwart betrifft?»

«Sie gehört weder dem Fürsten noch Euch selbst, Madame, von dem Moment an, in dem der Kaiser Euch braucht!»

«Mich braucht? Wozu?»

«Ich denke, dies wird es Euch erklären.»

Wie durch Zauberei erschien ein mit dem kaiserlichen Wappen versiegelter Brief zwischen Arrighis Fingern. Ein Brief, den Marianne einige Augenblicke mit so offenkundigem Mißtrauen betrachtete, bevor sie ihn nahm, daß es dem General ein Lächeln entlockte.

«Ihr könnt ihn ohne Furcht nehmen. Er enthält keinen Sprengstoff!»

«Ich bin dessen nicht so sicher.»

Den Brief in Händen setzte sich Marianne am Fuße einer Eiche auf eine alte Steinbank, über die sich ihre rosa Batistrobe anmutig breitete, öffnete mit nervösem Finger das Siegel, entfaltete den Brief und begann zu lesen. Wie die meisten Briefe Napoleons war er ziemlich kurz:

«Marianne», schrieb der Kaiser, *«mir ist der Gedanke gekommen, daß es keine bessere Art geben kann, Dich vor dem Groll Deines Gatten zu schützen, als Dich in den Dienst des Kaiserreichs treten zu lassen. Du hast Paris unter dem Deckmantel einer vagen diplomatischen Mission verlassen, von nun an bist Du mit einer echten, für Frankreich wichtigen Mission betraut. Der Herzog von Padua, der in meinem Auftrag darüber wachen soll, daß Du ohne Nachteile für diese Mission weiterreisen kannst, wird Dir meine Instruktionen im einzelnen mitteilen. Ich zähle darauf, daß Du Dich meines Vertrauens und des Vertrauens der Franzosen würdig erweisen wirst. Ich werde Dich dafür zu belohnen wissen. – N.»*

«Seines Vertrauens? ... Des Vertrauens der Franzosen? Was soll das alles bedeuten?» fragte Marianne.

Der Blick, den sie zu Arrighi hob, drückte maßlose Verblüffung aus. Sie war nicht weit entfernt davon, zu glauben, Napoleon müsse plötzlich verrückt geworden sein. Um sich ihres Eindrucks zu versichern, las sie den Brief noch einmal sorgfältig Wort für Wort halblaut durch, doch auch nach dieser zweiten Lektüre kam sie zu demselben deprimierenden Schluß, den ihr Begleiter mühelos von ihrem ausdrucksvollen Gesicht ablesen konnte.

«Nein», sagte er leise, sich neben sie setzend, «der Kaiser ist nicht verrückt. Er will Euch nur helfen, Zeit zu gewinnen, sobald Ihr über die Absichten Eures Gatten unterrichtet seid. Dafür gibt es nur ein Mittel: Euch, wie er es getan hat, in den Dienst seiner Diplomatie einzureihen.»

«Ich, Diplomatin? Aber das ist doch wahnwitzig! Welche Regierung wäre bereit, eine Frau anzuhören?»

«Vielleicht die einer anderen Frau. Und im übrigen ist keine Rede davon, Euch mit offiziellen Vollmachten zu betrauen. Ihr seid eingeladen, in den ... geheimen Dienst Seiner Majestät einzutreten, den er für die reserviert, die sein Vertrauen besitzen, und für seine ihm lieben Freunde ...»

«Ich weiß», unterbrach ihn Marianne, sich mit dem kaiserlichen Brief nervös Luft zufächelnd. «Ich habe von unermeßlichen Diensten reden hören, die die Schwestern des Kaisers ihm schon auf einem Gebiet erwiesen haben, was meinen Enthusiasmus nicht eben fördert. Machen wir's kurz, wenn es Euch recht ist, und sagt mir ohne Umschweife, was der Kaiser von mir erwartet. Und vor allem, wohin beabsichtigt er, mich zu schicken?»

«Nach Konstantinopel!»

Wäre die große Eiche, die sie beschattete, auf Marianne heruntergebrochen, hätte die Wirkung nicht durchschlagender sein können als die der beiden schlichten Worte. Einen Moment durchforschte sie das ausdruckslose Gesicht ihres Begleiters nach Anzeichen der gleichen staunenswerten Verrücktheit, die sich plötzlich Napoleons bemächtigt zu haben schien. Aber Arrighi wirkte nicht nur völlig ruhig und beherrscht, er legte auch eine ebenso feste wie verständnisvolle Hand auf die der jungen Frau.

«Hört mir einen Augenblick ruhig zu, und Ihr werdet sehen, daß die Idee des Kaisers gar nicht so närrisch ist. Ich möchte sogar sagen, sie ist eine der besten, die er beim gegenwärtigen Stand der Dinge überhaupt haben kann, und das ebenso für Euch wie für seine Politik.»

Geduldig entwickelte er für seine junge Begleiterin eine panoramische Übersicht über die europäische Situation in diesem Frühling des Jahres 1811 und die französisch-russischen Beziehungen im besonderen, die sich ständig verschlechterten. Von einem leisen Mißtrauen befallen, hatte Napoleon ohne Aufsehen seine Polizei in die Pariser Wohnung des schönen Obersten Sascha Tschernytschew geschickt, dessen Rolle bei Hof, wo er mit Hilfe hübscher Frauen ein gefälliges Spionagenetz unterhielt, ihm endlich klargeworden war. Zu spät allerdings, um den Vogel im Nest zu erwischen. Beizeiten gewarnt, hatte Sascha es vorgezogen, ohne Rückkehrabsichten das Weite zu suchen, aber die Papiere, die man hatte beschlagnahmen können, waren nur zu verräterisch gewesen. Unter diesen Bedingungen, zu denen sich der Machtappetit der beiden Autokraten gesellte, schien der Krieg zwischen Napoleon und dem Zaren aufmerksamen Beobachtern der Lage unvermeidlich. Nun kämpfte Rußland seit 1809 bereits mit dem osmanischen Reich um die Donaufestungen: ein Abnutzungskrieg, der jedoch in Anbetracht der Qualität der türkischen Soldaten Alexander und seiner Armee allerlei Nüsse zu knacken gab.

«Es ist unbedingt notwendig, daß dieser Krieg andauert», erklärte Arrighi mit Nachdruck, «denn er wird einen Teil der russischen Kräfte im Gebiet des Schwarzen Meeres festhalten, während wir auf Moskau marschieren werden, da der Kaiser nicht zu warten gedenkt, bis die Kosaken an unseren Grenzen auftauchen. Das ist der Punkt, wo Eure Tätigkeit beginnt.» Marianne hatte im Verlauf der Darlegung mit lebhaftem Vergnügen von den Scherereien ihres Feindes Tschernytschew gehört. Das genügte ihr aber nicht, um sich ohne Diskussion den kaiserlichen Befehlen zu unterwerfen.

«Wollt Ihr damit sagen, daß ich den Sultan überzeugen soll, den Krieg fortzusetzen? Ihr zieht dabei nur nicht in Betracht, daß ...»

«Doch!» fiel der General ihr ungeduldig ins Wort. «Alles! Und vor allem die Tatsache, daß Ihr eine Frau seid und daß Sultan Mahmud als guter Muselman die Frauen im allgemeinen für untergeordnete Wesen hält, mit denen man nicht diskutiert. Deshalb werdet Ihr auch nicht zu ihm entsandt, sondern zu seiner Mutter. Es ist Euch sicherlich unbekannt, daß die Sultanin-haseki, die Kaiserin-Mutter, eine Französin ist, eine Kreolin aus Martinique und eine direkte Cousine der Kaiserin Joséphine dazu, mit der sie eine Zeitlang gemeinsam erzogen wurde. Eine große Zuneigung verband die beiden Kinder, eine Zuneigung, die die Sultanin nie vergessen hat. Aimée Dubucq de Rivery, von den Türken in Nakhshidil umbenannt, ist nicht nur eine Frau von großer Schönheit, sondern auch eine intelligente und energische Frau, eine nachtragende außerdem: Sie hat weder die Verstoßung ihrer Cousine noch die Wiederverheiratung des Kaisers verschmerzt, und da sie auf ihren Sohn Mahmud, der sie verehrt, großen Einfluß hat, haben sich unsere Beziehungen dadurch beträchtlich abgekühlt. Unser Botschafter dort unten, Monsieur de Latour-Maubourg, ruft um Hilfe und weiß nicht mehr aus noch ein. Man will ihn nicht einmal mehr im Serail empfangen.»

«Und Ihr glaubt, daß die Pforten sich vor mir leichter öffnen werden?»

«Der Kaiser ist überzeugt davon. Er hat sich daran erinnert, daß Ihr so etwas wie eine Cousine unserer Ex-Souveränin seid, also gewiß auch der Sultanin. Als solche werdet Ihr um eine Audienz bitten ... und sie erhalten. Zudem werdet Ihr einen Brief des Generals Sébastiani bei Euch haben, der Konstantinopel gegen die englische Flotte verteidigte, als er dort unsere Botschaft leitete, und dessen 1807 in dieser Stadt verstorbene Frau Françoise de Franquetot de Coigny eine vertraute Freundin der Sultanin war. Ihr werdet wärmstens empfohlen, und so gerüstet werdet Ihr, glaube ich, keinerlei Schwierigkeiten haben, empfangen zu werden. Ihr könnt nach Herzenslust mit Nakhshidil über Joséphines trauriges Schicksal weinen und sogar Napoleon verwünschen, da Ihr nicht mit offiziellen Vollmachten ausgestattet seid ... doch ohne Frankreichs Wohl aus den Augen zu verlieren. Euer Charme und Eure Geschicklichkeit werden den Rest besorgen ... aber Kaminskis Russen müssen an der Donau bleiben. Beginnt Euch ein Licht aufzugehen?»

«Ich glaube, ja. Doch verzeiht mir, wenn ich noch zögere. All das ist so neu für mich, so befremdend ... einschließlich jener zur Sultanin aufgestiegenen Frau, von der ich noch nie gehört habe. Könnt Ihr mir wenigstens einige Worte über sie sagen? Wie ist sie dazu gekommen?»

Der wahre Grund, der Marianne veranlaßte, Arrighi zu weiterem Sprechen zu bringen, war ihr Wunsch, Zeit zum Überlegen zu gewinnen. Die von ihr geforderte Entscheidung war sehr ernst, denn wenn diese unerwartete Aufgabe auch den Vorteil bot, sie zumindest fürs erste der Rache des Fürsten Corrado zu entziehen, barg sie auch alle Chancen, sie ihr Rendezvous mit Jason verfehlen zu lassen. Und das wollte sie nicht, wollte sie um keinen Preis! Sie wartete schon zu lange mit zuweilen fast schmerzhafter Ungeduld auf den Moment, in dem sie sich endlich in seine Arme werfen, mit ihm in das Land und das Leben aufbrechen würde, das das Schicksal und ihre eigene Dummheit ihr bisher immer verweigert hatten. Von ganzem Herzen wünschte sie, dem Mann zu helfen, den sie geliebt hatte und auf eine gewisse Art noch immer liebte ... aber das bedeutete den Verlust ihrer Liebe, die Zerstörung eines Glücks, das sie verdient zu haben glaubte.

Mit halbem Ohr hörte sie fast unbewußt die Geschichte einer kleinen blonden Kreolin mit blauen Augen, die durch ein seltsames Zusammentreffen von Umständen auf dem Meer von berberischen Piraten entführt, nach Tunis gebracht und vom Gouverneur dieser Stadt dem Sultan als Geschenk gesandt worden war. Sie erfuhr auch, wie Aimée die letzten Tage des alten Sultans Abdul Hamid I. verschönt, ihm einen Sohn geschenkt und schließlich die Liebe des Thronerben Selim gewonnen hatte. Dank dieser Liebe, die für sie bis zum höchsten Opfer gegangen war, und der ihres Sohnes Mahmud war die kleine Kreolin zur Souveränität gelangt.

Die Geschichte gewann in Arrighis farbiger Schilderung eine so fesselnde, anrührende Lebendigkeit, daß Marianne spontan diese Frau kennenzulernen, sich ihr zu nähern, vielleicht ihre Freundschaft zu erobern wünschte, weil dieses außergewöhnliche Leben ihr viel hinreißender schien als die Romane, die sie in ihrer Jugend verschlungen hatte ... und vielleicht auch, weil es noch viel seltsamer war als ihr eigenes Geschick. Doch wer konnte in ihren Augen mehr Anziehungskraft als Jason besitzen?

Um sich völlige Klarheit über das zu verschaffen, was Napoleon für sie in Bereitschaft hielt, fragte die junge Frau vorsichtig nach kaum merklichem Zögern:

«Habe ich ... die Wahl?»

«Nein», sagte Arrighi unumwunden, «Ihr habt sie nicht! Wenn das Wohl des Kaiserreichs es erfordert, läßt Seine Majestät niemals die Wahl. Er befiehlt! Im übrigen ebenso mir wie Euch ... Ich muß Euch geleiten, muß der Unterredung beiwohnen, die Ihr mit dem Fürsten haben werdet, und dafür sorgen, daß das Resultat den Wünschen des Kaisers entspricht. Ihr müßt meine Anwesenheit hinnehmen und Euch in allem und für alles den Anweisungen fügen, die ich Euch geben werde. Ich habe bereits in Eurem Zimmer, damit Ihr sie heute abend studieren könnt, die genauen Instruktionen Seiner Majestät (die Ihr auswendig lernen und danach vernichten werdet) sowie den von Sébastiani geschriebenen Einführungsbrief deponieren lassen!»

«Und ... werdet Ihr mich nach Verlassen der Villa Sant'Anna bis nach Konstantinopel bringen? Mir ist, als hätte ich gehört, daß Ihr in diesem Land hier zu tun habt.»

Arrighi ließ sich Zeit, um ein weiteres Mal das abgewandte Gesicht Mariannes zu prüfen, die wie immer, wenn sie den wahren Kern ihrer Gedanken verbergen wollte, es vorzog, ihren Gesprächspartner nicht anzusehen. Und deshalb entging ihr auch das amüsierte Lächeln, das über die Züge des Herzogs von Padua glitt.

«Natürlich nicht», sagte er endlich mit eigentümlich gleichgültiger Stimme. «Ich soll Euch nur bis nach Venedig geleiten.»

«Bis ...» hauchte Marianne, die nicht richtig gehört zu haben glaubte.

«Venedig», wiederholte Arrighi unerschütterlich. «Es ist der bequemste, nächste und zugleich plausibelste Hafen. Zudem ein Ort, bestens dazu geeignet, eine junge und hübsche Frau, die sich langweilt, zu bezaubern.

Der eigentliche Zauber dieser Stadt liegt in ihrem kosmopolitischen Flair. Ihr werdet Euch dort wohler fühlen als unter der in anderen Häfen üblichen strengen Überwachung und besser die Rolle einer müßigen, reiselustigen großen Dame spielen können, die in aller Ruhe das Eintreffen eines für die Levante bestimmten ... neutralen Schiffs erwartet. Es laufen von dieser Sorte dort viele an.»

«Eines ... neutralen Schiffs?» murmelte Marianne, deren Herz wie rasend zu schlagen begann, und diesmal suchte sie, dem Blick ihres Gegenübers zu begegnen. Doch Arrighi interessierte sich plötzlich ausschließlich für einen Schmetterling, der sie nah umgaukelte.

«Ja ... zum Beispiel eines ... eines amerikanischen Schiffs. Der Kaiser hat gehört, daß das eine oder andere zuweilen in die Lagune einläuft.»

Marianne vermochte nicht zu antworten. Die Überraschung hatte ihr so den Atem verschlagen, daß ihr förmlich die Stimme versagte ... aber ein spontaner Gefühlsausbruch verschaffte ihr Luft.

Als sie wenige Augenblicke später zu ihrem Appartement zurückkehrte, gab sich die junge Frau löbliche Mühe, wieder ein klein bißchen Würde hervorzukehren. Sie war sich bewußt, in dem Moment, in dem ihr völlig klargeworden war, was das Zusammentreffen der drei Worte «Venedig» und «amerikanisches Schiff» stillschweigend einschloß, diese Würde ernstlich kompromittiert zu haben. Ort, Zeit und die elementaren Erfordernisse ihres Ranges vergessend, war sie dem Herrn Herzog von Padua ganz einfach um den Hals gefallen und hatte ihm zwei schallende Küsse auf die frisch rasierten Wangen gedrückt!

Um die Wahrheit zu sagen, war Arrighi über diese zugleich familiäre und spektakuläre Behandlung nicht sonderlich erstaunt gewesen. Er hatte herzlich gelacht, und als sie verwirrt und rot vor Scham Entschuldigungen stammeln wollte, hatte er sie seinerseits an den Schultern gepackt und mit einer ganz väterlichen Wärme geküßt, bevor er hinzufügte:

«Der Kaiser hat mir gesagt, daß Ihr glücklich sein würdet, aber ich hoffte nicht, meinen Auftrag auf so angenehme Art belohnt zu sehen. Dies gesagt, und um die Dinge ganz klarzustellen, müßt Ihr trotzdem die Ernsthaftigkeit Eurer Mission berücksichtigen. Sie ist absolut real und wichtig. Es handelt sich nicht um einen bloßen Vorwand, und Seine Majestät verläßt sich ausdrücklich auf Euch!»

«Seine Majestät hat völlig recht damit, Herzog! Hat sie übrigens nicht immer recht? Und ich würde lieber sterben, als den Kaiser in einem Moment zu enttäuschen, in dem er geruht, nicht nur mit soviel Achtsamkeit über mich zu wachen, sondern sich auch noch um mein künftiges Glück zu sorgen.» Und mit einer Reverenz hatte sie Arrighi allein den kühlen Schatten der Boboli-Gärten überlassen. Sie quoll von Dankbarkeit über, und ihre in rosa Seidenschuhen steckenden Füße berührten kaum den Sand der Allee.

Arrighis drei Worte hatten die Gewitterwolken zerrissen, den Alptraum ihrer Nächte verjagt, im beängstigenden Nebel der Zukunft einen breiten, lichten Spalt geöffnet, dem Marianne ohne Furcht zugehen konnte. Alles wurde wunderbar einfach!

Unter der aufmerksamen Bewachung des Generals Arrighi würde

sie von den Entschlüssen ihres seltsamen Gatten nichts zu fürchten haben.

Man würde sie fast bis in Jasons Arme geleiten. Und sie wußte, daß Jason sich nicht weigern würde, ihr zu helfen, eine von einem Mann befohlene Mission zu erfüllen, dem sie beide soviel verdankten! Welch wundervolle Reise würden sie zusammen auf dem großen Segler machen, den sie so schmerzlich im Nebel eines frühen Morgens auf der Höhe von Molène hatte verschwinden sehen! Diesmal würde die *Meerhexe* den duftenden Ländern des Orients entgegensegeln, mit seiner Liebesfracht die blauen Wogen, die sonnenheißen Tage und die Nächte mit ihren schimmernden Sternen durchmessend, unter denen es sich so herrlich lieben lassen mußte!

Ganz von ihrem azurnen Traum erfüllt, in den ihre Phantasie, alle Ankertaue kappend, sie schon hineintrug, hatte Marianne sich kaum gefragt, wie Napoleon von ihren geheimsten Gedanken und einem während der letzten Umarmung mit ihrem Geliebten hastig von Mund zu Ohr geflüsterten Plan unterrichtet sein konnte.

Sie war so daran gewöhnt, daß er immer alles wußte, ohne daß man es ihm hätte sagen müssen! Er war ein Mann mit übermenschlichen Fähigkeiten, der im Grunde der Herzen zu lesen verstand. Und dann ... konnte es nicht möglich sein, daß auch dieses Wunder das Werk François Vidocqs war? Der einstige Sträfling, nun Polizist, schien mit besonders feinen Ohren begabt, vor allem wenn er lauschen wollte.

Ganz mit sich selbst beschäftigt und durch die erneute Trennung verstört, hatten weder Jason noch Marianne darauf geachtet, ob Vidocq sich ihnen genähert hatte. Wie dem auch sei, seine Indiskretion, falls es überhaupt eine war, hatte eine so große Freude bewirkt, daß die junge Frau ihm nur zutiefst dankbar sein konnte ...

Mit festlich gestimmtem Herzen betrat Marianne den Palazzo und lief die große, steinerne Treppe hinauf, ohne auch nur im geringsten das unaufhörliche Hin und Her zu beachten, dessen Schauplatz sie war. Lakaien und Mägde drängten sich auf den Stufen, trugen lederne Koffer oder Reisesäcke aus Gobelin, wenn es nicht Möbel oder Wandbehänge waren. Das Treppenhaus hallte wie eine Trommel vom Lärm der Stimmen und der Geschäftigkeit eines fürstlichen Umzugs wider. Die Großherzogin würde nicht vor dem Winter nach Florenz zurückkehren, und sie liebte es, außer einer reichhaltigen Garderobe alle vertrauten Gegenstände ihres täglichen Lebens mitzunehmen. Allein die Wachen an den Türen bewahrten ihre vorgeschriebene Reglosigkeit in erheiterndem Kontrast zu dem sie umwogenden häuslichen Durcheinander.

Fast laufend erreichte Marianne die drei Räume in der zweiten Etage, die man ihr als Wohnung zugewiesen hatte, und stürzte hinein. Sie hatte es eilig, Jolival von ihrem Glück zu berichten. Sie erstickte fast vor Freude und mußte sie einfach mit jemand teilen. Doch sie suchte vergebens: Sein Zimmer und ihr gemeinsamer kleiner Salon waren leer...

Von einem Lakai, den sie fragte, erfuhr sie, daß «der Herr Vicomte im Museum sei». Diese Information ärgerte und enttäuschte sie, denn sie wußte, was sie bedeutete: Wahrscheinlich kehrte Arcadius erst spät zurück, und sie würde ihr Glück noch lange Stunden für sich behalten müssen.

Seit seiner Ankunft in Florenz besuchte Jolival in der Tat häufig, zumindest offiziell, den Uffizien-Palast, in Wirklichkeit jedoch ein gewisses aristokratisches Haus in der Via Tornabuoni, wo unter wohlerzogenen Leuten sehr hoch gespielt wurde. Während einer früheren Reise war der teure Vicomte von einem Freund in diesen ziemlich geschlossenen Zirkel eingeführt worden und hatte ein nostalgisches Gedenken an ihn bewahrt, teils weil ihm Fortuna einige Male flüchtig zugelächelt hatte, teils der Erinnerung an die zwar welkende, aber sehr romantische Schönheit der Gastgeberin wegen, die sich rühmte, Medici-Blut in den Adern zu haben.

Ihre Konfidenzen notgedrungen also auf später verschiebend, betrat Marianne ihr Zimmer. Sie fand dort Agathe, ihre Pariser Kammerfrau, inmitten eines wahren Ozeans von Spitzen, Seide, Gaze, Batisten, Taften und allerlei Flitterkram, die sie methodisch in großen, mit rosa Leinen aus Jouy ausgeschlagenen Truhen verstaute.

Rot vor Eifer, die Haube leicht verschoben, ließ Agathe einen Wäschestapel fahren, um ihrer Herrin zwei Briefe zu überreichen, die sie erwarteten: ein großes, schrecklich offiziell mit dem besonderen Siegel des Kaisers verschlossenes Kuvert und ein kleines, kunstvoll gefaltetes Billet, auf dem ein Siegel aus grünem Wachs mit einer eingeprägten Taube prangte. Und da Marianne wußte, woran sie sich in bezug auf den Inhalt des großen Kuverts zu halten hatte, bevorzugte sie das kleine Billet.

«Weißt du, wer es gebracht hat?» fragte sie ihre Kammerfrau.

«Ein Diener der Frau Baronin Cenami. Er ist wenige Augenblicke nach dem Aufbruch Madames gekommen und sagte, es sei sehr dringend.»

Marianne nickte und näherte sich dem Fenster, um den Brief ihrer neuen Freundin zu lesen, der einzigen, die sie seit ihrer Ankunft in Italien gewonnen hatte. Bei ihrer Abreise aus Paris hatte ihr Fortunée Hamelin ein Wort der Empfehlung für eine junge Kreolin, eine Landsmännin, die Baronin Zoé Cenami, mitgegeben.

Bevor diese in den Hofstaat der Herzogin Elisa eingetreten war, hatte sie in Saint-Germain häufig das Institut Madame Campans besucht, wo Fortunée ihre Tochter Léontine erziehen ließ. Die Gleichheit der Herkunft hatte zwischen Madame Hamelin und Mademoiselle Guilbaud zu einer Freundschaft geführt, die brieflich fortgesetzt wurde, als Zoé nach Italien gereist war, wo sie bald nach ihrer Ankunft den liebenswürdigen Baron Cenami heiratete, einen der angesehensten Männer bei Hofe.

Natürlicherweise hatte die durch ihre Freundin empfohlene Marianne ihrerseits mit dieser charmanten Frau Freundschaft geschlossen, die ihr Florenz zeigte und sie in den angenehmen Freundeskreis einführte, der sich fast täglich in ihrem bezaubernden Salon am Lungarno Acciaiuoli versammelte.

Die Fürstin Sant'Anna war dort mit anheimelnder Selbstverständlichkeit aufgenommen worden und hatte sich nach und nach diese Besuche zur Gewohnheit gemacht. Um so mehr verwunderte es sie, daß Zoé, die sie wie üblich auch an diesem Abend erwartete, es für nötig hielt, ihr zu schreiben.

Das Billet war kurz, aber beunruhigend. Zoé schien es mit einer ernstlichen Schwierigkeit zu tun zu haben.

«Ich muß Euch unbedingt außerhalb meines Hauses sehen, liebste Fürstin», stand da in hastigen, nervösen Schriftzügen. *«Es geht um meine Ruhe und vielleicht um das Leben eines mir teuren Menschen. Ich werde Euch gegen fünf in der Kirche Orsanmichele erwarten, im rechten Seitenschiff, in dem sich das gotische Tabernakel befindet. Kommt verschleiert, damit Euch niemand erkennt. Ihr allein könnt Eure arme Z. retten.»*

Verblüfft las Marianne die Zeilen noch einmal, dann wandte sie sich zum Kamin, in dem trotz der schon warmen Jahreszeit der Feuchtigkeit des Palastes wegen ein Feuer unterhalten wurde, und warf Zoés Brief in die Flammen. Er verbrannte sofort, aber Marianne ließ ihn nicht aus den Augen, solange noch ein Rest weißen Papiers blieb. Und gleichzeitig überlegte sie.

Zoé mußte sich schon einer sehr großen Unannehmlichkeit gegenübersehen, wenn sie so um Hilfe rief. Die Diskretion und Zurückhaltung der jungen Frau waren ebenso bekannt wie ihr außerordentliches Talent, sich Freunde zu schaffen, von denen viele weit älter waren als Marianne. Warum rief sie also nach ihr? Vielleicht, weil sie ihr mehr Vertrauen als andere einflößte? Weil sie Französin war wie sie selbst? Wegen ihrer Vertrautheit mit Fortunée, dieser unermüdlichen Helferin, wenn es nottat?

Wie auch immer, Marianne warf einen schnellen Blick zur Kaminuhr hinüber, stellte fest, daß der Zeitpunkt des Rendezvous nicht mehr gar so fern war, und rief Agathe, um sich umkleiden zu lassen.

«Gib mir das mit schwarzem Samt drapierte Kleid aus olivgrünem Tuch, einen schwarzen Strohhut und einen passenden Schleier aus Chantilly-Spitzen.»

Agathe tauchte langsam wieder aus der Truhe auf, in der sie halb verschwunden gewesen war, und betrachtete beunruhigt ihre Herrin.

«Wohin beabsichtigt Eure Hoheit in dieser Begräbnisaufmachung zu gehen? Doch sicher nicht wie gewöhnlich zu Madame Cenami.»

Als treue Dienerin konnte sich Agathe manches offene Wort erlauben, und im allgemeinen duldete Marianne ihre Bemerkungen, doch heute traf sie es schlecht. Um Zoé besorgt, hatte Marianne ihre gute Laune vergessen.

«Seit wann stellst du Fragen?» fuhr sie sie an. «Ich gehe, wohin es mir gefällt! Tu, was ich von dir verlange, und alles wird gut sein!»

«Aber wenn der Herr Vicomte zurückkehrt und fragt ...»

«... wirst du ihm sagen, was du weißt: daß ich ausgegangen bin, und du wirst hinzufügen, daß er mich erwarten soll. Ich weiß nicht, wann ich zurück sein werde.»

Agathe ließ es dabei bewenden und ging, um die gewünschten Kleidungsstücke zu holen, während Marianne sich beeilte, aus ihrem rosa Batiststaat zu schlüpfen, der ihr für ein diskretes Rendezvous in einer Kirche allzu auffällig erschien, zumal Zoé ihr empfohlen hatte, verschleiert zu kommen.

Ihr das dunkle Kleid überstreifend, fragte die über den Verweis gekränkte Agathe in leicht pikiertem Ton:

«Soll ich den Wagen und Gracchus rufen lassen?»

«Nein. Ich werde zu Fuß gehen. Es ist ausgezeichnet für die Gesundheit, und Florenz ist eine Stadt, in der man zu Fuß gehen muß, wenn man alles sehen will.»

«Madame weiß, daß sie bis zur Taille schmutzig werden wird?»

«Um so schlimmer! Aber es ist es wert.»

Kurz darauf verließ sie fertig angezogen den Palazzo. Der Chantilly-Schleier legte zwischen sie und das heitere Sonnenlicht draußen ein zartes schwarzes Filter aus Blättern und Blüten, und den Saum ihres Kleides ein wenig anhebend, um eine allzu direkte Berührung mit dem Schmutz des Straßenpflasters zu vermeiden, in dessen Vertiefungen im Schatten vom letzten Regen her noch schlammiges Wasser stand, wandte sich Marianne schnellen Schritts dem Ponte Vecchio zu, den sie ohne einen Blick auf die verlockenden Auslagen der Goldschmiedeläden, die in pittoresker Zusammenballung an ihm klebten, überquerte.

In ihrer behandschuhten Hand hielt sie ein in Saffianleder mit vergoldeten Ecken eingebundenes dickes Meßbuch, das sie unter dem fragenden Blick der von Neugier verzehrten, aber aus Vorsicht verstummten Agathe mitgenommen hatte. Und so ausgerüstet ähnelte sie ganz und gar einer Dame aus gutem Hause, die sich zum Abendgottesdienst begibt, was den Vorteil hatte, ihr die immer ein wenig zu galanten Bemerkungen zu ersparen, die jeder normal entwickelte Italiener an jede annehmbar aussehende Frau richten zu müssen glaubt. Und Gott allein wußte, wie sehr die Italiener es liebten, gegen Ende des Tages durch ihre Straßen zu flanieren.

Ein paar Minuten schnellen Marschs brachten Marianne in Sichtweite der alten Kirche Orsanmichele, einst Eigentum der reichen florentinischen Zünfte und von ihnen mit einigen unschätzbaren, in gotischen Nischen stehenden Statuen geschmückt. Unter dem dunklen Stoff ihres Kleides und den schwarzen Spitzen war es Marianne sehr warm. Schweiß perlte auf ihrer Stirn und rann ihr über den Rücken hinunter. Es grenzte wirklich an Sünde, sich so lächerlich aufzuputzen, wenn das Wetter so milde war und der sich verändernde Himmel so entzückende Farbnuancen bot! Florenz schien in einer riesigen Blase aus irisierender Luft zu schweben, mit der die sinkende Sonne noch ein wenig spielte.

Die Stadt, so verschwiegen und in sich verschlossen in den heißen Stunden, öffnete ihre Pforten und verströmte auf ihre Straßen und Plätze eine geschwätzige, mitteilsame Menschheit, während die dünn klingenden Glocken der Klöster diejenigen zum Gebet riefen, die beschlossen hatten, nur noch mit Gott zu reden.

Die Kühle in der Kirche überraschte die Besucherin, tat ihr jedoch gut. Im Innern, in das durch die Fenster kaum Licht drang, war es so dunkel, daß Marianne einen Moment neben dem Weihwasserkessel stehenbleiben mußte, um ihre Augen an die Düsternis zu gewöhnen.

Bald unterschied sie im rechten Schiff den sanften Glanz eines mittelalterlichen Tabernakels, eines Meisterwerks Orcagnas, dessen matter Goldschimmer durch die zitternden Flämmchen dreier Kerzen kaum geweckt wurde. Doch keinerlei Gestalt, weiblich oder männlich, betete vor ihm. Die Kirche schien leer, und ihr Mittelschiff warf nur das Echo der Pantinen des in die Sakristei zurückschlurfenden Küsters zurück. Diese Leere und Stille bewirkten, daß Marianne sich unbehaglich fühlte. Sie war ohnehin mit einem eigentümlichen Widerwillen hergekommen, teils von dem ehrlichen Wunsch erfüllt, einer in Schwierigkeit geratenen, reizenden Freundin zu helfen, teils von einer unbestimmten Vorahnung bedrängt. Zudem war sie sicher, zur rechten Zeit gekommen zu sein, und Zoé war die Pünktlichkeit selbst. Es war seltsam, und es war beunruhigend. So sehr, daß Marianne schon daran dachte umzukehren und nach Hause zu gehen. Alles war so ungewöhnlich an diesem Rendezvous im Dunkel einer Kirche ...

Mechanisch machte sie ein paar Schritte dem Ausgang zu, doch eine Zeile des Briefs Madame Cenamis kehrte in ihr Gedächtnis zurück:

«Es geht um meine Ruhe und vielleicht um das Leben eines mir teuren Menschen ...»

Nein, einen solchen Hilferuf konnte sie nicht ohne Antwort lassen. Zoé, die ihr damit einen außerordentlichen Vertrauensbeweis gab, würde es nicht begreifen, und Marianne würde es sich ihr Leben lang vorwerfen, wenn es zu einer Tragödie käme, ohne daß sie alles getan hätte, sie zu verhindern.

Langsam begab sie sich zum Ort des Rendezvous. Einen Augenblick betrachtete Marianne das Tabernakel, dann beugte sie die Knie und begann inbrünstig zu beten. Sie war dem Himmel zuviel Dankbarkeit schuldig, um eine so schöne Gelegenheit nicht zu nutzen.

Völlig in ihr Dankgebet versunken, bemerkte die junge Frau nicht die Annäherung eines vom Nacken bis zu den Waden in einen schwarzen Umhang mit dreifachem Kragen gehüllten Mannes. Sie erbebte nur, als eine Hand sich plötzlich auf ihre Schulter legte, während eine angstvolle Stimme hastig flüsterte:

«Kommt, Madame, kommt schnell! Eure Freundin schickt mich, Euch zu holen! Sie bittet Euch inständig, zu ihr zu kommen ...»

Rasch hatte sich Marianne erhoben und musterte den vor ihr stehenden Mann. Sein Gesicht kannte sie nicht. Es war übrigens eines von denen, über die sich nichts sagen läßt, die man nicht bemerkt, ein breites, friedfertiges, im Moment nur von großer Unruhe geprägtes Gesicht.

«Warum kommt sie nicht selbst? Was ist geschehen?»

«Ein großes Unglück! Aber ich flehe Euch an, Madame, kommt! Jede Minute zählt, und ich ...»

Marianne hatte sich noch nicht gerührt. Sie begriff nicht recht. Dieses seltsame Rendezvous und jetzt dieser Unbekannte ... All das ähnelte so wenig der gelassenen, zurückhaltenden Zoé.

«Wer seid Ihr?» fragte sie.

Der Mann verneigte sich mit allem Respekt.

«Nur ein Domestik, Eccellenza! ... Aber die Meinen haben schon immer der Familie des Barons gedient, und Madame ehrt mich durch ihr Vertrauen. Soll ich gehen und ihr sagen, daß Frau Fürstin sich weigert?»

Hastig streckte Marianne die Hand aus und hielt den Boten zurück, der sich schon zum Gehen wenden wollte.

«Nein, bitte, tut nichts dergleichen! Ich folge Euch.»

Der Mann verneigte sich von neuem, diesmal schweigend, und geleitete sie durch die Düsternis der Kirche zum Portal. «Ich habe einen Wagen hier», sagte er, als sie in Luft und Licht hinaustraten. «Wir werden schneller dort sein!»

«Haben wir es so weit? Das Palais ist ganz nah.»

«Zur Villa in Settignano. Jetzt aber – Madame möge mir verzeihen! – kann ich nichts mehr sagen! Madame wird verstehen: Ich bin nur ein Diener ...»

«Ein ergebener, ich weiß! Nun, fahren wir!»

Die Kutsche, ein elegantes Stadtcoupé ohne Wappen, wartete ein Stück weiter unter dem Mauerbogen, der die Kirche mit dem alten, damals halb verfallenen Palazzo der Wollwirker-Zunft verband. Das Trittbrett war schon heruntergeklappt, und ein Mann in Schwarz stand neben dem Schlag. Der auf seinem Bock hockende Kutscher schien zu schlummern, doch kaum hatte Marianne Platz genommen, als er auch schon mit der Peitsche knallte und die Pferde antrieb.

Der ergebene Diener hatte sich neben die junge Frau gesetzt, eine Vertraulichkeit, die sie zu einem Stirnrunzeln veranlaßte, aber sie hatte nichts gesagt und diesen Fauxpas auf das Konto der Verwirrung geschrieben, in der sich der gute Mann zu befinden schien.

Sie rollten aus dem San Francesco-Tor, Florenz blieb hinter ihnen zurück. Seit Verlassen Orsanmicheles hatte Marianne kein Wort gesprochen. In ihrer Besorgnis zermarterte sie sich den Kopf mit der Frage, was für eine Art Katastrophe wohl so plötzlich über Zoé Cenami hereingebrochen sein mochte, und sah nur eine Möglichkeit. Zoé war bezaubernd, und zahlreiche Männer, recht verführerische darunter, machten ihr eifrig den Hof. War es denkbar, daß einer von ihnen ihre Gunst erlangt und daß eine Indiskretion Cenami über sein Mißgeschick unterrichtet hatte? Falls es so war, sah Marianne nicht recht, welche Hilfe sie ihrer Freundin bieten könne, es sei denn vielleicht die, den beleidigten Ehemann zu beruhigen. Cenami hielt in der Tat große Stücke auf die Fürstin Sant'Anna. Gewiß war diese Vermutung für Zoés Tugendhaftigkeit wenig schmeichelhaft, aber was konnte sonst einen so dringlichen Hilferuf und so ungewöhnliche Vorsichtsmaßnahmen rechtfertigen?

In dem geschlossenen Wagen herrschte eine wahre Backofenhitze, und Marianne lüftete ihren Schleier und beugte sich vor, um eine Scheibe herunterzulassen.

«Es wäre besser, nicht zu öffnen, Madame. Übrigens sind wir schon da.»

Das Coupé verließ wirklich die Straße und bog in einen sich senkenden holprigen Pfad ein, der zwischen efeuüberwachsenen Ruinen, offenbar denen eines alten Klosters, hindurchführte. Am Ende des Pfades schimmerte der Arno in kupfernem Glanz unter den letzten Strahlen der Sonne.

«Aber ... das ist nicht Settignano!» rief Marianne. «Wo sind wir hier?»

Sie wandte ihrem Begleiter einen Blick zu, in dem sich Zorn mit jäher Angst mischte. Doch der Mann bewahrte seine Ruhe und antwortete gelassen:

«An dem Ort, wohin ich laut Befehl Frau Fürstin zu bringen hatte. Eine bequeme Reisekutsche erwartet uns. Madame wird sich vortrefflich in ihr fühlen. Es ist auch nötig, denn wir werden die ganze Nacht hindurch fahren.»

«Eine Reisekutsche? ... Die Nacht hindurch? Aber wohin?»

«Dorthin, wo Frau Fürstin mit Ungeduld erwartet werden. Madame wird schon sehen.»

Das Coupé hielt inmitten der Ruinen an. Instinktiv klammerte sich Marianne mit beiden Händen an den Rand des Schlages, wie um sich eine letzte Zuflucht zu erhalten. Sie hatte jetzt Angst, schreckliche Angst vor diesem allzu höflichen, allzu unterwürfigen Mann, in dessen Augen sie plötzlich Falschheit und Grausamkeit zu entdecken schien.

«Erwartet von wem? Und vor allem, wessen Befehlen gehorcht Ihr? Ihr seid nicht im Dienste der Cenami!»

«In der Tat! Die Befehle, die ich ausführte, erhielt ich von meinem Herrn ... Seiner Durchlaucht dem Fürsten Corrado Sant'Anna!»

2. Kapitel

Der Entführer

Mit einem Schrei warf sich Marianne in die Polster des Wagens zurück, entsetzt durch den geöffneten Schlag auf eine romantisch-friedliche, von einem prachtvollen Sonnenuntergang überglänzte Umgebung starrend, die jedoch in ihren Augen schon ein Gefängnis ahnen ließ.

Ihr Begleiter stieg aus, gesellte sich neben dem Trittbrett zu dem, der es heruntergeklappt hatte, und bot ihr, sich respektvoll verneigend, seine Hand.

«Wenn Frau Fürstin sich bemühen wollen...»

Wie hypnotisiert durch die beiden Männer in Schwarz, die ihr plötzlich wie Sendboten des Schicksals erschienen, verließ Marianne das Coupé mit der Passivität eines Automaten. Sie begriff, daß jeder Widerstand nutzlos war. Sie war allein an einem verlassenen Ort mit drei Männern, deren Macht über sie um so größer war, als sie eine Autorität repräsentierten, die zurückzuweisen sie kein Recht hatte: die ihres Gatten, eines Mannes, der jede Gewalt über sie besaß und von dem sie von nun an alles zu fürchten hatte. Wäre es anders gewesen, hätte Sant'Anna es niemals gewagt, sie mitten in Florenz und fast unter der Nase der Großherzogin von seinen Dienern entführen zu lassen.

Unter dem bröckelndem Bogen eines zerfallenden Kreuzgangs, den sie unter anderen Umständen reizvoll gefunden hätte, sah sie in der Tat eine schon zur Abfahrt bereite wartende Reisekutsche. Ein Mann stand reglos am Kopf der Pferde und hielt die Zügel. Die Kutsche war nicht neu, aber solide konstruiert und sichtlich darauf eingerichtet, die Unannehmlichkeiten und Strapazen einer Reise so weit wie möglich zu mildern.

Trotzdem glaubte die junge Frau, wie Dante, über der furchtbaren Höllenpforte die Aufforderung zu lesen, alle Hoffnung zu begraben. Sie hatte darauf spekuliert, den Mann, der ihr Vertrauen geschenkt hatte, überlisten zu können. Und nun war sie selbst überlistet worden. Zu spät wurde ihr klar, daß Zoé Cenami niemals dieses Billet geschrieben hatte, daß sie keineswegs ihre Hilfe brauchte und sich um diese Stunde in aller Ruhe darauf vorbereitete, wie üblich ihre Freunde zu empfangen. Was sie selbst betraf, hatte sie sich in den Schutz der Macht Napoleons wie auf eine steil aufragende Insel geflüchtet, an der sich die schlimmsten Wogen brechen mußten.

Und endlich hatte sie geglaubt, daß ihre Liebe zu Jason sie unverletzlich mache und daß ein glanzvoller Sieg ihre logische Folge sei. Sie hatte gespielt ... und sie hatte verloren! Der unsichtbare Gatte hatte seine Rechte gefordert. Enttäuscht erzwang er rücksichtslos ihre Beachtung. Und wenn die Flüchtige schließlich vor ihm stände, und wäre es auch nur vor einem leeren Spiegel, stünde sie allein, mit leeren Händen und wehrloser Seele. Die mächtige Gestalt des Herzogs von Padua, seine herrische Stimme würde sich nicht als Wall erheben, um die unverjährbaren Rechte des Kaisers zu fordern ...

Ein schwacher Lichtschein sickerte plötzlich in Mariannes Verzweiflung und bildete einen schmalen, schimmernden Spalt. Sehr bald würde man feststellen, daß sie verschwunden war. Arcadius, Arrighi, selbst Benielli würden nach ihr suchen. Einer von ihnen würde vielleicht die Wahrheit erraten, und sie würden sich geradewegs nach Lucca begeben, um sich wenigstens zu überzeugen, daß der Fürst mit dieser Entführung nichts zu tun hatte. Und Marianne kannte sie gut genug, um zu wissen, daß sie sich weder leicht abweisen noch entmutigen lassen würden. Was Jolival anging, war er imstande, Stein für Stein der Villa dei cavalli abzutragen, um sie wiederzufinden.

Äußerlich gleichmütig, denn um nichts auf der Welt hätte sie sich bereitgefunden, ihre Befürchtungen Dienern preiszugeben in denen sie nur Schergen sah, doch fiebernd bis in die Tiefen ihrer Seele hatte Marianne den neuerlichen Aufbruch über sich ergehen lassen, als beträfe er sie nicht. Sie hatte gesehen, wie der Mann, der die Pferde hielt, sie dem Kutscher übergab und darauf mit dem Coupé in Richtung Florenz davonfuhr. Die Reisekutsche hatte sich sodann ebenfalls langsam in Bewegung gesetzt. Sie war den Ruinenpfad wieder hinaufgefahren und in die Straße eingebogen. Es war diese Straße, die Marianne aus ihrer Gleichgültigkeit gerissen hatte. Statt sie der hinter den Türmen der Stadt schon verschwindenden roten Sonnenscheibe entgegenzuführen, um nach Umfahren des Mauerrings den Weg nach Lucca einzuschlagen, rollte die gewichtige Kutsche weiter nach Osten die Straße entlang, auf der sie im Coupé gekommen waren. Sie fuhren demnach der Adriaküste zu und wandten Lucca eindeutig den Rücken.

«Wenn ihr wirklich Leute meines Gemahls seid», bemerkte sie trocken, «müßtet ihr mich zu ihm bringen. Dies ist aber kaum der richtige Weg.»

Ohne von seiner Höflichkeit und Unterwürfigkeit abzulassen, die Marianne übertrieben, wenn auch notwendig finden mußte, antwortete der Mann in Schwarz genauso salbungsvoll wie stets:

«Viele Wege führen zum Herrn, Eccellenza. Es genügt zu wissen, welchen man zu wählen hat. Seine Hoheit bewohnt nicht immer die Villa dei cavalli. Wir fahren zu einem anderen seiner Güter, wenn es Madame beliebt!»

Die Ironie der letzten Worte ließ Marianne frösteln. Nein, es beliebte ihr nicht! Aber blieb ihr eine Wahl? Kalter Schweiß feuchtete unangenehm ihre Stirn, und sie spürte, daß sie blaß wurde. Ihre leise Hoffnung, von Jolival und Arrighi schnell aufgespürt zu werden, schwand. Natürlich wußte sie, da sie es von Donna Lavinia gehört hatte, daß ihr Gatte nicht dauernd in Lucca residierte, sondern zuweilen auch auf einem anderen seiner Besitztümer. Zu welchem brachte man sie wohl? Und wie sollte es ihren Freunden gelingen, sie dort zu finden, wenn sogar sie nichts von seinen Gütern wußte?

Als sie in der Nacht ihrer Hochzeit nicht auf die Lektüre des Kontrakts geachtet hatte, war ihr eine gute Gelegenheit, sich zu informieren, entgangen ... aber wie viele Gelegenheiten hatte sie nicht im Laufe ihres kurzen Lebens vorbeigehen lassen? Die schönste, die größte war ihr in Selton Hall geboten worden, als Jason ihr vorgeschlagen hatte, mit ihm zu fliehen; die zweite, als sie sich in Paris ein zweites Mal geweigert hatte, ihm zu folgen ...

Der Gedanke an Jason erfüllte sie mit Kummer, während sich bittere Entmutigung ihrer bemächtigte. Diesmal hatte sich das Schicksal gegen sie gewandt, und nichts und niemand würde auftauchen, um das rettende Sandkorn in sein Getriebe zu werfen.

Ihr Gatte würde das letzte Wort behalten. Das bißchen Hoffnung, das Marianne verblieb, beruhte auf ihrem eigenen Charme, ihrer Intelligenz, der Güte Donna Lavinias, die den Fürsten nie verließ und sich sicher für sie einsetzen würde, und ... vielleicht auf einer Gelegenheit zur Flucht. Diese Chance, falls sie sich bot, zu nutzen war Marianne fest entschlossen, auch dazu, sie sich im Rahmen ihrer Möglichkeiten selbst zu schaffen. Es wäre nicht das erste Mal, daß sie flüchten würde!

Mit einem gewissen Vergnügen und einer Winzigkeit Stolz erinnerte sie sich der Flucht aus der Gefangenschaft bei Morvan, dem Strandräuber, und der späteren aus der Scheune von Mortefontaine. Beide Male hatte sie Glück dabei gehabt, aber schließlich war sie auch nicht gerade dumm!

Ihr Bedürfnis, Jason wiederzusehen, ein tief in ihrem Fleisch wurzelndes, Herz und Geist durchdringendes Bedürfnis würde ihr als Ansporn dienen, falls ihr leidenschaftlicher Freiheitsdrang dessen noch bedurfte.

Und schließlich hatte sie vielleicht Unrecht, sich so über die Zukunft Sorgen zu machen, die Sant'Anna ihr vorbehielt. Ihre Ängste hatten ihren Ursprung in den blutigen Geschichten Eleonora Crawfords und in den dramatischen Umständen dieser Entführung. Aber man mußte auch zugeben, daß sie ihrem unsichtbaren Gatten kaum eine andere Wahl gelassen hatte. Und vielleicht würde er sich milde und verständnisvoll zeigen ...

Um sich wieder Mut zu machen, rief Marianne sich den Moment ins Gedächtnis zurück, in dem Corrado Sant'Anna sie während jener schrecklichen Nacht im kleinen Tempel vor Matteo Damiani gerettet hatte. Sie hatte vor Schreck zu sterben geglaubt, als er auf dem sich bäumenden, strahlend weißen Ilderim aus der Finsternis aufgetaucht war, ein schwarzes Phantom mit weißer Ledermaske. Und doch hatte ihr diese Schrecken einflößende Erscheinung die Rettung und das Leben gebracht. Danach hatte er sich mit einer Fürsorglichkeit um sie gekümmert, die man leicht für Liebe hätte halten können. Und wenn er sie nun liebte...? Nein, es war besser, nicht daran zu denken, totale Leere in ihrem Geist zu schaffen, um ein wenig Ruhe, ein wenig Frieden zu finden ... Doch wider ihren Willen drehten sich ihre Gedanken nach wie vor um die rätselhafte Gestalt ihres unbekannten Gatten, Gedanken, die zugleich Gefangene ihrer Ängste und einer nicht zu unterdrückenden, verworrenen Neugier waren. Vielleicht würde es ihr diesmal gelingen, das Geheimnis der weißen Maske zu lüften!

Die Kutsche rollte weiter den sich verdichtenden Schatten des Abends entgegen. Bald drang sie in sie ein, verschmolz mit ihnen und verfolgte von einer Poststation zur anderen quer durchs Gebirge ihre Reise bis ans Ende der Nacht.

Erschöpft schlief Marianne schließlich ein, nachdem sie die Nahrung verweigert hatte, die Giuseppe (ihr Entführer hatte ihr eröffnet, daß er so heiße) ihr anbot. Sie war viel zu beunruhigt, um irgend etwas, was es auch sei, herunterzubringen. Der helle Tag weckte sie. Der Tag und ein jähes Halten der Kalesche, deren Kutscher sich anschickte, vor einem von wildem Wein und Kletterpflanzen umrankten Häuschen die Pferde zu wechseln. Auf der Höhe des Hügels jenseits des Häuschens scharte sich eine kleine Stadt um eine gedrungene Festung, deren Zinnen kaum über die Dächer hinausragten. Die Sonne strahlte über eine Landschaft rechteckiger, klar sich abzeichnender, von Bewässerungsgräben durchzogener Felder, an deren Rändern Obstbäume als Stützen schwer hängender Weingirlanden dienten. Am Horizont glitzerte hinter einem Streifen dichten, sehr dunklen Grüns die ungeheure blausilbrige Weite des Meers ...

Giuseppe, der nach dem Halten des Wagens seinen Platz verlassen hatte, erschien wieder am Schlag.

«Wenn Madame auszusteigen wünscht, um sich Bewegung zu machen und ein wenig zu erfrischen, wäre ich glücklich, Sie zu begleiten!»

«Mich begleiten? Kommt es Euch nicht in den Sinn, daß ich wünschen könnte, allein zu sein? Ja, ich würde gern ein wenig Toilette machen. Seht Ihr nicht, daß ich ganz staubig bin?»

«Es gibt in diesem Haus ein Zimmer, in das sich Madame ganz nach Belieben zurückziehen kann. Ich werde mich damit begnügen, die Tür zu bewachen ... und das Fenster des Zimmers ist sehr klein.»

«Mit anderen Worten: Ich bin eine Gefangene! Wäre es nicht besser, es ehrlich zuzugeben?»

Giuseppe verneigte sich mit einem Respekt, der allzu theatralisch war, um nicht ironisch gemeint zu sein:

«Gefangene? Was für ein Wort für eine der Betreuung einer ergebenen Eskorte anvertraute Dame? Ich habe nur die Aufgabe, darüber zu wachen, daß Madame ohne Zwischenfall ihren Bestimmungsort erreicht, und nur deshalb habe ich Befehl erhalten, Sie unter keinen Umständen alleinzulassen.»

«Und wenn ich schreie, wenn ich rufe?» erkundigte sich Marianne aufgebracht. «Was tut Ihr dann, Kerkermeister?»

«Ich rate weder zu Schreien noch zu Rufen irgendwelcher Art, Eccellenza, denn für diesen Fall habe ich sehr präzise ... und sehr betrübliche Befehle!»

Unversehens sah die empörte junge Frau in der fetten Hand des «ergebenen Dieners» den schwarzen Lauf einer Pistole glänzen.

Giuseppe ließ ihr Zeit, ihn genau zu betrachten, bevor er die Waffe wieder lässig in seinen Gürtel schob.

«Außerdem», fügte er hinzu, «würde es nichts nützen, zu schreien. Dieser kleine Besitz und diese Poststation gehören Seiner Hoheit. Niemand würde begreifen, daß die Fürstin Hilfe gegen den Fürsten fordert!»

Giuseppes Gesicht hatte nichts von seiner Gutmütigkeit verloren, doch an einem winzigen grausamen Funken, der in seinem Blick glänzte, erkannte Marianne, daß er keinen Augenblick zögern würde, sie kaltblütig zu ermorden, falls sie sich auflehnte.

Besiegt, wenn auch nicht in ihr Schicksal ergeben, entschloß sie sich, für den Augenblick zumindest, zu kapitulieren. Trotz des unleugbaren Komforts der Reisekutsche fühlte sie sich nach der endlosen Fahrt über schlechte Wege wie zerschlagen und sehnte sich nach ein wenig Bewegung.

Von dem in seiner Rolle als Diener eines großen Hauses stets getreuen Giuseppe mit drei Schritten Abstand eskortiert, trat sie in das Häuschen, in dem eine Bäuerin in klatschmohnrotem Rock und immergrünfarbenem Schultertuch sie mit ihrer schönsten Reverenz begrüßte. Und nachdem Marianne sich kurze Zeit zum Auffrischen in das versprochene Zimmer zurückgezogen hatte, servierte diese Frau ihr ein Frühstück aus Schwarzbrot, Käse, Oliven, Zwiebeln und Schafsmilch, das die Reisende mit wahrem Heißhunger verschlang. Ihre Weigerung, am Abend zuvor etwas zu essen, war vor allem aus Trotz und einer Anwandlung schlechter Laune erfolgt, und außerdem war sie recht töricht gewesen, denn sie brauchte jetzt mehr als je ihre Kräfte. Und in der frischen Morgenluft hatte sie entdeckt, daß sie vor Hunger umkam.

Inzwischen war die Kutsche mit frischen Pferden bespannt worden. Sobald die Fürstin sich zum Aufbruch bereit erklärte, nahm die Equipage ihre Fahrt wieder auf, einer tiefer gelegenen, flachen Ebene zu, die sich bis ins Unendliche zu erstrecken schien.

Gestärkt und erfrischt zog Marianne es trotz der Fragen, die ihr auf den Lippen brannten, vor, sich in hochmütiges Schweigen zu hüllen. Sie war überzeugt, bald ihren Bestimmungsort zu erreichen. Fuhren sie nicht geradewegs dem Meer zu, ohne nach links oder rechts abzubiegen? Das Ziel der Reise mußte also am Ufer des Meeres liegen.

Gegen Mittag erreichten sie ein großes Fischerdorf, dessen niedrige Häuser sich am Rande eines sandigen Kanals aneinanderreihten. Beim Verlassen des dichten Kiefernwaldes, dessen hohe schwärzliche Bäume mit ihren weit ausladenden Kronen kühlen Schatten spendeten, schien die Hitze noch stärker, als sie in Wirklichkeit war, und das Dorf noch trübseliger.

Hier war das Reich des Sandes. So weit das Auge reichte war die Küste ein riesiger, hier und dort mit Seegras bedeckter Strand, und das Dorf selbst mit seinem baufälligen Wachturm und seinen Resten römischer Mauern schien direkt diesem alles überflutenden Sand entsprossen zu sein.

In der Nähe der Häuser trockneten in der unbewegten Luft über Stangen gespannte Netze, gigantischen Libellen ähnlich, und in dem als Hafen dienenden Kanal lagen einige Schiffe vor Anker. Das größte, auch das schmuckste, war ein langgestrecktes, einmastiges Fischerboot, eine sogenannte Tartane, auf der ein Fischer mit phrygischer Mütze die roten und schwarzen Segel vorbereitete.

Die Kutsche hielt am Ufer des Kanals, und der Fischer winkte ihnen mit großer Geste zu. Wiederum lud Giuseppe Marianne zum Aussteigen ein.

«Sind wir denn angekommen?» fragte sie.

«Wir sind im Hafen, Eccellenza, aber noch nicht am Ziel der Reise. Die zweite Etappe wird übers Meer vor sich gehen.»

Verblüffung, Beunruhigung und Gereiztheit waren diesmal stärker als Mariannes Stolz.

«Übers Meer? Aber wohin fahren wir eigentlich? Besagen Eure Befehle, daß ich in Unkenntnis zu halten bin?»

«Keineswegs, Eccellenza, keineswegs!» erwiderte Giuseppe mit einer Verbeugung. «Wir sind auf dem Weg nach Venedig! Die Reise wird so weniger beschwerlich sein.»

«Nach Ve...?»

Das war grotesk! Und unter anderen Umständen wäre ein solches allgemeines Rendezvous, das die Königin der Adria zum Zentrum aller Interessen zu machen schien, wahrlich komisch gewesen. Selbst wenn ein wenig Gefälligkeit dabei mitspielte, war es doch wichtig für Napoleon, daß Marianne sich nach Venedig begab, und nun hatte auch der Fürst, ihr Gatte, dieses selbe Venedig gewählt, um ihr seinen Willen zu eröffnen! Hätte keine dunkle Drohung über ihr geschwebt, wäre es Marianne zum Lachen zumute gewesen...

Um sich zu fassen, stieg sie aus und ging ein paar Schritte bis zum Rand des Kanals. Tiefer Friede lag über dem kleinen Hafen inmitten der Sandebene. Das Fehlen jeglichen Windhauchs ließ alle Dinge reglos sein, und allein das Gezirp der Grillen herrschte über das Dorf, in dem alles zu schlafen schien. Außer dem Fischer, der über die Schiffsplanke auf die Reisenden zukam, war kein menschliches Wesen in Sicht.

«Sie machen Siesta, während sie den Wind erwarten», bemerkte Giuseppe. «Gegen Abend fahren sie aus, aber wir gehen trotzdem schon an Bord. Madame kann es sich schon bequem machen...»

Er ging Marianne über die Planke voraus, die das Schiff mit dem festen Boden verband, und half ihr mit allem Respekt eines gut abgerichteten Dieners, den schwankenden Isthmus zu überqueren, während der Kutscher und der andere Bediente nach kurzem Gruß kehrtmachten und mit der Kutsche im Kiefernwald verschwanden.

Für einen ahnungslosen Beobachter bot die Fürstin Sant'Anna scheinbar das perfekte Bild einer in aller Gemütsruhe reisenden Dame von Rang, doch war der besagte Beobachter auch nicht verpflichtet, zu wissen, daß jener so ergebene Diener in seinem Gürtel eine große Pistole verbarg und daß diese Pistole nicht für eventuelle Straßenräuber bestimmt war, sondern für seine Herrin in höchsteigener Person, falls sie die Lust ankommen sollte zu rebellieren.

Zum gegenwärtigen Zeitpunkt war kein anderer Beobachter als der Fischer zu entdecken, und im Moment, in dem sie den Fuß auf das Schiff setzte, überraschte der bewundernde Blick, mit dem er sie umfing. Neben der Planke stehend, hatte er sie mit dem staunenden

Ausdruck in den Augen an Bord gehen sehen, den himmlische Erscheinungen hervorzurufen pflegen, und eine gute Minute später war er noch immer nicht aus seiner Ekstase aufgetaucht.

Marianne ihrerseits musterte ihn unauffällig und zog aus dieser Besichtigung interessante Folgerungen. Ohne groß zu sein war der Fischer ein prachtvoller Bursche: ein Kopf in der Art Raffaels auf dem Körper der Herkules-Statue im Farnese-Palast zu Rom. Sein bis zur Taille geöffnetes Hemd aus derbem gelbem Leinen ließ Muskeln sehen, die aus Bronze zu bestehen schienen. Die Lippen waren voll, die dunklen Augen blitzten, und unter der schräg auf dem Kopf sitzenden roten Mütze quoll ein Schwall dichter pechschwarzer Locken hervor.

Angesichts dieser Pracht ertappte sich Marianne bei dem Gedanken, daß der rundliche, ölig-salbungsvolle Giuseppe in den Händen eines solchen Mannes nicht allzuviel Gewicht haben konnte...

Während sie es sich unter dem im Heck des Schiffs angebrachten Schutzdach bequem machte, spiegelte ihr ihre Phantasie den Nutzen vor, den sie mit ein wenig Geschicklichkeit aus dem schönen Fischer ziehen konnte. Ihn zu verführen mußte leicht sein. Dann würde er sich vielleicht dazu überreden lassen, Giuseppe zu überwältigen und sie darauf an einem Punkt der Küste an Land zu setzen, wo sie sich entweder verbergen und Jolival alarmieren oder eine Möglichkeit auftreiben könnte, nach Florenz zurückzukehren. Falls übrigens auch er im Dienste des Fürsten stand, mußte es möglich sein, unter Berufung auf ihre Eigenschaft als dessen Gemahlin seinen Gehorsam zu erlangen. Gab sich Giuseppe nicht alle erdenkliche Mühe, während dieser seltsamen Reise alle äußeren Formen strikt zu wahren? Der Fischer konnte nicht ahnen, daß sein schöner Fahrgast nur eine Gefangene war, die man vor ihren Richter zerrte... und die immer weniger Neigung dazu verspürte, vor allem unter solchen Umständen.

Denn wenn ihre natürliche Ehrlichkeit und ihr Mut sie auch drängten, sich der Konfrontation und der endgültigen Abrechnung zu stellen, ließ es ihr Stolz doch nicht zu, mit Gewalt dazu gezwungen zu werden und in einer so ungünstigen Situation vor Sant'Anna zu treten...

Die Tartane war zur Beförderung von Passagieren nicht eingerichtet, von Frauen schon gar nicht, aber man hatte für Marianne eine Art halbwegs komfortable Nische eingerichtet, in der sich eine Strohmatratze und einige rudimentäre Toilettenvorrichtungen aus derbem Steingut befanden. Der schöne Fischer brachte ihr eine Decke. Marianne sah mit einem Lächeln zu ihm auf, dessen bestrickende Macht sie seit langem kannte. Die Wirkung stellte sich in der Tat augenblicklich ein:

Das gebräunte Gesicht schien sich von innen zu erhellen, und der Bursche blieb reglos vor der jungen Frau stehen, die Decke fest ans Herz gedrückt, ohne daran zu denken, sie ihr zu überreichen.

Ermutigt durch diesen Erfolg fragte sie leise:

«Wie heißt du?»

«Er heißt Jacopo, Eccellenza», mischte sich Giuseppe sofort ein, «aber Madame wird einige Mühe haben, sich ihm verständlich zu machen. Der Unglückliche ist taub und spricht kaum. Es bedarf einiger Übung, ihm etwas mitzuteilen, doch wenn Madame sich an ihn zu wenden wünscht, kann sie sich meiner Vermittlung bedienen.»

«Nicht nötig, ich danke Euch!» sagte sie rasch, dann fügte sie leiser und diesmal aufrichtig hinzu:

«Armer Junge! Wie schade!»

Mitleid kam ihr zu Hilfe und erlaubte ihr, ihre Enttäuschung zu verbergen. Sie begriff jetzt die scheinbare Unvorsichtigkeit des verhaßten Giuseppe, sich allein mit seiner Gefangenen an Bord eines Schiffs zu begeben, dessen einziger Matrose sich für die Verlockungen einer Frau so empfänglich zeigte: Er allein war imstande, sich Jacopo verständlich zu machen, er hatte wirklich gut vorgesorgt. Doch der Biedermann hatte noch etwas zu sagen:

«Er ist nicht allzusehr zu beklagen, Eccellenza. Jacopo ist glücklich. Er hat ein Haus, ein Schiff und eine hübsche Braut ... und außerdem hat er das Meer! Er denkt nicht daran, diesen Zustand zu ändern oder sich gar zu ungewissen Abenteuern verlocken zu lassen!»

Die Warnung war deutlich und gab zu verstehen, daß es besser sei, nachdem ihr schönes Lächeln durchschaut worden war, sich keinerlei verwegenen und von vornherein zum Scheitern verurteilten Versuchen hinzugeben. Einmal mehr hatte der Feind gesiegt.

Wütend, müde und den Tränen nahe ließ sich der unfreiwillige Fahrgast auf die Matratze nieder und bemühte sich, alle Gedanken aus ihrem Kopf zu verbannen. Statt endlos über ihr Mißgeschick zu grübeln wollte sie sich lieber ein wenig ausruhen und dann nach anderen Mitteln suchen, sich ihrem Gatten zu entziehen.

Sie schloß die Augen, was Giuseppe nötigte, sich zu entfernen. Überdies hatte sich eine kleine Brise aufgemacht, und zwischen ihren halbgeschlossenen Lidern sah sie ihn mit großen Gesten Jacopo Befehl zum Auslaufen geben. Bald darauf glitt das Schiff langsam den Kanal entlang und ins offene Meer hinaus.

Von einer leichten gewittrigen Bö abgesehen, die sich in der Nacht erhob, verlief die Überfahrt ohne besondere Ereignisse, doch als gegen Ende des Nachmittags am folgenden Tag am blauen Horizont eine kapriziös-luftige rötliche Linie erschien, die wie ein um den

Hals des Meeres gelegter schmaler Spitzenvolant aussah, verringerte Jacopo allmählich die Segelfläche.

Je mehr sie vorankamen, desto mehr schwand die Fata Morgana und wich einer langen, flachen Insel. Es war eine melancholische Insel, kahl mit Ausnahme einiger Bäume und zum größten Teil aus einem lang sich hinziehenden Sandstreifen bestehend. Das Schiff näherte sich ihr, glitt eine Weile an ihr entlang, drehte bei und ging vor Anker.

Auf den Bordrand gestützt, versuchte Marianne, die Fata Morgana von vorhin wiederzufinden. Sie wußte: die Insel verbarg sie ihr. Der Aufenthalt überraschte sie.

«Was tun wir hier?» fragte sie. «Warum fahren wir nicht weiter?»

«Mit Eurer Erlaubnis», erklärte Giuseppe, «werden wir die Nacht abwarten, um in den Hafen einzulaufen. Die Venezianer sind neugierige Leute, und Seine Hoheit wünscht, daß die Ankunft Madames so unauffällig wie möglich verläuft. Wir werden die Durchfahrt des Lido passieren, sobald es dunkel sein wird. Glücklicherweise wird der Mond erst spät aufgehen.»

«Wünscht mein Gemahl eine unauffällige ... oder eine heimliche Ankunft?»

«Das ist dasselbe, wie mir scheint.»

«Nicht für mich! Ich liebe keine Heimlichkeiten zwischen Eheleuten. Mein Gemahl scheint sie zu schätzen.»

Sie hatte jetzt Angst, und sie versuchte, sie zu verbergen. Die Befürchtungen, die sie empfunden hatte, als ihr bewußt geworden war, daß sie sich in der Gewalt des Fürsten befand, kehrten trotz aller während der Reise unternommener Bemühungen, sie zu bekämpfen, zurück. Giuseppes Worte, sein scheinheiliges Lächeln, das sie beruhigen sollte, selbst die Gründe, die er ihr nannte, all das erschreckte sie. Warum solche Vorsichtsmaßregeln? Warum diese heimliche Ankunft, wenn sie nur eine bloße Aussprache erwartete, wenn sie nicht von vornherein verurteilt war? Sie konnte sich gegen den Gedanken nicht mehr verschließen, daß am Ende dieses Weges ein Todesurteil auf sie wartete, eine summarische Hinrichtung in einem jener venezianischen Keller, die so leicht Zugang zum Wasser haben mußten. Wer würde es je erfahren, wenn es so war? Wer könnte auch nur ihre Leiche finden? Die Sant'Anna, das hatte man ihr mehrfach gesagt, machten mit dem Leben ihrer Frauen nicht viele Umstände!

Nackte Panik bemächtigte sich jäh Mariannes. Hier umzukommen, in dieser Stadt, von der sie seit Monaten wie von einem verzauberten Ort träumte, an dem ihr Glück beginnen sollte, in Venedig sterben, wo die Liebe, wie man sagte, über alles herrschte! Welch höhnisch grimassierender Scherz des Schicksals! Und wenn Jasons Schiff in die Lagune einlief, würde er vielleicht ahnungslos über ihren langsam sich auflösenden Körper hinweggleiten ...

Diese entsetzliche Vorstellung ließ sie in einer jähen Anwandlung von Verzweiflung aus ihrem Verschlag stürzen, um über Bord zu springen. Die Tartane trug ihren Tod, sie spürte es, sie war dessen sicher; sie wollte fliehen ...

Doch als sie sich eben über die Bordwand schwingen wollte, wurde sie von einer unwiderstehlichen Kraft gewaltsam aufgehalten. Sie fühlte sich um den Leib gepackt und, zu völliger Ohnmacht verurteilt, gegen Jacopos breite Brust gepreßt.

«Aber, aber!» hörte sie Giuseppes ölig-freundliche Stimme. «Was für eine Kinderei! Madame wollte uns also verlassen? Wohin? Hier gibt es nur Gras, Sand und Wasser ... während ein prächtiger Palazzo Madame erwartet!»

«Laßt mich fort!» stöhnte sie, sich mit aller Kraft gegen die Umklammerung wehrend und zugleich die Zähne aufeinanderpressend, um sie am Klappern zu hindern. «Es kann Euch doch gleich sein! Sagt, ich hätte mich ins Wasser gestürzt, ich sei tot! Ja, das ist es! Sagt, ich hätte mich umgebracht! Aber laßt mich fort von diesem Schiff! Ich gebe Euch, was Ihr wollt! Ich bin reich ...»

«Aber nicht so reich wie Seine Hoheit ... und vor allem weniger mächtig! Mein Leben ist bescheiden, Eccellenza, doch ich lege Wert darauf. Ich möchte es nicht verlieren ... und es ist das Pfand, mit dem ich für die gute Ankunft Madames bürgen muß!»

«Das ist verrückt! Wir sind nicht mehr im Mittelalter!»

«Hier sind wir's noch in gewissen Häusern», erwiderte Giuseppe mit plötzlichem Ernst. «Ich weiß, Madame wird mir von Kaiser Napoleon sprechen. Man hat mich unterrichtet! Aber hier ist Venedig, und die Macht des Kaisers zeigt sich hier nachgiebiger und diskreter. Seid also vernünftig!»

Jacopo hatte Marianne nicht losgelassen. Am Ende ihrer Nervenkraft, ihres Widerstands, schluchzte sie in seinen Armen. Sie dachte nicht einmal daran, wie lächerlich es war, so in den Armen eines Unbekannten zu weinen. Sie lehnte sich an ihn, wie sie sich an eine Mauer gelehnt hätte, und war nur noch von einem Gedanken besessen: Alles war zu Ende. Nichts würde den Fürsten mehr hindern, sich so an ihr zu rächen, wie es ihm gefiel. Nur auf sich selbst konnte sie noch zählen. Und das war wenig genug.

Und dennoch wurde sie sich plötzlich eines anomalen Vorgangs bewußt: Jacopos Arme umschlangen sie allmählich fester, und sein Atem ging kürzer. Der gegen ihren Leib gepreßte Körper des Burschen begann zu zittern, dann spürte sie, daß eine seiner Hände verstohlen an ihrer Taille aufwärtsglitt und die Rundung der Brust suchte ...

Sie begriff jäh, daß der schöne Fischer die Situation ausnutzen wollte, während Giuseppe sich einige Schritte entfernt hatte und mit gelangweilter Miene das Ende ihres Tränenausbruchs erwartete.

Die Liebkosung des Fischers wirkte auf sie wie ein Reizmittel und verhalf ihr wieder zu ihrem Mut: Dieser Mann begehrte sie genug, um fast unter Giuseppes Nase eine wahnwitzige Geste zu wagen. Die Hoffnung auf eine andere Belohnung würde ihn dazu bringen, andere Risiken einzugehen ...

Statt Jacopo zu ohrfeigen, wonach es sie verlangte, drängte sie sich enger an ihn, und nachdem sie sich versichert hatte, daß Giuseppe nicht zu ihnen herüberblickte, hob sie sich auf die Zehenspitzen und streifte mit ihren Lippen für einen Moment die des Burschen. Dann stieß ihr ihn zurück, sah ihm jedoch flehend in die Augen.

Er starrte ihr mit einer Art Angst nach, als sie sich wieder von ihm entfernte, suchte sichtlich zu begreifen, was sie von ihm erhoffte, doch Marianne fehlte jede Möglichkeit, es ihm klarzumachen. Wie sollte sie ihm durch Gesten zu verstehen geben, daß es ihr Wunsch sei, ihn Giuseppe niederschlagen und fesseln zu sehen? Hundertmal im Laufe dieser letzten 24 Stunden hatte sie gehofft, irgendeinen Gegenstand auf dem Schiff zu finden, der ihr erlaubte, selbst zu handeln. Zweifellos wäre es ein Kinderspiel, von Jacopo absoluten Gehorsam zu verlangen, aber Giuseppe war zu gerissen und nahm sich in acht. Nichts lag auf der Tartane herum, was als Waffe hätte dienen können, und fast nie hatte er Marianne aus dem Blick verloren. Nicht einmal nachts hatte er ein Auge zugetan ...

Auch war in ihrer Reichweite nicht das geringste zu entdecken, das geeignet gewesen wäre, einen an den Fischer gerichteten Hilferuf auf die Planken des Schiffs zu kritzeln ... vorausgesetzt, daß er überhaupt lesen konnte!

Und der Tag neigte sich dem Ende zu, ohne daß Marianne eine Möglichkeit gefunden hätte, sich ihrem merkwürdigen Verehrer mitzuteilen. Zwischen ihnen auf einer Taurolle sitzend, hatte Giuseppe eine gute Stunde seine Pistole zwischen den Fingern hin und her gedreht, als ahne er eine über ihm schwebende Drohung. Jeder Versuch, etwas zu unternehmen, wäre für den einen wie für den anderen ohne Frage tödlich gewesen.

Dem Verhängnis entgegen, sah Marianne, wie der Anker in der Dämmerung gelichtet wurde und die Tartane in die Durchfahrt glitt. Trotz der sie würgenden Angst konnte die junge Frau einen bewundernden Ausruf nicht unterdrücken: Der Horizont füllte sich mit einem erstaunlichen bläulichvioletten Fresko, auf dem noch Spuren purpurnen Goldes glänzten. Es war wie ein aufs Meer gelegter Kranz phantastischer Blumen, ein Kranz, der allmählich in der Nacht versank.

Die Dunkelheit brach schnell herein. Sie war fast vollkommen, als die Tartane die Insel San Giorgio hinter sich ließ und in den Kanal der Giudecca einlief. Mit verminderten Segeln kam sie nur noch langsam voran, vielleicht um sich so unauffällig wie möglich zu verhalten. Marianne hielt den Atem an. Sie war sich bewußt, in Venedig nun wie in einer geschlossenen Faust gefangen zu sein, und mit schmerzlicher Gier betrachtete sie die großen Schiffe, die jenseits der weißen Säulen der Dogana di mare, des Zollamts, und seiner vergoldeten Fortuna zu Füßen der luftigen Kuppel und der alabasterbleichen Voluten der Salute in der Erwartung neuer, vom Seewind erfüllter Tage schlummerten, der sie weit fort von dieser gefährlichen Sirene aus Stein und Wasser tragen würde.

Das kleine Schiff ankerte abseits des Quais in der Nähe einiger Fischerboote, und als Giuseppe sich endlich entfernte und über den Bordrand beugte, nutzte Marianne den Moment, um sich dem mit dem Einziehen der Segel beschäftigten Jacopo zu nähern, und legte ihre Hand auf seinen Arm. Er erbebte, starrte sie an und versuchte, sie an sich zu ziehen.

Sie schüttelte leicht den Kopf, wies dann auf Giuseppes Rücken, vollführte mit dem Arm eine heftige Bewegung, um ihm begreiflich zu machen, daß er ihn sehr schnell ... sofort vom Halse schaffen sollte.

Sie sah, daß er erstarrte, sah ihn einen Blick zu dem Mann hinüberwerfen, dem er zweifellos zu gehorchen hatte, dann zu ihr, die ihn in Versuchung führte. Er zögerte, sichtlich zwischen Gewissen und Verlangen schwankend ... zögerte eine Sekunde zu lange: Schon wandte Giuseppe sich um und kehrte zu Marianne zurück.

«Wenn Madame sich bemühen will ...» murmelte er. «Die Gondel wartet, und wir müssen uns beeilen.»

Über dem Bootsrand waren zwei Köpfe aufgetaucht. Die Gondel mußte unmittelbar neben der Tartane liegen, und es war jetzt ohnehin zu spät, da Giuseppe Verstärkung erhalten hatte.

Mit einem verächtlichen Schulterzucken wandte sich Marianne von dem mit einem Schlag unwichtig gewordenen Burschen ab, dem sie sich noch einen Moment zuvor im Austausch gegen die Freiheit hatte hingeben wollen, nicht anders als einst die heilige Marie, die Ägypterin, den Schiffern, die sie brauchte.

In der Tat wartete dicht neben der Tartane eine schmale schwarze Gondel. Ihr hochgewölbter Bug und die stählernen Zähne, die ihn bewehrten, verliehen ihr im Kleinformat eine gewisse Ähnlichkeit mit den drachengeschmückten, Drakkar genannten normannischen Piratenschiffen.

Ohne der Tartane auch nur einen letzten Blick zu widmen, nahm Marianne, von Giuseppe eskortiert, in der Kabine Platz, einer Art schwarzen Kasten mit Vorhängen und einem breiten, niedrigen Doppelsitz, und die Gondel glitt, von langen Rudern getrieben, auf das schwarze Wasser hinaus, über dem seit der großen Pest des 17. Jahrhunderts das goldene Kreuz der Salute still über das Wohl Venedigs wachte.

Giuseppe beugte sich an ihr vorbei, um die Vorhänge aus schwarzem Leder zu schließen.

«Was befürchtet Ihr?» fragte Marianne mit schneidender Verachtung. «Ich kenne diese Stadt nicht, und niemand in ihr kennt mich! Laßt mich sie wenigstens betrachten!»

Giuseppe zögerte einen Moment, dann nahm er mit einem resignierenden Seufzer seinen Platz an der Seite der jungen Frau wieder ein und ließ die Vorhänge, wie sie waren.

Die Gondel folgte dem Canal Grande. Marianne entdeckte nun auch, daß die prächtige Kulisse eine lebendige Stadt war. Zahlreiche Lichter schimmerten hinter den Scheiben der Palazzi und verjagten stellenweise die Finsternis. Im spiegelnden Wasser schien es dann wie von Goldplättchen zu funkeln. Aus den in die milde Mainacht geöffneten Fenstern drangen Stimmen und Musik. Ein großer gotischer Palazzo rieselte von Lichtern im Walzertakt neben einem Garten, dessen üppig wuchernde Blattgehänge bis ins Wasser tauchten. Eine Schar Gondeln tanzte im Rhythmus der Geigen vor den majestätischen Stufen einer Treppe, die aus der Tiefe der Fluten aufzusteigen schien.

Aus ihrem dunklen Gewahrsam sah Giuseppes Gefangene Frauen in glänzenden Toiletten, elegante Männer, dazwischen Uniformen aller Farben, die weißen Österreichs nicht ausgeschlossen. Sie glaubte, den Duft der Parfums zu spüren, Gelächter zu hören. Ein Fest! ... Leben! Heiterkeit! ... Und dann, plötzlich, nur noch die Nacht und ein vager, modriger Geruch: Die Gondel war nach jäher Schwenkung in einen schmalen Seitenkanal, einen Rio, zwischen stummen Fassaden eingebogen.

Wie in einem bösen Traum gewahrte Marianne vergitterte Fenster, mit Wappen geschmückte Türen, bröcklige Mauern, aber auch anmutige Brücken, unter denen die Gondel wie ein Phantom hindurchglitt.

Endlich erschien ein kleiner Quai und dahinter in einer von schwarzem Efeu kammartig überwachsenen Mauer der mit Blumen geschmückte Sturz eines schmalen steinernen Portals zwischen zwei barbarischen, schmiedeeisernen Laternen.

Die Gondel legte an. Marianne begriff, daß sie nun wirklich am Ziel der Reise angelangt war, und ihr Herzschlag setzte aus ... Sie war wieder beim Fürsten Sant'Anna.

Doch diesmal erwartete sie kein Lakai auf den aus dem Wasser tauchenden Stufen, weder dort noch in dem engen Garten, in dem ringsum einen wie ein Schmuckkästchen gemeißelten Brunnen die dichte Vegetation aus den alten Steinen selbst zu sprießen schien. Auch war niemand auf der schönen Treppe zu sehen, die sich zu den schlanken Säulchen einer gotischen Galerie hinaufwand, hinter der die Blaus und Rots eines von innen erhellten bunten Fensters wie Juwelen funkelten. Ohne dieses Licht hätte man glauben können, der Palazzo sei unbewohnt ...

Dennoch fand Marianne, während sie die steinernen Stufen hinaufstieg, seltsamerweise mit einem Schlag ihren Mut und ihre Kampfeslust wieder. So war es immer mit ihr: Die unmittelbare Nähe der Gefahr verlieh ihr Kraft und erfüllte sie mit einer Gelassenheit, die das ungewisse Warten ihr raubte. Und sie wußte, sie spürte mit ihrem fast animalischen Instinkt, daß sich hinter der Anmut dieses Hauses aus einer vergangenen Zeit eine Drohung verbarg ... und wäre es nur die schreckliche Erinnerung an Lucinda, die Hexe, deren Palast es aller Wahrscheinlichkeit nach einst gewesen war.

Wenn Marianne sich richtig dessen entsann, was Eleonora ihr erzählt hatte, war dies der Palazzo Soranzo, das Geburtshaus der furchtbaren Fürstin. Und die junge Frau bereitete sich darauf vor zu kämpfen!

Der Prunk des Vestibüls, das sich nun vor ihr auftat, nahm ihr den Atem. Große vergoldete Laternen, herrlich verziert und offensichtlich von alten Galeeren herrührend, ließen den vielfarbigen Marmor des wie ein persischer Garten blühenden Fliesenbodens und das Gold eines von langen, bemalten Balken durchzogenen Plafonds aufschimmern. Längs der von einer Reihe großer Porträts bedeckten Wände wechselten stattliche Bänke aus wappenverziertem Holz mit Porphyrkonsolen ab, auf denen Miniaturnachbildungen von Caravellen ihre Segel blähten. Was die Porträts betraf, stellten sie alle mit unglaublicher Pracht gekleidete Männer und Frauen dar. Sogar zwei Dogen in großer Gala waren darunter, den goldenen *corno* auf dem Haupt, Hochmut in den Augen ...

Der maritime Charakter dieser Galerie war nicht zu übersehen, und die bewundernde Marianne ertappte sich bei dem Gedanken, daß Jason oder auch Surcouf dieses dem Meer geweihte Haus vielleicht geliebt hätten. Unglücklicherweise war es stumm wie ein Grab.

Von den Schritten der Ankömmlinge abgesehen war keinerlei Geräusch zu vernehmen. Und das erwies sich bald als so beängstigend, daß selbst Giuseppe davon beeindruckt schien. Er hüstelte, wie um sich Mut zu machen, steuerte dann einer zweiflügeligen Tür in der Mitte der Galerie zu und raunte dabei wie in einer Kirche:

«Meine Mission endet hier, Eccellenza! Darf ich hoffen, daß Madame keine allzu schlechte Erinnerung...»

«... an diese köstliche Reise bewahren wird? Seid versichert, mein Freund, daß ich mich immer mit dem lebhaftesten Vergnügen an sie erinnern werde... falls ich noch Zeit habe, mich an irgend etwas zu erinnern», fügte sie mit bitterer Ironie hinzu.

Giuseppe antwortete nicht, beugte den Rücken und zog sich zurück. Indessen öffnete sich die Tür mit leichtem Knarren, doch scheinbar ohne Mitwirkung einer menschlichen Hand. Inmitten eines Saales von eindrucksvollen Dimensionen wurde eine mit unerhörtem Luxus gedeckte Tafel sichtbar. Es war wie ein wahres goldenes Beet: Aus Gold die ziselierten Teller, die Bestecke, die emaillierten Becher, die reich mit Einlegearbeit verzierten Flakons, der mit wundervollen purpurnen Rosen garnierte Tafelaufsatz und die hohen Leuchter, deren Arme sich mit ihrer Last brennender Kerzen graziös über diesen barbarischen Herrlichkeiten entfalteten und alles Licht auf sie vereinten, während die mit alten Tapisserien bespannten Wände und die kostbare Bildhauerarbeit des großen Kamins im Halbdunkel blieben.

Es war eine für ein Festmahl vorbereitete Tafel, aber Marianne überlief ein Zittern, als sie feststellte, daß nur zwei Gedecke aufgelegt waren. Also... hatte der Fürst endlich beschlossen, sich zu zeigen. Welche andere Bedeutung hätten diese beiden Gedecke sonst haben können? Und sie würde ihn endlich vor sich haben, ihn in seiner vielleicht entsetzlichen Realität sehen. Oder würde er noch seine weiße Maske tragen, wenn er hier gleich Platz nähme?

Trotz ihrer Willenskraft spürte die junge Frau, wie Angst nach ihrem Herzen griff. Auch wenn ihre natürliche Neugier sie dazu trieb, das Geheimnis, mit dem sich ihr seltsamer Gatte umgab, zu ergründen, wurde sie sich jetzt doch der Tatsache bewußt, daß sie seit jener verhexten Nacht instinktiv immer gefürchtet hatte, allein mit ihm zu sein! Und doch ließ diese blumengeschmückte Tafel nicht auf schlimme Absichten schließen. Es war ein zum Verführen gedeckter Tisch ... fast ein Tisch für Verliebte.

Die Tür, durch die Marianne eingetreten war, schloß sich wieder mit dem gleichen Knarren. Im selben Moment öffnete sich seitwärts des Kamins langsam, sehr langsam wie auf dem Höhepunkt eines gut gebauten Dramas im Theater eine andere schmale und niedrige Tür.

Wie festgewurzelt, mit weit geöffneten Augen, feuchten Schläfen und verkrampften Fingern sah Marianne, wie sie sich in ihren Angeln drehte, als sei dies die Pforte eines Grabes, aus der im nächsten Moment ein Gespenst treten werde. Eine glänzende Gestalt erschien im Gegenlicht, die eines korpulenten Mannes in einer langen, aus Goldfäden gewirkten Robe. Doch Marianne sah sofort, daß es nicht der elegante Umriß von Ilderims Herrn war. Dieser Mensch da war kürzer, schwerer, weniger nobel. Und als er sich im riesigen Speisesaal dessen strahlendem Mittelpunkt, der Tafel, näherte, erkannte die junge Frau ungläubig und entrüstet im schimmernden Dogengewand Matteo Damiani. Er lächelte ...

3. Kapitel

Die Sklavinnen des Teufels

Die Hände in den weiten Ärmeln der talarartigen Robe verborgen, trat der Verwalter und Vertrauensmann des Fürsten Sant'Anna feierlichen Schritts zu einem der hochlehnigen roten Stühle, die die Plätze an der Tafel bezeichneten, legte eine mit Ringen bedeckte Hand auf die Rückenlehne und wies mit einer nobel und ritterlich gemeinten Geste auf den anderen. Das Lächeln, das er zur Schau trug, schien wie eine Maske auf seinem Gesicht zu sitzen.

«Setzt Euch, ich bitte Euch, und soupieren wir! Die lange Reise muß Euch ermüdet haben.»

Einen Moment glaubte Marianne, ihre Augen und Ohren spielten ihr einen bösen Streich, doch sie überzeugte sich rasch, daß sie es nicht mit einem grotesken Traum zu tun hatte.

Der Mann vor ihr war wirklich Matteo Damiani, der verdächtige und gefährliche Diener, dessen Opfer sie im Verlauf einer furchtbaren Nacht fast geworden war.

Es war das erste Mal, daß sie ihn seit jenem Moment wiedersah, in dem er in Trance mit vorgestreckten Händen und Mord in den Augen, die nichts Menschliches mehr hatten, auf sie zugekommen war. Ohne das Dazwischenkommen Ilderims und seines tragischen Reiters . . .

Es fehlte nicht viel, und diese schauerliche Erinnerung hätte die Angst der jungen Frau in Panik verwandelt. Aber es gelang ihr, dank einer ungeheuren Anspannung, sich zu beherrschen. Bei einem Mann dieser Sorte, dessen beunruhigende Vergangenheit sie kannte, bestand ihre einzige Chance darin, das Entsetzen, das er ihr einflößte, zu verbergen. Ihr Instinkt sagte ihr, daß sie verloren sei, wenn er merkte, daß sie ihn fürchtete.

Sie begriff weder, was geschehen war, noch durch welche Art Zauberei Damiani sich so im Gewand eines Dogen (sie hatte die prunkvolle Robe auf einem der Porträts im Vestibül bemerkt) inmitten eines venezianischen Palazzo spreizen und als Herr aufspielen konnte, aber der Augenblick war nicht zum Rätselraten geeignet.

Instinktiv ging die junge Frau zum Angriff über.

Ruhig die Arme über der Brust verschränkend, musterte sie den Kerl mit deutlicher Verachtung. Zwischen den langen Wimpern verengten sich ihre Augen zu schmalen grünblitzenden Schlitzen.

«Dauert der Karneval in Venedig bis in den Mai hinein», fragte sie trocken, «oder wollt Ihr auf einen Maskenball?»

Überrascht – vielleicht durch die Ironie des Tons – stieß Damiani ein kurzes Gelächter aus, und da er offensichtlich nicht erwartet hatte, in diesem Punkt attackiert zu werden, warf er einen unsicheren, fast verlegenen Blick auf seine Kleidung.

«Oh, dieses Kostüm! Ich habe es angelegt, um Euch Ehre zu erweisen, Madame, wie ich auch diese Tafel richten ließ, um Euch zu feiern und Eurer Ankunft in diesem Haus ein höchstes Maß an Glanz zu verleihen. Mir schien ...»

«Ich?» unterbrach ihn Marianne. «Zweifellos habe ich nicht richtig gehört, oder vergeßt Ihr Euch schon so, daß Ihr Euch an die Stelle Eures Herrn versetzt? Und, ganz nebenbei, wollt Ihr mir sagen, wer Euch erlaubt hat, Euch in zweiter Person an mich zu wenden, als wäre ich Euresgleichen? Kommt wieder zur Besinnung, mein Freund, und sagt mir vor allem, wo der Fürst ist. Und wie es kommt, daß Donna Lavinia noch nicht erschienen ist, um mich zu empfangen.»

Der Verwalter zog den vor ihm stehenden Stuhl zurück und ließ sich so schwer auf ihn nieder, daß er unter seinem Gewicht ächzte. Er war dicker geworden seit der schrecklichen Nacht, in der er in seiner Wut über die Störung seiner okkulten Praktiken Marianne zu töten versucht hatte. Die römische Maske, die damals seinen Zügen eine gewisse Distinktion verlieh, war im Fett aufgeschwemmt, und sein früher so dichtes Haar hatte sich bedenklich gelichtet, während seine Finger sich zwischen den Ringen wulsteten, die sie in anmaßender Überfülle bedeckten. Doch all das Lächerliche an diesem feisten, alternden Mann war nichts im Vergleich zu seinem fahlen, frechen Blick.

«Der Blick einer Schlange!» dachte die junge Frau mit einem Schauder des Abscheus angesichts der kalten Grausamkeit, die er ausdrückte.

Das Lächeln von vorhin war wie weggewischt, als hielte es Matteo für überflüssig, sich noch länger die Mühe des Heuchelns zu geben. Marianne wußte, daß sie einen unversöhnlichen Feind vor sich hatte. Deshalb war sie auch kaum überrascht, ihn vor sich hin brummen zu hören:

«Diese Närrin Lavinia! Ihr könnt für sie beten, wenn das Herz Euch dazu drängt. Was mich betrifft, hatte ich's satt, ihre Jeremiaden zu hören und ihre ewige Heiligenmiene zu sehen ... Ich habe sie ...»

«Ihr habt sie getötet?» rief Marianne empört und zugleich von einem ebenso bitteren wie unerwarteten Schmerz überwältigt, denn ihr war nicht bewußt, der sanften Hausbesorgerin einen so großen Platz in ihrem Herzen eingeräumt zu haben. «Ihr seid niederträchtig genug gewesen, diese fromme Frau anzugreifen, die nie jemandem etwas Böses getan hat? Und der Fürst hat Euch nicht niederschießen lassen wie einen tollen Hund, der Ihr seid?»

«Dazu hätte er eine Möglichkeit haben müssen!» brauste Damiani auf und erhob sich so jäh, daß die Tafel, obwohl schwer beladen, ins Wanken geriet und die goldenen Gegenstände aneinanderklirrten. «Ich hatte mich seiner zuerst entledigt! Es war höchste Zeit für mich, den Platz wieder einzunehmen, der mir zukam – den ersten!» fügte er hinzu, jedes Wort durch einen Fausthieb unterstreichend.

Diesmal traf der Schlag. So brutal, daß Marianne mit einem Schreckenslaut zurückwich.

Tot! Ihr seltsamer Gatte war tot! Tot der Fürst mit der weißen Maske! Tot der Mann, der an einem Gewitterabend ihre zitternde Hand in die seine genommen, tot der großartige Reiter, den sie aus der Wirrnis ihrer Furcht und Unsicherheit bewundert hatte! Es war nicht möglich! Das Schicksal konnte ihr nicht diesen schlechten Gauklerstreich spielen.

Mit tonloser, doch schneidender Stimme erklärte sie:

«Ihr lügt!»

«Warum sollte ich? Weil er der Herr und ich der Sklave war? Weil er mir ein gedemütigtes, serviles, meiner unwürdiges Dasein aufzwang? Wollt Ihr mir sagen, welcher triftige Grund mich hätte davon abhalten können, diese Marionette zu beseitigen? Ich habe keinen Moment gezögert, seinen Vater zu töten, weil er die Frau ermordet hatte, die ich liebte! Warum hätte ich ihn also schonen sollen, ihn, der der Hauptgrund dieses Verbrechens war? Ich ließ ihn so lange leben, wie er mich nicht genierte, solange ich nicht bereit war! Vor kurzer Zeit nun begann er, mich zu genieren!»

Ein scheußliches Gefühl des Grauens, des Widerwillens, auch der Enttäuschung und, seltsam genug, des Mitleids und des Kummers überflutete die junge Frau. All das war absurd, grotesk und zutiefst ungerecht. Der Mann, der sich spontan bereitgefunden hatte, einer Unbekannten seinen Namen zu geben, die von einem anderen, wenn auch von einem Kaiser, schwanger war, der Mann, der sie willkommen geheißen, sie mit Luxus und Schätzen überschüttet und zudem noch vor dem Tode bewahrt hatte, verdiente es nicht, durch einen sadistischen Irren zu sterben.

Einen Moment tauchte dank der unfehlbaren Treue ihres Gedächtnisses die durch das Dunkel des Parks galoppierende Doppelgestalt des großen weißen Hengstes und seines stummen Reiters vor ihr auf. Was für eine Verunstaltung der Mann auch verheimlichen mochte – damals hatte er mit dem Tier ein Bild von außerordentlicher, aus Kraft und Eleganz geformter Schönheit abgegeben, das sich ihrem

Geist eingeprägt hatte. Und der Gedanke, daß dieses unvergeßliche Bild durch die Schuld eines miserablen, Lastern und Verbrechen verfallenen Verrückten unwiederbringlich zerstört worden war, erschien Marianne so unterträglich, daß sie sich instinktiv nach irgendeiner Waffe umsah. Sofort wollte sie kurzen Prozeß mit diesem Mörder machen. Sie schuldete es dem, von dem sie nun wußte, daß sie nie etwas von ihm zu fürchten gehabt hätte und daß sie vielleicht von ihm geliebt worden war. Wer konnte sagen, ob er sein Dazwischentreten im nächtlichen Park nicht mit seinem Leben bezahlt hatte?

Doch die auf der Tafel blitzenden eleganten Messer mit goldenen Klingen konnten ihr keine Hilfe sein. Fürs erste blieb der Fürstin Sant'Anna nur das Wort, um zu versuchen, diesen Schurken zu treffen, das Wort, für das er wohl kaum sehr empfänglich sein würde. Auch das Weitere würde kommen. Marianne schwor es sich im stillen feierlich zu. Sie würde ihren Gatten rächen . . .

«Mörder!» fauchte sie ihn endlich voller Ekel an. «Ihr habt es gewagt, den Mann zu beseitigen, der Euch Vertrauen schenkte, der sich so völlig in Eure Hand begeben hatte, Euren Herrn!»

«Es gibt hier keinen anderen Herrn als mich!» kreischte Damiani mit eigentümlicher Falsettstimme. «Es ist die gerechte Umkehr der Dinge, denn ich hatte unendlich mehr Recht auf den Titel des Fürsten als dieser unglückselige Träumer! Ihr seid nicht unterrichtet, arme Närrin, und das ist Eure Entschuldigung», fügte er mit einer Selbstgefälligkeit hinzu, die die junge Frau aufs höchste erbitterte, «aber auch ich bin ein Sant'Anna! Ich bin . . .»

«Ich bin sehr wohl unterrichtet! Und um ein Sant'Anna zu sein, genügt es nicht, daß der Großvater meines Gatten eine unglückliche Halbnärrin geschwängert hat, die ihrer Entehrung nicht widerstehen konnte! Man braucht Herz, Seele, Klasse! Ihr seid nur ein Schuft, der selbst des Messers nicht würdig ist, das ihn töten wird, ein stinkendes Tier . . .»

«Genug!»

Er hatte in einem Anfall äußerster Wut gebrüllt, und sein schwammiges Gesicht war bleich geworden mit häßlichen roten Flecken. Der Schlag hatte offensichtlich gesessen, und Marianne stellte es mit Befriedigung fest.

Er keuchte, als ringe er nach Luft. Und als er wieder sprach, war es mit dumpfer, heiserer, wie erstickter Stimme.

«Genug!» wiederholte er. «Wer hat Euch das gesagt? Woher . . . wißt Ihr das?»

«Das geht Euch nichts an! Ich weiß, das muß Euch genügen!»

«Nein. Eines Tages . . . werdet Ihr es mir sagen müssen! Ich werde

Euch schon zum Reden bringen ... denn ... von jetzt an bin ich es, dem Ihr gehorchen werdet! Ich, versteht Ihr?»

«Hört auf zu faseln und die Rollen zu vertauschen! Warum sollte ich Euch gehorchen?»

Ein bösartiges Lächeln glitt wie ein öliger Fleck über sein Gesicht. Marianne war auf eine giftige Antwort gefaßt. Doch ebenso plötzlich, wie er gekommen war, wich auch Matteo Damianis Zorn. Seine Stimme nahm ihre normale Lage wieder an, und in völlig neutralem, fast gleichgültigem Ton erklärte er:

«Entschuldigt mich. Ich habe mich hinreißen lassen, aber es gibt Ereignisse, von denen ich nicht gern sprechen höre.»

«Vielleicht, aber das sagt mir noch immer nicht, warum ich hier bin, und da ich, wenn ich Euch recht verstanden habe, nun frei über meine Person verfügen kann, wäre ich Euch dankbar, wenn wir diese gegenstandslose Unterhaltung nicht länger ausdehnten und Ihr die notwendigen Dispositionen treffen würdet, damit ich dieses Haus verlassen kann.»

«Davon kann keine Rede sein. Ihr denkt doch wohl nicht, daß ich mir die Mühe gemacht habe, Euch mit großen Kosten und zahlreichen heimlichen Helfern, die ich bis in den Kreis Eurer Freunde hinein kaufen mußte, hierherzubringen, nur um des dürftigen Vergnügens willen, Euch mitzuteilen, daß Euer Gatte nichts mehr mit Euch zu tun hat?»

«Warum nicht? Ich kann mir schlecht vorstellen, durch einen Brief von Euch zu erfahren, daß Ihr den Fürsten ermordet habt. Denn so ist es doch, nicht wahr?»

Damiani antwortete nicht. Nervös zupfte er eine Rose aus dem Tafelaufsatz und drehte sie mit abwesender Miene zwischen seinen Fingern, als suche er eine Idee. Plötzlich entschloß er sich:

«Verstehen wir uns recht, Fürstin», sagte er im sachlichen Ton eines Notars, der sich an einen Klienten wendet. «Ihr seid hier, um einen Kontrakt zu erfüllen. Den, den Ihr mit Corrado Sant'Anna geschlossen habt.»

«Welchen Kontrakt? Wenn der Fürst tot ist, ist der einzige existierende Kontrakt, der meiner Ehe, hinfällig, wie mir scheint.»

«Nein. Ihr wurdet geheiratet im Austausch gegen ein Kind, einen Erben des Namens und Vermögens der Sant'Anna.»

«Ich habe dieses Kind durch einen Unfall verloren!» rief Marianne erregt, da dieses Thema sie noch immer schmerzlich berührte.

«Ich bestreite nicht, daß es sich um einen Unfall handelte, und ich bin überzeugt, daß es nicht Eure Schuld war. Ganz Europa hat erfahren, wie dramatisch der Ball in der österreichischen Botschaft verlief, aber was den Erben der Sant'Anna betrifft, bestehen Eure Verpflichtungen weiter. Ihr müßt ein Kind zur Welt bringen, das die Familie fortführen kann.»

«Wäre es nicht besser gewesen, daran zu denken, bevor Ihr den Fürsten umbrachtet?»

«Warum? Er war in dieser Beziehung nicht sonderlich nützlich, Eure Ehe ist dafür der beste Beweis. Ich selbst kann unglücklicherweise den Namen, der mir rechtens zukommt, nicht in aller Öffentlichkeit tragen. Ich brauche also einen Sant'Anna, einen Erben...»

Matteo sprach von dem Mann, den er beseitigt hatte, mit einem Zynismus und einer Gleichgültigkeit, die Marianne empörten. Zugleich schlich sich eine unbestimmte Bangigkeit in sie ein. Vielleicht aus Angst, zu begreifen, zwang sie sich zur Ironie:

«Ihr vergeßt nur eine Kleinigkeit: Dieses Kind war das des Kaisers ... und ich glaube kaum, daß Ihr Eure Dreistigkeit so weit treiben werdet, Seine Majestät entführen und an Händen und Füßen gebunden zu mir bringen zu lassen.»

Damiani schüttelte mürrisch den Kopf und näherte sich der jungen Frau, die im gleichen Maße zurückwich.

«Nein. Wir müssen auf dieses ‹kaiserliche Blut› verzichten, das den Fürsten so verlockte. Wir werden uns für dieses Kind, das ich nach meinem Belieben formen könnte und dessen große Besitztümer ich mit Glück lange Jahre hindurch verwalten werde, mit Familienblut begnügen ... dieses Kind, das mir um so teurer sein dürfte, als es meines sein wird!»

«Was?»

«Tut nicht so erstaunt! Ihr habt sehr gut verstanden! Ihr habt mich eben als Schurken behandelt, Madame, aber Beleidigungen vermögen eine Herkunft wie die meine weder zu löschen noch auch nur zu schmälern. Selbst wenn es Euch gefällt, es zu leugnen, bin ich deshalb nicht weniger der Sohn des alten Fürsten, der Onkel des armen Verrückten, den Ihr geheiratet habt. Ich bin es also, Fürstin, ich, Euer Verwalter, der Euch dieses Kind machen wird!»

Wie betäubt durch diese Schamlosigkeit brauchte die junge Frau einen Moment, um ihre Sprache wiederzufinden. Ihr Urteil von vorhin war irrig: Dieser Mann war nichts anderes als ein gefährlicher Narr! Es genügte, ihn seine dicken Finger verschränken und wieder lösen zu sehen, während seine Zunge wie die einer sich leckenden Katze mechanisch über seine Lippen glitt, um sich davon zu überzeugen. Er war ein Verrückter, zu jedem Verbrechen bereit, um einen maßlosen Dünkel und Geltungsdrang zu befriedigen, von seinen Instikten gar nicht zu reden ...

Plötzlich wurde sie sich ihrer Einsamkeit angesichts dieses Mannes bewußt, der, ohnehin stärker als sie, zweifellos über Komplicen in diesem allzu stillen Haus verfügte, und wäre es nur der widerwärtige Giuseppe. Er hatte alle Macht über sie, selbst die, sie gewaltsam zu zwingen. Ihre einzige Chance bestand vielleicht darin, ihn einzuschüchtern.

«Wenn Ihr einen Moment überlegen wolltet, würdet Ihr sofort sehen, daß sich dieser unsinnige Plan nicht verwirklichen läßt! Wenn ich nach Italien zurückgekehrt bin, dann unter dem speziellen Schutz des Kaisers und zu einem bestimmten Zweck, den Euch zu enthüllen mir nicht zusteht. Aber seid überzeugt, daß man mich in dieser Stunde sucht und sich meinetwegen beunruhigt. Bald wird der Kaiser unterrichtet sein. Gebt Ihr Euch etwa der Hoffnung hin, daß er mein monatelanges Verschwinden, gefolgt von einer mehr als verdächtigen Geburt, so einfach hinnehmen wird? Man sieht, daß Ihr ihn nicht kennt, und wenn ich an Eurer Stelle wäre, würde ich mir's zweimal überlegen, bevor ich mir einen Feind solchen Kalibers machte!»

«Es liegt mir fern, Napoleons Macht zu verkennen, aber die Dinge werden viel einfacher vor sich gehen, als Ihr es Euch vorstellt. Der Kaiser wird sehr bald einen Brief des Fürsten Sant'Anna erhalten, in dem er sich wärmstens dafür bedankt, ihm eine seinem Herzen unendlich teuer gewordenen Gattin zurückgegeben zu haben, und ihm die gemeinsame Abreise zu einer seiner fernen Besitzungen anzeigt, wo beide endlich die Wonnen eines allzu lange aufgeschobenen Honigmonds zu genießen gedenken.»

«Und Ihr bildet Euch ein, daß er sich damit zufrieden geben wird? Ihm sind die anomalen Umstände meiner Ehe nicht unbekannt. Seid sicher, daß er Nachforschungen veranlassen wird, und so entfernt das angegebene Ziel auch sein mag, der Kaiser wird prüfen, ob es stimmt. Er hatte keinerlei Vertrauen zu dem Schicksal, das man mir hier bereiten würde.»

«Mag sein, doch er wird sich mit dem begnügen müssen, was man ihm sagt ... um so mehr, als einige Zeilen von Euch, enthusiastische Zeilen natürlich, ihm Euer Glück bestätigen und seine Vergebung erflehen werden. Im übrigen habe ich mir die Dienste eines äußerst geschickten Fälschers gesichert! Es wimmelt von Künstlern in Venedig, aber sie sterben vor Hunger! Der Kaiser wird Verständnis haben, glaubt mir: Ihr seid schön genug, um jede Tollheit zu rechtfertigen, selbst die, die ich in diesem Moment begehe. Wäre es in der Tat nicht das einfachste, Euch zu töten und in einigen Monaten ein neugeborenes Kind beizubringen, dessen Geburt seine Mutter das Leben gekostet hätte? Mit perfekter Inszenierung ließe sich das mühelos machen. Doch seit dem Tag, an dem dieser alte Narr von Kardinal Euch zur Villa brachte, begehre ich Euch, wie ich niemals zuvor jemanden begehrt habe. An diesem Abend – erinnert Ihr Euch? – war ich in Eurem Toilettenkabinett versteckt, während Ihr Eure Kleider ablegtet ... Euer Körper hat keine Geheimnisse für meine Augen, aber meine Hände kennen seine Kurven noch nicht. Und seit Eurer Abreise habe ich nur in der Erwartung des Moments gelebt, der Euch hierher zurückführen würde ... mir preisgegeben! Das Kind, das ich will, wird mir dieser schöne Körper geben ... Das ist es wohl wert, nicht wahr, alles zu riskieren, selbst das Mißvergnügen Eures Kaisers! Bevor er Euch findet, wenn überhaupt, werde ich Euch dutzende Male besessen haben, und das Kind wird in Euch unter meinen Augen reifen!... Ah, wie glücklich werde ich sein!»

Langsam hatte er sich ihr wieder zu nähern begonnen. Seine mit Juwelen bedeckten Hände streckten sich zitternd nach der schlanken Gestalt der jungen Frau aus, die, angewidert von der bloßen Vorstellung ihrer Berührung, gegen die Wand des Saals zurückwich und verzweifelt nach einem Ausgang suchte. Aber es gab keinen anderen als die beiden schon erwähnten Türen ...

Nichtsdestoweniger versuchte sie, die zu erreichen, durch die sie eingetreten war. Es war immerhin möglich, daß sie nicht abgeschlossen war, daß sie ihr, falls sie schnell handelte, zur Flucht dienen konnte, selbst wenn sie sich ins schwarze Wasser des Rio stürzen müßte. Doch ihr Feind erriet ihre Absicht. Er brach in Gelächter aus:

«Die Türen? Sie öffnen sich nur auf meinen Befehl! Nutzlos, auf sie zu hoffen! Ihr würdet Euch nur vergebens Eure hübschen Finger zerbrechen ... Nun, schöne Marianne, wo sind Eure Logik und Euer Sinn für Realitäten? Ist es nicht klüger, hinzunehmen, was sich nicht vermeiden läßt, vor allem, wenn man alles zu gewinnen hat? Wer sagt Euch denn, daß Ihr mich, wenn Ihr Euch meinem Verlangen hingebt, nicht zum gehorsamsten aller Sklaven macht ... wie es einst Donna Lucinda getan hat? Ich kenne die Liebe ... bis in ihre betörendsten Geheimnisse. Sie selbst hat sie mich gelehrt. Statt des Glücks werdet Ihr die Wonnen der Lust erfahren ...»

«Kommt nicht näher!... Berührt mich nicht!»

Diesmal hatte sie Angst, wirkliche Angst! Der Mann hatte sich nicht mehr in der Gewalt. Er hörte nichts, begriff nichts. Mechanisch kam er ihr näher, Schritt für Schritt, und dieser Automat hatte etwas maßlos Erschreckendes.

Um ihm zu entkommen, wich sie hinter den Tisch zurück, bediente sich seiner als Wall. Dabei fiel ihr Blick auf ein neben dem Tafelaufsatz stehendes schweres goldenes Salzfäßchen, ein wahres Juwel, zwei Nymphen darstellend, die eine Statue Gott Pans umschlangen. Es war ein wirkliches Kunstwerk, zweifellos aus den Händen Benvenuto Cellinis selbst stammend, doch Marianne wertete an ihm nur eine Eigenschaft: es mußte schwer sein. Mit nervöser Hand griff sie nach ihm und schleuderte es in die Richtung ihres Angreifers.

Eine rasche Bewegung zur Seite rettete ihn, das Salzfaß pfiff dicht an seinem Ohr vorbei und prallte auf die schwarzen Marmorfliesen. Das Ziel war verfehlt, aber ohne ihrem Feind auch nur einen Moment Zeit zu lassen, packte Marianne schon mit beiden Händen einen der schweren Leuchter, spürte nicht einmal den Schmerz des auf ihre Finger tropfenden heißen Wachses.

«Wenn Ihr Euch nähert, schlage ich Euch tot!» fauchte sie mit zusammengepreßten Zähnen.

Folgsam blieb er stehen, doch nicht aus Vorsicht. Er hatte keine Angst, man sah es an seinem genießerischen Lächeln, seinen bebenden Nüstern. Im Gegenteil, er schien diese Minute der Gewalttätigkeit zu genießen, als sei sie das Vorspiel für Momente gesteigerter Wollust. Aber er sagte nichts.

Die Arme hebend, so daß die weiten Ärmel zurückglitten und breite goldene, eines karolingischen Fürsten würdige Armreifen enthüllten, klatschte er nur in die Hände, dreimal, während Marianne mit über den Kopf erhobenem Leuchter, zum Schlagen bereit, verblüfft in ihrer Haltung verharrte.

Das Weitere spielte sich blitzschnell ab. Der Leuchter wurde ihren Händen entrissen, dann sank irgend etwas Schwarzes, Erstickendes über ihren Kopf und eine unwiderstehliche Faust drückte sie zu Boden. Danach fühlte sie sich an Schultern und Füßen gepackt und wie ein Paket fortgetragen.

Der Transport hinauf und hinunter dauerte nicht lange, aber Marianne, die zu ersticken glaubte, schien er endlos. Das Gewebe, das man ihr übergeworfen hatte, strömte einen eigentümlichen Geruch nach Weihrauch und Jasmin, verbunden mit einem wilderen Duft aus. Um ihm zu entgehen, hatte die Gefangene sich zu sträuben versucht, doch die, die sie trugen, schienen außerordentlich kräftig, und ihr einziger Erfolg war ein noch schmerzhafteres Zupacken der Hände um ihre Knöchel.

Sie spürte, daß es eine letzte Treppe hinaufging, dann folgte eine gewisse Distanz auf ebenem Boden. Eine Tür knarrte. Endlich fühlte sie die Nachgiebigkeit weicher Kissen unter ihrem Körper, und fast zugleich sah sie wieder Licht. Es war höchste Zeit. Der Stoff, der ihr die Sicht genommen hatte, mußte besonders dick sein, denn er ließ keine Luft hindurch. Die junge Frau holte ein paarmal tief Atem, dann richtete sie sich halb auf und sah sich nach denen um, die sie hergebracht hatten. Was sie entdeckte war so seltsam, daß sie sich einen Moment fragte, ob sie nicht ein Traum narre: einige Schritte vom Bett entfernt standen drei Frauen, die sie neugierig betrachteten, drei Frauen, wie sie sie noch nie gesehen hatte. Sehr groß, eine wie die andere in dunkelblaue, silbergestreifte Gewänder gehüllt, unter denen zahlreiche Schmuckstücke gegeneinanderklirrten, waren sie alle drei ebenso schwarz wie Ebenholz und einander so ähnlich, daß Marianne an eine durch ihre Erschöpfung hervorgerufene Täuschung glaubte. Aber eine der Frauen löste sich aus der Gruppe, glitt wie ein Phantom durch die offen gebliebene Tür und verschwand. Ihre nackten Füße hatten auf den schwarzen Marmorfliesen keinen Laut verursacht, und ohne das silbrige Geklingel, das ihre Bewegungen begleitete, hätte Marianne sie für eine Erscheinung halten können.

Ohne sich weiter um sie zu kümmern, begannen indessen die beiden anderen dicke Kerzen aus gelbem Wachs in auf dem Fußboden stehenden hohen eisernen Kandelabern anzuzünden, und nach und nach wurde der Raum in allen Einzelheiten sichtbar.

Es war ein sehr großes, zugleich prunkvolles und unheimliches Zimmer. Die an den steinernen Wänden hängenden Tapisserien waren mit Gold überstickt, stellten jedoch Gemetzelszenen von fast unerträglicher Gewalttätigkeit dar. Das aus einer mächtigen, mit Schlössern versehenen Eichentruhe und mit rotem Samt bezogenen Ebenholzstühlen bestehende Mobiliar war von mittelalterlicher Steifheit. Eine schwere Laterne aus vergoldeter Bronze und rotem Kristallglas hing von den Deckenbalken, enthielt aber kein Licht.

Was das Lager betraf, auf dem Marianne ruhte, war es ein riesiges Säulenbett, groß genug, um eine ganze Familie zu beherbergen, und ganz von schweren Vorhängen aus schwarzem, mit rotem Taft gefüttertem Samt verhüllt, passend zu der goldbestickten Steppdecke. Der Saum dieser Vorhänge verlor sich in den schwarzen Bärenfellen, die die beiden Stufen bedeckten, auf denen sich das Bett wie ein irgendeiner dämonischen Gottheit geweihter Altar erhob.

Um den unerfreulichen Eindruck abzuschütteln, der sich ihr aufdrängte, wollte Marianne sprechen.

«Wer seid Ihr?» fragte sie. «Warum habt Ihr mich hierhergebracht?»

Aber ihre Stimme kam wie von weit her, schien ihr kaum über die Lippen zu wollen, wie das zuweilen in schlimmen Alpträumen geschieht. Übrigens ließen auch die beiden Schwarzen durch keine Bewegung merken, ob sie sie gehört hatten. Die Kerzen waren jetzt alle angesteckt und bildeten Flammensträuße, die sich in den schwarzen, wie ein See im Mondlicht aufglänzenden Fliesen spiegelten. Auch die Kerzen eines auf der Truhe stehenden Leuchters brannten nun.

Die dritte Frau kehrte bald mit einem schwer beladenen Tablett zurück, das sie auf die Truhe niedersetzte. Doch als sie sich dem Bett näherte und die anderen mit einer herrischen Geste hinzurief, bemerkte Marianne, daß sich die Ähnlichkeit dieser Frauen auf eine Gleichartigkeit der Gestalten, der Größe und der Gewänder beschränkte, denn die letzte war viel schöner als ihre Gefährtinnen. Bei ihr waren die bei den anderen ziemlich betonten negroiden Züge verfeinerter, wie stilisiert. Ihre kalten Augen waren mandelförmig geschnitten, und ihr Profil hätte trotz der gleichsam animalischen Sinnlichkeit der stark aufgeworfenen Lippen einer Pharaonentochter gehören können, deren hochmütige Anmut und verächtliche Überlegenheit sie gleichfalls besaß. Im flackernden Licht der Kerzen gesehen, bildete sie mit ihren Gefährtinnen eine eigentümliche Gruppe, die ihre Autorität deutlich bestätigte: Die beiden anderen waren da, um ihr zu gehorchen, das war zu spüren.

Im übrigen wurde Marianne auf ein Zeichen von ihr wieder gepackt und auf die Beine gestellt. Die schöne Schwarze trat zu ihr und begann, der jungen Frau das zerknitterte Kleid aufzuhaken und auszuziehen, ihre sofort gebändigten Widerstandsregungen scheinbar nicht einmal bemerkend. Sie befreite sie auch von ihrer Wäsche und ihren Strümpfen.

Nackt wurde Marianne von ihren beiden Wächterinnen zu einem Schemel im Mittelpunkt eines in den Fußboden selbst eingelassenen Bassins getragen. Mit einem Schwamm und einem Stück parfümierter Seife bewaffnet, begann die Schwarze sie mit viel Wasser zu waschen, ohne ein Wort dabei zu verlieren. Mariannes Versuche, ihr beharrliches Schweigen zu durchbrechen, blieben fruchtlos.

In der Annahme, diese Frauen seien vielleicht ebenso stumm wie der schöne Jacopo, gab Marianne schließlich ihre Proteste auf und ließ alles mit sich geschehen. Die Reise hatte sie erschöpft. Sie fühlte sich müde und schmutzig. Diese energische Reinigung war willkommen, und ihr war erheblich wohler zumute, als die Frau, nachdem sie sie kräftig abgetrocknet hatte, mit plötzlich erstaunlich sanften Händen ihren ganzen Körper mit einem seltsam und durchdringend riechenden Öl einzureiben begann, das mit einem Schlag alle Müdigkeit aus ihren Muskeln verjagte. Dann wurde ihr gelöstes Haar gebürstet und wieder gebürstet, bis es unter dem Kamm knisterte. Nach beendigter Toilette wurde Marianne von neuem aufs Bett transportiert, dessen jetzt zurückgeschlagene Decke Laken aus purpurner Seide sehen ließ. Eine der

Frauen brachte das Tablett und stellte es auf ein zum Kopfende gerücktes kleines Möbel. Dann reihten sich die drei merkwürdigen Kammerzofen nebeneinander am Fuß des Bettes auf, verneigten sich gleichzeitig leicht und verschwanden im Gänsemarsch durch den Ausgang.

Zu überrascht, um zu irgendeiner Reaktion imstande zu sein, bemerkte Marianne erst, als die letzte verschwunden war, daß sie ihre Kleidungsstücke mitgenommen und sie völlig nackt, ohne jede andere Verhüllung als ihr langes Haar, auf dem aufgeschlagenen Bett zurückgelassen hatten.

Die Absicht, die diese Frauen dazu veranlaßt hatte, war so klar, daß ein jäher Wutanfall im Nu den Eindruck körperlichen Wohlbefindens vertrieb, der ihr von ihrem Bad geblieben war. Man hatte sie vorbereitet und auf den Opferaltar gelegt, um dort das Begehren des Mannes zu empfangen, der sich als ihr Herr aufspielte, wie einst die den barbarischen Göttern geweihten Jungfrauen oder weißen Färsen! Es fehlte wahrhaftig nur der Blütenkranz auf ihrem Haar!...

Diese drei schwarzen Frauen mußten Sklavinnen sein, die Damiani in einer afrikanischen Handelsniederlassung gekauft hatte, aber es war nicht schwer, den Platz zu erraten, den die Schönste von ihnen bei diesem Elenden einnahm. Trotz ihrer sanften Hände verrieten ihre Augen, während sie dem Körper der Neugekommenen sorgsame Behandlung zuteil werden ließ, Gefühle, über die sich zu täuschen unmöglich war: Diese Frau haßte sie und sah zweifellos in ihr eine gefährliche Rivalin und die neue Favoritin.

Schon der Gedanke an dieses Wort ließ Marianne vor Scham und Wut erröten. Eines der roten Seidenlaken rasch unter sich hervorzerrend, wickelte sie sich so eng darin ein wie eine Mumie in ihren Binden. Sofort fühlte sie sich besser, ihrer selbst sicherer. Welche Würde bewahrte man in der Tat in den Augen eines Feindes, wenn man seinen Körper nackt wie den eines Sklaven auf dem Markte preisgab?

So ausgerüstet, durchforschte sie den Raum nach einem Ausgang, einem Loch, durch das man in die Freiheit entschlüpfen konnte. Doch außer der niedrigen, abweisenden Tür, einer wahrhaften Kerkerpforte, eingelassen in eine mehr als meterdicke Mauer, waren da nur zwei schmale, durch Säulchen geteilte Fenster, die auf einen völlig blinden Innenhof hinausgingen. Zudem waren sie noch von außen durch ein Gitter sich kreuzender Stäbe gesichert.

Zur Flucht konnten sie nicht verhelfen, es sei denn, man lockerte das Gitter und riskierte einen gefährlichen Sturz auf den Boden des Schachtes, aus dem es vielleicht keinen Ausweg gab. Ein unangenehmer Geruch nach Feuchtigkeit und Moder stieg aus ihm auf.

Dennoch mußte es unten irgendeinen Durchlaß geben, vielleicht eine Tür oder ein Fenster, denn sie gewahrte im Hof ein in einem Luftzug aufflatterndes Blatt. Aber es war nur eine Vermutung, und außerdem ... wie sollte sie ohne Kleidung aus einem Haus entkommen, das nur auf dem Wasserweg zugänglich war? In dieses Laken verstrickt zu schwimmen war unmöglich, und Marianne sah sich auch nicht wie Venus bei ihrer Geburt den Wassern des Canal Grande entsteigen und in einer so notdürftigen Aufmachung in der Stadt Zuflucht suchen.

Das Ziel, das man mit der Wegnahme ihrer Kleidung verfolgte, war also ein doppeltes: sie den Anstürmen Damianis mit einem Minimum an Verteidigungsmöglichkeiten auszusetzen und ihr jede Fluchtchance zu nehmen.

Entmutigt und mit schwerem Herzen kehrte sie zum Bett zurück, setzte sich und versuchte, ihre Gedanken zu ordnen und ihre Angst zu unterdrücken. Es war nicht leicht!... Dabei fiel ihr Blick auf das für sie vorbereitete Tablett. Mechanisch hob sie einen Deckel aus vergoldetem Silber, die die beiden auf einem Spitzendeckchen stehenden Schüsseln bedeckten. Außerdem waren da ein goldbraunes Brot und ein Weinflakon aus buntem Muranoglas, schlank und graziös wie ein Schwanenhals.

Ein appetitlicher Duft drang aus der Schüssel. Sie enthielt eine Art Ragout von solchem Wohlgeruch, daß die Nüstern der jungen Frau sich blähten. Jetzt erst wurde ihr bewußt, daß sie förmlich vor Hunger umkam, griff rasch nach dem goldenen Löffel und tunkte ihn in eine Sauce von schöner Karamelfarbe. Doch der Löffel gelangte nicht bis zu ihren Lippen, denn jäh beschlich sie Furcht: Wer konnte sagen, ob dieses appetitliche Gericht mit seinen exotischen Düften nicht irgendeine Droge enthielt, die sie ihrem Feind wehrlos wie eine im Spinnennetz gefangene Fliege ausliefern würde?

Die Angst war stärker als der Hunger. Marianne legte den Löffel zurück und hob den anderen Deckel. Die zweite Schüssel enthielt Reis, aber auch er mit einer so ungewöhnlichen Sauce angerichtet, daß die Gefangene gleichfalls auf ihn verzichtete.

Sie fürchtete ohnehin schon den unvermeidlichen Moment, in dem die Müdigkeit sie überwältigen und zwingen würde, sich Schlaf zu gönnen. Es war unsinnig, der Gefahr noch entgegenzugehen.

Seufzend biß sie in das kleine Brot, das allein ihr völlig harmlos schien, sich jedoch als ganz und gar ungenügend erwies, ihren Hunger zu stillen. Den Flakon mit Wein, den Marianne vorsichtig beschnupperte, schob sie ebenfalls beiseite, und erneut seufzend verließ sie, in das rote Laken gehüllt, ihr Bett, um einige Schlucke aus der großen silbernen Wasserkanne zu trinken, deren sich die schöne Negerin vorhin bei ihrer Toilette bedient hatte.

Das Wasser war lau und hatte einen ziemlich unangenehmen schlammigen Nachgeschmack, aber es löschte immerhin ein wenig ihren Durst, der mit jedem Augenblick quälender wurde. Trotz der Dicke der Mauern drang die in Venedig herrschende und durch den Einbruch der Nacht kaum gemilderte Hitze ins Zimmer und schien hier sogar noch drückender. Die rote Seide des Lakens klebte an Mariannes Haut, und einen Moment war sie versucht, sich ihrer zu entledigen und sich nackt auf den Fliesen auszustrecken, die ihre Fußsohlen ein wenig kühlten. Doch dieses Laken war ihre einzige Verteidigung, ihr letzter Schutzwall, und widerwillig entschloß sie sich, zu ihrem prunkvollen Lager zurückzukehren, das sie fast genauso beunruhigte wie die Speisen des Tabletts.

Sie hatte sich gerade eben zurechtgelegt, als die schöne Schwarze eintrat und sich mit den geschmeidigen Bewegungen eines kaum gezähmten Raubtiers dem Bett näherte.

Instinktiv schob sich Marianne in die Kissen zurück, doch total unbeeindruckt durch diese Verteidigungsgeste, die ebensogut Furcht wie Abscheu bedeuten konnte, hob die Frau die Deckel der Schüsseln. Unter ihren blau geschminkten Lidern filterte ein ironischer Blick hervor. Dann griff sie nach dem Löffel und machte sich so geruhsam ans Essen, als sei sie allein.

In kurzer Zeit waren die beiden Schüsseln und der Flakon dazu leer. Ein befriedigter Seufzer beschloß die Mahlzeit, und Marianne konnte nicht umhin, diese friedfertige Demonstration unendlich demütigender zu finden als eine ganze Litanei von Vorwürfen, denn sie enthielt spürbar Spott und Verachtung. Diesem Mädchen schien es Vergnügen zu machen, ihr zu beweisen, wieviel Feigheit sich in ihrer Vorsicht verbarg.

Empfindlich getroffen und zudem keinen Anlaß sehend, noch länger zu hungern, erklärte Marianne trocken:

«Ich liebe diese fremdartigen Speisen nicht. Holt mir Früchte!»

Zu ihrer großen Überraschung stimmte die Schwarze mit einem Neigen des Kopfes zu und klatschte sofort in die Hände. Als eine ihrer Gefährtinnen erschien, richtete sie ein paar Worte in einer unbekannten, guttural klingenden Sprache an sie. Es war das erste Mal, daß Marianne ihre Stimme hörte. Sie hatte einen seltsamen, tiefen Klang, fast ohne Modulationen, der zu ihrer rätselhaften Persönlichkeit paßte. Doch eines war sicher: Wenn diese Frau nicht das von Marianne benutzte Italienisch sprach, verstand sie es wenigstens genau, denn schon nach wenigen Minuten wurden die geforderten Früchte gebracht. Und sie war jedenfalls nicht stumm.

Durch dieses Resultat ermutigt, wählte Marianne einen Pfirsich, dann forderte sie in normalem Ton Kleidungsstücke oder zumindest doch ein Nachthemd. Doch diesmal schüttelte die schöne Negerin den Kopf.

«Nein», sagte sie rundheraus. «Der Herr hat es verboten!»

«Der Herr?» empörte sich Marianne. «Dieser Mann ist nicht der Herr hier! Er ist mein Diener, und nichts in diesem Palazzo, der Eigentum meines Gatten ist, gehört ihm!»

«Ich gehöre ihm!»

Sie sagte es mit scheinbarer Ruhe, aber eine eigentümliche Leidenschaftlichkeit vibrierte unter der Einfachheit der Worte. Marianne war nicht erstaunt darüber. Seit ihrem ersten Blick auf die schöne Negerin hatte sie deren intime Verbindung mit Damiani gespürt. Sie war zugleich seine Sklavin und seine Mätresse, sie diente seinen Lastern und beherrschte ihn zweifellos durch die Macht ihrer sinnlichen Schönheit. Verhielte es sich anders, wäre die Anwesenheit des merkwürdigen Trios in diesem venezianischen Palazzo nicht zu erklären gewesen.

Der Gefangenen blieb keine Zeit, die Frage zu stellen, die ihr auf den Lippen schwebte. Durch die sich öffnende Tür erschien Matteo Damiani in Person, noch immer mit seiner goldschimmernden Dalmatika angetan, doch nun zum Fürchten betrunken.

Mit unsicheren Schritten taumelte er über die glänzenden Fliesen, eine Hand auf der Suche nach einem Stützpunkt vorgestreckt. Er fand ihn in einer der Säulen des Bettes und klammerte sich mit dem letzten Rest seiner Energie an ihr fest.

Voller Abscheu sah Marianne sein weinhefefarbenes Gesicht sich ihr nähern, dessen früher nicht unedlen Züge nun im Fett verschwammen. Die Augen, die sie noch klar, unverschämt, zuweilen unerbittlich gekannt hatte, waren von roten Äderchen durchzogen. Ihr Blick flackerte wie die Flamme einer Kerze im Wind.

Damiani keuchte, als habe er einen langen Lauf hinter sich, und sein schwerer, säuerlicher Atem drang bis zu der angeekelten jungen Frau. Er grunzte:

«Nun ... meine Schönen? Hat man schon ... Bekanntschaft miteinander gemacht?»

Zwischen Widerwillen, Angst und Verblüffung schwankend, versuchte Marianne vergeblich zu begreifen, wie dieser einst zwar sonderbare, beunruhigende, aber anscheinend mit einer gewissen Würde und unvergleichlicher Eitelkeit begabte Mann, dieser Dämon, den Eleonora mit den Eigenschaften eines durchtriebenen Genies des Bösen ausgestattet hatte (war sie nicht selbst Zeugin gewesen, als er sich schwärzesten Praktiken der Magie hingab?), so weit hatte heruntergekommen und sich zu einem in Alkohol eingeweichten Fettwanst erniedrigen können? War es das Gespenst seines unglücklichen, allzu vertrauensseligen, von ihm ermordeten Herrn, das den schlechten Diener verfolgte? Vorausgesetzt allerdings, daß Matteo Damiani Gewissensbissen überhaupt zugänglich war ...

Indessen ließ er sich mit seinem ganzen Gewicht aufs Bett fallen und griff mit zitternden Händen nach dem Seidenlaken, in das Marianne sich gewickelt hatte.

«Nimm ihr das weg, Ishtar! ... Es ist so heiß! ... Und ich hatte dir gesagt, ich will nicht, daß man ihr auch nur das kleinste Kleidungsstück läßt! Sie ist ... ist eine Sklavin und ... Sklaven gehen nackt in deinem Teufelsland! Die Tiere auch! Und sie ist nichts anderes als eine schöne kleine Stute, die mir das fürstliche Fohlen werfen wird, das ich brauche!»

«Du bist betrunken!» schalt die Schwarze zornig. «Wenn du so weitertrinkst, wirst du nie dein fürstliches Fohlen kriegen. Es sei denn, du läßt es von einem anderen machen! Sieh dich an, hingefläzt aufs Bett! Du bist nicht mehr imstande zu lieben!»

Er stieß ein trunkenes Gelächter aus, das in einem Schluckauf endete.

«Du gibst mir eben deine Droge, Ishtar, und ich werde stärker sein ... als ein Stier. Geh ... hol mir das Gebräu, das das Blut verbrennt ... meine schöne Hexe! Und vergiß nicht, auch ihr davon zu geben ... damit sie schnurrt wie eine heiße Katze! Aber zuerst ... hilf mir, ihr das da wegzunehmen! Schon der Anblick ihres Körpers wird mir meine Kräfte wiedergeben! Ich habe von ihm geträumt ... ganze Nächte hindurch ...»

Mit von der Trunkenheit unsicher gewordenen Händen knüllte er fahrig das Laken zusammen, wie besessen den Reizen der vor Entsetzen fast ohnmächtigen jungen Frau nachspürend. Wie konnte sie sich nur gegen einen Säufer wehren, dem ein schwarzer Dämon beistand? Die Panik verlieh ihr ungeahnte Kräfte. Gewaltsam riß sie den seidigen Stoff aus den Händen des Mannes, dann glitt sie mit einer blitzschnellen Drehung der Hüften aus dem Bett und lief quer durch den Raum, dabei das Laken so gut es ging um ihre Brust verknüpfend.

Wie zuvor im Speisesaal packte sie mit beiden Händen den auf der Truhe stehenden Leuchter mit seiner Last brennender Kerzen. Glühendheiße Tropfen fielen auf ihre Arme und ihre nackten Schultern, aber Angst und Wut verdoppelten ihre Kräfte und ließen sie den Schmerz nicht spüren. Im Halbdunkel funkelten ihre grünen Augen wie die eines auf der Lauer liegenden Panthers.

«Ich erschlage den ersten, der sich mir nähert!» drohte sie mit zusammengepreßten Zähnen.

Ishtar, die sie mit einem ganz neuen Interesse betrachtete, zuckte die Schultern.

«Vergeude deine Kräfte nicht umsonst! Er wird dich diese Nacht nicht berühren. Der Mond ist noch nicht voll, und die Gestirne sind dagegen. Du würdest nicht schwanger werden ... und er ist heute ohnehin nicht fähig.»

«Ich will nicht, daß er mich berührt, weder heute nacht noch überhaupt!»

Das dunkle Gesicht verhärtete sich, nahm einen unerbittlichen Ausdruck an, der ihr für einen Moment die starre Strenge einer Ebenholzstatue verlieh.

«Du bist hier, um ein Kind zu machen», sagte sie schroff, «und du wirst es tun! Erinnere dich an das, was ich dir gesagt habe: Ich gehöre ihm, und ich werde ihm helfen, wenn die Stunde kommt.»

«Wie könnt Ihr ihm gehören?» rief Marianne. «Seht ihn doch an! Er ist gemein, widerlich, eine weindurchtränkte, fettige Masse.»

In der Tat war Damiani, als betreffe ihn der Disput nicht im geringsten, in seinem zerknitterten Dogengewand auf dem Bett liegen geblieben, mühsam atmend und so offensichtlich in die Nebel der Trunkenheit verloren, daß Marianne wieder ein wenig Hoffnung schöpfte. Dieser Mensch war ein Trinker, und allem Anschein nach blieben Ishtars Bemühungen, ihn vom Alkohol fernzuhalten, vergeblich. Es würde vielleicht viel Zeit verstreichen, bis die Gestirne sich «günstig» zeigten, und bis dahin hatte sie möglicherweise einen Fluchtweg aus diesem Tollhaus gefunden, und wenn sie ohne einen Faden am Leib in den Rio springen und am hellichten Tag im Herzen Venedigs in der gleichen Aufmachung wieder herausklettern müßte. Zweifellos würde man sie verhaften, aber sie wäre wenigstens diesem Alptraum entronnen.

Ihre Armmuskeln zitterten unter dem Gewicht des Kandelabers. Langsam stellte sie ihn zurück. Ihre Kräfte begannen nachzulassen, und es war auch nicht mehr notwendig. Ishtar hatte drüben am Bett Matteo um den Leib gepackt, warf ihn sich wie einen Mehlsack über die Schulter und wandte sich zur Tür, offenbar ohne die Bürde auch nur zu spüren.

«Leg dich wieder», riet sie Marianne herablassend. «In dieser Nacht kannst du ruhig schlafen.»

«Und ... die folgenden Nächte?»

«Das wirst du sehen. Bilde dir jedenfalls nicht ein, daß er in Zukunft soviel trinken wird, denn ich werde aufpassen. Heute abend hat er ... nun, sagen wir, ein wenig zu sehr deine Ankunft gefeiert. Er erwartet dich seit langem. Gute Nacht!»

Das seltsame schwarze Mädchen verschwand mit ihrer Last, und Marianne sah sich allein, vor sich die Perspektive langer Stunden. Ein Eindruck von Alptraum blieb, selbst in ihrem ermüdeten Gehirn, in dem sich die Ereignisse nicht aneinanderfügen und der Tod ihres mysteriösen Gatten samt der aus ihm resultierenden unglaublichen Umkehrung der Situation nicht Wirklichkeit werden wollte.

Trotz der Hitze zitterte sie, aber es war vor Erregung, und sie wußte, daß sie trotz der Erschöpfung ihrer Nervenkraft nicht würde schlafen können. Sie wollte nur eines: fliehen, und das sobald wie möglich! Der lächerliche und widerliche Vorgang, der sich kurz zuvor abgespielt hatte, hatte sie in eine Art Betäubung versetzt, aus der sie allein durch ihren animalischen Selbsterhaltungstrieb herausgerissen worden war, als sie den Leuchter gepackt hatte.

Sie mußte diesen tödlichen Nebel zerstreuen, mußte sich von der lähmenden Angst befreien, in die sie sich hatte hineintreiben lassen, mußte versuchen, ihrer Nerven wieder Herr zu werden. Schließlich war sie nicht zum erstenmal eine Gefangene, und bisher war es ihr immer geglückt zu entkommen, selbst unter schwierigen Umständen. Warum sollten Glück und ihr Mut sie diesesmal im Stich lassen? Der Mann, der sie in seine Gewalt gebracht hatte, war ein Halbirrer, und seine Wächterinnen waren mehr als halbwilde Geschöpfe. Ihre Intelligenz und ihre Geduld mußten ihr aus dieser Klemme heraushelfen.

Diese Überlegungen ermunterten sie ein wenig. Um sich noch fester in die Hand zu bekommen, tauchte Marianne ihr Gesicht ins Wasser, trank einige Schlucke und kehrte zum Bett zurück, um eine der Früchte zu essen, deren duftende Frische ihr guttat. Danach zerriß sie das Laken, das sie noch immer trug und dessen Größe sie störte, hüllte sich in eines der Stücke und knotete die Enden fest über der Brust zusammen. Sich so fast ein wenig bekleidet zu fühlen, gab ihr trotz der Fragwürdigkeit dieses seidenen Schutzwalls eine Art neuer Sicherheit. In dieser Ausrüstung faßte sie mit minuziöser Gründlichkeit noch einmal jeden verborgensten Winkel des Raums ins Auge, verbrachte lange Minuten vor der Tür mit der Erforschung des komplizierten Spiels der Schlösser, um schließlich zu dem deprimierenden Schluß zu kommen, daß man wenigstens über eine Kanone verfügen mußte, um sie ohne Schlüssel zu öffnen: Dieses unheimliche Zimmer war ebenso fest verschlossen wie ein Geldschrank.

Darauf kehrte die Gefangene zum Fenster zurück und untersuchte die Gitter. Die Stäbe waren dick, doch ihr Netz war nicht allzu eng und Marianne schmal. Wenn es ihr gelang, nur einen von ihnen zu entfernen, würde sie sich durch den so geschaffenen Zwischenraum zwängen und dann mit Hilfe ihrer Laken in den kleinen Innenhof hinunterklettern können, wo sie sicher einen Durchlaß finden würde. Aber wie ließ sich dieser Gitterstab lösen? Und womit? Der Zement, der ihn im Stein festhielt, war alt und mit einem soliden Werkzeug vielleicht erfolgreich zu attackieren. Die Schwierigkeit bestand nur eben darin, dieses solide Werkzeug aufzutreiben ...

Auf dem Tablett war das Besteck aus vergoldetem Silber verblieben, aber für diesen Zweck war es viel zu zerbrechlich und völlig ungeeignet.

Doch besessen von ihrem Freiheitsdrang, weigerte sich Marianne, sich entmutigen zu lassen. Sie brauchte ein Stück Eisen, und sie suchte hartnäckig weiter, durchforschte Winkel und Möbel, musterte die Wände, immer in der Hoffnung, eine Antwort, irgendeinen brauchbaren Gegenstand zu finden. Ihre Beharrlichkeit wurde schließlich belohnt. Sie stellte fest, daß in scharfe Spitzen auslaufende mittelalterliche Schnörkel aus geschmiedetem Eisen das Schloß der großen Truhe verzierten, und als sie sie mit zugleich gierigen und behutsamen Fingern betastete, stieß sie einen schnell unterdrückten Freudenschrei aus: Einer von ihnen, mit rostigen Nägeln befestigt, saß nicht fest. Es war vielleicht möglich, ihn zu lösen. Vor Erregung bebend, holte Marianne die Serviette vom Tablett, um ihre Finger nicht zu verletzen, kauerte sich neben die Truhe auf den Boden und machte sich daran, an dem Beschlag zu rütteln, um die Nägel noch mehr zu lockern. Es war weniger leicht, als sie anfangs geglaubt hatte. Die Nägel waren lang, das alte Holz war fest, und die schwüle, stickige Luft trug nicht dazu bei, die beschwerliche Arbeit zu erleichtern. Doch nur auf ihr Ziel bedacht, spürte Marianne weder die Hitze noch die Stiche der Mücken, die sie, von den Kerzenflammen des Leuchters neben ihr angelockt, plagten.

Als endlich das begehrte Ornament in ihre Hand fiel, war die Nacht schon weit fortgeschritten und die in Schweiß gebadete junge Frau war erschöpft. Einen Moment betrachtete sie das schwere Stück Eisen, dann raffte sie sich mühsam auf, ging zum Fenster, musterte noch einmal die Zementierung des Gitters und stieß einen Seufzer aus. Sie würde mehrere Stunden brauchen, bevor sie damit zu Rande käme, und der Tag wäre längst angebrochen, bevor sie ihre Arbeit beendet hätte.

Wie um ihr Recht zu geben, schlug eine Turmuhr in der Nachbarschaft vier Uhr. Es war zu spät. In dieser Nacht konnte sie nichts mehr tun. Zudem fühlte sie sich jetzt auch so müde und durch das lange Kauern so steif und zerschlagen, daß die Kletterpartie mit Hilfe der

Laken sich als problematisch erwiesen hätte. Die Klugheit gebot, die nächste Nacht abzuwarten. Und bis dahin mußte sie schlafen, so lange wie möglich schlafen, um wieder zu Kräften zu kommen!

Sobald ihr Entschluß gefaßt war, befestigte Marianne sorgsam den Eisenbeschlag mittels der Nägel wieder an seinem Platz. Dann murmelte sie ein Gebet voller flehentlicher Bitten, streckte sich auf dem breiten Bett aus und schlief ein, wie man in ein tiefes Gewässer taucht, nachdem sie die Decke fest um sich gezogen hatte, denn die neblige Kühle des Morgens drang schon ins Zimmer.

Sie schlief lange, erwachte erst, als eine Hand ihre Schulter berührte. Die Augen öffnend, gewahrte sie Ishtar, die auf dem Bettrand saß und sie betrachtete. Sie war in eine weite schwarzgestreifte weiße Tunika gehüllt und trug große goldene Ringe in den Ohren.

«Die Sonne geht unter», sagte sie ruhig, «aber ich habe dich schlafen lassen, denn du warst müde. Und dann gab's auch nichts anderes für dich zu tun. Jetzt ist die Stunde der Toilette gekommen.»

In der Tat warteten die beiden anderen Frauen schon mit dem ganzen Arsenal vom Tag zuvor inmitten des Zimmers. Doch statt aufzustehen, wühlte sich Marianne tiefer unter die Decken und warf Ishtar einen zornigen Blick zu:

«Ich habe keine Lust aufzustehen. Vor allem habe ich Hunger! Die Toilette kann warten.»

«Ich bin nicht deiner Meinung! Dir wird danach serviert werden. Und falls du noch zu müde bist, dich zu erheben, können meine Schwestern dir helfen.»

Eine Drohung, ironisch, aber nicht zu leugnen, schwang im Samtton der Stimme mit. Marianne erinnerte sich, mit welcher Leichtigkeit sich das große schwarze Mädchen den gewichtigen Matteo auf die Schulter geladen hatte, und begriff, daß jeder Widerstand nutzlos war. Und da sie Kräfte, die sie für Wichtigeres zu brauchen glaubte, nicht in einem sinnlosen Streit vergeuden wollte, erhob sie sich ohne ein weiteres Wort und überließ sich den Händen ihrer merkwürdigen Dienerinnen.

Die gleichen Reinlichkeitsriten wie am Abend zuvor wiederholten sich, nur diesmal mit noch weit größerer Sorgfalt. Statt mit Öl wurde ihr ganzer Körper mit einem schweren Parfum eingerieben, das ihr zu Kopf stieg und bald unerträglich wurde.

«Hört auf, dieses Parfum zu verwenden», protestierte sie, als sie sah, daß eine der Frauen sich noch ein gehöriges Quantum davon in die Höhlung der Hand schüttete. «Ich liebe es nicht!»

«Was du liebst oder nicht liebst, ist unwichtig», entgegnete Ishtar ruhig. «Das ist das Parfum der Liebe. Kein Mann, selbst wenn er todkrank wäre, kann derjenigen gegenüber, die es an sich hat, gleichgültig bleiben!»

Mariannes Herz setzte einen Schlag aus. Ihr wurde klar, daß sie an diesem Abend Damiani ausgeliefert werden sollte. Offenbar mußten die Gestirne günstig sein ... Jäh überwältigt von einer Art mit Wut und Enttäuschung gemischter Angst, unternahm sie einen verzweifelten Versuch, sich aus dem Zwang dieser Verschönerungsbemühungen, die ihr jetzt Brechreiz verursachten, zu befreien. Doch sofort packten sie sechs Hände, die ihr so schwer wie Granit schienen, so daß sie sich nicht mehr zu rühren vermochte.

«Bleib ruhig!» befahl ihr Ishtar barsch. «Du benimmst dich wie ein Kind oder eine Närrin! Man muß das eine oder andere sein, um sich gegen das Unvermeidliche zu wehren!»

Sie mochte recht haben, aber Marianne konnte sich nicht mit dem Gedanken abfinden, geschmückt und einbalsamiert wie eine Odaliske vor ihrer ersten Nacht mit dem Sultan, diesem widerlichen Kerl, den es nach ihr gelüstete, ausgeliefert zu werden. Tränen des Zorns stiegen ihr in die Augen, als man sie nach beendeter Toilette diesmal mit einer weiten Tunika aus schwarzem, völlig durchscheinendem, aber hier und da mit seltsamen geometrischen Figuren silbrig besticktem Musselin bekleidete. Auf ihr Haar, geflochten zu einer Vielzahl dünner, schwarzen Schlangen gleichender Zöpfe, setzte Ishtar einen Silberreif, von dem sich über der Stirn eine Viper mit smaragdenen Augen aufrichtete. Dann vergrößerte sie mit Hilfe von Kohle die Augen der Gefangenen bis zur Grenze des Möglichen. Fürs erste besiegt, ließ Marianne alles mit sich geschehen.

Als sie fertig war, trat Ishtar ein paar Schritte zurück, um ihr Werk zu prüfen.

«Du bist schön», konstatierte sie frostig. «Königin Kleopatra und selbst die Göttin-Mutter Isis waren nicht schöner als du. Der Herr wird zufrieden sein. Nun komm und iß.»

Kleopatra? Isis? ... Marianne schüttelte den Kopf, wie um aus einem bösen Traum zu erwachen. Was hatte das alte Ägypten hier zu schaffen? Schließlich war man im 19. Jahrhundert in einer von normalen Leuten bewohnten, von den Soldaten ihres Landes bewachten Stadt! Schließlich regierte Napoleon über einen großen Teil Europas! Wie konnten die alten Götter es wagen, sich wieder zu zeigen?

Ihr war, als umwehe sie ein Hauch von Wahnwitz. Um wieder zur Erde zurückzukehren, kostete sie von den vorbereiteten Speisen, trank ein wenig Wein, aber die Nahrung schien ihr fade und der Wein ohne Blume. Es war wie Speise und Trank, die man im Traum zu sich nimmt und deren Geschmack zu spüren nicht gelingt ...

Sie biß eben ohne Genuß in eine Frucht, als es geschah. Der Raum begann sich unversehens langsam um sie zu drehen, dann zu schwanken, während die Gegenstände ins Unendliche zurückzuweichen schienen, als habe ein langer Tunnel Marianne in sich hineingesogen. Die Geräusche entfernten sich wie auch die Empfindungen ... Und bevor sie von einer plötzlich sich vor ihr hochbäumenden großen bläulichen Welle mitgerissen wurde, begriff sie eben noch, daß man diesmal Drogen in ihre Nahrung gemischt hatte.

Doch sie verspürte weder Angst noch Zorn. Ihr leicht gewordener Körper schien seine irdischen Verbindungen einschließlich seiner Fähigkeiten, Schmerz, Furcht oder auch nur Abscheu zu empfinden, gelöst zu haben. Er trieb entspannt, wundervoll schwebend in einem in den warmen Farben der Morgenröte leuchtenden Universum dahin. Die Mauern waren gewichen, das Gefängnis war eingestürzt. Die ungeheure, vielfarbig funkelnde, wie ein venezianisches Glas irisierende Welt bot sich Marianne in einem bewegten, schillernden Verströmen, dem sie wie berauscht zustrebte. Es war, als sei sie auf einem hochbordigen Schiff ... vielleicht gar dem, von dessen Kommen sie so geträumt hatte und das eine grüne Sirene anführte? Hoch am Bug schwamm sie fremden Ufern entgegen, wo Häuser in phantastischen Formen wie Metall glänzten, wo die Pflanzen blau waren und das Meer purpurn schimmerte. Das Schiff glitt mit singenden Segeln auf einem in prunkenden Farben gehaltenen Orientteppich dahin, und der Seeluft war ein Duft nach Weihrauch beigemengt, doch Marianne war über alles Erstaunen hinaus und empfand nur ein bizarres animalisches Glück, das sie bis in die intimsten Fasern ihres Körpers überflutete ...

Es war ein wunderliches Gefühl, diese bis in den kleinsten Nerv und bis in die Fuß- und Fingernägel spürbare Freude. Es war ein wenig wie in der Liebe, wenn der entspannte Körper, nach dem Höhepunkt der Erfüllung, an der äußersten Grenze zur Vernichtung taumelt. Und es war übrigens eine Art Vernichtung. Mit einem Schlag veränderte sich alles, wurde alles schwarz ... Die märchenhafte Landschaft versank in dunkle Nacht, und die sanfte, duftende Wärme wich klammer Kühle, doch das Glücksgefühl, in dem Marianne schwebte, blieb erhalten.

Die Dunkelheit, in der sie sich jetzt bewegte, war köstlich und vertraut. Sie spürte sie um sich wie eine Liebkosung. Es war das Dunkel des schmutzigen und wundervollen Gefängnisses, in dem sie sich zum ersten- und einzigenmal in ihrem Leben Jason hingegeben hatte. Und die Zeit drehte sich zurück. Unter ihrem nackten Rücken spürte Marianne die Rauheit der Bretter, die ihnen als Hochzeitsbett gedient hatten, ihre rauhe Härte, die durch die Zärtlichkeiten ihres Geliebten wettgemacht worden war.

Diese Liebkosungen spürte Marianne noch immer. Sie glitten über ihren Körper, überzogen ihn wie mit einem Netz glühender Berührungen, so daß er entbrannte, aufblühte, sich öffnete wie eine Blume in der Wärme des Treibhauses. Und Marianne schloß mit aller Kraft die Augen, versuchte sogar, nicht zu atmen, nur darauf konzentriert, dieses wundervolle Gefühl in sich festzuhalten, das doch nur das Vorspiel zur höchsten Wollust war, die ihm folgen würde ... Schon spürte sie, wie die Seufzer und das Röcheln der Lust in ihrer Brust zu schwellen begannen, doch sie starben, bevor sie noch laut wurden, während der Traum einmal mehr die Richtung wechselte und ins Absurde abglitt.

Fern zuerst, doch von Moment zu Moment sich nähernd, hörte sie Trommelschlag, ein langsames, trostlos langsames Schlagen, unheimlich wie Totengeläut, das nach und nach seinen Rhythmus beschleunigte. Es war wie das Pulsen eines riesigen Herzens, das sich im Näherkommen erregte, immer schneller klopfte, immer stärker.

Einen Moment glaubte Marianne, es sei Jasons Herz, das sie da hörte, aber je deutlicher es wurde, desto mehr löste sich das Dunkel der Liebe wie Nebel auf und verwandelte sich in purpurnes Licht.

Und plötzlich fand sich die Gefangene von den Höhen ihres Liebestrau-mes hinabgestürzt ins Zentrum des Alptraums selbst, den sie vergangen glaubte ...

Dank einer verwirrenden Verdopplung ihrer selbst sah sie sich ausgestreckt in jenen schwarzen Durchsichtigkeiten, die ihre Nacktheit dunkel flammten. Sie lag auf einem ziemlich niedrigen Steintisch, einer Art Altar, hinter dem sich eine eherne, goldgekrönte Schlange erhob.

Der Ort wirkte unheimlich, ein Keller ohne Fenster unter einem Feuchtigkeit ausschwitzenden niedrigen Gewölbe, zwischen fleckigen, klebrigen Mauern, erhellt von riesigen Kerzen aus schwarzem Wachs, die fahlgrünes Licht und beißenden Rauch verbreiteten. Zu Füßen dieses Altars saßen zwei der schwarzen Frauen in düsteren Gewändern, zwischen ihren Knien kleine, runde Trommeln, die sie schlugen. Doch nur ihre Hände bewegten sich. Sonst regte sich nichts an ihnen, nicht einmal ihre Lippen, obwohl sie eine Art musikalisches Summen von sich gaben, einen eigentümlichen Sprechgesang ohne Worte. Und zu diesem seltsamen Rhythmus tanzte Ishtar ...

Mit Ausnahme einer schmalen goldenen Schlange, die sich um ihre Hüften wand, war sie völlig nackt, und über ihre schimmernde Haut warfen die Kerzenflammen bläuliche Reflexe. Mit geschlossenen Augen, zurückgeworfenem Kopf, hochgereckten Armen, so daß die schweren, spitzen Brüste scharf hervorsprangen, drehte sie sich auf der Stelle und um sich selbst wie ein Kreisel, schneller und schneller, immer schneller ...

Und plötzlich kehrte Mariannes vagabundierender Geist, der losgelöst und wie teilnahmslos über dieser sonderbaren Szene schwebte, in den ausgestreckten Körper zurück. Mit ihm kehrte die Angst zurück, die beklemmende Bangigkeit, doch als Marianne sich rühren, sich aufrichten, fliehen wollte, bemerkte sie, daß es ihr unmöglich war, auch nur die geringste Bewegung zu machen. Ohne daß eine sichtbare oder fühlbare Fessel sie auf dem Steintisch festhielt, weigerten sich ihre Glieder, ihr Kopf, ihr zu gehorchen, als sei sie von einem Starrkrampf befallen.

Es war ein so bestürzendes Gefühl, daß sie schreien wollte, aber kein Laut drang über ihre Lippen. Dicht neben ihr drehte sich Ishtar jetzt wie eine Rasende. Der Schweiß rann ihr in glitzernden Rinnsalen über die schwarze Haut, und ein fast unerträglicher Wildtiergeruch ging von ihrem überhitzten Körper aus.

Doch Marianne konnte nicht einmal ihr Gesicht abwenden. Und dann sah sie aus einer finsteren Ecke des Kellers Matteo Damiani auftauchen und wünschte sich tot. Er näherte sich langsam mit weit offenen, starren, verstörten Augen und trug mit beiden Händen einen silbernen Pokal, in dem etwas brodelte. Er war in ein langes schwarzes Gewand gekleidet, ähnlich dem, das Marianne an ihm in der schrecklichen Nacht im Park der Villa Sant'Anna gesehen hatte, als es ihr gelungen war, Agathe seinem satanischen Treiben zu entreißen. Doch über dieses ringelten sich lange Schlangen aus Silber und grüner Seide, und sein tiefer Ausschnitt ließ eine fette, behaarte graue und fast ebenso starkbusige Brust wie die einer Frau sehen.

Bei seiner Annäherung unterbrach Ishtar jäh ihren frenetischen Tanz. Keuchend stürzte sie vor den nackten Füßen des Mannes zu Boden und heftete ihre Lippen auf sie, ohne daß er es zu spüren schien, denn er schob sie nur achtlos mit der Spitze seiner schwarzen Sandale beiseite und ging weiter.

Er trat zu Marianne, streckte eine Hand aus, packte die Schleiertunika und riß sie von ihrem Körper. Dann nahm er ein kleines Tablett vom Boden auf, setzte es auf ihren Leib und stellte den silbernen Pokal darauf. Danach ließ er sich auf die Knie sinken und begann eine seltsame Litanei in einer unbekannten Sprache zu rezitieren.

Trotz des Zustands lähmender Betäubung, in dem sie sich befand, begriff Marianne entsetzt, daß er an ihr die satanischen Riten vornehmen würde, deren Zeuge sie in den Ruinen des kleinen Tempels gewesen war, nur war jetzt sie im Zentrum dieser Schwarzen Magie. Ihr Körper war es, ihr eigener Körper, der als Altar für den Frevel diente ...

Ishtar richtete sich wieder auf. Neben Matteo kniend, spielte sie die Rolle des Meßgehilfen bei der infernalischen Zeremonie, in ihrer unverständlichen Sprache die Responsorien psalmodierend.

Als ihr Herr den Pokal ergriff und bis zum letzten Tropfen leerte, stieß sie einen wilden Schrei aus, der in eine Beschwörung mündete. Zweifellos rief sie den Segen irgendeiner düsteren, schrecklichen Gottheit auf ihn herab, wahrscheinlich jener goldgekrönten Schlange, deren smaragdene Augen von einem bedrohlichen Leben erfüllt schienen.

Matteo hatte wie in einer Art heiligem Furor zu zittern begonnen. Seine geweiteten Pupillen rollten in ihren Höhlen und Schaum klebte auf seinen Lippen. Ein dumpfes Grollen ging von ihm aus wie von einem Vulkan unmittelbar vor dem Ausbruch, und Ishtar reichte ihm einen schwarzen Hahn, dem er mit einem großen Messer mit einem Schlag den Kopf abhieb. Blut spritzte und verströmte auf den nackten Körper der liegenden Frau ...

In diesem Moment steigerte sich Mariannes Entsetzen zu einem Grad, der sie die lähmende Kraft der Droge, deren Gefangene sie war, überwinden ließ. Ein wilder, unmenschlicher Schrei entrang sich trotz der Trance ihrer Kehle. Es war, als wären allein ihre Stimmbänder ins Leben zurückgekehrt, doch dieses schwache Aufbegehren zog sogleich Abwehrreaktionen nach sich: Der Schreckensschrei war noch nicht verhallt, als Marianne barmherzigerweise das Bewußtsein verlor ...

Sie sah nicht, wie Matteo wie in einem Wahnsinnsanfall sein Gewand herunterriß und sich mit vorgestreckten Händen über sie beugte. Sie spürte nicht, wie er sich mit seinem ganzen Gewicht auf ihren blutbesudelten Leib warf und sie mit rasender Leidenschaft besaß. Sie hatte sich ihm in eine Welt ohne Farben, ohne Echos entzogen, in der sie nichts mehr erreichen konnte.

Wie lange blieb sie so bewußtlos? Es war unmöglich, es festzustellen, doch als sie wirklich zur Oberfläche dieser Welt zurückkehrte, lag sie im großen Säulenbett, und sie war sterbenskrank ...

Vielleicht hatte man ihren Widerstand durch eine für ihren Organismus zu starke Dosis der Droge brechen wollen, vielleicht hatten auch die Mücken, die Venedig mit ihrem Summen erfüllten und nach Einbruch der Nacht von den Kerzen angelockt worden waren, in ihrem Blut schon das Fieber der toten Gewässer hinterlassen, jedenfalls quälte sie glühender Durst, und in ihren Schläfen zuckten stechende Schmerzen. Sie fühlte sich so schlecht, daß sie sich der Wirklichkeit kaum bewußt wurde. Das Wenige, das ihr davon blieb, war auf eine einzige fixe, hartnäckig bewahrte Idee konzentriert: fliehen! Weit fort gehen ... so weit wie möglich, aus der Reichweite dieser Dämonen hinaus!

Denn immerhin war ihr so viel klargeworden, daß der so tragisch in den schlimmsten Praktiken Schwarzer Magie gestrandete lange Traum nicht wirklich ein Traum gewesen war, sondern zumindest in seiner letzten Phase eine empörende Realität enthielt: Damiani hatte sie mit Hilfe seiner schwarzen Hexe vergewaltigt, ohne dem geringsten Widerstand zu begegnen!

Es war ein zugleich widerwärtiger und vernichtender Gedanke, denn Marianne war jetzt überzeugt, daß es ihr, falls sie sich nicht selbst den Tod gab, nicht mehr möglich sein würde, der Erniedrigung zu entrinnen, in die Damiani sie gezwungen hatte. Nichts und niemand würde ihre Henker daran hindern, nach ihrem Belieben die mysteriöse Droge zu benutzen, die sie ohnmächtig dem Verlangen des Verwalters preisgab.

Das Kreisen der Gedanken in ihrem Kopf steigerte Mariannes Fieber, und das Fieber schürte den Durst. Noch nie hatte sie solchen Durst verspürt! Es schien ihr, als fülle ihre ums doppelte angeschwollene Zunge ihren ganzen Mund.

Mühselig gelang es ihr, sich in ihren Kissen aufzustützen, um die Entfernung abzuschätzen, die sie vom Wasserkrug trennte. Die Anstrengung verstärkte ihre Kopfschmerzen, und ihr entfuhr ein Stöhnen. Im selben Moment führte eine schwarze Hand eine Tasse zu ihren Lippen.

«Trink», sagte Ishtars ruhige Stimme. «Du glühst.»

Es traf zu, aber die Erscheinung der schwarzen Hexe ließ Marianne erschauern. Sie stieß mit der Hand die Tasse zurück. Ishtar gab nicht nach.

«Trink», wiederholte sie. «Es ist nur ein Arzneitrank. Er wird dein Fieber besänftigen.»

Einen Arm unter das Kopfkissen schiebend, um die junge Frau zu stützen, näherte sie die Tasse von neuem den trockenen Lippen, die sich instinktiv der lauen Flüssigkeit entgegenwölbten. Marianne hatte nicht mehr die Kraft zu widerstehen. Übrigens roch das Gebräu gut nach Kräutern des Waldes, nach frischer Minze und Eisenkraut. Nichts Verdächtiges war an diesen vertrauten Düften, und schließlich hatte Marianne alles bis auf den letzten Tropfen getrunken, als Ishtar sie endlich sich wieder zurücklegen ließ.

«Du wirst noch schlafen», sagte sie, «aber es wird ein guter Schlaf sein. Wenn du aufwachst, wirst du dich besser fühlen.»

«Ich will nicht schlafen! Ich will nie mehr schlafen!» stammelte Marianne, wieder von ihrer Angst vor allzu schönen Träumen gepackt, die böse endeten.

«Warum? Der Schlaf ist die beste Arznei, und zudem bist du zu müde, um ihm Widerstand zu leisten.»

«Und ... er? Dieser ... dieser Elende?»

«Auch der Herr schläft», entgegnete Ishtar ungerührt. «Er ist glücklich, denn er hat dich in einer günstigen Stunde besessen, und er hofft, daß die Götter sein Opfer annehmen und dir ein schönes Kind schenken werden.»

Die gleichmütige Erwähnung der entsetzlichen Szene, in der sie die Hauptrolle gespielt hatte, verursachte Marianne einen Brechreiz, der sie wie ein Krampf befiel und dann keuchend und in Schweiß gebadet in die Kissen zurückwarf. Die Besudlung ihres Körpers wurde ihr plötzlich bewußt, und sie ekelte sich vor ihm. Die Vorsehung hatte ihr zwar erlaubt, im schlimmsten Moment geistig abwesend zu sein, aber Schande und Erniedrigung blieben die gleichen.

Wie würde sie danach je Jason ins Gesicht sehen können, falls Gott es zuließ, daß sie ihn eines Tages wiedersah? Der amerikanische Korsar war innerlich klar, lauter, ziemlich nüchtern und abergläubischen Vorstellungen kaum zugänglich. Würde er an die heimtückische Verschwörung glauben, deren Opfer sie geworden war? Er war eifersüchtig und in seiner Eifersucht heftig und ohne Maß. Daß Marianne die Geliebte Napoleons gewesen war, hatte er nur mit Widerstreben hingenommen; daß ein Damiani sie sich unterworfen hatte, würde er niemals hinnehmen. Vielleicht würde er sie töten ... oder sich voller Abscheu und für immer von ihr entfernen.

Im kranken Kopf Mariannes überschlugen sich die Gedanken mit einer Heftigkeit, die Schmerzen und Verzweiflung verursachte. Mit den Nerven am Ende, brach sie unversehens in krampfhaftes Schluchzen aus, dem die große Negerin einige Schritte vom Bett entfernt reglos, stumm und mit gerunzelter Stirn lauschte.

Ihre Kenntnisse über Heiltränke versagten angesichts solcher Verzweiflung, und schließlich zuckte sie die Schultern, verließ auf Zehenspitzen den Raum und beruhigte sich mit dem Gedanken, daß die Kranke schon einschlafen werde, wenn ihre Tränen sich erschöpft hätten.

So geschah es auch. Als Marianne zum äußersten Grade nervöser Erschöpfung gelangt war, hörte sie auf, sich gegen die wohltuende Wirkung des Arzneitranks zu wehren und versank in Schlaf, das Gesicht in die von ihren Tränen durchfeuchtete rote Seide gedrückt und mit dem letzten, deprimierenden Gedanken, daß ihr noch immer die

Möglichkeit bliebe, sich umzubringen, wenn Jason sie zurückstieße...

Dank dreier weiterer von Ishtar in regelmäßigen Abständen verabreichten Tassen ließ das Fieber am frühen Morgen nach. Marianne fühlte sich noch schwach, war aber geistig klar und sich – leider – ihrer tragischen Situation voll bewußt.

Doch die Verzweiflung, die sie auf dem Höhepunkt ihres Fiebers überwältigt hatte, war in sich zusammengebrochen wie eine Welle, die sich am Strand überschlägt, bevor sie sich zurückzieht, und Marianne fand wieder zu sich selbst und jener geheimen Kampfeslust, die sie in sich trug. Je brutaler und tückischer der Feind sich zeigte, desto mehr wurde in ihr das Verlangen übermächtig, ihn um jeden Preis zu besiegen. Um ihr Problem in Ruhe zu überdenken, wollte Marianne sich erheben, um ihre Kräfte auf die Probe zu stellen. Drüben an der alten Truhe schien ihr das eiserne Ornament, das zu lösen ihr geglückt war, auffälliger zu glänzen als die anderen und sie wie ein Magnet anzuziehen. Doch als sie sich aufsetzte, bemerkte sie, daß sie eine Krankenwärterin hatte: Eine der schwarzen Frauen saß auf den zum Bett führenden Stufen. Ihre blaue Tunika breitete sich über die Bärenfelle.

Sie tat nichts. Kauernd, die Arme um die fast bis zum Kinn hochgezogenen Knie geschlungen, sah sie in ihren dunklen Schleiern wie ein merkwürdiger, in Grübeleien versunkener Vogel aus.

Die Bewegung hinter sich spürend, wandte sie der jungen Frau nur ihre Augen zu, und als sie sie wach sah, klatschte sie in die Hände. Ihre Gefährtin, ihr so ähnlich, daß sie ihr Schatten hätte sein können, trat mit einem Tablett ein, setzte es auf das Bett und nahm in genau der gleichen Haltung den Platz ihrer Schwester ein, die mit einem Gruß verschwand.

Stundenlang blieb die Frau so, reglos wie ein Baumstumpf, ohne einen Laut von sich zu geben und offenbar ohne zu hören, was man ihr sagte.

«Du darfst nie mehr allein bleiben», sagte ihr Ishtar ein wenig später, als Marianne sich über diese Art Wache am Fuß ihres Bettes beklagte. «Wir wollen nicht, daß du uns entschlüpfst.»

«Ich entschlüpfen? Von hier?» rief die junge Frau in einer zornigen Aufwallung, an der ihre Enttäuschung, sich so auf Sicht bewacht zu sehen, den größten Anteil hatte. «Wie könnte ich das? Die Mauern sind dick, mein Fenster ist vergittert... und ich bin nackt!»

«Es gibt Möglichkeiten, ein Gefängnis zu verlassen, selbst wenn der Körper in ihm gefangen bleibt.»

Der tiefere Grund dieser Überwachung tat sich Marianne auf. Damiani fürchtete, Verzweiflung und Erniedrigung könnten sie zum Selbstmord treiben.

«Ich werde mich nicht töten», versicherte sie. «Ich bin Christin, und für Christen bedeutet der Freitod Feigheit und zudem eine schwere Schuld.»

«Möglich. Aber ich glaube, du gehörst zu denen, die sich nicht fürchten, selbst einem Gott zu trotzen. Und außerdem wollen wir nichts dem Zufall überlassen: Du bist jetzt zu kostbar!»

Marianne überhörte bewußt diese Äußerung. Für den Moment war ihr durchaus klar, daß es nutzlos sein würde, auf der Entfernung ihrer Wächterin zu bestehen, aber sie mußte sich bemühen, ihre Enttäuschung nicht zu zeigen, denn diese unablässige Anwesenheit komplizierte die Dinge erheblich. Wie sollte sie unter dem stumpfen Blick dieses schwarzen Zerberus auch nur den kleinsten Fluchtversuch unternehmen, es sei denn, sie schlüge ihn zuvor nieder, um ihn unschädlich zu machen?

Der Gedanke gewann nach und nach Boden bei Marianne, die sich kurz zuvor noch als gute Christin bezeichnet hatte und jetzt kaltblütig daran dachte, ihre Wächterin zu töten, um flüchten zu können. Unter der Voraussetzung natürlich, daß sie die Kraft dazu besaß und geschickt genug war, durch einen Überraschungsangriff eine Art Wildkatze mit ständig wachen Sinnen zu überwinden...

Der Tag verging so eintönig, aber nicht allzu langweilig mit dem Entwerfen aller Arten von mehr oder weniger realisierbaren Plänen, die alle als Ziel die Beseitigung ihrer Kerkerwärterin hatten. Als dann aber die Nacht anbrach, begriff Marianne, daß sie kaum die Chance haben würde, auch nur einen einzigen davon zu verwirklichen, denn nach dem Abendessen betrat wieder Matteo, einen Leuchter in der Hand, das Zimmer. Ein Matteo überdies, der sich von dem, der ihr bisher vor Augen gekommen war, so sehr unterschied, daß sie, überrumpelt, für ihren Zorn keine Worte fand.

Weder erinnerte noch etwas an ihm an den wahnwitzigen Hexenmeister der vergangenen Nacht noch war ihm eine Spur Trunkenheit anzumerken, und zudem hatte er sich ganz ungewöhnlich um die Pflege seines Äußeren bemüht. Rasiert, frisiert, pomadisiert, die Fingernägel wie Achate schimmernd, trug er einen Schlafrock aus dicker dunkelblauer Seide über einem strahlend weißen Hemd und verbreitete einen so starken Duft nach reichlich versprengtem Kölnisch Wasser, daß Marianne sich unversehens an Napoleon erinnert fühlte. Auch er hatte die Gewohnheit, sich so mit Kölnisch Wasser zu überschwemmen, wenn er...

Vor einer verhaßten Vermutung zurückweichend, ließ sie ihren

Gedanken unbeendet. Doch Matteo war ganz dörflicher Ehemann am Abend seiner Hochzeit, allerdings ohne dessen Verlegenheit, denn er trug ein Siegerlächeln zur Schau und schien aufs höchste von sich entzückt zu sein.

Sofort auf der Hut, runzelte Marianne die Stirn. Als sie ihn seinen Leuchter ans Kopfende des Bettes stellen sah, fuhr sie ihn entrüstet an:

«Nehmt diese Kerze fort und geht! Wie könnt Ihr es auch nur wagen, Euch vor mir zu zeigen? Und was gedenkt Ihr hier zu tun?»

«Nun ... die Nacht mit Euch zu verbringen. Seid Ihr nicht ... gewissermaßen jetzt meine Frau, schöne Marianne?»

«Eure ...»

Das Wort blieb der jungen Frau in der Kehle stecken und wollte nicht heraus, aber es hemmte nur für einen kurzen Moment die ungezügelte Wut, die sich ihrer bemächtigte. Eine wahre Flut von Beschimpfungen in mehreren Sprachen, ebenso dem Wortschatz des Stallknechts Dobs wie dem der Seeleute Surcoufs entlehnt und über die sie sich selbst verwunderte, ergoß sich über den Verwalter, der verdutzt vor dem Ungewitter zurückwich.

«Hinaus!» fuhr Marianne fort. «Verschwindet sofort, elender Mörder, Bandit, Wüstling! Ihr seid nur ein kriecherischer Knecht, geboren aus der Paarung einer Sau mit einem Bock, und Ihr benutzt auch nur die Waffen eines Knechts: die Falle und den Dolchstoß in den Rücken! Denn so, nicht wahr, habt Ihr Euern Herrn doch umgebracht? Feige, hinterrücks! Oder habt Ihr ihm beim Rasieren die Kehle durchgeschnitten? Oder war's eine Droge wie die, die Ihr gegen mich zu verwenden gewagt habt, um mich Euch gefügig zu machen? Aber bildet Ihr Euch etwa ein, daß Eure Schwarze Magie mich plötzlich Euch ähnlich gemacht hat? Daß ich vielleicht gar Vergnügen an der infamen Behandlung gefunden habe, der Ihr mich unterworfen habt, und daß ich von nun an, durch Eure Gunstbezeigungen verführt, wie eine Bürgerin Eure Nächte teilen werde? Aber seht Euch doch an ... und seht mich an! Ich bin keine Schäferin, die man in einem Heuhaufen nimmt, Matteo Damiani, ich bin ...»

«Ich weiß!» brüllte Matteo, mit seiner Geduld am Ende. «Ihr habt es schon gesagt: die Fürstin Sant'Anna! Aber ob Ihr es wollt oder nicht, auch ich bin ein Sant'Anna, und mein Blut ...»

«Das bleibt zu beweisen, und ich bin nicht überzeugt davon! Es ist wahrhaftig leicht, sich als Vater einen Grandseigneur zuzulegen, wenn dieser es nicht mehr bestätigen kann. Und schon Eure Handlungsweise straft Eure Anmaßung Lügen. Bei den Sant'Anna tötete man von vorn, wurde mitleidslos und grausam Gericht gehalten, aber ich wüßte nicht, daß sich je jemand der Hilfe einer afrikanischen Hexe bedient hätte, um schmutzige Machenschaften gegen eine Frau durchzuführen...»

«Bei einer Frau wie Euch sind alle Mittel recht! Schließlich ist Eure Heirat nur ein Schwindelgeschäft gewesen! Wo ist das Kind, das Ihr verpflichtet wart, Eurem Gatten zu schenken, wo ist der Grund, der einzige Grund, dessentwegen Ihr geheiratet worden seid, Ihr, eine kaiserliche Hure?»

«Erbärmlicher Lakai! Der Tag wird kommen, an dem ich Euch, bevor man Euch hängt, so lange peitschen lassen werde, bis Ihr schluchzend bereut, es gewagt zu haben, Hand an mich... und an Euren Herrn zu legen!»

Der Raum hallte von der Wut der beiden Feinde wider. Fast Gesicht an Gesicht starrten sie einander an, von gleichermaßen unerbittlicher, wenn auch unterschiedlicher Raserei besessen.

Bleich, mit blitzenden grünen Augen, suchte Marianne durch ihre Verachtung einen apoplektischen Damiani zu zerschmettern, dessen schweres, violett angelaufenes Gesicht vor Wut bebte. Das Verlangen zu töten war deutlich in ihm zu lesen, doch Marianne war nicht imstande, ihren Zorn auch nur geringfügig zu bremsen. Sie schleuderte ihm Haß und Abscheu entgegen, ohne einen Versuch zu machen, das eigentümliche Gefühl zu analysieren, das sie dazu trieb, ihren seltsamen Gatten rächen zu wollen, vor dem sie kurz zuvor noch solche Angst empfunden hatte.

Die Beherrschung verlierend, wollte Matteo sich auf Marianne stürzen, um sie zu erwürgen. Seine Hände hoben sich schon zu ihrem Hals, doch Ishtar warf sich im letzten Moment zwischen die beiden Gegner.

«Bist du verrückt?» fuhr sie ihn an. «Du bist der Herr, und was sie auch sagt, sie gehört dir! Weshalb sie töten? Hast du vergessen, was sie für dich bedeutet?»

Ihre Worten wirkten auf Damiani wie eine kalte Dusche. Er atmete mehrmals tief, um sich zu beruhigen, dann schob er mit einer plötzlich sehr sanften Geste die schwarze Frau beiseite und wandte sich wieder zu Marianne.

«Sie hat recht», sagte er. «Lakai oder nicht, Ihr seid wahrscheinlich schwanger von diesem Lakai, Fürstin, und wenn das Kind erst da ist...»

«Es ist noch nicht da, und Ihr wißt nicht, ob Euer niederträchtiges Unternehmen Früchte tragen wird. Und selbst wenn ich ein Kind von Euch zur Welt bringen sollte, müßtet Ihr mich töten, wenn Ihr wollt, daß ich schweige, denn nichts und niemand wird mich daran hindern, Euch der kaiserlichen Justiz auszuliefern.»

«Nun, dann werde ich Euch eben töten, Madame! Was tut's, wenn Ihr Eure Aufgabe erfüllt habt? Und bis dahin ...»

«Bis dahin was?»

Ohne zu antworten legte Matteo seinen Schlafrock ab, warf ihn über einen Stuhl und wandte sich von neuem dem Bett zu, sichtlich in der Absicht, es sich darin bequem zu machen. Doch im selben Moment hatte Marianne sich blitzschnell zurückgeschnellt, und ohne sich um ihre mehr als dürftige Verhüllung zu kümmern, suchte sie Zuflucht in den Vorhängen, an die sie sich klammerte.

«Wenn Ihr es wagt, in dieses Bett zu kommen, Matteo Damiani, werdet Ihr allein in ihm liegen, denn nichts und niemand wird mich zwingen, es mit einem Schurken wie Euch zu teilen!»

Ruhig, als habe er nichts gehört, legte Matteo sich nieder, schüttelte die Kissen mit Faustschlägen zurecht und streckte sich mit sichtlichem Vergnügen aus.

«Ob es Euch gefällt oder nicht, Madame, wir werden das Bett so lange miteinander teilen, wie es mir paßt. Ihr habt eben eine sehr zutreffende Bemerkung gemacht. Die besten Maßnahmen, die besten Berechnungen müssen nicht unbedingt zum gewünschten Ziel führen, und es kann sein, daß Ihr in der Tat noch nicht schwanger seid. Deshalb werden wir unser Bestes tun, um aus dieser Wahrscheinlichkeit eine Gewißheit zu machen. Kommt her!»

«Niemals!»

Marianne wollte sich ihm entziehen, wenigstens der Berührung der sich nach ihr ausstreckenden Hand ausweichen, doch Ishtar nahm ihr jede Möglichkeit dazu. Wie der böse Geist der orientalischen Märchen hatte sich die große Negerin plötzlich vor ihr erhoben, um sie in die Macht des Dämons zurückzustoßen. Offenbar ohne jede Anstrengung, ohne ihren Widerstand überhaupt zu bemerken, packte Ishtar die schreiende und sich mit Händen und Füßen wehrende Marianne um den Leib und warf sie aufs Bett zurück, wo Damianis Hände sie festhielten. Sie murmelte ein paar Worte in ihrer Sprache, auf die der Verwalter italienisch antwortete:

«Nein, kein Haschisch! Sie hat es schlecht vertragen, das Kind könnte darunter leiden, und wir haben andere Mittel. Ruf deine Schwestern. Ihr werdet sie einfach festhalten.»

Im nächsten Moment griffen drei Paar schwarze Hände nach Marianne, bemächtigten sich ihrer Arme, ihrer Beine, hielten sie trotz ihrer Schreie und wütenden Tränen so fest, daß sie sich nicht zu rühren vermochte. Um sie zum Schweigen zu bringen, wurde sie geknebelt, und diesmal ersparte ihr keine barmherzige Ohnmacht Schande und Ekel.

Halb erstickt, durch jene Hände, die ihr wie Schraubstöcke vorkamen, zu völliger Wehrlosigkeit verurteilt, mußte sie während endlos scheinender Minuten, in denen sie hundertmal vor Scham und Abscheu zu sterben glaubte, ihren Henker erdulden. Die Hölle selbst war über sie hereingebrochen. Da war die dunkelrote, schwitzende Fratze des fetten Mannes, der sich auf ihrem Körper mühte, und da waren jene drei schwarzen Gestalten, starr wie Stein, die mit unbewegtem Blick diese Vergewaltigung so gleichgültig überwachten, als handle es sich um eine Paarung von Tieren. Und das war es im Grunde: Marianne wurde wie ein Rassetier behandelt, eine Stute oder Färse, von der man ein Fohlen haben wollte ...

Als sie endlich losgelassen wurde, blieb sie auf dem verwüsteten Bett bewegungslos liegen, schluchzend, in Tränen schwimmend und durch den fruchtlosen Widerstand, den ihr ganzer Körper geleistet hatte, völlig erschöpft. Sie hatte nicht einmal mehr die Kraft, zu schreien oder ihren Henker zu beschimpfen, und als Matteo, noch atemlos von der hinter ihm liegenden Anstrengung, das Bett verließ und seinen Schlafrock anzog, konnte sie nur stöhnen, als sie ihn schimpfen hörte:

«Sie läßt es so sehr an gutem Willen fehlen, daß es alles andere als ein Vergnügen ist! Aber wir werden's trotzdem wiederholen, jeden Abend, bis wir sicher sind. Lassen wir sie, Ishtar, und beende du statt ihrer die Nacht mit mir. Wahrhaftig, diese dumme Gans könnte sogar Eros selbst die Liebe verleiden ...»

Und Marianne blieb besiegt, zerbrochen in ihrem unheimlichen Zimmer zurück, unter der stummen und umsichtigen Bewachung einer der beiden anderen Frauen, ohne daß sich jemand auch nur die Mühe nahm, sie zuzudecken. Sie setzte in nichts mehr Hoffnung, nicht einmal in Gott! Diesen abscheulichen Leidensweg, das wußte sie jetzt, würde sie Schritt für Schritt zurücklegen müssen, bis Damiani aus ihrem Leib die Frucht erlangt hatte, die er von ihr erwartete. «Aber er wird nicht gewinnen, er wird nicht gewinnen», stammelte sie bei sich verzweifelt. «Ich werde zu verhindern wissen, daß dieses Kind geboren wird, und wenn es trotz allem kommt, werde ich mit ihm verschwinden ...»

Leere Worte, verzweifelte Gedanken, aus Fieber und äußerster Erniedrigung geboren, die Marianne jedoch endlos Abend für Abend während der folgenden Tage wiederholen mußte, denen es gelang, das Grauen zu einer Art Eintönigkeit, den Ekel zu einer Gewohnheit werden zu lassen.

Sie wußte, daß Lucinda, die Hexe, ihre Rache nahm, daß sie sich in ihrer über das Grab hinaus auf Matteo übertragenen Gewalt befand.

Zuweilen, in der Dunkelheit, glaubte Marianne zu sehen, wie die Marmorstatue des kleinen Tempels Leben gewann. Sie hörte sie lachen ... und wachte dann schweißgebadet auf.

Die Tage verliefen eintönig und trübsinnig. Marianne verbrachte sie eingekerkert, unter den Augen einer Wächterin, in diesem Raum. Man nährte sie, wusch sie, kleidete sie notdürftig in einer Art loser Tunika nach der Mode der schwarzen Frauen und ein Paar Pantoffeln, und wenn dann der Abend kam, fesselten die drei Teufelinnen sie der Bequemlichkeit halber ans Bett und lieferten sie so, nackt und wehrlos, der Willkür Matteos aus, dem es im übrigen von Mal zu Mal schwerer fiel, das zu leisten, was er offenbar für seine Pflicht hielt. Immer häufiger mußte Ishtar ihm ein Glas mit einer mysteriösen Flüssigkeit reichen, um seine sinkenden Kräfte zu beleben. Mehrmals wurde der Nahrung der Gefangenen ein Betäubungsmittel beigemischt, was sie noch mehr jeden Zeitbegriff verlieren ließ. Aber es war ihr im Grunde einerlei. Das Übermaß an Ekel hatte bei ihr zu einer Art Gefühllosigkeit geführt. Sie war ein Gegenstand geworden, ein indifferentes Etwas ohne Reaktionen, ohne Leiden. Selbst ihre Haut schien abzusterben und vermittelte ihr nur noch schwache Reize, während ihr Geist abstumpfte, zu einem einzigen Gedanken erstarrt: Damiani töten und danach sterben!

Dieser Gedanke, dieses ständige Verlangen, war das einzige wirklich Lebendige in ihr. Der Rest war Stein, Stillstand, Asche. Sie wußte nicht einmal mehr, ob sie liebte noch wen sie liebte. Die Menschen ihres Lebens schienen so fern und fremd wie die Gestalten der Wandbehänge ihres Zimmers. Sie versuchte auch nicht mehr zu fliehen. Wie hätte es ihr, Tag und Nacht auf Sicht bewacht, wohl gelingen können? Die weiblichen Dämonen, die sie bewachten, schienen weder Schlaf noch Müdigkeit oder auch nur Unaufmerksamkeit zu kennen. Nein, was sie wollte war töten, bevor sie sich selbst umbrachte, und darüber hinaus gab es nichts mehr, was sie noch hätte interessieren können.

Man hatte ihr ein paar Bücher gebracht, aber sie hatte sie nicht einmal angerührt. Ihre Tage vergingen in der Betrachtung der Wandbehänge oder der Rußspuren an der Decke ihres Zimmers, während sie in einem der großen, steifen Sessel saß, ebenso reglos, ebenso stumm wie ihre schwarzen Wächterinnen. Selbst die Worte schienen aus diesem Raum verbannt, der einer Gruft glich. Marianne richtete an niemand das Wort, antwortete nicht, wenn man zu ihr sprach. Sie ließ alles mit sich geschehen, ohne mehr Reaktion zu zeigen als eine Statue. Allein ihr Haß blieb inmitten des Schweigens und der Reglosigkeit auf der Lauer.

Diese Stummheit, diese Abwesenheit beeindruckten schließlich auch Damiani. Wenn er sich ihr jeden Abend näherte, sah Marianne, je mehr Zeit verstrich, die bange Unruhe in seinen Augen wachsen. Nach und nach verbrachte er immer weniger Zeit bei ihr, und eines Abends kam er endlich gar nicht. Er verspürte kein Verlangen mehr nach diesem marmornen Geschöpf, dessen allzu starren Blick er vielleicht fürchtete. Er hatte Angst, und Marianne sah ihn nur noch, wenn er sich bei Ishtar nach dem Befinden seiner Gefangenen erkundigte.

Zweifellos in der Überzeugung, alles Nötige getan zu haben, um das so heiß begehrte Kind zu sichern, schien es ihm wohl überflüssig, sich noch länger etwas aufzuerlegen, was zur Qual geworden war. Und selbst aus ihrer Gefühllosigkeit heraus hatte Marianne diese Angst genossen, in der sie einen Triumph sah, der jedoch nicht genügte, ihren Haß zu stillen: Sie wollte das Blut dieses Mannes, und sie würde es bekommen, auch wenn sie sich noch so lange gedulden müßte.

Wie lange dauerte diese seltsame Gefangenschaft außerhalb der Zeit, außerhalb des Lebens? Marianne hatte den Faden der Stunden und Tage verloren. Sie wußte nicht einmal mehr, wo sie war, noch kaum, wer sie war. Dieser Palazzo, in dem sie seit ihrer Ankunft nur vier Personen gesehen hatte und den normalerweise eine zahlreiche Dienerschaft hätte beleben müssen, war gleichfalls verschwiegen und stumm wie ein Grab. Mit Ausnahme des Atmens erstickte in ihm jede Manifestation des Lebens, und Marianne kam auf den Gedanken, daß der Tod vielleicht ganz sanft zu ihr kommen würde, von selbst und ohne daß sie ihn würde suchen müssen. Sie brauchte nur aufhören zu leben, und jetzt schien ihr das unglaublich leicht.

Eines Abends jedoch geschah etwas ...

Zuerst verschwand die gewohnte Wächterin. Aus den Tiefen des Hauses war etwas wie ein Ruf gedrungen, ein rauher Schrei. Die schwarze Frau erbebte, als sie ihn hörte, verließ ihren üblichen Platz auf den Stufen des Bettes und verschwand aus dem Zimmer, nicht ohne die Tür sorgsam hinter sich zu schließen.

Es war das erste Mal seit Tagen, daß Marianne allein war, aber sie machte sich keine Gedanken darüber. Gleich würde die Frau mit den anderen zurückkehren. Die Stunde, zu der sie ihre Toilette vorzunehmen pflegten, war nahe. Gleichgültig und müde, denn Abgeschlossenheit und Untätigkeit hatten ihren Organismus unterminiert, streckte sich die Gefangene auf dem Bett aus und schloß die Augen. Oft während des Tages verspürte sie ein Bedürfnis nach Schlaf, und sie hatte es sich zur Gewohnheit gemacht, ihren eigenen Regungen nicht mehr zu widerstehen als dem Willen der anderen.

Sie hätte ebensogut die ganze Nacht hindurch schlafen können, doch ihr Instinkt weckte sie, und sofort war ihr, als sei etwas Ungewöhnliches geschehen.

Sie öffnete die Augen, sah um sich. Draußen war jetzt völlige Nacht, und wie immer brannten die Kerzen des großen Kandelabers. Aber das Zimmer war ebenso verlassen und ebenso stumm wie zuvor. Niemand war zurückgekehrt, und der Zeitpunkt für ihre Toilette war längst verstrichen.

Langsam stand Marianne auf, tat ein paar Schritte in den Raum. Ein Luftzug, der plötzlich die Kerzenflammen niederdrückte, ließ sie zur Tür sehen, und irgend etwas in ihrem Geist wurde lebendig: Die Tür stand weit offen ...

Der schwere Flügel aus eisenbeschlagenem Eichenholz war gegen die Mauer gelehnt, die Öffnung gähnte schwarz zwischen den Tapisserien, und Marianne, unfähig ihren Augen zu trauen, näherte sich ihr, um sich zu vergewissern, ob sie nicht etwa das Opfer eines jener immer wiederkehrenden quälenden Träume war, in denen sie diese Tür auf endlose blaue Weiten geöffnet gesehen hatte.

Doch nein, diesmal schien die Tür wirklich offen zu sein, und Marianne spürte an ihrem Körper den leichten Luftzug, der durch sie eindrang. Nichtsdestoweniger lief sie zuerst zum Leuchter, hielt, um ganz sicher zu sein, daß sie nicht träumte, einen Finger an eines der Flämmchen und unterdrückte einen Schmerzenslaut: Die Flamme hatte ihn verbrannt. Sie führte den schmerzenden Finger an ihre Lippen, und in diesem Moment fiel ihr Blick auf die Truhe.

Ein überraschter Ausruf entfuhr ihr: Säuberlich auf dem Deckel ausgebreitet lagen die Kleidungsstücke, in denen sie gekommen war: das Kleid aus olivgrünem Tuch, mit schwarzem Samt garniert, die Wäsche, die Strümpfe und die Schuhe. Nur der Strohhut mit dem Chantilly-Schleier fehlte ... Erinnerungen aus einer ganz anderen Welt!

Fast ängstlich streckte Marianne die Hand aus, berührte den Stoff, streichelte ihn. Etwas zerbrach in ihr und löste sich. Mit einem Schlag fühlte sie sich lebendig, wachen Geistes, voll klarer Gedanken. Es war, als sei sie bis jetzt in einem Eisblock eingeschlossen gewesen, dessen Stücke nun von ihr abfielen und sie der Wärme, dem Leben wieder zurückgaben. Von geradezu kindischer Freude ergriffen, riß sie die Tunika herunter, die man ihr übergestreift hatte und die sie verabscheute, stürzte sich auf ihre Kleidung, bemächtigte sich ihrer wie eines Schatzes und schlüpfte mit Wonne hinein. Es war ein so rauschhaftes Gefühl, daß sie sich zunächst nicht einmal fragte, was das alles zu bedeuten hatte. Es war einfach wundervoll, auch wenn sich ihr Kleid infolge der herrschenden Hitze als zu warm und schwer erwies. Von Kopf bis Fuß war sie wieder sie selbst, und das war das einzige, worauf es ankam.

Fertig angekleidet wandte sie sich entschlossen zur Tür. Wer auch die Kleidungsstücke gebracht und diese Tür geöffnet hatte – es war ein Freund, und er gab ihr eine Chance: Sie mußte sie nutzen.

Jenseits der Tür herrschte totale Finsternis, und Marianne holte eine der Kerzen, um sich zu leuchten. Sie sah sich am Ende eines langen Flurs, der keine andere Tür aufwies als die ihr gegenüber ... und diese schien verschlossen!

Die Hand der jungen Frau krampfte sich um die Kerze, und ihr Herzschlag setzte einen Moment aus. Hatte man vor, die Hoffnungsfolter an ihr auszuprobieren? Sollte diese ganze Inszenierung nur dazu dienen, sie hilflos und noch gebrochener als zuvor zu dieser neuen, unerbittlich geschlossenen Tür zu führen?

Als sie sich ihr jedoch näherte, sah sie, daß der Türflügel nur angelehnt war. Er gab ihrer zögernden Hand sofort nach, und Marianne trat nun in eine Galerie, die gleich einem Balkon in einen schmalen Hof hineinragte. Von schlanken Säulchen getragene Spitzbogen verbanden die Balustrade mit dem Plafond aus dicken, gestrichenen Zedernholzbalken.

Trotz ihrer Eile, dieses Haus zu verlassen, blieb die junge Frau einen Moment auf der Galerie stehen, um die warme Nachtluft zu atmen, obwohl sie mit wenig angenehmen Gerüchen nach Moder und Fäulnis gesättigt war. Aber es war das erste Mal seit langem, daß sie sich im Freien oder fast im Freien befand und ein großes Stück des Himmels betrachten konnte. Was tat es, daß über diesem Himmel schwere Gewitterwolken zogen und kein Stern sich zeigte? Es war trotzdem der Himmel, das hieß, das vollkommenste Sinnbild der Freiheit.

Schließlich nahm sie ihre vorsichtige Erkundung wieder auf und fand am Ende der Galerie eine weitere Tür, die sich unter ihrer Hand öffnete. Und sie befand sich in China.

An den Wänden eines intimen, charmanten Salons tanzten schlitzäugige Prinzessinnen mit heiter grimassierenden Hundsaffen einen närrischen Rundtanz um Wandschirme aus schwarzem Lack und vergoldeten Konsolen mit einer Unzahl von rosigen oder gelblichen Porzellanfigürchen, über die ein Lüster aus irisierendem Muranoglas in allen Regenbogenfarben schillerndes Licht warf. Es war wirklich ein hübscher kleiner Raum, dessen Festbeleuchtung jedoch unbehaglich mit dem in ihm herrschenden Schweigen kontrastierte.

Marianne durchquerte ihn, ohne innezuhalten. Jenseits empfing sie von neuem Dunkelheit: die einer breiten Galerie, von der eine Treppe vermutlich ins Erdgeschoß führte.

Mariannes in dünnem Leder steckende Füße verursachten kein Geräusch auf dem schimmernden Marmormosaik, und sie glitt wie ein Schatten zwischen bronzenen Schiffsschnäbeln, die wie aus Nebel auftauchenden Schiffe aus den Wänden ragten, und steinernen Kriegern mit blicklosen Augen dahin. Überall blähten auf langen, silberbeschlagenen Truhen Miniaturkaravellen ihre Segel in nicht vorhandenem Wind, und vergoldete Galeeren hoben ihre langen Ruder, um ein unsichtbares Meer zu durchpflügen. Überall auch Fahnen und Feldzeichen in seltsamen Formen, auf denen sich hundertmal der Halbmond des Islams befand. Schließlich träumte an jedem Ende, von trübe gewordenen großen Spiegeln reflektiert, ein riesiger Globus von den gebräunten Händen, die ihn einst in seinen bronzenen Halteringen gedreht hatten.

Beeindruckt durch diese Art Totengewölbe, in dem das seefahrende und kriegerische Venedig von einst ruhte, kam Marianne nur langsam voran. Sie näherte sich schon der Treppe, als sie plötzlich mit wild pochendem Herzen lauschend stehenblieb: Unten ging jemand mit einem Licht, dessen Widerschein langsam über die Mauern der Galerie glitt ...

Wie festgewurzelt auf ihrem Platz, wagte sie kaum zu atmen. Wer konnte dort unten gehen? Matteo oder eine seiner Kerkerwächterinnen? In ihrer Furcht, überrascht zu werden, falls jemand heraufkäme, sah sie sich nach einem möglichen Versteck um, entschied sich für die Statue eines Admirals, über dessen Kampfharnisch ein Mantel mit weiten, steinernen Falten fiel und schob sich ganz leise hinter sie ...

Das Licht unten bewegte sich nicht mehr. Zweifellos war es auf irgendein Möbel gestellt worden, denn die Schritte waren noch immer zu hören, entfernten sich jedoch.

Marianne begann aufzuatmen, als ihr Blut plötzlich stockte. Von unten ließ sich ein Stöhnen vernehmen. Ein dumpfer Schrei drang herauf, in dem sich Angst und Entsetzen mischten, sofort gefolgt vom Widerhall eines doppelten Laufs. Jemand floh vor jemand anderem. Ein Möbel, zweifellos mit Gold- und Silberarbeiten beladen, stürzte polternd und klirrend um. Eine Tür schlug zu. Verfolgter und Verfolgender entfernten sich schnell. Ein weiterer, schwächerer Schrei war noch zu vernehmen, danach ein fernes, schauerliches Todesröcheln. Irgendwo im Haus oder im Garten war irgend jemand dabei zu sterben ... Endlich versank alles in lastendes Schweigen.

Marianne versuchte das Schlagen ihres Herzens zu unterdrücken, das ihr wie eine Kathedralenglocke die Stille zu füllen schien, verließ ihr Versteck und wagte einige ängstliche Schritte in Richtung der

Treppe, da über sie der einzige Weg nach draußen führte. Sie erreichte sie, doch das Schauspiel, das sich ihr bot, ließ sie erstarren.

Der große, noble Saal mit seinen Malereien im Stil Tiepolos, seinen hohen Wandbehängen und strengen Möbeln, in den die Stufen mündeten, erschien ihr wie ein Totenfeld. In der Nähe eines auf einem langen Steintisch stehenden Leuchters lagen die beiden schwarzen Dienerinnen, deren Stimmen sie nicht einmal kannte, die eine auf den Fliesen dicht neben einem umgestürzten Sessel, die andere quer über dem Tisch. Alle beide waren auf die gleiche Art gestorben: mit mitleidsloser Präzision ins Herz getroffen!

Aber sie entdeckte noch eine weitere Leiche, und diese versperrte die letzten Treppenstufen. Die Augen weit aufgerissen in eine Ewigkeit des Grauens lag Matteo Damiani mit durchschnittener Kehle rücklings in einem Meer von Blut, das langsam von den überschwemmten Stufen tropfte...

«Er ist tot», murmelte Marianne unwillkürlich, und ihre eigene Stimme schien ihr von sehr weit her zu kommen. «Jemand hat ihn getötet... aber wer?»

Das Entsetzen mischte sich in ihr mit einer wilden, durch ihre Intensität fast schmerzhaften Freude, der natürlichen Freude des gequälten Gefangenen, der unversehens die Leiche seines Henkers auf seinem Wege findet. Eine mysteriöse Hand hatte mit einem Schlag den ermordeten Fürsten Sant'Anna und Mariannes eigene Leiden gerächt.

Indessen nahm der Selbsterhaltungstrieb wieder von dem Flüchtling Besitz. Später würde noch Zeit genug sein, sich zu freuen, wenn sie endgültig diesem Alptraum entronnen wäre, falls sie ihm entrann, denn hier lagen nur drei Leichen. Wo war Ishtar? Hatte die schwarze Hexe ihren Herrn umgebracht? Gewiß, sie war dazu fähig, aber warum hätte sie dann auch die beiden Frauen ihrer eigenen Rasse umbringen sollen, die sie ihre Schwestern nannte? Und dann waren da eben diese Schreie gewesen, diese Geräusche einer Verfolgung und endlich dieses Röcheln... Hatte Ishtar es ausgestoßen? Und wenn sie es gewesen war, wer konnte dann der Urheber dieses Massakers sein?

Seitdem sie in diesen verfluchten Palazzo gekommen war, hatte sie nie erfahren, wer in ihm wohnte außer Matteo selbst, den drei Negerinnen und dem salbungsvollen Giuseppe. Doch dieser letztere besaß nicht die physische Kraft, um einen Damiani zu töten und schon gar nicht eine Ishtar. Vielleicht gab es doch noch andere Diener, von denen sich einer auf diese Weise gerächt hatte...

Der plötzlich auftauchende Gedanke, der Mörder könne zurückkehren und werde dann zweifellos keinen Unterschied zwischen ihr und seinen anderen Opfern machen, ließ Marianne schleunigst das Grauen abschütteln, das sie gelähmt hatte. Sie konnte hier nicht länger bleiben. Sie mußte aus dieser Hölle heraus, die Stufen hinunter, an der Leiche im blutbesudelten, goldschimmernden Gewand mit ihrer schrecklichen Wunde und den aufgerissenen Augen vorbei.

Schaudernd, den Rücken an das Marmorgeländer gedrückt, um sich so flach wie nur möglich zu machen, stieg sie langsam zu der purpurnen Lache hinunter.

Um ihrem Kleid die Berührung zu ersparen, hob sie es mit bebender Hand, konnte jedoch nicht vermeiden, sich die Schuhe zu besudeln.

Erst jetzt, dicht neben der Leiche, erkannte sie, was auf der Brust des Toten lag: Es waren Ketten, Ketten und Fesseln eines Gefangenen. Sie waren alt und einigermaßen rostig, aber sie waren geöffnet und sichtlich mit Absicht dorthin gelegt worden.

Doch sie verlor keine Zeit damit, sich dieses neue Rätsel erklären zu wollen. Wahre Panik bemächtigte sich ihrer, und kaum spürte sie die Fliesen des Saals unter ihren Füßen, als sie auch schon zu laufen begann, so von ihrer Angst angespornt, daß sie nicht einmal daran dachte, das Geräusch ihrer Schritte zu dämpfen. Sie stürzte zu der halboffenen Tür, obwohl der Mörder vielleicht dahinter auf sie lauerte, und stand im Vestibül des Eingangs.

Es war leer. Nur die beiden Galeerenlaternen, an die sie sich erinnerte, waren angezündet. Die zum Garten führende Tür stand ebenfalls offen.

Ohne ihren Schritt zu verlangsamen, lief Marianne hinaus, die ins Dunkel des Gartens tauchende Treppe hinunter, auf die Gefahr hin, sich den Hals zu brechen, nur darauf bedacht, die halb aufgestoßene Kanaltür zu erreichen, hinter der sie das glitzernde schwarze Wasser sah.

Die Freiheit! Dort war die Freiheit, ganz nah, mit der Hand fast schon zu ergreifen. Mit an die Dunkelheit schon gewöhnten Augen gewahrte sie vor sich die Umrisse des Brunnens und wollte ihn umgehen, als sie stolperte und der Länge nach auf etwas Weiches und Warmes fiel. Diesmal hätte sie fast aufgeschrien, denn das, worauf sie lag, war ein menschlicher Körper. Ihre Hände fühlten ein seidiges, feuchtes Gewand, und an dem exotischen Duft, der sich in den faden, widerlichen Blutgeruch mischte, erkannte sie Ishtar. Es war vorhin also ihr Todesröcheln gewesen! Der mysteriöse Mörder hatte sie ebensowenig geschont wie ihre Schwestern ...

Einen entnervten Seufzer unterdrückend, wollte Marianne sich wieder aufraffen, doch plötzlich rührte sich der Körper unter ihr und stieß ein schwaches Stöhnen aus. Die Sterbende stammelte etwas, das Marianne nicht verstand, und instinktiv beugte sie sich hinunter, um besser zu hören.

Die Hände der Schwarzen hoben sich, betasteten wie die einer Blinden die Arme, die sie hielten, doch Marianne empfand keine Furcht: Von der außerordentlichen Kraft dieser im Sterben liegenden Frau war nichts geblieben. Und plötzlich hörte sie sie murmeln:

«Der ... der Herr! ... Ver ... gebung! ... Oh! ... Vergebung!»

Der Kopf sank endgültig zurück, Ishtar war tot. Marianne ließ sie los und sprang sofort auf, doch ihre Bewegung in Richtung zur Tür erstarrte schon im ersten Moment.

Im Ausschnitt dieser Tür waren auf dem kleinen Quai zwei unbestreitbar militärische Gestalten erschienen, von anderen weniger bestimmbaren gefolgt.

«Ich versichere Euch, Herr Offizier, daß ich Schreie gehört habe, entsetzliche Schreie!» sagte eine Frauenstimme. «Und diese offene Tür? Ist das vielleicht normal? Und seht doch dort oben ... die der Treppe ist es auch! Übrigens habe ich schon immer gedacht, daß hier merkwürdige Dinge vorgehen! Hätte man auf mich gehört ...»

«Ruhe!» unterbrach sie jemand grob. «Wir werden dieses Haus von Grund auf durchsuchen. Wenn man sich getäuscht hat, wird man sich entschuldigen und damit basta, aber Ihr, liebe Dame, werdet es bereuen, uns zu einer Blamage verholfen zu haben!»

«Ich bin sicher, daß es nicht der Fall sein wird, Herr Offizier. Ihr werdet mir vielleicht danken! Ich habe immer gesagt, dies hier ist das Haus des Teufels.»

«Wir werden ja sehen! Heda, ihr andern, wir brauchen Licht!»

Tief gebückt, kaum atmend, wich Marianne langsam ins Dunkel des Gartens zurück, der sich, von Mauern umgeben, hinter einem steinernen Bogen öffnete und sich längs des Kanals erstrecken mußte. Ihr Instinkt sagte ihr, daß sie vor diesen vielleicht wohlmeinenden, aber zu neugierigen Soldaten und diesen Leuten fliehen müsse. Sie begriff nur zu gut die Schwierigkeit ihrer Situation, wenn man sie hier als einzige Lebende unter lauter Leichen fände. Sie begriff auch, daß man die Erklärungen, die sie zu ihrem schrecklichen, aber total unsinnig klingenden Abenteuer geben könnte, kaum glauben würde. Bestenfalls würde man sie für eine Verrückte halten und vielleicht einsperren, und auf jeden Fall würde sie von der Polizei festgehalten und endlos verhört werden. Die Erfahrung, die sie nach ihrem Duell mit Francis Cranmere in Selton Hall hatte durchmachen müssen, hatte sie gelehrt, mit welcher Leichtigkeit die Wahrheit je nach der Natur oder den Gefühlen eines jeden Gestalt und Farbe ändern kann. Ihr Kleid, ihre Hände, ihre Schuhe trugen Blutspuren. Man konnte sie sehr gut des vierfachen Mordes anklagen. Was würde dann aus ihrem Rendezvous mit Jason werden?

Der Name ihres Geliebten war ihr ganz natürlich in den Sinn gekommen, ohne Angst, ohne Beklemmungen, und sie wunderte sich darüber. Es war das erste Mal, seitdem sie aus ihrem langen Alptraum erwacht war, daß sie sich dieses Rendezvous in Venedig erinnerte. Die Erniedrigung durch Damiani war ihr wie etwas Nichtwiedergutzumachendes erschienen, und sie selbst hatte vor ihrem eigenen Körper solchen Ekel empfunden, daß nur der Tod ihr wünschenswert schien. Doch diese ihr so unerwartet zurückgegebene Freiheit verhalf ihr wieder zu sich selbst und damit auch zu leidenschaftlicher Lust am Leben und ihrer natürlichen Folge, der Lust am Kampf.

Sie wurde sich von neuem bewußt, daß es irgendwo auf der Welt ein Schiff und einen Seemann gab, die alle ihre Hoffnungen verkörperten, und daß sie diesen Seemann und dieses Schiff wiedersehen wollte, ganz gleich, was die Folgen sein mochten. Unglücklicherweise hatten Drogen und Verzweiflung sie in diesem Haus des Wahnsinns selbst das Maß für die inzwischen verstrichene Zeit verlieren lassen. Der vereinbarte Zeitpunkt ihres Treffens konnte ebensogut gekommen wie schon verstrichen oder gar noch mehrere Tage entfernt sein, sie wußte es nicht. Um es zu erfahren, mußte sie zuerst hier heraus. Leider war das nicht ganz einfach!

Ungewiß, was sie zunächst tun sollte, hatte sich Marianne hinter einen Strauch geduckt, während sie nach einer Möglichkeit Umschau hielt, diesen Garten zu verlassen, der zwar nach Orangen und Geißblatt duftete, aber, von hohen Mauern umgeben, eine Falle war, eine Falle, die wahrscheinlich bald gründlich durchsucht werden würde.

Drüben am Palazzo tanzten jetzt Laternen in der Nacht. Leute, offenbar eine ganze Menge, hatten unter Führung der beiden Soldaten den Hof überflutet. Aus ihrem Versteck sah Marianne, wie sie sich neben dem Brunnen mit Schreckensrufen über Ishtars Leiche beugten. Dann stieg einer der Soldaten die Treppe hinauf und verschwand im Haus, von einer Schar Neugieriger begleitet, die nur allzu glücklich über die ihnen gebotene Gelegenheit waren, diese patrizische Behausung von innen sehen und vielleicht plündern zu können ...

Zugleich wurde Marianne klar, daß sie hier nicht länger würde bleiben können, wenn sie nicht entdeckt werden wollte. Sie verließ also ihre unsichere Zuflucht und wandte sich der Mauer zu, um ihr in der Hoffnung zu folgen, vielleicht einen Ausgang zu finden. Es war schwarz wie in einem Backofen. Die Wipfel der Bäume bildeten ein dichtes Blättergewölbe, unter dem es noch dunkler war als unter freiem Himmel.

Die Hände wie eine Blinde vorstreckend, berührte Marianne endlich die warmen Ziegelsteine einer Mauer und machte sich daran, ihr tastend zu folgen. Falls sie keinen Ausweg fände, war sie entschlossen, auf einen Baum zu klettern und dort – wer weiß, wie lange wohl? – zu warten, bis der Weg endlich frei sein würde.

So legte sie etwa dreißig Schritte zurück, dann machte die Mauer einen Knick. Noch einige Schritte, und die Ziegel hörten plötzlich auf, ihre Hände griffen ins Leere und bekamen gleich darauf eisernes Rankenwerk zu fassen. Übrigens hatten sich ihre Augen mehr und mehr an die Dunkelheit gewöhnt, so daß sie vor sich ein schmales, geschmiedetes Gitter unterscheiden konnte, das ein etwas helleres Rechteck in die Finsternis schnitt.

Dahinter befand sich nicht, wie sie befürchtet hatte, der Kanal, sondern ein Gäßchen, in das eine Laterne ungewisses Licht warf. Das also war endlich der erhoffte Ausgang ...

Leider war Marianne damit nicht allzuviel geholfen. Das Gitter war solide und durch eine Kette mit einem Vorhängeschloß gesichert. Es war unmöglich, die Pforte zu öffnen. Doch die Luft der Freiheit war ihren Lungen nun so nah, daß sie sich weigerte, sich entmutigen zu lassen, zumal ihr schien, als näherten sich vom Haus her Geräusche.

Zwei Schritte zurücktretend, schätzte sie mit dem Blick die Höhe der Mauer ab, in die das Gitter eingelassen war, und was sie sah, befriedigte sie. Denn wenn das Gitter auch nicht zu öffnen war, schien es ihr doch relativ leicht zu überklettern, da die eisernen Ornamente, aus denen es bestand, gute, nicht zu weit auseinanderliegende Stützpunkte für ihre Füße boten. Was den Türsturz darüber betraf, war er nicht höher als anderthalb Fuß, und in seinem alten Mauerwerk mußte es eine Spalte zum Festhalten beim Darübersteigen geben.

Die Geräusche wurden deutlicher. Schritte, Stimmen. Ein Licht schimmerte unter den Bäumen am Eingang zum Garten, doch für Marianne stand es außer Frage, daß sie ihre Klettertour nicht verstrickt in ein langes Kleid aus dickem Stoff unternehmen würde.

Trotz der Eile und ihrer Angst nahm sie sich die Zeit, es auszuziehen, und schob es zwischen den Stäben hindurch in die Gasse. Dann machte sie sich, nur in Hemd und kniclanger batistener Hose, an die Erstürmung dieses Hindernisses. Wie vorausgesehen war das Ersteigen ziemlich einfach. Zum Glück übrigens, denn ihre Muskeln hatten durch die lange Haft und Untätigkeit viel von ihrer Geschmeidigkeit und Kraft verloren.

Als Marianne die Krone der Mauer erreichte, war sie außer Atem und schweißnaß. Vor ihren Augen drehte es sich, und von einem Schwindelgefühl erfaßt, mußte sie sich einen Moment setzen, um ihrem Herzschlag Zeit zur Beruhigung zu geben. Sie hätte nie geglaubt, in solchem Maße geschwächt zu sein. Ihr ganzer Körper zitterte, und ihr war, als könnten ihre Nerven sie jeden Augenblick im Stich lassen. Dennoch mußte sie jetzt auf der anderen Seite hinunterklettern.

Die Augen schließend, klammerte sich Marianne an die Mauer, tastete mit den Füßen weiter unten nach Haltepunkten, fand sie, löste zuerst eine Hand, dann die andere, wollte noch ein wenig tiefer, doch jählings verließen sie ihre Kräfte. Ihre Hände glitten ab, schürften sich an den Steinen, sie fiel ... Glücklicherweise war der Sturz nicht tief, und sie landete auf ihrem durchs Gitter geschobenen Kleiderbündel. Der dicke Stoff milderte ein wenig ihren Fall. Sie raffte sich fast sofort auf, rieb den unteren Teil ihres schmerzenden Rückens und warf einen raschen Blick um sich. Wie sie sich's gedacht hatte, befand sie sich in einem schmalen, auf jeder Seite durch eine kleine, hochgewölbte Brücke verlängerten Gäßchen. Aber an einem Ende, dem zur Linken, glomm ein schwaches Licht. Und auf beiden Seiten war das Gäßchen völlig verlassen.

Hastig schlüpfte Marianne wieder in ihr Kleid, sorgsam darauf bedacht, im Schutz der Mauer zu bleiben, zögerte einen Moment. In diesem Moment ließ sich fernes Donnergrollen vernehmen, ein Windstoß fegte durch die Gasse, und das gelöste Haar der jungen Frau flatterte auf. Es war wie ein Peitschenhieb. Mit geschlossenen Augen breitete sie die Arme weit aus, als wolle sie den Wind umfangen, der sie berauschte, obwohl er mehr Staub als Meergeruch mitbrachte. Sie war frei, endlich frei! Um den Preis des vierfachen Verbrechens eines Unbekannten zwar, aber sie war frei, und die, die dort zwischen den altmodischen Prunkstücken eines Palazzos, den sie usurpiert hatten, lagen, verdienten kein Bedauern. In den Augen der entflohenen Gefangenen war es ein Gottesgericht.

Sie schwankte einen Moment, welche Richtung sie einschlagen sollte, dann wandte sie sich, plötzlich unbeschwert, nach links, dem kleinen, gelblich schimmernden Lichtschein in der Ferne zu.

Im selben Augenblick begannen Regentropfen, groß wie Dukaten, in den Staub der Gasse zu klatschen und ihn mit kleinen Kratern zu übersäen. Das Gewitter näherte sich Venedig ...

4. Kapitel

Ein Segel auf der Giudecca

Sintflutartiger Regen brach über Marianne herein, kaum daß sie die kleine Brücke hinter sich hatte, von deren Höhe aus sie Leute bemerken konnte, die unter das Vordach des Palazzo Sorenzo flüchteten, und mehrere auf dem Rio vor dem kleinen Quai versammelte Gondeln. In wenigen Sekunden war alles unter Wasser gesetzt. Venedig versank in einem strömenden, von weißen Blitzen durchzuckten Universum. Das Licht, das Marianne sich als Ziel erwählt hatte, zweifellos eine vor einer Heiligenstatue brennende Öllampe, war verschwunden.

In kürzerer Zeit, als man es zu Papier bringen kann, bis auf die Knochen durchnäßt, ließ Marianne sich dadurch nicht aufhalten. Es war zu schön, laufen zu können, einfach geradeaus, ohne zu wissen, wohin es einen führte. Sie senkte nur den Kopf und beugte den Rücken unter dem Guß.

Auch das Gewitter, das über die Stadt niederging, war schön, und der Regen tat ihr gut. Er wusch sie rein von den Erniedrigungen Damianis, säuberte sie gründlicher, als dessen Sklavinnen es in umständlichen Zeremonien vermochten. Es war, als schütte der Himmel soviel Wasser auf soviel Blut, Haß und Schande, um deren sichtbare Spuren auszulöschen. Und Marianne ließ sich mit einem seligen Gefühl der Befreiung von diesem Unwetter peitschen. Sie hätte gewünscht, auch jede einzelne Faser ihres Körpers waschen zu können, um ihn so auch von der Erinnerung zu befreien ...

Doch es ging nicht an, die ganze Nacht bis zur Erschöpfung durch Venedig zu laufen. Sie mußte schnellstens eine Zuflucht finden. Denn abgesehen von der immer möglichen Begegnung mit einer Streife der Polizei würden sich die Leute, sobald der Tag anbrach, über ihr seltsames Aussehen, ihre durchnäßte Kleidung und ihr triefendes Haar wundern.

Das Beste wäre, eine Kirche zu suchen und in ihr um Hilfe und Beistand zu bitten und natürlich auch das Datum des Tages zu erfragen.

Erst dort würde sie sich in Sicherheit wissen. Das uralte Asylrecht, das so oft seinen unverletzbaren Schutz selbst auf Verbrecher ausgedehnt hatte, konnte sich auch einmal zwischen einer nur ihres heißen Glücksverlangens schuldigen Frau und Behörden erheben, deren Pedanterie und Schikanen sie ahnte. Nötigenfalls würde sie sich auf ihre

Verwandtschaft mit dem Kardinal von San Lorenzo berufen... wenn man ihr überhaupt glaubte!

Das Gewitter nahm noch an Heftigkeit zu, als Marianne atemlos auf einen Platz gelangte, der auf einer Seite von einem ziemlich breiten Kanal begrenzt war. Zu ihrer Rechten ließ das grelle Zickzack eines Blitzes die rötliche Fassade einer großen gotischen Kirche aus der Sintflut auftauchen. Aber nur für eine Sekunde! Der Vorhang der Nacht und des Regens sank noch dichter herab, während gerade über dem Kopf der jungen Frau das ohrenbetäubende Getöse des Donners losbrach.

Allein von ihrem Gefühl geleitet, wollte sie sich zu der nur einen Moment lang erblickten Kirche flüchten, doch ihr hastig unternommener Versuch stieß sich an einer steinernen Kante, die ihr scheußlichen Schmerz verursachte. Stöhnend versuchte sie, das unvorhergesehene Hindernis zu umgehen. Ein neuer Blitz zeigte es ihr und entriß ihr zugleich einen Schreckensschrei. Doch es war nur die Reiterstatue eines Kriegers aus dem 15. Jahrhundert, die sie so hoch überragte, daß sie ihr geradewegs vom Himmel zu fallen schien. So packend war ihre Wirklichkeit, so brutal der Ausdruck des Gesichts mit den Raubtierkinnbacken unter dem Rand des Kriegshelms, so furchtbar die Gewalt dieses Reiters aus grünlich angelaufener Bronze, daß Marianne unwillkürlich zurückwich, als sei das durch die Kunst des Bildhauers so lebendige riesige Schlachtroß schon dabei, sie mit seinen Hufen niederzustampfen. War in dieser schrecklichen Nacht nicht in allem ein Stück Wundersames, Übernatürliches? Und dieser eherne Kondottiere, der ihr plötzlich mitten in einem Gewitter erschien, ähnelte allzusehr dem bösen Geist ihres Schicksals.

Um sich seiner Faszination zu entziehen, wandte sie sich der Kirche zu, die der Blitz ihr eine Sekunde lang gezeigt hatte, stürzte sich in den Schutz ihres Portals und stemmte sich gegen den Türflügel, der sich nicht öffnete. Unglücklicherweise war das Portal nicht sehr tief, und der peitschende Regen traf sie auch hier.

Das Gewitter hatte die Temperatur erheblich abgekühlt, und Marianne zitterte jetzt vor Kälte in ihrer triefenden Kleidung. Von neuem versuchte sie, zuerst das Hauptportal der Kirche und dann ein anderes zu öffnen. Ohne Erfolg.

«Die Kirche wird nachts immer geschlossen!» rief nicht weit von ihr eine dünne, schüchterne Stimme. «Aber wenn du zu mir kommen willst, wirst du weniger naß werden und könntest hier das Ende des Gewitters abwarten.»

«Wer hat da gesprochen? Ich sehe nichts!»

«Ich. Ich bin hier! Warte, ich hol dich!»

Jemand galoppierte durch die Wasserlachen, dann glitt eine kleine Hand in die Mariannes. Sie gehörte einem kleinen Jungen, der seiner Größe nach etwa zehn Jahre alt sein konnte. Mehr war von ihm nicht zu erkennen.

«Komm», sagte er bestimmt und zog sie ohne weitere Umstände hinter sich her. «Unter dem Portal der Scuola ist viel mehr Platz, und der Regen kommt da nicht rein. Dein Kleid und dein Haar sind ja ganz naß.»

«Wie kannst du das sehen? Ich sehe dich mit knapper Not.»

«Ich sehe bei Nacht. Annarella sagt, alle Katzen seien meine Geschwister.»

«Wer ist Annarella?»

«Meine ältere Schwester. Sie ist die Schwester der Spinnen, sie macht Spitzen! Die schönsten und feinsten von ganz Venedig!»

Marianne begann zu lachen.

«Wenn du glaubst, Kundschaft gefunden zu haben, irrst du dich, mein Junge. Ich habe nichts. Aber ihr müßt eine drollige Familie sein. Katze und Spinne! Es hört sich an wie eine Fabel!»

Von dem Kind an die Hand genommen, liefen sie schnell zum Eingang eines Gebäudes, das sich im rechten Winkel zur Kirche erhob. Das Gewitter erhellte für eine Sekunde die Anmut einer Renaissance-Fassade. Auf einem der gerundeten Fenstergiebel war der St. Markuslöwe eingeprägt. Wie der Junge gesagt hatte, war das doppelte, ja dreifache, von Säulen getragene und von zwei liegenden Raubtieren bewachte Portal unendlich viel geräumiger als das der Kirche.

Marianne konnte ihr Kleid ausschütteln und die langen, nassen Strähnen ihres Haars über die Schultern zurückwerfen. Übrigens ließ der Regen nach. Das Kind sagte nichts mehr, und um wieder seine Stimme zu hören, die hell und rein wie ein Kristall war, fragte sie: «Es muß sehr spät sein. Was tust du um diese Zeit draußen? Du solltest seit langem schlafen.»

«Ich hatte eine Besorgung für einen Freund zu machen», erwiderte der Junge, vorsichtige Zurückhaltung wahrend, «und da hat mich das Gewitter überrascht, genau wie dich. Aber ... woher kommst du eigentlich?»

«Ich weiß nicht», entgegnete die junge Frau, plötzlich gespannt. «Man hatte mich in einem Haus eingesperrt, und ich bin entwischt. Ich wollte in die Kirche, um dort Schutz zu suchen.»

Beide schwiegen. Sie spürte, daß der Junge sie ansah. Er mußte sie für eine irgendeinem Asyl entsprungene Verrückte halten; so ungefähr sah sie auch aus. Doch er sprach mit der gleichen ruhigen Stimme weiter:

«Der Mesner schließt San Zanipolo immer. Wegen der Diebe und der Schätze. Viele von unseren Herren Dogen sind da begraben ... und er ist dazu da, sie zu bewachen», fügte er hinzu, indem er auf den Bronzereiter wies, der, im Profil gesehen, vor der Kirche herzureiten schien.

Dann senkte er unversehens die Stimme und flüsterte rasch: «Hat dich ein Liebhaber eingesperrt oder etwa ... die *polizia*?»

Irgend etwas sagte Marianne, daß ihr die zweite Möglichkeit bei ihrem jungen Gefährten mehr Sympathie einbringen würde. Ohnehin war es undenkbar, ihm die Wahrheit zu sagen.

«Die Polizei! ... Wenn sie mich erwischen, bin ich verloren! Aber sag mir ... wie heißt du?»

«Zani ... wie die Kirche.»

«Hör zu, Zani, ich möchte wissen, welchen Tag wir heute haben.»

«Du weißt es nicht?»

«Nein. Ich war in einem Zimmer ohne Licht und ohne Fenster. Da verliert man ein bißchen den Begriff der Zeit.»

«Schlimm! Du hast Glück gehabt, ihnen zu entkommen! Die *polizia*, das sind alles Wilde, und sie sind noch schlimmer und dummer, seitdem ihnen Bonapartes Sbirren helfen. Man möchte meinen, sie sind schlimm um die Wette.»

«Du hast recht, aber ich bitte dich, sag mir den Tag!» rief die junge Frau und griff nach dem Arm des Jungen.

«Richtig, ich vergaß! Der 29. Juni war's, als ich aus dem Haus gegangen bin. Dann muß es heute der dreißigste sein. Der Tag ist nicht sehr fern.»

Wie betäubt lehnte sich Marianne gegen die Mauer. Fünf Tage! Seit fünf Tagen mußte Jason in der Lagune warten! Er war ihr ganz nah und hatte seine Nächte vielleicht damit verbracht, die Dunkelheit zu durchforschen, in der Hoffnung, sie erscheinen zu sehen, während sie noch hilflos und verzweifelt Damianis Willkür ausgesetzt war ...

Beim Verlassen dieses verfluchten Hauses hatte sie noch ein wenig Zeit zu haben geglaubt, um wieder ganz zu sich selbst zu finden, zu überlegen und schließlich auch, um den Versuch zu machen, die wie in ein schreckliches und schmutziges Grau getauchten Stunden, die sie hatte erdulden müssen, ein wenig aus ihrem Gedächtnis zu vertreiben. Ein bißchen Abstand schien ihr notwendig, bevor sie Jasons scharfen Augen standhalten mußte. Nur zu gut kannte sie seinen Scharfblick und jenen gleichsam animalischen Instinkt, der ihn unfehlbar den Finger auf den empfindlichsten oder auch nur den zu beanstandenden Punkt legen ließ. Mit einem Blick würde er wissen, daß die Frau, die da zu ihm kam, nicht die gleiche war, die er vor sechs

Monaten an Bord der *Saint-Guénolé* zurückgelassen hatte. Das vergossene Blut rächte ihre Schande, tilgte sie jedoch ebensowenig wie die vielleicht im Geheimsten ihres Leibes zurückgebliebene lebendige Spur, an die zu glauben oder auch nur zu denken sie sich fürs erste weigerte. Und nun wartete er schon!

In vielleicht einer Stunde konnte sie ihm gegenüberstehen. Und es war herzzerreißend, daran zu denken, daß sie diese so lange, so leidenschaftlich ersehnte Minute nicht mehr ohne Angst auf sich zukommen sah. Denn sie wußte nicht mehr, was sie am Ende dieser überfluteten Gassen, dieser ertrunkenen Kuppeln, dieser ganzen dem Unwetter ausgelieferten Stadt, die ihr das Meer verbarg, finden würde.

Würde Jason ganz und gar der Geliebte im Glück des Wiederfindens sein, oder wäre auch ein Stück Inquisitor voller Hintergedanken dabei? Er erwartete, daß ihm eine glückliche Frau in der Sonne und im ganzen Glanz ihrer triumphierenden Schönheit entgegentrat, und dann erschiene ein gehetztes, verängstigtes Geschöpf vor ihm, das sich in seiner Haut ebenso wenig wohl fühlte wie in seiner verwaschenen Kleidung. Was würde er davon denken?

«Es regnet nicht mehr, weißt du?»

Zani zupfte Marianne am Ärmel. Ein Beben überlief sie, sie öffnete die Augen, sah sich um. Es war wahr. Das Gewitter hatte ebenso plötzlich aufgehört, wie es begonnen hatte. Sein wütendes Grollen entfernte sich zum Horizont. Der Wolkenbruch und das Getöse von vorhin hatte einer kaum vom Tropfen des Wassers von den Dächern gestörten großen Ruhe Platz gemacht, in der die erschöpfte Atmosphäre wieder zu Atem zu kommen schien.

«Wenn du nicht weißt, wohin», fuhr das Kind fort, dessen Augen im Dunkeln wie Sterne glänzten, «kannst du mit zu uns kommen. Da bist du vor dem Regen und den *carabinieri* sicher.»

«Aber was wird deine Schwester sagen?»

«Annarella? Gar nichts. Sie ist es gewohnt.»

«Gewohnt? Was?»

Doch Zani blieb stumm, und Marianne spürte, daß er bewußt schwieg. Das Kind hatte sich in Bewegung gesetzt, mit erhobenem Kopf und in der naiv-würdigen Haltung derer, die glauben, große Geheimnisse zu bewahren. Seine neue Freundin folgte ihm, ohne auf einer Antwort zu bestehen. Die Vorstellung, ein Dach zu finden und schlafen zu können, gefiel ihr. Ein paar Stunden Ruhe würden ihr guttun und ihr vielleicht erlauben, in sich selbst ein wenig von jener Marianne wiederzufinden, die Jason erwartete, oder wenigstens eine Frau, die ihr ein bißchen ähnlicher sah.

Sie gingen den Weg zurück, den Marianne gekommen war, bogen

dann aber nach links ab und verloren sich in einer Unendlichkeit von Gäßchen und Kanälen, die der jungen Frau wie ein unentwirrbares Labyrinth erschien.

Der Weg kam ihr so kompliziert vor, daß sie hundertmal den Eindruck hatte, wieder an derselben Stelle zu stehen, doch Zani zögerte nie auch nur eine Sekunde.

Der Himmel lichtete sich, wurde klarer. Irgendwo kündete ein Hahn den neuen Tag, einziger Laut in diesem menschenleeren Gewirr, in dem sich das Leben hinter dicken, hölzernen Fensterladen verbarg, und dessen einzige Herren die Katzen waren. Während des Wolkenbruchs in irgendwelchen Löchern verkrochen, kamen sie jetzt überall hervor und kehrten zu sich zurück, die Pfützen überspringend und die Dachtraufen meidend. Nach und nach tauchten die Häuser aus der Dunkelheit auf, ihre bizarren Dächer, ihre Glockentürmchen, Terrassen und seltsamen trichterartigen Schornsteine hoben sich gegen das erste Licht der Morgendämmerung ab. Alles war ruhig, und die beiden verspäteten Wanderer konnten sich einbilden, die Straße gehöre ihnen allein, als sie unversehens Pech hatten.

Sie bogen in die Merceria ein, eine Straße, die ein wenig breiter war als die anderen, aber gewunden und auf beiden Seiten von Läden gesäumt, als sie auf eine Patrouille der Nationalgarde stießen. Die Begegnung war unvermeidlich. Die Straße machte an dieser Stelle einen Knick.

Marianne und der Junge sahen sich plötzlich von Soldaten umgeben, von denen zwei Laternen trugen.

«Halt!» befahl der Anführer der Abteilung mit mehr Autorität als Logik, denn sie waren ohnehin nicht fähig, sich zu rühren. «Wo wollt ihr hin?»

Überrumpelt und durch den Anblick der Uniformen wie gelähmt, starrte Marianne ihn an, ohne ein Wort hervorbringen zu können.

Es war ein junger Offiziersanwärter mit arroganter Miene, sichtlich entzückt von seiner Uniform mit weißem Lederzeug und einem Schnurrbart, der ihm als Schutzwall zu dienen schien. Er erinnerte sie an Benielli.

Doch als echter Venezianer hatte sich Zani schon in wortreiche und in solchem Tempo vorgebrachte Erklärungen gestürzt, daß seine helle Stimme die ganze Straße zu füllen schien. Er verstehe sehr gut, daß es für einen Jungen seines Alters nicht die richtige Zeit sei, durch Venedig zu laufen, aber es sei nicht ihre Schuld, und der Herr Offizier müsse ihnen Vertrauen schenken, denn folgendermaßen sei es zugegangen: Er und seine Cousine seien am Abend ans Krankenbett der Tante Lodovica gerufen worden, die an Malaria leide. Vetter Paolo habe sie vor seinem Aufbruch zum Fischfang zu Hilfe gerufen, und sie seien sofort gekommen, da die Tante Lodovica so alt und krank sei und sogar schon irre rede, daß es einem nur leid tun könne! Eine so intelligente Frau, die die Milchschwester und Dienerin des durchlauchtigsten Herrn Lodovico Manin, des letzten Dogen, gewesen sei. Als er und seine Cousine sie in diesem Zustand gesehen hätten, wären sie nicht in der Lage gewesen, sie zu verlassen. Sie hätten bei ihr gewacht, sie versorgt, gestärkt, und die Zeit sei dabei im Fluge verstrichen. Als die Tante endlich eingeschlafen und die Krise vorüber gewesen sei, wäre es schon sehr spät gewesen, und da sie nichts mehr hätten tun können und Vetter Paolo ohnehin am frühen Morgen zurückkehren würde, hätten sich er und seine Cousine auf den Heimweg gemacht, um seine Schwester Annarella zu beruhigen, die sich schon um sie sorgen mußte. Das Gewitter hätte sie überrascht und sie gezwungen, sich unterzustellen und zu warten. Wenn also die glorreichen Herren Soldaten so gut sein wollten, sie ihres Weges ziehen zu lassen ...

Bewundernd war Marianne der oratorischen Leistung ihres jugendlichen Begleiters gefolgt, die die zweifellos durch diese Wortlawine überwältigten Soldaten sprachlos über sich hatten ergehen lassen. Doch ließen sie sie deswegen noch längst nicht passieren, und ihr Anführer fragte:

«Wie heißt du?»

«Zani, Signor Offizier, Zani Mocchi, und sie ist meine Cousine Appolonia.»

«Mocchi? Gehörst du zu der Familie des Kuriers von Dalmatien, der vor ein paar Wochen bei Zara verschwunden ist?»

Zani senkte den Kopf wie unter der Last eines großen Schmerzes.

«Er ist mein Bruder, Signore, und es ist für uns ein großer Kummer, denn wir wissen noch immer nicht, was aus ihm geworden ist.»

Er hätte sich über dieses Thema vielleicht noch weiter verbreitet, aber einer der Soldaten hatte seinem Chef etwas ins Ohr geflüstert, worauf dieser bedenklich die Stirn runzelte. «Man sagt mir, dein Vater sei 1806 wegen umstürzlerischer Äußerungen gegen den Kaiser füsiliert worden, und deine Schwester, diese Annarella, die sich so um dich sorgt, sei die berüchtigte Spitzenklöpplerin von San Trovaso, die ihren Haß auf uns nicht verbirgt. Man liebt uns nicht sehr in deiner Familie, und im Hauptquartier fragt man sich, ob dein Bruder nicht zum Feind übergelaufen ist ...»

Die Dinge wandten sich zum Schlechten, und Marianne fragte sich ratlos, wie sie ihren kleinen Gefährten unterstützen könnte, ohne sich selbst zu verraten. Doch der Junge machte mutig Front.

«Warum sollten wir euch lieben?» rief er verwegen. «Als euer General Bonaparte hierherkam, um unser Goldenes Buch zu verbrennen und eine Republik einzurichten, glaubten hier alle, er brächte uns die wahre Freiheit! Und er hat uns Österreich gegeben! Und dann hat er es uns wieder weggenommen. Nur war er kein republikanischer General mehr, sondern ein Kaiser! Und uns hat man nur den Kaiser wechseln lassen! Wir hätten euch lieben können! Aber Ihr habt es nicht gewollt!»

«Sieh einer an! Für einen Jungen, kaum größer als ein Stiefel, hast du eine hübsch lockere Zunge! Ich frage mich, ob . . . aber zur Sache! Die da, die nichts sagt, ist deine Cousine?» Eine der Laternen hob sich am Ende eines betreßten Ärmels und beleuchtete plötzlich Mariannes Gesicht. Der Anführer pfiff durch die Zähne:

«Donnerwetter! Was für Augen! . . . Und was für eine Haltung für die Cousine eines zerlumpten Knirpses! Man möchte meinen, eine Dame!»

Diesmal spürte Marianne, daß sie sich in das Abenteuer stürzen und Zani zu Hilfe kommen mußte. Der Soldat war wirklich allzu mißtrauisch. Sie entschloß sich, in die ihr zugefallene Rolle zu schlüpfen, und warf ihm einen animierenden Blick zu:

«Aber ich bin eine Dame, oder doch fast! Es ist ein Vergnügen, einem so intelligenten Menschen zu begegnen, Herr Offizier! Ihr habt sofort gesehen, daß ich, obwohl Zani mein Cousin ist, nicht von hier bin. Ich verbringe nur einige Tage bei meiner Cousine Annarella. Seht Ihr», fügte sie, sich brüstend, hinzu, «ich wohne in Florenz, wo ich Kammerzofe bei der Baronin Cenami, Vorleserin Ihrer Königlichen Hoheit, der Frau Prinzessin Elisa, Großherzogin der Toskana, bin, Gott möge sie schützen!»

Und sie schlug schnell ein paar Kreuzeszeichen, um den Grad ihrer Ergebenheit für eine so illustre Fürstin zu demonstrieren. Die Wirkung war geradezu magisch. Beim Namen der Schwester Napoleons entspannte sich die Miene des Soldaten. Er warf sich in die Brust, fuhr mit einem Finger zwischen Hals und hohem Uniformkragen und zwirbelte seinen Schnurrbart, um ihm eine vorteilhaftere Note zu geben.

«Ah! Deshalb also! Nun, mein schönes Kind, Ihr könnt Euch rühmen, das Glück zu haben, auf den Sergeanten Rapin gestoßen zu sein, einen Mann, der sich mit den Dingen auskennt! Ein anderer hätte Euch geradewegs zur Wache im Königlichen Palast gebracht, um erst einmal die Situation zu klären.»

«Dann können wir also weitergehen?»

«Gewiß doch! Aber wir werden Euch ein Stück Wegs begleiten für den Fall, daß Ihr einer anderen Patrouille begegnet, die möglicherweise nicht wissen wird, was man einer Person wie Euch schuldet . . .»

«Aber ... wir möchten Euch keine Unbequemlichkeiten bereiten!»
«Was Ihr auch denkt! Es wird mir ein Vergnügen sein! Wir gehen in dieselbe Richtung, wenn Ihr nach San Trovaso zurückkehrt. Mit uns werdet Ihr keine Mühe haben, einen Fährmann zu finden, der Euch über den Canal Grande setzt ... und dann», fügte er im Ton wichtigtuerischer Vertraulichkeit leiser hinzu, «Venedig ist in dieser Nacht nicht sicher. Man hat uns eine Zusammenkunft von Verschwörern gemeldet! Es gibt viele von der Sorte im Süden Italiens, und sie schicken ihre Leute bis hierher!»

Entzückt von sich und seinen Enthüllungen bot er der über den Erfolg ihrer diplomatischen Schwindelei einigermaßen verblüfften Marianne galant den Arm.

Die Patrouille setzte sich wieder in Bewegung, vermehrt um Marianne, die an Rapins Arm voranschritt, und Zani, der sich, von plötzlichem Respekt für seine neue Freundin erfüllt, an ihren Rock klammerte und ihn nicht mehr losließ. Der Tag kam jetzt schnell, die graue Morgendämmerung färbte sich im Osten schon rosig. Menschen und Dinge wurden sichtbar und die Laternen überflüssig. Sie wurden gelöscht.

Trotz ihrer Müdigkeit und ihrer Sorgen war sich Marianne der komischen Seite ihres seltsamen kleinen Aufzugs bewußt. «Wir müssen wie eine Dorfhochzeit aussehen, die ausgeartet ist», dachte sie, während ihr vom Himmel gefallener Kavalier ihr allerlei dummes Zeug auftischte und sein Bestes tat, um sie zu einem Rendezvous zu bewegen, ohne daß ihr klar wurde, ob er sich nun mehr durch ihren persönlichen Charme oder durch ihre Situation als «gut mit dem Hof stehende Person» angezogen fühlte.

Die Merceria tauchte unversehens unter eine Wölbung in einem mit einer riesigen Uhr verzierten und von einer Glocke gekrönten blauen Turm. Als sie auf der anderen Seite heraustraten, glaubte Marianne sich ins Märchenland versetzt, soviel Schönheit barg das sich ihren Augen darbietende Bild. Sie sah eine Wolke weißer Tauben, die sich in den malvenfarbenen Morgen hob und eine schneeige Spirale um einen schlanken rosigen Kampanile zog. Sie sah einen Kirchenpalast und ein Palastjuwel ihre grün überzogenen Kuppeln und alabasternen Zinnen, ihre Steine in zarten Fleischtönen und ihre goldenen Mosaiken, ihr marmornes Spitzenwerk und ihre mit schwärzlichem Silberschmelz überzogenen Glockentürmchen, Heimstätten eines Volks von Evangelisten, miteinander vereinen. Sie sah einen riesigen Platz, eingefaßt von einer Stickerei von Arkaden und gezeichnet von weißem Marmor wie ein gigantisches Brettspiel. Und endlich sah sie zwischen dem schönen Palazzo und einem Bauwerk, das wie ein von

Statuen bevölkertes Schmuckschränkchen aussah, jenseits zweier hoher Säulen, von denen eine einen geflügelten Löwen, die andere einen von einer Art Krokodil begleiteten Heiligen trug, eine gewaltige, seidig-bläuliche Weite, die ihr Herz schneller schlagen ließ: das Meer.

Barken unter anemonenfarbenen lateinischen Segeln schwammen inmitten silbriger Spiegelungen vor einem nebligen Horizont, aus dem eine weitere Kuppel und ein Kampanile auftauchten, aber es war dennoch das Meer, das Becken von San Marco, wo Jason sie vielleicht erwartete. Und Marianne mußte sich Gewalt antun, um nicht diesen Fluten zuzulaufen, deren salzig-herber Geruch bis zu ihr drang.

Der Sergeant Rapin seinerseits hatte etwas anderes erblickt. Er hatte kaum den Durchgang des Uhrturms passiert, als er auch schon schleunigst den Arm seiner Begleiterin losließ. Sie waren in Sichtweite des Wachlokals im Torweg des Königlichen Palastes angelangt, und die Galanterie mußte der Disziplin weichen. Er warf sich in Positur und grüßte militärisch. «Meine Leute und ich sind angelangt, und Ihr, Signorina, habt es auch nicht mehr weit. Aber darf ich Euch, bevor wir uns trennen, um die Gunst eines baldigen Wiedertreffens bitten? Wäre es nicht schade, fast Nachbarn zu sein ... und sich dann nicht wiederzusehen? Was denkt Ihr darüber?» säuselte er mit einladender Miene.

«Es wäre mir ein Vergnügen, Herr Offizier», zierte sich Marianne so überzeugend, daß es ihrem komödiantischen Talent alle Ehre machte, «aber ich weiß nicht, ob meine Cousine ...»

«Ihr seid doch nicht von ihr abhängig, Ihr, eine Ihrer Kaiserlichen Hoheit attachierte Person?»

Offenbar konnte es Rapins Phantasie mit Zanis aufnehmen. In der kurzen Zeit ihres gemeinsamen Weges hatte er Mariannes mythische Brotgeberin, die Baronin Cenami, deren Name ihm zweifellos ohnehin nichts sagte, schlicht und einfach unterschlagen und berücksichtigte nur noch seine erhabene Herrin, die Prinzessin Elisa.

«Nein, gewiß nicht ...» zögerte Marianne, «aber ich bin nicht mehr lange hier. Ich reise bald ab ...»

«Sagt nur nicht, daß Ihr heute abend reist», unterbrach der Sergeant, seinen Schnurrbart streichend. «Ihr würdet mich zwingen, alle Schiffe zum Festland anzuhalten. Wartet bis morgen. Wir könnten uns heute abend sehen ... ins Theater gehen. Ich könnte Plätze für die Oper im Fenice bekommen! Das würde Euch sicherlich gefallen!»

Marianne sagte sich, daß es offenbar unendlich viel schwieriger sein würde, diesen lästigen Soldaten loszuwerden, als sie es sich vorgestellt hatte. Er würde sich vielleicht als sehr unangenehm erweisen, wenn sie ihn abwies. Und wer konnte sagen, ob nicht Zani und seine

Schwester die Kosten seiner schlechten Laune würden tragen müssen? Ihre Ungeduld unterdrückend, warf sie einen raschen Blick auf das Kind, das mit gerunzelter Stirn die Szene beobachtete. Dann zog sie entschlossen den Sergeanten ein wenig außer Hörweite seiner Männer. Auch sie begannen sichtlich schon ungeduldig zu werden.

«Hört», flüsterte sie in Erinnerung an das Verhör des Jungen, «es ist mir weder möglich, mit Euch ins Theater zu gehen, noch Euch zu bitten, mich bei meiner Cousine abzuholen. Seit dem Verschwinden meines Vetters ... des Kuriers von Zara, sind wir sozusagen in Trauer. Und dann hat Annarella nicht die gleichen Gründe wie ich, mit den Franzosen zu sympathisieren.»

«Ich verstehe», raunte Rapin, auf ihren Ton eingehend, «aber was tun? Ich meinerseits empfinde nämlich Sympathie für Euch!»

«Ebenso wie ich für Euch, Sergeant, aber ich habe Angst, man wird mir in der Familie diese ... Neigung nicht verzeihen. Besser wär's, uns zu verbergen ... uns heimlich zu sehen, begreift Ihr? Wir wären nicht die ersten, die das täten!»

Das gutmütige, arglose Gesicht Rapins hellte sich auf. Er war lange genug in Venetien, um schon von Romeo und Julia gehört zu haben, und offensichtlich stellte er sich bereits eine geheimnisumwitterte Liebesgeschichte mit kräftigem, abenteuerlichem Parfum vor.

«Zählt auf mich!» rief er. «Ich werde die Diskretion in Person sein!» Dann senkte er von neuem verschwörerisch die Stimme und murmelte in seinen Schnurrbart: «Heute abend in der Dämmerung ... werde ich Euch unter der Akazie von San Zaccharia erwarten! Wir werden dort Ruhe zum Plaudern haben. Kommt Ihr?»

«Ich komme! Aber Vorsicht und Diskretion! ... Niemand darf davon erfahren!»

Mit diesem Versprechen gingen sie auseinander, und Marianne hielt mit Mühe einen erleichterten Seufzer zurück. Seit einem Moment hatte sie den Eindruck, eine jener Farcen zu spielen, die die ganze Freude der Pariser Tagediebe und Gaffer am Boulevard du Temple waren. Rapin salutierte, nicht ohne zuvor noch einmal verstohlen und leidenschaftlich die Hand derer gedrückt zu haben, in der er von nun an seine neue Eroberung sah.

Die sichtlich hundemüde Patrouille kehrte in den Palast zurück, während Zani seine Pseudo-Cousine zu deren Enttäuschung nicht zum Meer, sondern in die Tiefe des Platzes zog, wo eben Arbeiter auf dem Bauplatz einer neuen Arkadenreihe erschienen, die das Viereck auf dieser Seite völlig abschließen sollte.

«Komm hier entlang», flüsterte er. «Das ist näher.»

«Aber ich hätte so gern das Meer gesehen.»

«Du hast noch Zeit genug dazu. Und wir kommen hier schneller zum Ufer. Die Soldaten würden auch nicht verstehen, wenn wir einen anderen Weg nähmen.»

Die Stadt wurde lebendig. Die Glocken von Sankt Markus hatten zu läuten begonnen. In schwarze Schals gehüllte Frauen, allein oder von Dienstboten gefolgt, hasteten schon zur ersten Messe in die Kirche.

Als sie nach kurzem Weg den Quai erreichten, setzte Mariannes Herzschlag einen Moment aus, und sie hätte am liebsten die Augen geschlossen. Sie hoffte und fürchtete zugleich, Jasons Brigg, die *Meerhexe*, irgendwo auf der Wasserfläche vor Anker liegen zu sehen. So widersinnig es war, sie spürte in sich das nagende Schuldgefühl der in ihr Heim zurückkehrenden ehebrecherischen Gattin.

Aber außer den dem Lido-Durchlaß zustrebenden kleinen Fischerbooten, den mit Gemüse beladenen Pinassen, die den Canal Grande hinauffuhren, und der großen Barke, die dem Verkehr zum Festland diente, war kein dieses Namens würdiges Schiff zu sehen.

Marianne hatte jedoch keinen Anlaß, enttäuscht zu sein, denn schon gewahrte sie die hohen Masten von größeren Schiffen, die jenseits der Landzunge der Salute hinter der Zollstation, der *dogana del mare*, aufragten. Blut schoß in ihre Wangen, und sie packte Zanis Arm.

«Ich will auf die andere Seite!» rief sie.

Der Junge zuckte die Schultern und sah sie neugierig an. «Du müßtest wissen, daß wir dorthin kommen, da wir nach San Trovaso wollen.»

Und während sie dann der großen Gondelfähre zugingen, die sie zum anderen Ufer des Canal Grande bringen würde, stellte Zani die Frage, die ihn schon seit einer Weile beschäftigt haben mußte.

Seit sie sich von der Patrouille getrennt hatten, hatte sich der kleine Venezianer merkwürdigerweise in Schweigen gehüllt. Er war vor Marianne hergegangen, die Hände in die Taschen seiner ein wenig ausgefransten Hose aus blauem Leinen versenkt, die fast bis zu den Knien reichende, noch nasse gelbe Wolljoppe hochgerafft, in der ein wenig gezwungenen Haltung von Leuten, die irgend etwas nicht ganz befriedigt.

«Ist es wahr», fragte er in gekünstelt beiläufigem Ton, «daß du Kammerzofe der Baronin Dingsda ... nun, bei der Schwester Bonapartes bist?»

«Gewiß. Stört dich das?»

«Ein bißchen. Weil, wenn es so ist, du dann auch für den Bonaparte bist! Der Soldat hat es gleich kapiert.»

Mißtrauen und Betrübtheit waren deutlich von dem braunen, runden Kindergesicht abzulesen, und Marianne wollte sie um keinen Preis noch vermehren.

«Meine Herrin ist natürlich für ... Bonaparte», sagte sie sanft. «Aber mich interessiert Politik nicht. Ich diene meiner Herrin, das ist alles.»

«Woher bist du dann? Jedenfalls nicht von hier! Du kennst die Stadt nicht, und du hast nicht den Akzent ...»

Sie zögerte nur unmerklich. Sie sprach in der Tat nicht mit venezianischem Akzent. Doch ihr Italienisch, reines Toskanisch, diktierte ihr eine ganz natürliche Antwort.

«Ich bin aus Lucca», sagte sie und damit doch immerhin die halbe Wahrheit.

Das Resultat belohnte sie. Ein strahlendes Lächeln breitete sich über Zanis bekümmertes kleines Gesicht, und seine Hand schob sich wieder in Mariannes.

«Oh, dann geht's! Du kannst mit zu uns kommen. Aber es dauert noch ein Weilchen. Bist du nicht zu müde?» fragte er mit plötzlicher Besorgnis.

«Ja, ein wenig», seufzte Marianne, die ihre Beine nicht mehr spürte. «Ist es noch weit?»

«Ein bißchen.»

Ein verschlafener Fährmann brachte sie über den um diese frühe Stunde wenig befahrenen Kanal. Der Tag schien außerordentlich schön zu werden. Taubenschwärme zogen weiße Streifen über den vom nächtlichen Gewitter säuberlich gewaschenen zartblauen Himmel. Die vom Meer kommende Brise war frisch und geladen mit salzigen Gerüchen, die Marianne mit Wonne einsog, und auf dem langsam sich nähernden anderen Ufer ähnelte die Salute in der reinen Morgenluft einer gigantischen Muschel. Es war ein Tag, wie geschaffen für Glück, und Marianne wagte sich nicht zu fragen, was er für sie bereithielt ...

Einmal am anderen Ufer, folgten wieder Gäßchen, wieder schmale, luftige Brücken, wieder flüchtig wahrgenommene kleine Wunder, wieder vagabundierende Katzen. Die Sonne ging in goldener Glorie auf, und der erschöpften Marianne begann sich schon der Kopf zu drehen, als sie endlich am Schnittpunkt der beiden Kanäle anlangten, deren einer, der breitere, von hohen rosafarbenen Häusern gesäumt, vor deren Fenstern Wäsche trocknete, sich weit zum Hafen öffnete. Eine schmale Brücke schwang sich über ihn hinweg.

«Da», sagte Zani mit einer stolzen Geste, «da bin ich zu Hause. San Trovaso! Die Schiffswerft von San Trovaso ... das Spital der kranken Gondeln.»

«Du wohnst in dieser Werft?»
«Nein, dort hinten! Im letzten Haus an der Ecke des Quais!»

Über die Dachlinie eben dieses Hauses ragten die Rahen eines vor Anker liegenden Schiffs hinaus, und trotz aller Müdigkeit konnte Marianne ihrem Impuls nicht widerstehen: Mit beiden Händen raffte sie ihr Kleid und begann dorthin zu laufen, gefolgt von dem über ihre plötzliche Flucht höchst erstaunten Zani. Sie konnte einfach nicht länger warten, sie mußte wissen, ob Jason da war, ob er sie erwartete...

Die Idee war ihr nämlich gekommen, daß er sich vielleicht verspätet hätte, und das war auch der tiefere Grund, warum sie Zani bis hierher gefolgt war.

Was täte sie hier ohne einen Sou, ohne Freunde, wenn Jason noch nicht eingetroffen wäre? Doch jetzt hatte sie das Gefühl, daß das nicht möglich sei, und sie war fast sicher, ihn vorzufinden!

Atemlos erreichte sie den Quai. Die Sonne hüllte sie ein, und plötzlich erhob sich vor ihr, hinter ihr ein Wald von Masten. Überall lagen Schiffe, eine gedrängte Meute spitz zulaufender Vordersteven auf der einen Seite, eine kompakte Masse von Heckaufbauten mit glitzernden Laternen auf der anderen. Eine ganze Flotte lag da, durch lange Planken mit dem Quai verbunden, über die schwer mit Lasten beladene Träger mit der Sicherheit von Seiltänzern hinauf- und hinunterliefen. Es waren so viele Schiffe, daß es Marianne vor Augen flimmerte. Ihr Schädel begann zu brummen.

Kommandorufe ertönten, vermischt mit dem Pfeifen der Bootsmänner und den Tönen der Bordglocken, die den Wachwechsel anzeigten. Die Melodie eines Liedes schwang in der Luft, von einer unsichtbaren Mandoline gespielt, zuweilen aufgenommen von einem Mädchen in gestreiftem Rock mit bloßen Füßen, das einen triefenden Fischkorb auf dem Kopf balancierte. Ein emsiges Völkchen tummelte sich auf diesem Quai, lärmend und farbig wie Personen der Komödien Goldonis, und auf den Schiffen scheuerten halbnackte Männer die Decks mit wahren Fluten klaren Wassers.

«Was willst du hier?» rief Zani vorwurfsvoll. «Du bist am Haus vorbeigelaufen! Komm und ruh dich aus...»

Doch Liebe und Ungeduld waren stärker als Müdigkeit. Angesichts all dieser Schiffe war das Fieber der Erwartung wieder in Marianne erwacht. Jason war hier, nur wenige Schritte von ihr entfernt. Sie spürte ihn, sie war dessen sicher! Wie konnte sie da daran denken, sich schlafen zu legen? Mit einem Schlag schwanden ihre Ängste, die sie an allerlei Vorsichtsmaßnahmen hatte denken lassen, lösten sich von ihr wie tote Haut nach einer Krankheit: Wichtig war allein, ihn wiederzusehen, ihn zu fühlen, zu berühren!

Obwohl Zani sie zurückzuhalten versuchte, stürzte sich Marianne in das wimmelnde Leben des Quais, musterte die an ihren Tauen zerrenden Schiffe, die Gesichter der Matrosen, die Gestalten der Kapitäne, die sich auf Deck sehen ließen. Und dann, ganz plötzlich, erkannte sie das Schiff, das sie suchte: wenige Kabellängen von den am Quai vertäuten Schiffen entfernt, mitten auf der Giudecca. Von zwei großen Barken geschleppt, deren Mannschaften sich kräftig in die Riemen legten, drehte sich die *Meerhexe* anmutig auf dem ruhigen Wasser, während in den Wanten nacktfüßige Matrosen die unteren Segel schießen ließen oder die oberen hißten.

Einen Moment lang gewahrte Marianne das schöne Profil der Galionssirene, dieser Sirene, die ihr wie eine Schwester ähnelte...

Fasziniert von der Anmut des Schiffs, dessen Kupferbeschläge in der Sonne glänzten, beobachtete Marianne das Manöver und suchte unter den auf Deck sich bewegenden Gestalten eine einzige, unverwechselbare zu erkennen. Doch die *Meerhexe* hüllte sich in immer mehr Leinwand wie eine Möwe, die ihre Flügel öffnet, zeigte ihr Heck, legte sich in den Wind, der Durchfahrt entgegen...

Erst in diesem Augenblick begriff Marianne, daß sie absegelte.

Ein wilder Aufschrei zerriß ihre Kehle.

«Nein!... Nein!... Ich will nicht!... Jason!»

Wie eine Wahnwitzige begann sie verzweifelt schreiend und rufend den Quai entlangzulaufen, blind die Passanten beiseite stoßend, ohne sich weder um die Püffe, die sie selbst erhielt, noch um das Aufsehen zu kümmern, das sie erregte. Träger, Händlerinnen, Fischer und Seeleute wandten sich verdutzt nach ihr um, nach dieser Frau mit flatterndem Haar und tränenüberströmtem Gesicht, die verzweifelte Schreie ausstieß und sich ins Meer stürzen zu wollen schien.

Doch Marianne fühlte nichts, hörte nichts, sah nur das Schiff, das sie verließ. Sie litt darunter wie auf der Folter. Es war, als spanne sich ein aus ihrem Fleisch geflochtenes unsichtbares Seil zwischen ihr und der amerikanischen Brigg, ein Seil, dessen Spannung immer schmerzhafter spürbar wurde, bis zu dem Augenblick, in dem es sich aus ihrer Brust risse, im Meer versänke und ihr Herz mitnähme.

Im fiebernden Hirn der Unglücklichen tauchte immer wieder ein ganz kleiner, grausam quälender Satz auf wie ein ironisches Ritornell:

«Er hat nicht auf mich gewartet... er hat nicht auf mich gewartet...»

Geduld und Liebe Jasons, der dieser Begegnung wegen immerhin einen Ozean und zwei Meere überquert hatte, hatten also nicht einmal fünf Tage überdauert. Er hatte nicht gespürt, daß die, die er zu lieben behauptete, ihm ganz nahe war, hatte ihre verzweifelten Rufe nicht gehört. Und jetzt segelte er davon, entfernte sich auf dem Meer, seiner anderen Geliebten, vielleicht für immer ... Wie sollte sie ihn wiederfinden, wie ihn zu sich zurückbringen?

Keuchend, mit schmerzhaft in der Brust schlagendem Herzen, lief Marianne noch immer, den in Tränen schwimmenden Blick auf die sich unablässig verbreiternde, in der Sonne schimmernde Fläche zwischen Schiff und Ufer gerichtet. Eine glitzernde Bahn wie eine letzte Hoffnung, die sie wie ein Magnet anzog. Nur noch wenige Schritte, und sie würde sich in dieses Leuchten stürzen ...

Eine kräftige Faust packte Marianne im gleichen Moment, in dem sie das äußerste Ende des Quais erreichte.

Im gleichen Moment, in dem sie sich, von einem unkontrollierbar gewordenen Impuls getrieben, ins Wasser werfen wollte, fand sie sich festgehalten, bezwungen ... und Nase an Nase mit dem Leutnant Benielli, der sie anstarrte, als sehe er ein Gespenst vor sich.

«Ihr?» stotterte er, verblüfft über die Entdeckung, wer diese Närrin war, die er im letzten Moment vor dem Selbstmord abgehalten hatte. «Ihr seid das? ... Es ist nicht zu glauben!»

Aber Marianne war an einem Punkt angelangt, an dem sie nicht einmal überrascht gewesen wäre, sich Napoleon selbst gegenüberzusehen. Sie erkannte den Leutnant nicht einmal, sah in ihm nur ein Hindernis, das sie sich schleunigst vom Halse schaffen mußte. Wütend wand sie sich in seinem Griff. «Laßt mich!» schrie sie. «Laßt mich doch los!»

Zu ihrem Glück gab Benielli nicht nach, doch da er mit seiner Geduld am Ende war, schüttelte er seine Gefangene grob, um ihr wenigstens den Mund zu stopfen, da ihre Schreie den ganzen Quai in Aufruhr versetzten. Schon sammelten sich Leute mit drohenden Mienen, da sie nichts anderes sahen als einen «Besatzer», der eine junge Frau malträtierte, und um im Fall der Fälle nicht den kürzeren zu ziehen, brüllte der Leutnant seinerseits:

«He! Die Dragoner zu mir!»

Marianne blieb jedoch keine Zeit, die von Benielli gerufenen Helfer erscheinen zu sehen, denn da sie fortfuhr, sich schreiend zu wehren, sah er keine andere Möglichkeit, der Szene ein Ende zu machen, als sie mit einem wohlgezielten Faustschlag zum Schweigen zu bringen. Statt ins Wasser des Hafens versank Marianne in selige Bewußtlosigkeit.

Als sie dank einer ihr unter die Nase gehaltenen Essigkompresse aus dieser unvorhergesehenen Ohnmacht wieder auftauchte, gewahrte sie vor sich den Saum eines gelb-schwarz gestreiften Schlafrocks und ein Paar Pantoffeln aus Gobelinstoff, die sie an etwas erinnerten: Sie selbst hatte die auf schwarzem Grund sich entblätternden Teerosen gestickt.

Sie hob den Kopf, nicht ohne ihr schmerzendes Kinn zu spüren, hätte fast in die Kompresse gebissen, die eine kniende Kammerfrau ihr vorhielt, schob sie instinktiv zurück und stieß einen Freudenschrei aus:

«Arcadius!»

Er war es wirklich. In den gestreiften Schlafrock gehüllt, die Füße in den Pantoffeln, das Haar über den Ohren komisch zu zwei Büscheln gesträubt, die seine Ähnlichkeit mit einer Maus unterstrichen, überwachte der Vicomte de Jolival die Durchführung ihrer Behandlung.

«Sie kommt zu sich, Herr Vicomte!» rief die Kammerfrau, die über Beobachtungsgabe verfügte, als sie ihre Patientin sich aufrichten sah.

«Ausgezeichnet! Laßt uns dann allein.»

Doch kaum hatte sich die Zofe erhoben, um ihm zu erlauben, sich auf den Rand des Kanapees zu setzen, auf dem Marianne lag, als er sie auch schon in den Armen hielt.

Mit ihrem Bewußtsein hatte sie auch das ihres Unglücks wiedergefunden und sich ihm schluchzend und unfähig, auch nur ein Wort herauszubringen, an den Hals geworfen.

Mitleidig, doch an derlei Ausbrüche gewöhnt, ließ Jolival das Unwetter vorüberziehen und begnügte sich damit, nur zärtlich das noch feuchte Haar der jungen Frau zu streicheln, die er als seine Adoptivtochter ansah. Schließlich ließ das Schluchzen nach und Marianne vertraute mit der Stimme eines trostlosen kleinen Mädchens dem Ohr ihres Freundes an:

«Jason ... ist fort!»

Arcadius begann zu lachen, während er die verheulte Marianne sanft von seiner Schulter löste, ein Taschentuch aus seinem Schlafrock zog und ihre geröteten und geschwollenen Augen damit betupfte.

«Und deshalb wolltet Ihr Euch in den Hafen stürzen? Ja, er ist fort ... nach Chioggia, um Süßwasser und eine Ladung geräucherten Stör an Bord zu nehmen. Morgen kommt er zurück. Das ist übrigens auch der Grund, warum Benielli am Hafen Wache hielt. Ich hatte ihm aufgetragen, sich dort aufzuhalten, sobald die *Meerhexe* Segel setzte, und später hätte ich ihn abgelöst, falls Ihr nach der Abfahrt des Schiffs kommen würdet ... was Ihr dann auch prompt getan habt!»

Von einer wundervollen Erleichterung erfüllt und zwischen Lachen und Weinen schwankend, sah Marianne Jolival mit mehr als einer Spur von Bewunderung an.

«Ihr wußtet, daß ich kommen würde?»

Das Lächeln des Vicomte schwand, und die junge Frau stellte bei sich fest, daß er während ihrer Abwesenheit gealtert war. An seinen Schläfen zeigte sich mehr Silber, und die Falten zwischen seinen Brauen und in den Mundwinkeln hatten sich tief eingegraben. Zärtlich küßte sie die Spuren seiner Sorge.

«Es war unsere einzige Chance, Euch wiederzufinden», seufzte er. «Ich wußte, solange Ihr lebtet, würdet Ihr alles nur Erdenkliche tun, um zu Eurem Rendezvous zu kommen. Abgesehen davon haben wir trotz der Bemühungen aller einschließlich der Großherzogin Elisa, die ihre Polizei auf Euch ansetzte, nicht die kleinste Spur finden können. Agathe berichtete wohl von einem Billet Madame Cenamis, in dem von einem Treffen die Rede war, denn Ihr seid gleich darauf überstürzt und so unauffällig wie möglich gekleidet aufgebrochen. Aber natürlich hatte Madame Cenami niemals geschrieben ... und Ihr hattet verabsäumt, mir den geringsten Hinweis zu hinterlassen», fügte er mit sanftem Vorwurf hinzu.

«Zoés Brief bat um strikte Geheimhaltung. Ich glaubte sie in Gefahr. Ich hatte nicht genug überlegt. Aber wenn Ihr wüßtet, wie oft ich meine Unklugheit bereut habe ...»

«Mein armes Kind, Liebe, Freundschaft und Klugheit leben selten in guter Ehe miteinander, schon gar nicht bei Euch! Selbstverständlich haben der General Arrighi und ich sofort an Euren Gatten gedacht, der die Geduld verloren haben konnte.»

«Der Fürst ist tot», unterbrach Marianne trübe. «Man hat ihn ermordet!»

«Ah!»

Nun war es an Jolival, das Antlitz seiner Freundin zu durchforschen. Was sie erduldet hatte, verriet sich nur zu deutlich in ihrem bleichen Teint und der Angst ihres Blicks. Er ahnte, daß sie furchtbare Stunden hinter sich hatte und daß es vielleicht noch zu früh war, darüber zu sprechen. Deshalb stellte er die sich ihm aufdrängenden Fragen fürs erste zurück und nahm seinen Bericht wieder auf:

«Ihr werdet mir später davon erzählen. Das erklärt natürlich viele Dinge. Aber nach Eurem Verschwinden waren wir alle wie verrückt. Gracchus sprach davon, die Villa von Lucca in Brand zu stecken, und Agathe weinte den ganzen Tag und sagte, Euch habe sicherlich der Dämon der Sant'Anna entführt. Der besonnenste war natürlich der Herzog von Padua. Er begab sich in Person mit zahlreicher Eskorte zur *villa dei cavalli*, fand dort jedoch nur wenige Diener vor, die für die Erhaltung des Besitzes zu sorgen haben. Und niemand wußte, wo sich der Fürst befand. Es scheint, daß er sich oft für längere Zeit entfernt ... oder entfernte, ohne jemand von seiner Abreise oder Rückkehr zu unterrichten.

Wir kehrten also bekümmert und entmutigt nach Florenz zurück, denn wir hatten nicht den kleinsten Anhaltspunkt mehr. Dabei waren wir keineswegs davon überzeugt, daß der Fürst Sant'Anna nichts mit Eurer Entführung zu tun hätte, und wir wußten kaum etwas über seine anderen Besitzungen. Wo sollten wir suchen? In welcher Richtung? Auch die großherzogliche Polizei wußte sich keinen Rat. Da dachte ich daran, hierherzugehen, aus dem Grund, den ich Euch nannte.

Aber ... ich gestehe Euch, seit Beaufort hier eingetroffen ist, seit fünf Tagen also, hat jede verstreichende Stunde mir ein wenig Hoffnung genommen. Ich glaubte ...»

Unfähig, weiterzusprechen, wandte Jolival sich ab, um seine Bewegung zu verbergen.

«Ihr glaubtet mich tot, nicht wahr? Mein armer Freund, ich bitte Euch um Vergebung für die Ängste, die ich Euch verursacht habe ... Ich hätte sie Euch so gern erspart. Aber ... hat er, Jason, auch geglaubt ...?»

«Er? Nein! Er hat keinen Moment lang gezweifelt! Er hat sich entschieden gegen diesen Gedanken gewehrt. Er wollte ihn gar nicht wahrhaben.

‹Wenn sie nicht mehr von dieser Welt wäre›, sagte er wieder und wieder, ‹würde ich es bis in mein Fleisch hinein spüren. Ich würde mich amputiert fühlen, ich würde bluten, oder mein Herz schlüge nicht mehr, aber ich würde es wissen!›

Deshalb ist er übrigens auch diesen Morgen abgesegelt: um sofort den Anker lichten zu können, sobald Ihr erscheinen würdet! Und dann ... ich glaube, daß dieses Warten ihn quälte, obwohl er sich lieber die Zunge abgeschnitten hätte, als es einzugestehen. Es machte ihn verrückt. Er muß sich rühren, handeln, etwas tun. Aber Ihr, Marianne, wo wart Ihr? Könnt Ihr mir jetzt sagen, was geschehen ist, ohne daß es Euch zu schmerzlich wird?»

«Lieber Jolival! Ich habe Euch die Hölle erdulden lassen, und Ihr brennt darauf, alles zu erfahren ... und doch habt Ihr so lange gewartet, ohne mich zu fragen, so sehr fürchtet Ihr, schlimme Erinnerungen zu wecken! Ich war hier, mein Freund.»

«Hier?»

«Ja. In Venedig. Im Palazzo Sorenzo, der einmal Donna Lucinda, der berüchtigten Großmutter des Fürsten, gehörte.»

«So hatten wir also recht! Es war Euer Gatte, der ...»

«Nein. Es war Matteo Damiani ... der Verwalter. Er war's, der meinen Mann getötet hat.»

Und Marianne schilderte Jolival all das, was seit dem angeblichen Treffen mit Zoé Cenami in der Kirche Orsanmichele geschehen war: die Entführung, die Reise und ihre erniedrigende Gefangenschaft. Es war ein langer und schwieriger Bericht, denn trotz des Vertrauens und der Freundschaft, die sie ihrem alten Freund entgegenbrachte, mußte sie zu viele Dinge preisgeben, die ihre Schamhaftigkeit und ihren Stolz grausam verletzten. Aber es war unumgänglich, daß Arcadius den ganzen Umfang ihres moralischen Schiffbruchs erfuhr, denn er war zweifellos der einzige, der ihr helfen ... ja, der einzige, der sie verstehen konnte!

Er hörte ihr zu, in völliger Ruhe, die gelegentlich in mühsam unterdrückte Erregung umschlug. Zuweilen, in den schlimmsten Momenten, erhob er sich und begann im Raum auf und ab zu gehen, die Hände auf dem Rücken, den Kopf zwischen die Schultern gezogen, bemüht, so gut wie möglich diesen wahnwitzigen Bericht zu verdauen, den ganz und gar zu glauben ihm schwergefallen wäre, hätte ein anderer ihn erstattet. Als Marianne schließlich am Ende angelangt war und sich erschöpft und mit geschlossenen Augen in die Kissen des Kanapees zurücksinken ließ, trat er zu einem Schränkchen aus westindischem Holz, nahm eine dicke Strohflasche heraus, füllte sich ein Glas und trank den Inhalt in einem Zuge.

«Wollt Ihr auch ein wenig?» schlug er vor. «Es ist das beste Mittel zur Stärkung, das ich kenne, und Ihr müßt es noch nötiger haben als ich.»

Sie lehnte es mit einer Bewegung des Kopfes ab.

«Vergebt mir, daß ich Euch diesen Bericht zugemutet habe, Arcadius, aber Euch mußte ich alles sagen. Ihr wißt nicht, wie sehr ich das brauchte!»

«Ich glaube doch. Nach einem solchen Abenteuer wünschte gewiß jeder, sich davon zu befreien, und wäre es auch nur ein wenig. Und Ihr wißt recht gut, daß meine hauptsächlichste Aufgabe auf dieser Welt darin besteht, Euch zu helfen. Was das Vergeben betrifft ... mein armes Kind, was sollte ich Euch wohl vergeben? Dieses Gewebe von Scheußlichkeiten ist der größte Vertrauensbeweis, den Ihr mir geben konntet. Bleibt zu überlegen, was wir jetzt tun werden. Ihr sagt, dieser Schurke und seine Komplicinnen seien tot?»

«Ja. Ermordet. Ich weiß nicht, von wem.»

«Ich persönlich würde eher sagen: hingerichtet! Wer der Henker gewesen ist ...»

«Ein Herumtreiber vielleicht. Der Palazzo steckt voller Kostbarkeiten.»

Jolival schüttelte mit zweifelnder Miene den Kopf.

«Nein. Da ist die verrostete Kette, die Ihr auf der Leiche des Verwalters gefunden habt. Das läßt eher an Rache denken ... oder an mitleidloses Gericht! Dieser Damiani muß Feinde gehabt haben. Einer von ihnen hat vielleicht von Eurem Schicksal erfahren und Euch befreit ... da Ihr plötzlich auch Eure Kleidung wiedergefunden habt, wie für Euch bereitgelegt! Wahrhaftig, das ist eine sehr merkwürdige Geschichte, findet Ihr nicht?»

Doch Marianne interessierte sich schon nicht mehr für den unbekannten Helfer. Jetzt, da sie der Freundschaft alles gesagt hatte, beunruhigte sie sich nur um die Liebe, und ihre Gedanken wandten sich unwiderstehlich dem zu, mit dem sie ihr künftiges Leben aufbauen wollte.

«Und Jason?» fragte sie voller Bangigkeit. «Muß ich auch ihm all das erzählen? Obwohl Ihr mich sehr gern habt, ist es Euch schon schwergefallen, meinen Bericht hinzunehmen. Ich fürchte ...»

«Daß es Beaufort noch schwerer fallen wird, ihm, der Euch ganz einfach liebt? Aber was könntet Ihr sonst tun, Marianne? Wie wollt Ihr Euer wochenlanges Verschwinden erklären, wenn nicht durch die Wahrheit, so peinlich sie sein mag?»

Mit einem Schrei sprang Marianne auf, lief zu Jolival und nahm seine beiden Hände in ihre.

«Nein! Erbarmen, Arcadius, fordert nicht das von mir! Verlangt nicht, daß ich ihm all diese Schmach gestehe! Ihn würde vor mir schaudern, er könnte mich verabscheue ...»

«Warum? Ist es Eure Schuld? Habt Ihr diesen Schurken freiwillig aufgesucht? Man hat Euch mißbraucht, Marianne, Euren guten Glauben und Eure Freundschaft zuerst, dann Eure weibliche Schwäche. Zudem hat man sich der schlimmsten Mittel bedienen müssen: der Gewalt und der Drogen!»

«Das weiß ich! All das weiß ich, aber ich kenne auch Jason ... seine Eifersucht, seine Heftigkeit. Er hat mir schon soviel verzeihen müssen. Denkt daran, was seine Liebe zur Mätresse Napoleons seine strenge Moral gekostet haben mag, denkt daran, daß ich mich danach buchstäblich einem Unbekannten verkaufen mußte, um meine Ehre zu retten. Und jetzt wollt Ihr, daß ich ihm alles erzähle ... alles erkläre? Nein, mein Freund, das ist unmöglich! Ich könnte es nie! Nicht das! Verlangt nicht das von mir!»

«Seid vernünftig, Marianne. Ihr sagt es selbst: Jason liebt Euch genug, um über viele Dinge hinwegzusehen.»

«Nicht über diese! Gewiß, er wird mir keine Vorwürfe machen, er wird ... verstehen, oder er wird so tun, um meinen Kummer nicht noch zu vergrößern! Aber er wird sich von mir lösen! Immer wird es zwischen uns die schrecklichen Bilder geben, die ich Euch beschrieb, und was ich ihm verschweige, wird er sich vorstellen! Und ich werde vor Kummer darüber sterben. Ihr wollt doch nicht, daß ich sterbe, Arcadius? Ihr wollt es doch nicht?»

Sie zitterte wie Espenlaub, von einer Panik ergriffen, in der sich die Angst der vergangenen Tage mit Verzweiflung und der quälenden Furcht mischte, ihre einzige Liebe zu verlieren.

Sanft nahm Arcadius sie in die Arme, zog sie zu einem Sessel, ließ sie sich setzen, dann kniete er, ohne ihre plötzlich eisigen Hände loszulassen, vor ihr nieder.

«Ich will Euch nicht nur nicht sterben sehen, meine Kleine, ich will Euer Glück! Es ist ganz normal, daß Ihr Euch nicht ohne Schaudern vorstellen könnt, dem Mann, den Ihr liebt, dergleichen zu gestehen, aber was werdet Ihr ihm sagen?»

«Ich weiß nicht ... daß der Fürst mich hat entführen und einsperren lassen ... daß ich fliehen konnte! Ich werde überlegen, und Ihr überlegt mit mir, nicht wahr, Arcadius? Ihr seid so scharfsinnig, so intelligent ...»

«Und ... wenn es eine lebendige Spur gibt? Was sagt Ihr dann?»

«Es wird keine geben ... Ich will nicht, daß es eine gibt! Fürs erste beweist nichts, daß die Machenschaften dieses Ungeheuers ihre Frucht getragen hätten. Und wenn es so wäre ...»

«Was dann?»

«Ich würde sie zu vernichten wissen, selbst wenn ich mein Leben einsetzen müßte. Von dieser verrotteten Frucht muß ich mich trennen. Ich werde alles dazu tun, falls ich eines Tages Gewißheit erhalte! Doch Jason wird nichts von alldem erfahren! Ich habe es Euch gesagt: Ich würde lieber sterben! Ihr müßt mir versprechen, daß Ihr ihm nichts sagt, nicht einmal unter dem Siegel der Verschwiegenheit! Ihr müßt es mir schwören, wenn Ihr nicht wollt, daß ich wahnsinnig werde!»

Jolival begriff, daß sie sich in einem Zustand befand, der kein vernünftiges Zureden mehr erlaubte. Ihre Augen brannten vor Müdigkeit und Fieber, und in ihrer Stimme tauchten schrille Töne auf, die die äußerste Gespanntheit ihrer Nerven verrieten. Die Sehne war dicht am Zerreißen!

«Ich schwöre es Euch, mein Kleines. Beruhigt Euch um Gottes willen, beruhigt Euch! Ihr müßt jetzt ruhen, schlafen ... Euch erholen! Bei mir seid Ihr in Sicherheit, niemand wird Euch Böses tun, und ich werde Euch in allem helfen, Euer schreckliches Abenteuer so schnell wie möglich zu vergessen! Gracchus und Agathe sind natürlich hier bei mir. Ich werde Eure Kammerfrau rufen lassen, sie wird Euch zu

Bett bringen, Euch pflegen, und niemand, das verspreche ich Euch, wird Euch weitere Fragen stellen ...»

Jolivals Stimme war sanft wie Samt. Beschwichtigend und beruhigend, wirkte sie wie Öl auf aufgewühltes Wasser.

Nach und nach entspannte sich Marianne, und als bald darauf Agathe und Gracchus freudig und geräuschvoll ins Zimmer drängten, fanden sie sie heiße Tränen weinend in Jolivals Armen.

Und auch diese Tränen waren wohltuend ...

5. Kapitel

Vom Traum zur Wirklichkeit

Gegen Abend am folgenden Tag sah die auf einem Liegestuhl vor dem offenen Fenster ruhende Marianne zwei Schiffe die Lido-Durchfahrt passieren. Über dem ersteren und auch größeren flatterte an der Spitze des Hauptmastes das Sternenbanner, aber sie bedurfte dieses Hinweises nicht, um zu wissen, daß es Jasons Schiff war.

Sie hatte es an den komplexen, einander widersprechenden Gefühlen erraten, die sich in ihr geregt hatten, als die große Brigg mit den viereckigen Segeln erst ein weißer Fleck am Horizont gewesen war.

Die Sonne, die den ganzen Tag über Venedig in Brand gesetzt hatte, ging gleich einer leuchtend goldenen Kugel hinter der Erlöser-Kirche unter. Ein wenig frische Luft drang mit den Schreien der Meeresvögel durch die Fenster, und Marianne sog sie mit Wonne ein, den zerbrechlichen Frieden dieses letzten Augenblicks der Einsamkeit genießend und erstaunt darüber, ihm soviel Wert beizulegen, da sie doch den Mann erwartete, den sie liebte.

In kurzem würde er hier sein, und bei dem Gedanken an sein Erscheinen, seinen ersten Blick, sein erstes Wort erschauerte sie vor Freude und zitterte sie vor Besorgnis, so sehr fürchtete sie, ihre Rolle schlecht zu spielen, nicht natürlich genug zu sein.

Als sie morgens aus bald vierundzwanzigstündigem Schlaf erwacht war, hatte Marianne sich fast gut gefühlt, erleichtert, entspannt durch die Ruhe, die sie dank Jolival unter unerwartet behaglichen Bedingungen gefunden hatte.

Bei seiner Ankunft in Venedig hatte sich Jolival in der Tat unter Umgehung der lokalen Gasthäuser bei einem Privatmann einquartiert. Man hatte ihm in Florenz die Behausung des Signor Giuseppe Dal Niel empfohlen, eines liebenswürdigen, höflichen und den kleinen Freuden des Daseins zugetanen Herrn, der nach dem Fall der Republik zwei Stockwerke des alten und prunkvollen, einst für den Dogen Giovanni Dandolo errichteten Palazzo gemietet hatte, des Mannes, dem Venedig sein Geld verdankte, da er die ersten Golddukaten hatte prägen lassen.

Dal Niel, der viel gereist war und folglich Gelegenheit gehabt hatte, die Armseligkeit der Herbergen und Gasthöfe seiner Zeit zu beklagen, war auf die Idee gekommen, zahlende Gäste aufzunehmen und sie mit einer bisher völlig unüblichen luxuriösen Behaglichkeit zu umgeben. Er träumte davon, das ganze noble Gebäude zu erwerben und in das größte Hotel aller Zeiten zu verwandeln, doch um dies tun zu können, fehlte ihm noch das Erdgeschoß, das zu mieten ihm noch nicht einmal gelungen war, da die alte Gräfin Mocenigo, die Eigentümerin des besagten Erdgeschosses, sich erbittert gegen so merkantile Pläne sträubte.

Er tröstete sich damit, nur sorgfältig ausgewählte Gäste aufzunehmen, an denen er ebensoviel Spaß hatte wie an geladenen. Zweimal täglich erkundigte er sich in höchsteigener Person oder vertreten durch seine Tochter Alfonsina nach den geringsten Wünschen seiner Klienten. Natürlich hatte er sich für die Fürstin Sant'Anna trotz der Seltsamkeit ihrer Ankunft in einem durchnäßten Kleid und in den Armen eines Dragoners förmlich vor Eifer zerrissen und seinem Personal blutrünstige Befehle erteilt, das Haus während der Zeit, in der sie ruhte, in absolute Stille zu versetzen.

Dank ihm hatte Marianne in nur einem vollen Tag die durch ihre Gefangenschaft verursachten Schäden wieder aufholen können und bot nun der Sonne ein glattes, blütenfrisches Antlitz. Wäre da nicht ihr von bösen Erinnerungen vollgestopftes Gedächtnis gewesen, hätte sie sich wundervoll gefühlt!

Sobald die Umrisse der *Meerhexe* deutlich erkennbar waren, hatte sich Jolival zum Hafen begeben, um Jason Mariannes Ankunft zu melden und ihm ihr Abenteuer zu berichten, oder doch immerhin die Version, die sie gemeinsam ausgetüftelt hatten. Da das Einfachste noch immer das Beste war, hatten sie sich auf folgendes geeinigt: Marianne sei auf Anordnung ihres Gatten entführt, in einem unbekannten Haus streng bewacht und in Unkenntnis des ihr zugedachten Schicksals gefangengehalten worden. Sie wußte nur, daß sie zu einem mysteriösen Bestimmungsort gebracht werden sollte, doch eines Nachts war es ihr dank einer Ablenkung ihrer Wächter gelungen, zu flüchten und nach Venedig zu gelangen, wo Jolival sie gefunden hatte.

Selbstverständlich war Arcadius bemüht gewesen, einen hinreichend überzeugenden Fluchtverlauf auszuarbeiten, und seit dem Morgen hatte Marianne ihre Lektion so oft wiederholt, daß sie überzeugt war, sie perfekt zu beherrschen. Dennoch brachte sie es nicht zuwege, sich in dieser Lüge wohl zu fühlen, gegen die sich ihre Ehrlichkeit und Wahrheitsliebe empörten.

Gewiß, diese Fabel war notwendig, da sich nach Jolivals eigenen Worten «nicht jede Wahrheit zum Aussprechen eignete», schon gar nicht einem Verliebten gegenüber, aber sie erschien Marianne trotzdem erniedrigend, weil sie einen Mann ins Spiel brachte, der nicht nur frei von jeder Schuld, sondern auch noch das hauptsächlichste Opfer dieser Tragödie war. Es widerstrebte ihr, den Unglücklichen, dessen

Namen sie trug und dem sie unbewußt den Tod gebracht hatte, in einen mitleidslosen Kerkermeister zu verwandeln.

Sie hatte immer gewußt, daß in dieser schäbigen Welt alles bezahlt werden mußte, das Glück teurer als alles andere, und bei dem Gedanken, daß ihr eigenes auf einer Lüge aufgebaut werden sollte, beschlich sie die abergläubische Furcht, das Schicksal könne sie für ihren Betrug zur Rechenschaft ziehen. Doch sie wußte auch, daß sie fähig war, für Jason alles zu ertragen, selbst die Hölle der vergangenen Tage ... selbst eine nicht endende Lüge.

Ein nahe ihrem Liegestuhl an der Wand hängender, von Blumen in Glasguß umkränzter Spiegel warf ihr anmutiges Bild zurück: ausgestreckt in einer Robe aus weißem Musselin, sorgfältig von Agathe frisiert, aber ihre Augen bewahrten eine Unruhe, die weder Schlaf noch Pflege hatten tilgen können.

Sie zwang sich zu einem Lächeln, das ihren Blick nicht erreichte.

«Fühlt Madame sich nicht wohl?» fragte Agathe, die in einem Winkel stickte und sie beobachtet hatte.

«Doch, Agathe, sehr wohl! Warum?»

«Weil Madame nicht fröhlich aussieht. Madame sollte auf den Balkon hinaustreten. Um diese Zeit ist die ganze Stadt auf dem Quai. Und außerdem wird sie Monsieur Beaufort ankommen sehen.»

Marianne schalt sich innerlich eine alberne Gans. Wahrhaftig, was für eine trübselige Figur gab sie so in ihren Liegestuhl verkrochen ab, während sie normalerweise vor Ungeduld, ihren Freund wiederzusehen, glühen müßte! Ihrer Erschöpfung vom Vortag wegen war es nur natürlich, daß sie Jolival allein zum Hafen hatte gehen lassen, aber hier im Zimmer liegenzubleiben, statt wie jede verliebte Frau Ausschau zu halten, war es keineswegs. Es wäre sinnlos, ihrer Kammerfrau zu erklären, daß sie fürchtete, von einem Sergeanten der Nationalgarde oder von einem netten kleinen Jungen erkannt zu werden, der ihr geholfen hatte.

Der Gedanke an Zani bereitete ihr übrigens Gewissensbisse. Das Kind mußte beobachtet haben, wie Benielli sie außer Gefecht gesetzt und fortgeschafft hatte, ohne auch nur das Geringste zu begreifen. Vermutlich fragte es sich jetzt, mit was für einer gefährlichen Person es für kurze Zeit in Berührung gekommen war, und Marianne empfand Bedauern dieser nun zweifellos verlorenen schönen Freundschaft wegen.

Indessen gab sie ihre Ruhestellung auf und trat auf die Loggia hinaus, vorsichtshalber darauf bedacht, in Deckung der sie tragenden gotischen Säulen zu bleiben.

Agathe hatte recht: Die Riva degli Schiavoni unter ihr wimmelte von Menschen. Es war wie ein ununterbrochener bunter Reigen, der sich zwischen dem Dogenpalast und dem Arsenal geräuschvoll hin und her bewegte und ein außerordentliches Bild von Vitalität und Lebensfreude bot. Denn das besiegte, entkrönte, besetzte, in den Rang einer Provinzstadt erniedrigte Venedig bewahrte deswegen nicht weniger seine unvergleichliche heitere Hoheit.

«Besser als ich!» murmelte Marianne, des Titels gedenkend, den sie selbst trug. «So viel besser als ich!»

Doch ein heftiger Wirbel in der Menge unten riß sie aus ihrer melancholischen Träumerei. Ein Mann war aus einer Schaluppe gesprungen und stürmte mit gesenktem Kopf dem Palazzo Dandolo zu. Er war größer als die, die er ohne alle Umstände beseite stieß. Mit unwiderstehlicher Kraft durchbrach er die Menge ebenso leicht, wie der Bug seines Schiffs die Fluten durchschnitt, und Jolival, der hinter ihm auftauchte, hatte beträchtliche Mühe, ihm zu folgen. Der Mann hatte breite Schultern, blaue Augen, kühne Züge und wirres schwarzes Haar.

«Jason!» hauchte Marianne, plötzlich wie trunken vor Freude. «Endlich du!»

Zwischen Furcht und Glück hatte ihr Herz in einer Sekunde seine Wahl getroffen. Er hatte alles beiseite gefegt, was nicht das Strahlen der Liebe war. Mit einem Schlag hatte es sich entzündet...

Und als Jason unten im Palazzo verschwand, raffte Marianne mit beiden Händen ihre Robe zusammen und hastete zur Tür. Sie durchquerte das Appartement wie ein weißer Blitz, lief die Treppe hinab, die ihr Freund schon, vier Stufen auf einmal nehmend, heraufstürmte, und sank endlich mit einem Freudenschrei, der fast ein Schluchzen war, lachend und weinend zugleich an seine Brust.

Auch er hatte aufgeschrien, als er sie bemerkte. Er hatte ihren Namen so laut gerufen, daß die noblen Gewölbe des alten Palastes von ihm widerhallten, sich so vom Schweigen so vieler Monate befreiend, in denen er ihn nur in seinen Träumen hatte murmeln können. Dann hatte er sie gepackt, umarmt, hochgehoben, und nun küßte er sie, unbekümmert um die Dienstboten, die, angelockt vom Lärm, auf den Treppenabsätzen erschienen, strich über ihr Gesicht und ihren Hals mit gierigen Lippen.

Die Nasen in der Luft, wohnten Jolival und Giuseppe Dal Niel Seite an Seite am Fuß der Treppe dem Schauspiel bei. Der Venezianer faltete die Hände:

«*E meraviglioso!... Que bello amore!*»

«Ja», stimmte der Franzose bescheiden zu, «eine ziemlich gelungene Liebe!»

Marianne hatte die Augen geschlossen. Sie sah nichts, hörte nichts. Sie und Jason waren isoliert im Zentrum eines Taumels der Leidenschaft, eines Entzückens, der sie vom Rest der Welt trennte. Kaum wurden sie sich des lauten Beifalls um sie herum bewußt. Als gute Italiener, für die die Liebe «die» große Angelegenheit ist, gab ihr Publikum seiner Befriedigung sachverständig Ausdruck. Ein wahrer Begeisterungstaumel brach los, als der Korsar die junge Frau in seinen Armen die letzten Treppenstufen hinauftrug, ohne sich von ihren Lippen zu lösen. Die von einem ungeduldigen Stiefel aufgestoßene Tür fiel unter den Vivatrufen der hingerissenen Zuschauer hinter ihnen ins Schloß.
«Werdet Ihr mir die Ehre geben, mit mir ein Glas Grappa auf die Gesundheit der Verliebten zu trinken?» fragte Dal Niel mit einem breiten Lächeln. «Irgend etwas sagt mir, daß man Euch da oben fürs erste nicht braucht. Und ein Glück wie dieses muß man feiern.»
«Mit Vergnügen trinke ich mit Euch. Aber auf die Gefahr hin, Euch zu enttäuschen, werde ich dieses zärtliche Tête-à-tête sehr schnell stören müssen, denn wir haben wichtige Entscheidungen zu treffen.»
«Entscheidungen? Was für Entscheidungen kann eine so hübsche Frau wohl zu treffen haben außer der Auswahl ihres Schmucks?»
Jolival lachte.
«Ihr wärt erstaunt, mein lieber Freund, aber Toilettenangelegenheiten nehmen im Leben der Fürstin nur einen ziemlich beschränkten Raum ein. Und da ich gerade von Entscheidungen sprach: da naht sich schon eine.»
In der Tat trat eben Leutnant Benielli, stramm in seine Uniform gezwängt, die Hand auf dem Säbelgriff, martialisch ins Treppenhaus, weniger stürmisch als Jason und offensichtlich auch weniger anziehend für die neugierigen Dienstboten als er, denn sie zerstreuten sich im Nu.
Er trat geradewegs auf die beiden Männer zu und grüßte korrekt.
«Das amerikanische Schiff ist zurückgekehrt», erklärte er. «Infolgedessen muß ich sofort die Fürstin sprechen. Ich füge hinzu, daß es dringlich ist, da wir schon allzuviel Zeit verloren haben.»
«Ich sehe, wir werden uns den Grappa für später aufheben müssen», seufzte Jolival. «Verzeiht, Signor Dal Niel, ich muß diesen ungestümen Soldaten ankündigen.»
«*Peccato!* Wie schade!» erwiderte der andere mitfühlend. «Ihr werdet sie stören. Beeilt Euch nicht allzusehr. Laßt Ihnen noch einen kleinen Moment. Ich werde dem Leutnant Gesellschaft leisten.»
«Einen kleinen Moment? Guter Gott! Bei den beiden kann ein

kleiner Moment Stunden bedeuten! Sie haben sich seit sechs Monaten nicht gesehen!»

Doch Arcadius täuschte sich. Kaum hatte Marianne ihre Befürchtungen und Unschlüssigkeiten von der Woge ihrer Liebe fortschwemmen lassen, als sie es auch schon bereute. Vor dem Mann, den sie liebte, hatte sie den Impuls nicht unterdrücken können, der sie in seine Arme trieb, einen Impuls, auf den er mit Leidenschaft – ja, zuviel Leidenschaft – geantwortet hatte. Und während er sie stürmisch die Treppe hinauftrug und in seinem Verlangen, mit ihr allein zu sein, die Tür des Apartements kräftig hinter sich zuschlug, hatte Marianne jäh den erst einen Moment zuvor so köstlich verlorenen Kopf wiedergefunden.

Sie wußte, was passieren würde: In einer Minute würde Jason sie in seinem Liebesrausch auf ihr Bett werfen, in fünf Minuten, vielleicht schon eher, hätte er sie entkleidet, und einen Moment darauf wäre sie die seine, ohne jede Möglichkeit, den zärtlichen Orkan, der über sie hereinbrechen würde, aufzuhalten ...

Aber etwas in ihr lehnte sich dagegen auf, etwas, das ihr noch nicht völlig bewußt geworden war: die ganze Tiefe ihrer Liebe für ihn, die sie zwang, sich gegen ihr eigenes Verlangen nach ihm zu wehren. Und blitzartig begriff sie, daß sie ihm nicht gehören konnte und durfte, solange nicht ihr letzter Zweifel zerstreut, solange sie nicht von der Hypothek frei wäre, mit der Damiani ihren Körper belastet hatte!

Gewiß, sollte sich ein unbekanntes Leben im Geheimsten ihres Seins bilden, wäre es bequem, ja leicht zu arrangieren, Jason die Vaterschaft übernehmen zu lassen. Bei einem so hitzigen und verliebten Mann würde es selbst einer Törin gelingen. Doch wenn Marianne sich weigerte, die Wahrheit über die sechs Wochen ihres Verschwindens einzugestehen, weigerte sie sich noch weit entschiedener, an Jason einen Betrug zu verüben ... den schlimmsten von allen! Nein! Solange sie nicht absolute Gewißheit hätte, durfte sie sich ihm noch nicht hingeben! Um keinen Preis! Sonst verstrickten sie sich beide in eine Lüge, deren Gefangene sie ihr ganzes Leben lang bleiben würde!

O Gott, wie schwirig würde das alles werden!

Während er im Salon einen Moment seine Zärtlichkeiten unterbrochen hatte, um sich umzusehen und die Tür ihres Zimmers zu suchen, glitt sie mit einer geschmeidigen Bewegung aus seinen Armen.

«Du bist verrückt, Jason!» rief sie. «Und ich glaube, ich bin's ebenso wie du!»

Sie trat zu einem Spiegel, um ihre aufgelöste Frisur zu ordnen, aber sofort war er wieder bei ihr, umfing sie von neuem und erwiderte lachend, die Lippen in ihrem Haar:

«Das will ich sehr hoffen! Marianne! Marianne! Seit Monaten träume ich von dieser Minute, in der ich zum erstenmal endlich mit dir allein sein würde! ... Wir zwei ... du und ich ... und zwischen uns nur unsere Liebe! Meinst du nicht, wir hätten sie uns redlich verdient?»

Seine warme, so leicht sich ironisch färbende Stimme klang rauh, als er ihr Haar auseinanderschob, um ihren Nacken zu küssen. Marianne schloß verwirrt und schon gequält die Augen.

«Wir sind nicht allein», murmelte sie, sich erneut von ihm lösend. «Jolival ... und Agathe ... und Gracchus können jeden Moment hereinkommen! Dieses Hotel ist fast ein öffentlicher Platz! Hast du sie nicht im Treppenhaus applaudieren hören?»

«Was tut's? Jolival, Agathe und Gracchus wissen seit langem, was sie von uns beiden zu halten haben. Sie werden begreifen, daß wir einander gehören möchten, ohne noch länger zu warten!»

«Hm ... ja! Aber wir sind bei Fremden, und ich muß darauf achten ...»

Sofort rebellierte er, spöttisch und zweifellos enttäuscht:

«Worauf? Daß der Name, den du trägst, nicht in Verruf kommt? Nach allem, was Arcadius mir erzählt hat, hast du wenig Anlaß, zartfühlend gegenüber einem Gatten zu sein, der imstande war, dich widerrechtlich einzusperren! Marianne! ... Du kommst mir plötzlich reichlich besonnen vor! Was ist mit dir los?»

Jolivals Eintritt enthob Marianne einer Antwort, während Jason, höchst unzufrieden über die ungelegene, Mariannes Mahnung bestätigende Befürchtung, die Stirn runzelte.

Mit einem Blick umfing Jolival die Szene, sah Marianne, die ihr Haar vor einem Spiegel ordnete, sah einige Schritte von ihr entfernt den sichtlich verstimmten Jason, dessen Blick von ihr zu ihm glitt, während er mit über der Brust verschränkten Armen an seinen Lippen kaute, und sein Lächeln gedieh zu einem wahren Meisterwerk väterlich-freundschaftlicher Diplomatie.

«Ich bin's nur, meine Kinder, und Ihr könnt mir's glauben, absolut untröstlich, Euch bei Eurem ersten Tête-à-tête zu stören, aber Leutnant Benielli ist da. Er besteht darauf, sofort empfangen zu werden.»

«Schon wieder dieser unerträgliche Korse? Was will er?» knurrte Jason.

«Ich habe mir nicht die Zeit genommen, ihn danach zu fragen, aber es kann wichtig sein.»

Rasch wandte sich Marianne ihrem Geliebten zu, nahm seinen Kopf zwischen ihre Hände und kam seinem Protest zuvor, indem sie ihre Lippen für einen kurzen Moment auf die seinen preßte.

«Arcadius hat recht, Liebster. Es ist besser, wenn wir ihn sehen. Ich schulde ihm viel. Ohne ihn wäre ich vielleicht im Wasser des Hafens ertrunken. Hören wir uns wenigstens an, was er zu sagen hat.»

Das Mittel wirkte Wunder. Der Seemann beruhigte sich.

«Zum Teufel mit dem aufdringlichen Burschen! Aber da du es wünschst... Holt ihn herein, Jolival!»

Dabei wandte Jason sich ab, zog glättend den dunkelblauen Rock mit Silberknöpfen zurecht, in dem sein magerer, muskulöser Körper steckte, und entfernte sich zum Fenster, vor dem er sich aufbaute, dem unerwünschten Besucher entschlossen den Rücken kehrend.

Marianne war ihm zärtlich mit den Augen gefolgt. Der Grund von Jasons Antipathie gegen ihren Leibwächter war ihr unbekannt, aber sie kannte Benielli lange genug, um zu erraten, daß er zweifellos nicht viel Zeit gebraucht hatte, um den Amerikaner ernstlich außer sich zu bringen. Um so mehr respektierte sie dessen offenkundige Absicht, sich nicht in die Unterredung zu mischen, und wandte sich dem Leutnant zu, dessen Auftritt und zackiger Gruß die Billigung selbst des penibelsten Stabschefs gefunden hätten.

«Mit Erlaubnis Eurer Durchlaucht bin ich gekommen, um Abschied zu nehmen, Madame. Heute abend kehre ich zu dem Herrn Herzog von Padua zurück. Kann ich ihm melden, daß alles wieder in Ordnung gekommen ist und daß Eure Reise nach Konstantinopel glücklich begonnen hat?»

Bevor Marianne antworten konnte, erklärte hinter ihr eine eisige Stimme:

«Ich bedaure, Euch sagen zu müssen, daß von einer Reise Madames nach Konstantinopel keine Rede sein kann. Sie wird sich morgen mit mir nach Charleston einschiffen, wo sie, wie ich hoffe, vergessen können wird, daß eine Frau nicht dazu da ist, den Bauern auf einem politischen Schachbrett zu spielen! Ihr könnt verschwinden, Leutnant!»

Verblüfft über die Brutalität dieses Ausfalls blickte Marianne von dem vor Zorn bleichen Jason zu Jolival, der mit verärgerter Miene an seinem Schnurrbart kaute.

«Habt Ihr ihm nichts gesagt, Arcadius? Ich dachte, Ihr hättet Monsieur Beaufort von den Befehlen des Kaisers unterrichtet», bemerkte sie.

«Ich habe es getan, meine Liebe, aber ohne viel Erfolg. Die Sache ist die, daß unser Freund von dieser Reise nichts hat hören wollen, und ich zog es vor, ihn nicht weiter zu drängen, da ich glaubte, Ihr könntet ihn unendlich viel leichter überzeugen als ich.»

«Warum habt Ihr mir das dann nicht gleich gesagt?»

«Meint Ihr nicht, daß Ihr schon hinreichend Anlaß zu Kummer hattet, als Ihr gestern hier eintraft?» fragte Jolival sanft. «Diese diplomatische Debatte schien mir noch warten zu können ... wenigstens bis ...»

«Ich sehe nicht den leisesten Anlaß zu einer Debatte!» unterbrach Benielli schroff. «Wenn der Kaiser befiehlt, hat man zu gehorchen, wie mir scheint!»

«Ihr vergeßt nur eines», rief Jason, «daß Napoleons Befehle mich nicht betreffen dürften! Ich bin amerikanischer Bürger und gehorche als solcher nur meiner Regierung.»

«Und wer verlangt etwas von Euch? Madame braucht Euch nicht. Der Kaiser wünscht, daß sie ein neutrales Schiff benützt, und es liegen ein Dutzend davon im Hafen. Wir werden auf Euch verzichten, das ist alles! Kehrt nach Amerika zurück!»

«Nicht ohne sie! Ihr scheint nicht recht zu verstehen. Ich werde mich also präziser ausdrücken: Ich nehme die Fürstin mit, ob Euch das gefällt oder nicht! Ist es diesmal klar?»

«So klar sogar», knurrte Benielli, dessen Geduld bereits erschöpft war, «daß mir, falls ich Euch nicht wegen Menschenraub und Aufreizung zum Aufruhr verhaften lasse, nur eine Lösung bleibt ...»

Und er zog seinen Säbel. Sofort warf sich Marianne zwischen die beiden Männer, die sich bedrohlich einander näherten.

«Ich bitte Euch, Messieurs! Ich hoffe, Ihr gesteht mir zumindest das Recht zu, meine Meinung zu dieser Angelegenheit zu äußern!... Leutnant Benielli, erweist mir die Gefälligkeit, Euch einige Augenblicke zurückzuziehen. Ich wünsche mich unter vier Augen mit Monsieur Beaufort zu unterhalten. Eure Anwesenheit dabei würde mir nicht hilfreich sein.»

Im Gegensatz zu dem, was sie befürchtete, stimmte der Offizier ohne ein Wort, nur mit einem Knallen der Hacken und einem steifen Nicken, zu.

«Kommt also», sagte Jolival und zog ihn liebenswürdig zur Tür. «Wir werden den Grappa des Signor Dal Niel kosten, damit Euch die Zeit nicht zu lang wird. Es gibt nichts Besseres als ein Gläschen vor einer Reise. Ein Abschiedsschluck sozusagen.»

Wieder allein, musterten Marianne und Jason einander mit einer Art leisen Staunens. Sie ihn der beunruhigend scharfen, eigensinnigen Falte wegen, die sich zwischen seinen schwarzen Brauen eingegraben hatte, er sie, weil er zum zweitenmal unter ihrer zärtlichen

Anmut und scheinbaren Zartheit einem Widerstand begegnet war. Er witterte irgend etwas Ungewöhnliches bei ihr und bemühte sich, seine Gereiztheit zu beherrschen, um ihm auf die Spur zu kommen.

«Warum willst du, daß wir allein miteinander sprechen, Marianne?» fragte er ruhig. «Hoffst du, mich dazu zu bringen, diese absurde Reise zu den Türken zu unternehmen? Falls es so ist, zähle nicht darauf! Ich bin nicht bis hierher gekommen, um mich den Launen Napoleons zu unterwerfen!»

«Du bist gekommen, um mich wiederzufinden, nicht wahr? Und um ein glückliches Leben mit mir zu beginnen? Was tut es dann, wo wir es leben werden? Und warum weigerst du dich, mich dorthin zu bringen, da ich es wünsche und es für das Kaiserreich so wichtig sein kann? Ich werde nicht lange bleiben, und danach bin ich frei, dir zu folgen, wohin du willst!»

«Frei? Wie verstehst du das? Hast du endgültig mit deinem Gatten gebrochen? Hast du ihn dazu gebracht, in die Scheidung einzuwilligen?»

«Weder das eine noch das andere, aber ich bin trotzdem frei, weil der Kaiser es erlaubt. Er hat die mir anvertraute Mission zur Bedingung sine qua non seiner Hilfe gemacht, und ich weiß, daß sich nichts und niemand unserem Glück entgegenstellen wird, sobald ich meinen Auftrag erfüllt habe. So will es der Kaiser.»

«Der Kaiser, der Kaiser! Immer der Kaiser! Du sprichst noch mit ebensoviel Enthusiasmus von ihm wie zu den Zeiten, als du seine Geliebte warst! Hast du vergessen, daß ich weit weniger Anlaß habe, ihn zu preisen? Ich gestehe dir ein gewisses Maß an Heimweh nach den kaiserlichen Gemächern, den Palästen und deinem prunkvollen Dasein zu, aber glaube mir, meine Erinnerungen an La Force, Bicêtre und das Bagno von Brest sind unendlich weniger berauschend!»

«Du bist ungerecht! Du weißt sehr gut, daß seit langem zwischen mir und dem Kaiser nichts mehr ist und daß er im Grunde sein Bestes getan hat, um dich zu retten, ohne ein empfindliches diplomatisches Gleichgewicht zu stören.»

«Ich erinnere mich, doch ohne das leiseste Bewußtsein einer Schuld Napoleon gegenüber zu empfinden. Ich gehöre einem neutralen Land an und beabsichtige, mich nicht mehr in seine Politik zu mischen. Es genügt schon, daß mein Land seinen äußeren Frieden riskiert, weil es sich weigert, für England Partei zu nehmen...»

Unversehens packte er sie, zog sie an sich und legte mit unendlicher Zärtlichkeit seine Wange an ihre Schläfe.

«Marianne, Marianne! Vergiß all das... all das, was nicht du und ich ist! Vergiß Napoleon, vergiß, daß es irgendwo auf der Welt einen

Mann gibt, dessen Namen du trägst, vergiß, wie auch ich es vergesse, daß Pilar noch immer in irgendeinem verborgenen Winkel Spaniens lebt, wo sie sich niedergelassen hat, da sie mich noch im Bagno glaubt und hofft, daß ich dort sterben werde! Es gibt nur uns beide, uns beide allein ... und es gibt das Meer, dort ... ganz nahe ... zu unseren Füßen! Wenn du nur willst, wird es uns morgen bis zu mir tragen! Ich nehme dich nach Carolina mit und werde das niedergebrannte Haus meiner Eltern in Old Creek Town für dich wieder aufbauen. Für alle wirst du meine Frau sein ...»

Berauscht von der nachgiebigen Geschmeidigkeit dieses an ihn geschmiegten Körpers und dem Duft, der von ihm ausging, begann er, sie wieder mit Liebkosungen zu überschütten, die sie erzittern ließen. In ihrer Verwirrung fand Marianne nicht mehr die Kraft, sich zu wehren. Sie erinnerte sich des wundervollen Erlebnisses im Gefängnis, das zu erneuern so einfach wäre. Jason gehörte ganz ihr, war Fleisch ihres Fleischs, der Mann, den sie sich unter allen erwählt hatte und den kein anderer ersetzen konnte ... Warum ablehnen, was er ihr bot? Warum nicht morgen schon mit ihm zu seinem Land der Freiheit aufbrechen? Schließlich war ihr Gatte tot, auch wenn Jason es nicht wußte – sie war frei.

In einer Stunde wäre sie an Bord der *Meerhexe*. Es wäre leicht, Benielli zu sagen, daß Konstantinopel ihr Reiseziel sei, obwohl das Schiff dem freien Amerika zusegelte, während Marianne in Jasons Armen, von den Wellen gewiegt, ihre erste Liebesnacht erleben und endgültig einen Schlußstrich unter ihr vergangenes Dasein ziehen würde. Sie konnte ihre eigene Geschichte in Selton Hall wieder aufnehmen, in jenem Moment, in dem Jason sie zum erstenmal gebeten hatte, ihm zu folgen, und bald würde sie den ganzen Rest vergessen: die Angst, die Fluchten, Fouché, Talleyrand, Napoleon, Frankreich und die Villa der springenden Wasser, durch deren Park die weißen Pfaue irrten, deren Echos aber kein gespenstischer, weiß maskierter Reiter mehr wecken würde ...

Doch von neuem regte sich wie kurz zuvor erst ihr Gewissen, dieses Gewissen, das sich nun als soviel lästiger erwies als sie es sich vorgestellt hatte. Was würde geschehen, wenn sie im Verlaufe der langen Reise, die sie nach Amerika führen würde, entdeckte, daß sie von einem anderen schwanger war? Wie wollte sie, die sich nach wie vor weigerte, Jason zu betrügen, von dieser Leibesfrucht entbunden werden in diesem Land, in dem sie keinen Moment seinem Blick entgehen konnte? Vorausgesetzt, daß er nicht schon während der Überfahrt, die mindestens doppelt so lang war wie die nach Konstantinopel, etwas gemerkt hatte?

Und dazu glaubte sie, aus der Tiefe ihrer Erinnerung, die ernste Stimme Arrighis zu hören:

«Ihr allein könnt die Sultanin dazu überreden, den Krieg gegen Rußland fortzusetzen, nur Ihr könnt ihren Zorn auf den Kaiser beschwichtigen, weil Ihr wie sie eine Cousine Joséphines seid! Auf Euch wird sie hören...»

Konnte sie wirklich das Vertrauen des Mannes verraten, den sie geliebt und der aufrichtig versucht hatte, sie glücklich zu machen? Napoleon verließ sich auf sie. Konnte sie ihm einen für ihn wie für Frankreich so wichtigen letzten Dienst verweigern? Der Augenblick der Liebe war noch nicht gekommen. Noch war es der des Muts.

Sanft, aber entschlossen stieß sie Jason zurück.

«Nein», sagte sie nur. «Es ist unmöglich! Ich muß nach Konstantinopel! Ich habe mein Wort gegeben!»

Er starrte sie ungläubig an, als habe sie plötzlich vor seinen Augen eine andere Gestalt angenommen. Diese Augen schienen noch tiefer unter die schwarzen Brauen zu sinken, und Marianne las in ihnen maßlose Enttäuschung.

«Du willst sagen... daß du dich weigerst, mir zu folgen?»

«Nein, Liebster, ich weigere mich nicht, dir zu folgen. Im Gegenteil, ich bitte dich, mir noch ein kleines Weilchen zu folgen, nur ein paar Wochen! Ein bloßer Aufschub, sonst nichts. Danach werde ich nur noch dich im Kopf und im Herzen haben, werde ich dir folgen, wohin du willst, wenn nötig, bis ans Ende der Welt, und ich werde so leben, wie du es wünschst! Aber ich muß meinen Auftrag erfüllen. Er ist zu wichtig für Frankreich!»

«Frankreich!» sagte er bitter. «Es hat einen breiten Rücken!... Als ob sich das Wort Frankreich für dich nicht Napoleon schriebe!»

Verletzt durch seine noch immer vorhandene Eifersucht, deren Argwohn sie spürte, stieß Marianne einen kleinen, traurigen Seufzer aus, während der Glanz ihrer grünen Augen sich feuchtete.

«Warum willst du mich nicht verstehen, Jason? Ob du es glaubst oder nicht, ich liebe mein Land, dieses Land, das ich kaum kenne und das ich mit Staunen entdeckt habe. Es ist ein schönes Land, Jason, ein nobles und großherziges Land! Und doch werde ich es ohne Gewissensbisse und ohne Bedauern verlassen, wenn die Stunde gekommen sein wird, mit dir fortzugehen!»

«Und diese Stunde ist noch nicht gekommen?»

«Doch... vielleicht, wenn du einwilligst, mich dorthin zu bringen, wo ich dieser seltsamen, so nah bei dir geborenen Sultanin begegnen soll!»

«Und du sagst, daß du mich liebst?» fragte er.

«Ich liebe dich mehr als alles auf der Welt, denn für mich bist du nicht nur die Welt, sondern auch das Leben, die Freude, das Glück. Und eben weil ich dich liebe, will ich mich nicht wie eine Diebin davonstehlen, will ich deiner würdig bleiben!»

«Worte, nichts als Worte!» entgegnete Jason mit einem wütenden Schulterzucken. «Die Wahrheit ist, daß du nicht imstande bist, mit einem Schlag und für immer das glänzende Dasein aufzugeben, das du am Hof Napoleons geführt hast! Du bist schön, jung, reich, du bist ... Euer Durchlaucht – ein alberner, aber imposanter Titel –, und jetzt schickt man dich als Botschafterin zu einer Königin! Was habe ich dir statt dessen zu bieten? Ein realtiv bescheidenes und noch dazu unstetes Leben, solange wir beide nicht von unseren ehelichen Bindungen befreit sein werden. Ich begreife, daß du zögerst und Aufschub wünschst!»

Sie sah ihn traurig an.

«Wie ungerecht du bist! Du hast also vergessen, daß ich ohne Vidocq all das ohne das geringste Bedauern aufgegeben hätte! Und glaub mir, diese Reise ist weder ein Vorwand noch eine Ausflucht, sondern eine Notwendigkeit! Warum sperrst du dich gegen sie?»

«Weil es Napoleon ist, der dich schickt, begreifst du? Weil ich ihm nichts verdanke, es sei denn Schande, Gefängnis und Folter! Oh, ich weiß: er hatte mir einen Schutzengel mitgegeben! Aber glaubst du, er hätte auch nur eine Träne geweint, wenn ich unter den Knüppeln der Aufseher umgekommen, wenn ich an meinen Verletzungen gestorben wäre? Er hätte sein Bedauern ausgedrückt ... sehr höflich ... und wäre zu einer anderen Angelegenheit übergegangen. Nein, Marianne, ich habe keinen Anlaß, deinem Kaiser zu dienen. Mehr noch, wenn ich es täte, käme ich mir grotesk vor ... lächerlich! Und du? Merk dir, wenn du jetzt nicht den Mut hast, zu allem, was bisher dein Leben gewesen ist, ein für allemal nein zu sagen, wirst du ihn morgen auch nicht haben. Und wenn deine Mission beendet ist, wirst du eine andere finden ... oder man wird eine andere für dich finden! Ich gebe gern zu, daß eine Frau wie du kostbar ist.»

«Ich schwöre dir, daß es nicht so ist! Ich werde dir sofort danach folgen!»

«Wie soll ich dir glauben? Damals in der Bretagne hattest du nichts anderes im Sinn, als vor dem Mann zu fliehen, dem du jetzt um jeden Preis dienen willst! Bist du überhaupt dieselbe wie in jener Nacht? Die Frau, die ich verließ, war zu jeder Tollheit für mich bereit ... die, die ich wiederfand, sorgt sich um ihren guten Ruf und fürchtet den Eintritt einer Kammerfrau, wenn ich sie umarme! Das sind Dinge, die befremden, meinst du nicht?»

Sie verlor den Kopf:

«Was suchst du noch? Ich schwöre dir, daß ich dich liebe, daß ich nur dich liebe, aber du mußt mich nach Konstantinopel bringen!»

«Nein!»

Obwohl ohne Zorn gesprochen, hallte das Wort wie ein Schuß. Schmerzlich murmelte Marianne:

«Du weigerst dich?»

«Genau! Oder vielmehr nein! Ich lasse dir die Wahl: Ich bin bereit, dich dorthin zu bringen, doch danach kehre ich allein in mein Land zurück!»

Als hätte er sie geschlagen, wich sie zurück, stieß gegen ein Tischchen, das umstürzte und eine zarte Schale aus Muranoglas zu Boden riß, und sank auf den Liegestuhl, den sie vor kurzem verlassen hatte ... vor einem Jahrhundert! Mit weit geöffneten Augen starrte sie Jason an, als sähe sie ihn zum erstenmal. Niemals hatte sie ihn so eindrucksvoll, so verführerisch gesehen ... niemals so grausam! Sie hatte geglaubt, seine Liebe sei ähnlich der ihren: bereit zu jeder Tollheit, bereit, auf alles einzugehen, alles zu ertragen für ein paar Stunden des Glücks ... um so mehr noch für ein ganzes Leben der Liebe.

Und nun fand er den Mut, ihr diesen unbarmherzigen Handel anzubieten!

Ungläubig fragte sie:

«Du könntest mich verlassen ... freiwillig? Könntest mich dort zurücklassen und ohne mich ...?»

Er kreuzte die Arme über der Brust und betrachtete sie ohne Zorn, aber mit einer erschreckenden Festigkeit:

«Nicht ich habe zu wählen, Marianne, sondern du. Ich will wissen, wer sich morgen auf der *Meerhexe* einschifft: die Fürstin Sant'Anna, offiziöse Botschafterin Seiner Majestät des Kaisers und Königs ... oder Marianne Beaufort!»

Die unerwartete Nennung dieses Namens, von dem sie so oft geträumt hatte, berührte sie tief. Sie schloß die Augen, wurde so bleich wie ihre Robe. Ihre verkrampften Finger krallten sich in die Seide des Polsters, während sie auf ihre Weise gegen die Nervenkrise ankämpfte, deren Nahen sie spürte.

«Du ... du bist unerbittlich ...» stammelte sie.

«Nein! Ich will dich nur glücklich machen, gegen deinen Willen, wenn es sein muß!»

Um ihre Lippen huschte ein schwaches, trauriges Lächeln. Der männliche Egoismus! Sie fand ihn selbst bei diesem Mann, wie sie ihn bei Francis, bei Fouché, bei Talleyrand, bei Napoleon und bei dem widerlichen Damiani gefunden hatte. Dieses seltsame Bedürfnis, das sie alle hatten, über das Glück der Frauen zu entscheiden, weil sie sich einbildeten, auf diesem wie auf so manchem anderen Gebiet im alleinigen Besitz der letzten Weisheit und Wahrheit zu sein! Sie hatten beide soviel gelitten. Mußte Jason nun selbst Hindernisse errichten? Konnte er seinen herrschsüchtigen Hochmut nicht aus Liebe überwinden?

Von neuem kehrte die Versuchung zurück, so überwältigend, daß Marianne fast schwach wurde, alles aufzugeben, sich in seine Arme zu werfen und spontan alle Verpflichtungen, alle Ängste zu vergessen. Sie brauchte so sehr seine Kraft, seine männliche Wärme! Denn trotz der Milde der nun nahenden Nacht fühlte sie sich eisig erstarrt bis ins Herz. Aber vielleicht, weil sie für diese Liebe allzusehr gelitten hatte, hielt ihr Stolz sie am Rand der Kapitulation zurück.

Das Schlimmste war, daß sie ihm nicht einmal böse sein konnte und daß er von seinem männlichen Standpunkt aus recht hatte. Aber auch sie konnte nicht zurück ... es sei denn, sie sagte alles! Und außerdem: Jason haßte Napoleon jetzt! Enttäuscht und unglücklich, wählte Marianne die ihrer Natur entsprechende Lösung: die des Kampfs.

Den Kopf hebend hielt sie dem Blick ihres Geliebten stand. «Ich habe mein Wort gegeben», sagte sie. «Diese Mission ist meine Pflicht. Wenn ich ihr nicht nachkäme, würdest du mich zweifellos ebenso lieben ... aber du würdest mich weniger achten! In meiner Familie – wie sicherlich auch in deiner – hat die Pflicht immer Vorrang vor dem Glück gehabt. Meine Eltern haben es mit ihrem Leben bezahlt! Ich werde nicht dagegen verstoßen!»

Sie sagte es schlicht, ohne Prahlerei: eine einfache Feststellung.

Nun war es Jason, der erblaßte. Einen Moment schien er sich ihr impulsiv nähern zu wollen, doch er beherrschte sich und verneigte sich wortlos vor ihr. Dann ging er mit schnellen Schritten zur Tür, öffnete und rief:

«Leutnant Benielli!»

Der Gerufene erschien alsbald, von Jolival gefolgt, dessen besorgter Blick sofort dem Mariannes zu begegnen suchte, aber sie wandte sich ab. Der Grappa des Signor Dal Niel schien dem Leutnant nicht mißfallen zu haben, denn sein Gesicht hatte sich im Vergleich zu seinem früheren Auftritt sichtlich gerötet, ohne daß er deswegen an Haltung eingebüßt hätte. Jason maß ihn mit kaum unterdrücktem kaltem Zorn.

«Ihr könnt beruhigt zum Herzog von Padua zurückkehren, Leutnant! Morgen früh werde ich den Anker lichten und die Ehre haben, die Fürstin Sant'Anna zum Bosporus zu bringen!»

«Gebt Ihr mir Euer Wort darauf?» fragte der andere unerschütterlich.

Jason ballte die Fäuste, sichtlich aufs höchste verlockt, diesen unverschämten kleinen Korsen zu verprügeln, der ihn vielleicht ein wenig zu sehr an einen anderen erinnerte, den er nicht erreichen konnte.

«Ja, Leutnant», knurrte er mit zusammengebissenen Zähnen, «ich gebe es Euch! Und ich gebe Euch einen guten Rat dazu: Verschwindet, und das ein bißchen plötzlich, bevor ich mich meinen Instinkten überlasse!»

«Und die wären?»

«Euch aus dem Fenster zu werfen! Es wäre von beklagenswerter Wirkung auf die Uniform, die Ihr tragt, auf Eure Kameraden und auf die Bequemlichkeit Eurer Reise. Ihr habt gewonnen, mißbraucht nicht meine Geduld!»

«Geht, ich bitte Euch», murmelte Marianne in ihrer Angst, die beiden Männer könnten sich in die Haare geraten.

Doch Jolival hatte Benielli schon diskret beim Arm genommen. Die Lust des Korsen, sich auf den Amerikaner zu stürzen, war unübersehbar, aber ein Blick auf die Gesichter der Anwesenden – Mariannes bleich und in Tränen, Jasons erstarrt, Jolivals besorgt – ließ ihn ahnen, daß sich hier ein Drama abspielte. Nicht ganz so steif wie gewöhnlich grüßte er die junge Frau:

«Ich werde die Ehre haben, dem Herrn Herzog von Padua zu berichten, daß das Vertrauen des Kaisers sich als berechtigt erwiesen hat, Madame, und entbiete Eurer Durchlaucht meine Wünsche für eine gute Reise.»

«Ich wünsche Euch das gleiche. Adieu, Monsieur!»

Schon wandte sie Jason ihr bittendes Gesicht zu, doch bevor noch Benielli verschwunden war, verneigte er sich kalt:

«Meine Empfehlung, Madame! Wenn es Euch genehm ist, wird mein Schiff morgen gegen zehn Uhr den Anker lichten! Es genügt, wenn Ihr eine halbe Stunde zuvor an Bord kommt. Ich wünsche Euch eine gute Nacht!»

«Jason!... Bitte...!»

Sie streckte einen Arm nach ihm aus, eine Hand, die darum flehte, ergriffen zu werden, doch er war wie verschlossen in seinem Zorn und seinem Verlangen nach Vergeltung und sah nichts oder wollte nichts sehen. Ohne einen Blick wandte er sich zur Tür, durchschritt sie und ließ sie mit einem Geräusch hinter sich zufallen, das bis in den Grund ihres Herzens widerhallte.

Die ausgestreckte Hand sank herab, und Marianne ließ sich verzweifelt schluchzend auf den Liegestuhl fallen.

Eine Katastrophe befürchtend, lief Jolival zu ihr.

«Mein Gott!» murmelte er. «Ist es so schlimm? Was ist denn geschehen?»

Immer wieder vom Schluchzen unterbrochen, berichtete sie, während er ihr mit Hilfe einer in frisches Wasser getauchten Serviette ihre geröteten Augen zu beruhigen und ihre Erregung zu dämpfen versuchte.

«Ein Ultimatum!» schloß sie endlich. «Eine Er... Erpressung! Er ... hat mich vor die Wahl gestellt! Und er sagt ... es sei für mein Glück!»

Plötzlich klammerte sie sich an Jolivals Rock und flehte:

«Ich kann's nicht ... ich kann das nicht ertragen! Geht zu ihm ... mein Freund ... habt Erbarmen! Sagt ihm ...»

«Was? Daß Ihr kapituliert?»

«Ja! Ich liebe ihn ... liebe ihn zu sehr! ... Ich könnte niemals ...»

Sie war im Delirium, wußte nicht mehr, was sie sagte. Jolival packte ihre bebenden Schultern mit beiden Händen und zwang sie, ihn anzusehen.

«Doch! Ihr könntet! Ich sage Euch, daß Ihr könntet, weil Ihr recht habt! Als Jason Euch diese Wahl aufzwang, mißbrauchte er seine Macht, weil er weiß, wie sehr Ihr ihn liebt. Was nicht sagen will, daß er von seinem Standpunkt aus nicht ebenfalls recht hätte. Er hat keinen Grund, mit dem Kaiser zufrieden zu sein!»

«Und er ... liebt mich nicht!»

«Doch liebt er Euch! Nur kann er die Frau, die er liebt, Euch nämlich, so wie Ihr seid, mit Euren Widersprüchlichkeiten, Euren Marotten, Schärmereien und Ungereimtheiten nicht verstehen! Wandelt Euch, werdet die gehorsame, brave Frau, die er zu wünschen scheint, und ich gebe ihm keine sechs Monate, bis er aufhört, Euch zu lieben!»

«Glaubt Ihr?»

Nach und nach drang Jolivals Überzeugungskraft bis in die Tiefen ihrer quälenden Verlorenheit vor, warf einen Lichtstrahl in das Dunkel, dem sie sich unbewußt schon zuwandte.

«Ja, Marianne, ich glaube es!» sagte er ernst.

«Aber ... denkt an das, was in Konstantinopel geschehen wird, Arcadius! Er wird mich verlassen, und ich werde ihn nicht mehr sehen, nie mehr!»

«Vielleicht ... aber vorher werdet Ihr in seiner nächsten Nähe leben, fast neben ihm in dem engen Raum, den man Schiff nennt, und das während ziemlich vieler Tage. Wenn Ihr ihn bis dahin nicht verrückt gemacht habt, seid Ihr nicht mehr Marianne! Überlaßt ihn seiner schlimmen Laune, seinem gereizten Männerstolz und spielt das

Spiel, das er Euch aufzwingt! Ihr seid es gewiß nicht, die dabei die Hölle erdulden wird, das versichere ich Euch!»

Je länger er sprach, desto mehr kehrte Licht in Mariannes Augen zurück, während jenes andere Licht, die Hoffnung, wieder in ihr erwachte. Folgsam trank sie ein Glas mit einem Stärkungsmittel versetzten Wasser, das ihr alter Freund an ihre Lippen führte, dann tat sie, auf seinen Arm gestützt, ein paar Schritte durchs Zimmer und trat ans Fenster.

Die Nacht war gekommen, doch überall leuchteten die Goldpunkte brennender Laternen, die sich im schwarzen Wasser spiegelten. Mit einer Gitarrenmelodie schwebte Jasminduft herein. Auf dem Quai unten wandelten langsam Pärchen dahin, dunkle, ineinander verschmolzene Doppelgestalten. Eine bewimpelte Gondel glitt vorüber, von einem schlanken Tänzer geführt, und durch die geschlossenen Vorhänge, die mattes goldenes Licht durchsickern ließen, drang das heitere Lachen einer Frau. Drüben, hinter dem Zollamt, schwankten leise die erhellten Masten der großen Schiffe.

Marianne seufzte, während ihre Hand leicht Jolivals Arm umklammerte.

«Woran denkt Ihr?» murmelte er. «Geht es schon besser?»

Sie zögerte, verwirrt durch das, was sie sagen wollte, aber bei diesem sicheren Freund war sie über jede Heuchelei hinaus.

«Ich denke», sagte sie mit Bedauern, «daß dies eine schöne Nacht zum Lieben wäre!»

«Zweifellos. Aber denkt auch daran, daß diese verpaßte Nacht nur der Auftakt zu weiteren verführerischen Nächten sein wird. Die Nächte des Orients sind ohnegleichen, mein liebes Kind, und Euer Jason weiß noch nicht, wozu er sich verurteilt hat!»

Dann schloß Jolival mit Bedacht das Fenster vor dieser allzu lockenden Nacht und zog Marianne mit sich in den kleinen Rokokosalon, in dem das Abendessen serviert war.

Zweiter Teil

Ein gefährlicher Archipel

6. Kapitel

Strudel

Seit einem Moment schwankte das Bett. Halb unbewußt drehte Marianne sich um, vergrub die Nase im Kopfkissen und hoffte, so einem nicht allzu angenehmen Traum zu entgehen, doch das Bett schwankte weiter, während ihr Geist sich erhellte und ihr andeutete, daß sie wach war.

Zugleich knarrte irgend etwas irgendwo im Rippenwerk des Schiffs, und sie erinnerte sich, daß sie sich auf See befand.

Verdrossenen Blicks betrachtete sie die mit kupfernen Schrauben geschlossene runde Luke an der gegenüberliegenden Wand. Das Tageslicht, das sie hereinließ, war grau, von schwappenden weißlichen Spritzern überronnen, die von Brechern herrührten. Die Sonne ließ sich nicht blicken, und draußen pfiff der Wind. Die Adria zeigte sich in diesem stürmischen Monat Juli in den Farben eines mürrischen Herbstes.

«Genau das richtige Wetter, um eine solche Reise zu beginnen!» dachte sie trübe.

Im Gegensatz zu dem, was Jason verkündet hatte, waren sie erst am gestrigen Abend von Venedig ausgelaufen. Der Korsar hatte plötzlich seinen Geschmack am halbheimlichen Handel wieder entdeckt, obwohl er in Frankreich so vom Pech verfolgt war, und hatte den Tag dazu benutzt, eine kleine Ladung venezianischer Weine im Schiff verstauen zu lassen. Einige Fässer Soave, Valpolicella und Bardolino, die er auf dem großen türkischen Markt mit Gewinn an den Mann zu bringen hoffte. Die Gesetze des Koran wurden dort keineswegs immer gewissenhaft respektiert, und die im Lande ansässigen Ausländer bildeten eine auserlesene Kundschaft, ganz abgesehen vom Großherrn selbst, der als ausgesprochene Champagner-Liebhaber galt.

«Auf diese Weise», hatte der Korsar dem über die gewollte Grobheit eher amüsierten als schockierten Jolival erklärt, «mache ich diese Reise wenigstens nicht für nichts!»

Sie waren also bei sinkender Nacht an Bord gegangen, während Venedigs Lichter nach und nach aufleuchteten und die Stadt zu ihrem fröhlichen nächtlichen Leben erwachte.

Jason erwartete seine Passagiere am Fallreep der Brigg. Seine Begrüßung war allzu respektvoll gewesen, um Mariannes Herz nicht sofort erstarren zu lassen, zugleich aber auch ihren Zorn und damit eine kräftige Portion Kampflust zu wecken. Auf das ihr aufgenötigte Spiel eingehend, hatte sie hochmütig ihre hübsche Nase gehoben und den Korsar mit ironischer Aufmerksamkeit gemustert.

«Sind wir nicht in Rückstand auf den vorgesehenen Zeitplan, Kapitän? Oder sollte ich Euch etwa falsch verstanden haben?»

«Ihr habt durchaus richtig verstanden, Madame», knurrte Jason, dessen offensichtliche schlechte Laune ihn jedoch nicht bis zur Durchlaucht und zur dritten Person kommen ließ. «Ich selbst habe aus kommerziellen Gründen die Abreise verschieben müssen. Ich bitte Euch, das zu entschuldigen, aber wollt auch in Betracht ziehen, daß diese Brigg kein Kriegsschiff ist. Wenn Euch an so militärischer Pünktlichkeit liegt, hättet Ihr besser daran getan, Euren Admiral Ganteaume um eine Fregatte zu ersuchen.»

«Kein Kriegsschiff? Ich sehe dort Kanonen! Wenigstens zwanzig, wie mir scheint. Wozu dienen sie Euch dann? Etwa um Wale zu jagen?» fragte Marianne scheinheilig.

Das kleine Scharmützel schien dem Seemann ziemlich auf die Nerven zu gehen, aber trotz seiner unverkennbaren Lust, seine Passagierin kurzweg abblitzen zu lassen, zwang er sich zur Höflichkeit.

«Für den Fall, daß Ihr es nicht wißt, Madame: Selbst das kleinste Handelsschiff muß sich in diesen Zeiten verteidigen können!»

Doch die junge Frau schien entschlossen, keine Ruhe zu geben. Ihr Lächeln blieb unverändert heiter.

«Ich weiß vieles nicht, Kapitän, aber wenn dieses Schiff ein Handelsschiff ist, will ich gehängt werden! Selbst ein Blinder könnte sehen, daß es weit mehr für Schnelligkeit gebaut ist als dafür, sich mit vollem Wanst durch die Meere zu schleppen.»

«Allerdings, es ist ein Korsar», rief Jason, «aber ein neutraler Korsar! Und wenn ein neutraler Korsar trotz der verdammten Blockade Eures verdammten Kaisers sein Brot verdienen will, muß er eben Handel treiben! Jetzt möchte ich Euch Eure Kabine zeigen, wenn Ihr mir keine Fragen mehr zu stellen habt.»

Ohne ihre Antwort abzuwarten, ging er schon über das säuberlich polierte Deck voraus, auf dem die Kupferbeschläge im Licht der Laternen funkelten, und hätte in seiner Erregung fast einen schmalen, ganz und gar schwarzgekleideten Mann mittlerer Größe umgerannt, der um die Ecke einer der Aufbauten bog.

«Oh! Ihr seid es, John! Ich hatte Euch nicht gesehen!» entschuldigte er sich mit einem Lächeln, das nicht bis in seine Augen stieg.

«Kommt, ich stelle Euch vor . . . Fürstin, dies ist Dr. John Leighton, der Bordarzt . . . Fürstin Corrado Sant'Anna», fügte er mit bewußter Betonung des Vornamens hinzu.

«Ihr habt einen Arzt an Bord?» rief die junge Frau aufrichtig erstaunt. «Ihr sorgt Euch sehr um Eure Männer, Kapitän! Aber woher kommt es, daß Ihr noch nie einen Jünger Äskulaps in Eurer Mannschaft erwähnt habt?»

«Daher, daß ich keinen hatte! Und ich bedauerte es so, daß ich mich seit mehreren Monaten der Dienste meines Freundes Leighton versichert habe.»

Seines Freundes? Marianne musterte das bleiche Gesicht des Arztes, das im Laternenlicht gelbliche Reflexe annahm. Er hatte fahle, tief in die Höhlen gesunkene Augen von unbestimmter Färbung, abschätzende Augen, die sie kalt zu mustern schienen.

Erschauernd dachte Marianne, daß der wiederauferstandene Lazarus ähnlich ausgesehen haben mußte. Der Arzt hatte sich ohne ein Wort, ohne ein Lächeln vor ihr verneigt, und instinktiv hatte sie gespürt, daß dieser Mann sie nicht nur nicht lieben würde, sondern ihre Anwesenheit auf diesem Schiff überhaupt mißbilligte. Das Beste wäre, ihm in Zukunft nach Möglichkeit aus dem Wege zu gehen, denn sie hatte keine Lust, diesem toten Gesicht zu begegnen. Nur wollte sie wissen, wie weit Jasons Freundschaft zu dem unheimlichen kleinen Mann wirklich ging . . .

Während Jolival Quartier in der Deckkajüte bezog und Gracchus sich zur Mannschaft im Vorschiff gesellte, richtete sich Marianne mit Agathe mittschiffs ein.

Als sie ihre Kabine betrat, verspürte sie einen winzigen Stich: Der Raum war sichtlich für eine Frau neu hergerichtet worden. Ein schöner persischer Teppich bedeckte den Fußboden aus gewachsenem Mahagoni, hübsche Toilettengegenstände füllten den diesem Zweck bestimmten Tisch, und blaugrüne Damastvorhänge umrahmten die Luken und die Koje, in der sich weiche Daunenbetten wölbten. Sie sprachen so deutlich von der zärtlichen Fürsorglichkeit eines Verliebten, daß Marianne sich angerührt fühlte. Dieser Raum war vorbereitet worden, damit sie sich wohl in ihm fühlte; er sollte als Rahmen ihres gemeinsamen Glückes dienen. Aber . . . Tapfer schluckte sie den Anflug von Rührseligkeit hinunter, nahm sich jedoch vor, dem Herrn des Schiffs am folgenden Tag für seine Zuvorkommenheit zu danken, denn für den Rest des Abends verließ weder Marianne noch ihre Kammerfrau die Kabine. Sie hatten genug mit dem Auspacken des Gepäcks und ihrer eigenen Einrichtung in der neuen Umgebung zu tun.

Agathe verfügte über eine Koje und einen Toilettentisch in einer eigenen, sehr kleinen, aber jedenfalls mit einer Luke versehenen Kabine unmittelbar neben der ihrer Herrin, von der sie nicht ohne Mißtrauen Besitz genommen hatte, denn das Meer jagte ihr offensichtlich eine Höllenangst ein ...

Marianne dehnte sich in ihrem Bett, gähnte und setzte sich schließlich naserümpfend auf. Im Innern des Schiffs herrschte ein seltsamer, wenn auch leichter, aber ziemlich unangenehmer Geruch, den sie nicht zu definieren vermochte. Sie hatte ihn gleich beim Betreten des Schiffs bemerkt und sich darüber verwundert, da dieser an alten Schmutz erinnernde schwache Geruch auf einem so gründlich gesäuberten Schiff merkwürdig anmutete.

Sie suchte mit den Augen die in die Holzverkleidung eingelassene Uhr, stellte fest, daß es schon zehn war und spielte mit dem Gedanken aufzustehen, obwohl sie noch keinerlei Lust dazu hatte. Sie verspürte vor allem Hunger, denn sie hatte zum letztenmal gegessen, bevor sie an Bord gegangen waren. So weit war sie mit ihren Überlegungen angelangt, als die Tür sich vor einem beladenen Tablett öffnete, hinter dem Agathe, ebenso würdig und steifleinen wie in Paris, sowie Jolival im Morgenrock erschienen. Der letztere schien ausgezeichneter Stimmung.

«Ich komme, um mich zu überzeugen, wie Ihr die Nacht verbracht habt», verkündete er heiter, «und auch, wie Ihr hier untergekommen seid! Aber ich sehe schon, Euch bleibt nichts zu wünschen übrig! Fabelhaft! Damast, Teppiche! Unser Kapitän meint es gut mit Euch!»

«Seid Ihr schlecht untergebracht, Arcadius?»

«Das nicht! Ich hause fast so wie er: das heißt, mit ... nun, etwas spartanischem, doch sehr annehmbarem Komfort. Und die Sauberkeit dieses Schiffs ist über alles Lob erhaben.»

«Was die Sauberkeit betrifft bin ich Eurer Meinung, aber da ist dieser Geruch, den ich nicht näher bestimmen kann. Riecht Ihr nichts? Oder vielleicht gibt's ihn nicht in Eurem Quartier?»

«Doch! Ich habe ihn bemerkt», erwiderte Jolival, während er es sich auf dem Fußende der Koje gemütlich machte und eine Butterschnitte und ein paar kleine Kuchen vom Tablett angelte. «Ich habe ihn durchaus bemerkt, obwohl er sehr schwach ist ... Aber ich hab es nicht geglaubt!»

«Nicht geglaubt? Warum?»

«Weil ...»

Jolival kostete von seiner Schnitte, dann nahm er den Faden mit plötzlichem Ernst wieder auf:

«Weil ich einmal in meinem Leben solchem Geruch begegnet bin, nur penetranter, zu einem unglaublichen Grad von Gestank gesteigert. Es war in Nantes, auf den Quais... bei einem Sklavenschiff. Der Wind blies von der falschen Seite.»

Die Hand Mariannes, die sich eben eine Tasse Kaffee eingoß, blieb in der Schwebe. Ungläubig sah sie zu ihrem Freund auf:

«Es war der gleiche Geruch? Seid Ihr ganz sicher?»

«Diese Art Duft vergißt man nicht, wenn man einmal ein Pröbchen davon genossen hat. Ich gebe zu, er hat mich die ganze Nacht gequält.»

Marianne stellte die Kaffeekanne zurück. Ihre Hand war so wenig sicher, daß sich auf der Serviette des Tabletts ein großer brauner Fleck ausbreitete.

«Ihr bildet Euch doch nicht etwa ein, daß Jason sich mit diesem abscheulichen Handel abgibt?»

«Nein, sonst wäre der Geruch trotz wiederholten Scheuerns und Ausräucherns sehr viel stärker. Aber ich frage mich, ob er nicht einmal einen solchen... Transport übernommen hat.»

«Unmöglich!» warf Marianne ungestüm ein. «Erinnert Euch, Arcadius, daß die *Meerhexe* vor sechs Monaten von Surcouf aus Morlaix entführt und von ihm zum Ort unseres Treffens gesegelt wurde. Wenn Jason mit einem so schändlichen Handel zu tun hätte, müßte auch er diesen Geruch gespürt haben, und ich glaube nicht, daß er dann bereit gewesen wäre, sich für den Herrn eines solchen Schiffs in Gefahr zu begeben. Außerdem erinnere ich Euch daran, daß Jason, wenn er schmuggelt, Wein an Bord nimmt, nicht Menschenfleisch!»

Sie zitterte vor Entrüstung, und beim Niedersetzen klirrte die Tasse heftig gegen die Untertasse. Jolival widmete ihr ein besänftigendes Lächeln:

«Beruhigt Euch! Gleich werdet Ihr mir vorwerfen, unseren Freund beschuldigt zu haben, nur ein gemeiner Sklavenhändler zu sein. Ich habe nichts dergleichen gesagt. Übrigens – und selbst, wenn es Euch enttäuschen sollte – hätte Surcouf keineswegs protestiert, wenn ihm etwas aufgefallen wäre. Auch er hat zuweilen ‹Ebenholz› auf seinen Schiffen transportiert. Ein guter Reeder darf nicht heikel sein! Dies gesagt, habe ich mich wie Ihr über diesen merkwürdigen Duft gewundert.»

«Der vielleicht gar nicht von dem herrührt, was Ihr behauptet! Schließlich habt Ihr ihn nur einmal gerochen! Möglicherweise sind nur ein paar krepierte Ratten an Bord. Aber lassen wir das. Wo ist Jason um diese Zeit?»

«Im Kartenraum vorn. Wollt Ihr ihm einen Besuch abstatten?»

Unter der leichten Ironie des Tons schwang ungreifbar Besorgnis mit, doch Marianne goß sich ruhig eine neue Tasse Kaffee ein. Das heiße Aroma des Gebräus erfüllte den kleinen Raum und verjagte den verfänglichen Geruch.

«Soll ich?»

«Es drängt sich nicht geradezu auf ... es sei denn, Ihr wünschtet, die Mannschaft mit einem Nachtrag zu Eurem kleinen Waffengang von gestern abend zu erfreuen. Unser Skipper ist sehr übler Laune, wie mir scheint, denn bevor er im Vorschiff verschwand, ließ er die Deckskajüte von einem erstaunlichen Donnerwetter widerhallen, dessen Ursache die mangelhafte Verstauung eines Fasses war.»

Marianne wischte sich mit ungewohnter Sorgfalt die Lippen, was ihr erlaubte, die Lider noch einen Augenblick gesenkt zu halten. Ihre langen Wimpern bogen sich den Schläfen zu auf eine Art hoch, die Jolival aufsässiger denn je erschien, doch ihre Stimme war ein Wunder an sanfter Ruhe, als sie erwiderte:

«Dann habe ich keinerlei Absicht, ihm in den Weg zu laufen. Ich möchte nur ein wenig frische Luft auf Deck schöpfen und mir die Beine vertreten.»

«Das Wetter ist grau, das Meer ziemlich unruhig, und außerdem regnet's.»

«Das habe ich gesehen! Aber ich brauche Luft. Wir werden gemeinsam promenieren, Jolival, wenn Ihr so freundlich sein wollt, mich hier in einer halben Stunde abzuholen, obwohl ich Eurer Miene entnehme, daß Ihr noch einen weiteren schlechten Grund finden werdet, um mich am Ausgehen zu hindern ... zum Beispiel, daß ich außer Agathe die einzige Frau an Bord unter rund hundert Männern der Mannschaft bin. Ich habe jedoch keine Lust, meine Zeit eingesperrt in diesem Loch zu verbringen, schon deshalb nicht, weil ich fast sicher bin, daß Jason niemals diese Schwelle überschreiten wird. Habe ich recht?»

Jolival enthielt sich einer Antwort. Fatalistisch die Schultern zukkend, unternahm er es, zwischen halboffenen Gepäckstücken hindurch, aus denen Bänder und Volants quollen, auf schwierigem Kurs die Tür anzusteuern.

Als er verschwunden war, gedachte Marianne, sich den Händen ihrer Kammerfrau anzuvertrauen, stellte jedoch fest, daß sie nicht zu sehen war. Lediglich eine schwache, ersterbende Stimme antwortete auf ihren Ruf. Ihre Kabine betretend, fand sie die arme Agathe in ihrer Koje, sich krampfartig in ihre gestärkte Schürze übergebend. Von ihrer Koketterie und Würde war nichts geblieben. Nur ein kleines, jämmerliches Geschöpf mit grünlichem Gesicht, das mühselig die Augen einer Ertrunkenen auf seine Herrin richtete.

«Mein Gott, Agathe, bist du so krank? Warum hast du mir nichts gesagt?»

«Es hat mich ... mit einem Schlag erwischt. Als ich das Tablett brachte ... Ich hab mich nicht gut gefühlt, und beim Betreten der Kabine ... Es muß der Geruch der gebratenen Eier und des Specks gewesen sein ... Ooooooh!»

Das bloße Erinnern dieser Nahrungsmittel führte zu einem weiteren Anfall von Übelkeit, und die Zofe tauchte von neuem in ihre Schürze.

«Du kannst nicht so bleiben!» entschied Marianne, indem sie zunächst die Schürze durch ein Waschbecken ersetzte. «Es gibt einen Arzt auf diesem verdammten Schiff! Ich hole ihn! Er sieht schlimm aus, aber er wird dir vielleicht helfen!»

Rasch wusch sie Agathes Gesicht mit frischem Wasser und Eau de Cologne, gab ihr ein Riechfläschchen, dann schlüpfte sie in einen schmalen Mantel aus honigfarbenem Tuch, den sie bis zum Hals zuknöpfte, um ihr Nachthemd zu verbergen, umwand ihren Kopf mit einem Schal und lief die zum Deck führende Treppe hinauf, die zwischen dem Fockmast und dem Großmast endete. Es kostete sie einige Mühe, das Deck zu erreichen.

Die Brigg befand sich in diesem Moment in der Gewalt einer starken Bö. Das Meer höhlte sich unter dem Vordersteven, und Marianne mußte sich am Geländer halten, um nicht auf Knien die Stufen herunterzurutschen. Aufs Deck gelangt, überraschte sie die Gewalt des von hinten kommenden Windes. Ihr nur locker geknüpfter Schal flog davon, und ihre langen schwarzen Strähnen umflatterten sie wie Lianen. Sie wandte sich der Deckskajüte zu und bekam nun die ganze Kraft der Bö von vorn zu spüren. Sie sah schäumende Wogen, hörte das Klatschen der Segel, das Singen der Taue. Auf dem Oberdeck über der Hütte, das mit dem Deck durch einige steile Stufen, fast Leitersprossen, verbunden war, gewahrte sie den Steuermann. In einen Wettermantel aus festem Leinen geknöpft, schien er, die Beine gespreizt auf die Planken gestemmt, die Hände ums Rad des Ruders geklammert, mit dem Schiff wie verwachsen. Den Kopf hebend, sah sie, daß die gesamte oder fast die gesamte Deckmannschaft auf den Rahen hastig dabei war, Segel teils einzuholen, teils zu reffen, wie es durchs Sprachrohr dröhnend befohlen wurde.

Plötzlich fiel ein Dutzend Affen mit nackten Füßen vom Himmel und stob über das Deck davon. Einer von ihnen rempelte sie so heftig an, daß sie gegen die Leiter zum Oberdeck taumelte und sich, um nicht zu fallen, an ihr festhalten mußte. Der Matrose hatte nichts bemerkt und seinen Lauf nicht unterbrochen.

«Entschuldigt ihn, Madame! Ich glaube, er hat Euch nicht gesehen», sagte eine tiefe, ernste Stimme auf italienisch. «Habt Ihr Euch weh getan?»

Marianne richtete sich auf, strich das ihre Sicht behindernde Haar von den Augen zurück und betrachtete halb entsetzt, halb verblüfft den vor ihr stehenden Mann.

«Nein, nein ...» murmelte sie mechanisch. «Ich danke Euch ...»

Er entfernte sich mit geschmeidigen Schritten, denen das unregelmäßige Rollen des Schiffs nichts anhaben zu können schien. Wie versteinert und zunächst unfähig, sich klarzumachen, was sie so betroffen hatte, sah ihn die junge Frau mit einer seltsamen Mischung aus Schauder und Bewunderung verschwinden. Ihr Aufenthalt in der Hölle lag erst zu kurz zurück, als daß sie nicht noch immer eine gewisse Furcht vor Menschen mit schwarzer Haut empfunden hätte. Und der Matrose, der zu ihr gesprochen hatte, war schwarz wie Ishtar und ihre Schwestern! Das hieß, nicht ganz so dunkel, denn die drei Sklavinnen Damianis waren ebenholzfarben gewesen, während dieser Mann in schwach golden schimmernde Bronze getaucht schien. Und trotz eines instinktiven Widerwillens, der vor allem aus Rachegefühlen und Angst herrührte, gestand Marianne sich freimütig ein, daß sie kaum je einem so schönen Exemplar der menschlichen Gattung begegnet war wie diesem.

Barfüßig wie die ganze Mannschaft, in eine Leinenhose gezwängt, die seine Hüften und Schenkel bis zu den Waden eng umspannte, mit breiten Schultern und muskulösen Armen, war ihm die beunruhigende physische Vollkommenheit großer Raubtiere eigen. Ihn mit der Mühelosigkeit eines Geparden in die Wanten klettern zu sehen, war ein Schauspiel für sich. Und das Gesicht, nur einen Moment erblickt, verdarb den Gesamteindruck keineswegs. Im Gegenteil!

Sie war so weit in ihren Betrachtungen, als eine Hand ihren Arm packte und sie auf diese Weise mehr aufs Oberdeck hißte als ihr beim Heraufsteigen half.

«Was macht Ihr hier?» rief Jason Beaufort. «Warum, zum Teufel, habt Ihr bei diesem Wetter Eure Kabine verlassen! Habt Ihr Lust, über Bord geweht zu werden?»

Er schien reichlich ärgerlich, doch Marianne bemerkte mit heimlicher Befriedigung, daß sich in seinem Vorwurf Besorgnis verbarg.

«Ich suchte Euren Arzt. Agathe ist sterbenskrank. Sie braucht Hilfe. Ihr ist plötzlich schlecht geworden, als sie mir mein Frühstück brachte.»

«Warum hat sie es auch geholt? Eure Kammerfrau hat in der Kombüse nichts zu suchen, Fürstin. Gott sei Dank gibt es Diener, die auf diesem Schiff den Innendienst erledigen. Seht, da haben wir schon Tobie. Er ist beauftragt, darauf zu achten, daß es Euch an nichts fehlt.»

Ein anderer Neger war mit einem Eimer voller Küchenabfälle aus der Tür der Kombüse getreten. Er hatte ein gutmütiges Mondgesicht, und sein kahler Schädel wirkte inmitten des ihn rahmenden Kranzes ergrauenden, gesträubten Haars wie ein blankpoliertes, sturmgepeitschtes Inselchen. Das seinem Herrn bestimmte breite Lächeln ließ in der Schwärze seiner Züge einen schneeigen Halbmond aufgehen.

«Sag Dr. Leighton, daß es in der Mittschiffskajüte eine Kranke gibt!» befahl der Korsar.

«Habt Ihr viele Schwarze an Bord?» konnte sich Marianne, deren Stirn sich leicht gerunzelt hatte, nicht enthalten zu fragen. Jason war die Mimik der jungen Frau nicht entgangen.

«Warum? Gefallen sie Euch nicht?» entgegnete er. «Ich komme aus einem Land, wo es von ihnen wimmelt, und mir ist, als hätte ich Euch auch erzählt, daß meine Amme eine Negerin war. Ein Umstand, der in England oder Frankreich kaum üblich ist, in Charleston und überhaupt im ganzen Süden aber durchaus normal. Doch um auf Eure Frage zu antworten: Ich habe zwei an Bord, Tobie und seinen Bruder Nathan ... Nein, ich vergaß: Ich habe drei. Den dritten habe ich in Chioggia aufgelesen.»

«In Chioggia?»

«Ja, einen Äthiopier! Einen armen Teufel, der bei Euren guten Freunden, den Türken, geflüchtet ist, wo er Sklave war. Er irrte am Hafen herum, als ich Trinkwasser an Bord nahm. Ihr könnt ihn von hier aus sehen, dort, rittlings auf der Marsrahe.»

Eine Art Kälte, die nichts mit der für die Jahreszeit ziemlich frischen äußeren Temperatur zu tun hatte, schlich sich in Marianne ein. Der Mann, dessen Anblick sie so berührt hatte – hatte sie geträumt, oder waren seine Augen wirklich hell gewesen? –, war ein geflohener Sklave. Und was waren die Diener, die Jason eben erwähnt hatte? Ihr fiel peinigend ein, was Jolival gesagt hatte. Und weil sie unfähig war, auch nur den leisesten Schatten auf ihrer Liebe zu ertragen, konnte sie sich nicht enthalten, wenn auch mittels eines kleinen Umwegs die Frage zu stellen, die sich ihr aufdrängte:

«Ich habe ihn bemerkt. Er ist ziemlich schön für einen ‹armen Teufel› ... und so verschieden von diesem da», fügte sie hinzu, indem sie auf Tobie wies, der eben seinen Eimer über die Reling leerte. «Ist der auch ein geflohener Sklave?»

«Es gibt verschiedene Rassen bei den Schwarzen wie bei den Weißen. Die Äthiopier halten sich für Nachkommen der Königin von

Saba und des Sohns, den sie von Salomo hatte. Sie haben häufig feinere und edlere Züge als die anderen Afrikaner ... und einen ungezügelten Stolz, der sich schlecht in die Sklaverei fügt. Zuweilen sind sie auch heller, wie dieser da. Aber warum meint Ihr, daß Tobie und Nathan ebenfalls geflüchtete Sklaven sind? Sie dienen meiner Familie seit ihrer Geburt. Ihre Eltern waren sehr jung, als mein Großvater sie kaufte.»

Die Kälte wurde zu Eis. Marianne schien es, als betrete sie eine neue, anomale Welt. Sie hatte sich niemals vorgestellt, daß Jason, Bürger des freien Amerika, die Sklaverei als eine ganz natürliche Sache ansehen könne. Gewiß, ihr war nicht unbekannt, daß der Handel mit «Ebenholz», um Jolivals Ausdruck zu gebrauchen –, in England seit 1807 verboten, in Frankreich ungern gesehen, aber noch erlaubt –, im Süden der Vereinigten Staaten florierte, wo die schwarzen Arbeitskräfte den Reichtum des Landes garantierten. Sie wußte auch, daß der Südstaatler Jason in Charleston geboren und inmitten von Schwarzen aufgewachsen war, die die väterliche Plantage bevölkerten. (Er hatte ihr tatsächlich eines Tages mit einer Art Zärtlichkeit von seiner schwarzen Amme Deborah erzählt.) Aber dieses Problem, das sich ihr plötzlich in seiner ganzen brutalen Wirklichkeit zeigte, hatte sie sich bisher nur unter einem gewissermaßen abstrakten Gesichtspunkt vorgestellt. Jetzt sah sie sich Jason Beaufort gegenüber, einem Eigentümer von Sklaven, der über den Kauf und Verkauf menschlicher Wesen ebenso ungerührt sprach wie über den eines Paares Ochsen. Sichtlich war diese Ordnung der Dinge für ihn völlig selbstverständlich.

In Anbetracht des Zustands ihrer gegenwärtigen Beziehungen wäre es vielleicht klüger gewesen, wenn Marianne ihre Empfindungen verschwiegen hätte. Aber es war nicht ihre Art, den Impulsen ihres Herzens zu widerstehen, schon gar nicht, wenn es um den Mann ging, den sie liebte.

«Sklaven! Wie seltsam ist dieses Wort in deinem Mund!» murmelte sie, instinktiv auf das unnatürliche und naiv-grausame Zeremoniell verzichtend, das er zwischen ihnen eingeführt hatte. «Du, der für mich immer das Bild, das Symbol der Freiheit gewesen ist! Wie kannst du es nur aussprechen?»

Zum erstenmal seit dem Beginn ihrer Unterhaltung fand sie das ehrlich überraschte Blau seines Blicks, den sie so liebte, auf sich gerichtet, fast kindlich in seiner Natürlichkeit, aber das hämische Lächeln, das er ihr dann bot, war weder unschuldig noch freundschaftlich:

«Euer Kaiser muß das Wort ziemlich leicht aussprechen, er, der als

Erster Konsul die von der Revolution abgeschaffte Sklaverei samt Menschenhandel wieder einführte! Ich gebe zu, daß er sich mit Louisiana eines großen Teils des Problems entledigt hat, aber ich habe nie sagen hören, daß die Bewohner Santo Domingos mit seinem Freiheitsbegriff sehr zufrieden gewesen wären.»

«Lassen wir den Kaiser! Es handelt sich um Euch und um Euch allein!»

«Solltet Ihr mir die Ehre machen, mir meine Art zu leben und die der Meinen vorzuwerfen? Das wäre der Gipfel! Aber hört gut zu: Ich kenne die Schwarzen besser als Ihr! Die meisten sind brave Leute, und ich mag sie, aber Ihr könnt nichts an der Tatsache ändern, daß ihr Geist kaum entwickelter ist als der eines kleinen Kindes. Sie haben deren Fröhlichkeit, deren Traurigkeit, deren leicht fließende Tränen, deren Launen und großmütige Herzen. Aber sie brauchen eine feste Hand, die sie lenkt!»

«Mit Peitschenhieben? Eisen an den Füßen und schlimmer behandelt als Tiere? Kein Mensch, von welcher Farbe er auch sei, ist für die Knechtschaft geboren. Und ich würde gern wissen, was jener Beaufort, der zur Zeit des Sonnenkönigs Frankreich verließ, um sich den Härten der Aufhebung des Edikts von Nantes zu entziehen, von Eurer Art, die Dinge zu sehen, denken würde. Er muß gewußt haben, daß die Freiheit jedes Opfer verdient!»

Am Zucken der Kiefermuskeln Jasons hätte Marianne erkennen müssen, daß seine Geduld sich allmählich erschöpfte, aber sie selbst fühlte das Bedürfnis, sich in Zorn zu versetzen. Hundertmal zog sie zwischen ihnen einen ehrlichen Streit dem So-tun-als-ob der Etikette vor.

Schwarzfunkelnden Blicks, eine verächtliche Falte im Mundwinkel, zuckte der Korsar die Schultern:

«Es war eben dieser Beaufort, arme Närrin, der unsere Plantage La Faye-Blanche gründete und wiederum er, der die ersten ‹Sklaven› kaufte. Aber die Peitsche ist bei uns nie in Gebrauch gewesen, wie auch unsere Schwarzen nie ihr Los zu beklagen hatten! Fragt doch Tobie und Nathan! Wenn ich sie hätte freilassen wollen, als unser Besitz niederbrannte, hätten sie sich vor meiner Tür zum Sterben niedergelegt!»

«Ich habe nicht gesagt, daß Ihr zu den schlechten Herren gehört, Jason...»

«Was habt Ihr denn sonst gesagt? Habe ich geträumt, oder habt Ihr nicht von Fußeisen und einem Los vergleichbar dem der Tiere gesprochen? Aber ich bin kaum überrascht, Madame, in Euch eine so hitzige Anhängerin der Freiheit zu finden! Und doch ist es ein Wort, daß die

Frauen in Eurer Welt im allgemeinen wenig gebrauchen. Die meisten von ihnen ersehnen ... ja, fordern eine gewisse süße, zärtliche Knechtschaft! Und um so schlimmer, wenn Ihr dieses Wort nicht liebt! Vielleicht seid Ihr eben gar keine richtige Frau! Statt dessen seid Ihr frei, Madame! Völlig frei! Frei, alles zu verderben, alles um Euch herum zu zerstören, angefangen mit Eurem Leben und dem der anderen! Ah, was für ein prächtiges Ding ist doch die Freiheit einer Frau! Sie gibt ihr alle Rechte! Und sie schafft hübsche kleine Automaten, die sich gierig an ihre Kronen und ihre Pfauenfedern klammern!»

Jolivals Erscheinen beendete den Ausbruch Jasons, dessen Stimme so laut geworden war, daß das ganze Schiff ihn hören konnte. Er hatte sich zu lange zurückgehalten und nun die Schleusen seines Zorns geöffnet. Als er das freundliche Gesicht des Vicomte auftauchen sah, brüllte er außer sich:

«Schafft diese Dame in ihre Kabine! Mit allen Ehren, die wir der freien Botschafterin eines freiheitlichen Kaiserreichs schuldig sind! Und daß ich sie nicht mehr hier sehe! Eine Kommandobrücke ist kein Ort für eine Frau, auch nicht für eine freie! Und niemand kann mich zwingen, sie zu ertragen! Denn auch ich bin frei!»

Und auf den Hacken kehrtmachend, sprang Jason mit zwei Sätzen die Stiege hinunter und stürmte zum Vorschiff, um sich wieder im Kartenraum einzuschließen.

«Was habt Ihr ihm getan?» fragte Jolival, während er zu Marianne trat, die, mit beiden Händen ans Geländer geklammert, zugleich gegen den Wind und ihre aufsteigenden Tränen kämpfte.

«Gar nichts! Ich habe ihm nur erklären wollen, daß Sklaverei eine abscheuliche Sache ist und daß ich es skandalös finde, auf diesem Schiff einige dieser armen Unglücklichen anzutreffen, die nicht einmal das Recht haben, Menschen zu sein! Und Ihr habt ja gesehen, wie er mich behandelt hat!»

«Ah! ... Weil Ihr jetzt schon hitzige Debatten über die menschliche Bestimmung führt?» rief Arcadius verblüfft. «Großer Gott, Marianne! Habt Ihr nicht genügend Streitpunkte mit Jason, ohne daß Ihr noch Probleme hinzunehmen müßt, die nichts mit euch beiden zu tun haben? Mein Wort darauf, man könnte schwören, es macht euch Spaß, euch gegenseitig zu quälen! Er kommt um vor Verlangen, Euch in die Arme zu nehmen, und Ihr wärt für ein Nichts bereit, ihm zu Füßen zu sinken, aber wenn ihr beieinander seid, sträubt ihr die Federn wie Kampfhähne! Und zudem streitet ihr euch noch vor der Mannschaft!»

«Aber erinnert Euch doch des Geruchs, Jolival!»

«Habt Ihr ihm etwa davon gesprochen?»
«Nein. Er ließ mir keine Zeit dazu. Er ist sofort böse geworden.»
«Da habt Ihr noch Glück gehabt! In was mischt Ihr Euch nur ein, mein Kind? Wann werdet Ihr lernen, daß die Männer ein Leben für sich haben und es leben möchten, wie es ihnen gut scheint? ... Kommt jetzt», fügte er sanfter hinzu, «ich bringe Euch jetzt in Eure Kabine zurück. Aber Gott soll mich strafen, wenn ich Euch noch einmal allein lasse, bevor ich es für richtig halte!»

Schweigend nahm Marianne den Arm ihres Freundes. Diesmal gingen sie mitten zwischen den von den Masten heruntergekletterten Matrosen hindurch. Dank der Drehung des Windes hatten sie der stürmischen Auseinandersetzung ganz gut folgen können, und auf ihrem Weg gewahrte Marianne zu ihrer Verwirrung hier und da ein verstohlenes Lächeln, obwohl sie sich bemühte, nichts zu sehen und sich ausschließlich für Jolivals Bemerkungen über das Wetter zu interessieren.

Doch als sie schon fast vor der Treppe zu den Kabinen angelangt war, sah sie den Mann von vorhin, den dunkelhäutigen Flüchtling. Er lehnte am Hauptmast, hatte sie kommen sehen, lächelte jedoch nicht. Eher war es ein Anflug von Trauer, der aus seinen Augen sprach, die tatsächlich graublau waren. Von einer unbekannten Macht getrieben, tat Marianne einen Schritt auf ihn zu.

«Wie heißt Ihr?» fragte sie fast schüchtern.

Er gab seine lässige Haltung auf und straffte sich, um ihr zu antworten. Von neuem war sie betroffen von der wilden Harmonie der Züge dieses Mannes und seinem eigentümlichen hellen Blick. Von der dunklen Haut abgesehen, erinnerte nichts an ihm an seine Rasse. Die Nase war schmal und gerade und die klar gezeichneten Lippen hatten nichts von negroider Wulstigkeit. Sich leicht verneigend, murmelte er:

«Kaleb ... Euch zu dienen.»

Tiefes Mitleid mit diesem Unglücklichen, der schließlich nichts anderes als ein gejagtes Tier war, überkam Marianne gleichsam als Echo ihres Disputs mit Jason. Sie suchte nach etwas, was sie ihm sagen könnte, erinnerte sich dessen, was sie über ihn erfahren hatte, und fragte:

«Wißt Ihr, daß wir auf dem Wege nach Konstantinopel sind? Man hat mir gesagt, daß Ihr vor den Türken geflohen seid. Habt Ihr keine Angst ...?»

«Eingefangen zu werden? Nein, Madame. Wenn ich das Schiff nicht verlasse, habe ich nichts zu fürchten. Ich gehöre jetzt zur Mannschaft, und der Kapitän würde nicht zulassen, daß einer seiner Leute behelligt wird. Aber ich danke Euch für Euren guten Gedanken, Madame.»

«Es ist nichts ... Habt Ihr übrigens Euer Italienisch in der Türkei gelernt?»

«Allerdings. Die Sklaven erhalten dort oft eine gute Erziehung. Ich spreche auch französisch», fügte er kaum stockend in dieser Sprache hinzu.

«Ich sehe ...»

Mit einem leichten Nicken machte sich Marianne endlich daran, die schmale dunkle Treppe hinunterzusteigen, auf der Jolival sie erwartete.

«Wenn ich Ihr wäre», bemerkte er spöttelnd, «würde ich es vermeiden, mit den Matrosen zu plaudern. Unser Skipper ist durchaus imstande, sich einzubilden, Ihr versuchtet eine Meuterei anzuzetteln. Und mir scheint, er ist gerade in der richtigen Laune, Euch ohne viel Umstände in Eisen legen zu lassen.»

«Ich halte ihn dessen auch für fähig, aber er kann mich trotzdem nicht hindern, Mitleid mit diesem Mann zu haben. Ein Sklave, noch dazu einer auf der Flucht, ist so traurig. Wie kann man ungerührt bleiben, wenn man bedenkt, was er leiden müßte, wenn er wieder gefangen würde!»

«Seltsam», bemerkte Jolival, «aber Euer bronzener Matrose flößt mir keinerlei Mitgefühl ein. Vielleicht seines Äußeren wegen. Selbst ein grausamer Herr würde sich's zweimal überlegen, bevor er einen so wertvollen Sklaven tötete, auch wenn er noch so wenig aufs Geld sieht. Er ist viel zu schön! Und zudem hat er Euch ja selbst gesagt, daß er hier nichts fürchtet. Die amerikanische Flagge schützt ihn.»

Der Geruch in ihrer Kabine war wie ein Würgegriff nach Mariannes Kehle. Agathe mußte wirklich sehr krank sein. Doch als sie bei ihr eintreten wollte, schloß Dr. Leighton eben die Tür des kleinen Raums, in dem die Zofe lag.

Er erklärte Marianne, daß das junge Mädchen bis an die Ohren mit Belladonna vollgestopft sei und ihre Schmerzen in einem tiefen Schlaf vergessen werde. Er fügte hinzu, es sei wichtig, sie nicht zu stören. Aber er tat es in einem Ton, der der jungen Frau mißfiel, wie ihr beim ersten Blick schon das Aussehen ihrer Kabine mißfallen hatte.

Überall lag beschmutztes Leinenzeug herum, und mitten auf dem Toilettentisch thronte ein Waschbecken mit einer gelblich schwappenden Flüssigkeit, deren Duft sie schon beim Eintreten über deren Natur belehrt hatte. All das war sichtlich mit Absicht so gelassen worden, und diese Tatsache verriet ihr nur allzu deutlich die Sympathie, die sie von Dr. Leighton erwarten konnte.

«Das stinkt hier wie die Pest!» protestierte Jolival und lief zur Luke, um sie zu öffnen. «Durch nichts zieht man sich schneller die Seekrankheit zu!»

«Krankheit riecht selten gut», erwiderte Leighton trocken auf dem Weg zur Tür.

Doch Marianne hielt ihn auf, und auf die Damastvorhänge ihrer Koje weisend, sagte sie halb scherzend, halb ernst:

«Ich hoffe, Ihr habt genug Servietten gefunden, Doktor, da Ihr Euch weder der Vorhänge noch meiner Kleider bedient habt!»

Das talgfarbene Gesicht erstarrte, doch ein kalter Blitz durchzuckte den Blick, während der Mund sich noch ein wenig mehr zusammenpreßte. Mit seinem dunklen Habit und dem bis auf den Kragen fallenden langen, störrischen Haar verband er die beschränkte Strenge eines Quäkers. Und vielleicht war er auch einer, denn die Art, wie er die elegante Marianne betrachtete, grenzte an Widerwillen. Von neuem fragte sie sich, wie ein solcher Mensch Jasons Freundschaft hatte gewinnen können. Er hätte sich weit besser mit Pilar verstehen müssen!

Ärgerlich verdrängte Marianne den unerfreulichen Gedanken an Jasons Frau. Es reichte schon, sie noch am Leben zu wissen, wenn auch nur in der Zelle irgendeines spanischen Klosters. Ihr Bild zusätzlich auch noch heraufzubeschwören war überflüssig!

Indessen hatte Leighton seine zornige Aufwallung überwunden. Kälter und noch verächtlicher grüßte er und verließ den Raum, gefolgt von Jolivals Blick, der sichtlich zwischen Lachlust und Ärger schwankte und sich schließlich für Gleichgültigkeit entschied.

«Dieser Kerl hat einen Kopf, der mir nicht gefällt. Gebe Gott, daß ich seine Dienste nicht brauche! Von ihm gepflegt zu werden muß eine unerträgliche Strafe sein», bemerkte er mit einem Schulterzukken. «Schlimm genug, daß wir ihn bei jeder Mahlzeit ertragen müssen.»

«Ich nicht!» protestierte Marianne. «Da man mir die Deckkajüte verboten hat, werde ich mich hüten, wieder einen Fuß dorthin zu setzen: weder hinauf noch hinein! Ich werde meine Mahlzeiten hier einnehmen ... und ich hindere Euch nicht, das gleiche zu tun.»

«Ich werde sehen. Fürs erste kehren wir zu einem Spaziergang aufs Deck zurück. Ich werde Tobie rufen, damit er hier aufräumt, sonst könnte Euer Appetit darunter leiden. Aber wenn ich in Eurer Haut steckte, würde ich mich nicht in meinem Loch verkriechen. Wenn man einen Verliebten auf die Schulter zwingen will, darf man sich nicht verstecken! Zeigt Euch, zum Teufel! Und in all Eurem Glanz! Die Sirenen kehrten erst in ihre unterirdischen Höhlen zurück, wenn sie den Seefahrer gebührend gefesselt hatten!»

«Vielleicht habt Ihr recht. Aber wie macht man Toilette, wenn man wie ein Korken in kochendem Wasser umhergewirbelt wird?»

«Dies ist nur ein Sommerunwetter. Es wird nicht anhalten.»

In der Tat beruhigten sich Meer und Wind gegen Ende des Tages. Der Sturm verwandelte sich in eine angenehme Brise, eben stark genug, um angemessen die Segel zu blähen. Und das Meer, während des Tages so grau und wild, gab sich sanft und glatt wie schillernder Seidenatlas, beflittert mit kleinen weißen Wellchen. Die blauen Umrisse der dalmatinischen Küste waren jetzt in der Ferne hinter einer Kette vorgelagerter grüner und amethystfarbener Inseln sichtbar, die die sinkende Sonne mit irisierendem Glanz umgab. Die Luft draußen war lau, und Marianne gab sich dem melancholischen Vergnügen einer einsamen Träumerei hin, während sie, an die Reling gelehnt, die Küste vorbeigleiten und die Fischerboote mit ihren roten Segeln heimkehren sah.

Trotz des Zaubers dieses Abends fühlte sie sich seelisch belastet, traurig und verlassen. Jolival mußte sich irgendwo im Schiff befinden, vermutlich in Gesellschaft des Zweiten Offiziers, mit dem er sofort sympathisiert hatte.

Es war ein fröhlicher Bursche irischer Herkunft, dessen rote Nase eine starke Neigung zur Flasche verriet und der einen recht seltsamen Kontrast zu dem eisigen Leighton bildete. Da er Frankreich ein wenig und seine dem Weinbau zu verdankenden Produkte sehr viel besser kannte, hatte es nicht vieler Worte Craig O'Flahertys bedurft, um die Achtung des Vicomte zu erringen.

Doch Marianne gestand sich ganz leise, daß es nicht so sehr Jolivals Gegenwart war, die ihr fehlte. Ihre aufrührerische Stimmung war mit dem Unwetter verflogen, und sie verspürte eine unendliche Sehnsucht nach Sanftheit, Zärtlichkeit und Frieden.

Von ihrem Platz aus konnte sie Jason sehen. Neben dem Steuermann auf der Brücke stehend, rauchte er seine lange Tonpfeife so seelenruhig, als transportierte sein Schiff keine verliebte, hübsche Frau. Sie konnte kaum dem Verlangen widerstehen, zu ihm zu eilen. Schon zu Mittag, als die Glocke zum Diner geläutet worden war, hatte sie sich überwinden müssen, um ihrem Entschluß zur Einsamkeit treu zu bleiben, einfach weil es dann zwischen ihnen nur noch die Breite eines Tischs gegeben hätte. Und sie war so bedrückt gewesen, daß sie die Speisen, die Tobie ihr brachte, kaum angerührt hatte. Diesen Abend würde es noch schlimmer sein! Jolival hatte recht. Es täte ihr gut, sich schön zu machen und dann ihm gegenüber zu sitzen und festzustellen, ob ihr Charme noch immer Macht über diesen unerbittlichen Willen besaß. Sie brannte vor Verlangen, zu Jason zu gehen, aber ihr Stolz weigerte sich, es ohne ausdrückliche Einladung zu tun. Schließlich hatte er sie aus seinem persönlichen Bereich verjagt, und das so gröblich, daß sie ihn, ohne an Selbstachtung zu verlieren, nicht aufsuchen konnte.

Eine fremde Hand schob sich zwischen sie und die verklärte Brücke. Sie brauchte sich gar nicht erst umzudrehen, um zu wissen, daß sie Arcadius gehörte: sie roch nach spanischem Tabak und Jamaika-Rum! Der Umstand, daß sie noch immer wie während des Tages gekleidet war, ließ ihn mißbilligend mit der Zunge schnalzen.

«Worauf wartet Ihr noch, um Euch umzuziehen?» fragte er milde. «Die Glocke wird bald läuten.»

«Nicht für mich! Ich bleibe in meiner Kabine! Sagt Tobie, er soll mir in der Kabine servieren.»

«Das nenne ich schlicht und einfach Schmollen! Ihr habt Euer Trotzköpfchen aufgesetzt, Marianne.»

«Möglich, aber ich halte mich an das, was ich Euch gesagt habe: Ich werde meinen Fuß nicht wieder dorthin setzen ... es sei denn, daß ich ebenso formell eingeladen werde, wie ich verjagt worden bin.»

Jolival lachte.

«Ich habe mich oft gefragt, was der hitzige Achilleus wohl in seinem Zelt getrieben hat, als die anderen Achäer sich mit den Trojanern herumprügelten. Und vor allem, was er wohl gedacht hat ... Irgend etwas sagt mir, daß ich es erfahren werde! Gute Nacht also, Marianne! Ich werde Euch heute nicht mehr sehen, denn ich habe diesem jungen, anmaßenden Iren eine Schachlektion versprochen. Soll ich unserem Kapitän Euer Ultimatum überbringen, oder wollt Ihr selbst es übernehmen?»

«Ich verbiete Euch, mit ihm von mir zu sprechen! Ich bleibe in meiner Kabine. Wenn er Lust verspürt, mich zu sehen, wird er wissen, was er zu tun hat. Guten Abend, Arcadius! Und rupft mir diesen jungen Iren nicht! Er trinkt zweifellos wie ein Loch, aber er scheint mir arglos und einfach wie ein Jüngling!»

Zu behaupten, daß Marianne eine gute Nacht verbrachte, wäre übertrieben. Sie drehte und wendete sich in ihrer Koje während langer Stunden, deren Ablauf sie dank der Bordglocke verfolgen konnte. Sie erstickte in dem beengten Raum, den Agathes Schnarchen trotz der dünnen Wand, die sie trennte, füllte. Erst gegen Morgen versank sie in einen traumlosen Schlaf, der sie endlich gegen neun Uhr zu einer bitteren Migräne-Wirklichkeit erwachen ließ, als Tobie diskret an ihrer Tür klopfte.

Mit der ganzen Welt zerfallen und mit sich selbst am allermeisten, wollte Marianne den Schwarzen zugleich mit seinem Tablett zurückschicken, doch wortlos angelte er mit zwei Fingern nach einem an der Tasse lehnenden Brief und reichte ihn der jungen Frau, die ihn aus dem zerwühlten Gewirr ihres Haars grollend musterte.

«Missié Jason das schicken!» sagte er lächelnd. «Sehr, sehr wichtig!»

Ein Brief! Ein Brief von Jason? Marianne nahm ihn hastig an sich und sprengte das große Siegel mit der eingeprägten Galionsfigur des Schiffs, während Tobie mit seinem Tablett auf dem Arm und einem breiten Lächeln auf seinem runden Gesicht angelegentlich die Balken der Decke betrachtete. Eine lange Botschaft war es nicht. In wenigen protokollarischen Sätzen entschuldigte sich der Kapitän der *Meerhexe* bei der Fürstin Sant'Anna. Er habe es ihr gegenüber an der elementarsten Höflichkeit fehlen lassen und bitte sie, auf ihre Entscheidung zu klösterlicher Abgeschiedenheit zu verzichten und in Zukunft seine Tafel mit ihrer angenehmen weiblichen Gegenwart beehren zu wollen. Kein Wort mehr ... und vor allem nicht die kleinste zärtliche Wendung: genau die Entschuldigungen, die er einem Diplomaten gegenüber nach einem streitbaren Wortwechsel für angemessen gehalten hätte. Halb enttäuscht, halb erleichtert, da er ihr immerhin die geforderte Möglichkeit bot, wandte sie sich an Tobie, der mit himmelwärts gerichtetem Blick einem seligen Traum nachzuhängen schien.

«Stellt das hier hin», sagte sie, auf ihre Knie weisend, «und sagt Eurem Herrn, daß ich heute abend mit ihm speisen werde.»

«Nicht Mittag?»

«Nein. Ich bin müde. Ich will schlafen. Heute abend ...»

«Sehr gut! Er wird sehr zufrieden sein ...»

Sehr zufrieden? Wenn es nur wahr wäre! Was auch immer, der Satz bereitete der freiwilligen Einsiedlerin Vergnügen, und sie belohnte Tobie mit einem warmen Lächeln. Der alte Schwarze gefiel ihr übrigens. Er erinnerte sie an Jonas, den Majordomus ihrer Freundin Fortunée Hamelin, sowohl was seine sprachlichen Eigentümlichkeiten wie auch seine ansteckende gute Laune betraf. Sie verabschiedete ihn mit der Bemerkung, daß sie den ganzen Tag über nicht gestört zu werden wünsche, und als einige Augenblicke später Agathe mit verquollenem Teint gähnend auf der Türschwelle erschien, erteilte sie ihr die gleiche Empfehlung.

«Ruh dich noch aus, wenn du dich nicht sehr gut fühlst, oder tu, was du willst, aber weck mich nicht vor fünf Uhr abends!» Sie fügte nicht hinzu: «Weil ich schön sein will», aber ihr plötzliches Schlafbedürfnis hatte keinen anderen Grund. Ein Blick in ihren Spiegel hatte sie belehrt, daß es ganz unmöglich war, Jason mit einem so mitgenommenen, müden Gesicht vor Augen zu kommen, und so tauchte sie, nachdem sie zwei Tassen heißen Tees getrunken hatte, von neuem in ihre Decken und Kissen wie in einen Kokon der Glückseligkeit und schlief wie ein Murmeltier ein.

Aber als der Abend anbrach, bereitete sich Marianne auf die schlichte Mahlzeit mit der Sorgfalt einer Odaliske vor, deren Schicksal sich vor dem Sultan, ihrem Herrn, entscheiden soll. Von bewußter Einfachheit – ihr Geschmack sagte ihr, daß Prunk auf einem halben Kriegsschiff nicht am Platze sei –, war ihre Erscheinung nichtsdestotrotz ein wahres Wunder an Eleganz und Anmut; ein Wunder jedoch, das zu seiner Verwirklichung nicht wenig Zeit brauchte. Ihre Toilette, das Frisieren und das Anlegen einer fließenden, nur mit einem Bukett blaßroter Rosen aus leichter Seide in der Tiefe des weiten Dekolletés geschmückten Robe aus weißem Musselin nahm mehr als eine gute Stunde in Anspruch. Zwei kleine Büschel der gleichen Blumen waren im Nacken zu beiden Seiten in einen nach spanischer Mode tiefsitzenden Haarknoten eingeflochten.

Es war Agathe, die, scheinbar von der Seekrankheit beflügelt, die geniale Idee dieser neuen Anordnung gehabt hatte. Sie hatte das Haar ihrer Herrin gebürstet und wieder gebürstet, bis es glatt und weich wie Seide war, dann hatte sie es, statt es hochzunehmen, wie es die Pariser Mode gebot, zu schimmernden breiten Streifen frisiert, nach hinten gezogen und im Nacken zu einem schweren Knoten verbunden. Durch diese Frisur, die den langen, schlanken Hals und die feinen Züge der jungen Frau zur Geltung brachte, gewannen ihre leicht zu den Schläfen geschrägten grünen Augen noch mehr an exotischem Charme und Geheimnis.

«Madame ist zum Träumen schön, und sie sieht nicht älter als fünfzehn aus!» erklärte Agathe, sichtlich mit ihrem Werk zufrieden.

Das war auch die Ansicht Jolivals, der einige Augenblicke später an die Tür klopfte, aber er riet zu einem Mantel für den Gang übers Deck.

«Schließlich handelt sich's darum, den Kapitän zum Träumen zu bringen», sagte er, «nicht die ganze Mannschaft! Wir können keine Meuterei an Bord gebrauchen.»

Es war keine falsche Vorsichtsmaßnahme. Als Marianne in einem Mantel aus grüner Seide das Deck auf dem Weg zur Hütte überquerte, hielten die mit dem Reffen der Segel für die Nacht beschäftigten Männer der Wache inne, um sie vorübergehen zu sehen. Ganz offenbar erregte diese allzu hübsche Frau ihre Neugier und zweifellos weckte sie allerlei verlockende Vorstellungen. In fast allen Augen, denen sie begegnete, flammte es auf ...

Beim Betreten der Messe fanden Marianne und ihr Begleiter Jason

Beaufort, seinen Zweiten Offizier und den Schiffsarzt wartend neben einem bereits gedeckten Tisch, jeder ein Glas mit Rum in der Hand, das sie eiligst niedersetzten, bevor sie sich verneigten.

Der mit Mahagoni getäfelte Raum wurde vom Schein der sinkenden Sonne erhellt, der durch die Heckfenster einfiel, noch bis in den letzten Winkel drang und die auf der Tafel verteilten Kerzen unnötig machte.

«Ich hoffe, ich habe Euch nicht warten lassen», sagte Marianne mit einem halben Lächeln, das alle drei Männer einbezog, ohne einen von ihnen besonders auszuzeichnen. «Es wäre mir schmerzlich, eine liebenswürdige Einladung so unhöflich zu beantworten.»

«Die militärische Pünktlichkeit ist nicht für Frauen gemacht», antwortete Jason und fügte in einem um Herzlichkeit bemühten Ton hinzu: «Auf eine hübsche Frau zu warten ist überdies immer ein Vergnügen! Wir trinken auf Euer Wohl, Madame!»

Nur einen Moment konzentrierte sich das Lächeln auf ihn, doch unter den halb gesenkten Lidern ließen ihn Mariannes Augen nicht los. Mit einer Freude, die sie mit der Gier eines Geizhalses, der sein Gold versteckt, in ihrem tiefsten Innern verbarg, konnte sie das Ergebnis ihrer Bemühungen feststellen, als Jolival sie von der grünseidenen Hülle des Mantels befreite: Jasons gebräuntes Gesicht nahm für Momente eine seltsame aschfarbene Tönung an, während seine um das Glas sich krampfenden Finger weiß wie Wachs wurden. Ein leises Klirren erklang, als das dicke Kristall zerbrach und klirrend auf den Teppich fiel.

«Der Alkohol tut Euch nicht gut!» spottete Leighton bissig. «Ihr seid zu nervös!»

«Wenn ich eine Beratung von Euch brauchen sollte, Doktor, werde ich Euch darum bitten! Gehen wir zu Tisch, wenn es Euch beliebt?»

Die Mahlzeit wurde zu einem Muster an Schweigsamkeit. Die gespannte Atmosphäre, die sich, von allen empfunden, in der Messe verbreitet hatte, bewirkte, daß wenig gegessen und noch weniger gesprochen wurde.

Die Dämmerung sank über das Meer wie über die Passagiere des Schiffs, doch sie entfaltete vergebens ihren Zauberfächer zarter Tönungen von malvenfarbenem Rosa bis zu dunklem Blau – niemand achtete darauf. Trotz der Bemühungen Jolivals und O'Flahertys, die anfangs mit gezwungener Heiterkeit Reiseerinnerungen austauschten, versiegte das Gespräch schnell. Zur Rechten Jasons sitzend, der an einem Tischende präsidierte, war Marianne zu sehr damit beschäftigt, seinem Blick zu begegnen, um ans Plaudern zu denken.

Doch wie einst der prüde Benielli vermied es der Korsar sorgsam, seine Augen der Nachbarin und vor allem einem allzu verführerischen und provozierenden Dekolleté zuzuwenden.

Dicht neben ihrer Hand sah Marianne auf dem weißen Tischtuch seine langen braunen Finger, die nervös mit seinem Messer spielten. Sie hatte Lust, ihre Hand auf sie zu legen und sie liebkosend zu beruhigen. Aber Gott allein wußte, was für eine Reaktion solch eine Geste hervorrufen würde!

Jason war gespannt wie eine dem Reißen nahe Bogensehne. Der Anfall von Gereiztheit, dessen Kosten Leighton hatte tragen müssen, hatte ihn nicht besänftigt. Den Kopf gesenkt, die Augen auf seinen Teller geheftet, schien er düster, nervös, fühlte sich sichtlich unbehaglich und war wütend, weil er sich so fühlte.

So, wie Marianne ihn kannte, bedauerte er in dieser Minute sicherlich bitter, sie an seine Tafel geladen zu haben.

Übrigens ging die Nervosität des Korsaren nach und nach auf sie über. Ihr gegenüber saß John Leighton, und die zwischen ihnen herrschende Antipathie war in ihrer Intensität fast greifbar. Der Mann hatte die Macht, sie mit jedem Wort, das er aussprach, rasend zu machen, auch wenn es nicht für sie bestimmt war.

Als Jolival sich besorgt erkundigte, wie das Schiff auf dem Weg nach Venedig den Kanal von Otranto passiert habe, wo die in Sainte-Maure, Kephalonia oder Lissa stationierten englischen Schiffe ständig die französischen Kräfte von Korfu beunruhigten, bot Leighton ihm ein Wolfslächeln:

«Wir sind nicht im Krieg mit England, soviel ich weiß ... auch nicht mit Buonaparte! Wir sind neutral. Warum sollten wir also beunruhigt gewesen sein?»

Ein Zittern durchlief Marianne, als sie den Namen des Kaisers in dieser bewußt verächtlichen Form ausgesprochen hörte. Ihr Löffel klirrte gegen das Porzellan des Tellers. Vielleicht im Glauben, dies sei bei ihr ein Kampfsignal, mischte Jason sich widerwillig ein:

«Hört auf, Dummheiten zu erzählen, Leighton!» sagte er mürrisch. «Ihr wißt recht gut, daß wir seit dem 2. Februar jeden Handel mit England abgebrochen haben! Wir sind nur noch dem Namen nach neutral. Und was sagt Ihr von jener englischen Fregatte, die auf der Höhe von Kap Santa Maria di Leuca Jagd auf uns machte? Ohne das französische Linienschiff, das gleichsam wie ein Wunder erschien und sie ablenkte, wären wir zum Kampf gezwungen gewesen. Und nichts sagt, daß wir nicht dazu gezwungen sein werden, wenn wir wieder diesen verdammten Kanal durchfahren!»

«Wenn sie wüßten, wen wir an Bord haben, würden es die Engländer gewiß nicht verpassen! Eine ... Freundin des Korsen! Die Gelegenheit wäre zu schön!»

Jasons Faust krachte auf den Tisch.

«Sie können es nicht wissen, und wenn es so wäre, würden wir kämpfen! Wir haben Kanonen, und Gott sei gelobt wissen wir uns ihrer zu bedienen! Kein weiterer Einwand, Doktor?»

Leighton lehnte sich in seinen Stuhl zurück und winkte mit beiden Händen beschwichtigend ab. Sein Lächeln verstärkte sich, aber es paßte nicht zu seinem bleichen Gesicht.

«Aber nein ... keiner! Es könnte höchstens sein, daß die Mannschaft welche hat. Man munkelt schon, die Anwesenheit zweier Frauen an Bord eines Schiffs bringe kein Glück!»

Diesmal hob Jason den Kopf. Vor Wut funkelnd, richtete sich sein Blick auf den Unvorsichtigen, und Marianne sah, daß die Adern an seinen Schläfen schwollen, aber er hielt noch an sich. In eisigem Ton erwiderte er:

«Die Mannschaft wird lernen müssen, wer Herr an Bord ist! Auch Ihr, Leighton! Tobie, du kannst den Kaffee servieren!»

Das duftende Gebräu wurde serviert und schweigend getrunken. Trotz seiner Fülle schwebte Tobie mit der Leichtigkeit und Geschicklichkeit eines dienstbaren Geistes um die Tafel. Niemand sprach mehr, und Marianne war den Tränen nahe. Sie hatte den deprimierenden Eindruck, daß alles auf diesem Schiff, von dem sie doch so oft geträumt hatte, sie zurückstieß. Jason hatte sie nur widerwillig mitgenommen, Leighton haßte sie, ohne daß ihr wenigstens die Befriedigung zuteil wurde, zu wissen, warum, und jetzt sah die Mannschaft in ihr auch noch einen Pechbringer! Ihre kalten Finger schlossen sich um die Tasse aus hauchdünnem Porzellan, um ein wenig Wärme zu finden, dann goß sie die heiße Flüssigkeit in einem Zug hinunter und stand auf.

«Entschuldigt mich!» murmelte sie, unfähig, das Beben ihrer Stimme zu unterdrücken. «Ich möchte in meine Kabine zurück.»

«Ich bitte Euch noch um einen Moment!» sagte Jason, der sich ebenfalls erhob, vom Rest der Gäste gefolgt.

Sein Blick glitt vom einen zum anderen, dann fuhr er trocken fort:

«Bleibt hier, Messieurs! Tobie wird Euch zu Rum und Zigarren verhelfen! Ich geleite die Fürstin zurück!»

Bevor Marianne in ihrer Verblüffung auch nur einen Ton hervorbringen konnte, hatte er sich des Mantels bemächtigt, legte ihn über ihre nackten Schultern, öffnete sodann die Tür für sie und trat beiseite, um sie vorbeigehen zu lassen. Die Sommernacht nahm sie auf.

Sie war von tiefem Blau, voller sanft glitzernder Sterne, und da kurze, phosphoreszierende Wellen die Oberfläche des Meers belebten, schien das Schiff mitten im Firmament zu schweben. Das Deck war dunkel, doch auf dem Vorderdeck hatten sich Matrosen versammelt. Einer von ihnen sang, und die anderen, die auf den Planken saßen oder an der Reling lehnten, hörten ihm zu. Der Wind trug die ein wenig näselnde, doch angenehme Stimme des Mannes zu dem Paar herüber, das langsam die wenigen Stufen hinabstieg.

Marianne hielt ihren Atem zurück, und ihr Herz klopfte stark. Sie begriff nicht, weshalb es Jason plötzlich nach diesem Tête-à-tête verlangt hatte, aber eine zitternde Hoffnung war in ihr erwacht, und aus Angst, den Zauber zu brechen, wagte sie nicht zuerst zu sprechen. Den Kopf leicht geneigt, schritt sie langsam, sehr langsam vor ihm her und bedauerte, daß das Deck nicht eine oder zwei Meilen lang sein konnte. Endlich rief Jason:

«Marianne!»

Sie blieb sofort stehen, drehte sich jedoch nicht um. Sie wartete, atemlos vor Hoffnung, da er sie wieder mit ihrem Namen genannt hatte.

«Ich wollte Euch sagen ... daß Ihr auf meinem Schiff völlig in Sicherheit seid! Solange ich es kommandieren werde, habt Ihr nichts zu befürchten, weder von meinen Männern noch von den Engländern! Vergeßt Leightons Worte! Sie sind unwichtig!»

«Er haßt mich. Ist auch das unwichtig?»

«Er haßt Euch nicht. Ich will sagen: nicht Euch speziell. Er schließt alle Frauen in dieselbe Abneigung ein ... und in dasselbe Verlangen nach Rache. Er hat ernsthafte Gründe dafür: Seine Mutter liebte ihn nicht, und seine Verlobte, die er anbetete, hat ihn eines anderen wegen verlassen. Seitdem hat er die systematische Feindschaft gewählt.»

Marianne schüttelte den Kopf und drehte sich langsam zu Jason um. Die Hände auf dem Rücken gefaltet, als wisse er nichts mit ihnen anzufangen, betrachtete er das Meer.

«Warum habt Ihr ihn mitgenommen», fragte sie, «obwohl Ihr doch wußtet, was diese Reise sein sollte? Ihr kamt, um mich zu holen, und brachtet, wie Ihr selbst sagtet, einen Feind alles Weiblichen mit!»

«Der Grund ist ...»

Jason zögerte einen Moment und fuhr dann rasch fort:

«Er sollte nicht die ganze Reise mit uns machen. Es war verabredet, daß ich ihn auf der Rückfahrt an einem vereinbarten Ort absetzen sollte. Ich erinnere Euch, daß Konstantinopel nicht im Programm vorgesehen war», fügte er mit einer Bitterkeit hinzu, die seine Enttäuschung verriet.

Marianne war sich ihrer bis ins Innerste bewußt. Auch sie wandte ihren Blick traurig dem Meer zu, das mit blausilbrigen Wellen längs des Schiffs dahinglitt.

«Verzeiht mir», murmelte sie. «Es geschieht zuweilen, daß Pflicht und Dankbarkeit zu schweren Bürden werden ... aber das ist kein Grund, sich ihnen zu entziehen! Ich hätte so sehr gewünscht, daß es anders für uns beide geworden wäre. Ich hatte so von dieser Reise geträumt, wohin sie uns auch geführt hätte! Nicht das Ziel war wichtig für mich, sondern das Beieinandersein!»

Plötzlich war er ganz dicht bei ihr. In ihrem Nacken fühlte sie die Wärme seines Atems, während er mit einer Leidenschaft, die auch Angst enthielt, flehte:

«Es ist noch nicht zu spät. Dieser Kurs ist noch immer ... unser Kurs! Erst wenn wir den Kanal von Otranto hinter uns haben, ist es Zeit zu wählen ... Marianne, Marianne! Wie kannst du zu uns beiden so grausam sein! Wenn du wolltest ...»

Sie spürte seine Hände an ihren Hüften. Halb ohnmächtig schloß sie die Augen, lehnte sich an ihn, genoß bis zum Schmerz diese Minute, die sie unversehens einander so nahe brachte.

«Bin ich es denn, die grausam ist? Bin ich es, die dir eine unmögliche Wahl aufzwingt? Du hast an eine Laune geglaubt, an ich weiß nicht was für einen Drang, eine Vergangenheit zu verlängern, die es nicht mehr gibt, die ich nicht mehr will ...»

«Dann beweise es mir, Liebste! Laß mich dich fortbringen von alldem! Ich liebe dich so, daß ich daran sterben könnte, und du weißt es besser als alle! Während dieses ganzen Diners hast du mich die Hölle erdulden lassen! Niemals warst du so schön ... und ich bin nur ein Mann! Vergessen wir alles außer uns ...»

Vergessen? Welch schönes Wort! Und wie gern hätte Marianne es mit der gleichen Überzeugung ausgesprochen wie Jason, wäre da nicht eine hinterlistige, perfide Stimme gewesen, die ihr zuflüsterte, daß dieses Vergessen nur bei ihr erwünscht war. War er selbst bereit, ebenso reinen Tisch mit seinen vergangenen Erinnerungen zu machen? Doch der Augenblick war zu kostbar, und Marianne wollte ihn sich noch bewahren. Und war Jason vielleicht schon soweit, nachzugeben? Zwischen den Armen, die sie bereits umfingen, drehte sie sich um, wandte ihm ihr Antlitz zu und streifte sanft mit ihren Lippen die seinen.

«Können wir nicht auf dem Weg nach Konstantinopel ebensogut vergessen wie auf dem nach Amerika?» flüsterte sie, ohne die Liebkosung zu unterbrechen. «Quäl mich nicht! Du weißt genau, daß ich dorthin muß ... aber ich brauche dich so! Hilf mir!»

Ein Moment tiefer Stille trat ein, dann sanken Jasons Arme jäh herab.

«Nein!» sagte er nur.

Er trat zurück. Zwischen den beiden Körpern, die in der Sekunde zuvor sich noch berührt hatten, bereit, in gleicher Freude miteinander zu verschmelzen, sank eisig der Vorhang der Verweigerung und Verständnislosigkeit. Vor der blauen Wölbung des Himmels sah sie die hohe Gestalt des Korsaren sich verneigen.

«Verzeiht mir, wenn ich Euch belästigt habe», sagte er kalt. «Ihr seid bei Euch angelangt. Ich wünsche Euch eine gute Nacht.»

Er machte kehrt, ging davon, war jenes Augenblicks der Schwäche wegen vielleicht weiter von Marianne entfernt als bisher, da sie ihn dazu gebracht hatte, seine Not zu bekennen. Der Stolz, der schreckliche, unnachgiebige männliche Stolz hatte wieder die Oberhand gewonnen. Und dieser männlichen Gestalt, die gleich von der Nacht verschluckt werden würde, rief Marianne nach:

«Deine Liebe ist nur Begierde und Halsstarrigkeit, aber ob du es willst oder nicht, ich werde dich immer lieben ... auf meine Weise, denn ich kenne keine andere! Bisher hat sie dir gefallen ... Und du bist es, der mich zurückstößt!»

Seine Miene verriet Betroffenheit. Er verhielt einen Moment seinen Schritt, vielleicht versucht zurückzukehren, dann straffte er sich und nahm seinen Weg zur Messe wieder auf, wo abseits femininer Fallstricke andere Männer, seine Brüder, auf ihn warteten.

Alleingeblieben, wandte sich Marianne der Treppe zur Mittschiffskajüte zu, und plötzlich hatte sie das Gefühl, beobachtet zu werden. Unvermittelt machte sie kehrt und sah einen Schatten, der sich vom Fockmast löste und zum Vorderdeck hinüberglitt. Einen Moment hob er sich schwarz und kraftvoll gegen den gelblichen Schein der am Bugspriet baumelnden Laterne ab. An der geschmeidigen Art seiner Bewegungen erriet Marianne, daß es Kaleb war, und verspürte etwas wie Ärger. Abgesehen davon, daß sie fürs erste andere Sorgen als das Schicksal der Schwarzen in Amerika hatte, sah sie im Moment in dem flüchtigen Sklaven nur ein Zeichen der Zwietracht zwischen ihr und Jason.

Die Tür zur Kajüte fiel hinter der jungen Frau zu, die nur noch den einen Wunsch hatte, sich schnellstens in ihrer Koje zu verkriechen, um in deren Einsamkeit nach einem Mittel zur Überwindung von Jasons Verbohrtheit zu suchen. An diesem Abend hatte sie trotz allem einen Punkt gewonnen, aber sie zweifelte daran, daß er ihr Gelegenheit geben würde, weiteren Boden zu erobern. Ihr Instinkt sagte ihr, daß er sie wahrscheinlich wie eine Gefahr fliehen werde. Vielleicht wäre es geschickt, ihm diese Befriedigung zu versalzen, indem sie es überhaupt vermied, ihm eine Weile vor Augen zu kommen, und sei es auch nur, um ihm Zeit zu geben, sich Fragen zu stellen.

Unbekümmert um die Ängste und Leidenschaften, die in ihrem Rumpf hausten, verfolgte die *Meerhexe* ihren Kurs zum Ende der Nacht. Auf dem Vorderdeck sangen die Matrosen noch immer ...

7. Kapitel

Die Fregatten von Korfu

Am Morgen des siebenten Tages, als die *Meerhexe* sich der Küste Korfus näherte, erschien von Osten her in der aufgehenden Sonne ein Schiff unter vollen Segeln, das Kurs auf die Brigg nahm, eine hohe weiße Pyramide, von dem Matrosen im Ausguck dröhnend angekündigt:

«Schiff an Backbord!»

«Eine englische Fregatte», schätzte Jolival, der mit einem vors Auge gehobenen Fernrohr dem Ankömmling entgegensah. «Seht die rote Flagge an der Gaffel! Man könnte meinen, sie will uns attackieren!»

Neben ihm an der Backbordreling stehend, zog Marianne den großen roten Kaschmirschal, in den sie sich gehüllt hatte, enger um sich zusammen. Sie fröstelte. Etwas Ungewöhnliches lag in der Luft. Schrille Pfeifensignale zerrissen die Morgenstille und riefen die beiden Geschützmannschaften in Alarmbereitschaft. Jason stand neben dem zweiten Steuermann und beobachtete den Engländer. Jeder Zoll seines Körpers drückte Erwartung aus. Eine Erwartung, die in der gesamten Besatzung spürbar war, oben auf den Masten wie unten auf Deck.

«Sind wir schon im Kanal von Otranto?» fragte Marianne.

«Genau da! Dieser Engländer muß aus Lissa kommen. Aber er ist sehr plötzlich aufgetaucht ... als ob er auf uns gelauert hätte.»

«Auf uns gelauert? Aber warum?»

Jolival bekannte seine Unwissenheit durch ein Schulterzucken. Auf dem Oberdeck hatte Jason O'Flaherty einen Befehl erteilt, worauf der Ire nach einem schallenden «Zu Befehl, Monsieur!» die Stufen hinunterkletterte und einige Leute rief. Augenblicks wurden aus Truhen Waffen gezogen und an Matrosen verteilt, die in schnellem Rhythmus vor dem Zweiten Offizier vorbeidefilierten und je nach Geschmack und Fähigkeiten Äxte, Säbel, Pistolen, Dolche oder kurze, schwere Musketen erhielten. In wenigen Sekunden nahm das Deck der Brigg das Aussehen eines Forts im Kriegszustand an.

«Werden wir wahrhaftig kämpfen?» fragte Marianne besorgt.

«Es sieht ganz so aus. Seht! Der Engländer fordert uns durch einen Schuß zum Flaggezeigen auf!»

In der Tat erschien auf der linken Flanke des von einem gelben Streifen umgürteten schwarzen Schiffsrumpfs eine fedrige weiße Rauchfahne, gefolgt von einer Detonation.

«Hißt die Flagge!» brüllte Jason. «Signalisiert ihm unseren neutralen Status! Dieser Dummkopf hält genau auf uns zu!»

«Ein Kampf!» murmelte Marianne mehr für sich als für Jolival. «Das fehlte gerade noch! Die Matrosen werden wieder sagen, ich brächte ihnen Pech.»

«Hört auf, Dummheiten zu reden!» ließ sich der Vicomte vernehmen. «Wir wußten alle, daß eine solche Situation eintreten konnte, und die Matrosen haben in einem Kampf nie eine Katastrophe gesehen. Vergeßt nicht, dieses Schiff ist ein Korsar!»

Doch der peinliche Eindruck blieb. Als sei es so geplant, verging seit ungefähr einer Woche kein Tag, an dem nicht irgendein Zwischenfall oder Unfall das Schiff heimsuchte. Es fing damit an, daß sich die Hälfte der Steuerbordwache, durch irgendein verdorbenes Nahrungsmittel vergiftet, 24 Stunden lang vor Schmerzen in ihren Hängematten gewunden hatte. Dann war ein Mann bei einer jähen Schlingerbewegung des Schiffs auf dem Oberdeck ausgeglitten und hatte sich den Schädel aufgeschlagen. Am folgenden Tag hatten sich zwei andere eines lächerlichen Grundes wegen geprügelt. Man hatte sie in Eisen legen müssen. Schließlich war am Vortag in der Kombüse ein Feuer ausgebrochen. Man hatte es sehr schnell löschen können, aber es hätte nicht viel gefehlt und Nathan wäre geröstet worden. All das berührte Marianne sehr. In den spärlichen Momenten, die sie außerhalb der Kabine verbrachte, um Luft zu schöpfen, wandte sie den Kopf ab, wenn sie das bleiche Gesicht John Leightons und seine spöttischen Augen bemerkte, die sie ironisch herauszufordern schienen. Einmal hatte sie schon bemerkt, daß der Obermaat, ein olivfarbener Spanier mit dem Stolz eines Hidalgos und der Grobheit eines betrunkenen Mönchs, zwei Finger gleich Hörnern gegen sie ausstreckte, um den bösen Blick zu bannen.

Der Engländer näherte sich indessen rasch. Auf die Signale der Brigg hatte er durch Hissen eines Parlamentärwimpels geantwortet und damit angezeigt, daß er eine Unterredung wünsche.

«Soll an Bord kommen!» knurrte Jason. «Wir werden sehen, was er will. Aber bereitet euch trotzdem vor. Mir gefällt das nicht. Seit ich seine Toppsegel bemerkte, hatte ich das Gefühl, daß er etwas gegen uns vorhat.»

Ruhig zog er seinen blauen Rock aus, öffnete sein Hemd und rollte die Ärmel hoch. Nathan, der hinter ihm stand, fast das genaue Ebenbild seines Bruders Tobie, reichte ihm einen Entersäbel, dessen Schneide er mit dem Daumen prüfte, bevor er ihn an seinem Gürtel befestigte. Von den Trillerpfeifen der Maate angetrieben, bezogen die Matrosen ihre Kampfpositionen.

«Stückpforten öffnen!» befahl Jason. «Kanoniere auf ihre Plätze!»

Ganz offensichtlich dachte der Korsar nicht daran, sich überraschen zu lassen. Die Fregatte war jetzt ganz nah. Es war die *Alceste*, ein kampfstarkes Schiff mit vierzig Kanonen, diejenigen auf Deck nicht gerechnet, unter dem Kommodore Maxwell, einem erfahrenen Seemann. Auf Deck war die in perfekter Ordnung aufgestellte Mannschaft zu sehen, doch keine Schaluppe löste sich von Bord. Die Unterredung würde mittels Sprachrohr vonstatten gehen, was nicht unbedingt ein gutes Zeichen war.

Jason hob das seine:

«Was wollt Ihr?» fragte er.

Die Stimme des Engländers drang ein wenig näselnd, aber deutlich und drohend herüber:

«Euer Schiff durchsuchen! Wir haben ausgezeichnete Gründe dafür!»

«Ich würde gern wissen, welche! Wir sind Amerikaner, also neutral!»

«Wenn Ihr neutral wärt, hättet Ihr nicht eine Gesandte Buonapartes bei Euch an Bord! Wir lassen Euch also die Wahl: Übergebt uns die Fürstin Sant'Anna, oder wir schicken Euch auf den Grund!»

Ein eisiger Schauer überlief Marianne, ihr stockte der Atem. Woher wußte dieser Engländer von ihrer Anwesenheit an Bord? Vor allem: Wie hatte er erfahren, daß Napoleon sie mit einer Mission betraut hatte? Ihr wurde auf schreckliche Weise die Macht des Feindes bewußt. Die Mäuler der Kanonen, die sich in der Flanke des Schiffs öffneten, schienen ihr riesig. Sie sah nur noch sie und die Flammen der Lunten in den Fäusten der Kanoniere, die der Morgenwind zerfaserte. Aber ihr blieb keine Zeit, sich zu überlegen, was folgen würde, denn schon antwortete Jasons spöttische Stimme:

«Ihr könnt es immerhin versuchen!»

«Ihr lehnt also ab?»

«Wärt Ihr bereit, Kommodore Maxwell, Eure Ehre auszuliefern, wenn man es von Euch verlangte? Ein Passagier ist geheiligt! Wieviel mehr eine Passagierin!»

Auf seiner Brücke grüßte der Kommodore steif.

«Ich habe diese Antwort erwartet, Monsieur, aber ich mußte Euch die Frage stellen. Unsere Kanonen werden sie also regeln!»

Schon feuerten die in Pistolenschußweite aneinander vorbeigleitenden Gegner ihre Breitseiten ab. Allzu hastig beim Abschuß, verfehlten beide ihr Ziel und richteten nur leichte Schäden an. Nun entfernten sie sich, um die Halsentaue zu wechseln und mit Macht zurückzukehren wie einst die Ritter auf dem Turnierplatz.

«Wir sind verloren!» jammerte Marianne. «Geht und sagt Jason, er soll mich ausliefern! Der Engländer wird uns versenken. Er ist viel besser bewaffnet als wir!»

«Das ist ein Grund, der Euren Freund Surcouf zum Lachen bringen würde», bemerkte Jolival. «Wenn Ihr ihn wiederseht, bittet ihn, Euch die Geschichte mit der *Kent* zu erzählen! Ein Kampf auf See, einer gegen einen, versteht sich, ist eine Angelegenheit des Windes und der Geschicklichkeit beim Manövrieren. Er ist auch eine Angelegenheit des Muts, wenn es ans Entern geht! Und mir scheint, daß es unseren Leuten daran nicht fehlt!»

Wirklich konnte Marianne von all den Gesichtern der Männer auf Deck die ungeduldige Erwartung des bevorstehenden Kampfs ablesen. Der Pulvergeruch stieg ihnen belebend in die Nasen und ließ ihre Augen erglänzen. Auch Gracchus befand sich unter ihnen. Mit einer Pistole bewaffnet, sichtlich glücklich wie ein König, bereitete sich der junge Kutscher darauf vor, es den anderen beim Raufen gleichzutun. Während die Befehle einander jagten, drehte sich die Brigg schon mit majestätischer Anmut, um wieder in den Wind zu kommen. Weniger wendig war der Engländer erst dabei, ein gleiches Manöver einzuleiten, doch ein neues Dröhnen zerriß die Luft. Die *Alceste* hatte ihre Heckgeschütze abgefeuert und säumte sich mit weißen Wölkchen.

Craig O'Flaherty kam zu Marianne gestürzt.

«Der Kapitän läßt Euch ersuchen hinunterzugehen. Es wäre sinnlos, Euch zu gefährden! Wir werden versuchen, ihm den Wind zu nehmen!»

Er war röter als gewöhnlich, aber diesmal hatte Alkohol nichts damit zu tun. Wenn Jason eine Ration Rum an die Mannschaft hatte verteilen lassen, um sie zum Kampf anzuspornen, war sein Zweiter Offizier jedenfalls davon ausgenommen worden. O'Flaherty wollte Mariannes Arm nehmen, um ihr beim Hinuntergehen zu helfen, aber sie sträubte sich, klammerte sich an die Reling wie ein Kind, das in den Karzer gebracht zu werden fürchtet.

«Ich will nicht hinunter! Ich will hierbleiben und sehen, was vorgeht! Sagt ihm, Jolival, daß ich etwas sehen will!»

«Ihr werdet durch die Luken sehen. Weniger gut, aber dafür in relativer Sicherheit», mahnte der Vicomte.

«Und außerdem», bekräftigte der Zweite Offizier, «ist es ein Befehl. Ihr müßt hinunter, Madame!»

«Ein Befehl?»

«Eigentlich mehr an mich. Mit Eurer Erlaubnis, mein Auftrag lautet, Euch in Sicherheit zu bringen, freiwillig oder mit Gewalt.

Der Kapitän fügte hinzu, wenn Ihr selbst Euer Leben so in Gefahr bringt, lohnt es nicht der Mühe, das seiner Männer zu riskieren.»

Mariannes Augen füllten sich mit Tränen. Selbst in dieser Stunde, in der der Tod sich zeigte, schob Jason sie beiseite. Doch sie fühlte sich besiegt und kapitulierte.

«Es ist gut. Wenn es so ist, gehe ich allein! Man braucht Euch, Mr. O'Flaherty», fügte sie mit einem Blick auf die Brücke hinzu, wo Jason, vom Manöver seines Schiffs und der Reaktion des Gegners absorbiert, sie nicht mehr beachtete und in rascher Folge Befehle erteilte.

Die *Alceste* zeigte ihre eleganten Heckfenster mit den vergoldeten Schnitzereien ihrer Zierleisten, und die in den Wind drehende *Meerhexe* lag jetzt quer zu ihr und beraubte den Feind, dessen Segel plötzlich schlaff wurden, des lebenswichtigen Hauchs. Zugleich feuerten die Schiffskanonen ihre Breitseite ab. Das Deck der Brigg verschwand in Rauchschwaden, während sich ein Triumphgeheul den Kehlen entrang:

«Getroffen! Der Besan ist getroffen!»

Doch wie ein pessimistisches Echo hallte die Stimme des Ausgucks vom Himmel, unmittelbar von einer entfernteren Detonation gefolgt:

«Schiff achteraus! Es beschießt uns, Käpten!»

In der Tat war hinter Phanos, einer kleinen grünen Insel, die wie ein Frosch aussah, ein Schiff aufgetaucht. Unter einer deutlich sichtbaren britischen Flagge flog es, alle Segel gehißt, zur Hilfe herbei. Erblassend packte Jolival Mariannes Arm und zog sie zur Mittschiffstreppe.

«Das ist eine Falle!» rief er. «Sie werden uns zwischen zwei Feuer nehmen! Ich begreife jetzt, warum sich die *Alceste* um den Wind hat bringen lassen!»

«Nun, wenn wir ohnehin verloren sind ...»

Und Marianne riß sich von ihm los und lief zur Brücke. Sie wollte über die Stiege hinauf zu Jason und neben ihm sterben, doch unversehens verstellte ihr Kaleb den Weg.

«Nicht dort hinauf, Madame! Es ist gefährlich!»

«Ich weiß es! Laßt mich durch! Ich will zu ihm!»

«Hindere sie daran heraufzukommen!» brüllte Jason. «Wenn du diese Närrin passieren läßt, lege ich dich in Eisen!»

Die letzten Worte gingen in Getöse und Rauchschwaden unter. Ein Teil der Reling verschwand, von einer Kugel niedergemäht, die auch einige der Wanten kappte.

Ohne Zögern hatte Kaleb Marianne zu Boden gerissen, sich über sie geworfen und hielt sie nun mit seinem ganzen Gewicht auf den Planken fest. Das Getöse war betäubend, und man konnte kaum drei

Meter weit sehen. Die Kanoniere luden in fliegender Eile, und die Brigg spie aus allen Rohren Feuer, doch auf Deck waren Schmerzensschreie, Röcheln und Stöhnen zu hören.

Halb erstickt, gelang es Marianne mit der Kraft der Verzweiflung, den Äthiopier abzuschütteln. Sie richtete sich auf den Knien auf, wischte sich die brennenden Augen, suchte nach Jason und fand ihn nicht. Die Brücke war in einer dichten Wolke verschwunden. Aber sie hörte seine Stimme als Antwort auf einen neuerlichen Ruf des Mannes im Ausguck. Sie klang unmißverständlich nach Triumph:

«Das ist Verstärkung! Wir werden's noch einmal schaffen!»

Marianne erhob sich ganz, lief in die Richtung, aus der die Stimme kam, und fiel buchstäblich in Gracchus' Arme, der mit vom Pulverdampf geschwärztem Gesicht wie ein Gespenst aus dem Dunst auftauchte. Sie klammerte sich an ihn.

«Was sagt er, Gracchus? Verstärkung? Wo?»

«Kommt, ich werde sie Euch zeigen! Es sind Schiffe, französische Schiffe! Sie kommen von der großen Insel! Das nennt man Glück! Die verdammten englischen Hunde hätten uns sonst übel mitgespielt!»

«Du bist nicht verletzt?»

«Ich? Nicht mal einen Kratzer! Ich bedaure richtig, daß es so fix zu Ende ist. So eine Schlacht ist amüsant!»

Von ihrem Kutscher ins Schlepptau genommen, gelangte Marianne zur Reling. Die Rauchschleier lösten sich schon auf. Mit einer weiten Armbewegung zeigte ihr Gracchus drei Schiffe, die eben die Insel Samothrake umsegelten, drei Fregatten mit windgeblähten, in der Sonne leuchtenden Segeln, unwirklich wie große Eisberge auf dem Marsch in den blauen Morgen. Die drei Farben flatterten fröhlich an den Gaffeln der Maste. Es waren die *Pauline* unter dem Befehl Kapitän Montforts, die vom Fregattenkapitän Rosamel kommandierte *Pomone* und die *Persephone* Kapitän Le Forestiers.

Die Matrosen der *Meerhexe* begrüßten ihr Erscheinen mit einem donnernden «Hurra!» und warfen ihre Baumwollmützen in die Luft.

Die beiden Engländer hatten den Kampf bereits abgebrochen und vereinigten sich nahe den Klippen von Phanos. Überzeugt, in diese gefährliche Durchfahrt hinein nicht verfolgt zu werden, verschwanden sie langsam im Morgennebel, nachdem sie zuvor noch eine letzte, verächtliche Breitseite der Brigg über sich hatten ergehen lassen.

Verblüfft verfolgte Marianne ihren Rückzug. Alles war sehr schnell gegangen ... zu schnell! Dieser nach ein paar Breitseiten beendete Kampf, diese Schiffe, die eines nach dem andern erschienen, als verberge jedes Inselchen sein eigenes, das war seltsam, anomal!

Und völlig unbeantwortet blieb die Frage, wie die Engländer von ihrer Anwesenheit an Bord der amerikanischen Brigg und vor allem von ihrer geheimen Mission im Auftrag Napoleons erfahren hatten. So wenige waren unterrichtet gewesen, und in alle konnte man volles Vertrauen setzen, denn abgesehen von Marianne und dem Kaiser selbst beschränkte sich der Kreis auf Arrighi, Benielli, Jason und Jolival. Wo war also das Leck, da keiner von ihnen verdächtigt werden konnte?

Indessen inspizierte Jason sein Schiff. Die Schäden waren nicht erheblich und an Land leicht zu reparieren. Nur einige Verletzte lagen auf den Decksplanken, und John Leighton nahm sich bereits ihrer an. Marianne kniete neben einem an der Schulter verwundeten jungen Matrosen, als der Korsar bei ihnen stehenblieb und sich hinunterbeugte, um die Wunde zu prüfen.

«Das ist keine große Sache, mein Junge», sagte er. «Auf dem Meer heilen die Wunden schnell. Dr. Leighton wird sich um dich kümmern.»

«Haben wir ... Tote?» fragte Marianne. Mit dem Stillen des Bluts beschäftigt, hob sie nicht den Kopf, war sich aber des auf ihr ruhenden Blicks bewußt.

«Nein ... keinen! Ein wahres Glück! Aber ich würde gern den Schurken kennenlernen, der Euch denunziert hat ... oder habt Ihr etwa selbst unbedacht geplaudert, teure Fürstin?»

«Ich? Plaudern? ... Ihr seid verrückt! Ich erinnere Euch daran, daß der Kaiser nicht die Gewohnheit hat, sich an Leute zu wenden, die Worte in alle Winde streuen!»

«Dann sehe ich nur eine Lösung.»

«Welche?»

«Euer Gatte. Ihr seid ihm entkommen, er hat Euch bei den Engländern denunziert, um Euch zurückzuholen. In einer Weise verstehe ich ihn; auch ich wäre fähig, etwas Ähnliches zu tun, um Euch daran zu hindern, in dieses verdammte Land zu reisen!»

«Das ist unmöglich!»

«Warum?»

«Weil der Fürst ...»

Marianne verstummte errötend, da ihr jäh bewußt geworden war, was sie hatte sagen wollen. Dann wandte sie sich wieder dem Verletzten zu und fuhr fort:

«... einer so niedrigen Handlungsweise nicht fähig ist. Er ist ein Edelmann!»

«Und ich bin vermutlich ein grober Klotz, nicht wahr?» grinste Jason. «Schön, lassen wir's bei den Vermutungen. Wenn Ihr erlaubt, werde ich jetzt unsere Retter empfangen und ihnen ankündigen, daß wir Korfu anlaufen werden, um unsere Schrammen zu reparieren.»

«Sind sie schwer?»

«Nein, aber repariert werden müssen sie trotzdem. Man weiß nie: Zwischen hier und Konstantinopel werden wir sicherlich noch einem oder zwei Schiffen meines Freundes Georgie begegnen!»

Einige Minuten später setzte der Geschwaderchef und Kapitän zur See Montfort seinen Fuß auf das Deck der *Meerhexe*, begrüßt von den Pfeifsignalen des Obermaats und Jason selbst, der zum Empfang wieder in seinen blauen Rock geschlüpft war. In wenigen kurzen, höflichen Sätzen vergewisserte er sich, daß das amerikanische Schiff weder ernstliche Schäden noch Verluste an Menschenleben hatte hinnehmen müssen, und lud den Korsaren ein, ihm nach Korfu zu folgen, wo die leichten Kampffolgen schnell ausgebessert werden könnten. Im Austausch empfing er Jasons Dank für sein so rasches wie unerwartetes Eingreifen.

«Wahrhaftig, Euch hat der Himmel geschickt, Monsieur! Ohne Eure Unterstützung hätten wir einige Mühe gehabt, uns aus dieser üblen Situation herauszuwinden.»

«Der Himmel hat nichts damit zu tun! Wir hatten Kenntnis von der Durchfahrt Eures Schiffs durch den Kanal von Otranto erhalten, und wir sollten darüber wachen, daß diese Durchfahrt ohne Zwischenfall verliefe. Die englischen Kreuzer liegen immer auf der Lauer.»

«Ihr seid ... benachrichtigt worden? Von wem?»

«Ein spezieller Bote des Grafen Marescalchi, Minister der Auswärtigen Angelegenheiten des Königreichs Italien, der sich gegenwärtig in Venedig aufhält, hat uns von der Anwesenheit einer hochgestellten italienischen Dame, der Fürstin Sant'Anna, einer persönlichen Freundin Seiner Majestät des Kaisers und Königs, an Bord eines amerikanischen Schiffs unterrichtet. Wir wollten Euch erwarten und bis jenseits des Kanals von Kythera eskortieren, um Euch zu beschützen, bis Ihr türkische Gewässer erreicht. Ihr wißt es vielleicht nicht, aber Ihr habt es mit einer doppelten Gefahr zu tun.»

«Doppelt? Außer der englischen Basis auf Morea, das wir umsegeln müssen ...»

Montfort nahm eine steifere Haltung ein. Er hatte für seinen Nationalstolz Unerfreuliches zu bekennen.

«Es ist Euch vermutlich nicht bekannt, aber die Engländer halten gleichfalls Kephalonia, Ithaka, Zakynthos und Kythera selbst. Wir haben nicht genug Kräfte, um alle jonischen Inseln zu verteidigen, die Rußland uns im Vertrag von Tilsit übergeben hat. Aber außer den

Engländern haben wir auch die Flottillen des Paschas von Morea zu fürchten.»

Jason begann zu lachen.

«Ich glaube, ich habe genügend Feuerkraft, um es mit Fischerbarken aufzunehmen.»

«Lacht nicht, Monsieur! Vali Pascha ist der Sohn des gefürchteten Herrn des Epirus, Ali de Tebelen, Pascha von Janina, eines mächtigen, durchtriebenen und verschlagenen Mannes, von dem wir nie wissen, ob er für uns oder gegen uns ist, und der sich auf dem Rücken der Türken ein Reich aufbaut. Auch für ihn wäre die Fürstin ein guter Fang, und wenn sie zufällig auch noch schön ist ...»

Durch Jolival und Gracchus gedeckt, hatte Marianne die Ankunft des Geschwaderchefs beobachtet. Nun forderte Jason sie mit einer einladenden Geste zum Nähertreten auf.

«Hier ist die Fürstin! Gestattet, Madame, daß ich Euch den Kapitän zur See Montfort vorstelle, dem wir wenn nicht das Leben, so doch wenigstens die Freiheit verdanken.»

«Die Gefahr ist noch weit größer, als ich befürchtete», sagte dieser, die junge Frau grüßend. «Kein Lösegeld könnte Madame Ali entreißen!»

«Dank für Eure Galanterie, Kommandant, aber dieser Pascha ist Türke, nehme ich an, und ich bin eine Cousine der Sultanin Validé. Er würde es nicht wagen ...»

«Er ist kein Türke, sondern Epirot, Madame, und er würde es ohne weiteres wagen, denn er verhält sich auf dieser Erde wie ein unabhängiger Herr, der kein anderes Gesetz kennt als das seine! Und die Flottillen seines Sohns dürft Ihr nicht unterschätzen, Monsieur. Sie sind mit Dämonen bemannt, die, wenn es zum Entern kommt, und sie kommen leicht zum Entern dank ihrer kleinen Schiffe, die sich mühelos dem Feuer der Kanonen entziehen, auf eine Art angreifen, der zu widerstehen Euren Leuten nicht leichtfallen wird. Nehmt also unsere Hilfe an ... falls Euch die Sklaverei nicht lockt!»

Zwei Stunden später lief die *Meerhexe* im Kielwasser der *Pauline* und von den beiden anderen Fregatten eskortiert in den Nordkanal von Korfu ein, eine schmale Durchfahrt zwischen der wilden Küste des Epirus und der großen grünen Insel, auf deren nordöstlichstem Zipfel sich der besonnte Berg Pantokrator erhob. Und gegen Tagesende erreichten sie den Hafen und gingen im Schatten der Fortezza Vecchia vor Anker, der von den Franzosen in ein stark befestigtes Lager verwandelten alten venezianischen Zitadelle.

Zwischen Jason und Jolival auf der Brücke stehend, in eine leichte Robe aus zitronengelbem Baumwollstoff gekleidet und durch einen mit Feldblumen garnierten italienischen Strohhut vor der Sonne geschützt, sah Marianne Nausikaas Insel sich langsam nähern.

Barhäuptig, die Hände auf dem Rücken, in seinem besten blauen Rock und einem schneeweißen Hemd, das seine dunkel gebräunte Haut noch mehr betonte, kaute Jason sichtlich an einem Anfall schlechter Laune, den er der Erkenntnis verdankte, daß Napoleon ihm keine Wahl gelassen hatte: Ob er wollte oder nicht, er war gezwungen, Marianne nach Konstantinopel zu bringen. Und als sie mit einem raschen Blick voller Zärtlichkeit und Hoffnung gemurmelt hatte:

«Du siehst, daß ich nichts dagegen tun kann! Der Kaiser weiß seine Maßnahmen zu treffen, man entgeht ihm nicht!», hatte er knurrig geantwortet:

«Doch! Wenn man es wirklich will! Aber würdest du es wagen, mir zu sagen, daß du es wünschst?»

«Von ganzem Herzen ... sobald ich meine Mission erfüllt habe!»

«Du bist dickköpfiger als ein korsisches Maultier!»

Der Ton klang noch aggressiv, aber trotzdem war Hoffnung in Mariannes Herz zurückgekehrt. Sie wußte, daß Jason sich selbst und anderen gegenüber zu ehrlich war, um nicht seinen Anteil am Unvermeidlichen zu tun. Von dem Moment an, in dem Mariannes Willen hinter äußeren Kräften verschwand, konnte er seinem männlichen Stolz Schweigen gebieten und zu ihr zurückkehren, ohne vor sich selbst an Gesicht zu verlieren. Und als die Hand der jungen Frau schüchtern die seine gestreift hatte, hatte er seine nicht zurückgezogen ... Der Hafen vor Korfu bot ihnen ein lächelndes Bild, das sich gut mit dem veränderten Seelenzustand Mariannes vertrug. Die Kriegsschiffe der französischen Flotte mischten ihre schwarzen Rümpfe und funkelnden Kupferbeschläge unter die bunten Arabesken der Fischerkähne und der wie antike Krüge bemalten griechischen Küstenkutter mit ihren bizarr geformten Segeln.

Darüber türmte die Stadt ihre weißen, flachen, von hundertjährigen Feigenbäumen beschatteten Häuser unter den Fittichen grauer, abweisender venezianischer Wälle auf, die nichtsdestoweniger den optimistischen Namen Neues Fort trugen. Die alte Festung, die Fortezza Vecchia, lag am Ende des Hafens, eine von Verteidigungswerken strotzende, mit dem Festland durch ein Glacis verbundene Halbinsel, und überwachte das Meer mit arrogantem Blick. Allein die über dem Hauptturm flatternde Trikolore verlieh ihr eine freudige Note.

Die Quais, bunter durchwirkt als eine Wiese im Frühling, waren von einer heiteren Menge belebt, in deren Buntscheckigkeit das leuchtende Rot der griechischen Kostüme mit den hellen Kleidern und zartfarbenen Sonnenschirmchen der Offiziersfrauen der Garnison konkurrierten. Ein vielfältiger fröhlicher Lärm von Vivatrufen, Gelächter, Liedern und Beifallklatschen, vermischt mit den Schreien der Meeresvögel, stieg von dieser quirlenden Menschenansammlung auf.

«Was für ein hübsches Land!» murmelte Marianne hingerissen. «Und wie heiter hier jedermann scheint!»

«Es ist ein wenig wie ein Tanz auf einem Vulkan», bemerkte Jolival. «Die Insel ist zu begehrt, um so glücklich zu sein, wie sie sich gibt. Aber ich gebe gern zu, daß es ein für die Liebe wie geschaffenes Stückchen Erde ist.»

Er genehmigte sich lässig eine Prise Tabak, dann fuhr er in einem Ton, der gleichgültig klingen sollte, fort:

«War es nicht hier, daß Jason ... der Argonaut, versteht sich, Medea heiratete, die er ihrem Vater Aietes, König von Kolchis, zugleich mit dem fabulösen Goldenen Vlies entführte?»

Die gelehrte Bezugnahme auf die griechische Mythologie trug ihm einen finsteren Blick Jasons, des Amerikaners, und eine barsche Warnung ein:

«Behaltet Eure mythologischen Anspielungen für Euch, Jolival! Ich liebe Legenden nur, wenn sie gut enden! Medea ist eine scheußliche Person! Eine Frau, die ihre eigenen Kinder im Liebeswahn umbringt!»

Ohne an dem brüsken Ton des Korsaren Anstoß zu nehmen, klopfte sich der Vicomte elegant die Tabakreste von den Aufschlägen seines zimtfarbenen Rocks und antwortete lachend:

«Pah! Wer kann schon wissen, bis wohin die Wallungen der Liebe führen? Hat der heilige Augustinus nicht gesagt: ‹Das Maß der Liebe ist, ohne Maß zu lieben ...›? Ein großes Wort! Und wie wahr! Was die Legenden betrifft, gibt es immer Möglichkeiten, sich mit ihnen zu arrangieren. Damit sie gut enden, genügt es oft, es zu wollen ... und einige wenige Zeilen zu ändern!»

Kaum am Quai, wurde die Brigg von einer aufgeregten, bunten Menge bestürmt, die begierig war, die vom Ende der Welt gekommenen Seefahrer aus der Nähe zu sehen. Die amerikanische Flagge war im östlichen Mittelmeer nur selten anzutreffen. Zudem wußten alle, daß eine große Dame des Hofs auf diesem Schiff Passage genommen hatte, und jeder wünschte, sich ihr zu nähern. Jason mußte Kaleb und zwei weitere besonders kräftige Matrosen am Fuß der Treppe zum Oberdeck postieren, um zu verhindern, daß Marianne bedrängt wurde.

Nichtsdestotrotz ließ er eine elegant mit einem himmelblauen Gehrock und einer nußbraunen Hose gekleidete Persönlichkeit passieren, die Kapitän Montfort so gut es ging durch das Gewühl geleitete, wobei die prachtvolle cremefarbene Krawatte des Herrn fast in Verlust geraten wäre. In ihrem Kielwasser folgte ihnen der Oberst des 6. Linienregiments wie ein mit einem Federbusch geschmückter Schatten.

Mit stark erhobener Stimme, um den Tumult zu übertönen, gelang es Montfort, Oberst Pons vorzustellen, der sie im Auftrag des Generalgouverneurs Donzelot willkommen zu heißen wünsche, sowie den Senator Alamano, einen der ersten Notabeln der Insel, der ein Gesuch zu überbringen habe. In blumigen Worten, die durch die Notwendigkeit, sie zu brüllen, viel von ihrer Grazie verloren, lud der Senator Marianne «und ihre Suite» ein, während der Zeitspanne, die die *Meerhexe* während der Dauer der Reparaturen im Hafen würde verbringen müssen, die Gastfreundschaft seines Hauses anzunehmen.

«Ich wage zu behaupten, daß Eure Herrlichkeit sich dort unendlich viel besser als auf einem Schiff fühlen wird ... so angenehm es auch sein mag, vor allem viel besser vor der Zudringlichkeit der breiten Masse geschützt. Wenn sie hier bleibt, dürfte sie weder Frieden noch Ruhe finden ... und die Gräfin Alamano, meine Gattin, würde verzweifelt sein, denn es wäre ihr eine besondere Freude, Eure Herrlichkeit zu empfangen!»

«Wenn ich mir erlauben darf, meine Stimme der des Senators folgen zu lassen», fiel Oberst Pons ein, «möchte ich der Frau Fürstin sagen, daß der Gouverneur sie nur zu gern in der Festung aufzunehmen wünscht, daß ihm jedoch die Behausung des Senators unendlich viel angenehmer für eine junge und schöne Dame erscheint ...»

Marianne wußte nicht, was tun. Sie hatte keine Lust, das Schiff zu verlassen, weil das hieß, zugleich auch Jason zu verlassen ... und das in einem Moment, in dem er erste Anzeichen von Nachgiebigkeit erkennen ließ. Doch andererseits war es schwierig, diese Leute zu enttäuschen, die ihr einen so liebenswürdigen Empfang bereiteten. Der Senator war kugelrund, ganz herzliches Lächeln, und seine kühn hochgezwirbelten schwarzen Schnurrbartspitzen taten ihr Bestes, um seinem gutmütigen, wohlgelaunten Antlitz einen energischen Ausdruck zu verleihen.

Als sie Jason mit einem raschen Blick befragte, sah sie ihn zum erstenmal seit langem lächeln.

«Ich werde es bedauern, von Euch getrennt zu sein, Madame ... aber diese Herren haben recht. Während der wenigen Tage – drei bis vier, denke ich –, in denen wir die Schäden ausbessern werden, dürfte Euer Dasein an Bord unerfreulich sein, ohne von den Unzuträglichkeiten durch Neugierige zu reden. Ihr werdet so einige Momente der Ruhe und Entspannung finden.»

«Werdet Ihr mich an Land besuchen?»

Sein Lächeln verstärkte sich, hob einen der Mundwinkel auf seine ironische Art, doch der Blick, mit dem er die junge Frau streifte, hatte fast seine frühere Zärtlichkeit wiedergefunden.

Er nahm Mariannes Hand und küßte sie:

«Selbstverständlich! Falls der Senator mir nicht sein Haus verbietet!»

«Ich? Süßer Jesus!... Mein Haus, Kapitän, meine Familie, mein Besitz, alles steht zu Eurer Verfügung! Ihr könnt Euch mit Eurer ganzen Mannschaft bei mir einquartieren, wochenlang, wenn Ihr wollt. Ich wäre der Glücklichste der Menschen...»

«Es scheint, Ihr verfügt über einen großen Besitz, Monsieur», erwiderte Jason lachend, «aber ich fürchte, ich würde Euch trotzdem allzusehr zur Last fallen. Geht schon hinunter und an Land, Madame. Ich werde Euch Eure Kammerfrau schicken und das Gepäck bringen lassen, das Ihr verlangt! Auf bald...»

Ein kurzer Befehl, einige Pfiffe des Maats, und die Mannschaft räumte das Deck, so daß Marianne und ihre Eskorte das Schiff verlassen konnten. Die junge Frau nahm den Arm, den der Senator für sie rundete, und wandte sich, von Arcadius und Agathe gefolgt, die sichtlich entzückt war, wieder festen Boden unter die Füße zu bekommen, dem Fallreep zu. Über die Planke, die das Schiff mit dem Quai verband, ging der Senator voraus und reichte ihr stützend die Hand, stolz wie König Marke, der Isolde seinem Volk präsentiert.

Graziös schritt Marianne zu der Menge hinab, die sie mit Applaus begrüßte, bezwungen durch ihr Lächeln und ihre Schönheit. Sie war glücklich. Sie fühlte sich schön, bewundert, herrlich jung, und vor allem brauchte sie sich nicht umzudrehen, um des ihr folgenden Blicks sicher zu sein, den nie mehr auf sich lenken zu können sie in verzweifelten Momenten schon gefürchtet hatte.

Und genau in dem Moment, in dem ihr von gelber Seide umschlossener Fuß die warmen Steine des Quais berührte, geschah es... genauso, wie es vor ein wenig mehr als einem Jahr eines Abends in den Tuilerien geschehen war! Es war im Kabinett des Kaisers gewesen, nach jenem Konzert, in dem sie mitten in einem Stück und ohne ein Wort der Erklärung die Bühne verlassen und so seinen Zorn herausgefordert hatte... nach der schrecklichen Szene, in der sie dem Herrn Europas getrotzt hatte! Plötzlich verschwammen die weiße Stadt, das blaue Meer, die grünen Bäume und die buntscheckige Menge zu einem wahnwitzigen kaleidoskopischen Gewirr, während Übelkeit ihren Magen zusammenkrampfte.

Bevor sie ohnmächtig an die Brust des Senators sank, der eben noch rechtzeitig die Arme öffnen konnte, wurde ihr blitzartig klar, daß das Glück ihr noch nicht jetzt bestimmt war und daß der venezianische Alptraum seine Folgen haben würde ...

Das Haus des Senators Alamano in der Nähe des Dorfes Potamos, eine dreiviertel Meile von der Stadt entfernt, war geräumig, weiß und schlicht, aber der Garten, der es umgab, bot im kleinen ein ziemlich genaues Bild des irdischen Paradieses. Es war ein kleiner Park, in dem die Natur fast allein die Rolle des Gärtners gespielt hatte. Scheinbar ohne jede Planung gepflanzte Zitronen-, Orangen- und Granatapfelbäume, die zugleich Blüten und Früchte trugen, zogen sich gemeinsam mit weinüberwachsenen Laubengängen bis zum Meer hinunter. Der Duft ihrer Blüten mischte sich mit dem frischen Hauch eines Brunnens, dem eine klare Quelle entsprang. Über bemooste Felsen sprudelnd, spielte sie quer durch den Garten Versteck mit Myrten und mächtigen, vom Alter gekrümmten Feigenbäumen. Garten und Haus schmiegten sich in die Mulde eines Tals, über dessen Hänge Hunderte von Olivenbäumen einen silbrigen Schimmer streuten.

Eine kleine, äußerst lebhafte und muntere Frau regierte über diesen Garten Eden en miniature und über den Senator. Viel jünger als ihr Mann, der, ohne danach auszusehen, sicherlich schon die Fünfzig streifte, war der Gräfin Maddalena Alamano als guter Venezianerin eine prachtvolle honigfarbene Haarfülle und eine schnelle, weiche und lispelnde Sprache eigen, der zu folgen Schwierigkeiten bereitete, wenn man sie nicht gewohnt war. Eher reizvoll als schön, hatte sie feine, zarte Züge, eine kleine, freche Nase à la Roxelane, schelmisch blitzende Augen und die hübschesten Hände der Welt. Dazu war sie großzügig und gastfreundlich, hatte aber auch eine flinke Zunge, die in wenigen Minuten eine unglaubliche Menge Klatschgeschichten verbreiten konnte.

Die Reverenz, die sie Marianne auf der mit Jasmingirlanden geschmückten Terrasse ihres Hauses erwies, hätte in ihrer formvollendeten Feierlichkeit auch eine spanische Oberhofmeisterin zufriedengestellt, doch unmittelbar danach fiel sie ihr um den Hals, um sie mit ganz italienischer Spontaneität zu küssen.

«Ich bin so glücklich, Euch bei mir zu haben!» erklärte sie. «Und ich hatte so Angst, daß Ihr unsere Insel meiden würdet! Jetzt seid Ihr hier, und alles ist gut! Es ist ein großes Glück ... eine wahre Freude! Und wie hübsch Ihr doch seid! Aber blaß ... so blaß! Habt Ihr ...?»

«Maddalena», unterbrach sie der Senator, «du ermüdest die Fürstin! Sie bedarf weit mehr der Ruhe als deiner Worte. Bei Verlassen des Schiffs befiel sie ein Unwohlsein. Die Hitze, vermute ich ...»

Die Gräfin zuckte unbekümmert die Schultern.

«Um diese Zeit? Es ist fast Nacht! Es war sicher dieser scheußliche Geruch nach ranzigem Öl, der ständig über dem Hafen schwebt. Wann werdet Ihr endlich zugeben, Ettore, daß der Ölspeicher schlecht liegt und alles verpestet? Da haben wir das Resultat! Kommt, liebe Fürstin! Euer Appartement erwartet Euch. Alles ist bereit.»

«Ihr macht Euch soviel Mühe um mich», seufzte Marianne und lächelte der kleinen Frau, deren Lebhaftigkeit ihr gefiel, freundschaftlich zu. «Ich schäme mich ein bißchen. Ich komme zu Euch, nur um mich gleich zu Bett zu begeben... aber es ist wahr, daß ich mich heute abend sehr müde fühle. Morgen wird es mir besser gehen, ich bin dessen sicher, und wir können ausführlicher Bekanntschaft schließen.»

Das für Marianne bestimmte Appartement war charmant, pittoresk und gastlich. Von den weiß gestrichenen Wänden hoben sich die leuchtend roten, von Frauen der Insel weiß, schwarz und grün bestickten Behänge fröhlich ab wie auch die venezianischen Möbel, deren Geziertheit mit der Rustikalität der sonstigen Einrichtung kontrastierte. Für Behaglichkeit sorgten über weiße Marmorfliesen gebreitete dicke türkische Teppiche vom warmem Rot, Toilettengegenstände aus Rhodos-Fayence und Alabasterlampen. Die von Jasmin umrankten Fenster öffneten sich weit auf den nächtlichen Garten, doch trennten mit feinem Tüll bespannte Rahmen die Mücken draußen von den Bewohnern des Hauses.

Agathe erhielt ein Bett im Toilettenkabinett, und Jolival sah sich nach einem überaus blumigen Redewettstreit mit der Gräfin ein benachbartes Zimmer zugeteilt. Er hatte keinerlei Bemerkung gemacht, als Marianne im Wagen des Senators aus ihrer Ohnmacht erwacht war, aber seit diesem Moment hatte er sie nicht aus den Augen gelassen, und Marianne kannte ihren alten Freund viel zu gut, um unter der für ihre Gastgeber entfalteten heiteren Höflichkeit nicht seine Besorgnis herauszuspüren.

Und als er nach dem Diner, das er zusammen mit dem Senator und seiner Frau eingenommen hatte, bei Marianne erschien, um ihr gute Nacht zu wünschen, wurde ihr klar, daß er die Natur ihres Unwohlseins erraten hatte, als sie ihn schleunigst seine Zigarre ausdrücken sah.

«Wie fühlt Ihr Euch?» fragte er leise.

«Besser. Der Anfall von vorhin hat sich nicht wiederholt.»

«Aber er wird sich zweifellos wiederholen... Was werdet Ihr tun, Marianne?»

«Ich weiß es nicht...»

Ein Schweigen entstand. Den Blick auf ihre Finger gesenkt, spielte sie nervös mit dem Spitzensaum des Bettbezugs. Ihre Mundwinkel bogen sich leicht abwärts zu jenem schmollenden Ausdruck, der Tränen ankündigt. Doch Marianne weinte nicht, aber als sie plötzlich die Lider hob, waren ihre Augen voller Schmerz, und ihre Stimme klang heiser:

«Es ist zu ungerecht, Arcadius! Alles kam in Ordnung! Ich glaube, Jason hatte verstanden, daß ich mich meiner Pflicht nicht entziehen konnte. Er war bereit, zu mir zurückzukehren, ich weiß es, ich fühle es! Ich habe es in seinen Augen gesehen! Er liebt mich noch immer!»

«Habt Ihr daran gezweifelt?» murrte er. «Ich nicht! Ihr hättet ihn vorhin sehen sollen, als Ihr ohnmächtig wurdet: Er ist um ein Haar ins Wasser gefallen, als er von seiner Brücke auf den Quai sprang. Er hat Euch buchstäblich aus den Armen des Senators gerissen und zum Wagen getragen, um Euch der zwar mitfühlenden, aber überhandnehmenden Neugier des Publikums zu entziehen. Zudem hat er die Kutsche erst abfahren lassen, nachdem ich ihm versichert hatte, daß es nichts wäre. Euer Zwist war nur ein Mißverständnis, hervorgerufen durch seinen Stolz und seine Dickköpfigkeit. Er liebt Euch mehr denn je!»

«Das Mißverständnis könnte sich außerordentlich verschlimmern, wenn er je meinen ... Zustand entdeckt! Arcadius, wir müssen etwas tun! Es gibt Drogen, Mittel, sich dieser ... dieser Sache zu entledigen!»

«Das kann gefährlich sein! Solche Praktiken führen zuweilen zu tragischen Resultaten.»

«Um so schlimmer! Das ist mir gleich! Versteht Ihr nicht, daß ich hundertmal lieber sterben als dieses ... zur Welt bringen würde? ... O Arcadius, es ist nicht meine Schuld, aber mich schaudert davor! Ich hatte geglaubt, mich von dieser Beschmutzung reinzuwaschen, und nun ist sie die Stärkere. Sie hat mich eingeholt, und jetzt schluckt sie mich ganz! Helft mir, mein Freund ... versucht, irgendeinen Trank, irgendein Mittel für mich zu finden ...»

Den Kopf auf den Knien, das Antlitz in den Händen verborgen, hatte sie zu weinen begonnen, doch ohne Laut, in einer Stille, die Jolival schmerzlicher berührte als ihr Schluchzen. Niemals war ihm Marianne so hilflos, so unglücklich erschienen wie in dieser Minute, in der sie sich als Gefangene ihres eigenen Körpers und Opfer einer Schicksalsfügung sah, die sie ihr Lebensglück kosten konnte.

«Weint nicht mehr», begütigte er nach einer kleinen Weile. «Es bereitet Euch nur unnötigen Schmerz. Ihr müßt im Gegenteil stark sein, um diese neue Prüfung zu bestehen ...»

«Ich habe sie satt, die Prüfungen!» rief Marianne. «Ich habe mehr als genug von ihnen gehabt!»

«Vielleicht, aber Ihr müßt diese noch ertragen. Ich werde sehen, ob es auf dieser Insel möglich ist, das zu finden, was Ihr wünscht, nur haben wir wenig Zeit, und sich derlei zu verschaffen, ist niemals eine leichte Sache. Zudem weist die neugriechische Sprache, die man hier spricht, nur eine entfernte Ähnlichkeit mit dem Griechischen des Aristophanes auf, das ich einst gelernt habe. Doch ich werde es versuchen, ich verspreche es Euch!»

Ein wenig beruhigt, da sie nun einen Teil ihrer Ängste in die Hände ihres alten Freundes gelegt hatte, gelang es Marianne, eine geruhsame Nacht zu verbringen, und sie erwachte am Morgen so frisch und mobil, daß sie von neuem Zweifel befielen. Dieses Unwohlsein ... war es nicht vielleicht durch etwas ganz anderes verursacht worden? Der Ölgeruch am Hafen war wirklich unangenehm gewesen! Doch im Grunde wußte sie, daß sie sich selbst zu täuschen suchte und in falschen Hoffnungen wiegte. Die physiologischen Beweise waren ja da ... oder waren vielmehr nicht da, und das schon seit zu vielen Tagen, um nicht ihre spontane Diagnose zu bestätigen.

Nach dem Bad betrachtete sie sich eine ganze Weile im Spiegel mit einer Ungläubigkeit, die nicht ganz frei von Abscheu war. Es war noch viel zu früh, als daß ihre Figur das geringste Anzeichen ihres Zustandes hätte erkennen lassen können. Ihr Körper war noch immer derselbe, ebenso schlank und ebenso vollendet, dennoch empfand sie, während sie ihn musterte, eine Art von Widerwillen, wie man sie angesichts einer herrlichen Frucht verspürt, von der man weiß, daß sie einen Wurm enthält. Sie grollte ihm deswegen: Es war, als habe er sie, indem er ein fremdes Leben in sich keimen ließ, verraten und sich ein wenig von ihr getrennt.

«Du wirst da heraus müssen!» flüsterte sie drohend. «Selbst wenn ich vom Pferd stürzen oder mich auf der Höhe eines Mastes vom Meer schütteln lassen müßte! Es gibt hundert Arten, eine verdorbene Frucht zu verlieren, und weil Damiani es wußte, wollte er mich ständig bewachen lassen!»

Von diesem Willen erfüllt, begann sie mit der Frage an ihre Gastgeberin, ob es möglich sei, ein wenig zu Pferde auszureiten. Eine oder zwei Stunden Galopp konnten in ihrem Fall bereits zu Resultaten führen. Doch Maddalena betrachtete sie mit großen, erstaunten Augen:

«Eine Promenade zu Pferd? Bei dieser Hitze? Hier haben wir noch ein bißchen Frische, aber sobald man den Schutz der Bäume verläßt ...»

«Das macht mir keine Angst, und es ist so lange her, daß ich im Sattel gesessen habe. Ich sterbe vor Lust!»

«Ihr habt das Temperament einer Amazone!» erwiderte die Gräfin lachend. «Unglücklicherweise haben wir außer einigen Pferden, die den Offizieren der Garnison gehören, keins sonst hier – nur Esel und ein paar Maultiere. Das reicht für einen friedlichen Ausflug, aber wenn Ihr den Rausch der Schnelligkeit sucht, werdet Ihr es schwer haben, sie über einen kleinen, geruhsamen Trott hinauszubringen. Flaches Terrain ist zu selten bei uns. Dagegen werden wir jede Promenade zu Wagen machen, die Ihr nur wünscht. Das Land ist schön, und ich würde es Euch gern zeigen.»

In dieser Hinsicht enttäuscht, nahm Marianne alles an, was ihre Gastgeberin ihr sonst an Zerstreuungen vorschlug. Sie unternahm mit ihr eine lange Spazierfahrt durch schmale, mit Farnen und Myrten bewachsene Schluchten, in denen es köstlich kühl war, bis zum Ufer des Meers, auf das sich das Tal von Potamos und der Garten der Alamanos öffneten. Sie bewunderte inmitten einer Traumbucht das Inselchen Pondikonisi und das winzige Kloster, das aussah wie ein neben der schwarzen Feder einer riesigen Zypresse auf dem Meer vergessenes weißes Tintenfaß. Sie besuchte die Fortezza Vecchia, wo der Generalgouverneur Donzelot sie empfing und ihr Tee anbot. Sie betrachtete die alten venezianischen Kanonen und die Bronzestatue Schulenburgs, der ein Jahrhundert zuvor die Insel gegen die Türken verteidigt hatte, plauderte mit einigen von ihrer Schönheit sichtlich geblendeten jungen Offizieren des 6. Linienregiments, benahm sich zu allen, die man ihr vorstellte, äußerst charmant, versprach, der nächsten Vorstellung des Theaters beizuwohnen, der Hauptzerstreuung der Garnison, und kniete, bevor sie nach Potamos zurückkehrte, wo die Alamanos zu ihren Ehren ein großes Souper gaben, einige Augenblicke vor dem Reliquienschrein des heiligen Spiridon nieder. Jener war ein zyprischer Hirte, den eifrige Studien zur Würde des Bischofs von Alexandria erhoben hatten und dessen Mumie, einst durch einen griechischen Kaufmann von den Türken zurückgekauft, von diesem seiner ältesten Tochter als Mitgift mitgegeben wurde, als sie einen Notabeln aus Korfu namens Bulgari geheiratet hatte.

«Seitdem hat es in der Familie Bulgari immer einen Popen gegeben», erklärte Maddalena auf ihre lebhafte Weise. «Der, der Euch den Reliquienschrein hat bewundern lassen und Euch einige Münzen abgeknöpft hat, ist der letzte.»

«Warum? Haben sie sich solche Verehrung für diesen Heiligen bewahrt?»

«Ja ... gewiß! Aber vor allem liefert ihnen der Heilige den größten

Teil ihrer Einkünfte: Sie haben ihn nämlich nicht der Kirche geschenkt, sie haben ihn ihr in gewisser Weise vermietet! Ein bedrückendes Schicksal für einen Erwählten, findet Ihr nicht? Das hindert ihn übrigens nicht, die Gebete ebenso gut zu erhören wie einer seiner Kollegen. Er ist ein braver heiliger Mann ohne jede Neigung zur Rachsucht!»

Doch Marianne wagte es nicht, den alten Hirten zu bitten, ihr zu helfen. Der Himmel hatte bei dem, was sie im Schilde führte, nichts zu suchen. Eher kam schon der Teufel in Betracht.

Das feierliche Souper, dem sie präsidieren mußte – in weißer Seidenrobe, mit Diamanten geschmückt –, wurde für sie zu einem Monument der Langeweile und schien ihr das längste, das sie je erduldet hatte. Weder Jolival, der morgens aufgebrochen war, um die Ausgrabungen zu bewundern, die General Donzelot am anderen Ende der Insel vornehmen ließ, noch Jason, der sich, mit seinen Offizieren eingeladen, unter dem Vorwand, die Ausbesserungsarbeiten vorantreiben zu müssen, hatte entschuldigen lassen, wohnten ihm bei, so daß die enttäuschte und nervöse Marianne, die ungeduldig das Wiedersehen mit ihrem Geliebten erwartet hatte, sich ernstlich bemühen mußte, ein lächelndes Gesicht zu zeigen und sich für alles zu interessieren, was ihre Tischnachbarn ihr erzählten.

So kehrte sie, als der Abend endlich ein Ende gefunden hatte, erleichtert in ihr Zimmer zurück und überließ sich den Händen Agathes, die sie von ihrem Paradeputz befreite, in einen mit Spitzen besetzten, batistenen Frisiermantel hüllte, um ihr Haar für die Nacht vorzubereiten.

«Monsieur de Jolival ist noch nicht zurückgekehrt?» erkundigte sie sich, während das junge Mädchen sich mit zwei Bürsten daran machte, das Haar zu lüften, das der Knoten den Tag über zusammengepreßt hatte.

«Nein, Frau Fürstin ... oder vielmehr ja: Der Herr Vicomte ist während des Soupers zurückgekehrt, um seine Kleidung zu wechseln. Sie hatte es wirklich nötig: sie war völlig verstaubt. Er hat darum gebeten, niemand zu stören, und ist wieder aufgebrochen, nachdem er mitgeteilt hatte, er werde am Hafen zu Abend speisen.»

Marianne schloß beruhigt die Augen. Ein Gefühl tiefen Wohlbehagens überkam sie. Jolival, davon war sie überzeugt, kümmerte sich um sie. Gewiß soupierte er nicht am Hafen, um den Mädchen hinterherzulaufen ...

Nach wenigen Minuten unterbrach sie Agathe und schickte sie mit einem «Es ist gut so!» zu Bett.

«Madame wünscht nicht, daß ich Ihr Haar flechte?»

«Nein, Agathe, es soll locker bleiben. Ich habe heute abend ein wenig Migräne ... und ich möchte allein sein. Ich gehe später schlafen.»

Als das junge Mädchen, seit langem daran gewöhnt, keine Fragen zu stellen, sich mit einer Reverenz zurückgezogen hatte, trat Marianne zur Fenstertür, die sich auf eine kleine Terrasse öffnete, entfernte den Rahmen mit dem Moskitonetz und tat einige Schritte hinaus. Sie fühlte sich ein wenig bedrückt und verspürte das Bedürfnis, frei zu atmen. Die Tüllschleier waren ein guter Schutz gegen die Insekten, aber sie erschwerten zugleich auch das Eindringen frischer Luft. Die Hände in den weiten Ärmeln ihres Frisiermantels ging die junge Frau langsam auf der Terrasse auf und ab. Es war an diesem Abend weit heißer als am Vorabend. Kein Windhauch hatte sich gerührt, um die glühende Atmosphäre bei Einbruch der Nacht abzukühlen. Während des Soupers vorhin war ihr gewesen, als klebe die Seide ihres Kleides an ihrer Haut. Selbst der Stein der Balustrade, auf die sie sich stützte, war noch lau.

Dafür war die sternenübersäte Nacht prachtvoll, eine wahre Orient-Nacht, gesättigt von Düften, erfüllt vom rhythmischen Zirpen der Zikaden. Tausende von Glühwürmchen ließen überall in der dunklen Fülle des Laubs ein zweites Firmament aufblitzen, und in der Tiefe des Tals war das Meer ein sanft silbriges, von hohen Zypressen gerahmtes Dreieck. Abgesehen vom eintönigen Schrillen der Zikaden und der schwachen Brandung des Meeres war kein Laut zu vernehmen.

Dieses kleine Stück Wasser, das am Fuße des Gartens schimmerte, übte auf Marianne eine magnetische Wirkung aus. Es war so warm, daß sie Lust verspürte zu baden. Das Wasser mußte herrlich frisch sein. Es würde ihr endlich das Fieber der Gereiztheit austreiben, das dieses Souper ihr verursacht hatte ...

Sie zögerte einen Moment. Zweifellos waren die Dienstboten noch nicht zu Bett gegangen und damit beschäftigt, in den Salons Ordnung zu schaffen. Wenn sie mit der Erklärung unten erschiene, daß sie baden wolle, würde man sie vermutlich für eine Verrückte halten, und wenn sie nur das Verlangen nach einem Spaziergang äußerte, würde man ihr diskret und in respektvollem Abstand folgen, um zu verhüten, daß einer so erhabenen Besucherin auch nur das geringste geschähe.

Plötzlich kam ihr eine Idee. Früher, in Selton Hall, hatte sie ihr Zimmer zu verlassen gewußt, ohne daß jemand davon erfuhr, indem sie die Efeuranken an der Mauer zum Abstieg benutzt hatte. Hier belagerten die Kletterpflanzen buchstäblich die kleine Terrasse, die im übrigen nur im ersten Stock lag.

«Bleibt nur zu wissen, ob du noch immer so beweglich bist, mein Kind», sagte sie sich, «und auf jeden Fall ist es der Mühe wert, es zu probieren!»

Der Gedanke an den bevorstehenden Streich und das Bad im Meer entzückte sie. Mit kindlicher Hast lief sie zu ihrem Kleiderschrank, schlüpfte in das einfachste Kleid, das sie finden konnte, eines aus lavendelfarbenem Leinen, zog eine Hose und leichte Schuhe mit flachen Absätzen an und kehrte, so ausgerüstet, auf die Terrasse zurück, nicht ohne zur Vorsicht den tüllbespannten Rahmen wieder einzufügen. Dann begann sie den Abstieg.

Er ging mit überraschender Leichtigkeit vonstatten. Sie hatte nichts von ihrer Geschmeidigkeit eingebüßt und berührte drei Sekunden später den Sand des Gartens, der sie alsbald in den tiefen Schatten seiner Baumgruppen aufnahm. Der längs des kleinen Bachs zum Strand hinunterführende Weg lief nicht weit von ihrer Terrasse vorbei, und sie hatte keine Mühe, ihn zu finden. Ohne sich zu beeilen, denn der Abstieg hatte sie erhitzt, folgte sie ihm unter einem dichten Laubgewölbe bis zum Wasser. Es war wie ein von wilden Düften erfüllter Tunnel, an dessen Ende ein hellerer Fleck erschien; doch unter den Bäumen herrschte tiefes Dunkel.

Plötzlich blieb Marianne lauschend stehen. Ihr Herz schlug ein wenig rascher. Sie hatte hinter sich leichte, heimliche Schritte zu hören geglaubt. Zugleich mit der Versuchung, zurückzukehren, kam ihr der Gedanke, daß jemand sie vielleicht hatte fortgehen sehen und ihr gefolgt war. Sie wartete einige Augenblicke, ungewiß, was sie tun sollte, aber sie hörte nichts mehr, und dort unten schien das Meer verlockend und frisch auf sie zu warten!... Langsam und noch immer lauschend setzte sie sich wieder in Bewegung, das Geräusch ihrer Schritte möglichst erstickend. Kein Laut war mehr zu hören.

«Ich habe geträumt», dachte sie. «Meine Nerven sind entschieden nicht auf der Höhe. Sie spielen mir Streiche!»

Als sie den Strand erreichte, hatten sich ihre Augen an die Dunkelheit gewöhnt. Vom Mond war nichts zu sehen, aber die milchige Helligkeit des Himmels mit all seinen Sternen spiegelte sich im Meer. Ungeduldig zog Marianne sich aus, lief, nur mit ihrem langen Haar bekleidet, zum Wasser und tauchte mit einem Kopfsprung hinein. Herrliche Frische hüllte sie ein, und sie hätte vor Freude fast aufgeschrien, solches Wohlgefühl durchdrang sie. Ihr Körper, eben noch erhitzt, schmolz, löste sich auf, verlor alle Festigkeit. Noch nie war ihr ein Bad so köstlich erschienen. Die, an die sie sich noch aus ihrer Kindheit erinnerte, an einem verlassenen Strand Devons oder im Flüßchen des Parks von Selton, waren viel kälter gewesen, und oft hatte sie unter der unerbittlichen Fuchtel des alten Dobs deswegen geweint. Dieses Wasser besaß eben den richtigen Grad von Kühle, um die Haut zu streicheln und neu zu beleben. Es war durchsichtig, so klar, daß sie ihre Beine wie einen lichten Schatten sehen konnte, wenn sie sich wie ein junger Hund in ihm tummelte.

Sich auf den Bauch drehend, begann sie, zur Mitte der kleinen Bucht zu schwimmen. Ihre Arme und Beine fanden instinktiv zu den Bewegungen von einst zurück, und sie kam rasch und mühelos vorwärts. Von Zeit zu Zeit hielt sie inne, um sich auf den Rücken zu legen, die Augen halb schließend und ihr Vergnügen in vollen Zügen genießend, fest entschlossen, es bis zur Erschöpfung zu verlängern ... einer guten Erschöpfung, dank derer sie danach wie ein Kind schlafen würde.

Es war während eines dieser Momente der Entspannung, daß sie ein leises, regelmäßiges Plätschern hörte, das sich näherte. Sie identifizierte es sofort: Jemand anders schwamm in der Bucht! Sich für einen Moment aus dem Wasser aufrichtend, durchforschte sie die Nacht mit den Augen und bemerkte etwas Dunkles, das auf sie zukam. Da war jemand, jemand, der ihr vielleicht gefolgt war ... die Schritte, die sie vorhin auf dem Weg zu hören gemeint hatte! ... Unversehens begriff sie, wie unüberlegt es gewesen war, in diesem unbekannten Land mitten in der Nacht allein baden zu gehen. Sie wollte zurück zum Strand, doch auch der mysteriöse Schwimmer schwenkte nun ab, offenbar um ihr den Weg abzuschneiden. Er schwamm kraftvoll und schnell. Wenn sie weiter diese Richtung beibehielt, mußte er sie in wenigen Minuten erreichen ...

Plötzlich, kopflos, kam es bei ihr zu einer lächerlichen Reaktion. Im Bestreben, mit allen Mitteln zu vertreiben, was sie für einen unbekannten Feind hielt, rief sie auf italienisch:

«Wer seid Ihr? Schert Euch fort!»

Doch ihre Stimme erstickte, als ihr eine Portion Salzwasser in den geöffneten Mund schwappte. Der Fremde hatte nicht einmal innegehalten. Stumm – und diese Stummheit war erschreckender als alles andere – kam er ihr immer näher. Und da begann sie, in panischer Angst zu fliehen, dem nächsten Punkt des Ufers zu, in der Hoffnung, dort Fuß zu fassen und ihrem Verfolger entkommen zu können. Die Angst beherrschte sie so, daß sie nicht einmal zu erraten versuchte, wer es sein mochte. Nur flüchtig kam ihr die Idee, es müsse ein griechischer Fischer sein, der sie nicht verstand und vielleicht glaubte, daß sie in Gefahr sei! Doch nein ... vorhin, als sie ihn zuerst entdeckt hatte, hatte er sich ihr so leise und unauffällig wie möglich, fast verstohlen genähert!

Das Ufer war nah, aber auch die Entfernung zwischen den beiden Schwimmern verringerte sich ständig. Schon spürte Marianne, daß die Erschöpfung ihre Bewegungen schwerfällig machte. Ihr Herz schlug schmerzhaft in ihrer Brust. Ihr wurde klar, daß sie am Ende ihrer Kräfte war und daß es für sie keine andere Möglichkeit mehr gab, als sich einholen zu lassen oder unterzugehen.

In diesem Moment gewahrte sie vor sich einen schmalen, von Felsen umschlossenen halbmondförmigen Sandstreifen. Die letzten Reste ihrer Energie zusammenraffend, zwang sie ihre Glieder, ihre Anstrengungen fortzusetzen, aber der Mann holte noch immer gegen sie auf. Er war jetzt ganz nah, ein großer dunkler Schatten, der keine Einzelheiten erkennen ließ. Die Angst nahm ihr den Atem, und im gleichen Moment, in dem sich zwei Hände nach ihr ausstreckten, versank Marianne ...

Sie kam wieder zu einer Art halbem Bewußtsein, in dem sie seltsame Empfindungen verspürte: Sie lag in völliger Finsternis auf dem Sand, und ein Mann hielt sie in seinen Armen. Auch er war nackt, sein muskulöser Körper schmiegte sich glatt und warm an den ihren. Sie sah nichts, nur nahe ihrem Gesicht einen tieferen Schatten, und als sie instinktiv die Arme ausstreckte, berührte sie um sich und über sich Fels. Zweifellos hatte sie der Mann in eine enge, niedrige Grotte geschleppt ... In diesem Felsenloch eingeschlossen zu sein, erfüllte sie mit panischer Furcht. Sie wollte schreien, doch ein glühender, fester Mund erstickte ihren Schrei. Sie wollte sich wehren, doch sein Arm schlang sich nur fester um sie, zwang sie zur Reglosigkeit, während der Unbekannte sie zu liebkosen begann.

Seiner Kraft sicher, beeilte er sich nicht. Seine Bewegungen waren sanft und geschickt, und sie begriff, daß er das unwiderstehliche Fieber der Liebe in ihr zu wecken suchte. Sie wollte die Zähne zusammenpressen, sich zur Unempfindlichkeit zwingen, aber der Mann besaß eine außerordentliche Kenntnis des weiblichen Körpers. Ihre Angst war geschwunden, und schon überliefen sie lange Schauer, warme Wellen, die, von den Lenden ausgehend, nach und nach ihren ganzen Körper erfaßten. Der Kuß dauerte noch immer an, auch er eigentümlich geschickt, und unter dieser Liebkosung, in der sich ihrer beider Atem vermischte, fühlte Marianne sich schwach werden ... Es war so seltsam, einen Schatten zu umarmen! Allmählich begann sie, einen kraft- und lebensvollen Körper über sich zu spüren, und dennoch hatte sie den Eindruck, in den Armen eines Phantoms zu liegen. Die Hexen früherer Zeiten, die behaupteten, vom Teufel besessen zu sein, mußten ähnliche Momente durchlebt haben, und vielleicht hätte Marianne geglaubt, das Opfer eines Traums zu sein, wäre dieser Körper nicht so hart und auch so warm gewesen und hätte die Haut des unsichtbaren Liebhabers nicht einen leisen, aber sehr irdischen Duft nach frischer Minze ausgeströmt. Nach und nach erreichte er übrigens sein Ziel: Die Augen geschlossen, vom primitivsten Liebeshunger besessen, stöhnte Marianne unter seinen Zärtlichkeiten. Die gebieterische Woge der Lust stieg in ihr, stieg höher, noch höher, überflutete sie, und eine rote Sonne schien zu zerbersten, als der Mann endlich die lange zurückgehaltene Erfüllung entfesselte!

Ein doppelter Schrei erhob sich ... und das war neben dem ungeordneten Hämmern ihres wie eine Trommel dröhnenden Herzens alles, was sie von ihrem unsichtbaren Liebhaber hörte. Einen Augenblick später gab er sie keuchend frei und verließ sie ...

Sie hörte ihn laufen. Kiesel rollten unter seinen Schritten. Rasch stützte sie sich auf einen Ellbogen auf, eben noch zur rechten Zeit, um eine dunkle Gestalt ins Meer springen zu sehen. Ein lautes Plätschern und Spritzen war zu hören, dann nichts mehr. Der Mann hatte kein einziges Wort gesprochen ... Als Marianne aus der Grotte herauskroch, in die der Unbekannte sie gebracht hatte, war ihr Kopf wie leer, aber ihr Körper fühlte sich auf eine eigentümliche Weise besänftigt. Sie empfand eine seltsame Freude, die sie verblüffte. Was eben mit ihr geschehen war, weckte weder Scham noch Gewissensbisse in ihr, vielleicht der Eile wegen, in der sich ihr flüchtiger Liebhaber davongemacht hatte, und weil sein Verschwinden so total war. Nirgends war eine Spur von ihm zu entdecken. Er hatte sich aufgelöst in der Nacht, im Meer, aus dem er gekommen war, wie der Morgennebel in den Strahlen der Sonne. Wer er war, woher er kam, würde Marianne zweifellos nie erfahren. Es mußte ein griechischer Fischer sein, wie sie vermutete, und von denen sie seit ihrer Ankunft auf der Insel schon mehrere bemerkt hatte, schön und wild wie die Wolken und in ihrer Seele noch nicht allzu weit entfernt von den in der Überrumpelung sterblicher Mädchen so geschickten alten Göttern des Olymps. Er hatte sie sicherlich zum Strand herabkommen und ins Wasser springen sehen und war ihr instinktiv gefolgt. Alles weitere war einfach gewesen ... «Vielleicht war es Jupiter ... oder Neptun», dachte sie irgendwie belustigt, was sie erstaunte. Normalerweise hätte sie sich entrüstet, gereizt, verhöhnt, vergewaltigt fühlen müssen. Gott allein wußte, was noch! Aber nein! Sie empfand nichts dergleichen. Und, mehr noch, sie war ehrlich genug mit sich selbst, um sich einzugestehen, daß dieser flüchtige, brennende Augenblick angenehm gewesen war und daß sie ihn in ihrer Erinnerung so bewahren würde. Später könnte sie sicherlich ohne Unbehagen an ihn denken. Ein Abenteuer ... ein bloßes Abenteuer, doch wie verführerisch!

Die kleine Felshöhle war viel weniger weit vom Strand entfernt, als sie befürchtet hatte. Vorhin während der Verfolgung hatte sie sich zu sehr geängstigt, um die Entfernung richtig einzuschätzen. Der Mond, der sich hinter den Bäumen erhob, zog eine schmale silberne Rinne über die Bucht, und unversehens wurde es heller.

Um nicht gesehen zu werden, ließ sich Marianne wieder ins Wasser gleiten und schwamm zum Strand zurück, den sie sorgfältig mit dem Blick absuchte, bevor sie, schließlich beruhigt, durch das flache Wasser ans Ufer hastete, sich damit begnügte, ihr triefendes Haar auszuwringen, und so schnell sie konnte und ohne sich zuvor abzutrocknen in ihre Kleidung schlüpfte. Dann lief sie den Strand hinauf, die leichten Schuhe in der Hand, um zu verhüten, daß sie sich mit Sand füllten, dem dichten Schatten der Bäume zu.

Sie hatte ihn fast erreicht, als schallendes Gelächter sie mitten im Schritt festwurzeln ließ. Es war das Gelächter eines Mannes, doch diesmal verspürte Marianne nicht die geringste Angst, eher Ärger und Gereiztheit. Sie begann, der Überraschungen dieser Nacht überdrüssig zu werden. Überdies war der, der da lachte, zweifellos derselbe, der vorhin ... Eine zornige Aufwallung riß sie fort. Gab es da wirklich etwas zu lachen, wenn sie selbst dieses Abenteuer charmant gefunden hatte?

«Zeigt Euch!» rief sie wütend. «Und hört auf zu lachen!»

«War ... Bad angenehm?» erkundigte sich in ebenso schlechtem wie stockendem Italienisch eine spöttische Stimme. «Jedenfalls ... Schauspiel war! Sehr hübsche Frau!»

Zwischen den Bäumen erschien ein Mann und näherte sich Marianne. Weiße, wehende Kleidung ließ ihn wie ein Gespenst erscheinen, und durch einen um den Kopf gewickelten Turban kam er der jungen Frau sehr groß vor. Doch sie nahm sich nicht einmal die Zeit, sich zu überlegen, daß dieser Beturbante einer der Männer des schrecklichen Ali sein könnte, denen zu mißtrauen man ihr geraten hatte. Sie begriff nur eines: die Worte und das Lachen dieses Mannes beleidigten sie. Das genügte. Sie holte schwungvoll aus und verabreichte ihm eine Ohrfeige, die, obwohl ein wenig auf gut Glück abgefeuert, voll ihr Ziel erreichte.

«Unverschämter Kerl!» grollte sie. «Seid Ihr hier, um mich zu belauern? Was für eine unglaubliche Unverfrorenheit!»

Die Ohrfeige hatte immerhin ein Gutes: Sie konnte nun sicher sein, daß dieser Türke oder Epirote oder Gott weiß was sonst nicht ihr stummer Liebhaber von vorhin war, denn ihre Hand hatte eine bärtige Wange getroffen, während jenes andere Gesicht glatt gewesen war. Indessen begann der offensichtlich durchaus nicht gekränkte Fremde wieder zu lachen.

«Oh! Ihr Euch ärgert? Warum? ... Ich habe Schlimmes getan? ... Abends immer ich hier gehe spazieren ... Niemand sonst da. Meer,

Ufer, Himmel ... nichts sonst! Diese Nacht ... ein Kleid auf dem Sand ... und jemand, der schwimmt. Ich habe gewartet ...»

Marianne bedauerte ihre Ohrfeige schon. Der Mann hatte nur einen späten Spaziergang gemacht. Jemand aus der Nachbarschaft zweifellos. Das Verbrechen war nicht groß.

«Vergebt mir», sagte sie. «Ich glaubte an etwas anderes! Ich hätte Euch nicht schlagen sollen. Aber», fügte sie, einem Einfall folgend, hinzu, «da Ihr hier am Ufer wart, habt Ihr jemand aus dem Wasser kommen sehen ... vor mir?»

«Hier? Nein, niemand! Kurz vorher ... jemand schwimmen ... Richtung Kap ... hinaus aufs Meer! Sonst nichts!»

«Ah! ... Ich danke Euch!»

Kein Zweifel, ihr flüchtiger Liebhaber mußte Neptun gewesen sein, und da dieser Fremde ihr sonst nichts mehr zu sagen hatte, wünschte sie, ihren Weg fortzusetzen. Sich mit einer Hand gegen einen Zypressenstamm stützend, unternahm sie es, ihre Schuhe anzuziehen, um bequemer zurückkehren zu können, doch der Turbanmann hatte es sich offenbar anders gedacht. Er trat noch näher heran.

«Dann ... Ihr nicht mehr böse?» fragte er, von neuem in sein Gelächter ausbrechend, das Marianne reichlich albern fand. «Wir ... Freunde?»

Dabei legte er beide Hände auf ihre Schultern, um sie an sich zu ziehen. Schlecht bekam's ihm. Wütend stieß sie ihn so heftig zurück, daß er das Gleichgewicht verlor und rücklings in den Sand fiel.

«Frecher ...!»

Sie kam nicht mehr dazu, eine geeignete Bezeichnung zu finden. Der Schuß war im selben Moment gefallen, in dem sie den Fremden zurückstieß. Die Kugel pfiff zwischen ihnen hindurch. Sie spürte den Wind und warf sich instinktiv gleichfalls zu Boden. Ein zweiter Schuß fiel fast unmittelbar hinterher. Von unter den Bäumen schoß jemand auf sie.

Inzwischen war der Turbanmann zu ihr gekrochen.

«Ihr nicht rühren ... nicht Angst haben ... Ziel nur ich!» zischelte er.

«Soll das heißen, daß man Euch zu töten versucht? Aber warum?»

«Pst!»

Schnell wie der Blitz schlüpfte er aus seiner weiten weißen Kleidung, riß seinen Turban herunter und stülpte ihn auf einen kleinen Strauch. Im nächsten Moment traf ihn eine Kugel ... dann eine zweite.

«Zwei Pistolen! Keine Munition mehr, denke ich», flüsterte der

Fremde mit einer Art verschmitzter Heiterkeit. «Nicht rühren ... Mörder kommen, sehen, ob ich tot ...»

Sie verstand, was er sagen wollte, und duckte sich so tief wie möglich in das Gestrüpp, während ihr Begleiter lautlos einen langen, gebogenen Dolch aus der an seinem Gürtel befestigten Scheide zog und sich sprungbereit zusammenkauerte. Er brauchte nicht lange zu warten: Bald knirschte der Sand unter vorsichtigen Schritten, und etwas Dunkles bewegte sich zwischen den Bäumen, kam näher, blieb stehen. Zweifellos durch die Stille beruhigt, setzte der Mann seinen Weg fort. Marianne blieb kaum Zeit, eine untersetzte, stämmige Gestalt zu bemerken, die sich mit einem Messer in der Faust näherte, als der Fremde schon mit dem Sprung eines Raubtiers über ihm war. Eng ineinander verklammert, rollten die beiden in wütendem Kampf über den Sand.

Übrigens hatten die Schüsse alarmierend gewirkt. Zwischen den Bäumen sah Marianne plötzlich Lichter auftauchen. Vom Haus der Alamanos her kamen Leute mit Laternen und zweifellos auch Waffen, an ihrer Spitze der Senator selbst in Nachthemd und quastenverzierter Baumwollmütze, eine Pistole in jeder Hand. Ein Dutzend mit den verschiedensten Gegenständen bewaffnete Domestiken begleitete ihn. Marianne war die erste Person, die er bemerkte.

«Ihr, Fürstin?» rief er verblüfft. «Hier um diese Stunde? Was ist geschehen?»

Statt zu antworten trat sie zur Seite und zeigte ihm die beiden Männer, die noch immer mit unbeschreiblicher Wut keuchend und knurrend miteinander kämpften. Mit einem Schreckensruf drückte der Senator seine Pistolen hastig in Mariannes Hände, stürzte zu ihnen und bemühte sich, sie auseinanderzureißen. Seine Diener sprangen hinzu, und in wenigen Sekunden waren die beiden Gegner überwältigt. Doch während der Turbanmann ein Anrecht auf die Fürsorglichkeit des Senators zu haben schien, wurde der andere in einer Weise gefesselt und zu Boden geworfen, deren Brutalität deutlich genug von der ihm entgegengebrachten Sympathie zeugte.

«Ihr seid doch nicht verletzt, Herr? Ist Euch nichts geschehen? Seid Ihr ganz sicher?» wiederholte der Senator mehrmals, während er dem Fremden half, seine weite, talarartige Bekleidung samt Turban wieder anzulegen.

«Nichts ... gar nichts! Danke ... aber das Leben ich verdanke der Demoiselle. Sie mich stoßen zur rechten Zeit!»

«Der Demoiselle? Oh, Ihr wollt sagen, der Fürstin? ... O Herr!» ächzte der arme Alamano, diesmal den Gott seiner Jugend beschwörend. «Was für eine Geschichte! Was für eine Geschichte!»

«Wie wär's, wenn Ihr uns vorstellen würdet?» schlug Marianne vor. «Wir würden dann vielleicht klarer sehen. Ich wenigstens!»

Nur unvollkommen von seiner Aufregung erholt, stürzte sich der Senator in die durch wortreiche Erklärungen höchst komplizierte Vorstellung. Immerhin gelang es Marianne, ihr zu entnehmen, daß sie einen bedauerlichen diplomatischen Zwischenfall verhindert und das Leben eines vornehmen Flüchtlings gerettet hatte. Der Mann mit dem Turban, ein Bursche von etwa zwanzig Jahren, der ohne seinen schwarzen Spitz- und Schnurrbart vermutlich sogar noch um einiges jünger aussah, hieß Chahin Bey und war der Sohn eines der letzten Opfer des Pascha von Janina: Mustaphas, Pascha von Delvino. Nach der Einnahme ihrer Stadt durch Alis Janitscharen und der Ermordung ihres Vaters waren Chahin Bey und sein jüngerer Bruder nach Korfu geflüchtet, wo Gouverneur Donzelot ihnen großzügige Gastfreundschaft gewährte. Sie bewohnten über dem Tal ein angenehmes, weit über das Meer schauendes Haus, das ständig von den Spähern der Festung beobachtet werden konnte. Zudem wurde ihre Tür stets von zwei Posten bewacht ... aber es war natürlich unmöglich, die jungen Fürsten daran zu hindern, nach ihrem Belieben spazierenzugehen.

Der offensichtlich von Ali beauftragte Angreifer war, nach dem um seinen Kopf gewundenen roten Schal zu schließen, einer jener wilden Albanier aus den Bergen des Epirus, deren kahle Gipfel auf der anderen Seite des Nordkanals aufragten. Der Rest seines Kostüms bestand aus einer weiten Hose, einem kurzen Rock aus festem Leinen, einer Weste mit silbernen Knöpfen und Leinenschuhen mit geflochtenen Sohlen, aber unter dem breiten roten Gürtel, der seine Taille enger umschloß als ein Korsett, fanden die Diener des Senators eine ganze Musterkollektion von Waffen. Ein wahrhaft wandelndes Arsenal! Doch sobald der Mann gefesselt war, verschloß er sich in störrisches Schweigen, so daß nicht das kleinste Wort aus ihm herauszubringen war. An einen Baumstamm gebunden, wurde er von mehreren bewaffneten Leuten bewacht, während Alamano schleunigst einen Boten zur Festung schickte.

Als Chahin Bey erfuhr, wer die Frau wirklich war, die er für ein hübsches Mädchen auf der Suche nach einem Abenteuer gehalten hatte, zeigte er eben das nötige Maß an Verwirrung, um höflich zu erscheinen. Die Entdeckung von Mariannes Gesicht im Schein der Laternen hatte ihm ein Vergnügen bereitet, das sichtlich alle sozialen Zufälligkeiten beiseite fegte. Sie brauchte nur den funkelnden Blick zu sehen, mit dem er sie beharrlich fixierte, während sie zum Haus hinaufstiegen, um sich klar darüber zu sein, daß sie bei ihm die gleichen reichlich ursprünglichen Gefühle weckte wie bei dem Unbekannten der Grotte, ohne daß es sie sonderlich gefreut hätte. Für diese Nacht war ihr Bedarf an Ursprünglichkeit voll gedeckt!

«Ich sähe es gern, wenn diese Geschichte sich nicht herumspräche», vertraute sie Maddalena an, die in einem üppig mit Volants versehenem Schlafrock aus ihrem Zimmer gekommen war, um den Helden der Expedition stärkende Getränke anzubieten. «Ich habe dieses Attentat verhindern können, ohne es wirklich zu wollen. Ich war zum Strand hinuntergegangen, um ein Bad zu nehmen. Es war so schrecklich heiß. Bei der Rückkehr stieß ich gegen den Bey und hatte das Glück, ihn gerade in dem Moment zu Fall zu bringen, in dem der Mörder schoß. Es ist wirklich nichts geschehen, woraus sich ein Roman machen ließe!»

«Eben damit ist Chahin Bey gerade beschäftigt! Hört ihn nur: Er vergleicht Euch schon mit den Huris in Mahomets Paradies! Und er stattet Euch mit dem Mut einer Löwin aus. Ihr seid auf dem besten Wege, seine Heldin zu werden, meine liebe Fürstin!»

«Wogegen ich durchaus nichts hätte, solange er seine Eindrücke für sich behält ... und der Senator über meine Rolle zu schweigen bereit ist!»

«Warum nur? Ihr habt da eine gute Tat begangen, die Frankreich alle Ehre macht. General Donzelot ...»

«... braucht es nicht zu erfahren», stöhnte Marianne. «Ich ... ich bin sehr schüchtern! Ich habe es nicht gern, wenn von mir gesprochen wird. Es ist mir peinlich!»

Was sie vor allem peinlich berührte, war der Gedanke, daß Jason aus dem, was an diesem Abend am Strand geschehen war, von der Realität weit entfernte Schlüsse ziehen könnte. Seine Eifersucht war nie um einen Anlaß verlegen. Aber wie konnte sie ihrer Gastgeberin erklären, daß sie in den Kapitän ihres Schiffs rasend verliebt war und seine Meinung ihr mehr als alles andere bedeutete?

Maddalenas braune Augen, die seit einem Moment das errötende Antlitz Mariannes beobachteten, begannen zu lachen, während sie flüsterte:

«Alles hängt von der Art ab, wie man die Sache berichten wird. Wir werden versuchen, Chahin Beys Begeisterung zu dämpfen. Sonst könnte der Generalgouverneur vermuten, Ihr hättet unseren jugendlichen Flüchtling ... gestoßen, um ihn daran zu hindern, sich wie Odysseus bei der Begegnung mit Nausikaa zu benehmen. Und Ihr hättet gewiß nicht gern, daß der Gouverneur sich einbildet ...»

«Weder er noch sonst jemand! Ich habe den Eindruck, ein bißchen lächerlich zu sein, und selbst in den Augen meiner Freunde ...»

«Es ist nichts Lächerliches dabei, ein Bad nehmen zu wollen, wenn

es so drückend heiß ist. Aber ich habe in der Tat sagen hören, daß die Amerikaner prüde Leute seien und sehr auf ihre Prinzipien hielten.»
«Die Amerikaner? Wieso die Amerikaner? Es stimmt, daß das Schiff, auf dem ich reise, zu dieser Nation gehört, aber ich sehe nicht, was...»
Maddalena schob ihren Arm nett unter den Mariannes und zog sie zur Treppe, um sie zu ihrem Zimmer zurückzugeleiten.
«Meine liebe Fürstin», murmelte sie, indem sie einen der auf einer Konsole bereitstehenden, schon angezündeten Handleuchter nahm, «ich möchte Euch zwei Dinge sagen: Ich bin eine Frau, und ohne Euch lange zu kennen, empfinde ich für Euch wirkliche Freundschaft. Ich werde alles tun, um Euch auch die kleinste Unannehmlichkeit zu ersparen. Wenn ich von Amerikanern sprach, dann nur, weil mein Gemahl mir von der Angst Eures Kapitäns erzählte, als Euch dieses Unwohlsein im Hafen befiel... und auch, weil er ein so verführerischer Mann ist! Seid unbesorgt! Wir werden zusehen, daß er nichts erfährt! Ich werde mit meinem Gatten sprechen.»
Doch Chahin Beys Enthusiasmus gehörte offenbar zu denen, die sich nicht eindämmen ließen. Während Alamano bei der Übergabe des Mörders an die Polizeibehörden der Insel Mariannes Rolle sorgsam verschwieg, überflutete bei Tagesanbruch eine Schar Diener des Beys mit Geschenken für «die aus den Ländern des ungläubigen Kalifen gekommene kostbare Blume» den Garten des Senators und nahm vor der Freitreppe des Hauses Aufstellung, um mit der unnachahmlichen Geduld der Orientalen die Stunde der Übergabe ihrer Botschaft zu erwarten.
Diese Botschaft bestand aus einem in überaus blumigem Neugriechisch abgefaßten Brief, dessen Worte besagten, «da der Glanz der Fürstin mit den meerfarbenen Augen den Engel Azraël mit den schwarzen Flügeln in die Flucht geschlagen habe», erkläre sich Chahin Bey zu ihrem Ritter für den Rest der Tage, die Allah ihm noch auf dieser unwürdigen Erde zumesse, und werde ihr wie schon bisher seinem von dem infamen Ali unterjochten Volk von Delvino ein Dasein weihen, das ohne sie nur noch eine Erinnerung wäre, eine Erinnerung, die mit Ruhm zu erfüllen er nicht einmal Zeit gehabt hätte...
«Was meint er damit?» erkundigte sich Marianne beunruhigt, als der Senator die beschwerliche, aber dennoch einigermaßen verständliche Übersetzung beendet hatte.
Alamano breitete mit einer Geste des Nichtwissens die Arme aus:
«Meiner Treu, Fürstin, ich weiß es nicht! Vermutlich nichts! Es sind eben Formeln dieser unglaublichen orientalischen Höflichkeit.

Chahin Bey will sagen, daß er Euch nie vergessen wird, denke ich, wie er auch sein verlorenes Volk nie vergessen wird!»

Maddalena, die der Lektüre mit Interesse gefolgt war, ließ den großen Fächer aus geflochtenem Schilf sinken, mit dem sie die Hitze zu bekämpfen versucht hatte, und lächelte ihrer neuen Freundin zu:

«Falls er nicht seine Absicht ankündigt, Euch seine Hand anzubieten, sobald er seinen Besitz zurückerobert hat. Es entspräche dem ritterlichen und romantischen Geist Chahin Beys. Dieser junge Mann, meine Liebe, hat sich auf den ersten Blick in Euch verliebt!»

Aber die volle Erklärung sollte sich erst gegen Ende des Tages ergeben, und zwar durch Jason Beaufort in Person: Eines vor Wut blassen Jason, der unversehens auf der Terrasse aufkreuzte, wo die auf Liegestühlen ruhenden Damen angesichts der untergehenden Sonne Erfrischungen zu sich nahmen. Offensichtlich fiel es ihm schwer, die Regeln schicklicher Lebensart zu respektieren, die es erfordern, daß man Leute, die man zum erstenmal besucht, mit gewissen Formalitäten begrüßt, und während er sich vor Maddalena verneigte, wurde Marianne durch den grimmigen Blick, den er ihr zuschoß, klar, daß er ihr etwas zu sagen hatte.

Der Austausch der üblichen Komplimente ging in einer so spannungsgeladenen Atmosphäre vonstatten, daß es der Gräfin Alamano sehr schnell auffiel. Sie begriff, daß die beiden eine Angelegenheit zu bereinigen hatten, und zog sich unter dem Vorwand, ihren Koch beaufsichtigen zu müssen, mit einer graziösen Entschuldigung zurück. Und kaum war ihr Kleid aus lilafarbener Gaze in der Fenstertür der Terrasse verschwunden, als Jason sich auch schon zu Marianne wandte und sie ohne lange Vorrede attackierte:

«Was hast du letzte Nacht am Strand mit diesem halbverrückten Türken gemacht?»

«Großer Gott!» stöhnte die junge Frau voller Überdruß und ließ sich in die Kissen ihres Liegestuhls zurückfallen. «Der Tratsch reist auf dieser Insel noch schneller als in Paris!»

«Das ist kein Tratsch! Dein Anbeter – oder wie soll ich diesen aufgeregten Hanswurst sonst nennen? – ist vorhin zu mir an Bord gekommen, um mir zu erzählen, daß du ihm gestern abend das Leben gerettet hättest, unter Umständen, von denen man nur sagen kann, daß sie ebenso undurchsichtig und dunkel sind wie sein Kauderwelsch!»

«Aber warum ist er zu dir gekommen, um das zu erzählen?» rief Marianne verblüfft.

«Ah! Du gestehst also?»

«Gestehen was? Ich habe nichts zu gestehen! Nichts zumindest, was solches Wort rechtfertigt! Letzte Nacht habe ich tatsächlich ganz und gar zufällig das Leben eines türkischen Flüchtlings gerettet. Es war so heiß, daß ich in meinem Zimmer erstickte. Deshalb bin ich zum Strand hinunter, um ein bißchen frische Luft zu schöpfen, ich dachte, um diese späte Stunde sei ich allein ...»

«So allein, daß du glaubtest, baden zu können. Du zogst dich aus ... völlig aus?»

«Ah! Das weißt du also auch?»

«Natürlich! Dieser Prahlhans hat offenbar die ganze Nacht deswegen nicht geschlafen. Er hat dich in einem Mondstrahl aus dem Meer kommen sehen, ebenso nackt wie Aphrodite, aber, so scheint es, unendlich viel schöner! Was hast du dazu zu sagen?»

«Nichts!» rief Marianne, der Jasons anklägerischer Ton auf die Nerven zu gehen begann, um so mehr, als die glühende Erinnerung an die vergangene Nacht ihr mehr Gewissensbisse als Bedauern einflößte. «Es ist wahr, daß ich mich ausgezogen habe! Aber, verflucht noch eins, was ist dabei schlimm? Du bist Seemann! Erzähl mir also nicht, daß du nie im Meer gebadet hast. Muß ich mir vorstellen, daß du dich mit Schlafrock, Pantoffeln und einer Nachtmütze ausrüstest, um ins Wasser zu tauchen?»

«Ich bin ein Mann!» knurrte Jason. «Das ist nicht dasselbe!»

«Ich weiß!» entgegnete Marianne bitter. «Ihr seid besondere Wesen, Halbgötter, denen alles erlaubt ist, während wir armen Geschöpfe nicht das Recht haben, von frischem Wasser zu profitieren, es sei denn gebührend verpackt in einen Mantel mit dreifachem Kragen und einige Lagen Schals! Was für eine Heuchelei! Wenn ich bedenke, daß zu Zeiten König Heinrichs IV. die Frauen mitten in Paris am hellichten Tag vor den Pfeilern des Pont Neuf splitternackt badeten und daß jedermann das ganz in Ordnung fand! Und ich habe also ein Verbrechen begannen, weil ich in einer pechschwarzen Nacht auf dem verlassenen Strand einer kleinen, halbwilden Insel die Temperatur ein wenig vergessen zu können glaubte! Nun schön, ich habe unrecht getan, und ich bitte dafür um Vergebung! Bist du zufrieden?»

Zweifellos empfand Jason die Schärfe ihres Tons, denn er hörte auf, mit den Händen auf dem Rücken hin und her zu gehen, wie er es, wenn auch weit weniger nervös, auf Deck seines Schiffs zu tun pflegte. Er pflanzte sich vor Marianne auf, musterte sie aufmerksam und konstatierte dann nicht ohne Überraschung:

«Aber ... du ärgerst dich ja!»

Sie hob ihre vor Zorn funkelnden Augen zu ihm:

«Tue ich vielleicht wieder unrecht? Du tauchst vor Zorn dampfend hier auf, fällst über mich her, fest entschlossen, mich schuldig zu finden, und wenn ich mich wehre, wunderst du dich! Mit dir habe ich immer den Eindruck, ein Mittelding zwischen einem Dorftrottel und einer hysterischen Bacchantin zu sein!»

Ein kurzes Lächeln entspannte für einen Moment die ernsten Züge des Korsaren. Er streckte die Hände aus, hob die junge Frau aus ihren Kissen, zwang sie aufzustehen und zog sie an sich:

«Verzeih mir! Ich weiß, daß ich mich wieder wie ein Grobian benommen habe, aber es ist einfach stärker als ich: Sobald es um dich geht, sehe ich rot! Als dieser schwärmende Narr vorhin erschien und mir deine Heldentat samt deinem Auftauchen aus dem Wasser beschrieb, triefend und vom Mondlicht umglänzt, hätte ich ihn fast erwürgt!»

«Nur fast?» fragte Marianne bissig.

Diesmal mußte Jason lachen und zog sie noch ein wenig fester an sich.

«Man möchte meinen, daß du's bedauerst! Ohne Kaleb ... du weißt, dieser entflohene Sklave, den ich aufgesammelt habe ... der ihn mir aus den Händen riß, hätte ich die Arbeit von Ali Paschas Henker vollendet!»

«Oh, dieser Äthiopier!» murmelte Marianne nachdenklich. «Er hat es gewagt, sich zwischen dich und deinen ... Besucher zu werfen?»

«Er arbeitete an der Reling, ganz nah bei uns ... Übrigens hat er richtig gehandelt», fuhr Jason, sorglos die Schultern zuckend, fort. «Dein Chahin Bey kreischte ähnlich wie ein Schwein, das geschlachtet werden soll, und es sammelten sich schon Leute an ...»

«Er ist nicht mein Chahin Bey!» unterbrach Marianne ihn verdrossen. «Und außerdem erklärt diese ganze Geschichte nicht, aus welchem Grund er dir das alles erzählt hat, gerade dir!»

«Hab ich dir's noch nicht gesagt? Aber ganz einfach, mein Engel, weil er sich entschlossen hat, mit uns nach Konstantinopel zu reisen, und mich bitten wollte, ihn und seine Leute an Bord zu nehmen.»

«Was? Er will ...»

«Dir folgen! Ja, mein Herz! Dieser Bursche sieht so aus, als wüßte er, was er will, und seine Zukunftspläne sind äußerst präzise: Konstantinopel erreichen, sich beim Großherrn bitterlich über die unwürdige Behandlung beklagen, die den Seinen durch Ali Pascha widerfahren ist, mit einer Armee und dir hierher zurückkehren, seine Provinz zurückerobern und dir danach den Rang der ersten Gattin des neuen Paschas von Delvino anbieten.»

«Und ... du hast eingewilligt?» rief Marianne, von der Vorstellung entsetzt, den jungen Türken wochenlang auf ihren Fersen zu wissen.

«Eingewilligt? Ich sagte dir doch, daß ich ihn fast erwürgt hätte. Als

Kaleb ihn mir entriß, befahl ich ihm, deinen Anbeter an Land zu befördern, und erteilte ihm das strikte Verbot, je wieder seinen Fuß auf mein Schiff zu setzen. Ein Pascha-Aspirant fehlte mir gerade noch! Abgesehen davon, daß er mir mißfällt, finde ich, auf der *Meerhexe* gibt es ohnehin schon zu viele Leute. Du ahnst nicht, wie sehr ich endlich ein bißchen mit dir allein sein möchte, mein Schatz ... Du und ich, nur wir beide, bei Tag ... und bei Nacht! Ich glaube, ich bin verrückt gewesen, mir einzubilden, daß ich dich aus mir herausreißen könnte! Seitdem wir Venedig verließen, habe ich vor Verlangen nach dir die Hölle durchlebt! Aber das ist jetzt zu Ende. Morgen brechen wir wieder auf ...»

«Morgen?»

«Ja. Wir sind fast fertig. Wenn wir noch die ganze Nacht durcharbeiten, können wir mit dem Morgenwind die Segel setzen. Ich will dich nicht länger hier lassen, mit diesem verliebten Affen vor deiner Tür. Morgen nehme ich dich mit! Morgen beginnt unser wahres Leben! Ich werde alles tun, was du willst ... aber sieh zu, daß wir uns in der Türkei nicht zu lange aufhalten müssen. Ich möchte dich endlich zu mir bringen ... zu uns! Nur dort könnte ich dich so lieben, wie ich es wünsche ... so sehr wünsche!»

Jasons Stimme hatte sich immer mehr gesenkt, bis sie nur noch ein von Küssen unterbrochenes leidenschaftliches Murmeln war.

Das Abenddunkel war dichter geworden, und die Glühwürmchen im Garten begannen zu leuchten. Doch – seltsam genug – Marianne empfand in den Armen des Mannes, den sie liebte, nicht so viel Freude über ihren Sieg, wie sie es ein paar Minuten zuvor noch erwartet hätte. Jason gab sich geschlagen, lieferte ihr seine Waffen aus! Sie hätte über ihren Triumph jubeln müssen! Doch wenn ihr Herz auch vor Liebe und Glück schmolz, blieb ihr Körper seltsam unbeteiligt. In Wahrheit fühlte Marianne sich gar nicht gut. Ihr war, als müsse sie ohnmächtig werden wie vor zwei Tagen, als sie das Schiff verlassen hatte ... War es der leichte Tabakduft, der in Jasons Kleidung hing? ... In jedem Fall war es ihr schrecklich übel!

Plötzlich spürte er, daß sie in seinen Armen schwer wurde, ihm entglitt, und fing sie im letzten Moment noch auf. Das letzte Licht des Tages zeigte ihm ihr bleiches Gesicht.

«Marianne! Was hast du? ... Bist du krank?»

Vorsichtig hob er sie hoch und legte sie sanft in ihr Kissennest. Doch das Unwohlsein ließ sie diesmal nicht das Bewußtsein verlieren. Nach und nach zogen sich die Wellen der Übelkeit zurück ... Es gelang ihr zu lächeln:

«Es ist nichts ... Die Hitze, denke ich.»

«Nein, du bist krank! Es ist das zweite Mal, daß dir das passiert! Du brauchst einen Arzt ...»

Er war schon auf dem Sprung, Maddalena zu suchen, doch Marianne hielt ihn zurück, zog ihn wieder zu sich:

«Ich versichere dir, daß ich nichts habe ... und daß ich keinen Arzt brauche! Ich weiß, was es ist ...»

«Wirklich? Was hast du?»

Fieberhaft nach einer plausibel klingenden Lüge suchend, erklärte sie endlich in gespielt beiläufigem Ton:

«Nichts ... oder doch nur wenig! Mein Magen verträgt neuerdings nichts mehr. Es ist ... seit meiner Gefangenschaft.»

Einen Moment durchforschte Jason das bleiche Gesicht, während er mechanisch versuchte, ihre eisigen Hände wieder zu erwärmen. Offenbar war er nur halb überzeugt. Marianne gehörte nicht zu den Frauen, die wegen eines «Ja» oder «Nein», des Dufts einer Blume oder einer ein wenig starken Erregung mir nichts dir nichts in Ohnmacht fallen. Es war da etwas, was ihn beunruhigte ... Ihm blieb keine Zeit, weitere Fragen zu stellen.

Da Schritte sich näherten und wahrscheinlich Maddalenas Rückkehr ankündigten, richtete Marianne sich auf, entzog sich seinen Händen und erhob sich, bevor er sie daran hindern konnte.

«Aber ... was tust du?»

«Ich bitte dich, sag nichts von diesem Unwohlsein. Ich verabscheue, daß man sich mit mir beschäftigt. Maddalena würde sich Sorgen machen! Ich würde mit Fürsorglichkeiten überhäuft werden ...»

Jasons Protest verlor sich im Klappern hoher Absätze. Mit einer durch dickes Glas geschützten Öllampe bewaffnet, erschien Maddalena von neuem. Über die Terrasse floß warmes gelbliches Licht, das ihr schimmerndes rotes Haar und ihr nett-spöttisches Lächeln sehen ließ.

«Ihr würdet Dunkelheit vielleicht vorziehen», sagte sie, «aber eben kehrt mein Mann mit Monsieur de Jolival zurück, und es ist Zeit zu soupieren. Natürlich habe ich ein Gedeck für Euch auflegen lassen, Kapitän!»

Die Verneigung des Amerikaners war zugleich Begrüßung und Ablehnung.

«Ich bedauere unendlich, Gräfin, aber ich muß an Bord zurück. Wir segeln morgen.»

«Wie? Schon?»

«Die Reparaturen sind fast beendigt, und wir müssen so schnell wie möglich Konstantinopel erreichen. Glaubt mir, ich bedauere lebhaft, Euch so rasch der Fürstin berauben zu müssen ... aber je früher wir dort sind, desto besser! Auch die Fregatten, die uns eskortieren, sind in ihrer Zeit beschränkt. Ich will sie nicht zu lange zurückhalten. Ich bitte um Vergebung!»

Als habe er es plötzlich eilig, fortzukommen, nahm er Abschied, küßte beiden Damen die Hand, nicht ohne seinen Blick für einen Moment besorgt und ratlos auf seiner Freundin ruhen zu lassen. Dann entfernte er sich durch den Garten, während im Innern des Hauses Jolivals und Alamanos Stimmen hörbar wurden.

«Ein seltsamer Mann», bemerkte Maddalena und folgte mit den Augen nachdenklich der hohen Gestalt des Seemanns, die sich in der Nacht verlor. «Aber wie verführerisch! Alles in allem ist es besser, daß er nicht zu lange hierbleibt. Alle Frauen der Insel wären närrisch nach ihm. In seinem Blick liegt etwas Unterwerfung Forderndes, das sich nicht leicht mit einer Weigerung abfinden dürfte.»

«Das ist wahr», sagte Marianne, die an etwas anderes dachte. «Er liebt es ganz und gar nicht, wenn man ihm widerspricht.»

«Das ist nicht ganz das, was ich sagen wollte», lächelte die Gräfin. «Aber gehen wir zu den Herren in den Salon.»

Jolival wiederzusehen war genau das, wonach es Marianne verlangte. Das kaum überstandene neuerliche Unwohlsein bestürzte sie außerordentlich, denn wenn ihr ähnliches häufiger passieren sollte, konnte das Leben auf dem Schiff unerfreulich werden. Arcadius war praktisch verschwunden gewesen. Seit dem Abend ihrer Ankunft hatte sie ihn nicht mehr gesehen und sich Sorgen deswegen gemacht, weil es nichts Gutes bedeuten konnte.

Während des ganzen Soupers nahm ihre Besorgnis weiter zu. Jolival schien müde. Er bemühte sich, wenn auch nur für den spürbar, der ihn kannte, mit der munteren Gesprächigkeit seiner Gastgeberin mitzuhalten, aber die entspannte Heiterkeit seiner Bemerkungen wurde durch seinen sorgenvollen Blick dementiert.

«Es ist ihm nicht geglückt», dachte Marianne. «Er hat nicht bekommen, was ich brauche. Sonst machte er ein anderes Gesicht.»

Selbst Maddalenas amüsant erstattetem Bericht über Mariannes nächtliche Taten gelang es nicht, ihn wirklich aufzuheitern.

Und als sie endlich allein mit ihm in ihrem Zimmer war, in das er noch für einige Augenblicke trat, bevor er das seine aufsuchte, erfuhr sie in der Tat, daß er kein Glück gehabt hatte.

«Man hatte mir von einer alten Griechin erzählt... einer Art Hexe, die in einer Hütte am Hang des Pantokrators leben sollte, aber als es mir heute nachmittag endlich gelang, den Ort zu finden, stieß ich nur auf ein paar Klageweiber und einen alten Popen, die ihr Leichenbegängnis zelebrierten. Aber verzweifelt nicht», fügte er rasch hinzu, als er ihren enttäuschten Gesichtsausdruck sah, «morgen suche ich wieder die venezianische Schankwirtin auf, die mich zu der Alten gewiesen hatte ...»

«Es ist nutzlos, Jolival», erwiderte Marianne seufzend. «Wir segeln morgen! Wißt Ihr es nicht? Jason war vor kurzem hier, um es mir zu sagen. Er hat es eilig, Korfu zu verlassen ... vor allem, wie ich glaube, wegen meines albernen Abenteuers mit Chahin Bey.»

«Er hat davon erfahren?»

«Dieser Idiot wollte mit uns segeln. Er selbst ist zu Jason gegangen und hat ihm die ganze Geschichte erzählt.»

Ein Schweigen trat ein, während dessen Jolival nervös an dem auf einem Tisch stehenden Rosenstrauß herumspielte.

«Woran seid Ihr mit ihm?»

In wenigen Sätzen berichtete ihm Marianne von ihrer letzten Unterhaltung auf der Terrasse und wie sie geendet hatte.

«Er hat schneller kapituliert als ich dachte», folgerte Arcadius. «Er liebt Euch von ganzem Herzen, Marianne, trotz seiner Zornesausbrüche, seines kränkenden Benehmens, seiner eifersüchtigen Anwandlungen ... Ich frage mich, ob Ihr nicht besser daran tätet, ihm die Wahrheit zu sagen.»

«Die Wahrheit über meinen ... Zustand?»

«Ja. Ihr fühlt Euch nicht wohl. Während des Soupers habe ich Euch beobachtet: Ihr seid bleich, nervös, und Ihr eßt fast nichts. Auf dem Schiff werdet Ihr ein Martyrium durchleben. Und dazu dieser Arzt, dieser Leighton! Er belauert Euch unaufhörlich. Ich weiß nicht recht warum, aber Ihr habt in ihm einen Feind, der vor nichts zurückschrecken wird, um sich Eurer zu entledigen!»

«Woher wißt Ihr das?»

«Gracchus hat mich gewarnt. Ihr wißt ja, Euer Kutscher ist dabei, seine Berufung für die Seefahrt zu entdecken. Er lebt mit der Mannschaft und hat sich einen Freund gewonnen, der französisch spricht. Leighton hat unter den Leuten mehrere Anhänger, die nicht aufhören, gegen die Anwesenheit einer Frau an Bord zu wettern. Zudem ist er Arzt, er könnte entdecken, was hinter Euren Anfällen von Unwohlsein steckt.»

«Ich glaubte», sagte Marianne trocken, «ein Arzt sei durch sein Berufsgeheimnis gebunden.»

«Allerdings, aber ich wiederhole, dieser haßt Euch, und ich halte ihn vieler Dinge für fähig. Hört auf mich, Marianne: Sagt Beaufort die Wahrheit! Er ist fähig, sie zu ertragen, ich bin dessen sicher!»

«Und wie, meint Ihr, wird er reagieren? Ich kann es Euch sagen: Er wird mir nicht glauben! Niemals werde ich es wagen, ihm etwas Derartiges ins Gesicht zu sagen.»

Wie zuvor Jason auf der Terrasse, ging nun Marianne in ihrem Zimmer auf und ab, in ihren Händen ein kleines Spitzentaschentuch zerknüllend. Ihre Phantasie zeigte ihr schon die Szene, die sie eben prophezeit hatte: Sie selbst vor Jason im Begriff zu gestehen, daß sie von ihrem Verwalter schwanger sei. Es würde genügen, ihn voller Abscheu verschwinden zu sehen!

«Ihr, die Ihr immer so mutig seid, weicht vor einer Erklärung zurück?» warf Jolival ihr freundschaftlich vor.

«Ich weiche vor dem endgültigen Verlust des Mannes zurück, den ich liebe, Arcadius! Jede Frau würde ebenso reagieren.»

«Wer sagt, daß Ihr ihn verlieren würdet? Ich wiederhole es Euch: Er liebt Euch sehr, und vielleicht ...»

«Da seht Ihr's!» unterbrach ihn Marianne mit einem kleinen, nervösen Lachen. «Ihr sagt vielleicht. Es ist dieses vielleicht, das ich nicht riskieren will.»

«Und wenn er es erfährt? Wenn er es auf die eine oder andere Weise merkt?»

«Um so schlimmer! Sagen wir, wenn Ihr wollt, daß ich mein Leben auf eine Karte setze. In etwas mehr als einer Woche, wenn alles gutgeht, werden wir ins Konstantinopel sein. Dort werde ich tun, was nötig ist. Bis dahin versuche ich durchzuhalten.»

Mit einem resignierten Seufzer erhob sich Jolival von seinem Stuhl, trat zu Marianne, nahm ihr Gesicht zwischen seine Hände und drückte einen väterlichen Kuß auf ihre von einer kleinen, störrischen Falte gezeichnete Stirn.

«Vielleicht habt Ihr recht», murmelte er. «Ich habe nicht das Recht, Euch zu nötigen. Und ... Ihr würdet natürlich auch nicht den Vorschlag akzeptieren, daß ... ich diese unangenehme Erklärung übernähme, die Euch so in Angst versetzt? Jason empfindet Freundschaft und Achtung für mich. Ich wäre erstaunt, wenn er meinen Worten nicht glaubte ...»

«Er wird vor allem glauben, daß Ihr mich sehr liebt und mich gegen Wind und Wetter verteidigt ... und daß ich Euch einen gewaltigen Bären aufgebunden habe! Nein, Arcadius! Ich weigere mich ... aber ich danke Euch aus tiefstem Herzen.»

Er verneigte sich mit einem kleinen, traurigen Lächeln und suchte sein Zimmer auf, während für Marianne eine schlaflose Nacht begann, seltsam gegensätzlich heimgesucht von der Angst vor den kommenden Tagen und von der noch immer bewahrten süßen Erinnerung an die vorangegangene Nacht. Die Fülle der Empfindungen, die dieser einmalige Augenblick außerhalb der Zeit und jeder Realität in ihr geweckt hatte, wirkte noch stark genug in ihr nach, um ihr eine Art intimer Freude ohne jedes Gefühl von Schande oder falscher Scham zu vermitteln. In den Armen dieses Mannes ohne Gesicht hatte sie einen Moment von außerordentlicher Schönheit erlebt, der eben deshalb schön war, weil ihr die Identität dieses Liebhabers einiger weniger Minuten für immer verborgen bleiben würde ...

Und als Marianne, an der Reling der *Meerhexe* lehnend, am folgenden Tag die weißen Mauern Korfus und seine alte venezianische Festung im goldfarbenen Morgennebel verschwimmen sah, konnte sie nicht umhin, noch einmal an den zurückzudenken, der sich auf dieser Insel, in dieser Masse von Felsen und Grün verbarg, aber vielleicht zuweilen zurückkehren und vor jener kleinen Grotte seine Netze auswerfen oder sein Boot festmachen würde, in der er für eine unbekannte Leda für kurze Frist den Herrn der Götter verkörpert hatte.

8. Kapitel

Auf der Höhe Kytheras ...

Seit zwei Tagen segelte die *Meerhexe* südwärts, von den Fregatten *Pauline* und *Pomone* eskortiert. Die drei Schiffe hatten ohne Zwischenfall die englischen Besitzungen Kephalonia und Zakynthos hinter sich gelassen und kreuzten jetzt vor den Küsten Moreas, doch weit genug außerhalb, um die Flottillen des Paschas zu vermeiden.

Das Wetter ließ sich prächtig an. Unter der Sonne schimmerten die blauen Wogen des Mittelmeers wie ein Feenmantel. Dank der stetigen Brise war die Hitze nicht allzu unangenehm, und die drei Meerrenner, die majestätisch all ihre weiße Leinwand trugen und an den Gaffeln der Masten ihre fröhlich flatternden farbenfrohen Flaggen zeigten, kamen gut voran.

Der Feind hielt sich ruhig, Wind und Meer konnten nicht günstiger sein, und den Fischern, die beim Einholen ihrer Netze die hohen weißen Pyramiden vorbeiziehen sahen, boten die Brigg und die beiden Fregatten ein Bild der Anmut und heiteren Macht.

Doch auf dem amerikanischen Schiff ging alles schief.

Zuerst wurde, wie Jolival vorausgesagt hatte, Marianne krank. Seitdem sie den Südkanal Korfus passiert und das offene Meer erreicht hatten, war die junge Frau notgedrungen in ihrer Kabine geblieben und hatte sich nicht mehr herausgerührt. In ihrer Koje liegend, wurde ihr trotz der Sanftheit des Meeres die geringste Bewegung des Schiffs zur Qual, so daß sie sich hundertmal wünschte, tot zu sein.

Der undefinierbare Geruch, der noch immer im Innern spürbar war und ihr jetzt unerträglich schien, machte die Sache nicht besser. Wie verloren vegetierte Marianne im abscheulichen Zustand einer durch nichts gerechtfertigten Seekrankheit, unfähig, zwei Gedanken miteinander zu verbinden. Ein einziger Gedanke nur verfolgte sie, hartnäckig und unveränderlich gleich: Jason nicht die Schwelle ihrer Kabine überqueren zu lassen!

Marianne hatte sich entschlossen, Agathe, die entsetzt gewesen war, ihre normalerweise mit einer ausgezeichneten Gesundheit gesegnete Herrin in diesem Zustand zu sehen, die Wahrheit zu sagen. Sie hatte volles Vertrauen zu ihrer Kammerfrau, die sich ihr stets als absolut ergeben erwiesen hatte, und unter den gegenwärtigen Umständen brauchte sie verzweifelt weibliche Hilfe. Und Agathe hatte sich sofort auf der Höhe dieses Vertrauens gezeigt.

Augenblicklich hatte sich das unbesonnene, kokette und leicht verschüchterte junge Mädchen in eine Art Drachen verwandelt, einen Zerberus von völlig unerwarteter Strenge und Unnachgiebigkeit, die Jason als erster hatte erfahren müssen, als er am Abend nach dem Aufbruch aus Korfu in der Hoffnung, empfangen zu werden, an einer gewissen Tür geklopft hatte. Statt der stets lächelnden, nachgiebigen, komplicenhaft verständnisvollen Agathe, die er anzutreffen erwartete, hatte er jedoch die musterhafteste und in ihrer steifgestärkten Schürze unüberwindlichste aller Kammerfrauen vorgefunden, die ihn in offiziellem Ton wissen ließ, daß «Frau Fürstin wieder an ihren Schmerzen leide und daß es ihr leider völlig unmöglich sei, welchen Besuch auch immer zu empfangen!». Dem hatte sie noch einige Entschuldigungen hinzugefügt, die eines bevollmächtigten Ministers würdig gewesen wären ... und ihm die Tür vor der Nase zugemacht. Dr. John Leighton hatte nicht mehr Erfolg gehabt, als er einige Minuten später erschien, um die Kranke zu untersuchen und ihr seine Hilfe angedeihen zu lassen. Noch steifer als zuvor hatte Agathe ihn informiert, daß «Ihre Durchlaucht» eingeschlafen sei, und sich geweigert, einen so willkommenen Schlaf zu stören.

Das Spiel mitspielend, hatte Arcadius de Jolival auf einen Besuch verzichtet. Dafür hatte er Jasons ersten Ärger über seine Enttäuschung über sich ergehen lassen müssen. Nicht ganz zu Unrecht beschwerte er sich, daß es anomal sei, wenn er wie irgendein x-beliebiger Besucher behandelt würde, und war einer minderen Explosion schon nahe.

«Glaubt sie denn, ich liebte sie nicht genug, um nicht ertragen zu können, sie krank zu sehen? Wie wird sie sich denn verhalten, wenn sie meine Frau sein wird? Müßte ich das Haus verlassen oder mich damit begnügen, nur durch eine Kammerfrau Nachricht von ihr zu erhalten?»

«Ihr vergeßt nur eines, mein Freund, nämlich, daß Ihr noch nicht verheiratet seid! Und wärt Ihr's, wäre ich auch nicht erstaunt, wenn die Dinge sich so abspielten, wie Ihr sagt. Seht Ihr, Marianne ist zu sehr Frau, zu stolz und vielleicht auch zu kokett, um nicht zu wissen, daß die Intimität selbst der größten Liebe vor gewissen Schranken haltmachen muß. Keine verliebte Frau möchte entstellt und mitgenommen gesehen werden. So ist sie immer mit ihren besten Freunden gewesen. Wenn sie in Paris krank war, war ihre Tür hermetisch verbarrikadiert ... selbst für mich», log er dreist, «der in gewisser Weise ihr zweiter Vater ist!»

Leighton mischte sich ein. Sorgfältig seine lange Tonpfeife stopfend, eine Operation, die ihm erlaubte, die Blicke seiner Gesprächspartner zu meiden, ließ der Arzt ein dünnes Lächeln sehen, das an der Unerfreulichkeit seiner Züge nichts änderte.

«Solch Verhalten ist bei einer hübschen Frau normal, aber ein Arzt sollte weder als Mann noch als irgendein Besucher angesehen werden. Ich verstehe nicht, daß die Fürstin ... nicht bereit ist, sich untersuchen zu lassen. Als ihre Kammerfrau krank war, hat sie mich ganz im Gegenteil sofort geholt, und ich schmeichle mir, mit meiner Behandlung ein erfreuliches Resultat erzielt zu haben.»

«Wie kommt Ihr darauf, daß sie Euren Besuch nicht annimmt, Monsieur?» entgegnete Jolival eisig. «Ich glaubte, gehört zu haben, daß die Fürstin schlief. Ist der Schlaf nicht die beste aller Arzneien?»

«Zweifellos! Wünschen wir nur, daß sie wirksam genug ist, die Fürstin bis morgen wiederherzustellen. Morgen vormittag werde ich mich wieder bei ihr einfinden.»

Der Ton des Arztes war allzu höflich, allzu versöhnlich und gefiel Jolival wenig. Aus den scheinbar harmlosen Worten Leightons hörte er besorgt eine unbestimmte Drohung heraus. Dieser Mann war fest entschlossen, Marianne zu sehen und zu untersuchen, vielleicht weil sie es nicht zu wünschen schien. Aber nur der Teufel konnte sagen, was der Arzt daraus schließen würde, wenn die junge Frau ihn noch einmal vor der Tür stehenließ. Und Jolival verbrachte die Nacht mit Überlegungen, wie dieser Gefahr entgegengewirkt werden könne, denn eine Gefahr war Leightons Interesse ohne Zweifel: Dieser Mann war böswillig genug, um genau das zu erraten, was man ihm unter allen Umständen verbergen wollte. Doch der Arzt führte seine Absicht nicht aus, und Agathe brauchte keine neue Lüge zu erfinden, um ihm den Weg zu versperren. Zu Jolivals Überraschung verbrachte er den Tag teils in seiner Kabine, teils im Mannschaftslogis, um einige Fälle von jäh ausgebrochener Ruhr zu behandeln, und schien sich nicht mehr um die Passagierin zu kümmern.

Als Jason nachmittags an der Tür der Mittschiffskajüte erschien, beschränkte sich Agathe auf die Mitteilung, daß ihre Herrin weiterhin sehr müde sei und noch immer nicht empfange, daß sie jedoch von ganzem Herzen hoffe, schnell wieder gesund zu werden.

Diesmal blieben Jolival Vorwürfe erspart, dafür bekam die Mannschaft die schlechte Laune ihres Kapitäns zu spüren. Pablo Arroyo, der Obermaat, wurde der mangelnden Sauberkeit des Decks wegen scharf getadelt, und dem Zweiten Offizier O'Flaherty brachte der Geruch seines Atems und die Farbe seiner Nase eine saftige Strafpredigt ein.

Währenddessen duldete Marianne weiter in ihrer Kabine und trank zahlreiche Tassen heißen Tees, die sie sich von Tobie bringen ließ, weil ihr Magen sonst nichts vertrug. Sie fühlte sich schwach, krank und nicht der kleinsten Anstrengung fähig. Niemals zuvor war ihr so zumute gewesen.

Die Nacht brach an, als Agathe, die auf Anordnung Mariannes an Deck ein wenig frische Luft geschöpft hatte, mit einem bauchigen Flakon zurückkam, aus dem sie Flüssigkeit in ein Glas goß.

«Dieser Doktor ist vielleicht nicht so böse wie Madame glaubt», sagte sie munter. «Ich bin ihm eben begegnet, und er hat mir dies gegeben und gesagt, Madame werde sich danach schneller besser fühlen.»

«Er weiß nicht, was ich habe», erwiderte Marianne mit müder Stimme. «Wie kann er da hoffen, mir zu helfen?»

«Ich weiß nicht, aber er versichert, dies sei unübertrefflich gegen Seekrankheit und Magenschmerzen. Man weiß ja nie ... vielleicht ist es eine gute Medizin, die Madame wohltun wird. Sie sollte sie versuchen.»

Marianne zögerte einen Moment, dann streckte sie die Hand aus.

«Gib schon her», seufzte sie. «Du hast vielleicht recht. Und ich fühle mich so miserabel, daß ich sogar das Gift der Borgia mit Vergnügen schlucken würde. Alles andere lieber als so weitervegetieren!»

Umsichtig half Agathe ihrer Herrin, sich so bequem wie nur möglich zurechtzulegen, breitete ein mit Eau de Cologne getränktes schmales Tuch über ihre feuchte Stirn und näherte das Glas ihren Lippen.

Marianne trank mit Vorsicht, halb überzeugt, das Gebräu keine fünf Minuten bei sich behalten zu können. Doch sie trank den Inhalt des Glases bis zum letzten Tropfen und wunderte sich, keinerlei Widerwillen zu verspüren.

Der Geschmack der ein wenig bitteren und leicht gezuckerten Flüssigkeit war undefinierbar, aber nicht unangenehm. Sie enthielt ein wenig Alkohol, der beim Trinken schwach in der Kehle brannte, sie aber belebte. Nach und nach wurden die krampfartigen Brechgefühle, die sie seit zwei Tagen gequält hatten, schwächer, beruhigten sich endlich ganz und ließen nur ein Gefühl tiefer Erschöpfung und ein Verlangen nach Schlaf zurück.

Ihre Lider senkten sich unwiderstehlich, aber bevor sie sie schloß, lächelte sie der am Fuße des Bettes sitzenden und sie besorgt beobachtenden Agathe dankbar zu.

«Du hattest recht, Agathe! Ich fühle mich besser, und ich glaube, ich werde schlafen. Auch du wirst dich ausruhen können, aber vorher geh zu Dr. Leighton und danke ihm in meinem Namen. Ich habe ihn offenbar falsch beurteilt, und jetzt schäme ich mich deswegen.»

«Oh, es gibt keinen Grund, sich zu schämen», sagte Agathe. «Er ist vielleicht ein guter Doktor, aber es wird mir nie gelingen, ihn sympathisch zu finden. Und außerdem ist es seine Arbeit, Kranke zu pflegen. Trotzdem gehe ich natürlich zu ihm. Madame kann unbesorgt sein.»

Agathe traf John Leighton auf dem Vorderdeck an, wo er sich leise mit Arroyo unterhielt. Sie mochte den Obermaat ebenso wenig wie den Doktor, denn sie fand, er habe den «bösen Blick». So wartete sie, bis er sich entfernt hatte, bevor sie ihre Botschaft ausrichtete. Doch zu ihrer ärgerlichen Verblüffung brach der Arzt, als sie ihm den Dank ihrer Herrin ausgerichtet hatte, in Gelächter aus.

«Was ist so drollig an dem, was ich eben gesagt habe?» erkundigte sich das junge Mädchen empört. «Es ist immerhin freundlich von Madame, Euch zu danken! Schließlich habt Ihr nur Euren Beruf ausgeübt!»

«Wie Ihr sagt, habe ich nur meinen Beruf ausgeübt», erwiderte Leighton, «und habe mit Dank nichts weiter zu schaffen!»

Dann wandte er, immer noch lachend, der Kammerfrau den Rükken zu und entfernte sich zur Brücke. Entrüstet kehrte Agathe zur Mittschiffskajüte zurück, um ihrer Herrin das Geschehene zu berichten, doch Marianne schlief so friedlich, daß das junge Mädchen nicht den Mut fand, sie zu wecken. Sie räumte die Kabine auf, ließ frische Luft herein und begab sich sodann im Gefühl erfüllter Pflicht zur Ruhe ...

Es war kaum Tag geworden, als heftige Schläge die Holzwand der Kabine erschütterten und Marianne jäh aus ihrem Schlaf auffahren ließen. Auch Agathe, die vorsichtshalber ihre Tür offen gelassen hatte, war erwacht. Anscheinend mitten aus einem Alptraum gerissen, war sie sofort auf den Füßen und rief:

«Was ist passiert?... Ein Unglück?... Allmächtiger, wir gehen unter!»

«Ich glaube nicht, Agathe», sagte Marianne, die sich auf einem Ellbogen aufgestützt hatte, ruhig. «Jemand klopft nur besonders stürmisch an die Tür. Mach nicht auf! Es kann nur ein betrunkener Matrose sein.»

Doch die Wucht der Schläge nahm noch zu, und darüber war nun Jasons wütende Stimme zu hören:

«Werdet Ihr öffnen, oder muß ich erst diese verdammte Tür einschlagen?»

«Mein Gott, Madame!» jammerte Agathe. «Es ist Monsieur Beaufort, und er scheint sehr zornig zu sein. Was will er?»

Sie hatte recht. Jason schien außer sich, und in seiner rauhen, irgendwie verdickten Stimme schwang etwas mit, was Marianne einen Schauer der Angst über den Rücken jagte.

«Ich weiß es nicht, aber wir müssen ihm öffnen, Agathe», sagte sie. «Er macht sonst ernst mit seiner Drohung! Wir haben kein Interesse daran, ihn die Tür einschlagen und diesen Skandal fortsetzen zu lassen.»

Zitternd warf Agathe einen Schal über ihr Nachthemd, schob den Riegel zurück und konnte sich eben noch flach gegen die Wand drücken und so verhüten, daß ihr der Türflügel ins Gesicht schlug. Wie eine Kanonenkugel schoß Jason in die Kabine, und Marianne stieß bei seinem Anblick einen Schrei aus. Im roten Licht der aufgehenden Sonne wirkte er wie ein Dämon. Das Haar in wilder Unordnung, die Krawatte heruntergerissen, das Hemd bis zum Gürtel geöffnet, war es nicht der Jason, den sie kannte. Zudem war er mehr als halbbetrunken und füllte den engen Raum mit einem zum Schneiden dicken Geruch nach Rum, der Mariannes empfindliche Nase reizte.

Aber sie hatte plötzlich so große Angst, daß sie nicht mehr an ihre Leiden dachte. Niemals hatte sie Jason in solchem Zustand gesehen: Seine Augen waren die eines Verrückten, und er knirschte mit den Zähnen, während er sich ihr langsam ganz langsam näherte.

Entsetzt und trotzdem zu allem bereit, um ihre Herrin zu verteidigen, wollte Agathe sich zwischen sie werfen. Mit seinen wie Krallen vorgestreckten Händen sah Jason so aus, als wolle er Marianne erwürgen.

Doch plötzlich packte er das junge Mädchen an den Schultern und warf es, ohne sich um seine Proteste zu kümmern, aus der Kabine, deren Tür er verriegelte. Dann wandte er sich wieder Marianne zu, die sich instinktiv bis zur hinteren Wand ihrer Koje zurückzog und sich sehnlichst wünschte, mit dem Mahagoni und der Seide, aus denen sie bestand, zu verschmelzen. In Jasons Augen las sie ihren Tod.

«Du, Marianne», stieß er erbittert hervor, «du bist also schwanger!»

«Nein!... Nein, das ist nicht wahr!» schrie sie auf, in der ersten Abwehr alles leugnend.

«Was du nicht sagst! Und dein Unwohlsein, deine Ohnmachtsanfälle... deine Magenschmerzen? Nein, du bist schwanger von ich weiß nicht wem! Aber ich werde es wissen... ich werde es sofort erfahren, in welchem Bett du dich noch herumgetrieben hast! Wer ist es diesmal, he? Dein korsischer Leutnant, der Herr Herzog von Padua, das Gespenst deines Gatten oder dein Kaiser?... Du wirst antworten, hörst du? Du wirst gestehen!»

Ein Knie auf dem Rand der Koje, hatte er Marianne an der Kehle gepackt und stieß sie in die zerwühlten Laken zurück, doch seine Hände drückten noch nicht zu.

«Du bist verrückt!» ächzte die junge Frau. «Wer hat dir so etwas gesagt?»

«Wer? Leighton natürlich! Du hast dich besser gefühlt, nachdem du seine Medizin getrunken hattest, nicht wahr? Nur weißt du nicht, was für ein Trank das war! Der gleiche, den man die schwangeren Negerinnen auf den Sklavenschiffen schlucken läßt, damit sie vor lauter Brecherei nicht schon vor der Ankunft platzen, was ein herber Verlust wäre: Eine trächtige Negerin ist doppelt soviel wie eine andere wert!»

Das Entsetzen, das Marianne überflutete, ließ sie für einen Moment ihre Angst vergessen. Jason sagte schreckliche Dinge, und er sagte sie in gemeinen Worten! Mit einer schnellen Bewegung löste sie sich, verkroch sich in einen Winkel des Alkovens, ihren Hals mit ihren Armen schützend.

«Auf den Sklavenschiffen? ... Willst du sagen, daß du dich an diesem schmutzigen Handel beteiligt hast?»

«Und warum nicht? ... Man verdient viel Gold dabei!»

«Darum also dieser Geruch!»

«Ah, du hast ihn bemerkt? Stimmt, er ist zäh! Nicht fortzuwaschen! Dabei habe ich nur ein einziges Mal Ebenholz transportiert ... und das nur einem Freund zuliebe! Aber nicht darum geht es jetzt, sondern um dich! Und ich schwöre dir, daß du reden wirst!»

Von neuem stürzte er sich auf sie, riß sie aus ihrem Winkel, versuchte, ihren Hals zu fassen zu kriegen, doch diesmal kamen Zorn und Enttäuschung Marianne zu Hilfe. Mit einem jähen Stoß warf sie ihn aus der Koje. Der Alkohol, den er getrunken hatte, ließ ihn aus dem Gleichgewicht geraten, und er fiel rücklings auf einen Stuhl, der unter ihm zusammenbrach. In diesem Moment wurde erneut an die Tür geklopft, und Jolivals Stimme drang herein. Agathe mußte ihn zu Hilfe gerufen haben.

«Macht auf, Beaufort!» rief der Vicomte. «Ich muß mit Euch sprechen!»

Mühsam raffte Jason sich hoch und näherte sich der Tür, öffnete jedoch nicht.

«Ich hingegen habe Euch nichts zu sagen», höhnte er. «Geht Eurer Wege! Ich habe nur mit ... Madame zu tun.»

«Seid nicht albern, Beaufort, und tut vor allem nichts, was Ihr bereuen könntet. Laßt mich hinein ...»

Angst, die gleiche Angst, die Marianne verzehrte, bebte in Jolivals angespannter Stimme, doch Jason lachte nur, ein Lachen, das nicht sein Lachen war.

«Wozu? Ihr wollt mir zweifellos erklären, wie es zugeht, daß diese Frau schwanger ist ... oder wollt Ihr mir etwas von Eurer Rolle als Kuppler berichten?»

«Ihr seid verrückt, und Ihr habt zuviel getrunken! Warum öffnet Ihr nicht?»

«Oh, ich werde öffnen, mein teurer Freund ... ich werde öffnen ... sobald ich Eurer schönen Freundin die Behandlung habe angedeihen lassen, die sie verdient!»

«Sie ist krank, und sie ist eine Frau! In Eurem normalen Zustand seid Ihr kein Feigling! Habt Ihr das vergessen?»

«Ich vergesse nichts!»

Sich plötzlich von der Tür abwendend, stürzte er sich auf Marianne, die auf eine so jähe Attacke nicht gefaßt gewesen war, und riß sie zu Boden. Mehr aus Angst schrie sie auf.

Einen Moment später sprang die Tür vor einem doppelten Ansturm auf. Jolival und Gracchus drangen, von Agathe gefolgt, in die Kabine und entrissen Marianne den wütenden Händen Jasons, dessen fixe Idee es zu sein schien, sie zu erwürgen. Zugleich bemächtigte sich Agathe des großen Wasserkrugs und schüttete dessen Inhalt dem Korsaren ins Gesicht, der, völlig verdutzt, sich wie ein naß gewordener Hund schüttelte. Aber das Leben kehrte allmählich in seinen stumpfen Blick zurück.

Wenigstens halbwegs ernüchtert, strich er die nassen schwarzen Strähnen aus seiner Stirn zurück und musterte die Gruppe mit finsteren Augen. Von Gracchus unterstützt, war Agathe Marianne beim Aufstehen behilflich gewesen und hatte ihr wieder in ihr Bett geholfen. Einen Moment betrachtete Arcadius mitleidig die reglose Gestalt, dann wandte er sich zu Jason, dessen verzerrte Züge mehr Leid als Zorn verrieten. Bekümmert schüttelte er den Kopf.

«Ich hätte sie zwingen müssen, Euch die Wahrheit zu sagen», begann er behutsam, «aber sie wagte es nicht. Sie hatte Angst ... furchtbare Angst davor, wie Ihr reagieren würdet!»

«Wirklich?»

«Wenn ich danach gehen wollte, was sich hier eben ereignet hat, hätte sie nicht völlig unrecht. Dennoch, Beaufort, gebe ich Euch mein Wort als Edelmann, daß sie in keiner Weise für das, was ihr geschehen ist, Verantwortung trägt! Sie ist nichtswürdig vergewaltigt worden ... Wollt Ihr mir erlauben, Euch diese schreckliche Geschichte zu berichten?»

«Nein! Ich kann mir mühelos vorstellen, daß Euer fruchtbarer Geist bereits ein prächtiges Märchen erfunden hat, so recht geeignet, meinen Zorn zu besänftigen und mich mehr denn je zum Narren dieser Intrigantin zu machen. Unglücklicherweise habe ich keine Lust, es mir anzuhören.»

Und bevor Jolival widersprechen konnte, hatte Jason drei kurze Pfiffe aus der um seinen Hals hängenden Signalpfeife abgegeben. Augenblicklich erschien der Obermaat in der aufgebrochenen Tür. Offensichtlich hatte er schon mit einem Teil der Besatzung auf der Lauer gestanden, denn hinter ihm tauchten weitere Männer auf.

Kalt wies Jason auf Jolival und Gracchus.

«Schließt diese beiden Männer in Eisen! Bis auf Widerruf!»

«Ihr habt kein Recht dazu!» empörte sich die plötzlich wiederbelebte Marianne und warf sich trotz Agathes Versuch, sie zurückzuhalten, auf ihren Freund.

Er bändigte sie sofort.

«Ich habe alle Rechte!» entgegnete er. «Hier bin ich nach Gott der einzige Herr!»

«An Eurer Stelle», fiel Jolival ein, während er sich, von zwei Matrosen flankiert, zur Tür wandte, «ließe ich Gott aus dieser Angelegenheit heraus. Der große Gewinner ist der Teufel ... und Euer ehrsamer Freund, der Doktor! ‹Honest, honest, Jago!› würde Shakespeare sagen.»

«Laßt Dr. Leighton aus dem Spiel!»

«Warum? Hat er nicht den Eid des Hippokrates gebrochen und Mariannes Zustand preisgegeben?»

«Man hat ihn nicht zu ihrer Pflege gerufen, sie war also nicht seine Patientin.»

«Eine hübsche Rechtfertigung ... die nicht von Euch stammt. Sagen wir, daß er ihr eine Falle gestellt hat, die niederträchtigste von allen, die sich hinter Barmherzigkeit versteckt. Und Ihr applaudiert! Ich kenne Euch nicht wieder, Jason!»

«Ich habe schon befohlen, ihn fortzuschaffen!» brüllte der Korsar. «Worauf wartet ihr noch?»

Sofort schleppten die Matrosen Jolival hinaus. Gracchus wehrte sich wie ein Teufel, aber seine Kraft reichte nicht aus, um es mit den Burschen aufzunehmen, die ihn gepackt hatten. Doch als er an Jason vorbeigezerrt wurde, bäumte er sich auf, einen Moment gelang es ihm, sie zum Stehen zu bringen, und seinen glühenden Blick in Jasons senkend, rief er in einem Ton, in dem sich Bitterkeit und Verzweiflung mit Zorn mischten:

«Und Euch liebte ich! Euch bewunderte ich! Mademoiselle Marianne hätte besser daran getan, Euch im Bagno von Brest verrecken zu lassen, denn wenn Ihr es damals nicht verdient habt, verdient Ihr es jetzt!»

Dann spuckte Gracchus zum Zeichen seiner Verachtung auf den Boden und ließ sich fortziehen. In wenigen Sekunden leerte sich die Kabine. Jason und Marianne standen einander Auge in Auge gegenüber.

Unwillkürlich hatte der Korsar Gracchus nachgeblickt. Während dessen wütender Attacke war er bleich geworden, hatte die Fäuste geballt, aber sonst nicht reagiert. Doch Marianne glaubte zu bemerken, daß sein Blick sich verdunkelt hatte und für einen Moment etwas wie Bedauern verriet.

Die Gewaltsamkeit des Vorgangs, dessen Schauplatz ihre Kabine gewesen war, hatte ihr mit einem Schlage all ihren Mut zurückgegeben. Kampf war ihr natürliches Element. Sie fühlte sich in ihm zu Hause, fühlte sich fast wohl, und in einer Weise empfand sie trotz der Katastrophe, die sich daraus ergeben hatte, etwas wie geheime Erleichterung, daß es nun zu Ende war mit der erstickenden Atmosphäre der Lügen und der Verheimlichung. Jasons blinder, eifersüchtiger Zorn war schließlich noch immer Liebe, obwohl er diesen Gedanken zweifellos voller Empörung zurückweisen würde, aber er war ein loderndes Feuer, das – vielleicht – alles verzehren würde. In wenigen Augenblicken würde nichts als Asche von dieser Liebe bleiben, die ihr Leben so lange erfüllt hatte – und von ihrem eigenen Herzen?

Agathe kauerte noch immer neben der Koje. Mechanisch trat Jason zu ihr, nahm sie beim Arm, zog sie ohne Zwang zu ihrem eigenen Verschlag, dessen Tür er hinter ihr verschloß. Die Arme über der Brust gekreuzt, die sie mit einem über das dünne Nachtkleid geworfenen großen Schal bedeckt hatte, sah Marianne ihm wortlos zu. Als er sich ihr wieder zuwandte, fand er sie ruhig und hocherhobenen Hauptes vor sich. In ihrem grünen Blick war Schmerz, aber er senkte sich nicht. «Es bleibt Euch nur noch, Euer Werk von vorhin zu vollenden», sagte sie gelassen und ließ den Schal eben weit genug herabgleiten, daß die bläulichen Druckstellen an ihrem schlanken Hals sichtbar wurden. «Ich bitte Euch nur, Euch zu beeilen ... falls Ihr es nicht vorzieht, mich vor den Augen der ganzen Mannschaft an der großen Rahe aufknüpfen zu lassen.»

«Weder das eine noch das andere! Ich gebe es zu, vorhin wollte ich Euch töten! Ich hätte es mein Leben lang bereut: Man tötet keine Frau wie Euch! Was das Aufknüpfen betrifft, sollt Ihr wissen, daß mir der Hang zum Drama fehlt, der Euch offensichtlich auf der Bühne zugeflogen ist. Zudem ist Euch nicht unbekannt, daß solches Schauspiel zwar vielleicht meine Mannschaft erfreuen würde, aber kaum nach dem Geschmack Eurer Wachhunde sein dürfte. Ich habe keine Lust, von Napoleons Fregatten in Grund und Boden geschossen zu werden.»

«Was werdet Ihr dann mit mir und meinen Freunden tun? Warum legt Ihr mich nicht wie sie in Eisen?»

«Es wäre unnütz. Ihr werdet in der Kabine bleiben, bis wir den Piräus anlaufen. Dort werde ich Euch mit Euren Leuten an Land setzen ... und Ihr könnt in Ruhe ein anderes Schiff suchen, das Euch nach Konstantinopel bringt.»

Mariannes Herz krampfte sich zusammen. Wenn er so sprach, mußte seine Liebe für sie erloschen sein.

«Haltet Ihr so Euer Versprechen?» fragte sie. «Hattet Ihr nicht zugesagt, mich wohlbehalten ans Ziel zu bringen?»

«Ein Hafen ist wie der andere. Der Piräus ist ausgezeichnet. Von Athen aus werdet Ihr keinerlei Mühe haben, die türkische Hauptstadt zu erreichen ... und ich werde für immer von Euch befreit sein!»

Er sprach langsam, ohne Groll, mit schwerfälliger, müder Stimme, in der sich letzte Spuren seiner überwundenen Trunkenheit mit Ekel mischten. Trotz ihres Zorns und Kummers fühlte Marianne, daß eine Art verzweifelten Mitleids ihr Herz überwältigte: Jason sah aus wie ein zu Tode Getroffener ... Sehr leise murmelte sie:

«Ist das wirklich alles, was Ihr wünscht ... mich nicht mehr zu sehen? Niemals? Daß unsere Wege sich trennen ... und nie mehr zusammenfinden?»

Er hatte sich von ihr abgewandt und betrachtete durch die Luke das Meer, dessen tiefes Blau, von der Sonne in Brand gesteckt, in unzählige glitzernde Funken zersplitterte. Marianne hatte das seltsame Gefühl, daß die Worte in ihn eindrangen und ihn erstarren ließen.

«Ich wünsche nur noch das», bestätigte er endlich.

«Dann wagt es wenigstens, mich anzusehen ... und es mir ins Gesicht zu sagen!»

Langsam drehte er sich um und starrte sie an. Der in die Kabine dringende Sonnenpfeil hüllte sie in Licht. Der rote Schal um ihre Schultern umgab sie wie mit Flammen, und von der Fülle ihres locker fallenden schwarzen Haars umrahmt, wirkte ihr bleiches, gespanntes Antlitz noch weißer und durchscheinender. Mit den Druckspuren an ihrem Hals war sie tragisch und schön wie die Sünde. Unter dem purpurnen Flausch des Kaschmirschals wogte erregt ihre Brust.

Jason sagte nichts, doch je länger er die schmale Gestalt vor ihm betrachtete, desto mehr schlich sich Verwirrung und schließlich ohnmächtige Wut in seinen Blick.

«Ja», gestand er endlich widerwillig, «ich verlange noch nach Euch!

Trotz allem, was Ihr seid, trotz des Abscheus, den Ihr mir einflößt, habe ich das Unglück, noch Lust nach Eurem Körper zu verspüren, weil Ihr schöner seid, als ein Mann es ertragen kann! Aber auch das zu ersticken, das Verlangen in mir zu töten, wird mir gelingen ...»

Eine Woge der Freude und Hoffnung schäumte in Marianne hoch. War es nach alldem doch möglich, diese schwierige Klippe zu umschiffen, diesen unmöglichen Sieg zu erringen? «Wäre es nicht einfacher ... und weiser, mich Euch alles sagen zu lassen?» murmelte sie. «Ich schwöre auf mein Seelenheil, Euch nichts zu verheimlichen von dem, was mir geschehen ist ... selbst das Schrecklichste nicht! Aber gebt mir meine Chance ... eine einzige Chance!»

Jetzt verlangte es sie danach, ihre eigene Sache zu verfechten, ihm all dies Abscheuliche zu gestehen, das sich in Wochen aufgehäuft hatte und sie erstickte. Sie spürte, daß sie noch gewinnen konnte, daß es möglich war, ihn zu ihr zurückzuführen, ihn wieder zu erobern. Der hungrige, gequälte Ausdruck seines Gesichts sagte ihr genug. Sie besaß noch ungeheure Macht über Jason ... wenn er sich nur bereitfand, sie anzuhören.

Doch er hörte sie nicht! Selbst in dieser Minute gelang es den Worten, die sie ihm sagte, nicht, den Panzer seiner Abwehr zu durchdringen. Gewiß, er sah sie an, doch mit einem seltsam ausdruckslosen Blick ... doch er hörte sie nicht, und als er endlich sprach, war es wie ein Selbstgespräch, als sei die vor ihm stehende Marianne nur noch ein reizvolles Bildnis oder eine Statue.

«Es ist wahr, sie ist schön», murmelte er, «schön wie die giftigen Blumen der brasilianischen Wälder, die sich von Insekten nähren und deren aufbrechende Blüten Fäulnisdüfte ausströmen. Nichts ist leuchtender als diese Augen, nichts weicher als diese Haut ... diese Lippen ... nichts reiner als dieses Antlitz, nichts bezaubernder als dieser Körper! Und doch ist alles falsch ... alles gemein! Ich weiß es ... aber es gelingt mir nicht, daran zu glauben, weil ich es nicht gesehen habe ...»

Während er sprach, hatte er begonnen, mit zitternden Händen Mariannes Wangen, ihr Haar, ihren Hals zu berühren, doch aus seinen Augen war von neuem der Funke geschwunden, sie schienen nicht mehr zu leben ...

«Jason!» flehte Marianne. «Hab Mitleid und hör mich an! Ich liebe nur dich, ich habe immer nur dich geliebt! Selbst wenn du mich tötest, würde meine Seele sich ihrer Liebe erinnern! Ich bin immer deiner würdig gewesen, immer die deine ... selbst wenn du jetzt nicht daran glauben kannst ...»

Verlorene Mühe. Er hörte sie nicht, verloren an einen Wachtraum, in dem seine in den letzten Zügen liegende Liebe gegen ihre Vernichtung ankämpfte:

«Vielleicht, wenn ich sie in den Armen eines anderen hätte sehen können, einem anderen preisgegeben ... erniedrigt ... verächtlich ... vielleicht könnte ich dann eher daran glauben!»

«Jason», rief Marianne, den Tränen nahe, «ich bitte dich! Schweig!»

Sie suchte seine Hände zu fassen, sich ihm noch mehr zu nähern, um den eisigen Nebel zu durchdringen, der sie trennte. Doch jäh stieß er sie zurück, während ihm in einem heftigen Wutanfall das Blut von neuem ins Gesicht schoß.

«Auch ich», schrie er, «weiß, wie man gegen den Gesang der Sirene kämpft! Und ich weiß, wie deine Macht zerstört werden kann, Teufelin!»

Er lief zur Tür, riß sie auf und brüllte:

«Kaleb! Komm hierher!»

Von instinktiver Furcht gepackt, stürzte Marianne zur Tür, wollte sie wieder schließen, aber er drängte sie zur Mitte des Raums zurück.

«Was willst du tun?» fragte sie. «Warum rufst du ihn?».

«Du wirst es sehen!»

Einen Moment später trat der Äthiopier ein, und trotz der Angst, die ihr die Kehle zuschnürte, bewunderte sie die Pracht dieses Gesichts und des bronzenen Körpers. Er schien die enge Kabine mit einer Art herrscherlicher Majestät zu füllen.

Entgegen der Gewohnheit der anderen Sklaven verneigte er sich nicht vor dem weißen Herrn. Er schloß die Tür, wie ihm befohlen wurde, und blieb davor stehen, die Arme gekreuzt, in Ruhe wartend. Doch sein heller Blick glitt rasch von dem Korsaren zu der erblassenden jungen Frau, auf die ihn eine brutale Geste verwies.

«Sieh dir diese Frau an, Kaleb, und sage mir, was du von ihr hältst! Findest du sie schön?»

Kaleb schwieg einen Moment, dann antwortete er ernst:

«Sehr schön! ... Auch sehr erschreckt!»

«Komödie! Ihr Gesicht ist geschickt im Maskentragen. Sie ist eine als Fürstin verkleidete Abenteurerin, eine Sängerin, deren Gewohnheit es ist, alle die, die ihr applaudieren, zu befriedigen! Sie schläft mit jedem, der ihr gefällt, und auch du bist schön genug, um ihr zu gefallen! Nimm sie, ich gebe sie dir!»

«Jason!» schrie Marianne entsetzt auf. «Du bist wahnsinnig!»

Der Sklave zuckte zusammen und runzelte die Stirn. Sein Gesicht erstarrte in einem strengen Ausdruck, plötzlich den Basaltbildnissen der alten ägyptischen Pharaonen ähnlich. Er schüttelte den Kopf, wandte sich um und wollte hinaus, doch ein Ruf Jasons hielt ihn an seinem Platz:

«Bleib! Das ist ein Befehl! Ich habe gesagt, daß ich dir diese Frau gebe! Du kannst sie nehmen, sofort ... hier auf der Stelle! Sieh!»

Mit einer raschen, brutalen Bewegung riß er den großen Kaschmirschal von Mariannes Schultern. Das leichte Nachtkleid, das die junge Frau trug, war mehr als enthüllend, und eine langsame Röte stieg in ihr Gesicht, während sie sich mit ihren Armen so gut wie möglich zu bedecken suchte. Die unergründlichen Züge des Äthiopiers verrieten keinerlei Erregung, aber er näherte sich Marianne.

Vor dem, was ihr Bedrohung schien, wich Marianne zurück. Sie fürchtete, daß der Sklave gehorchen und Hand an sie legen werde. Doch Kaleb bückte sich nur und hob den zu Boden gefallenen Schal auf. Einen Moment kreuzte dabei sein so merkwürdig blauer Blick den ihren. Nichts von Bitterkeit zeigte sich in ihm, wie es normal gewesen wäre bei einer solchen Geste der Zurückweisung, nur eine Art amüsierter Melancholie.

Schnell warf er das weiche Gewebe wieder über ihre Schultern, und Marianne zog es so fest um sich zusammen, als wolle sie es mit ihrer Haut verbinden. Dann wandte er sich dem Korsaren zu, der ihn finster beobachtet hatte, und sagte: «Du hast mich aufgenommen, Herr, und ich bin hier, um dir zu dienen ... aber nicht als Henker!»

In Jasons Augen blitzte es zornig auf. Der Äthiopier hielt ihnen stand, ohne Schwäche und ohne Frechheit, mit einer Würde, die Marianne frappierte. Indessen wies der Korsar zur Tür:

«Geh! Du bist ein Dummkopf!»

Über Kalebs Gesicht glitt ein kurzes Lächeln:

«Glaubst du, wenn ich dir gehorcht hätte, wäre ich nicht lebend aus dieser Kabine herausgekommen? Du hättest mich getötet!»

Es war keine Frage, nur die Konstatierung einer Wahrheit, gegen die Jason nicht protestierte. Er ließ den Seemann ohne ein weiteres Wort hinausgehen, aber seine Züge verzerrten sich noch ein wenig mehr. Einen Moment schien er zu zögern und sah zu der jungen Frau hinüber, die ihm jetzt den Rücken kehrte, um ihn die Tränen nicht sehen zu lassen, die ihre Augen füllten. Was in den letzten Minuten geschehen war, hatte sie grausam verletzt. Es war ein Schmerz, der ihren Stolz wie ihre Liebe traf. Die Eifersucht eines Mannes entschuldigte nicht alles, und solche Beleidigungen hinterließen blutende Wunden im Herzen, Wunden, von denen man nicht wissen konnte, welche Art Narben sie zurücklassen würden.

Die laut zuschlagende Tür belehrte sie, daß Jason die Kabine verlassen hatte, doch niemand kam, um diese Tür, deren Schloß gesprengt war, zu verbarrikadieren. Aber es war kein Trost für sie. Jetzt, da er sie verurteilt hatte, mochte es Jason für unnütz halten, sie einzuschließen. Abgesehen davon, daß dieses auf hoher See schwimmende Schiff ohnehin ein ausreichendes Gefängnis war, wußte er nur zu gut, daß sie kein Verlangen danach trug, ihn zu verlassen, daß sie sogar den Augenblick fürchtete, in dem die noble Silhouette Athens aus dem Meer auftauchen würde, den Augenblick, der ihre Trennung vermutlich für immer herbeiführen mußte, denn sie war fest entschlossen, trotz oder wegen ihres Kummers kein einziges Wort mehr zu ihrer Verteidigung zu sagen. Die Jolival und Gracchus aufgezwungene unwürdige Behandlung verbot es ihr!

Der Tag, den sie nur in Gesellschaft Agathes verbrachte, dehnte sich endlos. Nur Tobie, der ihr ihre Mahlzeiten brachte, betrat ihre Kabine, aber der alte Schwarze schien ebenso deprimiert wie die beiden Frauen. Seine geröteten Augen verrieten deutlich genug, daß er geweint hatte, und als Agathe ihn mitfühlend fragte, was er habe, schüttelte er nur traurig den Kopf und murmelte:

«Der Herr nicht mehr derselbe ... ganz und gar nicht! Er spaziert auf Deck ganze Nacht wie kranker Wolf, und bei Tag sieht aus, als ob niemand erkennt ...»

Mehr war nicht aus ihm herauszubringen, aber wenn ein so ergebener Mann sich zu einer solchen Feststellung hinreißen ließ, mußte das Übel, an dem Jason litt, groß sein, und Marianne überlegte angstvoll, daß die Entdeckung ihres Zustands bei dem Korsaren bisher völlig ungeahnte böse Kräfte ausgelöst hatte, die selbst Menschen aus der Fassung brachten, die ihn seit seiner Kindheit kannten.

Glücklicherweise übte Leightons Medizin, die die junge Frau in kleinen Dosen nahm, auch weiterhin ihre wohltuende Wirkung aus. Von ihren scheußlichen Anfällen von Übelkeit erlöst, hatte Marianne wenigstens den Trost, ihren Kopf klar und wach zu fühlen. So wach, daß sie in der Nacht kein Auge schloß. In ihrer Koje ausgestreckt, die Augen weit in die schwankende Dunkelheit geöffnet, konnte sie die Stundenschläge der Bordglocke zählen, die den Ablauf ihrer trüben Gedanken rhythmisch begleiteten.

Auch Agathe schlief in ihrem Winkel kaum, und ihre Gebete, unterbrochen von leisem Schniefen, das Tränen verriet, drangen bis zu den Ohren ihrer Herrin.

So fand die Morgendämmerung die eine wie die andere mitgenommen und bleich.

Obwohl ihre Tür nicht von außen geschlossen worden war, wagte Marianne es nicht, die Schwelle zu überqueren. Sie fürchtete, durch ihr Erscheinen Jasons Zorn zu entfesseln, einen Zorn, dessen unvorhersehbare Wirkungen sie zu fürchten gelernt hatte. Gott allein wußte, in welcher Geistesverfassung er sich befand und ob Jolival und Gracchus ihr Verhalten nicht zu büßen hätten. Die Vorsicht gebot ihr, in der Kabine zu bleiben.

Doch als Tobie sichtlich erregt und an allen Gliedern zitternd mit seinem Frühstückstablett erschien, auf dem Tassen und Gläser klappernd aneinanderschlugen, vergaß Marianne ihren Entschluß zur Vorsicht, sobald sie erfuhr, was sich zutrug: In der vergangenen Nacht hatte Kaleb versucht, Dr. Leighton zu töten. Er war zu hundert Peitschenhieben vor versammelter Mannschaft verurteilt worden.

«Hundert Peitschenhiebe? Aber er wird daran sterben!» rief Marianne, plötzlich erstarrt.

«Er ... er kräftig», stammelte Tobie, die Augen rollend, so daß das Weiße sichtbar wurde, «aber hundert ... ist viel! Gewiß, er wollte Doktor töten, aber Missié Jason niemals hat peitschen lassen arme Neger!»

«Aber es ist doch nicht möglich, Tobie, daß er den Doktor hat umbringen wollen! Er hatte keinen Grund!»

Tobie schüttelte seinen wolligen Kopf. Sein Teint hatte unter dem Einfluß der Angst eine seltsame gräuliche Färbung angenommen.

«Vielleicht doch! Doktor ist böser Mann. Seit er ist an Bord, alles geht schief. Nathan sagt, daß er Kaleb teuer verkaufen will auf Markt von Kandia!»

«Du sagst, der Doktor wolle Kaleb verkaufen? Aber Monsieur Beaufort hat ihn aufs Schiff genommen, hat ihn gerettet, als er nur ein flüchtiger Sklave war! Niemals würde er zulassen, daß ein Mann verkauft wird, der ihm Vertrauen geschenkt hat!»

«Normal nicht! Aber Missié Jason nicht mehr ist normal! ... Er ganz verändert! Die bösen Tage sind gekommen für uns alle, Ma'am! Die gute Zeit ist zu Ende wegen diese schlimme Dr. Leighton!»

Schlurfend und mit eingezogenem Kopf wandte sich Tobie zur Tür und wischte sich mit seinem weißen Leinenärmel eine Träne von der Wange. Der Kummer des alten Schwarzen war tief und rührend. Es mußte ihm unendlich grausam sein, einen Mann, den er liebte und dem er so lange diente, sich plötzlich wie ein wildes Tier benehmen zu sehen. Vielleicht fürchtete er gar für sich selbst ... Marianne hielt ihn zurück, als er schon hinausgehen wollte:

«Wann findet die ... Exekution statt?» fragte sie.

«Jetzt! Frau Fürstin kann hören. Mannschaft versammelt sich!»

Wirklich war vom Deck her das Aufklatschen mehrerer Dutzend nackter Füße zu vernehmen, während der Obermaat unverständliche

Befehle brüllte. Marianne sprang von ihrem Bett, kaum daß Tobie die Kabine verlassen hatte.

«Schnell, Agathe! Gib mir ein Kleid, die Schuhe, einen Schal.»

«Was will Madame tun?» fragte das junge Mädchen, ohne sich zu rühren. «Wenn sie sich in diese Geschichte einmischen will, möge sie mir erlauben, zu sagen, daß sie es besser nicht täte! Monsieur Beaufort ist gewiß verrückt geworden, und man soll Verrückten nicht entgegentreten!»

«Verrückt oder nicht, ich werde nicht erlauben, daß ein Mann getötet wird, nur weil er seine Freiheit und vielleicht sein Leben verteidigen wollte ... vor allem nicht auf so barbarische Art. Dieser Leighton verdient solches Sühneopfer nicht. Vorwärts, beeil dich!»

«Und wenn er Madame angreift?»

«In meiner Lage habe ich nichts mehr zu verlieren, Agathe! Und außerdem sind wohl noch immer die beiden Fregatten da. Ich habe also nichts zu fürchten.»

Als Marianne auf das Deck hinaustrat, war die zum Heck hin aufgestellte Mannschaft schon in einem tiefen Schweigen versammelt, das nur durch ein schreckliches Geräusch unterbrochen wurde: das Klatschen eines Riemens auf nackte Haut. Die Exekution hatte begonnen. Nur unter Schwierigkeiten bahnte sich die junge Frau einen Weg durch die hintersten Reihen der Männer, aber was sie von der Stelle aus, bis zu der sie gelangte, sah, ließ bereits das Blut in ihren Adern erstarren. Die Handgelenke über den Kopf gezerrt, war Kaleb an den Besanmast gefesselt. Allein neben ihm zwischen zwei Blöcken von Matrosen stehend, versah der mit einer langen Peitsche aus geflochtenem Leder bewaffnete Pablo Arroyo das Amt des Henkers. Doch während all die anderen Männer, deren Muskeln sich bei jedem Schlag mechanisch verkrampften, von Furcht beherrscht wurden, schien die widerliche Pflicht dem Obermaat sichtlich Vergnügen zu bereiten. Die Ärmel über seinen mageren Armen hochgekrempelt, die Gesichtszüge zu einem unerträglichen Ausdruck sadistischer Grausamkeit verzerrt, schlug er mit all seinen Kräften zu, sorgsam darauf bedacht, die Hiebe gut zu verteilen und so viel Schmerz wie möglich zuzufügen. Er beeilte sich nicht. Er genoß diese Minuten, und von Zeit zu Zeit erschien seine Zunge zwischen seinen Zähnen. Buchstäblich leckte er sich die Lippen.

Blut rann schon über die aufgerissene Haut, und Kalebs mit geschlossenen Augen gegen das Holz des Mastes gepreßtes Gesicht war nur noch Qual, aber er schrie nicht. Kaum ein Stöhnen drang bei jedem Hieb durch die zusammengepreßten Zähne. In der Sonne glitzernde rote Tröpfchen fleckten jetzt Arroyos Gesicht, aber auf der Brücke wohnte Jason ungerührt der Exekution bei.

In seinem Blick lag immer noch der eigentümlich stumpfe Ausdruck, und er wirkte finsterer denn je. Seine linke Hand zerrte nervös an seiner Krawatte, während die andere sich hinter seinem Rücken verbarg.

An seiner Seite bemühte sich Leighton um eine bescheidene Miene, die dem Triumph widersprach, den seine ganze Haltung ausdrückte.

Plötzlich war nicht zu übersehen, daß Arroyos Opfer ohnmächtig geworden war. Sein Körper hing schlaff in den Seilen, und das graue Gesicht glitt am Mast herab.

«Er verliert die Besinnung!» schrie eine Stimme, in der Marianne O'Flahertys erkannte.

Sie bebte vor Empörung und wirkte auf Marianne wie ein Signal. Von der gleichen Entrüstung getrieben, stieß sie die ihr den Weg verstellenden Leute der Mannschaft beiseite, und ihr Elan war so unwiderstehlich, daß sie bis zu Arroyo gelangte. Ohne den Leutnant, der sie im letzten Moment zurückriß, hätte der Peitschenhieb sie im Gesicht getroffen.

«Was tut diese Frau hier?» dröhnte Jason, den das unerwartete Auftauchen Mariannes aus seiner Betäubung gerissen zu haben schien. «Schafft sie in ihre Kabine zurück!»

«Nicht, bevor ich dir gesagt habe, was ich denke!» rief sie, während sie sich erbittert in O'Flahertys Armen sträubte. «Wie kannst du so gleichgültig zusehen, wie man einen Menschen vor deinen Augen mordet?»

«Man mordet ihn nicht! Er erhält eine verdiente Züchtigung!»

«Heuchler! Was glaubst du, wie viele solcher Hiebe er noch ertragen kann, ohne daran zu sterben?»

«Er hat versucht, den Schiffsarzt zu töten! Er verdiente den Strang! Wenn ich ihn nicht habe aufknüpfen lassen, dann nur, weil Dr. Leighton sich für ihn verwandt hat!»

Marianne brach in Gelächter aus.

«Verwandt für ihn, wahrhaftig? Das verwundert mich nicht! Zweifellos meint er, es sei schade, einen Mann zu ermorden, der auf jedem Eurer schändlichen Märkte menschlichen Fleisches soviel Geld einbringen würde! Aber welche Chance läßt ihm die Peitsche?»

Rot vor Zorn, holte Jason zu einer heftigen Antwort aus, aber Leightons kalte Stimme erhob sich schneidend wie eine Säbelklinge:

«Das ist völlig richtig! Ein Sklave wie dieser ist ein Vermögen wert, und ich bin der erste gewesen, der diese Strafe bedauerte ...»

«Ich habe ihn nicht in Chioggia an Bord genommen, um ihn wieder zu verkaufen!» unterbrach ihn Jason scharf. «Ich wende nur das Gesetz des Meeres an. Wenn er daran stirbt, um so schlimmer. Fahr fort, Arroyo!»

«Nein ... ich will es nicht! Feigling! Du bist nichts als ein Feigling und Henker! ... Ich will es nicht!»

Der Obermaat hob schon die Peitsche, aber seine Bewegungen waren unsicher geworden. Wirklich machten es ihre durch Wut verdoppelten Kräfte dem Leutnant schwer, Marianne noch zu bändigen. Es gelang ihm nicht mehr. Die Männer um sie herum, fasziniert von dieser schäumenden Frau, deren Augen Blitze schleuderten, sahen nur zu, ohne an Eingreifen zu denken.

Schon sprang Jason außer sich von der Brücke herab, um seinem Leutnant zu helfen, als der Mann im Ausguck rief:

«Kapitän! Die *Pomone* fragt, was bei uns los ist! Was soll ich antworten?»

«Daß wir einen Übeltäter züchtigen!»

«Die Schreie der Fürstin müssen sie alarmiert haben, und mit dem Fernrohr entgeht ihnen nichts von dem, was hier geschieht», flüsterte O'Flaherty atemlos. «Es wäre besser, jetzt Schluß zu machen, Kapitän! Außer Totschlagen haben wir kein Mittel, sie zum Schweigen zu bringen, und diese Geschichte ist keinen Kampf einer gegen zwei wert.»

«An Lust dazu fehlt's mir nicht», knurrte Jason, die Fäuste geballt. «Wie viele Hiebe hat Kaleb erhalten?»

«Dreißig.»

Den Sieg in Reichweite witternd, hörte Marianne auf, sich zu sträuben, um wieder zu Atem zu kommen und lauter schreien zu können, falls Jason nicht kapitulierte.

Einen Moment kreuzten sich ihre zornigen Blicke, aber es waren die Augen des Korsaren, die sich als erste abwandten. «Macht den Verurteilten los!» befahl er barsch, während er auf den Hacken kehrtmachte. «Aber legt ihn in Eisen! Wenn Dr. Leighton einwilligt, ihn zu pflegen, kann er ihn haben.»

«Du bist mir ein jämmerlicher Held, Jason Beaufort!» rief Marianne ihm verächtlich nach. «Ich weiß nicht, was mehr zu bewundern ist: dein Sinn für Gastfreundschaft oder die Elastizität deiner Ehre!»

Jason blieb neben dem Besanmast stehen, von dem zwei Matrosen eben den leblosen Körper des Äthiopiers lösten.

«Ehre?» entgegnete er mit einem Achselzucken voller Überdruß. «Verwendet keine Worte, deren Bedeutung Ihr nicht kennt, Madame! Was meine Gastfreundschaft betrifft, nehmt zur Kenntnis, daß sie sich auf meinem Schiff vor allem Disziplin nennt. Wer auch immer sich dem für alle geltenden Gesetz nicht fügen will, muß die Konsequenzen tragen. Jetzt kehrt zu Euch zurück! Ihr habt hier nichts mehr zu suchen, und ich könnte vergessen, daß Ihr eine Frau seid!»

Ohne Antwort kehrte Marianne ihm hochmütig den Rücken und nahm den Arm, den der noch immer besorgte O'Flaherty ihr bot, um sie zu ihrer Kabine zurückzugeleiten. Doch während sie der Mittschiffskajüte zugingen, bemerkte sie, daß das Schiff ziemlich nah vor einer düsteren, trostlosen Küste kreuzte, die unerfreulich mit dem Blau des Meers und dem Gefunkel der Sonne kontrastierte. Es waren karge schwarze Felsen, kahle Bergrücken, scharfe, drohende Klippen. Es war im heiteren griechischen Licht ein Hintergrund wie geschaffen für Gewitter, Nacht und Schiffbruch. Ein Hintergrund auch für Exekutionen. Unangenehm berührt, wandte sich Marianne ihrem Begleiter zu:

«Wie heißt diese Küste? Wißt Ihr es?»

«Die Insel Kythera, Madame.»

Sie ließ einen überraschten Ausruf hören.

«Kythera? Das ist nicht möglich! Ihr macht Euch über mich lustig! Diese öden, unheimlichen Felsen sollen Kythera sein?»

«Ja, so ist es! Die Insel der Liebe! Ich gebe gern zu, daß sie ziemlich enttäuschend ist. Wer würde in der Tat wünschen, sich nach diesem armseligen Stückchen Erde einzuschiffen?»

»Niemand ... und doch tut es jeder. Man schifft sich voller Freude und Seligkeit nach einem erträumten Kythera ein, und man gelangt hierher, auf eine unbarmherzige Insel, auf der alles zerbricht! So ist die Liebe, Leutnant: eine Illusion, vergleichbar jenen Feuern, die Strandräuber an gefährlichen Küsten anzünden, um das verlorene Schiff auf verborgene Riffe zu locken, die es aufschlitzen werden. Das ist der Schiffbruch! Und um so grausamer ist er, weil er genau in dem Moment eintritt, in dem man den Hafen zu erreichen glaubte ...»

Craig O'Flaherty hielt den Atem an. Sein joviales Gesicht drückte eine Bedrängnis aus, die im Widerspruch zu der natürlichen Anlage seiner Züge stand. Nach kurzem Zögern murmelte er:

«Verzweifelt nicht, Madame. Es ist noch kein Schiffbruch ...»

«Und was sonst? In zwei oder drei Tagen werden wir in Athen sein. Es wird mir nichts anderes übrigbleiben, als Platz auf einem nach Konstantinopel bestimmten Schiff zu finden, während Ihr Kurs auf Amerika nehmt.»

Erneutes Schweigen. Der Leutnant rang ein wenig nach Atem, sein Gesicht rötete sich, und als Marianne ihm einen überraschten Blick zuwarf, schien es ihr, als sei er in einer ungeheuren Bemühung begriffen, wie jemand, der eben dabei ist, eine lange unterdrückte Entscheidung zu treffen. Er sagte rasch:

«Nein! Nicht nach Amerika! Nicht gleich wenigstens! Wir segeln nach Afrika.»

«Afrika?»

«Ja ... zum Golf von Guinea. In der Bucht von Biafra werden wir erwartet, vor der Insel Fernando Po ... und in den Sklavengehegen der Calabar-Küste! Deshalb mißfiel dem Doktor die Reise nach Konstantinopel ... und Eure Anwesenheit an Bord!»

«Was sagt Ihr da?»

Marianne hatte es fast geschrien. Rasch packte O'Flaherty sie am Arm und zog sie, beunruhigte Blicke um sich werfend, fast im Laufschritt zur Kajüte.

«Nicht hier, Madame! Geht in Eure Kabine zurück. Ich muß meinen Dienst antreten ...»

«Aber ich will wissen, warum ...»

«Später, ich beschwöre Euch! Sobald ich frei bin ... heute abend, zum Beispiel, werde ich an Eurer Tür klopfen und Euch alles sagen. Bis dahin ... versucht, dem Kapitän nicht allzu böse zu sein: Er ist in der Gewalt eines Dämons, der sich darauf versteht, seine Sinne zu verwirren!»

Sie waren vor der Tür angelangt, und O'Flaherty verneigte sich hastig grüßend vor der jungen Frau. Sie brannte darauf, ihn zu befragen, sofort die Wahrheit über alles, was ihr verheimlicht wurde, zu erfahren, aber sie begriff, daß es nutzlos war, im Moment darauf zu bestehen. Es war besser, zu warten und den Leutnant von selbst kommen zu lassen.

Doch als er sie eben verlassen wollte, hielt sie ihn doch zurück:

«Monsieur O'Flaherty, ein Wort noch ... Wie geht es dem Mann, der die Peitsche hat erdulden müssen?»

«Kaleb?»

«Ja. Ich gebe zu, er hat einen schweren Fehler begangen ... aber diese schreckliche Strafe ...»

«Dank Euch, Madame, ist er mit weniger als der Hälfte weggekommen», erwiderte der Leutnant gedämpft, «und ein so kräftiger Mann wie er stirbt nicht wegen dreißig Peitschenhieben. Was den schweren Fehler anlangt ... ich kenne zwei oder drei hier, die davon träumen, ihn zu begehen! Auf heute abend, Madame ...»

Diesmal ließ Marianne ihn gehen. Nachdenklich kehrte sie zu Agathe zurück, die sie mit kindlicher Freude begrüßte. Das brave Mädchen hatte offensichtlich erwartet, daß Jason Beaufort ihre Herrin an der erstbesten Rahe aufhängen lassen würde, um sie für ihre Einmischung zu bestrafen.

In wenigen Worten erzählte ihr Marianne, was geschehen war,

dann zog sie sich in ein Schweigen zurück, das bis zum Abend anhielt. Eine Fülle von Gedanken wirbelte in ihrem Kopf, so viele und so wirre, daß sie Mühe hatte, sie zu ordnen. Sie enthielten so viele Fragezeichen! Erst als die Migräne in ihren Schläfen rumorte, gab sie auf. Durch Schmerz und Müdigkeit zugleich besiegt, entschloß sie sich zu schlafen, um so die ihr noch fehlenden Kräfte zu sammeln. Und schließlich – wenn die Neugier an einem nagte, war Schlafen noch immer die beste Art, die Zeit zu verkürzen.

Das Dröhnen von Kanonenschüssen riß sie aus ihrem Schlummer, und atemlos stürzte sie zur Luke, da sie an einen Angriff glaubte. Aber es war nur der Abschiedsgruß der Fregatten, die sie bis hierher eskortiert hatten. Kythera war verschwunden, die Sonne senkte sich im Westen, und die beiden Kriegsschiffe drehten nach Erfüllung ihrer Aufgabe ab, um nach Korfu zurückzukehren. Weiter vorzustoßen war für sie nicht möglich, ohne die Verstimmung des Frankreich so wenig geneigten Sultans zu riskieren. Übrigens zeigten die englischen Kriegsschiffe die gleiche Vorsicht, um nicht die neuerdings entspannten Beziehungen zwischen ihrer Regierung und der Hohen Pforte zu gefährden. Normalerweise hätte die *Meerhexe* Konstantinopel ohne Zwischenfall erreichen können ... wenn ihr Skipper nicht entschieden hätte, die Reise im Piräus abzubrechen und von dort aus afrikanischen Boden anzusteuern.

Diese afrikanische Geschichte quälte Marianne noch mehr als ihre eigene Situation. O'Flaherty hatte berichtet, daß Jason, falls sie richtig verstanden hatte, die Bucht von Biafra anlaufen wollte, um dort eine Ladung Sklaven an Bord zu nehmen. Aber es konnte einfach nicht wahr sein! Auf der Fahrt nach Venedig hatte Jason nur ein Ziel gehabt: die, die er eines Tages zu seiner Frau zu machen hoffte, abzuholen und nach Charleston mitzunehmen. Es sollte eine Reise Verliebter, fast eine Hochzeitsreise sein. Es war unmöglich, sich vorzustellen, daß eine Fahrt an Bord eines Sklavenschiffs einer jungen Frau gefallen konnte, und kein Ehrenmann hätte der Frau, die er liebte, derartiges zugemutet. Was hatte es also damit auf sich?

Plötzlich erinnerte sie sich an das, was Jason selbst ihr am ersten Tag ihrer Reise gesagt hatte: Leighton werde nicht die ganze Überfahrt nach Amerika mit ihnen machen, man werde ihn irgendwo absetzen. Wurde etwa nur der unheimliche Arzt an der Calabar-Küste erwartet ... oder hatte Jason nur nicht gewagt, ihr die ganze Wahrheit zu sagen? Was ihn mit Leighton verband, hatte nichts mit Freundschaft zu tun oder wenigstens nicht nur mit Freundschaft. Da war noch etwas anderes! Wollte Gott, daß es sich nicht um Komplicenschaft handelte ...

Je mehr der Tag zur Neige ging und der Nacht wich, desto ungeduldiger erwartete Marianne O'Flaherty. Sie ging in ihrer Kabine auf und ab, unfähig, an einem Platz zu bleiben, und fragte Agathe wohl hundertmal, wieviel Uhr es sei. Doch der Leutnant erschien nicht. Und als sie ihre Kammerfrau ausschicken wollte, um Erkundigungen einzuholen, stellte sie fest, daß sie eine Gefangene war. Die Tür ihrer Kabine war von außen verschlossen. Neues Warten begann, nervös, voller Bangigkeit und mit jeder verrinnenden Stunde unerfreulicher.

Keine brachte den Leutnant. Die Nerven zum Zerreißen gespannt, hätte Marianne schreien, um sich schlagen, kratzen mögen, um sich so von dem Zorn und der Furcht zu befreien, die sie würgten, ohne daß sie hätte sagen können, warum. Sie spürte nur wie die wilden Tiere das Nähern einer neuen Gefahr.

Was schließlich kam, als der Tagesanbruch nicht mehr sehr fern war, war das Geräusch des im reparierten Schloß sich drehenden Schlüssels und das plötzliche Erscheinen John Leightons, begleitet von einer Schar Matrosen, unter denen Marianne den mit einer Laterne ausgerüsteten Arroyo erkannte. Gegen seine sonstige Gewohnheit war der Arzt bis an die Zähne bewaffnet, und ein Ausdruck des Triumphs, den er nicht zu verbergen vermochte, flammte auf seinem Gesicht und verlieh ihm ein unheimliches Leben. Sichtlich widerfuhr ihm jetzt ein großer Augenblick seines Daseins, ein Augenblick, auf den er lange gewartet hatte.

Indessen reagierte Marianne. Rasch ein leichtes Morgenkleid überstreifend, glitt sie aus ihrer Koje.

«Wer hat Euch erlaubt, so bei mir einzutreten und diese Leute mitzubringen?» fragte sie hochmütig. «Macht mir die Freude zu verschwinden ... und zwar schnell!»

Leighton beachtete ihre Aufforderung nicht. Statt dessen trat er weiter in die Kabine, während sich die Matrosen an der Tür drängten und gierig die elegante Intimität dieses Frauennestes betrachteten.

«Ihr seht mich bekümmert, Euch stören zu müssen», bemerkte der Arzt in spöttischem Ton, «aber ich bin eben deshalb gekommen, um Euch meinerseits zu ersuchen, selbst zu verschwinden! Ihr habt das Schiff sofort zu verlassen. Ein Boot erwartet Euch ...»

«Das Schiff verlassen? ... Mitten in der Nacht? Ihr müßt den Verstand verloren haben! Und ... um mich wohin zu begeben, wenn's gefällig ist?»

«Wohin Ihr wollt. Wir sind im Mittelmeer, nicht auf dem Ozean. Alle Küsten sind nah, und die Nacht ist bald zu Ende. Bereitet Euch vor!»

Auf ihrem Platz verharrend, kreuzte Marianne die Arme über der

Brust, zugleich das batistene Morgenkleid um sich zusammenraffend, und musterte den Arzt.

«Holt mir den Kapitän!» sagte sie dann. «Solange ich das nicht aus seinem eigenen Mund höre, rühre ich mich hier nicht fort!»

«Wirklich?»

«Wirklich. Ihr habt kein Recht, Doktor, auf diesem Schiff Befehle zu erteilen. Und schon gar nicht Befehle solcher Art!»

Leightons Lächeln verstärkte sich; seine höhnische Gehässigkeit war nicht mehr zu übersehen.

«Ich bedaure», entgegnete er beunruhigend sanft, «aber dies sind Befehle des Kapitäns selbst. Wenn Ihr nicht wollt, daß man Euch mit Gewalt ins Boot schafft, habt Ihr sofort zu gehorchen. Ich wiederhole also: Bereitet Euch vor! Mit anderen Worten: Zieht Euch ein Kleid an, einen Mantel, was Ihr wollt, aber beeilt Euch! Natürlich», fügte er mit einem raschen Rundblick durch die Kabine hinzu, «kann keine Rede davon sein, etwa Euer Gepäck mitzunehmen ... oder Euren Schmuck! Auf dem Meer wüßtet Ihr ohnehin nichts damit anzufangen, und es würde das Boot nur unnütz belasten...»

In der Stille, die seinen Worten folgte, suchte Marianne nach dem wirklichen Sinn dieser unglaublichen Anweisung. Man schickte sich also an, sie ins Meer zu werfen, nachdem man sie wie Straßenräuber bestohlen hatte! Was hatte das alles zu bedeuten? Es war undenkbar, unverständlich und empörend, daß Jason plötzlich beschlossen haben sollte, sich mitten in der Nacht ihrer zu entledigen und sie zuvor um ihren Besitz zu erleichtern, und daß er es ihr zudem noch durch Leighton mitteilen ließ! Es sah ihm nicht ähnlich ... es konnte ihm einfach nicht ähnlich sehen! Oder irrte sie sich? ... Schon diese angstvolle Frage, an sich selbst gerichtet, verriet erste Zweifel. Schließlich ... hatte Jason nicht in der berühmten Nacht ihrer Hochzeit mit Francis Cranmere Selton Hall mit ihrem gesamten Vermögen verlassen?

Doch da ihr Gegenüber wartete und Zeichen von Ungeduld erkennen ließ, beschäftigte sie sich wieder mit ihm.

«Ich glaubte, dieses Schiff sei ein ehrlicher Korsar», sagte sie mit einem Höchstmaß an Verachtung. «Ich stelle fest, daß es ein Piratenschiff ist. Ihr seid ein Dieb, Dr. Leighton, ein Dieb der schlimmsten Sorte, die nichts riskiert und mit einer ganzen Armee Frauen angreift! Da es so ist, bin ich nicht stark genug, etwas dagegen zu tun. Bereiten wir uns also vor, Agathe, wenn Monsieur so gut sein will, uns zu sagen, was wir mitnehmen dürfen.»

«Erlaubt», fiel Leighton mit einer Liebenswürdigkeit ein, in der sich eine wilde Freude nur schlecht verbarg, «es geht nicht darum, daß Eure Kammerfrau Euch begleitet! Was tätet Ihr auch mit einer Zofe in einem Boot? Sie wäre Euch ebenso wenig von Nutzen wie Euer Schmuck, nicht wahr? Während sie hier von gewissem Nutzen sein könnte! Aber... Ihr scheint überrascht! Sollte ich wahrhaftig vergessen haben, Euch mitzuteilen, daß Ihr allein das Schiff verlassen werdet... mutterseelenallein? Ich bitte Euer Durchlaucht dafür um Entschuldigung!»

Und plötzlich den Ton scharf wechselnd:

«Vorwärts, ihr da! Wir haben schon allzuviel Zeit verloren! Schafft sie fort!»

«Schuft!» rief Marianne außer sich. «Ich verbiete Euch, mich anzurühren!... Zu Hilfe!... Zu Hilfe!»

Aber schon füllten die Männer die Kabine. Vom einen Moment zum andern verwandelten sie sie in eine Miniaturhölle. Umgeben von glühenden Augen, nach Rum stinkendem Atem und gierigen Händen, die unter dem Vorwand, sich ihrer zu bemächtigen, ihren Leib mit heimlicher Lüsternheit abtasteten, versuchte Marianne mutig, doch nutzlos Widerstand zu leisten, angespornt durch Agathes Schreie und flehentliche Bitten. Zwei Männer hatten das Mädchen in die verlassene Koje geworfen, während ein dritter ihr das Nachthemd herunterriß. Der dralle Körper der Kleinen glänzte einen Moment auf, bevor er im Schatten der Vorhänge und unter dem des Mannes verschwand, der sie entblößt hatte und nun, von seinen Kameraden angefeuert, brutal vergewaltigte. Trotz aller Gegenwehr überwältigt und geknebelt, um sie zum Schweigen zu bringen, wurde Marianne von der Horde aus der Mittschiffskajüte geschleift.

«Da seht Ihr, was es heißt, nicht vernünftig zu sein!» bedauerte sie Leighton mit geheucheltem Mitgefühl. «Ihr habt uns gezwungen, Gewalt anzuwenden. Nichtsdestoweniger hoffe ich, Ihr laßt mir die Gerechtigkeit widerfahren, daß ich Euch vor dem Appetit meiner Männer geschützt habe, obwohl sie Euch gern die gleiche Behandlung hätten angedeihen lassen wie Eurer Zofe. Seht Ihr, Fürstin, diese braven Leute lieben Euch nicht gerade. Sie werfen Euch vor, ihren Kapitän in einen Schwächling ohne Willen und Energie verwandelt zu haben. Aber das hindert nicht, daß sie mit Vergnügen vom zarten Fleisch einer großen Dame gekostet hätten. Also bedankt Euch, statt Euch wie eine Wildkatze aufzuführen. Faßt an, ihr da!»

Wenn Wut töten könnte, wäre der Schurke auf der Stelle tot umgesunken oder Marianne selbst hätte vielleicht aufgehört zu leben. Schäumend, völlig außer sich durch die schwach heraufdringenden Schreie Agathes, und unfähig, sich ganz klarzumachen, was vor sich ging, wehrte sich die junge Frau mit solcher Heftigkeit, daß man ihre Beine und Arme fesselte, bevor man sie zum Fallreep trug. Dort ließ man sie mittels eines unter ihren Achseln durchgezogenen Seils ohne Umstände in ein Boot hinunter, das, mit einem Tau am Schiff befestigt, leicht an dessen Flanke schlug. Als sie so hart, daß sie einen Schmerzensschrei nicht unterdrücken konnte, auf dem Boden des Bootes gelandet war, wurde das Tau mit einem Axthieb gekappt, und die Dünung trieb das Boot ab. Hoch über sich gewahrte Marianne eine Reihe über die Reling gebeugter Köpfe, dann hörte sie Leightons spöttelnde Stimme: «Gute Reise, Euer Hoheit! Ihr werdet keine Mühe haben, Euch aus den Fesseln zu lösen: Sie sind nicht sehr fest geknüpft. Und wenn Ihr rudern könnt, findet Ihr Riemen auf dem Boden Eures Schiffchens. Was Eure Diener und Freunde betrifft, sorgt Euch nicht um sie. Ich werde mich ihrer annehmen!»

Mit glühendem Kopf, krank vor ohnmächtiger Empörung, gefesselt und geknebelt, sah Marianne die Brigg davongleiten, leicht drehen und sich entfernen, ohne daß sie noch recht begriffen hatte, was ihr geschehen war.

Bald erschienen vor ihren tränenüberströmten Augen die eleganten, erleuchteten Fenster des Hecks, gekrönt von drei großen Signallaternen. Dann schlug das Schiff klar eine andere Richtung ein, nach und nach schrumpfte die majestätische Pyramide seiner Segel zusammen und entschwand in die Nacht, bis sie nur noch ein winziger besternter Punkt war ...

Jetzt erst wurde sich Marianne bewußt, daß sie allein auf dem weiten Meer war, sich selbst überlassen, ohne Nahrungsmittel, fast ohne Kleidung, kaltblütig und überlegt dem Tod preisgegeben, wenn sich nicht irgendein Wunder ereignete. Dort hinten schluckte der Horizont das Schiff, das ihre letzten Freunde trug, das Schiff des Mannes, den sie liebte, dem sie ihr Leben hingeben wollte, des Mannes, der noch vor kurzem geschworen hatte, sie über alles zu lieben, und der ihr trotzdem nicht hatte vergeben können, ihm ihre Schande und ihr Unglück verborgen zu haben.

9. Kapitel

Sappho

Wie Leighton es ihr ironisch vorausgesagt hatte, fiel es Marianne nicht schwer, ihre Hände und Füße zu befreien und den Knebel zu entfernen. Aber abgesehen von der dürftigen Befriedigung, sich nun in ihren Bewegungen frei zu fühlen, stellte sie fest, daß ihre Situation sich nicht wesentlich verbessert hatte.

Das Meer um sie herum war leer. Da war nur Finsternis, jene Finsternis, die kurz vor Tagesdämmern noch undurchdringlicher und beängstigender zu werden scheint, aber es war ein bewegtes Dunkel, das sie schaukelte und mit ihr spielte wie ein Kind, das einen Gegenstand auf seiner Handfläche hüpfen läßt. Ihr war auch kalt: Das dünne, batistene Nachtkleid und der leichte Morgenmantel schützten sie nur wenig gegen die Frische des frühen Morgens. Weißer Nebel erhob sich ringsum, dicht, alles durchdringend und scheußlich feucht.

Unter ihren tastenden Händen spürte sie das Holz der Ruder auf dem Boden des Bootes, aber wohin sollte sie steuern in dieser schwarzen, nebligen Nacht? Sie konnte seit ihrer Kindheit rudern, aber sie wußte auch, daß das Fehlen eines Anhaltspunkts es zu einer unnützen Anstrengung machte. Das einzige, was zu tun blieb, war, den Tag zu erwarten. So wickelte sie sich so gut es ging in ihre dünnen Kleidungsstücke, kroch auf dem Boden des Boots zusammen, schluckte ihre Tränen hinunter und bemühte sich, um sich ein wenig Mut zu bewahren, nicht an die zu denken, die auf dem verdammten Schiff zurückgeblieben waren: Jolival und Gracchus in Ketten, Agathe in den Händen betrunkener Matrosen ... und Jason! Gott allein wußte, was aus Jason zu dieser Stunde geworden war. Hatte O'Flaherty nicht gesagt, daß er sich in der Gewalt eines Dämons befand? Wenn der elende Leighton mit seiner Handvoll Banditen so ausschließlich an Bord der Brigg gebot, konnte das nur bedeuten, daß der Korsar ein Gefangener war ... oder noch schlimmeres! Der fröhliche irische Leutnant hatte wahrscheinlich das Schicksal seines Kapitäns geteilt.

Um nicht allzusehr an sie zu denken und auch, um zu versuchen, ihnen zu helfen, solange noch Zeit war, begann Marianne mit einer leidenschaftlichen Inbrunst zu beten, wie sie es noch nie zuvor getan hatte. Sie flehte zum Allmächtigen für ihre Freunde und danach für sich selbst, die den Gefahren des Meeres ohne Verteidigungsmöglichkeiten ausgeliefert worden war, abgesehen von einem Boot, ein paar Metern Batist, ihrem Mut und ihrem unbändigen Lebenswillen. Und zu guter Letzt schlief sie ein.

Als sie mit schmerzendem Rücken und vor Kälte halb erstarrt in ihrer durchfeuchteten, dürftigen Bekleidung erwachte, war der Tag angebrochen, aber die Sonne noch nicht aufgegangen. Der Nebel zerstreute sich. Die Luft war blau, während sich der Himmel im Osten rosig-orangen färbte. So weit das Auge reichte war das Meer glatt wie ein See und ohne Spur eines Segels, einer Insel. Fast kein Windhauch war zu spüren.

Ihre steif gewordenen Glieder reckend, bemühte sich Marianne, ihre Situation so kühl wie möglich zu durchdenken. Sie kam zu dem Schluß, daß sie, wenn auch tragisch, so doch keineswegs verzweifelt war. Sie hatte dem Kurs von Jasons Schiff annähernd folgen können. In ihrer Kindheit hatte man sie unter anderem auch Geographie gelehrt, denn Tante Ellis hielt darauf, daß sie gründlich unterrichtet wurde. Und Geographie, wie man sie in England, dem Königreich der Meere, studierte, gehörte zur Bildung. Stundenlang hatte sie in langweilige Karten Flüsse, Inseln, Bergketten einzeichnen müssen, innerlich schimpfend, weil es draußen schön war und sie hundertmal lieber mit Harry, ihrem Lieblingspony, durch die Wälder galoppiert wäre. Ein wenig auch, weil ihr Zeichnen mißfiel.

Doch aus ihrer gegenwärtigen Not sandte sie dem Schatten ihrer Tante einen dankbaren Gedanken, denn dank ihrer Vorsorge konnte sie, natürlich nur ungefähr, den Ort lokalisieren, an dem sie sich befand: irgendwo in der Gegend der Kykladen, jenes Sternbilds von Inseln, die aus dem Ägäischen Meer eine Art irdischer Milchstraße machten. Wenn sie also ostwärts ruderte, mußte Marianne in ziemlich kurzer Frist auf eine jener Inseln stoßen. Und vielleicht würde sie vorher noch Fischern begegnen. Wie der widerliche Leighton gesagt hatte, war dies nicht die Unendlichkeit des Ozeans, in der der Tod ihr sicher gewesen wäre.

Um sich zu erwärmen wie um ihre Rettung schneller herbeizuführen und wirksam gegen die Angst anzukämpfen, die die unermeßliche Einsamkeit in ihr weckte, hob sie die beiden Ruder vom Boden des Bootes, legte sie in die Dollen und begann kraftvoll zu rudern. Das Boot war schwer, die Riemen, für die schwieligen Fäuste von Matrosen und nicht für zarte Frauenhände gedacht, waren es auch, aber im anstrengenden körperlichen Einsatz fand sie so etwas wie Trost.

Während sie ruderte, versuchte sie, das, was an Bord der *Meerhexe* passiert sein konnte, so gut wie möglich zu rekonstruieren. Als man sie ins Boot geschafft hatte, war sie blind vor Wut gewesen, aber nicht blind genug, um nicht zu bemerken, daß nur eine beschränkte Anzahl von Männern, dreißig vielleicht, Leighton umgab, während die ganze Mannschaft aus ungefähr hundert Matrosen bestand. Wo waren die anderen? Was hatte dieser merkwürdige Arzt, der sich ebenso aufs Heilen wie aufs Krankmachen der Leute zu verstehen schien, mit ihnen gemacht? Hatte er sie gefangengesetzt und in Ketten gelegt? Vielleicht mit Drogen behandelt ... oder Schlimmeres noch? Der Schurke mußte ein ganzes Arsenal höllischer Mittel zur Verfügung haben, die ihm normal kräftige und intelligente Männer kampflos auslieferten. Von ihren eigenen venezianischen Erfahrungen wußte sie, wie man es mit Hilfe einer Medizin, eines Zaubertranks oder der Teufel mochte wissen, wie diese infernalischen Mixturen sonst hießen, einen Menschen bis zu den Pforten des Wahnsinns treiben konnte. Und während der letzten Stunden Mariannes auf dem Schiff war Jasons Blick so seltsam gewesen! Ihrer Überzeugung nach war an einer Meuterei nicht zu zweifeln. Leighton hatte sich mit seinen Anhängern zum Herrn des Schiffs gemacht. Sie weigerte sich, zu glauben, daß Jason, so verletzt und wütend er auch gewesen sein mochte, sich von einem Augenblick zum andern so radikal in eine Art gierigen Flibustier hätte verwandeln können, der ihr nicht nur nach dem Leben, sondern auch nach ihren Juwelen trachtete. Nein, er mußte gefangen sein, unfähig, etwas zu tun. Mit aller Kraft wehrte sich Marianne gegen die Vorstellung, daß Leighton einen Anschlag auf das Leben eines Mannes gewagt haben sollte, der sein Freund war und ihn auf seinem Schiff aufgenommen hatte. Übrigens machten auch Jasons seemännische Qualitäten ihn für die Führung eines solchen Schiffs unentbehrlich. Er konnte unmöglich tot sein! Aber ... sein Leutnant? Und die Gefangenen?

Mariannes Herz krampfte sich zusammen, als sie an Jolival, Agathe und Gracchus dachte. Ihr Leben zu erhalten, zumindest das des Vicomtes und des jungen Kutschers, hatte der verbrecherische Arzt keinerlei hinreichenden Grund, es sei denn vielleicht den, sein ohnehin schon recht düsteres Gewissen nicht noch mit unnützen Verbrechen zu belasten.

Agathes Nützlichkeit hingegen war unglücklicherweise nur allzu gewiß. Was Kaleb betraf, den sie nun mit ganz anderen Augen ansah, seitdem er Leighton hatte erwürgen wollen, hatte er seines Verkaufswerts wegen für die nächste Zukunft nichts anderes zu fürchten, als auf den nächstgelegenen Sklavenmarkt geschleppt zu werden. Was schon schlimm genug war, und die junge Frau fühlte sich von einem überwältigenden Mitleid für dieses prachtvolle Geschöpf Gottes ergriffen, für diesen Menschen, dessen Noblesse und Großherzigkeit sie frappiert hatten und der nun von neuem die Ketten der Knechtschaft, die Fesseln, die Peitsche, die Grausamkeit derer kennenlernen sollte, von denen ihn nur eine Nuance der Hautfarbe unterschied ...

Keuchend hörte Marianne auf zu rudern, um sich ein wenig auszuruhen. Die Sonne stand jetzt hoch, und ihre vom Meer zurückgeworfenen Reflexe ermüdeten die Augen. Der Tag schien heiß zu werden, und sie besaß nichts, womit sie sich vor den sengenden Strahlen hätte schützen können.

Um einen Sonnenstich zu vermeiden, riß sie den breiten Volant von ihrem Morgenmantel und wand ihn sich zu einem Turban, der allerdings der schon glühenden Haut ihres Gesichts nichts nützte. Trotzdem begann sie wieder mutig, ostwärts zu rudern.

Doch das Schlimmste sollte noch kommen. Gegen Mittag meldete sich schleichend und unerbittlich der Durst. Marianne spürte zuerst nur die Trockenheit des Mundes und der Lippen. Aber nach und nach bemächtigte sich diese Trockenheit ihres ganzen Körpers und ihrer Haut, die zu brennen begann. Fieberhaft durchsuchte sie jeden Winkel des Boots in der Hoffnung, man habe für den Fall eines Schiffbruchs vielleicht vorsorglich irgendwo einen Wasserkrug und einige Lebensmittel untergebracht, aber da war nichts, nichts außer den Riemen, nichts, um den Durst zu löschen, der immer quälender wurde, nichts ... nur diese Unendlichkeit blauen Wassers, die ihrer spottete ...

Um sich zu erfrischen, zog sie ihre dünnen Kleidungsstücke aus, beugte sich über das Dollbord und schöpfte Wasser, um ihren Körper zu besprengen. Sie lebte wieder ein wenig auf, befeuchtete ihre Lippen und versuchte, ein paar Tropfen dieses so kühlen Wassers zu trinken. Es wurde noch schlimmer. Das Salz verbrannte sie und vermehrte ihren Durst.

Der Hunger kam erst danach und weniger quälend. Für ein Glas klaren Wassers wäre Marianne gern bereit gewesen, tagelang zu hungern, doch bald konnte sie das Grimmen ihres Magens nicht mehr ignorieren. Ihr Zustand verschärfte noch die Forderungen ihres Organismus, in dem sich ein neues Leben aus dem ihren entwickelte. Bald spürte sie ihre Müdigkeit immer lähmender. Die Sonne war mitleidlos. Mühsam zog sie die Ruder aus dem Wasser, legte sie ins Boot, kauerte sich neben ihnen am Boden zusammen und suchte sich so gut es ging vor den mörderischen Strahlen zu schützen. Nirgends war Land in Sicht, auch kein anderes Schiff. Sie wußte, wenn nicht bald Hilfe kam, würde der Tod sich ihr nahen ... der schreckliche, schleichende Tod, zu dem sie, das ahnte sie jetzt, der Mann verurteilt hatte, der einmal feierlich geschworen haben mußte, jedem Wesen Hilfe zu bringen, das von Krankheit oder Tod bedroht war.

Daß sie bisher keine Küste, kein Segel hatte auftauchen sehen, konnte nur bedeuten, daß die *Meerhexe* schon von ihrem Kurs abgewichen war, bevor man sie ausgesetzt hatte, und daß sie, Marianne, sich nun auf der weiten, insellosen Wasserfläche zwischen der Küste Kretas und den Kykladen befand.

Leighton hatte sie nicht nur nicht an Bord haben wollen: Er hatte kalt ihren Tod verfügt ...

Angesichts dieser grausamen Realität wollten ihr die Tränen kommen, aber sie hielt sie mit all ihren schwachen Kräften zurück. Sie konnte sich nicht erlauben, das geringste Tröpfchen der kostbaren Feuchtigkeit zu vergeuden, die ihr erschöpfter Körper noch enthielt.

Der Einbruch des Abends verjagte die Hitze, doch die Trockenheit, die sich ihres ganzen Organismus bemächtigt hatte und sie wie ein Vampir aussog, verstärkte sich noch.

Wie ein paar Stunden zuvor besprengte sie sich, erlebte einen Moment der Frische und zugleich die Versuchung, sich in dieses blaue Wasser gleiten zu lassen und in ihm das endgültige Vergessen ihrer Qual und ihres Kummers zu suchen. Doch der Selbsterhaltungstrieb war stärker und auch jene wunderliche Flamme, die wie ein Nachtlicht in der Finsternis eines vom Tode umlauerten Krankenzimmers leuchtete, nämlich das Verlangen, unerbittlich Rache zu nehmen, brannte noch in ihr und zwang sie zum Überleben.

Die Nacht brachte unerwartete Kälte, und Marianne, die den ganzen Tag über in der Hitze gelitten hatte, schlotterte die ganze Nacht in ihren Batisten, ohne auch nur einen Moment Schlaf finden zu können. Erst als die Sonne wieder zurückkehrte und das leere Meer erhellte, vermochte sie endlich einzuschlummern und für kurze Zeit ihr Leiden zu vergessen. Doch das Erwachen war dafür um so unerfreulicher. Ihr steifer, schmerzender Körper war aller Kraft beraubt. Mit unsäglicher Anstrengung gelang es ihr trotzdem, sich aufzurichten, aber nur um leblos auf den Boden des Bootes zurückzusinken, ausgeliefert der Sonne, die ihre Schmerzen noch vermehren würde.

Und es kamen die Sinnestäuschungen. Am flammenden Horizont glaubte die Unglückliche, Land zu sehen, phantastisch geformte Schiffe, riesige Segel, die herzugleiten und sich herabzuneigen schienen, doch wenn sie aus der Wirrnis ihres Deliriums die Hände ausstreckte, um sie zu packen, war da nur Luft, und ihre Arme fielen schwächer als zuvor auf den Boden des Bootes zurück. Der Tag verging mit zäher Langsamkeit. Trotz der kümmerlichen Vorkehrungen, mit denen sie sich zu schützen versuchte, traf die Sonne sie wie ein

Hammer, und in ihrem Mund schien die Zunge zu dreifachem Umfang geschwollen zu sein und sie zu ersticken.

Das Boot trieb dahin, ohne daß sie wußte, wohin es sie führte. Vielleicht trieb sie seit Stunden im Kreis, aber auch das war ihr gleich. Sie war verloren, sie wußte es. Keinerlei Hilfe war zu erhoffen, nur jene letzte: der Tod. Mühsam ihre brennenden Augen öffnend, zog sie sich über die Bodenbretter, jetzt fest entschlossen, sich ins Wasser gleiten zu lassen, mit der unmenschlichen Qual Schluß zu machen, falls sie die Kraft dazu fände. Aber es gelang ihr kaum mehr, das Wrack, zu dem sie geworden war, über den Bootsrand zu hieven.

Irgend etwas Rotes glitt in ihr neblig verschwommenes Blickfeld. Ihre Hände berührten das Wasser. Sie verstärkte ihre Bemühung. Das harte Holz quetschte ihre Brust, doch sie spürte es nicht, unempfindlich für jeden anderen Schmerz als dieses ungeheure Brennen ihres ganzen Körpers. Noch eine kleine Anstrengung, und ihr Haar tauchte in die Wellen. Das Boot neigte sich sanft. Endlich glitt Marianne ins blaue Wasser, das sich barmherzig kühlend über ihr schloß ... Unfähig, zu schwimmen, und im übrigen nur von dem einen Wunsch beseelt, daß es so schnell wie möglich enden möge, versank sie. Die lebendige Welt entschwand ihr im gleichen Moment wie das Bewußtsein.

Doch das schreckliche Verlangen nach Wasser, das sie gemartert hatte, bedrängte sie bis über den Tod hinaus. Das Wasser verfolgte sie, überschwemmte sie, sie löste sich in ihm auf. Das Wasser floß belebend und süß in ihr, sprudelte wie aus einer plötzlich mitten in einem ausgetrockneten Flußbett zutage getretenen Quelle. Es war nicht mehr das bittere, salzige Wasser des Meeres, es war frisch und leicht wie der Regen im Gras eines durstigen Gartens. Erlöst träumte Marianne, der Allmächtige habe in seiner Barmherzigkeit entschieden, daß sie seine Ewigkeit trinkend verbringen dürfe und daß sie sich im Paradies der vor Durst Gestorbenen befand ...

Aber es war ein seltsam hartes und unbequemes Paradies. Ihr Körper begann ihr plötzlich weh zu tun. Mühsam öffnete sie ihre geschwollenen Lider um einen Spalt, sah dicht über sich ein bärtiges Gesicht mit schwarzen, fragenden Augen vor einem bewegten roten Hintergrund, den sie ziemlich schnell als ein vom Wind geblähtes Segel erkannte.

Als der Mann, der ihr stützend seinen Arm unter den Kopf geschoben hatte, sah, daß sie wieder zu Bewußtsein gekommen war, näherte er ihren aufgesprungenen Lippen etwas Rauhes und Kühles: den Rand eines tönernen Kruges, dessen Wasser wohltuend durch ihre Kehle rann. Zugleich sagte er etwas in einer unverständlichen Sprache, offenbar zu jemand gewandt, den Marianne nicht sehen konnte. Trotz ihrer Schwäche versuchte sie, sich aufzurichten, und bemerkte eine vom roten Segel im Flammenschein des Sonnenuntergangs sich abhebende schwarze Gestalt, die ihr unheimlich schien: einen griechischen Priester. Schmutzig und vollbärtig, betrachtete er sie mit sichtlichem Widerwillen, während er in säuerlichem Ton etwas erwiderte. Dabei wies er mit anklagendem Finger auf die Gerettete, und sofort zog der Mann, der sie stützte, hastig ein Stück Segeltuch über sie, worauf der Pope, die Hände in den Ärmeln, seine Aufmerksamkeit angelegentlich dem Horizont zuwandte. Seine gerunzelte Stirn und verdrossene Miene sagten der jungen Frau genug. Von ihrer Batistverhüllung konnte nicht viel übriggeblieben sein, und der Anblick ihres Körpers hatte den Gottesmann zweifellos schockiert.

Sie versuchte zu lächeln, um ihrem Retter zu danken, aber ihre trockenen Lippen erlaubten ihr nur eine schmerzhafte Grimasse. Instinktiv hob sie die Hände zu ihrem Gesicht.

Der Mann, der wie ein Fischer aussah, griff hinter sich nach einem Fläschchen Olivenöl und rieb großzügig ihre Stirn und Wangen damit ein. Dann zog er einen Korb heran, nahm eine helle Weintraube heraus und schob ihr fürsorglich ein paar der süßen Beeren in den Mund, die sie gierig verschlang. Nie hatte sie Besseres gegessen.

Danach rollte er Marianne völlig in ein Segeltuch ein, schob ihr ein zusammengerolltes Fischernetz unter den Kopf und gab ihr durch Zeichen zu verstehen, sie solle schlafen.

Vor dem Segel, dessen Rot mit dem Tag erlosch, verspeiste der Priester gleichmütig und feierlich ein Stück schwarzes Brot und Zwiebeln, die er mit zahlreichen Schlucken aus einem neben ihm stehenden runden Krug hinunterspülte. Dies getan, begann er ein langes Gebet, begleitet von tiefen Verneigungen, die auf dem schwankenden Schiff akrobatisch anmuteten. Als dann die Nacht völlig hereingebrochen war, rollte er sich in einem Winkel zusammen, zog seine seltsame mitraähnliche schwarze Kopfbedeckung über die Augen und begann zu schnarchen, ohne auch nur einen Blick auf die unreine Kreatur zu verschwenden, die sein Begleiter aus dem Wasser gezogen hatte.

Trotz ihrer Müdigkeit verspürte Marianne keine Lust zu schlafen. Sie war erschöpft, aber der Durst, der schreckliche Durst war geschwunden, ihr eingeöltes Gesicht schmerzte sie weniger, und sie fühlte sich fast wohl. Die dicke Leinwand schützte sie vor der nun einsetzenden Kühle, und über ihr glänzten einer nach dem andern die Sterne auf. Es waren dieselben, die sie am Abend zuvor von ihrem Boot aus gesehen hatte und die ihr so kalt und feindlich erschienen waren. An diesem Abend hatten sie etwas Freundschaftliches, und die

Schiffbrüchige dankte dem Allmächtigen vom Grunde ihres Herzens, daß er ihr in dem Moment eine helfende Hand geschickt hatte, in dem sie sich verzweifelt entschloß, ihrem Leben ein Ende zu machen. Sie konnte die Sprache des Mannes nicht verstehen, den sie ein Liedchen vor sich hin summen hörte, während er sein kleines Boot durch die Nacht steuerte, sie wußte nicht, zu welchem Ufer er sie bringen würde, noch wo sie sich genau befand, aber sie lebte, und dieses Meer, das sie trug, war dasselbe, das die amerikanische Brigg wie übrigens auch den Piraten trug, der sich ihrer bemächtigt hatte.

Wohin man sie jetzt auch brachte – Marianne wußte, daß es ein erster Schritt zur Rache war. Sie wußte auch, daß sie keine Ruhe finden würde, bevor sie John Leighton erwischt und ihn sein Verbrechen mit seinem Blut hatte bezahlen lassen. Alle Seeleute, Freund oder Feind, die das Mittelmeer befuhren, mußten die *Meerhexe* jagen, damit Leighton an der höchsten Rahe des Schiffs, das er gestohlen hatte, aufgeknüpft werden konnte!

Um die Mitte der Nacht ging der Mond auf. Es war eine schmale Sichel, deren Licht kaum stärker war als das der Sterne. Ein leichter Wind ließ die Segel singen, und das Meer umspülte mit seidigem Geräusch die Flanken des Bootes. Die Stimme des Fischers klang gedämpfter und melancholischer und sein Lied so einlullend, daß Marianne endlich in tiefen Schlaf versank. So tief, daß sie weder sah, wie sie sich der Insel mit den steilen schwarzen Klippen näherten, noch das kurze geflüsterte Gespräch zwischen dem Popen und dem Fischer vernahm und auch nicht den Zugriff der Hände spürte, die sie, in ihr Segeltuch gehüllt, aufhoben und davontrugen ... Doch als sie ihr Bewußtsein wiedererlangte, war da nichts, was sie davon hätte überzeugen können, daß sie ihre Rettung nicht geträumt hatte, allenfalls von der Tatsache abgesehen, daß der Durst sie nicht mehr quälte. Sie lag im Schatten eines Felsens und einiger verkümmerter Sträucher auf einem mit silbrigen Algen besticktem schwärzlichen Sandstrand. Vor ihr leckte das indigofarbene Meer eine Borte weißer und schwarzer Kiesel. Das Stück Segeltuch, in das man sie gewickelt hatte, war zugleich mit dem Boot, dem Popen und dem Fischer verschwunden, aber die Batistfetzen, die sie mehr schlecht als recht bedeckten, waren trocken, und als sie sich umdrehte, fand sie, sorgsam auf einen großen, flachen Stein gelegt, zwei goldschimmernde Weintrauben, nach denen sie mechanisch mit ungeschickter Hand griff.

Auf einen Ellbogen gestützt, knabberte sie ein paar der saftigen, süßen Beeren, deren sehr wirklicher Geschmack ihr die letzten Zweifel nahm, daß sie nicht in einen seltsamen Traum verstrickt war. Ihr Kopf war leer und ihr Körper wie zerschlagen, doch ihr blieb keine

Zeit mehr, sich zu fragen, warum der hilfreiche Fischer sie nun seinerseits an einer so öden Küste allein zurückgelassen hatte, denn im gleichen Moment hörte sie auf, allein zu sein.

Am anderen Ende des Strandes erschien aus einem zwischen den Felsen verlaufenden Pfad eine weiße Prozession, so anachronistisch und unerwartet, daß Marianne sich die Augen rieb, um sich zu überzeugen, daß sie ihr keinen Streich spielten.

Angeführt von zwei Flötenspielerinnen und einer großen braunen Frau, imposant und schön wie Athena in Person, näherte sich ein Zug in faltige antike Gewänder gekleideter junger Mädchen, die schwarzen Haare in sich kreuzende weiße Bänder eingebunden. Die einen mit Zweigen in den Händen, die anderen Amphoren auf ihre Schultern stützend, schritten sie paarweise langsam und anmutig voran und sangen eine Art Choral, die der zarte Doppelklang der Flöten begleitete.

Da sich der seltsame Zug in ihre Richtung wandte, kroch Marianne auf dem Sand bis zu einer Stelle, wo sie der Fels genügend verbarg, klammerte sich an ihn, und schließlich gelang es ihr, sich mit seiner Hilfe aufzurichten. Ihr schwindelte, und sie war noch sehr schwach, zu schwach jedenfalls, um vor diesem Spuk zu fliehen, der sie um gute 24 Jahrhunderte in die Vergangenheit zurückversetzte.

Aber die Frauen hatten sie nicht gesehen und kümmerten sich also auch nicht um sie. Die Prozession war zu einem Feigenbaum abgeschwenkt, in dessen Schatten Marianne eine verstümmelte antike Statue gewahrte, eine Aphrodite mit vollkommen geformtem Oberkörper, doch ihres linken Arms beraubt. Der rechte rundete sich graziös zu einer Geste der Begrüßung, und der Kopf, dessen Profil sie sehen konnte, war die Schönheit und Reinheit selbst.

Zum Klang der Flöten wurden die Spenden vor der Statue niedergelegt, und während die jungen Mädchen sich anbetend niederwarfen, trat die große braune Frau zu der Göttin vor, und zur großen Überraschung Mariannes, die, an ihren Fels geklammert, kaum zu atmen wagte, sprach sie zu ihr in der edlen Sprache des Demosthenes und Sophokles, die einst Teil des von Ellis Selton für ihre Nichte ausgearbeiteten Studienplans gewesen war. Aufs höchste verwundert, vergaß Marianne einen Moment ihre Not und ließ sich von der ernsten, warmen Stimme der Frau durchdringen:

Aphrodite, Tochter des Gottes,
o unsterbliche Weberin auf schimmerndem Thron,
verlaß nicht mein Herz, sieh in meinem Herzen,
o Königin, sich häufen schwere Kümmernisse.

Oh, kehre zurück, wenn du je
mich hast hören können, hören von fern meine Stimme,
wenn du verließest, um zu mir zu eilen,
das goldene Haus deines Vaters.
Schnelle Sperlinge, vor deinen Wagen gespannt,
zogen dich rund um unsere dunkle Erde,
schüttelten im Wind die Flügel mit den dicht zusammengefügten Federn,
schossen abwärts quer durch die Lüfte,
und schnell waren sie da, und du, o mein Glück,
fragtest mit einem dein unsterbliches Antlitz erhellenden Lächeln
nach dem Namen meines neuen Schmerzes
und warum mein Ruf.
Welche Narrheit verzehrte mein armes, krankes Herz?
Wen also solle man zu deiner Flamme führen,
zu Der, die überzeugt?
Wer, Sappho, bereitet Schmerz deiner Seele ...?»

· Die Musik der Worte, die unnachahmliche Schönheit der griechischen Sprache durchdrangen Marianne und nahmen Besitz von ihr. Ihr war, als entspringe das inbrünstige Flehen ihrem eigenen Herzen. Auch ihre Seele fühlte Schmerz, auch sie litt an verletzter Liebe, an erniedrigter, grotesk gewordener Liebe. Die Leidenschaft, von der sie lebte, hatte sich gegen sie gewandt und zerriß sie mit ihren Krallen. Die Klage dieser Frau gab ihr das Bewußtsein ihres eigenen, durch die physische Prüfung und den glühenden Hauch des Hasses, den sie gegen John Leighton empfand, für einen Moment neutralisierten Leides zurück. Sie fand sich wieder mit ihrer eigenen Wirklichkeit konfrontiert: eine sehr junge, verlassene, verletzte Frau, gefoltert von dem kindlichen Verlangen, geliebt zu werden. Das Leben und die Männer mißhandelten sie, als sei sie ihrer Gemeinheit, ihrem Egoismus gewachsen. Alle, die sie geliebt hatten, hatten versucht, sie zu unterjochen, sich zu ihrem Herrn zu machen ... ausgenommen vielleicht der stumme Schatten, der sie in der Nacht von Korfu besessen hatte! Er hatte nichts gefordert als eine Lust, die er ihr hundertfach zurückgegeben hatte. Er war sanft und zärtlich zugleich gewesen. Ihr Körper erinnerte sich seiner mit einem Gefühl des Glücks, wie sie sich in der Qual des Durstes all der frischen Wasser erinnert hatte, die sie kannte. Und der seltsame Gedanke stieg in ihr auf, daß das Glück, das schlichte, einfache Glück, ihr vielleicht nahegekommen und mit jenem Unbekannten wieder verschwunden war ...

Tränen rollten jetzt über ihre eingefallenen Wangen. Sie wollte sie mit den Fetzen des Ärmels abwischen, ließ den Fels los, sank in die Knie und sah, daß die jungen Mädchen ihr Gebet beendet hatten und sie anstarrten.

Erschrocken, denn ihrem verwirrten Geist schien jedes menschliche Wesen feindlich, wollte sie sich ins Strauchwerk flüchten, aber sie konnte sich nicht erheben und fiel von neuem in den Sand ... Schon umringten sie die Mädchen und beugten sich neugierig über sie, während sie in einer schnellen Sprache miteinander schwatzten, die mit dem archaischen Griechisch nicht mehr viel zu tun hatte. Die große Frau näherte sich langsamer, und vor ihr öffnete sich der plappernde Kreis mit Respekt.

Sich über sie neigend, schob sie die Fülle des vom Meerwasser und Sand verklebten schwarzen Haars der Liegenden beiseite und hob ihr wächsernes Gesicht, über das noch immer Tränen rannen. Doch Marianne verstand die Frage nicht, die sie stellte. Ohne große Hoffnung murmelte sie:

«Ich bin Französin ... schiffbrüchig ... habt Mitleid mit mir ...»

Ein Blitz durchzuckte die dunklen Augen der kauernden Frau, und zu Mariannes Überraschung flüsterte sie sehr schnell in derselben Sprache:

«Es ist gut. Kein Wort mehr, keine Bewegung. Wir nehmen dich mit!»

«Ihr sprecht ...?»

«Ich sagte: Kein Wort mehr! Wir werden vielleicht überwacht!»

Rasch löste sie den durch eine goldene Spange gehaltenen Peplos aus weißem Leinen, der ihre faltenreiche Tunika bedeckte, und warf ihn um die Schultern der jungen Frau. Dann gab sie mit noch immer gedämpfter Stimme ihren Begleiterinnen einige Befehle, die, nun schweigend, Marianne aufrichteten, so daß sie, von zwei der kräftigsten unter ihnen gestützt, zu stehen vermochte.

«Kannst du gehen?» fragte die Frau.

Doch sofort beantwortete sie ihre Frage selbst:

«Sicher nicht; deine Füße sind nackt. Du wirst nicht bis zur ersten Wegbiegung kommen. Man wird dich tragen.»

Mit erstaunlicher Geschicklichkeit flochten die jungen Mädchen mit Hilfe von Zweigen und den Bändern, die ihr Haar zusammenhielten, eine Art Trage. Marianne wurde auf sie gebettet, dann hoben sie sechs ihrer neuen Gefährtinnen auf ihre Schultern, während andere sie mit den abgerissenen Ranken eines in der Nähe wachsenden wilden Weinstocks, Immortellenblumen und einigen jener eigentümlichen silbrigen Algen bedeckten, die sich überall am Strand fanden, ganz so, als handle es sich um eine Leichenbahre. Und als Marianne mit dem Blick die Augen der seltsamen Priesterin suchte, huschte über deren ernstes Antlitz ein flüchtiges Lächeln:

«Es ist besser, du tust, als seist du tot, weil es uns eventuelle peinliche Fragen ersparen dürfte. Die Türken halten uns für verrückt und fürchten uns deswegen... aber man soll nichts übertreiben!»

Und um die Täuschung noch überzeugender zu machen, schlug sie einen Zipfel des Peplos über Mariannes Gesicht, bevor sie noch Zeit fand, etwas zu sagen. Von Neugier verzehrt, flüsterte sie dann aber doch:

«Sind denn Türken in der Nähe?»

«Sie sind nie weit, wenn wir zum Strand herunterkommen. Sie lauern auf unseren Aufbruch, um die Weinkrüge zu stehlen, die wir der Göttin bringen. Jetzt schweig, oder ich laß dich hier!»

Marianne ließ es sich gesagt sein und bemühte sich, so reglos wie möglich zu bleiben, während die Mädchen einen neuen Gesang anstimmten, der diesmal wie eine feierliche Trauerhymne klang, und der Zug den Rückmarsch antrat.

Er dauerte lange und vollzog sich auf einem Weg, der besonders schwierig und steil zu sein schien. Auf ihrem unbequemen Zweiglager, der Kopf meist tiefer als die Füße und halb erstickt durch den Stoff über ihrem Gesicht, fühlte Marianne ihre Übelkeitsanfälle wiederkehren. Dabei mußten ihre Trägerinnen überaus kräftig sein, denn während dieser ganzen bergan steigenden Ewigkeit verlangsamten sie weder ihren Rhythmus noch unterbrachen sie ihren Gesang. Doch als die Bahre endlich wieder zu Boden gesetzt wurde, konnte sie einen Seufzer der Erleichterung nicht unterdrücken.

Einen Moment später wurde sie auf ein mit rauhem Fell bedecktes Lager gelegt, das ihr der Gipfel der Bequemlichkeit schien, und das Leinen verließ ihr Gesicht. Zugleich war die drückende Hitze des Draußen einer angenehmen Frische gewichen.

Der lange, niedrige Raum, in dem sie sich befand, öffnete sich mit einem doppelten schmalen Fenster auf blaue Fernen, von denen man nicht recht wußte, ob sie Himmel, Meer oder beides waren. Im Laufe der Jahrhunderte hatte er offenbar verschiedene Schicksale kennengelernt. Zwei Säulen von derbem Dorisch stützten eine rissige Decke, die noch Spuren strahlender Vergoldungen bewahrte, in ihrer Mitte ein mageres, bärtiges, von einer Aureole umgebenes Gesicht mit riesigen, starren Augen, das einem Heiligen gehören mußte. An den Ziegelwänden zeigten sich Fragmente von Fresken, die ebensowenig zusammenpaßten wie der Deckenschmuck: Auf einer Seite sprangen zwei bruchstückhafte Epheben mit behenden Beinen einer Reihe schrecklich schielender, steifer byzantinischer Engel in bunten Gewändern zu, während die andere gekalkte Wand eine einfache Nische aufwies, in der ein mit einer Lanze bewaffneter, entzauberter Gott in grünem Mantel auf blauem Thron vor sich hinträumte. Eine Moscheelampe aus vergoldeter Bronze und vielfarbigem Glas hing genau unter dem Bart des mageren Heiligen von der Decke, und das Mobiliar bestand außer dem mit Ziegenfellen bedeckten Bett nur aus einigen Schemeln und einem niedrigen Tisch, der eine von Weintrauben überquellende große, tönerne Schale trug.

Inmitten all dieser Dinge erschien die Anbeterin Aphrodites in ihrer weißen Tunika keineswegs mehr so anachronistisch.

Die Arme über dem üppigen Busen gekreuzt, musterte sie ihren Fund mit nicht zu übersehender Ratlosigkeit, und als Marianne sich aufsetzte, sah sie, daß sie beide allein waren. Die jungen Mädchen waren verschwunden, und da der Neuankömmling sich nach ihnen umzusehen schien, klärte die Frau sie auf:

«Ich habe sie fortgeschickt. Wir haben miteinander zu reden. Wer bist du?»

Der schroffe Ton war nichts weniger als liebenswürdig. Er verriet Mißtrauen.

«Ich habe es Euch gesagt: eine Französin. Das Opfer eines Schiffbruchs und ...»

«Nein, du lügst! Yorghos, der Fischer, hat dich vor Morgengrauen am Strand zurückgelassen. Er hat mir gesagt, daß er dich gestern abend aufgefischt hat, als du dich eben aus einem Boot fallen ließest. Du warst halbtot vor Durst und Erschöpfung. Wie kamst du in dieses Boot?»

«Das ist eine lange Geschichte.»

«Ich habe Zeit», erwiderte die Unbekannte und zog einen Schemel zu sich heran, auf den sie sich setzte.

Dieser Dialog mit einer wie durch Zauberei zum Leben erweckten antiken Statue war sonderbar. Die Frau faßte in sich ihre außergewöhnliche Behausung zusammen. Fürs erste war ihr kein definitives Alter anzusehen. Ihre Haut war glatt, ohne Falten, aber ihr Blick war der einer reifen Frau. Mehr als je ähnelte sie einer Inkarnation Athenas, und doch erreichten ihre mandelförmig geschnittenen Augen fast das Mißverhältnis des byzantinischen Blicks von der Decke. Vorhin hatte sie gesagt, sie gelte als verrückt ... aber eine ruhige Kraft ging von ihr aus, eine Sicherheit, die Marianne deutlich spürte und die ihr jedenfalls keine Angst verursachte.

«In diesem Boot», sagte sie ruhig, «starb ich vor Durst, wie Ihr selbst gesagt habt, und wenn ich mich ins Wasser gleiten ließ, dann nur, um schneller ein Ende zu machen.»

«Du hast Yorghos und sein Schiff nicht gesehen?»

«Ich sah nichts mehr. Etwas Rotes schob sich vor meine Augen, und ich glaubte, es sei eine Täuschung mehr. Wißt Ihr, was es heißt, vor Durst zu sterben?»

Die Frau schüttelte den Kopf, aber bei den letzten Worten hatte Mariannes Stimme Zeichen von Schwäche erkennen lassen, während sie sich erblassend zurücksinken ließ. Die Unbekannte runzelte die Stirn und erhob sich rasch.

«Du hast noch immer Durst?»

«Und Hunger...»

«Dann warte. Du wirst danach sprechen.»

Ein paar Minuten später kehrte Marianne, durch ein wenig kalten Fisch, Ziegenkäse, Brot, einen Becher stark zu Kopf steigenden Weins und einige Weinbeeren gestärkt, wieder ins Leben und zu einem Zustand zurück, der ihr erlaubte, die Neugier ihrer Gastgeberin wenigstens so weit zu befriedigen, wie es ihr möglich schien, ohne neue Gefahren heraufzubeschwören.

Diese Frau war Griechin, bewohnte ein von den Türken besetztes Gebiet, und sie selbst war zu eben diesen Türken geschickt worden, um die Bande der Freundschaft zwischen ihrem und deren Land neu zu knüpfen. Sie zögerte einen Moment, da sie nicht recht wußte, wie sie ihren Bericht wieder beginnen sollte, und entschloß sich dann, eine ganz natürliche Frage zu stellen, um sich noch ein wenig Zeit zum Überlegen zu sichern, und auch, um das Terrain abzuklopfen.

«Bitte», fragte sie leise, «könnt Ihr mir wenigstens sagen, wo ich bin? Ich habe nicht die leiseste Vorstellung...»

Doch die Frau dachte nicht daran, sie aufzuklären.

«Von wo bist du mit deinem Boot gekommen?»

«Von einem Schiff unterwegs nach Konstantinopel, von dem ich mitten auf dem Meer kurz vor Tagesanbruch ausgesetzt wurde. Es muß etwa drei Tage her sein», seufzte Marianne. «Wir hatten Kythera am vorhergehenden Vormittag passiert...»

«Von welcher Nationalität war dieses Schiff? Und was hast du getan, daß man dich so ins Meer geworfen hat ... noch dazu im Hemd?»

Der Ton der Frau verriet ihr Mißtrauen, und Marianne gestand sich verzweifelt ein, daß ihre Geschichte sich wirklich einigermaßen wunderlich anhörte und daß es schwer sein mußte, sie zu glauben. Doch die Wahrheit hatte immer noch mehr Chancen, alles ins Reine zu bringen, als jede noch so gut erfundene Fabel.

«Das Schiff war amerikanisch. Es war eine Brigg aus Charleston, Südkarolina. Kapitän ... Jason Beaufort.»

Der Name kam ihr nur schwer über die Lippen, halb erstickt in einer Art Schluchzen, aber er brachte es unerwartet zuwege, daß sich die strengen Züge der Frau entspannten. Ihre dichten Brauen, so schwarz, daß sie wie mit chinesischer Tusche gemalt schienen, hoben sich.

«Jason? Ein schöner griechischer Name für einen Amerikaner! Aber du leidest offenbar an ihm. Bist du gar die Medea dieses Jason? War er es, der dich ausgesetzt hat?»

Nur ihr persönliches Drama in Venedig aussparend, das die Unwahrscheinlichkeit ihrer Situation nur noch erhöhen konnte, berichtete sie sodann, so gut sie vermochte, von der abenteuerlichen Fahrt der *Meerhexe*. Sie erzählte, wie Leighton alles ins Werk gesetzt hatte, um Jason gegen sie aufzubringen und sich des von ihm zum Handel mit schwarzem Fleisch bestimmten Schiffs zu bemächtigen, wie es ihm, soweit sie die Geschehnisse rekonstruieren konnte, schließlich geglückt war, und wie er sie ohne Nahrungsmittel und ohne die geringste mögliche Hilfe allein auf dem Meer zurückgelassen hatte. Sie sprach auch von ihrer Sorge um die, die an Bord geblieben waren: ihren Freund Jolival, Gracchus, Agathe und endlich Kaleb, der fast zu Tode geprügelt worden war, weil er versucht hatte, das Schiff von dem Dämon, der es in seine Hand bringen wollte, zu befreien.

Zweifellos trug ihre Schilderung der hinter ihr liegenden tragischen Tage den Stempel der Wahrhaftigkeit, denn je länger sie sprach, desto mehr schwand das Mißtrauen aus dem Gesicht der Frau und ließ nur Neugier zurück. Die langen Beine übereinandergeschlagen, einen Ellbogen aufs Knie und das Kinn auf die Hand gestützt, hörte sie mit sichtlichem Interesse und in tiefstem Schweigen zu. Und eben dieses Schweigen beunruhigte Marianne, so daß sie schüchtern fragte:

«Kommt Euch all das allzu ungewöhnlich vor? Ich weiß, daß meine Geschichte wie ein Roman klingt, doch ich schwöre Euch, daß es die Wahrheit ist!»

Die Frau zuckte die Schultern.

«Die Türken sagen, die Wahrheit schwebe und lasse sich nicht fangen. Die deine hat einen seltsamen Klang ... wie alle Wahrheiten. Aber beruhige dich, ich habe schon weit merkwürdigere Geschichten als deine gehört! Sag mir nun noch deinen Namen ... und was du in Konstantinopel wolltest.»

Der schwierige Moment war gekommen, der, in dem sie eine Wahl zu treffen hatte, die schwere Folgen nach sich ziehen konnte.

Seit Beginn des Gesprächs zögerte Marianne, ihre wahre Identität zu enthüllen. Es war ihre feste Absicht gewesen, einen falschen Namen zu nennen und ihre Reise auf dem amerikanischen Schiff als Flucht einer verliebten Frau auszugeben, die zwischen ihr schuldhaftes Glück und den Zorn ihres Gatten so viel Entfernung wie möglich legen wolle, doch je länger sie während ihres Berichts in das ernste Antlitz ihrer Gastgeberin blickte, desto mehr empfand sie Abscheu davor, ihr eine Geschichte aufzutischen, die ihr anrüchig vorkommen mochte. Zudem wußte Marianne, daß sie, der Lügen fremd waren, nur recht ungeschickt lügen konnte. Selbst bloße Verheimlichungen gelangen ihr nicht: Der kürzliche Schiffbruch ihrer Liebe war der beste, schmerzlichste Beweis dafür.

Plötzlich erinnerte sie sich eines Satzes, den ihr François Vidocq gesagt hatte, während sie gemeinsam von der Küste der Bretagne zurückgekehrt waren:

«Unser Leben, liebe Freundin, ist ein mit Klippen gespickter riesiger Ozean. Wir müssen jeden Augenblick auf einen Schiffbruch gefaßt sein. Das beste ist, sich darauf vorzubereiten. So hat man immerhin die Chance, ihn einigermaßen zu überstehen...»

Die Klippe war nun da, vor ihr, verborgen hinter jener hohen, undurchdringlichen Stirn, jenen rätselvollen, klassischen Zügen...

Marianne dachte, daß sie nichts anderes mehr zu verlieren habe als eine ungewisse Rache, und entschloß sich, die Klippe von vorn anzugehen. Die Konsequenzen waren schließlich nicht mehr wichtig, und wenn diese Frau sie für ihre Feindin hielt und tötete, wäre es keine große Katastrophe. Mit klarer Stimme erklärte sie:

«Ich heiße Marianne d'Asselnat de Villeneuve, Fürstin Sant'Anna, und reise auf Befehl Kaiser Napoleons, meines Herrn, nach Konstantinopel, um die Sultanin, die eine entfernte Cousine von mir ist, zu überreden, die englische Allianz zu verwerfen, mit Frankreich wieder freundschaftliche Beziehungen aufzunehmen... und den Krieg mit Rußland fortzusetzen! Ich glaube, jetzt wißt Ihr alles über mich.»

Das Resultat dieses offenen Bekenntnisses war überraschend. Die Frau sprang auf, ihr Gesicht rötete sich und fand erst nach und nach zu seiner Blässe zurück. Sie musterte verdutzt die Gerettete, öffnete den Mund, wie um etwas zu sagen, schloß ihn jedoch wieder, ohne einen Laut zu äußern, drehte sich plötzlich auf den Hacken um und wandte sich zur Tür, als sähe sie sich unversehens einer zu schweren Verantwortung gegenüber und ziehe es vor, ihr fürs erste auszuweichen. Doch Mariannes Stimme hielt sie fest:

«Ich weise Euch darauf hin, daß ich Euch alles gesagt habe, was Ihr zu wissen wünschtet, daß Ihr jedoch noch nicht auf die ganz natürliche Frage geantwortet habt, die ich Euch vorhin stellte. Wo bin ich ... und wer seid Ihr?»

Die Frau fuhr herum, und Marianne fand ihre schwarzen Augen auf sich gerichtet, die sich noch vergrößert zu haben schienen.

«Dies ist die Insel Santorin, das einstige Thira, die ärmste der griechischen Inseln, auf der man nie sicher ist, den nächsten Tag, ja nicht einmal das Ende des Tages zu erleben, da sie auf dem ursprünglichen Feuer ruht. Was mich betrifft ... du kannst mich Sappho nennen! Unter diesem Namen kennt man mich ...»

Und ohne ein Wort hinzuzufügen, verließ das seltsame Geschöpf hastig den Raum, schloß jedoch sorgsam die Tür hinter sich. Von vornherein auf diese neue Art Gefangenschaft gefaßt, zuckte Marianne die Schultern, griff nach dem von Sappho vergessenen Peplos, hüllte sich in ihn ein und legte sich von neuem auf ihre Ziegenfelle, um ihre Kräfte durch einen tiefen Schlaf wiederherzustellen. Die Würfel waren jetzt gefallen. Die Folgen gehörten ihr nicht mehr!

Das Ende des Tages verbrachte die noch immer in ihrer Kapelle eingeschlossene Marianne vor dem kleinen doppelten Fenster, ohne jemand zu Gesicht zu bekommen. Der Ausblick, den man von dort hatte, war höchst eigenartig: ein Ruinen- und Aschenfeld, auf dem jedes Ding wie aus einer merkwürdigen Art Silber gefertigt schien. Säulenschäfte, Mauerreste ragten aus einem feinen Staub, in dem sich alle Graunuancen vereinten. All das erhob sich auf einem weiten Plateau, dessen eine Seite in landwirtschaftlich genutzten Stufen abfiel, eine gewaltige ländliche Architektur, auf deren breiten Terrassen sich von windgebeugten und vom allgemeinen Staub versilberten Feigenbäumen geschützte Weinstöcke reihten. Die andere Seite des Plateaus stürzte hinter einer alten steinernen Mühle mit zerfransten Flügeln offenbar zum Meer hinab.

Hier und dort ein weißer Würfel, der ein Haus war, und die ebenfalls graue Form eines Esels, der wie alles andere zu Erz geworden schien. Es war eine deprimierende Landschaft, kaum dazu angetan, die Moral einer Frau aufzurichten, die sich mit gutem Recht als Gefangene betrachten konnte. Trotzdem faszinierte sie Marianne, und sie fuhr zusammen, als hinter ihr Sapphos ruhige Stimme erklang:

«Wenn du dich zu uns gesellen willst», sagte diese Stimme, «wird es jetzt Zeit, dich anzuziehen. Die Stunde naht, in der wir die Sonne grüßen müssen.»

Sie reichte ihr eine Tunika, ähnlich denen, die Marianne bei den anderen jungen Mädchen gesehen hatte, Sandalen und Bänder zum Umwinden des Haars.

«Ich möchte mich waschen», sagte Marianne. «Ich habe mich noch nie so schmutzig gefühlt.»

«Richtig. Warte, ich werde dir Wasser holen ...»

Einen Augenblick später kehrte sie mit einem vollen Eimer zurück, den sie auf die abgetretenen Steinfliesen stellte. Dann reichte sie ihr ein Stück Seife und ein Handtuch.

«Ich kann dir nicht mehr geben», sagte sie bedauernd. «Wasser ist das, was hier am rarsten ist, denn nur der Regen füllt unsere Zisternen, und wenn der Sommer kommt, sinkt der Wasserspiegel schnell.»

«Die Leute hier müssen doch sehr darunter leiden?»

Über Sapphos Züge huschte ein flüchtiges Lächeln, das ihrem ernsten Antlitz überraschenden Charme verlieh.

«Weniger als du glaubst. Sie schätzen es nicht sehr, sich zu waschen, und was das Trinken betrifft, haben wir Wein im Überfluß. Niemand hier käme auf die Idee, Wasser zu trinken. Beeil dich. Ich erwarte dich draußen. Übrigens, sprichst du nur deine eigene Sprache?»

«Nein. Ich spreche auch deutsch, englisch, italienisch, spanisch und früher habe ich das antike Griechisch studiert.»

Sappho macht ein unzufriedenes Gesicht. Offensichtlich hätte sie den gewöhnlichsten der in Griechenland gesprochenen Dialekte hundertmal vorgezogen. Nach einem Moment entschied sie:

«Das beste ist noch, daß man dich so wenig wie möglich hört, aber wenn du unbedingt mußt, sprich italienisch. Diese Inseln sind lange venezianisch gewesen, und diese Sprache versteht man noch. Und vergiß nicht, alle Welt zu duzen. Die diplomatische Sprache steht bei uns nicht hoch im Kurs.»

Rasch machte sich Marianne an ihre Toilette und vollbrachte mit dem ihr zugeteilten wenigen Wasser wahre Wunder. Es gelang ihr sogar, ihr Haar zu waschen, das sie so gut es ging auswrang, noch feucht flocht und eng um ihren Kopf legte. Das Wohlsein, das sie danach verspürte, schien ihr überwältigend. Die Verbrennungen durch die Sonne auf ihrem Gesicht, dem Hals und den Armen hatten sich dank dem Öl des Fischers besänftigt, und als sie die Tunika angelegt hatte, fühlte sie sich fast so frisch wie beim Verlassen ihres eleganten Pariser Badezimmers. Endlich öffnete sie die grobe Holztür ihrer provisorischen Unterkunft und fand Sappho, die sie, auf dem Rand eines Brunnens sitzend, erwartete. Sie hielt eine Lyra in der Hand, und die Mädchen, die Marianne schon vom Vormittag kannte, umgaben sie, bereits zum Zuge formiert. Beim Anblick der Neuen erhob sich Sappho und wies ihr mit einer knappen Handbewegung einen Platz zwischen zweien der Mädchen an, die ihr nicht einmal einen Blick schenkten. Dann setzte sich die weiße Prozession in Bewegung, dem äußersten Ende des Plateaus zu, das sich Marianne nun in seiner ganzen Ausdehnung zeigte.

Gen Osten geneigt, fiel es, mit Weinanpflanzungen und Tomatenfeldern bedeckt, in sanften Schwüngen zum Meer ab, während es sich westwärts zu einer Anhöhe mit einem breit hingelagerten, massiven weißen Gebäude erhob, das man ohne den es überragenden Glockenturm für eine Festung hätte halten können und hinter das die Sonne sich zurückgezogen zu haben schien. Was den Ort betraf, an dem Marianne den Tag verbracht hatte, war es in der Tat eine kleine, halb zerfallene Kapelle, deren ockerfarbene Kuppel einen seltsamen Blitzableiter trug, der vielleicht einmal ein Kreuz gewesen war. Drumherum öffneten sich die zerfallenen Säulengänge einer alten byzantinischen Villa.

Eine ihrer seltsam archaischen Hymnen singend, erreichte der Zug einen erhöhten Punkt über der blauen Weite des Meers. Der graue Staub umgab hier einen thronartig gestalteten schwarzen Lavablock. Sappho bestieg ihn majestätischen Schritts, die Lyra von ihren über der Brust gekreuzten Armen gehalten, während die Mädchen zu ihren Füßen niederknieten. Alle wandten der scheidenden Sonne ihre Gesichter zu, bemüht, den ekstatischen Ausdruck auf dem Antlitz ihrer Herrin zu imitieren, der Marianne zweifellos reichlich lächerlich vorgekommen wäre, hätte sie nicht begriffen, daß auch dies nur Teil einer Inszenierung war und daß sich etwas anderes, etwas unendlich Achtenswertes unter der dauernden Maskerade verbarg, der sich alle diese Frauen unterzogen.

«Ich gelte als verrückt», hatte Sappho gesagt und tat auch alles, um ihre Umwelt davon zu überzeugen. Jetzt sammelte sie sich einen Moment, den Kopf in den Händen, dann präludierte sie auf ihrer Lyra und begann mit kräftiger Stimme zur Sonne gewandt eine Art Litanei zu singen.

Gleich darauf erhoben sich einige ihrer Gefährtinnen, um nach dem Rhythmus ihres Gesangs zu tanzen. Es war ein langsamer, zeremoniöser, doch eigentümlich suggestiver Tanz. Die jungen, kraftvollen Körper, deren Bewegungen sich unter den Tuniken deutlich abzeichneten, schienen sich der sinkenden Sonne darzubieten...

Bald gab es zu diesem merkwürdigen Konzert einen noch merkwürdigeren Kontrapunkt: Auf dem schmalen, steilen Pfad, der zu der weißen Festung auf der Höhe führte, waren drei schwarze Gestalten mit hohen, topfartigen Kopfbedeckungen erschienen, drei zornige Gestalten, die zeternd ihre Fäuste gegen die Tänzerinnen reckten. Marianne wurde klar, daß die Festung ein Kloster sein mußte und daß die choreographischen Manifestationen ihrer Begleiterinnen nicht nach dem Geschmack der heiligen Männer waren, die es bewohnten. In Erinnerung an den Abscheu, mit dem sie der Priester in Yorghos' Boot betrachtet hatte, war sie keineswegs überrascht und beunruhigte sich erst, als die drei Zornigen mit Steinen zu werfen begannen. Zum Glück waren sie zu weit entfernt, und ihrem Beschuß mangelte es an Zielsicherheit.

Im übrigen schien sich weder Sappho noch ihre Truppe darum zu kümmern. Sie nahmen ebensowenig Notiz, als einer der Mönche zu zwei türkischen Soldaten hinunterlief, zwei Janitscharen in Filzmützen und roten Stiefeln, die des Weges kamen, und sie mit aufgeregten Gesten auf die Mädchen hinwies. Die Türken warfen nur einen gelangweilten Blick auf die Tänzerinnen, zuckten die Schultern, schoben den Mönch zur Seite und setzten ihren Weg fort.

Überdies hatte Sappho ihren Gesang beendet. Die Sonne war hinter dem Hügelkamm verschwunden. Die Nacht würde schnell kommen. Schweigend sammelten sich die Mädchen und begaben sich in der gewohnten Ordnung auf den Rückweg zur alten Villa, aufgereiht hinter der Dichterin und ihren Flötenspielerinnen, die ihnen voranschritten.

Inmitten des Zuges suchte Marianne vergebens nach Antworten auf die Fragen, die sie sich stellte, und so in Anspruch genommen war sie von ihren Gedanken, daß sie den kleinen Mastixbusch mitten auf dem Wege nicht sah, stolperte und gefallen wäre, wenn das neben ihr gehende Mädchen sie nicht mit kraftvoller Hand gehalten hätte. So kraftvoll, daß Marianne sie aufmerksamer musterte.

«Es war ein schlankes, schmales Geschöpf mit stolz erhobenem Kopf und feinen, aber energischen Zügen unter einem üppigen Wald schwarzer Locken, die in einem Knoten zusammengefaßt waren. Wie die meisten ihrer Gefährtinnen war sie groß und trotz ihrer Schlankheit kräftig gebaut, hatte nichts Geziertes an sich und war keineswegs ohne Anmut. Sie lächelte flüchtig, als ihre dunklen Augen denen Mariannes begegneten, dann ließ sie sie los, nachdem sie sie einen Moment an sich gedrückt hatte, und setzte ihren Weg fort, als sei nichts geschehen. Doch ein neues Fragezeichen fügte sich nun zu denen, die Marianne bereits plagten. Sappho mußte ihre Schützlinge ebenso hart trainieren, wie einst die Mädchen der Lakedämonier trainiert worden waren. Der Körper derer, die sie gestützt hatte, war so fest wie Marmor gewesen. Bei der Villa angelangt, löste der Zug sich auf. Eines der Mädchen nach dem andern ging grüßend an Sappho vorbei und verschwand im Säulengang, doch als Marianne vor sie trat, nahm die Dichterin sie bei der Hand und zog sie zur Kapelle. «Es ist besser, du mischst dich heute abend nicht unter die anderen. Bleib hier. Ich bringe dir gleich etwas zu essen.»

Marianne gehorchte und zog die bemalte Holztür hinter sich zu. Im Innern war es fast dunkel und roch stark nach Fisch, ein Geruch, den sie vorher nicht wahrgenommen hatte und dessen Quelle sie zu erkunden suchte. Sie glaubte, sie gefunden zu haben, als sie in der Nähe des Bettes einen kleinen, flachen, schimmernden Fisch entdeckte, den sie mechanisch aufhob. Sie betrachtete ihn noch, ohne zu begreifen, wie er dorthin gekommen sein mochte, als Sappho eintrat, einen Korb auf dem Kopf, der Nahrungsmittel und eine Öllampe enthielt, die sie anzündete und auf den Tisch stellte.

Doch als sie sah, was Marianne in der Hand hielt, runzelte sie die Stirn, trat zu ihr und nahm den Fisch.

«Ich sollte Yorghos wirklich schelten», sagte sie in irgendwie falsch klingendem leichtem Ton. «Wenn er seinen Fang bringt, hat er es sich zur Gewohnheit gemacht, seine Körbe hier abzustellen, weil er den Weg zur Küche zu weit findet.»

«Das ist doch nicht schlimm», sagte die junge Frau lächelnd. «Ich fragte mich nur, wie er hierhergekommen ist.»

«Auf ganz natürliche Weise, wie du siehst ... Du kannst jetzt essen!»

Rasch hatte sie ein Stück gebratenes Ziegenfleisch, einige Tomaten, Brot, Käse und die unvermeidliche Weintraube auf den Tisch gelegt, aber nun beschäftigten sich ihre Hände länger als nötig mit dem Aufstellen und Zurechtschieben von Näpfen und sonstigen Gegenständen, als wolle sie sich noch ein wenig Zeit lassen, bevor sie die Worte ausspreche, die zu sagen sie gekommen war. Plötzlich entschloß sie sich:

«Wenn du gegessen hast», bemerkte sie, «geh nicht schlafen! Ich werde dich holen, sobald die Nacht schwarz ist ...»

«Wohin werden wir gehen?»

«Stell keine Fragen, nicht jetzt! Bald wirst du viele Dinge verstehen, die dir zweifellos merkwürdig, wenn nicht verrückt vorgekommen sind. Nur eines sollst du wissen: Alles, was ich tue, hat einen tieferen Grund, und ich habe während dieses Tages lange überlegen müssen, bevor ich mich entschloß, was ich mit dir anfangen sollte.»

Mariannes Kehle war mit einem Schlage wie ausgedörrt. Der Ton der Frau enthielt eine verschleierte, doch unüberhörbare Drohung. Vielleicht, dachte Marianne, hatte sie es doch mit einer Wahnsinnigen zu tun, die wie alle Verrückten ihren Zustand nicht kannte. Aber sie wollte ihre Angst nicht zeigen und murmelte nur:

«Ah! Du hast dich also entschlossen?»

«Ja, ich habe beschlossen ... dir Vertrauen zu schenken! Aber Unglück komme über dich, wenn du mich enttäuschst! Das ganze Mittelmeer wird nicht groß genug sein, um dich vor unserer Rache zu schützen! ... Jetzt iß und erwarte mich! Ah, ich vergaß ...»

Sie zog ein schwarzes Bündel aus dem Korb und warf es aufs Bett.

«Du wirst dies anziehen! Die Nacht ist ein sicheres Versteck, vorausgesetzt, man verschmilzt mit ihr.»

Was für ein merkwürdiges Geschöpf! Obwohl sie noch ihre absurde antike Kleidung trug, unterschied sich diese Sappho jetzt völlig von der, die sie bisher gewesen war. Es war, als habe sie sich plötzlich entschlossen, eine Maske abzuwerfen und mit unverhülltem Gesicht zu erscheinen. Und diesem Gesicht war etwas Unerbittliches eigen, das beunruhigen konnte. Zwar hatte sie gesagt, daß sie sich für Vertrauen entschieden habe, aber sie hatte es mit einer so drohenden Stimme gesagt, daß es sich anhörte, als bedaure sie ihren Entschluß, als sei er nicht wirklich freiwillig erfolgt. Sie gehorchte den Umständen.

Wie dem auch sein mochte, Marianne schien es am besten, ihren Anweisungen zu gehorchen, da ihr Schicksal davon abhing, trotzdem aber auf der Hut zu sein. Mit ihren Kräften kehrte auch ihr Lebenswille zurück ... Ruhig setzte sie sich zu Tisch, aß mit gutem Appetit und fand sogar ein gewisses Vergnügen an dem kräftigen, vollmundigen Wein, der der Ruhm der Insel war und ein angenehmes Gefühl von Wohlbefinden hinterließ. Zudem hatte sie so gut geschlafen, daß sie sich ausgeruht fühlte, fast gewappnet für eine weitere Auseinandersetzung mit den Hindernissen, die ihr in den Weg zu legen der Vorsehung boshaftes Vergnügen zu bereiten schien. Als Sappho zur Kapelle zurückkehrte, war die Nacht seit langem hereingebrochen, und Marianne erwartete sie zu allem gerüstet ohne jede Ungeduld. Sie hatte das Kostüm der Bäuerin der griechischen Inseln angelegt, das Sappho ihr gegeben hatte: einen weiten Rock aus schwarzem Kattun mit schmaler roter Bordüre, ein passendes, in der Taille geschnürtes Kamisol, einen großen schwarzen Schal mit feiner roter Stickerei, der das Haar völlig verbarg.

Fast ebenso gekleidet, musterte die Frau sie mit beifälligem Blick.

«Schade, daß du nicht unsere Sprache sprichst! Man würde dich mühelos für ein Mädchen von uns halten können. Sogar deine Augen! Sie sind ebenso kühn, als seist du hier geboren ... Jetzt lösch die Lampe und folge mir so lautlos wie möglich!»

Dunkelheit hüllte sie ein. Marianne spürte, daß Sappho ihre Hand ergriff und sie mit sich zog. Draußen schien ihr die Nacht schwarz wie Tinte, und Düfte von Myrten und Thymian, mit Schafstall-Gerüchen vermischt, schlugen ihr entgegen. Ohne die sie führende Hand wäre sie zweifellos schon während der ersten Schritte gestürzt, denn sie tastete wie blind den Boden vor sich mit der Fußspitze ab, bevor sie den Fuß niedersetzte.

«Schneller!» flüsterte Sappho ungeduldig. «In diesem Tempo kommen wir nie ans Ziel!»

«Ich sehe doch nichts!» verteidigte sich Marianne, die es unterließ, zu fragen, wohin sie so schnell geführt werden sollte.

«Das wird nicht so bleiben! Deine Augen werden sich gewöhnen...»

Sie gewöhnten sich schneller an die Dunkelheit, als Marianne gedacht hätte, und zugleich begriff sie auch, warum sie dunkle Kleidung tragen und sich still verhalten mußte: Nur wenige Klafter von der Villa entfernt und durch sie verdeckt, solange die beiden Frauen nicht die halb zerfallene Umfassungsmauer hinter sich hatten, leuchtete ein Feuer in der Nacht. Es flackerte vor einem plumpen weißen Gebäude, das halb wie ein Schuppen, halb wie eine Moschee aussah, und diente ebenso dazu, die wilden, schnurrbärtigen Gesichter herumsitzender türkischer Soldaten zu erhellen wie den Inhalt eines über ihm hängenden großen Kupferkessels zum Kochen zu bringen.

Der Schein dieses Feuers ließ Marianne erkennen, daß der von Sappho gewählte Weg nahe bei diesem Wachposten vorbeiführte, doch schon legte die Dichterin einen Finger auf die Lippen und zog sie lautlos hinter ein bröckelndes Mauerstück, das zu den Resten einer alten Befestigung gehören mußte. Dahinter wucherndes Tamarisken- und Ginstergestrüpp nahm die beiden Frauen auf, die sich in diesem doppelten Schutz langsam und halb gebückt voranbewegten, sorgsam darauf bedacht, nicht auf knackende Zweige zu treten. Nah genug, um den Duft aus dem Kessel zu riechen, kamen sie an den Türken vorbei und kehrten erst in sicherer Entfernung danach auf den Weg zurück, der sich nun offenbar durch einen ehemaligen Friedhof schlängelte, vorbei an alten Stelen und leeren Trögen, die einst steinerne Sarkophage gewesen waren. Dann wandte sich Sappho scharf nach links und schlug einen steinigen, steilen Pfad ein, einen wahren Maultierpfad, der in Windungen zum Gipfel der Anhöhe hinaufkletterte.

Mariannes Augen hatten sich indes soweit an die Dunkelheit gewöhnt, daß sie die Einzelheiten der Landschaft und sogar die weißlichen Tupfen der hier und dort längs des Pfades wachsenden Cistusblumen erkennen konnte. Auch daß der Pfad trotz aller Windungen zu den weißen, feindlichen Mauern des Klosters zu führen schien.

Marianne zupfte leise am Rock ihrer vorankletternden Gefährtin.

«Wir wollen doch wohl nicht dorthin?» murmelte sie, auf den Gipfel weisend, als Sappho sich umdrehte.

«Doch. Eben dorthin gehen wir. Zum Kloster Ayios Ilias.»

«Nach allem, was ich vorhin gesehen habe, sind eure Beziehungen zu den Mönchen, die es bewohnen, nicht gerade die besten.»

Die Hände auf den Hüften blieb Sappho einen Moment stehen, um ein wenig zu verschnaufen. Der Anstieg war in der Tat beschwerlich und selbst für jemand, der ihn gewohnt war, ermüdend.

«Es gibt den Anschein», sagte sie, «und es gibt die Wirklichkeit. Die letztere besagt, daß der Abt Daniel uns um elf Uhr empfängt. Was du bei Sonnenuntergang gesehen hast, war nichts anderes als ein Dialog in vereinbarter Sprache. Mein Gesang forderte eine Antwort ... und die Antwort erfolgte auch!»

«Durch Steinwürfe?» fragte Marianne verblüfft.

«Du sagst es. Elf Steine wurden geworfen. Sie bedeuteten elf Uhr. Es ist Zeit, daß du es weißt, Fremde: Alle hier wie auf allen Inseln des Archipels, wie in ganz Griechenland, haben ihr Leben der Aufgabe geweiht, das türkische Joch abzuschütteln, das uns seit Jahrhunderten bedrückt. Wir stehen alle im Dienste der Freiheit: die Bauern, die Reichen, die Armen, die Räuber, die Mönche ... und die Verrückten! ... Aber wir müssen unseren Weg wieder aufnehmen und schweigen, denn der Anstieg ist hart, und wir haben noch eine gute Viertelstunde, bis wir Ayios Ilias erreichen.»

Wirklich langten sie zwanzig Minuten später unter den hohen weißen Mauern des Klosters an. Von den letzten Mühsalen noch nicht völlig erholt, war Marianne außer Atem und segnete die Nacht. Bei Tag und in voller Sonne mußte diese Klettertour ein wahrer Leidensweg sein, denn es gab nirgends einen Baum, ja nicht einmal ein Büschel Gras. Unter ihrem schwarzen Baumwollzeug in Schweiß gebadet, wußte sie den frischen Luftzug unter dem Eingangsportikus zu schätzen, einem massiven Rundbogengewölbe, überragt von einem offenen Giebel, in dessen Fensterluken Glocken hingen. Eine eiserne Gittertür mit dem doppelköpfigen Adler des Berges Athos, von dem Ayios Ilias abhing, tat sich knirschend auf. Eine schattenhafte Gestalt löste sich aus dem tiefen Dunkel dahinter, aber sie hatte nichts Beunruhigendes an sich. Es war die eines beleibten bärtigen Mönchs mit struppigem Haar, der, nach dem von ihm ausgehenden Duft der Heiligkeit zu schließen, das kostbare Wasser der Insel nicht leichtfertig zu vergeuden schien. Er raunte Sappho etwas zu, dann wandelte er auf seinen kurzen Beinen vor den beiden Frauen her über eine lange, mauergesäumte Terrasse, umschritt einen gemauerten Brunnenhals und ein elegantes byzantinisches Brunnenbecken, tauchte schließlich in ein Labyrinth von Gängen und Treppen, die im Licht hier und da angebrachter qualmender Öllampen wie aus Schnee geschnitten wirkten, und öffnete endlich eine bemalte Tür, die in die Kapelle des Klosters führte.

Zwei Männer waren im Schein einer bronzenen Chorlampe vor einem großen, geschnitzten Heiligenschrein aus dem 18. Jahrhundert zu erkennen, der, mit naiver Kunst bemalt, an ein Bilderbuch für Kinder erinnerte. Doch wenn die Kapelle mit ihren Silberikonen und weißen Wänden auch etwas Kindliches hatte, weckten die beiden Männer in ihr keinerlei Gedanken an Kindheit und unbeschwerte Unschuld.

Einer von ihnen in langem schwarzem Talar mit funkelndem Brustkreuz war der Abt Daniel. Sein schmales, abgezehrtes, durch einen grauen Bart verlängertes Gesicht war das eines Asketen, sein schwärmerischer Blick der eines Fanatikers. Die Zeit verlor in seiner Gegenwart ihre Bedeutung, und während Marianne durch die Kapelle schritt, stand sie unter dem wenig erfreulichen Eindruck, daß der Geistliche durch sie hindurchsah, als habe sie weder Substanz noch Persönlichkeit.

Der andere war fast ein Riese. Über dem Körper eines Athleten thronte ein Kopf, dessen Züge leidenschaftliche, ungebändigte Kraft verrieten. Er hatte herrschsüchtige Augen, langes Haar, das ihm unter einem runden Käppchen mit Seidenquaste hervor in den Nacken fiel, einen arroganten Schnurrbart, und unter der ärmellosen Weste aus Ziegenfell, die er trug, war der silberne Kolben einer in den breiten roten Gürtel geschobenen Pistole und der Griff eines langen Dolchs zu ahnen.

Sappho, die inzwischen ihre Gebete zu Aphrodite vergessen haben mußte, näherte sich dem Abt und küßte dessen Ring. «Das ist die, die ich dir angekündigt habe, sehr heiliger Vater», sagte sie in venezianischem Dialekt. «Ich glaube, sie kann uns von großem Nutzen sein.»

Der Blick des griechischen Priesters durchbohrte Marianne, doch seine Hand streckte sich ihr nicht entgegen.

«Vorausgesetzt, daß sie es will», bemerkte er mit träger Stimme, die im gewohnheitsmäßigem Gemurmel des klösterlichen Lebens eine merkwürdig gedämpfte Klangfarbe angenommen hatte. «Aber wird sie es wollen?»

Bevor Marianne antworten konnte, hatte sich der Riese ungestüm ins Gespräch gemischt.

«Fragt sie lieber, ob sie leben oder sterben ... oder ob sie hier verrotten will, bis ihre eingeschrumpfte Haut von ihrem Skelett fällt. Entweder hilft sie uns, oder sie wird ihre Heimat nie wiedersehen!»

«Beruhige dich, Theodoros!» fiel Sappho ein. «Weshalb behandelst du sie als Feindin? Sie ist Französin, und die Franzosen sind uns nicht feindlich, im Gegenteil! Denke an Koraïs! Zudem weiß ich, daß in Korfu unsere Flüchtlinge Asyl finden. Und was ist sie hier anderes als ein Flüchtling? Das Meer hat sie uns gebracht zu unserem Besten, wie ich aufrichtig glaube.»

«Das bleibt abzuwarten», grollte der Riese. «Hast du nicht gesagt, sie sei die Cousine der Sultanin Haseki? Das sollte dich zur Vorsicht mahnen, Prinzessin!»

Der Titel galt offenbar Mariannes Begleiterin, und sie warf ihr einen erstaunten Blick zu, der der Anbeterin Aphrodites ein Lächeln entlockte.

«Ich gehöre einer der ältesten Familien Griechenlands an und heiße Melina Koriatis», sagte sie mit einer Einfachheit, die Stolz nicht ausschloß. «Ich sagte dir, daß ich dir vertraue. Du, Theodoros, läßt uns indessen kostbare Zeit verlieren. Als ob du nicht wüßtest, daß Nakhshidil eine einst von den Barbaresken entführte und dem alten Abdul Hamid als Sklavin angebotene Fränkin ist!»

Da der Riese seine dickköpfige Miene beibehielt, schien es Marianne an der Zeit, ihr Schweigen zu brechen:

«Ich weiß nicht», sagte sie, «was ihr von mir wollt, aber bevor ihr euch darüber streitet, wäre es nicht das einfachste, es mir zu sagen? Oder habe ich nur das Recht, ohne Diskussion einzuwilligen? Ich verdanke euch mein Leben, gewiß... aber ihr könnt euch denken, daß ich damit anderes tun möchte, als es euch zu weihen!»

«Ich habe dir gesagt, welche Wahl du hast!» knurrte Theodoros.

«Sie hat recht», unterbrach der Abt, «und es trifft auch zu, daß wir Zeit verlieren. Da du einverstanden warst, daß sie hierherkam, Theodoros, mußt du sie anhören. Was dich betrifft, junge Frau, höre, um was wir dich zu bitten haben. Danach wirst du uns deine Meinung sagen, doch bevor du antwortest, nimm dich in acht: Wir sind hier in einer Kirche und unter den Augen Gottes! Wenn deine Zunge sich auf Falschheit vorbereitet, ist es besser, dich sofort zurückzuziehen! Du scheinst nicht sehr geneigt, uns zu helfen...»

«Ich liebe weder die Lüge noch die Verstellung», versicherte die junge Frau, «und ich weiß, so wie ihr mich braucht, brauche ich euch. Sprecht also!»

Der Priester schien sich zu sammeln. Er ließ den Kopf auf die Brust sinken, schloß einen Moment die Augen, dann wandte er sich der silbernen Ikone des heiligen Elias zu, wie um ihn um Rat und Erleuchtung zu bitten. Danach erst begann er: «In euren Ländern des Okzidents wißt ihr nicht, was Griechenland ist, oder ihr habt es vielmehr vergessen, weil wir seit Jahrhunderten nicht mehr das Recht haben, frei zu leben und wir selbst zu sein ...»

Mit seiner seltsam dumpfen Stimme, in der jedoch Töne von Bitterkeit, Zorn und Schmerz aufklangen, ließ der Abt die tragische Geschichte seines Landes in kurzem Abriß Revue passieren. Er berichtete, wie das Land, das das reinste Licht der Zivilisation hervorgebracht habe, nacheinander von den Westgoten, den Vandalen, den Ostgoten, den Bulgaren, den Slawen, den Arabern, den Normannen aus Sizilien und schließlich den vom Dogen Dandolo geführten Kreuzfahrern des Okzidents verwüstet worden sei, die nach der Einnahme von Byzanz das Land in eine große Zahl von Lehen aufgeteilt hatten. Dieser Lehen hatte sich der Türke bemächtigt, und fast zweihundert Jahre lang hatte Griechenland aufgehört zu atmen. Dem Despotismus osmanischer Beamter ausgeliefert, war es unter der Peitsche der Paschas, bei denen der Posten des Henkers nie unbesetzt gewesen war, in einen Zustand der Sklaverei verfallen. Die einzige Freiheit, die man ihm gelassen hatte, war die religiöse Freiheit, da der Koran in dieser Hinsicht tolerant war, und der Hohen Pforte gegenüber war für die Taten und Regungen der unterjochten Griechen allein der Patriarch von Konstantinopel Gregorîos verantwortlich.

«Doch wir hörten niemals auf zu hoffen», fuhr der Abt fort, «und wir sind noch nicht völlig tot. Seit rund fünfzig Jahren regt sich der Leichnam Griechenlands und bemüht sich wieder aufzuerstehen. 1766 haben sich Montenegriner des Reichs erhoben, 1769 waren es die Manioten, später die Soulioten. 1804 hat Ali von Tebelen, dieser räudige Hund, der für eigene Rechnung arbeitet, ihren Aufstand in ihrem Blut erstickt, wie es den anderen vor ihnen erging, aber das Blut der Märtyrer läßt die Ernte reifen. Wir wollen noch immer und mehr denn je das Joch abschütteln. Sieh diese Frau ...»

Seine magere Hand, an der der Ring glänzte, legte sich liebevoll auf die Schulter der falschen Sappho.

«Sie gehört zu einer der reichsten Familien des Phanar, des griechischen Viertels von Konstantinopel. Seit einem Jahrhundert haben die Ihren, um sich die Türken geneigt zu machen, hohe Ämter bekleidet. Mehrere sind Hospodars der Moldau gewesen, aber die Jüngsten von ihnen haben die Freiheit gewählt, sind nach Rußland, unserer Religionsschwester, gegangen, und bekämpfen in dieser Stunde den Feind in den russischen Reihen. Melina hier ist reich und mächtig. Als Cousine des Patriarchen könnte sie sorglos in ihren Palästen am Bosporus oder Schwarzen Meer ihr Dasein verbringen. Doch sie zieht es vor, als Verrückte zu gelten und hier in einem halbzerfallenen Haus auf dieser gottverdammten Insel zu leben, die sie periodisch dem Feuer weiht, eben weil Santorin, unter dem der Vulkan immer nur mit einem Auge schläft, die von den Türken am schlechtesten bewachte Insel von allen ist. Sie interessiert sie nicht, und sie sehen es als Unglück an, hierhergeschickt zu werden.»

«Warum tust du das?» fragte Marianne, zu ihrer seltsamen Gefährtin gewandt. «Was erhoffst du dir von diesem merkwürdigen Leben, das du führst?»

Melina Koriatis zuckte die Schultern mit einem Lächeln, das sie verjüngte.

«Ich diene als Mittelsperson und Verbindungsagent zwischen dem Archipel, Kreta, Rhodos und den alten Städten Kleinasiens. Hier treffen Nachrichten ein und kreuzen sich. Hierher können auch ohne allzu großes Risiko diejenigen kommen, die Hilfe brauchen. Hast du dir die Mädchen, die bei mir leben, genau angesehen? Gewiß nicht, du warst zu erschöpft und zu sehr um dein eigenes Schicksal besorgt. Nun, du wirst sie dir genauer ansehen und wirst entdecken, daß es mit Ausnahme von vier oder fünf, die mir aus purer Ergebenheit folgten, junge Burschen sind.»

«Junge Burschen?» rief Marianne und erinnerte sich der seltsamen Kraft der Mädchen, die sie getragen hatten, und der Härte der Muskeln ihrer Gefährtin von vorhin. «Aber was machst du mit ihnen?»

«Soldaten für Griechenland!» erwiderte die Prinzessin leidenschaftlich. «Einige von ihnen sind Söhne ermordeter oder hingerichteter Väter, die ich hier sammle, um zu verhindern, daß sie gewaltsam zu den Janitscharen gepreßt werden. Andere, die von den Piraten des Archipels entführt wurden, denn unglücklicherweise sind wir auch mit der verfluchten Pest der Renegaten und Verräter geschlagen, die wie Ali von Tebelen nur ihren eigenen Vorteil suchen, sind von mir oder für mich auf den Märkten von Smyrna oder Karpathos gekauft worden. Bei mir werden sie wieder sie selbst: sie vergessen die Schmach, aber nicht den Haß. In den Höhlen der Insel trainiere ich sie für den Krieg, wie einst Spartas Krieger oder die Athleten Olympias trainiert wurden, und wenn sie bereit sind, bringt Yorghos oder sein Bruder Stavros sie dorthin, wo man gute Kämpfer braucht ... und bringt mir andere zurück. Sie fehlen mir nie: Weder werden die Türken es müde, Köpfe rollen zu lassen, noch die Händler, sich die Taschen zu füllen!»

Überwältigt von einem Gefühl des Schauders und des Mitleids vor dieser neuerlichen Konfrontation mit dem Menschenhandel öffnete Marianne weit ihre Augen. Die Kühnheit dieser Frau verblüffte sie. Lag nicht nur wenige Klafter von der von ihr geschaffenen Zuflucht entfernt ein türkischer Posten? Zum erstenmal fühlte sie sich wirklich zu ihr hingezogen und lächelte ihr mit Wärme zu, einer Wärme, die ihr nicht einmal selbst bewußt war.

«Ich kann dich nur bewundern», sagte sie aufrichtig, «und wenn ich dir helfen kann, tue ich's gern, aber ich sehe noch nicht, auf welche Weise. Wie dieser Mann richtig gesagt hat, schickt mein Herr mich zur Sultanin, um zu versuchen, freundschaftliche Bindungen, die sich gelöst haben, neu zu knüpfen.»

«Aber er gibt auch denkenden Köpfen von uns Asyl. Einer unserer größten Schriftsteller, Koraïs, der seine ganze Kraft unserer Wiedergeburt geweiht hat, lebt in Frankreich, in Montpellier, und unser Dichter Rhigas wurde von den Türken hingerichtet, weil er Bonaparte aufsuchen und uns seine Unterstützung sichern wollte!»

Sichtlich durch den ausgedehnten Geschichtsunterricht gereizt, hatte der Theodoros genannte Mann es offenbar eilig, zur unmittelbaren Aktualität zu kommen.

«Napoleon wünscht also, daß der Krieg zwischen der Türkei und Rußland fortdauert», fiel er brüsk ein. «Sag mir, warum? Auch wir wünschen es, und das bis zur Vernichtung der Pforte, aber wir würden gern die Gründe des Kaisers erfahren!»

«Ich kenne sie nicht wirklich», erwiderte Marianne nach kurzem Zögern. Schließlich hatte sie kein Recht, Napoleons noch geheime Pläne zu enthüllen. «Ich glaube, daß er vor allem den Sultan dem englischen Einfluß zu entziehen wünscht.»

Theodoros stimmte mit einem Nicken zu. Er musterte Marianne, als versuche er, den Untergrund ihrer Seele auszuforschen, dann wandte er sich, zweifellos befriedigt, an den Abt: «Sag ihr alles, Vater. Sie scheint aufrichtig, und ich bin bereit, das Abenteuer zu wagen. Wenn sie mich verriete, lebte sie jedenfalls nicht lange genug, um sich dessen zu rühmen! Die Unsrigen würden dafür sorgen.»

«Hört auf, mich ständig zu verdächtigen! Ich habe nicht die Absicht, jemanden zu verraten!» empörte sich Marianne. «Sagt endlich, was ihr wollt, und kommen wir zum Ende!»

Der Priester hob beschwichtigend beide Hände.

«In einer der nächsten Nächte wirst du mit Yorghos' Boot aufbrechen. Dieser da wird dich begleiten», sagte er, auf den Riesen weisend. «Er ist einer unserer Anführer. Er versteht es, Menschen zu leiten, und deshalb haben ihn die Türken vor fünf Jahren aus seinem heimischen Peloponnes vertrieben, und er muß im Verborgenen leben, nie längere Zeit am selben Ort. Ständig durchstreift er den Archipel, immer gejagt, doch immer frei, bläst Feuer in die lauen Seelen, um die Flammen des Aufruhrs anzufachen und denen nach besten Kräften zu helfen, die seiner Hilfe, seines Muts und seines Glaubens bedürfen. Heute ist es Kreta, wo man ihn braucht, aber seine Anwesenheit dort brächte keinerlei Nutzen, während er an den Ufern des Bosporus wirksame Arbeit leisten könnte. Letzte Nacht hat Yorghos zugleich mit dir einen Mönch des Klosters von Arkadios auf Kreta hergebracht. Dort drüben fließt Blut, und der Schrei der Bedrängten steigt gen Himmel. Die Janitscharen des Paschas brandschatzen, plündern, foltern und pfählen auf den geringsten Verdacht hin. Das muß aufhören! Und Theodoros meint, ein Mittel zu kennen, diesem Zustand ein Ende zu bereiten. Aus dem Grund muß er nach Konstantinopel, was für ihn bedeutet, sich in den Rachen des Wolfs zu werfen. Mit dir zusammen hat er nicht nur eine Chance, die Stadt zu betreten, sondern sie auch lebend wieder zu verlassen. Niemand wird daran denken, eine vornehme französische Dame zu verdächtigen, die mit einem Diener reist: Er wird dieser Diener sein.»

«Er? Mein Diener...?»

Ungläubig musterte sie das wilde Äußere des Riesen, seine aggressiven Schnurrbartspitzen, sein höchst pittoreskes Kostüm. Er ähnelte wirklich in nichts der Vorstellung, die man sich im Faubourg Saint-Germain vom Diener oder Majordomus eines großen Hauses machte.

«Er wird natürlich sein Äußeres verändern», sagte Melina, amüsiert lächelnd, «und da er nicht französisch spricht, wird er einer deiner italienischen Domestiken sein. Alles, worum wir dich bitten, ist, ihn mit dir nach Konstantinopel hineinzubringen. Ich nehme an, du wirst in der französischen Botschaft logieren?»

Sich erinnernd, was General Arrighi ihr von den wiederholten Hilferufen des Botschafters, des Grafen de Latour-Maubourg, gesagt hatte, zweifelte Marianne in der Tat nicht einen Augenblick daran, wärmstens empfangen zu werden.

«Ich sehe nicht recht», bekannte sie, «wohin ich sonst gehen könnte.»

«Ausgezeichnet. Niemand wird auf die Idee kommen, Theodoros in der Botschaft Frankreichs zu suchen. Er wird einige Zeit bleiben. Eines schönen Tages wird er dann verschwinden, so daß du dich nicht mehr zu sorgen brauchst.»

Marianne runzelte die Stirn. Ihre Mission bei der Sultanin war ohnehin delikat und schwierig genug, und es mißfiel ihr, zudem auch noch die schlimmsten Scherereien zu riskieren, wenn sie mit einem verfolgten und offenbar ziemlich bekannten Rebellenführer erschien, der Konstantinopel nur heimlich zu betreten wagte. Die Aufdeckung konnte ihre Mission zum Scheitern bringen und andererseits sie selbst zu besserem Nachdenken für den Rest ihres Daseins aufs feuchte Stroh eines türkischen Kerkers versetzen, vorausgesetzt, daß man ihr das Dasein überhaupt ließ.

«Ist es unerläßlich», fragte sie nach kurzem Überlegen, «daß er sich persönlich dorthin begibt? Kann ich ihn nicht auf die eine oder andere Weise ersetzen?»

Das grimmige Lächeln des Riesen enthüllte weiße, scharfe Zähne, während seine Hand den ziselierten silbernen Griff seines Dolches streichelte. Spöttisch sagte er:

«Nein, du kannst mich nicht ersetzen, denn du bist nur eine Ausländerin, und ich vertraue dir nicht genug. Aber du hast auch die Möglichkeit, dich zu weigern. Es weiß ja niemand, daß du hier bist...»

Es war deutlich: Falls sie sich weigerte, war dieser brutale Bursche imstande, sie – Kirche oder nicht Kirche – auf der Stelle zu töten. Zudem wünschte sie wirklich, ihren Auftrag zu erfüllen und auch aus diesem Rattenloch herauszukommen, um nach der Brigg, dem medizinischen Banditen und vor allem nach Jason und ihren Freunden zu suchen. Wenn es ihr gelingen sollte, Napoleon einen wesentlichen Dienst zu leisten, bliebe ihr noch als einzige Freude in dieser Welt, John Leighton hängen zu sehen, und sie wollte keine Möglichkeit versäumen, so gering sie auch sein mochte, das zu erreichen. Und diese Möglichkeit ergab sich nicht in Santorin.

«Gut», sagte sie endlich. «Ich bin einverstanden!»

Die Prinzessin Koriatis stieß einen Freudenschrei aus, doch Theodoros war noch nicht zufrieden. Seine große, behaarte Hand legte sich auf Mariannes Handgelenk und zog sie vor den Heiligenschrein.

«Du bist Christin, nicht wahr?»

«Natürlich, ich bin es, aber...»

«Aber deine Kirche ist nicht die unsere, ich weiß! Dennoch ist Gott für alle seine Kinder der gleiche, in welcher Art sie auch zu ihm beten. Du wirst also vor diesen heiligen Bildern schwören, loyal alles zu tun, was von dir verlangt wird, um mir zu helfen, nach Konstantinopel zu gelangen und mich dort aufzuhalten. Schwöre!»

Ohne Zögern hob Marianne ihre Hand zu den Bildern, denen der leise flackernde Schein der Lampe sanftgoldene Reflexe verlieh.

«Ich schwöre es!» erklärte sie mit fester Stimme. «Ich werde mein Bestes tun! Aber...» und sie ließ ihre Hand sinken und wandte sich zu der falschen Sappho:

«...ich tue es nicht für dich oder weil ich dich fürchte! Ich tue es nur für sie, weil sie mir geholfen hat, und weil ich mich schämen würde, sie zu enttäuschen.»

«Was kümmern mich deine Gründe! Aber sei verdammt in alle

Ewigkeit, wenn du deinen Eid brichst! Ich denke, Vater, daß wir uns jetzt zurückziehen können.»

«Nein. Wir haben noch etwas zu tun. Folgt mir!»

Hinter dem schwarzen Talar des Abtes verließen sie die Kapelle, durchmaßen von neuem das Labyrinth der Flure und weißen Treppen und traten schließlich auf die höchste Terrasse des Klosters hinaus, die ihnen im Licht des aufgehenden Mondes weiß wie ein frisches Schneefeld erschien. In dieser Höhe wehte ständig ein Wind, und Marianne erschauerte in ihrer dünnen Kleidung. Doch das Schauspiel, das sich ihren Augen bot, war phantastisch.

Ganz Santorin war von hier aus zu sehen, ein langgestreckter Halbmond aus Lava und vom Vulkan aufgehäufter Schlacke, hier und dort gefleckt von den weißen Tupfen der Dörfer. Eine Kette wilder Inselchen schloß fast völlig seine Bucht und zeichnete den Rand des einstigen Kraters nach, der sich unter dem Wasser verlor. Über einem der beiden gewaltigsten Überbleibsel, Paléa Kaïmeni, gewahrte Marianne Schwaden dünnen Rauchs. Der Wind trug Schwefelgeruch herüber. Der Fels, auf dem das Kloster stand, fiel in schwindelndem Sturz jäh sechshundert Meter tief ins schwarze Meer. Kein Baum war im kalten Licht des Mondes zu sehen. Es war eine Landschaft, die ans Ende der Welt erinnerte, ein gleichsam versteintes Stück Erde, an das der Mensch sich durch ein Wunder an Beharrlichkeit unter Lebensgefahr klammerte. Diese Dämpfe über der winzigen Insel besagten nichts Gutes, und Marianne betrachtete sie voller Angst. Fast ihr ganzes Leben hatte sie im saftigen Grün englischer Fluren verbracht, wo es schwer war, sich eine solche verbrannte Landschaft vorzustellen.

«Der Vulkan atmet», bemerkte Melina, die mit über der Brust verschränkten Armen gegen einen Schauder zu kämpfen schien. «Letzte Nacht hörte ich ihn grollen. Gebe der Himmel, daß er nicht bald erwacht!»

Doch der Abt hörte sie nicht. Er war zum äußersten Ende der Terrasse gegangen, wo sich ein kleiner Taubenschlag befand. Von Theodoros unterstützt, zog er eine große Taube heraus, an deren einem Fuß er etwas befestigte, worauf er sie in die Lüfte warf. Der Vogel kreiste kurz über der Terrasse, dann flog er in nordwestlicher Richtung davon.

«Wohin fliegt sie?» fragte Marianne, die dem kleinen weißen Sendboten mit den Blicken folgte.

Melina schob vertraut ihren Arm unter den ihrer neuen Freundin und wandte sich mit ihr zur Treppe.

«Ein Schiff suchen, das der Botschafterin des Kaisers der Franzosen würdiger ist als Yorghos' bescheidenes Boot. Der Fischer bringt euch nur nach Naxos. Das Schiff wird euch dort treffen», sagte sie. «Komm jetzt, wir müssen zurück. Mitternacht ist vorüber, und es wird gleich zum ersten Gottesdienst der Nacht läuten. Man darf dich hier nicht sehen.»

Nachdem sie sich vom Abt verabschiedet hatten, geleitete sie der dicke Mönch zum Ausgang. Theodoros war nach kurzem Gruß in den Gängen des Klosters verschwunden, in dem er sich seit mehreren Tagen aufhielt. Die Nacht war jetzt hell, und auf der langen Terrasse mit der Zisterne hoben sich die kleinsten Einzelheiten, wie in ein weißes Universum ziseliert, deutlich ab.

Als die beiden Frauen eben den Portikus durchschritten, weckte der tiefe Klang der die Mönche zum Gebet rufenden Glocken die Echos des Klosters. Nach einer hastig gemurmelten Segnung beeilte sich ihr Führer, das Gitter zu schließen, und Marianne schlug mit ihrer Begleiterin den steil abfallenden Pfad ein.

Der Rückmarsch vollzog sich weit schneller als der Hinweg, und das Passieren des Postens ging ohne Hindernis vonstatten. Das Feuer war am Erlöschen, nur zwei Soldaten waren bei ihm zurückgeblieben, die, an ihre langen Flinten geklammert, friedlich schliefen. Weder der leichte Schritt der Frauen noch das leise Rascheln der Zweige weckte sie. Ein paar Minuten später schloß Melina die Tür der alten Kapelle hinter ihnen und zündete die Öllampe wieder an.

Einen Moment standen sie Auge in Auge wortlos einander gegenüber, als sähen sie einander zum erstenmal, sähen sich endlich ganz bewußt, dann trat die griechische Prinzessin langsam zu ihrer neuen Freundin und küßte sie auf die Stirn. «Ich möchte dir danken», sagte sie einfach. «Ich habe begriffen, was es dich kostet, mit Theodoros zu fahren, und du sollst wenigstens wissen, daß ich dich nie hätte töten lassen, selbst wenn du dich geweigert hättest...»

«Vielleicht wird er's tun, wenn wir fern von hier sind», murmelte Marianne, die ihren Groll gegen den Riesen noch immer nicht verwinden konnte.

«Sicherlich nicht. Einmal, weil er dich braucht... und zum anderen, weil er in seinem Ehrgefühl unbeugsam ist. Er ist gewalttätig, jähzornig, brutal, aber sobald du seine Weggefährtin sein wirst, wird er sich für dich töten lassen, wenn du in Gefahr bist. So will es das Gesetz der Klephthen der Berge!»

«Der Klephthen?»

«Das sind die Gebirgsbewohner des Olymps, des Pindus und des Taygetus. Sie leben zwar vorwiegend von Räubereien, aber sie ähneln mehr euren korsischen Banditen von Ehre als gewöhnlichen Dieben. Theodoros war ihr Anführer, wie vor ihm sein Vater Konstantin. Die

Befreiung Griechenlands kennt keinen tapfereren Kämpfer! Und du gehörst nun zu den Unserigen. Der Dienst, den du uns leistest, gibt dir das Recht, von jedem von uns Hilfe und Schutz zu fordern! Schlaf jetzt, der Friede möge mit dir sein!»

Der Friede? Marianne konnte sich bemühen, wie sie wollte – in dieser Nacht gelang es ihr nicht, ihn zu finden. Was sie erwartete, war nicht gerade dazu angetan, ihre innere Ausgeglichenheit zu fördern, denn nie zuvor hatte sie sich in einer so verzwickten Lage befunden. Zum erstenmal, seitdem sie Paris verlassen hatte, bedauerte sie es, nicht die anheimelnde Ruhe ihres Hauses in der Rue de Lille, die Rosen ihres Gartens und die ironische und beruhigende Gegenwart ihrer Cousine Adélaïde um sich zu haben. Adélaïdes, die jetzt zwischen gelegentlichen Schwatzereien in der Nachbarschaft, den Gottesdiensten in Saint-Thomas d'Aquin und den unablässigen kleinen Mahlzeiten, die sie im Laufe des Tages zu sich nahm, den Brief erwartete, der sie zu Marianne und ihrem alten Freund Jolival nach Amerika rufen würde ... einen Brief, der nie einträfe. Es sei denn, das Geschick ließe sich dazu herbei, schleunigst Ordnung in seine Fäden zu bringen ...

«Du wirst mir all das bezahlen, Jason Beaufort!» lehnte Marianne sich auf, zugleich von ihren Erinnerungen wie von ihrem Zorn ergriffen. «Wenn du nicht tot bist, werde ich dich finden, wo du auch bist, und ich werde dich für all das bezahlen lassen, was ich deinetwegen und durch deine törichte Dickköpfigkeit habe ertragen müssen! Auch diese verrückte Geschichte, die mich zwingt, mit gefährlichen Rebellen zu reisen, kommt auf dein Konto!»

Es fehlte nicht viel, und sie hätte sich die empörte Klage Antigones: «Ich bin für die Liebe, nicht für den Haß geschaffen!» zu eigen gemacht, aber es tat ihr schon gut, sich selbst wiederzufinden, die Marianne der ohnmächtigen Wutausbrüche, die Marianne der Schmerzen, die streitbare und närrische Marianne.

Es war ihr schon allerhand passiert, sie hatte so viele verschiedene Schicksalswendungen hinnehmen müssen, daß ihre gegenwärtige Situation ihr letztlich nicht schlimmer erschien als so manche andere ihres vergangenen Lebens. Selbst ihre momentane Lage als schwangere Frau hatte nun an Wichtigkeit eingebüßt. Sie war ein minderes Problem geworden. Eine Spur spöttischer Philosophie mischte sich in ihre Empörung. «Es fehlt mir nur noch, mich eines Tages als Anführerin einer Räuberbande wiederzufinden», dachte sie. «Mit diesem Theodoros bin ich vielleicht nicht allzuweit davon entfernt!» Und war es nicht letzten Endes das wichtigste, endlich dieses verfluchte Konstantinopel zu erreichen? Sie besaß zwar keine Papiere mehr, weder einen Paß noch Kreditbriefe, nichts, was ihren Rang und ihre Eigenschaft hätte beweisen können, aber sie wußte, daß sie imstande sein würde, sich wenigstens dem Botschafter zu erkennen zu geben, und zudem flüsterte eine innere Stimme, überzeugender als alle Gründe und alle Logik der Welt, ihr zu, daß sie um jeden Preis die osmanische Hauptstadt erreichen müsse, selbst mit einem Fischerboot, ja selbst schwimmend! Und Marianne hatte ihren inneren Stimmen stets vertraut...

10. Kapitel

Die Insel der angehaltenen Zeit

Yorghos' Boot legte ab, glitt durch das schwarze Wasser im Schatten der Klippe und nahm Kurs aufs offene Meer. Die weiße Gestalt Melina Koriatis' am Eingang der kleinen Grotte, die als diskreter Landungsplatz diente, wich immer weiter zurück. Ihre Abschiedsgeste verschmolz mit der Dunkelheit, der Eingang zur Höhle selbst verschwand.

Mit einem Seufzer wickelte sich Marianne in den weiten schwarzen Mantel, den ihre Gastgeberin ihr gegeben hatte, und kauerte sich hinter die auf beiden Bordseiten an der Reling festgeschnürten Streifen starker Leinwand, die die Ladung – in diesem Fall einige Krüge Wein – vor dem sprühenden Gischt schützen sollten.

Das Boot des Fischers war ein Scapho, einer jener merkwürdigen, ziemlich schlecht gebauten griechischen Kähne, die abgesehen von ihren bunten Segeln nicht viel Mittelmeerisches an sich haben. Der tief im Wasser liegende Rumpf rechtfertigte die Leinwandabschirmungen, vor allem wenn das Meer wie in dieser Nacht ziemlich unruhig war. Irgendwo mußte es ein Unwetter gegeben haben, denn die Nacht war kalt, und Marianne war dankbar für den warmen Wollumhang über ihrem zerlumpten Kleid.

Bei der Trennung von der falschen Sappho hatte sie eine Art Traurigkeit verspürt. Die revolutionäre Prinzessin mit ihren Seltsamkeiten und ihrem Mut gefiel ihr. Sie erkannte in ihr ihr eigenes Bild wie das all der anderen Frauen, so ihre Cousine Adélaïde oder ihre Freundin Fortunée Hamelin, die fähig waren, ihr Leben in eigene Hände zu nehmen.

Ihr Abschied war einfach gewesen.

«Vielleicht werden wir uns wiedersehen», hatte Melina bemerkt und ihr männlich-fest die Hand gedrückt, «aber wenn unsere Wege sich nicht mehr kreuzen, geh mit Gott!»

Mehr hatte sie nicht gesagt, doch sie hatte die Aufbrechenden die schmale dunkle Felstreppe hinunterbegleitet, die sich unter einer der Steinplatten der Kapelle, Mariannes provisorischer Unterkunft, öffnete.

Als sie Yorghos die schwere Platte beiseite schieben und mit einer Leichtigkeit, die lange Gewohnheit verriet, in das dunkle Loch gleiten sah, war Marianne auch klar geworden, wie sie am Abend ihrer Ankunft neben ihrem Lager einen Fisch hatte finden können. Über dessen Bedeutung war sie übrigens schon von Melina aufgeklärt worden: Wenn Yorghos und sein Bruder in ihren Körben Schmuggelware wie Waffen, Pulver, Kugeln oder ähnliches brachten, bedeckten sie ihre Ladung mit frischgefangenen Fischen und benutzten die Treppe unter der Kapelle. In den Fels gehauen, endete diese nach relativ sanftem Abstieg in einer halb unter Wasser stehenden Grotte, in der ein Fischerboot ungesehen anlegen konnte.

Von einem Südwind getrieben, der die Segel füllte und die Wogen schwellen ließ, machte das Boot an der Ostküste Santorins entlang gute Fahrt, bevor es endgültig den Bug ins offene Meer richtete. Seit Verlassen der Grotte hatte niemand ein Wort gesagt. Als ob sie einander mißtrauten und gegenseitig belauerten, überließen sich die Passagiere den Bewegungen der Wogen. Nur Theodoros half bei den Manövern.

Als er mit Yorghos erschienen war, hatte Marianne Mühe gehabt, ihn zu erkennen. In verwaschene Lumpen gekleidet, ähnlich denen, mit denen Marianne ausstaffiert worden war, doch halb verborgen unter einer rauhen Wolldecke, das Gesicht von einem dichten Bart überwuchert, der mit seinem Haar zusammenfloß und seinen Schnurrbart verschwinden ließ, sah er aus wie ein närrischer Prophet. Sein Äußeres war für den Domestiken eines eleganten französischen Hauses gewiß reichlich merkwürdig, aber für einen kürzlich aus einem Schiffbruch Geretteten war er äußerst geglückt.

Die von Melina erdachte Geschichte für Mariannes Rückführung ins normale Leben war ziemlich einfach: Auf der Fahrt nach Naxos, wohin seine Weinladung bestimmt war, hatte Yorghos zwischen Santorin und Ios die an ein paar Planken geklammert in den Wellen treibende Fürstin Sant'Anna und ihren Diener aufgefischt, deren Schiff von einem der Piraten des Archipels versenkt worden war (anscheinend gab es viele von der Sorte, und es war üblich bei ihnen, die Schiffe gleich zu versenken). In Naxos angelangt, wo es eine beträchtliche Bevölkerungsgruppe venezianischen Ursprungs gab und wo die Türken mehrere katholische Gemeinden duldeten, würde der Fischer die beiden falschen Schiffbrüchigen zu seinem Vetter Athanasos bringen, der in sich die Funktionen eines Verwalters, Gärtners und Mädchens für alles bei dem letzten Sproß eines der einstigen Herren der Insel, dem Grafen Sommaripa, vereinte. Dieser konnte natürlich nicht anders, als eine in Schwierigkeiten geratene große italienische Dame bei sich aufzunehmen, bis ein Schiff Naxos anlief, das für ihre Weiterreise nach Konstantinopel geeignet war. Wenn die Taube aus Ayios Ilias ihren Dienst normal erfüllte, dürfte dieses Schiff nicht lange auf sich warten lassen.

Die Sache mit dem Schiff, das sie abholen sollte, beunruhigte Marianne ziemlich. Ihrer Meinung nach wäre jedes Schiff dafür passend gewesen, selbst eine türkische Schebecke, da sie sich nur eines wünschte: so schnell wie möglich die osmanische Hauptstadt zu erreichen, den einzigen Ort, von dem aus es ihr möglich wäre, Nachforschungen nach der *Meerhexe* anzustellen. Sie sah nicht ein, warum es um jeden Preis ein griechisches Schiff sein sollte ... es sei denn, daß ihre neuen mysteriösen Freunde einen Hintergedanken damit verbanden. Aber welchen?

«Im Hafen der Insel Hydra», hatte ihr Melina gesagt, «besitzen wir eine Handelsflotte, die anzugreifen selbst die Türken zögern. Ihre Matrosen sind verläßlich und kennen keine Furcht. Sie durchmessen den Archipel und landen ohne Zwischenfall am Quai von Phanar. Sie transportieren Getreide, Öl, Wein ... und viele unserer Hoffnungen! Nach Hydra ist die Taube geflogen.»

«In Wirklichkeit», dachte Marianne, «dürften es als Handelsleute verkleidete Korsaren sein!» Sie fragte sich allmählich, ob ihr Name nicht nur einem Rebellen als Deckung diente, auf dessen Kopf ein Preis gesetzt war, sondern gleich einer ganzen Mannschaft. Rebellen sah sie jetzt übrigens allenthalben. In der Tat hatte sich zugleich mit ihr und dem beunruhigenden Theodoros ein weiterer Passagier auf Yorghos' Barke eingeschifft, und sie war keineswegs überrascht, in ihm unter der Mütze eines Fischers das große braune Mädchen zu erkennen, das auf dem Rückweg nach Sapphos Gruß an die scheidende Sonne ihren Sturz verhindert hatte.

Von ihrer antiken Gewandung befreit, zeigte sie sich, wie die Natur sie gewollt hatte: als schlanker, kraftvoller Bursche mit kühnem Profil, der ihr mit fröhlicher Komplicität zulächelte, als er ihr half, ins Boot zu klettern. Sie wußte jetzt, daß es sich bei ihm um einen jungen Kreter namens Demetrios handelte, dessen Vater ein Jahr zuvor enthauptet worden war, weil er sich geweigert hatte, die Steuern zu bezahlen, und der jetzt einen im voraus bestimmten Platz an einem der mysteriösen Punkte einnehmen sollte, wo die allgemeine Rebellion, an deren baldigem Kommen keiner dieser Griechen zweifelte, langsam reifte.

Die Fahrt verlief ohne Zwischenfall. Das Meer beruhigte sich gegen Morgen, und wenn der Wind auch ein wenig nachließ, blieb doch genug, so daß sich gegen Mittag die Bucht von Naxos mit ihren von hohen, zitternden Gräsern überwachsenen Dünen vor dem Bug der Scaphos auftat. Im Hintergrund schimmerte ein Städtchen von blendender Weiße in der Sonne, an einen spitzen Hügel geklammert, auf dessen Gipfel die unvermeidliche venezianische Festung unter den schlaffen Falten der grünen Standarte mit den drei Halbmonden, der Standarte des Sultans, allmählich zerfiel.

Auf einem Inselchen nahe dem Hafen ließ ein kleiner, verlassener Tempel ebenfalls seine weißen, entmutigten Säulen fallen...

Zum erstenmal seit ihrem Aufbruch näherte sich Marianne Theodoros:

«Landen wir schon jetzt? Ich dachte, wir würden die Nacht abwarten.»

«Warum? Um diese Zeit schläft alle Welt, und das noch fester als bei Nacht. Es ist so heiß, daß niemand daran denken würde, seine Nase ins Freie zu stecken. Selbst die Türken machen Siesta.»

Die Hitze war tatsächlich drückend. Das Weiß der Mauern, von denen sie zurückstrahlte, verlieh ihr eine kaum erträgliche Intensität, in der die anderen Farben mit dem allgemeinen Bild verschmolzen. Die Luft zitterte wie von unsichtbaren Bienen bewegt, und auf dem glühenden Quai zeigte sich keine Spur menschlichen Lebens. Alle Laden waren geschlossen, um die Kühle der Häuser zu bewahren, und die wenigen sichtbaren menschlichen Wesen schliefen auf dem Boden hockend, rücklings an eine Wand gelehnt, die Mütze oder den Turban über die Augen geschoben, im Schutze irgendeines Schilfdachs oder im Schatten eines Torwegs. Es war die Insel Dornröschens. Jeder in diesem durch die Verzauberung des Schlafs erstarrten Hafen ruhte sich mit Hingabe davon aus, nicht viel zu tun zu haben.

Der Scapho gelangte zum Quai und tauchte in der buntscheckigen Menge der Rümpfe und Masten, der türkischen und griechischen Boote und Barken aller Arten unter. Von den im Hafenwasser schwimmenden, unter der Sonne gärenden Abfällen stieg ein betäubender Gestank auf, und je mehr sie sich dieser weißen, im Licht der Ferne so eindrucksvollen Stadt näherten, desto deutlicher bemerkte Marianne ihren Schmutz und ihre Verkommenheit. Die schönen weißen Mauern waren rissig, und den noblen Gebäuden rings um die Zitadelle auf der Höhe des Hügels drohte fast ebenso der Ruin wie der alten Festung oder dem weißen Tempelchen auf der Insel.

«Kaum zu glauben, daß diese Insel die reichste der Kykladen ist, nicht wahr?» murmelte Theodoros. «Orangen und Oliven wachsen im Hinterland in Hülle und Fülle, aber das kümmert niemand, man läßt sie einfach verfaulen. Wir wollen nicht für die Türken arbeiten.»

Die Landung vollzog sich diskret, ohne jemandes Aufmerksamkeit zu erregen. Nur eine aufgescheuchte Katze miaute und entfloh fauchend zu einem ruhigeren Ort. Marianne und Theodoros, die eine in ihrem schwarzen Mantel, der andere unter seiner Wolldecke, schwitzten jetzt reichlich. Doch ihre Pein dauerte nicht lange. Nach wenigen

Schritten auf den durchglühten Steinen des Quais hatten sie ein etwas besser erhaltenes Haus erreicht, dessen rundbogiger Vorbau sich unter staubigen Weinranken öffnete: das Haus des Yorghos-Vetters Athanasos.

Er war nicht daheim. Die Ankömmlinge fanden lediglich eine in schwarze Gewandung verpackte alte Frau, deren runzliges Gesicht nur für einen Moment vorsichtig im Spalt der Tür erschien, die sie sofort wieder vor ihrer Nase schließen wollte. Yorghos unternahm es, in einem schnellen, atemlosen Dialekt mit ihr zu parlieren, aber die Alte hinter der Tür schüttelte nur den Kopf. Offensichtlich wollte sie nichts von ihnen wissen. Doch dann schob Theodoros Yorghos beiseite und trat vor. Unter dem Druck seiner Hand gab die Tür nach, während die Alte keifend wie eine verschreckte Maus in den Flur zurückwich.

«Ich weiß nicht, ob wir erwartet werden», murmelte Marianne, «aber willkommen sind wir wohl in keinem Fall.»

«Wir werden es sein», versicherte der Riese.

Darauf trat er in den Flur, sagte nur wenige Worte in rauhem, herrischem Ton, und diese Worte hatten eine magische Wirkung. Mit der ekstatischen Miene einer aus dem Höllenfeuer gezogenen, der Seligkeit wiedergegebenen Verdammten kam die alte Frau zurück, kniete vor Mariannes verdutzten Augen nieder und küßte mit fanatischem Respekt die große Hand des Riesen, der sie nicht gerade sanft wieder auf die Füße stellte. Danach stürzte sie sich in einen Schwall wortreicher Erklärungen, öffnete vor den Ankömmlingen die Tür eines niedrigen, kühlen, stark nach saurer Milch und Anis riechenden Raums und verschwand schließlich in einem Gewirbel schwarzer Baumwolle, nachdem sie auf einen derben Holztisch eine Flasche, Becher und einen feucht beschlagenen Krug gestellt hatte, der die ganze frische Kühle des Brunnens beschwor.

«Es ist Athanasos' Mutter», bemerkte Theodoros. «Sie holt ihren Sohn, der uns zu dem Venezianer führen soll.»

Mit einer präzisen Geste füllte er Wasser in einen der kleinen Becher, reichte ihn Marianne, dann bog er seinen Kopf zurück und ließ einen dünnen Strahl des frischen Wassers direkt aus dem Krug in seine Kehle rinnen.

Yorghos hatte sich vorsichtigerweise schon auf den Rückweg zu seiner Barke gemacht. Selbst die geheiligte Stunde der Siesta konnte Diebe nicht schrecken, und er legte Wert auf seine Weinkrüge.

Der junge Demetrios war mit ihm gegangen. Marianne und ihr angeblicher Diener blieben eine Weile allein, er an das kleine, kreuzweise vergitterte Fenster gelehnt, während sie auf einer Steinbank saß, deren Härte durch ein mit trockenem Gras gefülltes dünnes Leinenkissen kaum gemildert wurde, und gegen ihre Schläfrigkeit ankämpfte. Der stürmischen See wegen hatte sie in der Nacht nur wenig geschlafen. Zudem war ihre Moral nicht die beste. Vielleicht weil sie sich müde und einsam fühlte, drängte sich ihr die Vorstellung auf, daß sie wie einst der aus dem Trojanischen Krieg heimkehrende Odysseus inmitten merkwürdiger Leute und ihrem normalen Dasein fremder Ereignisse von Insel zu Insel irren würde und sich diesem Zwang nicht entziehen könne. Dieser Orient, den sie in ihrer Phantasie mit den Farben einer Liebesreise ausgestattet hatte, schien ihr jetzt verdorrt und ungastlich. Die Sehnsucht nach ihrem Garten und den Rosen kehrte zurück, die um diese Zeit besonders schön sein mußten. Wo war der Duft, der sich an den Sommerabenden so gut mit dem des Geißblatts mischte?

Die Rückkehr der alten Frau unterbrach ihre enttäuschte Träumerei im gleichen Moment, in dem sie mit Groll konstatierte, daß sie nicht einmal mehr das Recht hatte, sich nach Athen bringen zu lassen, um dort ein Schiff in Richtung Frankreich zu nehmen. Außer dem Ärger, der sich mit Napoleon ergeben konnte, wenn sie zurückkehrte, ohne ihre Mission erfüllt zu haben, war da jetzt dieser große Teufel, den sie mitschleppen mußte und der sie ebenso scharf überwachte wie eine gute Hausfrau die Kasserolle mit Milch, die sie aufs Feuer gesetzt hat.

Der Mann, der die Alte begleitete, versöhnte sie ein wenig mit dem Dasein. Athanasos war ein kleiner, glatter, rundlicher Biedermann mit dem Gesicht eines pausbäckigen Cherubs unter einem Kranz grauer Locken und der freundlichen Korpulenz des Küsters einer normannischen Kathedrale. Er begrüßte den großen, zerlumpten Teufel Theodoros wie einen seit zwanzig Jahren vermißten Bruder und die schmutzige und zerzauste Zigeunerin, als die Marianne ihm erscheinen mußte, wie die Königin von Saba in Person.

«Mein Herr», erklärte er ihr, indem er sich so tief verneigte, wie sein Bauch es gestattete, «erwartet die durchlauchtigste Fürstin, um ihr die Honneurs seines Palastes zu erweisen. Er bittet nur um Vergebung, daß er wegen seines hohen Alters nicht selbst zu ihrem Empfang erschienen ist.»

Die durchlauchtigste Fürstin dankte dem Verwalter des Grafen Sommaripa, wie es ihm zukam, dachte jedoch bei sich, daß der brave Mann durch sie eine eigentümliche Vorstellung von einer noblen französisch-italienischen Dame bekommen werde. Ihr schäbiges Äußeres mußte in einem Palast merkwürdig wirken. Dennoch sah sie dem wenn auch nur vorübergehend gewährten Luxus und Komfort eines großen aristokratischen Hauses nicht ohne Vergnügen entgegen, so daß sie sich in Begleitung des gefälligen Athanasos und von Theodoros gefolgt mit einer gewissen Vorfreude auf den Weg zu diesem Paradies machte.

Durch ein Gewirr von Gäßchen und steilen, schmerzhaft mit großen, runden Kieseln gepflasterten Pfaden, durch seltsame, übelriechend sich schlängelnde mittelalterliche Straßen, über Treppen und durch überwölbte Passagen, deren flüchtige Kühle willkommen war, gelangten sie zum Gipfel des Hügels und zu dem um die Zitadelle und ihre alten Wälle zusammengedrängten venezianischen Viertel. Es gab dort in der Tat Klöster, über denen sich das lateinische Kreuz erhob, das der Fratres der Barmherzigkeit unmittelbar neben dem der Ursulinerinnen, eine strenge Kathedrale, die sich in diesen Rahmen verirrt zu haben schien, und noble Fassaden, denen noch der verblaßte Widerschein der Pracht der früheren Herzöge von Naxos und ihres venezianischen Hofs anhaftete. Die einst herrschaftlichen Häuser mit ihren rostzerfressenen Wappen lehnten sich an den Wall, wie um einen Rest Kraft von ihm zu erbitten, und als sie unter einem eingemeißelten lateinischen Wappenspruch über die bröckelnde Schwelle des Palastes der Sommaripa trat, begriff Marianne, daß der würdige Athanasos auch von dem, was ein wirklicher Palast war, keine rechte Vorstellung hatte.

Dieser war nicht mehr als das Phantom eines solchen: eine hohle Muschel, bewohnt von einem Echo, das, auch das kleinste Geräusch verstärkend, vergeblich wieder Leben zu erschaffen suchte. In ihm würde Marianne kaum die angenehmen Freuden der Zivilisation vorfinden, und sie erstickte einen Seufzer des Bedauerns.

Der Greis, der auf der Schwelle eines weiten, leeren, nur mit Steinbänken, einem riesigen Tisch aus Zedernholz und einer roten Geranie möblierten Saals erschien, einer Geranie, die aus einem runden, irdenen Topf im Rahmen eines entzückenden Säulenfensters blutete, mußte der zur Familie gehörige Geist dieses zeitfernen Ortes sein: eine lange, farblose Gestalt mit leerem Blick, deren weite graue Kleidung aussah, als sei sie aus den von der Decke hängenden Spinnweben gefertigt worden. Er war so bleich, als habe er mehrere Jahre in einer licht- und luftlosen Höhle gelebt. Weder die Sonne der Insel noch der Wind des Meeres schien ihn je gestreift zu haben. Zweifellos lebte er seit langem im Schatten seiner alten Mauern, der Wirklichkeit den Rücken kehrend.

Doch unberührt auch er von Mariannes äußerer Erscheinung, begrüßte er sie mit der Würde eines spanischen Granden angesichts einer Infantin, versicherte ihr, daß er die Ehre, sie in seinem Haus zu empfangen, zu schätzen wisse und bot ihr eine Faust, rauh wie ein Olivenknorren, um sie bis zu dem ihr bestimmten Raum zu geleiten.

Doch trotz der Stunde der Siesta war der Gang zweier zerlumpter Fremder durch die Gassen von Naxos den türkischen Wächtern nicht entgangen, und im selben Moment, in dem sich der Graf mit der jungen Frau einer Steintreppe mit aus den Fugen geratenen Stufen zuwandte, überschwemmte etwa ein Dutzend Soldaten in roten Saffianstiefeln und blau-rot gestreiften Turbanen den Säulenvorbau des Palastes. Ein Odabaschi mit hoher, runder Kopfbedeckung aus weißem Filz mit grünem Deckel kommandierte sie. Sein Dienstgrad entsprach dem eines Hauptmanns der Artillerie, aber auf der Insel führte er auch die Aufsicht über die Herbergen. Die Ankömmlinge schienen ihn zu interessieren.

Er schwenkte matt einen Fliegenwedel, und seine schlechte Laune verriet deutlich seinen Ärger darüber, zu einer besonders heißen Stunde dem kühlen Schatten der Festung entrissen worden zu sein. Der Ton, in dem er sich an den Grafen Sommaripa wandte, ließ sein Mißvergnügen spüren. Es war der eines Herrn gegenüber einem widerspenstigen Diener.

Aber vielleicht weil eine Frau, und noch dazu eine Ausländerin, anwesend war, schien der alte Mann zu erwachen. Der ungnädigen Anrede des Odabaschi antwortete er in hochmütigem Ton, und obwohl Marianne kein Wort der türkischen Sprache verstand, wurde ihr der allgemeine Sinn seiner Erklärung trotzdem klar, da sie mehrfach ihren Namen in Verbindung mit dem der Sultanin Nakhshidil vernahm: Offenbar unterrichtete der Graf nicht ohne Arroganz den türkischen Offizier über den Rang dieser Schiffbrüchigen und die dringende Notwendigkeit, sie in Ruhe zu lassen.

Der Odabaschi ließ es sich im übrigen gesagt sein. Seine ungnädige Miene wandelte sich zu einem Lächeln, und nachdem er so liebenswürdig, wie es ihm nur möglich war, die Cousine seiner Sultanin begrüßt hatte, verließ er mit seinem Trupp den Palast.

Steif wie ein Stock drei Schritte hinter seiner angeblichen Herrin aufgebaut, hatte der Rebell Theodoros nicht mit der Wimper gezuckt, solange die gefährliche Erklärung dauerte, doch dem hörbaren Seufzer, der ihm entfuhr, als man sich endlich zur Treppe wandte, entnahm Marianne, daß er dennoch einige Aufregung verspürt haben mußte, und lächelte innerlich: Dieser Kriegsheld war also trotz seiner Dimensionen ein Mann wie alle anderen, dem ein bißchen Angst nicht fremd war!

Das Zimmer, in das der Graf Marianne feierlich geleitete, schien seit der Regierungszeit der letzten Herzöge von Naxos nicht mehr benutzt worden zu sein. Ein Bett, das zwischen seinen Vorhängen aus verschossenem Brokatell eine ganze Familie hätte aufnehmen können, thronte in großartiger Einsamkeit zwischen vier ruhmreich mit versengten und zerrissenen Standarten dekorierten Wänden, während einige durchgesessene Schemel in den vier Ecken verloren herumstanden.

Aber es öffnete sich durch ein prachtvolles Fenster mit steinernem Fensterkreuz weit aufs Meer.

«Euer Diener wird Euch noch einige notwendige Dinge bringen, und wir werden die Superiorin der Ursulinerinnen um ein angemessenes Kleid bitten ... denn wir haben nicht Eure Statur.»

Der von ihm verwendete Plural war wunderlich, doch nicht wunderlicher als der Rest seiner Person oder seine irgendwie mechanisch klingende Stimme, und Marianne hielt sich nicht weiter damit auf.

«Das Kleid nehme ich gern an», erwiderte sie mit einem Lächeln, «aber wegen des anderen laßt Euch bitte nicht stören. Wir werden sicherlich keine Mühe haben, bald ein Schiff zu finden.»

Der merkwürdig leere Blick des alten Mannes schien sich bei diesem Wort zu beleben.

«Die großen Schiffe kommen selten hierher. Wir leben auf einem vergessenen Stück Erde, Madame, die der Lärm, der Ruhm, die Gedanken der Großen jetzt übergehen. Glücklicherweise genügt sie, uns zu ernähren, aber es kann sein, daß Euer Aufenthalt sich länger hinzieht, als Ihr meint ... Komm mit mir, mein Freund!»

Die letzten Worte waren an Theodoros gerichtet, den das Fenster bereits wie einen Liebenden angezogen hatte und der das leere Meer nun förmlich mit den Augen verschlang. Widerwillig riß er sich aus seiner Betrachtung und folgte dem Grafen, um seine Domestikenrolle zu spielen. Bald darauf kehrte er mit Athanasos und einem schweren Tisch zurück, den sie vor das Fenster stellten. Einige Toilettenutensilien und nicht allzu ausgefranste Bettwäsche folgten.

Damit beschäftigt, das Zimmer ein wenig wohnlicher herzurichten, schwatzte Athanasos unentwegt, sichtlich erfreut, einer ausländischen Dame zu dienen und neue Gesichter zu sehen, doch je mitteilsamer er sich gab, desto unliebenswürdiger wurde Theodoros.

«Bei Christus!» rief er endlich, als der kleine Verwalter ihn aufforderte, ihm beim Beziehen des Betts zu helfen. «Wir werden hier nur ein paar Stunden bleiben, Bruder! Du tust, als ob wir uns für Monate einrichten müßten! Die Taube muß unseren Bruder Tombasis auf Hydra längst erreicht haben, und das Schiff kann jeden Augenblick kommen!»

«Selbst wenn euer Schiff jetzt käme», erwiderte Athanasos friedlich, «wäre es nicht klug, wenn Madame nicht ihre Rolle spielte. Sie und du, ihr seid Schiffbrüchige. Ihr müßt erschöpft, am Ende eurer Kräfte sein. Ihr braucht wenigstens eine Nacht Ruhe! Die Türken würden es nicht verstehen, wenn ihr euch auf das erstbeste Schiff stürzet, ohne euch auch nur Zeit zum Atemholen zu gönnen. Der Odabaschi Mahmud ist dumm, aber so dumm auch wieder nicht! Und außerdem ist der Herr glücklich. Die Ankunft der Frau Fürstin gibt ihm ein wenig von seiner Jugend zurück. Früher ist er in die Länder des Okzidents gereist, an den Hof des Dogen von Venedig und sogar zum König von Frankreich!»

Theodoros zuckte gelangweilt die Schultern.

«Er muß damals reich gewesen sein! Sieht so aus, als ob ihm nicht viel davon bleibt.»

«Mehr als du denkst», erklärte Athanasos schmunzelnd, «aber jetzt gehe ich zu den Ursulinerinnen, um ein Kleid zu holen.»

Im Gegensatz zu Mariannes Befürchtungen, die ihn schon mit einer klösterlichen Robe aus grobem Wollstoff zurückkehren sah, brachte Athanasos, in ein Stück Leinen und die Komplimente der Mutter Oberin gewickelt, ein hübsches griechisches Kleid aus ungebleichtem Leinen, das die Nonnen mit vielfarbigen Seidenfäden bestickt hatten. Dazu einen um den Kopf zu tragenden Schal sowie mehrere Paare Sandalen in verschiedenen Größen.

Natürlich war das nicht mit den eleganten Kreationen Leroys zu vergleichen, die Mariannes Koffer füllten und gegenwärtig im Bauch der amerikanischen Brigg durchs Mittelmeer schwammen, zweifellos dazu bestimmt, zusammen mit dem uralten Familienschmuck der Sant'Anna zum alleinigen Nutzen John Leightons verkauft zu werden. Doch sobald sie gewaschen, frisiert und angezogen war, fand sich Marianne trotz allem dem von ihr kultivierten Bild ihrer selbst ein wenig ähnlicher.

Zudem fühlte sie sich fast wohl, da die Anfälle von Übelkeit, die sie auf der *Meerhexe* so gequält hatten, praktisch verschwunden waren. Wäre sie sich nicht fast unaufhörlich eines unersättlichen, verzehrenden Hungers bewußt gewesen, hätte sie vergessen können, daß sie ein Kind erwartete und daß die Zeit gegen sie arbeitete. Denn wenn es ihr nicht gelang, sich schnellstens seiner zu entledigen, würde sie es bald nicht mehr tun können, ohne ihr Leben gefährlich aufs Spiel zu setzen.

Die sinkende Sonne warf rote Glut in ihr Zimmer. Unten hatte der Hafen seine Aktivität wieder aufgenommen. Schiffe fuhren zum nächtlichen Fischfang aus, andere kehrten zurück, die Decks mit schimmernden Schuppen gepanzert. Aber es waren nur Fischerboote:

keines war das «große Schiff, würdig einer Botschafterin», und die an das steinerne Fensterkreuz gelehnte Marianne fühlte in sich die Ungeduld wachsen, die Theodoros verzehrte. Sicher war er zum Quai gegangen und beobachtete, unter die Leute der Insel gemischt, den Horizont in der Hoffnung, die Toppsegel und viereckigen Signallaternen eines hochbordigen Schiffs auftauchen zu sehen. Würde dieses Schiff je erscheinen, um sie in eine fast legendäre Stadt zu bringen, wo eine blonde Sultanin sie erwartete, in die sie nun unbewußt alle ihre Hoffnungen setzte?

Hundertmal, seitdem sie bei Melina Bewußtsein und Geschmack am Leben wiederfand, hatte Marianne sich wiederholt, was sie nach der Ankunft tun würde: die Botschaft aufsuchen, mit dem Grafen de Latour-Maubourg sprechen, durch ihn oder ohne ihn eine kaiserliche Audienz erlangen, indem sie sich notfalls Zugang erzwang, und bei irgendeinem ehrlichen und mächtigen Mann, der in der Lage war, die amerikanische Brigg im ganzen Mittelmeer suchen zu lassen, ihre Klage vorbringen. Die Barbaresken, das wußte sie, waren großartige Seeleute, ihre Schebecken schnelle Schiffe und ihre Verständigungsmittel fast ebenso wirksam wie die Maschinen des Monsieur Chappe, von denen Napoleon soviel hielt. Wenn sie sich beeilten, konnten sie Leighton noch vor irgendeinem Mittelmeerhafen Afrikas erwischen. Eine blutdürstige Meute würde den Schurken stellen ... die Haare würde er sich raufen, je geboren zu sein ... und seine Passagiere konnten gerettet werden, wenn noch Zeit dazu war.

Die Erinnerung an Arcadius, Agathe und Gracchus ließ Mariannes Augen feucht werden. Sie konnte nicht an sie denken, ohne tiefen Schmerz zu empfinden. Niemals hätte sie geglaubt, als sie noch täglich mit ihr zusammen lebten, daß sie ihr so teuer geworden wären. Was Jason betraf, verwandte sie ihre ganze Kraft und all ihren Willen darauf, ihn aus ihren Gedanken zu verbannen, wenn sie an ihn dachte ... und das geschah nur allzu oft! Doch wie konnte sie an ihn denken, ohne sich der Verzweiflung auszuliefern und sich von den Krallen der Reue zerreißen zu lassen? Sie grollte ihm nicht mehr, weder seiner Grausamkeit noch all des Bösen wegen, das er ihr bewußt oder unbewußt zugefügt hatte, denn sie gestand sich loyal ein, daß alles ihre Schuld gewesen war. Wenn sie mehr Vertrauen zu ihm gehabt, wenn sie nicht diese schreckliche Angst gequält hätte, seine Liebe zu verlieren, wenn sie mutig genug gewesen wäre, ihm die Wahrheit über ihre Entführung aus Florenz einzugestehen, wenn sie ein klein wenig mehr Courage gehabt hätte!

Ihre schlanken Finger strichen über den warmen Stein, wie um ein wenig Trost in seiner Wärme zu finden. Dieser alte Palast, dessen strenger Wappenspruch zur Hinnahme des Leidens mahnte, mußte viel gesehen haben. So viele Male hatte der Glanz der Sonne, die am Horizont flammend versank und das Meer mit ihrem goldenen Schaum übersprühte, auf diesem Fenster gelegen! Aber auf welchen Gesichtern, welchem Lächeln oder welchen Tränen? Mariannes Einsamkeit bevölkerte sich unversehens mit Schatten ohne Gesichtern, hauchartigen Gestalten, die sich in dem von der abendlichen Brise aufgewirbelten ambrafarbenen Staub drehten und wendeten, wie um sie zu trösten. Die erloschenen Stimmen all der Frauen, die zwischen diesen ehrwürdigen Mauern, in denen der Ruhm zu Asche geworden war, gelebt, geliebt, gelitten hatten, raunten ihr zu, daß nicht alles zu Ende sei in einem wie ein melancholischer Reiher über einer Insel thronenden alten Palast, der, für einen Moment ins Leben zurückgekehrt, bald ins Nichts des Schlafs zurücksinken würde ...

Es gab für sie noch kommende Tage, in denen die Liebe vielleicht viel zu sagen haben würde.

«Die Liebe? Wer hat der Liebe als erster ihren Namen gegeben?
Besser hätte er sich des Namens Qual bedient ...»

Eines Tages hatte Marianne irgendwo diese beiden Verszeilen gehört und darüber gelächelt. Es war lange her, als sie im Enthusiasmus ihrer siebzehn Jahre noch Francis Cranmere zu lieben glaubte. Wer hatte sie damals gesprochen? Ihr sonst so gutes Gedächtnis weigerte sich an diesem Abend, ihr Auskunft zu geben, aber es war jemand gewesen, der wußte ...

«Wenn Frau Fürstin sich die Mühe nehmen möchte, herunterzukommen. Der Herr Graf erwartet Sie zum Souper.»

Athanasos hatte leise gesprochen, doch seine Stimme wirkte auf sie wie die Posaune des Jüngsten Gerichts. Jäh zur Erde zurückgeführt, lächelte sie ihm unschlüssig zu.

«Ja ... ich komme ... ich komme sofort ...»

Sie verließ das Zimmer, während Athanasos hinter ihr das Fenster schloß und über ihre demoralisierenden Träumereien dicke Holzladen zog.

Als sie jedoch die Treppe erreichte und eben ihre Hand auf das Geländer aus weißem, durch die Berührung zahlloser Hände poliertem Marmor legte, holte der Verwalter sie wieder ein.

«Darf ich Frau Fürstin bitten, sich über nichts zu wundern, was Sie während des Soupers sehen oder hören wird?» murmelte er. «Der Herr Graf ist sehr alt, und seit langem hat ihn niemand mehr aufgesucht. Er weiß die Ehre zu schätzen, die ihm heute abend zuteil wird, aber ... aber er lebt schon zu viele Jahre nur mit seinen Erinnerungen. Gewissermaßen sind sie ... ein Teil von ihm geworden und fast in jeder Minute seines Lebens gegenwärtig. Madame hat sicher bemerkt, daß er immer den Plural benutzt. Ich weiß nicht, ob ich mich verständlich mache ...»

«Beunruhigt Euch nicht, Athanasos», sagte Marianne ruhig. «Es ist lange her, daß ich mich noch über etwas wunderte.»

«Es ist nur, weil Frau Fürstin so jung ist ...»

«Jung? Ja ... vielleicht! Aber sicherlich weniger jung, als ich aussehe ... Seid ohne Sorge, ich werde Eurem alten Herrn keinen Schmerz bereiten ... und ich werde seine vertrauten Schatten nicht vertreiben!»

Dennoch sollte ihr diese Mahlzeit ein seltsames Gefühl von Unwirklichkeit hinterlassen. Zweifellos weniger wegen des altmodischen Kostüms aus grünem Satin, das ihr Gastgeber zu ihren Ehren trug und das er schon am Hof des Dogen von Venedig getragen haben mußte, sondern des Umstands wegen, daß er praktisch kein Wort an sie richtete.

Feierlich empfing er sie an der Tür eines großen Saals, in dem verrostete Harnische vor abblätternden Fresken Wache hielten, und führte sie an der Hand an einer mit altem Silbergeschirr beladenen endlosen Tafel entlang bis zu einem Sessel zur Rechten des Hausherrnsessels, in dem er selbst am Tischende Platz nahm. Am anderen Ende war vor einem dem seinen in allen Punkten gleichen Sessel ein Gedeck aufgelegt, aber auf dem Teller aus alter blauer Fayence aus Rhodos lag halb entfaltet ein Fächer aus Perlmutt und bemalter Seide neben einer Rose in einer schlanken kristallenen Vase.

Und während der ganzen Dauer des Soupers sprach der alte Herr weit mehr zu der unsichtbaren Herrin des Hauses als zu seiner Nachbarin. Selten nur wandte er sich zu Marianne, bemüht, das Gespräch so zu führen, als sei es in Wirklichkeit der Schatten der Gräfin, der es lenkte und dem das Verdienst dafür zufiel. Er tat es mit einer zärtlichen, altmodischen Galanterie, die Tränen in die Augen seines jungen Tischgastes steigen ließ angesichts dieser liebenden Treue, die das Grab leugnete und mit so anrührender Beharrlichkeit die Verstorbene wiederzuerschaffen suchte.

Sie erfuhr, daß sie Fiorenza hieß. Und so stark war der Wille des Gatten, sie heraufzubeschwören, daß er sich auf Marianne übertrug und sie einige Male glaubte, die leichte Seide des Fächers sich bewegen zu sehen.

Von Zeit zu Zeit suchte sie über die wappengeschmückte Lehne des Sessels ihres Gastgebers hinweg den Blick des Verwalters, der dort in seinem durch ein Paar weißer Handschuhe bereicherten gewöhnlichen schwarzen Anzug stand. Und trotz der Fülle und Frische der gereichten Speisen, trotz ihres schrecklichen Appetits, der sie so an den Adélaïdes erinnerte, war Marianne nicht imstande, der Mahlzeit Ehre anzutun. Sie kaute angestrengt, bemühte sich, ihre Rolle in diesem gespenstischen Stück zu spielen, und betete bei sich, daß es nicht allzu lange dauern möge.

Als der Graf sich endlich erhob und ihr mit einer Verneigung die Hand bot, hielt sie mit Mühe einen erleichterten Seufzer zurück, ließ sich zur Tür zurückgeleiten, und nach Kräften das närrische Verlangen unterdrückend, einfach davonzulaufen, ging sie sogar soweit, dem leeren Sessel einen Gruß und ein Lächeln zu widmen.

Mit einem Leuchter bewaffnet, folgte Athanasos in drei Schritten Entfernung.

Auf der Schwelle bat sie den Grafen, sie nicht weiter zu begleiten, da sie seinen Abend nicht unterbrechen wolle, und spürte, wie ihr Herz sich zusammenzog angesichts der freudigen Eile, mit der er sich wieder der Tafel zuwandte. Als die Tür sich endlich geschlossen hatte, wandte sie sich an den Verwalter, der sie mit verlegenem Blick beobachtete: «Ihr habt recht daran getan, mich vorzubereiten, Athanasos. Es ist erschreckend! Der arme Mann!»

«Er ist glücklich so. Frau Fürstin sollte ihn nicht beklagen. Und während zahlloser Abende wird er nun über den Besuch der Frau Fürstin plaudern ... mit der Gräfin Fiorenza. Sie lebt für ihn. Er sieht sie kommen und gehen, sieht sie sich ihm gegenübersetzen, und zuweilen spielt er im Winter für sie auf dem Cembalo, das er sich einst mit großen Kosten aus einer Stadt in Deutschland namens Regensburg hat kommen lassen, denn sie liebte Musik ...»

«Und ... ist sie schon lange tot?»

«Sie ist nicht tot! Oder wenn sie es jetzt ist, werden wir es nie erfahren. Sie ist fortgegangen, vor zwanzig Jahren, mit dem osmanischen Gouverneur der Insel, der sie verführt hatte. Wenn sie zu dieser Stunde noch lebt, dann in irgendeinem Harem.»

«Mit einem Türken ist sie fortgegangen?» fragte Marianne verblüfft. «War sie verrückt? Euer Herr scheint ein so guter, sanfter Mensch zu sein ...»

Athanasos deutete durch ein Schulterzucken an, was er von der weiblichen Logik im allgemeinen hielt und begnügte sich mit einer Antwort in Form einer Entschuldigung, die keine war:

«Verrückt, nein! Es war eine hübsche, aber ein wenig oberflächliche Frau, die sich hier sehr langweilte.»

«Im Harem hat sie sich sicherlich riesig amüsiert», bemerkte Marianne sarkastisch.

«Pah! Die Türken sind keine Narren! Es gibt schon Frauen, die für diese Art Leben geschaffen sind. Andere ertragen es schlecht, auf ein Piedestal gestellt zu werden: sie fühlen sich dort einsam, und sie haben Angst. Unsere Gräfin gehörte zu diesen beiden Arten zugleich. Sie liebte den Luxus, die Faulheit, Süßigkeiten und hielt ihren Gatten für einen armen Mann, weil er sie zu sehr liebte. Vom Tag ihres Verschwindens an war bei dem Herrn Grafen irgend etwas gestört. Er hat nie zugeben wollen, daß sie nicht mehr da war, und er fuhr fort, mit seiner Erinnerung zu leben, als sei nichts geschehen. Ich glaube, weil er so sehr wünschte, sie wiederzusehen, sieht er sie jetzt wirklich und ist dabei vielleicht noch glücklicher, als wenn sie bei ihm geblieben wäre, da die Jahre den Gegenstand seiner Liebe nicht gezeichnet haben. Aber ich langweile die Frau Fürstin, die gewiß wünscht, ein wenig zu ruhen.»

«Ihr langweilt mich nicht, und ich bin nicht müde. Nur ein wenig gerührt ... Aber sagt mir, wo ist Theodoros? Ich habe ihn nicht mehr gesehen.»

«Er ist bei mir. Der Hafen zieht ihn so an, daß ich es vorzog, ihn zurückzuschicken. Meine Mutter wird sich um ihn kümmern. Aber wenn Ihr seine Dienste ...»

«Nein, danke», unterbrach Marianne ihn lächelnd. «Theodoros' Dienste sind mir keineswegs unentbehrlich. Gehen wir hinauf!»

Als die junge Frau ihr Zimmer betrat, bemerkte sie neben ihrem Bett ein mit Früchten, Brot und Käse beladenes kleines Tablett.

«Ich dachte», erklärte Athanasos, «daß Frau Fürstin bei Tisch nicht viel Appetit haben würde, daß Sie aber während der Nacht Hunger verspüren könnte.»

Diesmal trat Marianne zu ihm, nahm seine wohlgepolsterte Hand und drückte sie herzhaft.

«Athanasos», sagte sie, «wenn Ihr nicht das letzte Gute wärt, das Eurem Herrn wirklich geblieben ist, hätte ich Euch gebeten, mir zu folgen. Ein Diener wie Ihr ist ein Geschenk des Himmels!»

«Es trifft sich nur, daß ich meinen Herrn liebe ... Frau Fürstin sollte keinerlei Mühe haben, ebenso große, wenn nicht größere Ergebenheiten als die meine zu wecken. Ich wünsche der Frau Fürstin eine gute Nacht ... und vor allem, daß Sie nichts bedauern möge.»

Die Nacht wäre zweifellos so gut gewesen, wie der würdige Diener es wünschte, wenn sie bis Tagesanbruch gedauert hätte. Doch als Marianne sich noch in ihrem ersten Schlaf befand, wurde sie durch eine kräftige Hand, die sie an der Schulter packte, herausgerüttelt.

«Schnell, steh auf!» raunte drängend Theodoros' Stimme.

Sie öffnete mit Mühe ein Auge, bemerkte das vom zitternden Schein einer Kerze erhellte, verzerrte Gesicht des Riesen.

«Was habt Ihr gesagt?» fragte sie verschlafen.

«Ich sage, das Schiff ist angekommen! Es erwartet uns, und du mußt aufstehen. Vorwärts also!»

Um sie zu zwingen, schleunigst ganz zu erwachen und sich zu beeilen, zog er ihre Decke zum Fuß des Bettes und entdeckte dabei etwas, auf das er in seiner Ungeduld nicht gefaßt gewesen war: einen nur von der wirren Fülle schwarzen Haars dürftig verhüllten weiblichen Körper, den die Flamme der Kerze lieblich vergoldete. Dieser Anblick ließ ihn förmlich festwurzeln, während Marianne, jetzt hellwach, mit einem wütenden Aufschrei das Laken wieder an sich riß.

«Was sind das für Manieren? Seid Ihr toll geworden?»

Er schluckte mühsam und strich mit bebender Hand über sein bärtiges Kinn, starrte aber noch immer mit aufgerissenen Augen auf die jetzt leere Stelle im Bett, wo einen Moment zuvor noch die junge Frau gelegen hatte.

«Verzeih», murmelte er stockend. «Ich wußte nicht ... Ich konnte mir nicht denken ...»

«Laßt es mit Euren Gedanken dabei bewenden! Wenn ich recht verstanden habe, seid Ihr gekommen, um mich zu holen. Was ist das für eine Geschichte? Wir brechen jetzt auf?»

«Ja ... sofort! Das Schiff erwartet uns. Athanasos hat mich benachrichtigt.»

«Aber das ist doch verrückt! Es ist schwarze Nacht! Wieviel Uhr ist es?»

«Ich glaube, Mitternacht ... oder ein bißchen darüber!»

Immer noch an seinen Platz gebannt, sprach er wie in einem Traum. Die hinter den Bettvorhängen und ihrem Laken verschanzte Marianne beobachtete ihn besorgt. Er hatte es plötzlich viel weniger eilig. Fast sah es so aus, als hätte er vergessen, weswegen er da war, und auf seinem wilden Gesicht lag jene sanfte Verlorenheit, die sie noch nie bei ihm gesehen hatte. Theodoros war im Begriff, sich von einer Art Verzauberung hinreißen zu lassen, aus der sie ihn schnellstens herauslösen mußte.

Ohne ihre Deckung zu verlassen, streckte sie ihren Arm zu einer kleinen bronzenen Glocke aus, die Athanasos ihr für den Fall gegeben hatte, daß sie noch irgend etwas brauchte, doch sie zögerte, die Echos des schlafenden Hauses zu wecken.

«Geht und legt Euch schlafen», riet sie. «Es ist ausgezeichnet, daß das Schiff da ist, aber es ist unmöglich, jetzt aufzubrechen, ohne jemand zu unterrichten.»

Dem Griechen blieb keine Zeit zu antworten, falls er überhaupt Neigung dazu verspürte. Durch die halboffen gebliebene Tür schob sich Athanasos herein. Ein Blick genügte ihm, die Seltsamkeit der Situation zu beurteilen: die Fürstin in den Vorhängen des Bettes verborgen, aus denen nur ihr Kopf und ihre nackten Schultern heraussahen, während Theodoros das Bett anstarrte, als ob er sich hineinstürzen wolle.

«Nun?» flüsterte er in vorwurfsvollem Ton. «Was treibt ihr? Die Zeit drängt!»

«Was dieser Mann sagt, ist also wahr?» fragte Marianne, ohne sich zu rühren. «Wir segeln jetzt ab? Ich glaubte, daß wir der Türken wegen einige Tage bleiben müßten?»

«Allerdings. Dennoch ist es notwendig, schnell zu handeln, wenn Ihr ernste Schwierigkeiten vermeiden wollt. Die, die wir hier mit den Türken riskieren, haben daneben wenig zu bedeuten. Der Kapitän des von Hydra geschickten Polackers hat erfahren, daß drei Schiffe der verräterischen Brüder Kouloughis unterwegs nach Naxos sind. Wenn sie in Sicht der Insel ankommen, bevor Ihr sie verlassen habt, lauft Ihr Gefahr, niemals Konstantinopel zu erreichen, sondern in Tunis zu enden, wo die Kouloughis ihren Sklavenmarkt haben ...»

«Ihren Skla ...? Ich komme! Damit ich mich ankleiden kann, schafft mir diesen Theodoros hinaus, der sich in eine Salzsäule verwandelt zu haben scheint!»

Es gab in der Tat Worte, die imstande waren, Marianne aus ihrer Ruhe zu bringen, und das Wort Sklaverei gehörte dazu. Während Athanasos noch Theodoros aus dem Zimmer schleppte, begann sie sich hastig anzuziehen und trat dann zu den beiden in die vor den Zimmern entlanglaufende dunkle Galerie hinaus. Als sie mit ihrer Kerze in der Hand auftauchte, schien Theodoros wieder er selbst geworden zu sein. Er warf ihr einen grollenden Blick zu, der ihr nur allzu deutlich verriet, daß der Riese ihr den Augenblick der Schwäche – oder was er dafür hielt –, dessen Ursache sie gewesen war, nicht so bald vergeben würde.

Doch Athanasos lächelte ihr ermutigend zu und reichte ihr die Hand, um ihr die Treppe hinabzuhelfen.

«Ich schäme mich, so fortzugehen, so heimlich», protestierte Marianne. «Ich komme mir wie eine Diebin vor! Was wird Graf Sommaripa sagen?»

Über die Flamme der Kerze hinweg begegneten die Augen des Verwalters denen der jungen Frau.

«Nichts wird er sagen! Was könnte er auch anderes sagen als ‹Sehr gut ...› oder ‹Eine ganz ausgezeichnete Idee ...›, wenn ich ihm mitteile, daß Madame mit Gräfin Fiorenza zu einer Fahrt über die Insel aufgebrochen ist? So einfach ist das.»

Von Athanasos geführt, der Katzenaugen zu haben schien, kletterten Marianne und Theodoros durch das Gewirr der Gäßchen hinunter zum Hafen und wandten sich, als sie den Quai erreicht hatten, nach links dem Inselchen zu, auf der sich die Ruine des kleinen Tempels erhob.

Ein großer Dreimaster, dessen Bug wie das Maul eines Schwertfischs spitz vorstieß, lag nahe der Landzunge vor Anker. Sein eindrucksvolles Takelwerk vereinte auf seltsame Weise Ruten- und lateinische Segel. Kein Lichtschein zeigte sich an Bord, und wie es dort im ruhigen Wasser des Hafens lag, ähnelte es einem Gespensterschiff.

«Das Beiboot erwartet Euch vor der Kapelle der Ritter von Rhodos», flüsterte Athanasos. «Wir sind gleich da...»

Doch je mehr sie sich dem Schiff näherten, desto zögernder wurde Theodoros' Schritt.

«Das ist weder Mioulis noch Tombazis Schiff», murrte er. «Das ist nicht mal ein richtiger Polacker! Wem gehört es?»

«Es gehört Tsamados», erwiderte Athanasos ärgerlich. «Es ist in der Tat eine Polacker-Schebecke, sein letzter Fang und ein berühmter Renner, wie es scheint. Auf alle Fälle, was kümmert's dich, da es das Schiff ist, das sie dir aus Hydra schicken? Wenn du aber nicht mehr an Bord gehen willst...?»

Die große Pranke des Riesen legte sich begütigend auf die Schulter des kleinen Verwalters.

«Du hast recht, Bruder, und ich bitte dich um Verzeihung. Aber ich glaube, ich bin niemals so nervös gewesen. Das kommt davon», fügte er zwischen den Zähnen hinzu, «wenn man mit einer Frau unterwegs ist!»

Die Schaluppe wartete tatsächlich in der Nähe einer kleinen Steintreppe. Zwei dunkle Gestalten hoben sich in ihr ab: die der Matrosen, die die beiden Passagiere an Bord bringen sollten.

Unwillkürlich drückte Marianne die Hand des Verwalters, die sie nicht losgelassen hatte, fester. Sie fühlte sich plötzlich unruhig, ohne recht zu wissen, warum! Vielleicht der dunklen Nacht und dieses unbekannten Schiffes wegen... hatte sie den Eindruck, mit ihrem Führer auch ihren letzten Freund zu verlassen und in ein Unbekanntes voller Drohungen zu tauchen, und ein kalter Schauer überlief sie.

Der Verwalter schien ihre Unruhe zu spüren, denn er murmelte:

«Ich hoffe, Frau Fürstin ängstigt sich nicht. Die Leute aus Hydra sind brave und tapfere Leute. Sie wird bei ihnen nichts zu fürchten haben. Sie möge mir nur erlauben, Ihr für Ihren Besuch zu danken und Ihr eine gute Fahrt zu wünschen!»

Die wenigen Worte genügten, um sie wieder aufzuheitern.

«Ich danke Euch, Athanasos! Dank für alles!»

Der Abschied vollzog sich rasch. Von einem der Matrosen gestützt, stieg Marianne fast tastend die steilen, glitschigen Stufen hinab und erreichte unbehindert den schwankenden Boden des Bootes, in das Theodoros nach ihr hineinsprang. Dann legte das Boot ab, und die von vier kraftvollen Händen geführten Ruder tauchten lautlos ins schwarze Wasser. Auf dem Quai wurde die rundliche Gestalt Athanasos' kleiner, während die Häuser allmählich in die Ferne rückten.

Das Schiff wurde erreicht, ohne daß ein Wort gewechselt worden wäre. Theodoros, der, einen Fuß auf dem Bordrand, im Bug des Bootes stand, brannte sichtlich vor Ungeduld, an Bord zu kommen, und kaum waren sie in Reichweite der an der Flanke des Schiffs herabhängenden Strickleiter angelangt, als er sich auch schon auf die unterste Sprosse schwang, mit einer bei einem solchen Koloß unglaublichen Leichtigkeit aufwärtskletterte und über die Reling verschwand.

Marianne folgte ihm langsamer, aber geschmeidig genug, um die Hilfe der Matrosen nicht in Anspruch nehmen zu müssen. Doch als sie den Bordrand erreichte, packten sie kräftige Fäuste und stellten sie aufs Deck. Und dort bemächtigte sich ihrer sofort das Gefühl, daß irgend etwas nicht stimmte ...

Theodoros stand einer schweigenden, reglosen schwarzen Phalanx gegenüber, die Marianne eben dieses Schweigens, dieser Reglosigkeit wegen bedrohlich fand: Sie ähnelte zu sehr jener Ansammlung schattenhafter Gestalten, die sie vom Deck der *Meerhexe* aus angestarrt hatten, als sie in die Schaluppe hinunterbefördert worden war, in der sie nach Leightons Willen hätte umkommen sollen!

Theodoros hingegen sprach in jener neugriechischen Sprache, die sie nicht verstand. Aber aus seiner herrischen Stimme, der Stimme eines befehlsgewohnten Mannes, war eine durch Zorn nur schlecht überdeckte Angst herauszuhören. Und das Erschreckendste war, daß er allein sprach, daß niemand ihm antwortete.

Die beiden Matrosen des Bootes waren gleichfalls an Bord gekommen, und Marianne spürte sie hinter sich so nah, daß sie ihre Atemzüge hören konnte.

Und dann enthüllte plötzlich jemand eine Laterne und näherte sie einem Gesicht, das förmlich aus dem Dunkel am Fuße des Großmastes zu springen schien: das eines Mannes mit gelber Haut, ausgeprägten Zügen, arroganter Nase über einem waagrecht ausgezogenen Schnurrbart, der in Büscheln endete, harten Augen unter einer breiten, gefurchten Stirn, und – das war das Schreckliche – dieses Gesicht lachte, lachte lautlos, aber mit einem Ausdruck von Grausamkeit, der Marianne erzittern ließ.

Auf Theodoros wirkte das Erscheinen dieses dämonischen Gesichts, als sähe er das Haupt der Medusa. Er stieß einen Wutschrei aus und wandte sich dann mit kreideweißem Gesicht, auf dem zum erstenmal Anzeichen von Furcht zu erkennen waren, an seine Begleiterin.

«Wir sind verraten worden!» zischte er. «Dieses Schiff gehört Nicolaos Kouloughis, dem Renegaten!»

Mehr vermochte er nicht zu sagen. Schon stürzte sich die stumme Schar der Piraten auf ihn, um ihn in die Eingeweide des Schiffs zu schleppen.

Das letzte, was die entsetzte Marianne bemerkte, bevor die ins Innere führende schwarze Treppe sie verschlang, war, sehr hoch über ihr in einem Gewirr von Tauen, ein großer, funkelnder Stern, den ein eben gehißtes Segel plötzlich verbarg wie eine vor ein gigantisches Auge gehaltene Hand, um dessen Tränen zu verheimlichen...

11. Kapitel

Von Charybdis zu Scylla

Das Zwischendeck war schwarz, erstickend, stank nach Schmutz und ranzigem Öl. Am Fuß der Treppe angelangt war Marianne ohne viel Federlesens in eine Ecke befördert worden, während Theodoros weitergezerrt wurde. Sie war auf etwas Rauhem gelandet, das ein Haufen alter Säcke zu sein schien, auf dem sie sich, wie betäubt durch das Geschrei um sie herum, zusammenkauerte.

Das bedrückende Schweigen, das sie an Bord empfangen hatte, war jäh zerplatzt, und der das Wutgebrüll des Gefangenen übertönende Lärm der Piraten verleitete zu dem Gedanken, ob zu der anfänglichen Stummheit nicht ein gut Teil Verblüffung beigetragen hatte. Es war ein wenig, als seien sie auf eine Beute solchen Gewichts nicht gefaßt gewesen.

Denn darüber gab es keinen Zweifel: Für diese Männer war Theodoros der wichtigste Fang, und Marianne war nur von recht sekundärer Bedeutung. Sie hatte es an der Achtlosigkeit bemerkt, mit der man sich ihrer wie eines hinderlichen Frachtstücks entledigte, eines Frachtstücks, auf das man vielleicht zurückgreifen würde, um es auf dem Markt von Tunis dem Meistbietenden zu verkaufen, wie Athanasos sie es hatte fürchten lassen...

Der Gedanke, daß der Verwalter des Grafen Sommaripa sie verraten haben könnte, streifte Marianne nicht einmal. Und doch war er es gewesen, der den Polacker hatte ankommen sehen, er, der Kontakt mit der Mannschaft aufgenommen hatte (hatte er nicht gesagt, daß er einem gewissen Tsamados gehörte?), er, durch den die angeblichen Schiffbrüchigen alarmiert und zum Aufbruch gedrängt worden waren, und das trotz der peinlichen Fragen, die der Odabaschi seinem Herrn möglicherweise stellen würde... Doch die junge Frau konnte an soviel Hinterlist in der Seele eines Mannes nicht glauben, dem nach zwanzig Jahren noch Tränen in die Augen stiegen, wenn er seinen Herrn sich zärtlich mit einem Schatten unterhalten sah.

Vielleicht waren die Leute von Hydra weniger verläßlich, als man annahm... oder vielleicht war all dies nur ein tragischer Irrtum.

Als Athanasos dieses große Schiff hatte einlaufen sehen, konnte er ehrlich der Meinung gewesen sein, daß es sich um das erwartete handelte (hatte der Graf Marianne nicht gesagt, daß Schiffe größerer Tonnage in Naxos selten seien?). Er hatte mit den Piraten gesprochen, ohne die leiseste Ahnung zu haben, wen er in Wirklichkeit vor sich hatte, und diese hatten ein gutes Geschäft gewittert und waren auf seinen Irrtum eingegangen. Aber das war nur eine Vermutung unter all den anderen, die der unfreiwilligen Passagierin durch den Kopf wirbelten und die sie im übrigen schleunigst zu verjagen suchte: Es war wahrhaftig nicht der rechte Moment, sich dem Spiel der Möglichkeiten hinzugeben! Und angesichts der unerwarteten, aber schrecklichen Drohung, die jetzt auf ihr lastete, bemühte sich Marianne, alle ihre Gedanken auf die einzige Idee zu konzentrieren: ihr zu entgehen!

Ein Lichtstrahl huschte durchs Zwischendeck bis zu den Stufen der Treppe: Die Männer kehrten zurück, nachdem sie ihren Gefangenen an einen sicheren Ort gebracht hatten. Sie sprachen alle zugleich, vielleicht den Profit überschlagend, den dieser Theodoros ihnen einbringen würde, von dem Marianne, wie ihr zum erstenmal einfiel, nicht einmal den Nachnamen kannte, der aber offenbar viel wichtiger sein mußte, als sie es sich vorgestellt hatte.

Inmitten der Matrosen, von denen einer eine Laterne trug, erkannte sie deren Kapitän.

Entschlossen, den Kampf so schnell wie möglich zu eröffnen, raffte sie sich auf und postierte sich so, daß sie den Zugang zur Treppe versperrte, und betete im stillen, daß der Sprachunterschied sich nicht als unübersteigbares Hindernis erweisen würde.

Selbst wenn es nichts nützen sollte, schien ihr der Moment gekommen, den Namen des Kaisers der Franzosen ins Gefecht zu führen, der selbst in diesen fast wilden Gegenden ein gewisses Gewicht zu haben schien. Es war vielleicht nur eine kleine Chance, aber es war der Mühe wert, es damit zu versuchen.

Auch um ihrer Persönlichkeit treu zu bleiben, wollte sie den Piraten französisch anreden.

«Meint Ihr nicht, Monsieur, daß Ihr mir einige Erklärungen schuldet?»

Ihre klare Stimme erklang wie eine Trompete. Die Männer verstummten jäh. Ihre Blicke wandten sich der schlanken Gestalt im hellen Kleid zu, deren stolze Haltung sie beeindruckte, obwohl ihnen die Bedeutung ihrer Worte wahrscheinlich entging. Nicolaos Kouloughis' Augen verengten sich, und er stieß einen kleinen Pfiff aus, der bewundernd, aber auch giftig gemeint sein konnte.

Und zur großen Überraschung Mariannes war es die durch einen starken Akzent gewürzte Sprache Voltaires, deren sich auch er bediente:

«Ah! Du bist also die französische Dame! Ich glaubte, es wäre nicht wahr!»

«Was soll Eurer Meinung nach nicht wahr sein?»

«Eben diese Geschichte von der französischen Dame. Als wir die Taube mit der Botschaft fingen, dachte ich, es sei ein Vorwand, hinter dem sich irgend etwas Interessantes versteckte, denn weshalb sollte man sich einer so wenig wichtigen Sache wie einer Frau, selbst einer französischen wegen so viel Mühe machen. Und wir hatten recht, denn wir haben den schlimmsten der Rebellen gefangen, den Ungreifbaren, den, für den der Großherr seinen Schatz hergeben würde: Theodoros Lagos selbst! Das ist das beste Geschäft meines Lebens! Sein Kopf ist sehr viel wert!»

«Ich bin vielleicht nur eine Frau», entgegnete Marianne, der dieser Name nicht das mindeste sagte, «aber auch mein eigener Kopf ist sehr viel wert! Ich bin die Fürstin Sant'Anna, persönliche Freundin Kaiser Napoleons I. und seine Botschafterin bei meiner Cousine Nakhshidil, Sultanin des osmanischen Reichs!»

Die Salve pompöser Namen schien für einen Moment Eindruck auf den Piraten zu machen, doch als Marianne die Partie schon gewonnen glaubte, brach er in lautes Gelächter aus, in das die ihn Umgebenden servil einfielen, was ihnen nur ein paar kurze, gebellte Befehle einbrachte, mit denen er sie zu ihrer Arbeit zurückschickte. Dann ließ Kouloughis von neuem seinem Gelächter freien Lauf.

«Habe ich etwas Komisches gesagt?» erkundigte sich Marianne trocken. «In diesem Fall glaube ich, daß mein Herr, der Kaiser, Euren Sinn für Humor kaum schätzen würde. Und ich bin es nicht gewöhnt, daß man sich über mich lustig macht!»

«Aber ich mache mich durchaus nicht über dich lustig! Im Gegenteil, ich bewundere dich! Du hattest eine Rolle zu spielen, und du spielst sie perfekt. Um ein Haar hätte ich mich einwickeln lassen!»

«Eurer Meinung nach bin ich also nicht die, die ich zu sein behaupte?»

«Ganz gewiß nicht! Wenn du eine Gesandtin des großen Napoleon und zudem noch eine seiner Freundinnen wärst, irrtest du nicht wie eine griechische Frau gekleidet und in Gesellschaft eines berüchtigten Rebellen auf dem Meer herum und suchtest nach einem bequemen Schiff, um nach Konstantinopel zu gelangen und dort eure Missetaten zu begehen. Du reistest auf einer schönen Fregatte unter französischer Flagge und...»

«Ich habe einen Schiffbruch hinter mir», unterbrach ihn Marianne mit einem Schulterzucken. «Wie mir scheint, passiert das oft genug in diesen Gewässern.»

«Es passiert in der Tat häufig, vor allem, wenn der Meltem, der gefährliche Sommerwind weht, aber entweder gibt's dabei überhaupt keine Überlebenden ... oder es gibt ein paar mehr als zwei. Deine Geschichte hält nicht stand.»

«Und trotzdem ist es so geschehen! Glaubt es oder glaubt es nicht!»

«Nun ... ich glaube es nicht!»

Und ohne jeden Übergang richtete er einen kurzen, heftigen Diskurs in griechischer Sprache an sie, von dem sie aus gutem Grund kein einziges Wort verstand und den sie sich, ohne eine Miene zu verziehen, anhörte, vom Luxus eines verächtlichen Lächelns abgesehen.

«Strengt Euch nicht an», riet sie schließlich. «Ich habe nicht die leiseste Ahnung, wovon Ihr sprecht.»

Stille trat ein. Mit einer Grimasse, die seine große Nase seinem aggressiven Kinn gefährlich nahebrachte, musterte Nicolaos Kouloughis die völlig ungerührte Frau vor ihm. Offensichtlich brachte sie ihn aus der Fassung. Welche Frau konnte ohne jede Reaktion, ja sogar mit einem Lächeln gewisse Beleidigungen vermischt mit der Beschreibung raffinierter Folterungsmethoden anhören, mit denen man sie zum Sprechen zu bringen gedachte? Nun, diese hatte offenbar wirklich nichts von dem verstanden, was er sagte. Doch er war kein Mann, der lange zögerte. Mit einer wütenden Schulterbewegung entledigte er sich jeden Zweifels wie einer lästigen Bürde.

«Es kann sein, daß du eine Fremde bist ... falls du nicht wirklich sehr geschickt bist! Wie dem auch sei, das ändert nichts an dieser Angelegenheit. Dein Freund Theodoros wird dem Pascha von Kreta übergeben, der mir die Belohnung auszahlen wird. Was dich betrifft, scheinst du mir schön genug, um dich bis zur Rückkehr nach Tunis zu behalten. Wenn du dem Bey gefällst, könnte er sich großzügig zeigen. Komm mit. Ich bringe dich an einen Ort, wo du komfortabler aufgehoben sein wirst. Eine beschädigte Ware verkauft sich weniger gut.»

Er hatte sie am Arm gepackt und zog sie trotz ihres Sträubens die steile Treppe hinauf. Selbst um ihre physische Lage zu verbessern, hatte sie keine Lust, sich allzu weit von ihrem Gefährten entfernen zu lassen, der ihr, wie sie nun entdeckte, in gewisser Weise kostbar geworden war. Er war in jedem Fall ein tapferer Mann, und als Opfer des gleichen unfreiwilligen Verrats des kleinen, fliegenden Sendboten fühlte sie sich solidarisch mit ihm. Doch die hart um ihren Arm gepreßten knotigen Finger des Piraten schmerzten sie, als wären sie aus Eisen.

Wie sie befürchtete, zerrte Kouloughis sie zu den hinteren Deckskajüten, und in der Erwartung, in sein eigenes Quartier gebracht zu werden, bereitete sie sich auf eine handfeste Verteidigung vor. Wer konnte wissen, ob dieser Bursche nicht die Absicht hatte, erst persönlich seine Gefangene auszuprobieren, bevor er sie auf dem Markt ausstellte? Vermutlich kam das ziemlich häufig vor.

Die Tür, die er vor ihr öffnete und alsbald wieder sorgfältig schloß, war wirklich die seiner Kajüte. Einer bei einem Piraten übrigens völlig unerwarteten Kajüte, denn statt der Unordnung und des mit orientalischem Schmutz vermischten Prunks, wie sie es sich vorgestellt hatte, fand sie einen mit dunklem Mahagoni getäfelten Raum von nüchterner Eleganz, der einem englischen Admiral gut angestanden hätte. Überdies war er von peinlicher Sauberkeit, aber keineswegs leer.

Als Kouloughis Marianne über die Schwelle stieß, bemerkte sie, halb ausgestreckt in der Koje zwischen purpurnen Samtkissen, die die einzige farbige Note in diesen Raum brachten, einen Jüngling, dessen Anblick überraschend genug war, um selbst die abgelenkteste Aufmerksamkeit einen Moment zu fesseln, denn auf seine Weise war er eine Art Kunstwerk, wenn auch einer einigermaßen abgeirrten Kunst.

Geschmackvoll bekleidet mit einer weiten Pluderhose aus blaßblauer Seide unter einer Art mitleidslos um eine Jungmädchentaille gezwängtem, mit breiten seidenen Uniformverschnürungen verziertem Dolman, auf den dichten schwarzen Locken ein Käppchen mit langer goldener Quaste, öffnete der jugendliche Ephebe mit Kohle untermalte und mit einem Stift zu den Schläfen kräftig verlängerte schmachtende Rehaugen. Der in einem Gesicht von milchigem Weiß schmollende rote Mund verdankte den größten Teil seines frischen Blühens sichtlich der Schminke, mit der er gefärbt war. Sehr schön, wenn auch von entschieden femininer Schönheit, beschäftigte dieses Zwitterwesen seine langen, geschmeidigen Finger mit der minuziösen Reinigung einer Faunsstatuette von seltener Obszönität, die es mit geradezu mütterlicher Sorgfalt polierte. Zweifellos hatte man in ihm die seltsame Hausfrau des so auffallend gepflegten Quartiers vor sich.

Der stürmische Eintritt des Piraten mit seiner Gefangenen schien ihn nicht zu stören. Er runzelte lediglich die schönen, ausgezupften Brauen und warf auf die junge Frau einen Blick, in dem sich Entrüstung und Widerwillen mischten. Er hätte sicherlich dieselbe indignierte Miene aufgesetzt, wenn Kouloughis plötzlich in sein raffiniertes Universum einen vollen Eimer mit Abfällen ausgeleert hätte: Eine neue und unerwartete Erfahrung, wenn man zu den hübschesten Frauen Europas gehörte!

Die große Kajüte wurde durch ganze Buketts parfümierter Kerzen hell erleuchtet. Kouloughis zog Marianne zu einem von ihnen und riß mit einer schnellen Bewegung den bestickten Schal herunter, der, um ihren Kopf gewunden, ihre Augen beschattete. Die schwarze, schimmernde Fülle ihres geflochtenen Haars erschien voll im Licht, während der Zorn ihre grünen Augen auffunkeln ließ. Als die Hand des Piraten sie berührt hatte, war sie instinktiv zurückgewichen.

«Was fällt Euch ein? Was soll das?»

«Du siehst es! Ich prüfe den Artikel, den ich einem Kenner anbieten will. Dein Gesicht ist unbestreitbar schön, und deine Augen sind herrlich, aber man weiß nie, was der Putz der Frauen meines Landes verbirgt. Öffne den Mund!»

«Ich denke nicht ...»

«Ich habe gesagt, öffne den Mund! Ich will deine Zähne sehen!»

Und bevor sie es verhindern konnte, hatte er mit beiden Händen ihren Kopf gepackt und ihr mit einer geschickten Bewegung, die lange Übung verriet, die Kiefer auseinandergezwungen. Trotz ihrer Empörung, sich wie irgendein Pferd behandelt zu sehen, blieb Marianne nichts anderes übrig, als die demütigende Musterung zu dulden, die dem Prüfenden übrigens volle Befriedigung zu gewähren schien. Als Kouloughis dann jedoch ihr Kleid öffnen wollte, sprang sie zurück und flüchtete hinter den Schreibtisch, der die Mitte des Raums einnahm.

«O nein! Das nicht!»

Der Pirat schien überrascht, dann zuckte er verärgert die Schultern und rief:

«Stephanos!»

Offensichtlich war das der Name des Jünglings in der Koje, und ebenso offensichtlich rief Kouloughis ihn zu Hilfe.

Doch allem Anschein nach gefiel es ihm nicht, denn er erging sich in entsetzlichem Geschrei, zog sich noch tiefer in seine Kissen zurück und stieß mit schriller Stimme, die wie eine Raspel Mariannes gespannte Nerven malträtierte, eine Flut von Worten aus, deren allgemeine Bedeutung nur allzu klar war: Der zarte Knabe weigerte sich, seine hübschen Hände durch die Berührung eines so abstoßenden Geschöpfs wie einer Frau zu beschmutzen!

Marianne, die ihm seinen Abscheu mit Wucherzinsen zurückgab, hoffte, seine Gehorsamsverweigerung werde dem störrischen Liebling eine gehörige Tracht Prügel einbringen, doch Kouloughis zuckte nur die Schultern, und das mit einem nachsichtigen Lächeln, das zu seinem Gesicht nicht recht passen wollte ... und stürzte sich sodann auf Marianne.

Fasziniert durch die Szene, die sich vor ihren Augen abspielte, war sie nicht darauf gefaßt. Aber statt erneut zu versuchen, ihr Kleid zu öffnen, begnügte er sich damit, flink ihren ganzen Körper und vor allem ihre Brust abzutasten, deren Festigkeit er mit einem befriedigten Grunzen registrierte. Solche Behandlung war nicht nach Mariannes Geschmack, und rasend vor Wut schlug sie dem Sklavenhändler ins Gesicht.

Einen kurzen Moment kostete sie die wilde Freude des Triumphs. Vor Verblüffung zur Statue erstarrt, rieb sich Kouloughis mechanisch eine seiner Wangen, während sein charmanter Freund, ebenfalls vor Entrüstung starr, einer Ohnmacht nahe schien. Doch es war wirklich nur ein Moment, denn schon in der nächsten Minute begriff sie, daß sie für ihre impulsive Geste würde bezahlen müssen.

Mit einem Schlag schoß die Galle in das ohnehin schon gelbe Gesicht des Piraten und färbte es grün. Vor Wut, vor den Augen seines schönen Freundes eine solche Demütigung erlitten zu haben, warf er sich, kaum mehr menschlich anzusehen, jäh über die ihn mit aufgerissenen Augen erwartende Marianne, packte sie und zerrte sie unter dem Geschrei des Jungen, der jetzt in den näselnd-schrillen Ton eines wildgewordenen Muezzins verfiel, aus der Kajüte.

«Das wirst du mir bezahlen, Hündin!» knirschte er. «Ich werde dir zeigen, wer hier der Herr ist!»

«Er wird mich peitschen lassen», schoß es der entsetzten Marianne durch den Kopf, als er sie zu einer der alten Schiffskanonen des Polakkers schleppte, «wenn nicht noch Schlimmeres!»

Und wirklich fand sie sich im Handumdrehen fest an das Geschütz gebunden, das zwei Matrosen zuvor mit einem Stück steifer, geteerter Leinwand bedeckt hatten, jedoch keineswegs, um ihr die unerfreuliche Berührung mit dem Eisen der Kanone zu ersparen.

«Der Meltem frischt auf», erklärte Kouloughis. «Wir werden einen Sturm bekommen, und du wirst hier auf Deck bleiben, bis er vorüber ist. Das wird dich vielleicht beruhigen, und wenn wir dich befreien, wirst du keine Lust mehr haben, Nicolaos Kouloughis zu schlagen. Du wirst dich vor ihm niederknien und seine Stiefel lecken, um dir andere Foltern zu ersparen ... falls die Schläge des Meers dich nicht umgebracht haben.»

Das Meer schwoll wahrhaftig auf beängstigende Weise, und das Schiff begann zu tanzen. Marianne spürte in ihrem Magen die ersten Anzeichen der Seekrankheit, doch sie bemühte sich standzuhalten, da sie um keinen Preis, selbst nicht um alles Gold der Welt, diesem Schurken zeigen wollte, daß sie sich elend fühlte. Er hätte es für Angst gehalten. Sie machte im Gegenteil Front und rief ihm herausfordernd zu:

«Ihr seid ein Narr, Nicolaos Kouloughis, denn Ihr wißt nicht einmal, wo Euer Interesse liegt!»

«Mein Interesse ist es, die Beleidigung zu rächen, die mir vor einem meiner Männer angetan wurde!»

«Einem Mann? Der? Laßt mich lachen! Aber es geht ja nicht um ihn. Ihr schickt Euch an, viel Geld zu verlieren!»

Die bloße Andeutung einer solchen Möglichkeit vor Kouloughis' Ohren genügte, auf der Stelle sein Interesse zu wecken, wie die Umstände auch sein mochten. Er vergaß, daß es ihn eine Minute zuvor noch danach gelüstet hatte, diese Frau zu erwürgen, und daß es überdies ein wenig lächerlich war, mit einer an eine Geschützlafette gefesselten Gefangenen zu diskutieren.

Fast mechanisch fragte er: «Was meinst du damit?»

«Ganz einfach: Ihr habt vorhin gesagt, daß Ihr Theodoros dem Pascha von Kreta übergeben und mich in Tunis verkaufen wollt. So war's doch?»

«So war's.»

«Und eben deshalb sage ich, daß Ihr Geld verlieren werdet. Glaubt Ihr, der Pascha von Kreta wird Euch den ganzen Preis bezahlen, den der Gefangene wert ist? Er wird feilschen, wird Euch eine Anzahlung geben, wird erklären, daß er die ganze Summe erst beschaffen muß ... während der Sultan sofort und in schönem, klingendem Gold bezahlen wird! Und ebenso steht's mit mir! Wenn Ihr auch weder meine wahre Eigenschaft anerkennen noch überhaupt Vernunft annehmen wollt, werdet Ihr doch zumindest zugeben, daß ich mehr wert bin, als im schmutzigen Harem eines tunesischen Honoratioren zu enden. Keine Frau im Harem des Großherrn ist schöner als ich!» schloß sie kühn.

Der Plan, den sie verfolgte, war klar: Wenn es ihr nur gelang, ihn dazu zu bringen, seine Absicht zu ändern und zum Bosporus zu segeln, statt sie nach diesem Afrika zu schleppen, das sie erschreckte und wo sie für immer verloren wäre, hätte sie schon so etwas wie einen Sieg errungen. Wichtig war allein – so hatte sie schon in Yorghos' Boot gedacht –, nach Konstantinopel zu gelangen, ganz gleich unter welchen Bedingungen ...

Angstvoll beobachtete sie die Wirkung ihrer Worte auf dem schlauen Gesicht des Händlers. Sie wußte, daß sie eine empfindliche Saite berührt hatte, und hätte fast einen Seufzer der Erleichterung ausgestoßen, als er endlich murmelte:

«Du hast vielleicht recht ...»

Doch sogleich explodierte der nachdenkliche Ton und wich dem Knirschen rachsüchtigen Zorns:

«Trotzdem wirst du deine Bestrafung erhalten, weil du sie verdient

Ihr schickt Euch an ...

... viel Geld zu verlieren, sagte Marianne. Eine Warnung, die nicht nur alte Piraten hellhörig machen sollte.

Im übrigen: Es ist ratsam, nicht erst vom Geld zu reden, wenn einem das Wasser schon am Halse steht. Und auch nicht, wenn man bereits wieder auf dem trockenen sitzt.

Pfandbrief und Kommunalobligation

Meistgekaufte deutsche Wertpapiere - hoher Zinsertrag - schon ab 100 DM bei allen Banken und Sparkassen

Verbriefte  Sicherheit hast!» schrie er. «Nach dem Sturm werde ich dich meine Entscheidung wissen lassen ... vielleicht!»

Und er entfernte sich zum Bug des Schiffs und überließ Marianne auf dem verlassenen Deck sich selbst. Würde er den Kurs des Schiffs ändern? Marianne drängte sich der Eindruck auf, daß irgend etwas an Bord nicht stimmte. In dem Sturm, in den die *Meerhexe* nach Verlassen Venedigs geraten war, hatte sie die Manöver von Jasons Matrosen beobachten können, und sie ähnelten in nichts denen der Leute des Piraten. Die Matrosen der Brigg hatten die Rahen fast völlig entblößt und nur die Fock- und Stagsegel belassen. Die Seeleute des Polackers, am Bug des Schiffs zusammengedrängt, schienen eine Art vom Gebrüll ihres Kapitäns beherrschter Beratung abzuhalten. Ein paar von ihnen, zweifellos die Mutigsten, rafften halbherzig die unteren Segel und warfen ängstliche Blicke zu den oberen, um zu sehen, wie sie sich verhielten, doch keiner schickte sich an, in die Wanten zu klettern, was durch die heftigen Bewegungen des Schiffs gefährlich geworden war. Statt dessen sanken die meisten in die Knie und vereinten sich, ihre Rosenkränze herunterleiernd, zu einer Art Litanei, während niemand, was nicht weniger merkwürdig war, auf die Idee zu kommen schien, sich ins Innere des Schiffs zu verkriechen.

Marianne ihrerseits fühlte sich von Minute zu Minute schlechter. Das Schiff tanzte jetzt wie ein Korken auf kochendem Wasser, und die Seile, die sie fesselten, schnitten immer schmerzhafter in ihr Fleisch. Eine Sturzwelle brach über sie herein, erstickte sie fast und ließ ihren Schaum durch die Speigatts abfließen. Doch als Kouloughis auf dem Weg zur Deckskajüte in ihrer Nähe vorbeischlingerte, konnte sie sich nicht hindern, ihm zuzurufen: «Ihr habt ja wunderliche Matrosen! Wenn sie glauben, so den Sturm bestehen zu können ...»

«Sie vertrauen sich Gott und seinen Heiligen an», erwiderte der Händler gereizt. «Der Sturm kommt vom Himmel! An ihm ist es, über den Ausgang zu entscheiden. Alle Griechen wissen das!»

Diesen Mann, diesen Piraten und Renegaten von Gott sprechen zu hören, war das letzte, was sie erwartet hätte. Doch Marianne begann sich von den Griechen eine sehr persönliche Vorstellung zu bilden: merkwürdige, zugleich tapfere und abergläubische, unbarmherzige und großmütige, meistens völlig widersprüchliche Leute.

Mit einem Schulterzucken bemerkte sie:

«Zweifellos werden die Türken deshalb so leicht mit ihnen fertig. Sie haben eine andere Methode ... aber Ihr müßt das ja wissen, Ihr, die Ihr Euch bereitgefunden habt, ihnen zu dienen.»

«Ich weiß es. Deshalb nehme ich jetzt das Ruder, selbst wenn es nichts nützt!»

Marianne vermochte nichts mehr zu sagen. Eine neue salzige Woge überspülte sie, fegte fast über die ganze Länge des Decks. Hustend und spuckend mühte sie sich, wieder zu Atem zu kommen. Als sie wieder etwas zu erkennen vermochte, gewahrte sie den mit beiden Fäusten ans Ruder geklammerten Kouloughis, der wilden Blicks auf das entfesselte Meer starrte. Der Steuermann hatte sich in einen Winkel gekauert und ebenfalls seinen Rosenkranz hervorgezogen.

Der Tag war zögernd angebrochen: ein grauer Tag über einem unheimlichen Meer, das wie eine auf den Weg der Buße geratene Kokotte seine blauen Satins gegen graue Lumpen eingetauscht hatte. Die Wellen waren jetzt hoch wie Berge, und die Luft war nur noch Schaum. Obwohl Kouloughis das Ruder übernommen hatte, torkelte das Schiff trotz der Beharrlichkeit dieser Piraten, ihr Geschick allein in Gottes Hand zu legen, blind einer zweifellos nur dem Teufel bekannten Bestimmung entgegen.

Der Renegat schien die Gebete seiner Männer als durchaus natürlich anzusehen, und vielleicht überließ er es auch dem Sturm, seinen inneren Zwist für ihn zu entscheiden: den Kurs nach Kreta beizubehalten oder das Ziel zu wechseln und Konstantinopel anzusteuern.

Eines der Focksegel flog davon, flatterte wie ein trunkener Vogel in den rußfarbenen Himmel. Niemand schien ans Hissen eines neuen Segels zu denken, nur die Anrufungen des Himmels wurden dringlicher, sofern das Wasser sie nicht erstickte oder das Heulen des Sturms sie nicht übertönte. In den niedrigen Wolken tanzten die Masten eine Sarabande.

Doch bald war Marianne nicht mehr imstande, irgend etwas zu registrieren. Bis auf die Knochen durchnäßt, durch das Wasser geblendet, durch die Gewaltsamkeit des Meers betäubt und gepeinigt von den sich fester ziehenden Fesseln, erkannte sie, daß die Buße noch härter war, als sie es sich vorgestellt hatte, und wünschte sich eine tröstliche Ohnmacht. Aber nicht jeder, der will, wird ohnmächtig, und diese brutale Behandlung hatte den Vorteil, die Seekrankheit zu vertreiben. Dagegen wuchs die Gefahr zu ertrinken mit jedem Moment, und Marianne sah bereits voraus, daß sie sicherlich hier sterben würde, ertränkt wie eine Ratte in ihrem Loch... Vielleicht verfiel der Händler auf die gleiche Idee und fürchtete, bei Verlängerung der Bestrafung einen sicheren Profit entschwinden zu sehen, denn er nutzte eine vorübergehende Beruhigung, um das Ruder festzuzurren, die Treppe der Deckskajüte herunterzuklettern und Mariannes Fesseln zu durchschneiden.

Es war höchste Zeit. Sie war am Ende ihrer Kräfte, und er mußte sie mit beiden Armen stützen, um zu verhindern, daß sie auf dem Deck ausglitt. Halb tragend, halb ziehend, schleppte er sie bis zur Luke, öffnete sie und stieß sie die Treppe hinunter, nicht ohne zugleich auch den größeren Teil eines Brechers mit einzulassen.

Was dem Toben des Meers nicht gelungen war, brachte die stickige Atmosphäre des Zwischendecks, der in ihm herrschende Gestank mühelos fertig, und die von Krämpfen geschüttelte Marianne erbrach alles, was sie im Magen hatte. Es war jäh und schmerzhaft, aber danach fühlte sie sich wohler, tastete im Halbdunkel nach den Säcken, an die sie sich von ihrem ersten Aufenthalt im Zwischendeck erinnerte, und streckte sich auf ihnen aus, fürs erste mit ihrer Lage nicht ganz unzufrieden. Wenigstens war ihr nicht mehr kalt, denn drinnen herrschte eine wahre Schwitzbadtemperatur.

Nach und nach kam sie zu sich; eine abscheuliche Migräne rumorte in ihren Schläfen. In diesem verschlossenen Raum hallte der Anprall der Wogen wie in einer Trommel wider, und sie brauchte einen Moment, um sich klar darüber zu werden, daß die Schläge, die ihr soviel Pein verursachten, nicht alle vom Sturm herrührten. Irgendwo im Zwischendeck dröhnte etwas laut gegen Holz.

Sich plötzlich Theodoros' erinnernd, kroch sie, um das Schwanken des Schiffs besser ausgleichen zu können, mühselig auf allen vieren bis zu der Stelle, von der der Lärm ausging. Dort befand sich eine aus dicken, kaum gehobelten Bohlen bestehende, durch ein starkes Schloß gesicherte Tür. Sich so gut es ging festklammernd, preßte sie ihr Ohr an das rauhe Holz. Gleich darauf wiederholte sich das Dröhnen, und sie spürte das Zittern der Bretter.

«Theodoros!» rief sie. «Seid Ihr da?»

Eine wütende Stimme, die sich zu entfernen schien, antwortete ihr, während das in ein Wellental tauchende Schiff sie gegen die Trennwand warf.

«Natürlich bin ich hier! Diese Burschen haben mich so eng verschnürt, daß ich mich nicht halten kann und jedesmal durch diesen verfluchten Verschlag rolle, wenn dieser Unglückskahn über einen Wellenkamm kippt! Wenn dieser Sturm nur ein wenig nachließe! Ich bin völlig wie zerschlagen!»

«Wenn es mir nur gelänge, diese Tür zu öffnen... aber ich habe nichts, absolut nichts, was ich dazu verwenden könnte.»

«Wie? Du bist nicht gefesselt?»

«Nein.»

In wenigen Worten berichtete Marianne ihrem Gefährten, was zwischen ihr und dem Piraten vorgegangen war. Einen Moment hörte sie ihn lachen, doch die Heiterkeitsanwandlung endete in einem Stöhnen, während die Zwischenwand von neuem unter dem Anprall des unfreiwilligen menschlichen Rammbocks erdröhnte. Immerhin war das Geräusch weniger stark gewesen.

«Es sieht so aus, als beruhigte es sich ein wenig», bemerkte Theodoros gleich darauf. «Sieh dich überall um! Vielleicht findest du irgend etwas, das mir helfen könnte, mich loszumachen. Unter der Tür ist Platz genug, um ein Stück Eisen, eine Klinge oder was weiß ich durchzuschieben.»

«Mein armer Freund, ich fürchte sehr, Euch zu enttäuschen, aber ich werde trotzdem suchen.»

Sie war schon dabei, auf den Knien ihren dunklen Bereich zu erforschen, als die Stimme des Griechen wieder zu ihr drang: «Fürstin!»

«Ja, Theodoros?» fragte sie überrascht, da es das erste Mal war, daß er dieses Wort benutzte. Bis dahin hatte er es nicht für notwendig gehalten, sie mit irgendeiner Benennung zu bedenken. Es war auch das erste Mal, daß er darauf verzichtete, sie zu duzen.

«Ich möchte Euch sagen ... daß ich bedauere, Euch so behandelt zu haben wie bisher. Ihr seid eine tapfere Frau ... und ein guter Kampfgefährte! Wenn wir hier herauskommen ... möchte ich, daß wir Freunde werden. Wollt Ihr das auch?»

Trotz der tragischen Umstände ihrer Situation mußte sie lächeln, während eine Welle von Wärme ihr Herz ein ganz klein wenig schneller schlagen ließ und ihr Mut verlieh. Diese ihr angebotene männliche Freundschaft, von deren Verläßlichkeit sie überzeugt war, war genau das, was sie brauchte! Von diesem Augenblick hatte sie die Gewißheit, nicht mehr allein zu sein, und jäh verspürte sie Lust zu weinen.

«Ja, Theodoros, ich möchte es auch!» sagte sie mit ein wenig erstickter Stimme. «Ich glaube sogar, daß nichts mir mehr Freude bereiten könnte!»

«Also nur Mut! Ihr sagt das, als wolltet Ihr in Tränen zerfließen! Ihr werdet sehen, wir kommen heraus ...»

Die mühselige, aber gewissenhafte Erforschung des Zwischendecks ergab nicht das geringste. Niedergeschlagen kehrte sie zurück, um Theodoros zu sagen, daß sie nichts gefunden hatte.

«Macht nichts», seufzte er. «Wir müssen eben warten. Vielleicht ergibt sich eine Gelegenheit. Sobald der Sturm sich beruhigt, denke ich, daß diese Hunde uns etwas zu essen bringen. Diesen Moment werden wir nutzen. Bis dahin müßt Ihr versuchen, ein wenig zu ruhen, um wieder zu Kräften zu kommen. Versucht, Euch in eine Ecke zu drücken und ein bißchen zu schlafen.»

Marianne tat ihr Bestes, aber es war nicht einfach. Trotzdem gelang es ihr, ein wenig Ruhe zu finden, als die Gewalt des Orkans endlich nachließ.

Am Abend hatten sich Wind und Meer beruhigt. Der Boden, auf dem sie ruhte, war fast wieder horizontal, und sie genoß den neugewonnenen Frieden.

Von der anderen Seite der Zwischenwand war kein Geräusch zu hören, so daß sie annahm, Theodoros schlafe. Dichtes Dunkel herrschte im Zwischendeck, da kein Lichtschimmer mehr durch die Ritzen der falschen Stückpforten drang. Die Luft war feucht und kälter geworden.

Die Gefangene war eben dabei, sich zu fragen, ob man wohl die Absicht habe, sie bis zur Ankunft in Kreta ... oder sonst irgendwo zu vergessen, als der Deckel der Luke entfernt wurde.

Das Licht einer Laterne und zwei in Seestiefeln und Leinenhose steckende Beine erschienen, von Nebelschwaden begleitet. Der Nebel war dem Sturm gefolgt, und lange, weißlichgraue Streifen krochen die Treppe herunter wie Fangarme eines gespenstischen Polypen.

Marianne rührte sich nicht. Sie blieb regungslos liegen, als sei sie beim äußersten Grad der Erschöpfung angelangt, um den Ankömmling nicht mißtrauisch zu machen und unauffällig beobachten zu können, was er tat, vor allem, ob er sich zu Theodoros begeben würde.

In der Tat trug der Mann zwei tönerne Krüge und zwei schwärzliche Klumpen, vermutlich Brot: die Nahrung der Gefangenen, die Kouloughis offensichtlich nicht der kulinarischen Bordfreuden teilhaftig werden lassen wollte. Doch zwischen ihren halbgeschlossenen Wimpern sah Marianne hinter ihm ein weiteres Beinpaar herabsteigen, das sich im üppigen Faltenwurf einer seidenen Hose verlor, die ihr äußerst bekannt vorkam.

Was hatte der entzückende Stephanos wohl im Zwischendeck zu suchen?

Sie brauchte sich nicht lange danach zu fragen. Während der schwere Schritt des Matrosen sich in Richtung des Verschlags entfernte, verhielt der andere, der leichte, bei ihr ... und plötzlich erhielt sie einen ebenso brutalen wie heimtückischen Fußtritt in die Seite. Stöhnend öffnete sie die Augen, sah ihn über sich stehen. Lächelnd strich er über die Klinge eines langen, gebogenen Dolchs. Es war ein zugleich dummes und grausames Lächeln, das ihr das Blut in den Adern gerinnen ließ. In seinen Augen waren die Pupillen nur noch schwarze Punkte, nicht größer als Stecknadelköpfe. Allem Anschein nach war er gekommen, um einem Geschöpf, das er für verächtlich, aber vielleicht gefährlich hielt, eine seinen Gefühlen entsprechende Behandlung angedeihen zu lassen. Marianne überlegte nicht. Sie krümmte sich zusammen, wie um einem zweiten Tritt zu entgehen, doch im nächsten Moment schon löste sich ihre Gespanntheit in einem pantherartigen Sprung an die Kehle des Epheben, der, durch den unerwarteten Angriff überrascht, zurückwich, über den Fuß der Treppe stolperte und stürzte. Augenblicks war sie über ihm, packte seinen Kopf mit beiden Händen und schlug ihn mit soviel Kraft und Treffsicherheit gegen eine der unteren Stufen, daß der zarte Knabe das Bewußtsein verlor und der Dolch seinen Händen entfiel.

Sofort riß sie ihn an sich und preßte ihn mit einem außerordentlichen Gefühl des Triumphs und der Stärke an sich. Es war weit mehr der Anblick dieser Waffe als der Fußtritt, der ihren Reflex ausgelöst hatte. Sich dem anderen Ende des Zwischendecks zuwendend, gewahrte sie den Matrosen, der die knarrende Tür eben geöffnet hatte und sich anschickte, den Verschlag zu betreten.

Alles war so schnell vor sich gegangen, daß er nichts gehört hatte: nur das Geräusch eines Sturzes, das ihn nicht übermäßig zu interessieren schien. Sofort wurde Marianne klar, daß sich diese Tür nicht wieder schließen durfte.

Den Dolch fest in der Faust, lief sie zu der Öffnung, die sich im Schein der Laterne deutlich abzeichnete. Der Mann, ein großer, kräftiger Bursche, bückte sich eben, um sie zu durchschreiten, und mit der Schnelligkeit des Blitzes sprang sie auf seinen Rücken und stieß zu...

Der Matrose röchelte und brach wie ein gefällter Baum zusammen, Marianne in seinen Sturz hineinziehend.

Verblüfft über das, was sie getan hatte, raffte sie sich auf und starrte wie stumpfsinnig auf die gebogene, blutbefleckte Klinge. Sie hatte einen Menschen getötet, ohne zu zögern, wie in jener Nacht, als sie Ivy Saint-Albans mit einem Leuchter niedergeschlagen und Francis Cranmere im Duell verletzt hatte. Sie war überzeugt gewesen, ihn getötet zu haben.

«Das dritte Mal!» murmelte sie. «Das dritte Mal!»

Theodoros' halb freudige, halb bewundernde Stimme riß sie aus ihrer Betäubung.

«Großartig, Fürstin! Ihr seid eine wahre Amazone! Jetzt befreit mich schnell! Jemand könnte kommen!»

Mechanisch hob sie die Laterne, und in ihrem gelben Licht gewahrte sie den wie eine Wurst zusammengeschnürten, ausgestreckt auf dem Boden liegenden Riesen. Die Augen lachten in seinem von den Strapazen der vergangenen Stunden gezeichneten Gesicht, in dem die Bartstoppeln wieder sprossen. Hastig warf sie sich neben ihm auf die Knie und begann, seine Fesseln zu durchschneiden. Die Stricke waren dick und gründlich verschnürt, aber nachdem der erste nachgegeben hatte, ging es schneller voran, und in wenigen Sekunden war Theodoros frei.

«Mein Gott, wie gut das tut!» seufzte er, während er seine erstarrten

Glieder streckte. «Jetzt wollen wir sehen, ob wir hier heraus können ... Könnt Ihr schwimmen?»

«Ja.»

«Ihr seid entschieden ein außergewöhnliches Geschöpf. Kommt!»

Ohne sich um Blutflecken zu kümmern, schob Theodoros den Dolch in seinen Gürtel, nahm Mariannes Arm und drängte sie aus dem Verschlag, dessen Tür er sorgfältig schloß, nachdem er die Leiche des Matrosen ins Innere gezogen hatte. Als er sich danach wieder der Treppe zuwandte, bemerkte er den an ihrem Fuß liegenden Stephanos und warf seiner Begleiterin einen verdutzten Blick zu.

«Den habt Ihr auch getötet?»

«Nein ... ich glaube nicht. Nur betäubt ... Ihm habe ich den Dolch abgenommen. Er gab mir einen Fußtritt ... Ich dachte, er wollte mich umbringen.»

«Wahrhaftig, es hört sich an, als suchtet Ihr nach Entschuldigungen, wenn Ihr Glückwünsche verdient! Wenn Ihr ihn nicht getötet habt, hattet Ihr unrecht ... aber ein Unrecht läßt sich immer reparieren.»

«Nein, Theodorors! Laßt ihn leben! Es ist der ... der ... nun, ich glaube, der Kapitän hält große Stücke auf ihn. Wenn es uns nicht gelingt zu fliehen, wird er uns erbarmungslos töten!»

Der Grieche begann lautlos zu lachen.

«Ah, der schöne Stephanos!»

«Ihr kennt ihn?»

Theodoros zuckte mit amüsierter Geringschätzung die Schultern.

«Kouloughis' Neigungen sind im ganzen Archipel bekannt. Aber Ihr habt recht, wenn Ihr sagt, daß er Wert auf diesen kleinen Schmutzfink legt. Also werden wir anders vorgehen ...»

Er bückte sich schon, um den leblosen Körper hochzuheben, als ein mächtiger Stoß das Schiff in allen seinen Fugen erschütterte, und ein unheimliches Krachen und Knacken ertönte.

«Wir sind auf Grund gelaufen!» knurrte Theodoros. «Es muß ein Riff sein! Nutzen wir's aus!»

Ein wildes Gelärm brach über ihren Köpfen los, während irgendwo ein neuerliches Krachen ertönte und ein Schwall Wasser ins Zwischendeck drang. Mit einer kraftvollen Drehung der Hüften warf Theodoros sich den bewußtlosen Stephanos wie einen Mehlsack über die Schulter, so daß dessen Kopf auf seine Brust herabhing und der Hals der Klinge des Dolchs ausgeliefert war, den er wieder aus dem Gürtel gezogen hatte. Offensichtlich hatte er vor, sich mit der Drohung, Nicolaos' große Liebe zu töten, einen Weg durch die Piraten zu erzwingen.

Hinter ihm schlich Marianne die Treppe hinauf und sah sich um. Das Deck war in Nebel gehüllt, in dem sich schreiende und gestikulierende Matrosen wie Gespenster bewegten, aber niemand schien sich um sie zu kümmern.

Der Lärm war betäubend. Mit der Hand, die den Dolch hielt, machte Theodoros als guter Orthodoxer ein umgekehrtes Kreuzzeichen.

«Die Jungfrau sei gelobt!» raunte er ihr zu. «Es ist kein Riff ... es ist ein hochbordiges Schiff!»

In der Tat erhob sich unmittelbar neben der Flanke des Polackers eine Art mit Kanonen gespickter, vom rußigen Schein der wenigen Decklaternen des Griechen düster beleuchtete Mauer.

Mit einem freudigen Ausruf ließ Theodoros seine Last alles andere als behutsam auf die Planken fallen.

«Wir sind gerettet!» rief er. «Wir klettern an Bord!»

Ängstlich hielt sie ihn zurück.

«Ihr seid verrückt, Theodoros! Ihr wißt doch nicht, was für ein Schiff es ist! Wenn es ein Türke wäre!»

«Ein Türke? Mit drei Reihen von Stückpforten? Unfug! Es ist ein Schiff aus dem Westen, Fürstin! Nur Leute aus Euren Regionen bauen diese Art schwimmender Festungen. Ich wette, es ist ein Linienschiff oder eine große Fregatte! Bei diesem Nebel sieht man nicht einmal die Rahen. Man spürt sie nur.»

Wirklich mußte sich trotz des Größenunterschieds das Takelwerk beider Schiffe irgendwie ineinander verstrickt haben, und schwere Holztrümmer fielen vom unsichtbaren Himmel.

«Wir werden uns noch erschlagen lassen! Kommt!»

In einer wahren Weltuntergangs-Atmosphäre zog Theodoros Marianne zum Heck, da die Piraten sich mehr dem Bug zu zusammendrängten, wo der Polacker gerammt worden war. Doch mußte der Grieche trotzdem zwei oder drei aus dem Nebel auftauchende Matrosen niederschlagen, die ihnen den Weg verlegen wollten. Seine gewaltigen Fäuste schlugen wie Keulen zu.

Die Beleuchtung war auf dieser Seite besser. Man sah die Signallaternen des neben ihnen liegenden Schiffs und die Fenster seines hochgetürmten Hecks, aus denen warmer Schein in die milchige Nacht fiel.

«Da haben wir, was wir brauchen», murmelte der Grieche, der nach etwas gesucht hatte. «Klettert auf meinen Rücken, schlingt Eure Beine um meinen Leib und legt die Arme fest um meinen Hals. Ihr werdet Euch kaum eines Seils wie einer Treppe bedienen können.»

Er bückte sich schon, um sich die junge Frau aufzuladen. Vor ihnen hing in Reichweite seiner Hand ein Tau herunter, dessen oberes Ende sich im Himmel selbst zu verlieren schien.

«Früher hab ich's gekonnt», erwiderte Marianne, «aber jetzt ...»

«Eben drum. Wir haben keine Zeit, Experimente zu machen. Klettert und klammert Euch fest!»

Sie gehorchte, während er das Tau packte. Mühelos, als spüre er nichts von seiner Last, zog er sich mit unglaublicher Leichtigkeit hinauf.

Auf dem Polacker war die Panik inzwischen auf ihrem Höhepunkt angelangt. Auf der Steuerbordseite mußte ein beträchtliches Leck entstanden sein, und das Schiff begann bereits zu sinken. Das Gebrüll der Matrosen, die damit beschäftigt waren, die Rettungsboote zu Wasser zu lassen, übertönte die wilden, angstvollen Schreie des Kapitäns:

«Stephanos! Stephanos!»

«Er braucht nur auf den Boden zu schauen», knurrte Theodoros, «dann findet er seinen Stephanos!»

Auch auf dem großen Schiff herrschte Geschäftigkeit, doch weit gelassenerer Art. Das Deck hallte vom hastigen Klatschen nackter Matrosenfüße wider, aber abgesehen von einer Stimme, die in eigenartig akzentuiertem Neugriechisch mit den Leuten des Polackers verhandelte, war kein anderes Geräusch zu hören.

Plötzlich schallte, durch ein Sprachrohr verstärkt, ein Befehl von der unsichtbaren Kommandobrücke. Es war ein Befehl, der keinerlei Bedeutung für Marianne besaß, und dennoch verursachte er ihr einen so heftigen Schock, daß sie vor Schreck fast ihren Gefährten losgelassen hätte.

«Theodoros!» hauchte sie. «Dieses Schiff ist ... englisch!»

Auch er war spürbar betroffen. Es war keine gute Neuigkeit. Die Wärme der jüngsten Beziehungen zwischen England und der Pforte machte es zum natürlichen Feind der revoltierenden Griechen. Falls man ihn entlarvte, würde Theodoros von den Engländern genauso dem Sultan ausgeliefert werden wie von Kouloughis. Der einzige Unterschied bestand darin, daß die Übergabe den Souverän keinen Dinar kosten und so eine erhebliche Ersparnis bedeuten würde.

Das Fallreep, dem sie zukletterten, war nicht mehr weit. Theodoros hielt einen Moment im Aufstieg inne.

«Ihr seid Französin», flüsterte er. «Was wird geschehen, wenn sie erfahren, wer Ihr seid?»

«Man wird mich verhaften und einsperren ... Schon vor ein paar Wochen hat ein englisches Geschwader das Schiff, auf dem ich reiste, angegriffen, um sich meiner zu bemächtigen.»

«Dann dürfen sie's also nicht erfahren. Wenigstens gibt es einen auf diesem Schiff, der griechisch spricht. Ich werde ihm sagen, daß wir von Kouloughis entführt worden sind, daß wir um Asyl bitten, daß Ihr meine Schwester ... und taubstumm seid! Auf jeden Fall bleibt uns keine Wahl: Wenn man der Hölle entrinnt, ist es schließlich einerlei, ob man's auf dem Rücken eines durchgehenden Pferdes tut!»

Und er nahm den Anstieg von neuem auf. Ein paar Augenblicke später rollten beide aufs Deck des Engländers und vor die Füße eines Offiziers, der in Begleitung eines in tadelloses weißes Leinen gekleideten Mannes ebenso sorglos über die Planken promenierte, als sei das Schiff auf einer friedlichen, angenehmen Kreuzfahrt begriffen.

Das Auftauchen der beiden schmutzigen und ziemlich abgerissenen Fremdlinge schien die Herren nicht übermäßig zu überraschen, eher schon wie eine Art Unschicklichkeit zu schockieren.

«Who are you?» fragte der Offizier streng. «What are you doing here?»

Theodoros stürzte sich in eine lange, wortreiche Erklärung, während Marianne unversehens die ihr drohende Gefahr vergaß und erstaunt um sich blickte. Ein wunderliches Gefühl überkam sie: Es war, als tauche sie unvermittelt in das England ihrer Kindheit, und sie atmete dessen Duft mit völlig unerwarteter Freude. Zweifellos hatte es etwas mit diesen beiden geschniegelten und gebügelten Männern, dem tadellos sauberen Deck und den funkelnden Kupferbeschlägen des Schiffs zu tun. All das schien ihr außerordentlich vertraut. Sogar das von einem ergrauenden Backenbart gerahmte Gesicht des Offiziers, der seinen Rangabzeichen nach der Kommandant sein mußte, kam ihr, obwohl im Schatten des großen schwarzen Zweispitzes halb verborgen, seltsam bekannt vor.

Der Mann im weißen Leinenanzug sprach jetzt lebhaft mit Theodoros, doch der Kommandant sagte nichts. Offenbar musterte er Marianne, die von einer der Signallaternen beleuchtet wurde, denn sie fühlte seine aufmerksamen Blicke ebenso deutlich, als hätte er eine Hand auf ihre Schulter gelegt.

Der Mann in Weiß wandte sich plötzlich an den Offizier: «Das Schiff, mit dem wir zusammengestoßen sind, gehört einem der Piratenbrüder Kouloughis. Dieser Mann sagt, er und seine Schwester seien auf Amorgos entführt worden und sollten nach Tunis gebracht und dort als Sklaven verkauft werden. Dem Zusammenstoß verdanken sie ihr Entkommen, und nun bitten sie um Asyl. Wie es scheint, ist die junge Frau taub und stumm. Wir können sie wohl kaum wieder ins Meer werfen, wie?»

Der Kommandant antwortete nicht. Statt dessen streckte er den

Arm aus, nahm wortlos Mariannes Hand, zog sie zur Deckskajüte, wo der Schein einer großen Laterne die Nacht erhellte. Er führte sie zu diesem Licht und durchforschte einen Moment ihr Gesicht.

Ihrer Rolle getreu, wagte Marianne nichts zu sagen. Und plötzlich:

«Ihr seid weder Griechin noch taub, noch stumm, nicht wahr, mein liebes Kind?»

Dabei nahm er seinen Zweispitz ab und enthüllte ein volles, kräftig gefärbtes Gesicht, in dem zwei veilchenblaue Augen freudig glänzten. Ein Gesicht, das so jäh aus den Tiefen der Vergangenheit aufstieg, daß Marianne nicht anders konnte, als ihm einen Namen zu geben:

«James King!» rief sie. «Commodore James King! Es ist unglaublich!»

«Weniger unglaublich, als Euch hier auf einem Piratenschiff in Gesellschaft eines griechischen Riesen wiederzufinden! Aber ich bin darum nicht weniger glücklich, Euch wiederzusehen, Marianne! Willkommen an Bord der Fregatte *Jason* auf dem Weg nach Konstantinopel!»

Darauf zog der Commodore King die junge Frau zu sich heran und küßte sie auf beide Wangen.

12. Kapitel

Ein jähzorniger Archäologe

Sich auf einem Meer am Ende der Welt plötzlich einem alten Freund der Familie gegenüberzusehen, der, ohne es zu ahnen, in einen Gegner verwandelt, zum unfreiwilligen Retter wird, bringt eigenartige Probleme mit sich.

So weit Mariannes Erinnerungen zurückreichten, hatte Sir James King seinen Platz darin. In den seltenen Intervallen seiner langen Abwesenheiten, wenn er sich nicht unterwegs auf dem Meer befand, gehörten er und seine nur wenige Meilen von Selton Hall entfernt wohnende Familie zu den spärlichen Besuchern, die Tante Ellis' so schwer zugängliche Schwelle überschritten. Vielleicht weil sie sie zugleich erholsam und ihrer Achtung würdig fand.

Für die ungesellige alte Jungfer, die ihren riesigen Besitz mit fester Hand verwaltete und immer ein wenig nach Stall roch, war Lady Mary, Sir James' Gattin, die mit ihren schillernden Taftgewändern und luftig schwebenden Hüten stets so wirkte, als sei sie eben einem Gemälde von Gainsborough entsprungen, ein Anlaß unablässigen erstaunten Studierens. Selbst die härtesten Dinge des Lebens schienen an der Glasur lächelnder Grazie und exquisiter Höflichkeit abzugleiten, ohne Spuren zu hinterlassen.

Marianne, die ihr die Bewunderung entgegenbrachte, mit der Kinder instinktiv vollkommenen Dingen begegnen, hatte sie eine Pockenepidemie überstehen sehen, der ihre beiden jüngsten Kinder zum Opfer gefallen waren, während sie endlos die Rückkehr eines Gatten erwartete, den man seit langem auf dem Meer verschollen glaubte, ohne daß die scheinbare heitere Ruhe ihres sanften Gesichts davon berührt worden wäre. Nur ihre blauen Augen, die ein wenig von ihrem zärtlichen Glanz verloren hatten, und ihr von einer undefinierbaren Melancholie getöntes Lächeln waren verräterische Zeichen eines Leids und ihrer Angst. Sie war eine Frau, die den Kopf immer oben behielt.

Wenn sie sie sah, hatte Marianne oft gedacht, daß ihre Mutter, von der sie nur eine Miniatur besaß, ihr ähneln müsse, und sie liebte es, Lady Mary kommen zu sehen.

Unglücklicherweise war diese zur Zeit der Hochzeit ihrer jungen Freundin nicht in England gewesen. Eine schwere Erkrankung ihrer Schwester hatte sie nach Jamaika gerufen, wo sie die Leitung einer großen Plantage hatte übernehmen müssen. Ihr Mann hatte sich damals auf Malta befunden und ihr ältester Sohn auf dem Meer. So war zu Mariannes Bedauern niemand von denen, die sie als ihre besten Freunde betrachtete, unter den wenigen Gästen eines Ereignisses gewesen, in dem sie sehr rasch eine Katastrophe zu sehen lernte.

Wäre sie dabei gewesen, hätten sich die Dinge gewiß auf andere Weise abgespielt, und Marianne hätte es nach dem Drama ihrer Hochzeitsnacht nicht nötig gehabt, jenseits des Meers eine Zuflucht zu suchen, die ihr die Kings ohne jedes Zögern geboten hätten.

Und zuweilen hatte Marianne in den schwierigen Stunden, die sie durchlebte, bis sie endlich im Haus ihrer Väter in der Rue de Lille wieder einen sicheren Hafen und eine Art Heim gefunden hatte, an diese englische Familie gedacht, die sie vermutlich nie mehr sehen würde, denn zwischen Großbritannien und ihr war nun ein dichter Vorhang niedergegangen. Sie hatte mit ein wenig Trauer an sie gedacht, dann waren die Kings durch die Umwälzungen in ihrem Leben nach und nach in die Nebel der Erinnerung verdrängt worden, allzu fern bald, als daß es noch möglich gewesen wäre, sie heraufzubeschwören.

Und nun tauchten sie plötzlich wieder in Gestalt eines alten Marineoffiziers auf, der mit so wenigen Worten die zerbrochene Kette neu geknüpft hatte!

Dieses Wiederfinden war nicht so einfach für Marianne. Sir James hatte sicher erfahren, daß sie Francis Cranmere geheiratet hatte, aber was wußte er von den Folgen?

Marianne war sich bewußt, daß sie ihm schlecht ihre schmeichelhafte, aber recht gefährliche augenblickliche Identität bekennen konnte. Wie sollte sie diesem Mann, dessen Rechtlichkeit, unbeugsames Ehrgefühl und tiefe Liebe zu seinem Land sie kannte, auseinandersetzen, daß sie jene Fürstin Sant'Anna war, die ein englisches Geschwader auf der Höhe von Korfu abzufangen versucht hatte, ohne ihn in eine schwierige Situation zu bringen? Der Commodore King würde gewiß nicht zögern: Das kleine Mädchen aus Selton verschwände aus seinem Gedächtnis, selbst wenn es ihn grausame Überwindung kosten sollte, und die durchlauchtigste Sendbotin Napoleons würde in einer festen Kajüte ohne Möglichkeit zur Flucht eingeschlossen, vielleicht gar mit der Aussicht auf irgendein sicheres britisches Gefängnis ...

Sie war deshalb fast erleichtert, als Sir James nach den ersten Momenten freudiger Erregung fragte:

«Wo seid Ihr nur die ganze Zeit gewesen? Bei meiner Rückkehr von Malta erfuhr ich, was für ein Debakel diese Heirat gewesen ist, von der meine Frau Eurer Tante gewiß entschieden abgeraten hätte. Man hat mir gesagt, daß Ihr geflohen seid, nachdem Ihr Francis Cranmere ernstlich verwundet und seine Cousine getötet hättet. Aber ich habe mich immer geweigert, in Euch eine Verbrecherin zu sehen, denn nach meiner Meinung und auch der einiger anderer vernünftiger Personen verdienten diese Leute nichts Besseres. Sie hatten in der Gesellschaft einen abscheulichen Ruf, und man mußte schon so blind wie die arme Lady Ellis sein, um die Hand eines Kindes wie Ihr einem solchen Halunken anzuvertrauen!»

Marianne lächelte amüsiert. Sie hatte ganz vergessen, wie geschwätzig Sir James sein konnte. Es war ein ziemlich seltener Zug bei einem Engländer. Zweifellos glich er so die langen Stunden und Tage des Schweigens aus, die das Dasein auf See mit sich brachte, und in jedem Fall verstand er auch zuzuhören, denn er schien über ihre unglückselige Hochzeit gut unterrichtet.

«Wer hat Euch all das erzählt, Sir James? War es Lady Mary?»

«Mein Gott, nein! Meine Frau ist erst seit sechs Monaten aus Kingston zurück, übrigens krank. Sie hat sich drüben ein Fieber zugezogen und muß geschont werden. Sie verläßt unser Landhaus nicht mehr. Nein, die, die mir Eure unglückliche Geschichte erzählt hat, war die Nichte des verstorbenen Lord Chatham, Lady Hester Stanhope. Anfang letzten Jahres hat sie sich auf dieser Fregatte nach Gibraltar eingeschifft. Durch den Tod des Ministers, ihres Onkels, war sie ein wenig aus den Fugen geraten und hatte viel Kummer durchmachen müssen. Sie entschloß sich zu reisen, das Mittelmeer und den Orient zu besuchen, dessen Fata Morgana sie anzog. Ich weiß nicht, wo sie sich zur Stunde befindet, aber als sie aufbrach, war die Geschichte Eurer Hochzeit drei oder vier Monate alt und lieferte noch Stoff für viele Gespräche. Die einen beklagten Francis Cranmere, der sich nur langsam von seiner Verletzung erholte, doch andere gaben Euch recht. Ich selbst war zu kurze Zeit in Portsmouth gewesen, um alle diese Klatschereien zu erfahren, und erst Lady Hester hat mich aufs laufende gesetzt. Muß ich hinzufügen, daß sie Euch völlig recht gab? Sie versicherte, daß Cranmere nur erhalten habe, was er verdiente, und daß man verrückt gewesen sein müsse, Euch an einen solchen Schuft zu verheiraten. Aber ich glaube, Eure arme Tante hat nur sentimentalen Beweggründen ... und ihren Erinnerungen gehorcht!»

«Ich habe es nicht zu verhindern gesucht», gestand Marianne. «Ich liebte Francis Cranmere, oder ich glaubte, ihn zu lieben.»

«Das versteht sich. Er ist sehr verführerisch, wie man sagt. Wißt Ihr, was aus ihm geworden ist? Es heißt, er sei in Frankreich als Spion verhaftet und eingesperrt worden, man weiß nicht recht, wo...»

Marianne spürte, daß sie erblaßte. Unversehens sah sie wieder das im schlammigen Graben von Vincennes errichtete rote Gerüst und den angeketteten Mann vor sich, der sich schon in seinem Schlaf gegen den Tod wehrte. Die Kälte dieser schrecklichen Winternacht durchdrang sie von neuem, und ein Frösteln überlief sie.

«Ich weiß nicht... was aus ihm geworden ist», stammelte sie. «Bitte, Sir James... ich würde mich gern ein wenig ausruhen. Mein Begleiter und ich haben schreckliche Stunden durchlebt...»

«Aber gewiß doch! Verzeiht mir, meine Liebe! Ich war so glücklich, Euch wiederzusehen, daß ich Euch inmitten dieses Gelärms festhielt. Kommt und ruht Euch aus. Wir werden später plaudern... Apropos, wer ist dieser Grieche?»

«Mein Diener!» antwortete Marianne ohne Zögern. «Er ist mir wie ein Hund ergeben. Könnt Ihr ihn in meiner Nähe unterbringen? Er käme sich verloren vor, wenn man ihn von mir entfernte.»

Sie fragte sich nämlich nicht ohne Sorge, wie Theodoros auf die totale Umwälzung des von ihm entworfenen Plans reagieren würde, und hielt es für ratsam, so schnell wie möglich mit ihm darüber zu reden.

Tatsächlich ließen seine gerunzelte Stirn und die mißtrauische Miene, mit der er ohne ein Wort zu verstehen dem sichtlich freundschaftlichen Gespräch zwischen der «französischen großen Dame» und einem ihrem Land feindlichen Offizier gefolgt war, nichts Gutes ahnen, und da sie Schwierigkeiten voraussah, zog sie es vor, sich unverzüglich mit ihnen auseinanderzusetzen.

Sie hatte richtig vermutet. Kaum war ihnen in dem gewaltigen Château, dem Heckaufbau des Schiffs, eine Unterkunft zugewiesen worden (eine Kajüte und eine Art Verschlag mit einer Hängematte), als Theodoros auch schon bei ihr erschien und mit gedämpfter Stimme, aber nicht ohne Heftigkeit, die Debatte einleitete.

«Du hast mich belogen», knurrte er wütend, «und deine Zunge ist falsch wie die der meisten Frauen! Diese Engländer sind deine Freunde und...»

«Ich habe nicht gelogen», unterbrach Marianne ihn trocken, da ihr nicht daran gelegen war, seine Beschuldigungen weiter ausufern zu lassen. «Dieser englische Offizier ist in der Tat ein alter Freund, aber er würde sich in einen unerbittlichen Feind verwandeln, wenn er wüßte, wer ich bin!»

«Mach mir nichts vor! Er ist dein Freund, du sagst es selbst, und er sollte nicht wissen, wer du bist? Du machst dich über mich lustig! Du hast mich in eine Falle gelockt!»

«Ihr wißt sehr gut, daß es nicht so ist», sagte die junge Frau überdrüssig. «Wie hätte ich es tun können? Weder war ich es, die Kouloughis bat, uns an Bord zu nehmen, noch habe ich diese Fregatte hierherkommen lassen ... und wenn ich sage, daß ich nicht gelogen habe, dann deshalb, weil es so ist! Ich bin Französin, aber ich bin während der Großen Revolution geboren. Meine Eltern sind auf dem Schafott gestorben, und ich bin in England aufgewachsen. Dort habe ich den Commodore King und seine Familie kennengelernt. Aber ich hatte große Schwierigkeiten und bin nach Frankreich geflohen, um den Rest der Meinen wiederzufinden. Damals bin ich dem Kaiser begegnet, und er hat ... Freundschaft für mich empfunden. Ein wenig später heiratete ich den Fürsten Sant'Anna. Aber der Commodore hat mich seit langem nicht mehr gesehen und weiß davon nichts.»

«Und dein Mann? Wo ist er?»

«Der Fürst? Er ist tot. Ich bin Witwe, also frei, und deshalb hat sich der Kaiser entschlossen, meine Dienste zu nutzen.»

Je länger sie sprach, desto mehr wich der Zorn aus den Zügen des Riesen, doch sein Mißtrauen blieb.

«Was hast du diesem Engländer von mir erzählt?» fragte er.

«Ich habe gesagt, was wir in Santorin vereinbart hatten: daß Ihr mein Diener seid, und ich fügte hinzu, daß ich sehr müde sei und wir später plaudern könnten. Das läßt uns ein wenig Zeit zum Überlegen, denn auf diese unerwartete Begegnung war ich natürlich nicht gefaßt ... Übrigens», fügte sie hinzu, sich plötzlich der ersten Worte erinnernd, die Sir James an sie gerichtet hatte, «ist dieses Schiff unterwegs nach Konstantinopel. Ist das nicht das Wichtigste? Bald werden wir dort landen. Sind wir nicht überdies auf einer englischen Fregatte viel sicherer als auf irgendeinem griechischen Schiff?»

Theodoros überlegte so lange, daß die erschöpfte Marianne sich auf der ihr zugewiesenen Koje niederließ, um das Ergebnis seines Grübelns abzuwarten.

«Du hast auf die heilige Ikone geschworen», erinnerte er sie. «Wenn du mich verrätst, wirst du nicht nur in alle Ewigkeit verdammt sein, ich werde dich auch mit meinen eigenen Händen erwürgen!»

«So also steht es mit Euch», erwiderte sie traurig. «Habt Ihr schon vergessen, daß ich einen Menschen getötet habe, um Euch zu befreien? Und ist das alles, was von der Freundschaft bleibt, von der Ihr mir erst noch vor kurzem gesprochen habt? Hätte uns ein griechisches oder selbst ein türkisches Schiff an Bord genommen, wären wir Kampfgefährten geblieben. Aber weil dieses englisch ist, ist nichts davon übrig? Und doch brauche ich Euch so, Theodoros! Ihr seid die einzige helfende Kraft in den Gefahren, die mich umgeben! Ihr könntet mich vernichten: Es würde genügen, wenn Ihr diesem Mann im weißen Anzug, der so gut Eure Sprache spricht, die Wahrheit sagte. Vielleicht würdet Ihr nicht mehr zweifeln, wenn Ihr mich in den untersten Laderaum befördert sähet ... aber dann hätte weder Eure Mission noch die meine auch nur die geringste Chance des Gelingens mehr.»

Sie sprach langsam, mit einer Art Resignation, die allmählich in den gewittrigen Geist des Griechen eindrang. Er blickte sie an, sah sie zugleich zerbrechlich und bedauernswert in ihrem beschmutzten, zerrissenen Kleid, das, noch feucht, an ihrem Körper klebte, diesem Körper, dessen schimmerndes Bild er selbst in den schlimmsten Momenten seines Kampfes gegen den Sturm nicht aus seiner Erinnerung hatte verjagen können. Auch sie betrachtete ihn mit ihren großen grünen Augen, die Müdigkeit und Angst mit seltsam anrührenden Schatten umgaben. Noch niemals war er einer so begehrenswerten Frau begegnet, und er verspürte ihr gegenüber die dreifache und widersprüchliche Versuchung, sie zu beschützen, ihr Gewalt anzutun, um sein Verlangen nach ihr zu befriedigen, oder auch sie zu töten, um sich von dieser Besessenheit zu befreien ...

Einer vierten gab er nach: der zur Flucht. Ohne ihr auch nur zu antworten, stürzte er aus dem kleinen Raum, dessen Tür er hinter sich zuschlug, und der ohne seine gigantische Gestalt plötzlich neue Dimensionen anzunehmen schien.

Sein Verschwinden ließ Marianne verblüfft zurück. Was bedeutete dieses Schweigen? Würde Theodoros sie etwa beim Wort nehmen? Suchte er schon nach dem Mann in Weiß, um ihm die Wahrheit über seine falsche Herrin zu enthüllen? ...

Sie mußte sich davon überzeugen.

Sie bemühte sich aufzustehen, aber sie fühlte sich völlig erschöpft, und so spartanisch die Koje auch war, die man ihr gegeben hatte, war sie doch mit weißen Laken bezogen und kam ihr nach den Planken des Zwischendecks weicher als ein Daunenbett vor. Trotzdem widerstand sie der Versuchung, zwang sich zur Tür zu gehen, die sie öffnete ... und mit einem Lächeln sofort wieder schloß. Theodoros war nicht weit gegangen. Als treuer Diener hatte er sich quer vor ihrer Tür zur Ruhe gelegt und war, von seiner Müdigkeit überwältigt, offenbar schon eingeschlafen.

Erleichtert kehrte Marianne zu ihrer Koje zurück und ließ sich hineinfallen, ohne noch die Anstrengung aufzubringen, die Decke zurückzuschlagen, ohne daran zu denken, die Laterne auszublasen. Sie hatte ein Anrecht auf ein wenig Ruhe ohne Hintergedanken.

Draußen nahm der Lärm ab. Den Matrosen der Fregatte war es geglückt, den langsam sinkenden Polacker mit Bootshaken zurückzustoßen, während sich die Leute des Piraten in drei Rettungsbooten zusammenpferchten, um zu versuchen, gastfreundlichere Gewässer zu erreichen.

Durch einen Dolmetscher hatte Commodore King sie angewiesen, sich schleunigst zu entfernen, wenn sie nicht auf den Meeresgrund geschickt werden wollten, und keiner von ihnen war auf die Idee gekommen, Theodoros' Kraftleistung zu wiederholen und die schwimmende Festung zu erklettern.

Doch alle diese Geräusche drangen nur wie durch dichten Nebel zu Marianne, die selig in Schlaf versank...

Als die Fregatte *Jason* ihre Fahrt wieder aufnahm, schwamm sie längst an Bord eines möwenweißen und – schnellen Traumschiffs einem unbekannten Ziel voller Süße und Freude entgegen, das jedoch das tragische Antlitz ihres Geliebten trug, so wie sie ihn zum letztenmal gesehen hatte. Und je länger das weiße Schiff dahinflog, desto weiter wich das Antlitz zurück und versank schließlich mit einem verzweifelten Schrei in den Fluten. Dann erschien es von neuem, entfernte sich wieder und verschwand, sobald sich Mariannes Arme nach ihm ausstreckten...

Wie lange währte dieser Traum, getreue Widerspiegelung der unbewußten Gefühlswelt Mariannes, in der seit so vielen Tagen Hoffnung und Verzweiflung, Bedauern, Liebe und Rachsucht einander ablösten? Doch als die junge Frau von neuem die Augen in eine wirkliche, unvernebelte, von allen Piraten der Ozeane befreite, sonnenerfüllte Welt öffnete, blieb sein Eindruck in ihr haften wie ein vergifteter Pfeil.

In dem Rahmen dieser Schiffskajüte, die sie an eine andere erinnerte, in der sie wahre Qualen durchlitten hatte, aber in der sie, selbst um den Preis weiterer Qualen, gern geblieben wäre, entdeckte Marianne nach der Ausschließlichkeit ihres Ringens um Leben und Freiheit jetzt von neuem die Bitternis der Reue.

In diesem abgeschlossenen Raum erwachend, wurde sich Marianne schärfer denn je ihres Alleinseins mit ihren gescheiterten Träumen in der unerbittlichen Welt der Menschen bewußt, in der sie sich gleich einer verletzten Möwe bemühte, endlich den Hafen zu erreichen, in dem sie sich in irgendeinem Winkel verbergen, ihre Wunden pflegen und wieder zu Atem kommen könnte.

Und doch gab es überall auf diesem närrischen Planeten, der sie wie eine ins Meer geworfene Flasche hin und her warf, Frauen, die das Recht besaßen, nur für ihr Haus, ihre Kinder und den Mann zu leben, der ihnen all das gegeben hatte! Sie erwachten am Morgen und schliefen am Abend in der beruhigenden Wärme des von ihnen gewählten

Gefährten ein; sie brachten ihre Kinder mit Freude und in Ruhe zur Welt. Und diese Kinder hatten sie gewollt, gewünscht, nicht wie einen Fluch erduldet. Sie waren Frauen, keine Schachfiguren oder Spieleinsätze! Sie führten ein normales Leben, waren nicht den von irgendeinem verrückten, mit boshafter Freude alles zerstörenden Weltenordner ersonnenen Schicksalen ausgeliefert!

Jetzt, da sie sich auf dem Weg nach Konstantinopel wußte, dem so lange von ihr erträumten Ziel, entdeckte Marianne, daß sie es nicht mehr herbeisehnte. Es verlangte sie nicht danach, von neuem in eine unbekannte, von unbekannten Gesichtern bevölkerte, von unbekannten Stimmen erfüllte Welt zu tauchen, und das noch dazu mutterseelenallein! Und zudem trug das Schiff, das sie dorthin brachte, durch einen jener ironischen Späße, in denen das Schicksal sich gefiel, den Namen des Mannes, den sie liebte und den sie für sich verloren glaubte!

«Es ist meine Schuld», dachte sie bitter. «Ich habe nur bekommen, was ich verdiente! Ich habe das Schicksal zwingen wollen, ich wollte Jason dazu bringen, zu kapitulieren, und habe es an Vertrauen zu seiner Liebe fehlen lassen. Wenn es sich wiederholen ließe, würde ich ihm alles sagen, sofort, ohne Zögern, und wenn er mich dann noch wollte, würde ich mit ihm fortgehen, wohin es ihm gefiele, je weiter, je besser!» Nur war es jetzt viel zu spät, und das Gefühl der Ohnmacht, das sie überflutete, war so stark, daß sie in Schluchzen ausbrach, den Kopf auf die Arme legte und haltlos zu weinen begann. In dieser Haltung fand sie Theodoros, als er, durch ihr Schluchzen aufgeschreckt, durch den Türspalt lugte.

Sie war so in ihre Verzweiflung versunken, daß sie ihn nicht eintreten hörte. Einen Moment betrachtete er sie, hilflos wie jeder Mann vor dem Kummer einer Frau, dessen Ursache er nicht kennt. Doch als er feststellte, daß diese Tränenflut eine Nerverkrise einleitete, daß sie wie Espenlaub zitterte, daß sie aufstöhnte und zu ersticken schien, hob er ihren Kopf und ohrfeigte sie mit Bedacht.

Das Schluchzen brach sofort ab. Sie atmete auch nicht mehr, und eine Sekunde fragte sich Theodoros, ob er nicht zu stark zugeschlagen habe. Marianne starrte ihn mit aufgerissenen Augen an, die ihn nicht zu sehen schienen. Sie war wie erstarrt, und er wollte sie schon schütteln, um sie aus dieser seltsamen Empfindungslosigkeit zu lösen, als sie mit vollkommen ruhiger Stimme plötzlich sagte:

«Danke! Es geht schon besser!»

«Ihr habt mir angst gemacht», murmelte er erleichtert. «Ich begriff nicht, was mit Euch los war. Dabei habt Ihr gut geschlafen. Ich weiß es, ich habe mehrere Male hereingesehen.»

«Ich weiß nicht, was mich gepackt hat. Ich hatte merkwürdige Träume, und als ich erwachte, dachte ich an vielerlei Dinge ... Dinge, die ich verloren habe.»

«Von diesem Schiff hier habt Ihr geträumt. Ich habe Euch gehört ... Ihr sagtet laut seinen Namen.»

«Nein, nicht den des Schiffs ... sondern den eines Mannes, der genauso heißt!»

«Eines Mannes ... den Ihr liebt?»

«Ja ... und den ich nie wiedersehen werde!»

«Warum? Ist er tot?»

«Vielleicht ... Ich weiß es nicht.»

«Warum sagst du dann, daß du ihn nicht wiedersehen wirst?» rief er, instinktiv ins Duzen zurückfallend. «Die Zukunft ist in Gottes Hand, und solange du nicht die Leiche deines Geliebten oder sein Grab gesehen hast, kannst du nicht sagen, daß er tot ist! Man muß schon eine Frau sein, um seine Kräfte mit Tränen und Jammern zu vergeuden, wenn man noch in Gefahr ist! Was wirst du dem Herrn dieses Schiffs erzählen? Hast du's dir überlegt?»

«Ja. Ich werde sagen, daß ich unterwegs nach Konstantinopel war, um eine entfernte Verwandte aufzusuchen. Er weiß, daß ich keine Familie mehr habe, und ich hoffe, er wird mir glauben.»

«Dann beeile dich und bereite deine Geschichte vor, weil er in einer Stunde zu dir kommen wird. Der Mann im weißen Anzug hat es mir gesagt. Er hat mir auch diese Stoffe für dich gegeben, mit denen du dich bekleiden sollst. Sie haben keine Frauenkleider an Bord dieses Schiffs. Ich muß dir auch etwas zu essen holen ...»

«Ich will nicht, daß Ihr Euch soviel Mühe um mich macht. Ein Mann wie Ihr!»

Ein Lächeln huschte über sein Gesicht, das seine rauhen Züge kurz erhellte.

«Ich bin dein ergebener Diener, Fürstin. Ich muß schon meine Rolle spielen. Die Leute hier scheinen das ganz natürlich zu finden. Und da du Hunger haben mußt ...»

Wirklich erinnerte die bloße Erwähnung von Nahrung Marianne daran, daß sie vor Hunger umkam. Sie verschlang, was man ihr brachte, wusch sich sodann, hüllte sich nach antikem Muster in ein Stück Seide, das Sir James als Reiseandenken gekauft haben mußte ... und fühlte sich besser!

So erwartete sie den Besuch ihres Gastgebers schon in größerer Ruhe und Ausgeglichenheit. Als er sich auf einem der beiden Sitze der Kajüte niedergelassen hatte, dankte sie ihm herzlich für seine Gastfreundschaft und die Mühe.

«Jetzt, da Ihr ausgeruht seid», erwiderte er, «werdet Ihr mir doch wenigstens sagen, wohin ich Euch bringen soll? Wie ich Euch schon verriet, sind wir auf dem Weg nach Konstantinopel, aber . . .»

«Konstantinopel paßt mir ausgezeichnet, Sir James. Dorthin wollte ich, als ich . . . Schiffbruch erlitt. Ich hatte mich schon vor langer Zeit eingeschifft, um dort ein Mitglied der Familie meines Vaters aufzusuchen. Er war, wie Ihr wißt, Franzose, und als ich aus England floh, ging ich nach Frankreich, um zu versuchen, die Reste meiner väterlichen Familie aufzufinden. Es blieb mir nichts davon . . . oder doch nur wenig! Eine bei der kaiserlichen Polizei schlecht angeschriebene alte Cousine. Sie sagte mir, in Konstantinopel lebe eine entfernte Verwandte von uns, die sicher glücklich wäre, mich aufzunehmen. Ich bin also aufgebrochen, doch dieser Schiffbruch hielt mich mehrere Monate auf der Insel Naxos fest. Dort habe ich Theodoros, meinen Diener, kennengelernt. Er hat mich aus dem Schiffbruch gerettet und wie eine Mutter gepflegt. Unglücklicherweise sind die Piraten gekommen . . .»

Sir James' gutmütiges Lächeln sträubte seinen Backenbart bis zu den Ohren.

«Er ist Euch in der Tat sehr ergeben. Ein wahres Glück für Euch, ihn an Eurer Seite zu haben. Ich werde Euch also nach Konstantinopel bringen. Wenn der Wind günstig bleibt, werden wir in fünf bis sechs Tagen dort sein. Aber vorher werde ich Andros anlaufen, um zu versuchen, ein paar Kleidungsstücke für Euch aufzutreiben. So ausstaffiert, wie Ihr seid, könnt Ihr schlecht an Land gehen. Es ist gewiß sehr hübsch, aber den Üblichkeiten nicht recht angemessen. Allerdings sind wir ja schon im Orient!»

Durch Mariannes halbe Konfidenzen ermuntert, plauderte er jetzt mit Genuß. Beglückt über diese flüchtige Rückkehr in die Vergangenheit, vermengte er die Perspektive der kurzen Reise, die sie gemeinsam machen würden, mit den Erinnerungen von einst, die ihnen beiden den Eindruck vermittelten, für einen Moment wieder auf dem grünen Rasen Devonshires zu sein.

Marianne begnügte sich damit zuzuhören. Sie erholte sich nur langsam von der plötzlichen Entdeckung, mit welcher Leichtigkeit sie lügen konnte . . . und ihr geglaubt wurde! Sie hatte Wahrheit und Dichtung mit einer Gewandtheit vermischt, die sie zugleich verblüffte und beunruhigte. Die Worte waren ihr von ganz allein gekommen. Sie bemerkte sogar, daß sie allmählich ein gewisses Vergnügen an dieser Komödie fand, die sie spielen mußte, einer Komödie ohne anderes Publikum als Richter über ihr Gelingen als sie selbst, die sie aber zwang, natürlich zu sein; denn der Mißerfolg würde sich nicht durch

Pfiffe kundtun, sondern durch Gefängnis oder Tod. Und selbst dem Bewußtsein dieser Gefahr war etwas Erregendes eigen, das ihr den Geschmack am Leben zurückgab und sie begreifen ließ, was die Kraft eines Theodoros ausmachte.

Gewiß, er kämpfte für die Unabhängigkeit seines Landes, aber auch er liebte die Gefahr, er suchte sie um der heißen Freude willen, sich mit ihr zu messen und sie zu bezwingen. Wäre es ihm nicht um die Freiheit gegangen, hätte er sich für nichts, des puren Vergnügens wegen an schwierige Abenteuer gewagt ...

Sie selbst entdeckte unversehens an ihrer Mission eine andere Seite als die bittere der bloßen Pflicht und des Zwangs: einen Reiz, gegen den sie sich noch eine Stunde zuvor leidenschaftlich gewehrt hätte. Vielleicht, weil sie sie schon zuviel gekostet hatte, um sie nicht bis zum Ende durchzuführen!

Durch Sir James' langen Monolog erfuhr sie auch, daß der Mann im weißen Anzug ein gewisser Charles Cockerell war, ein für alte Steine begeisterter junger Londoner Architekt. Er hatte sich zusammen mit seinem Kompagnon, einem Architekten aus Liverpool namens John Foster, in Athen auf die *Jason* eingeschifft, um nach Konstantinopel zu reisen und von der osmanischen Regierung die Erlaubnis zur archäologischen Forschung nach Resten eines Tempels zu erlangen, den sie entdeckt zu haben behaupteten, eine Erlaubnis, die ihnen der Pascha von Athen aus völlig unerfindlichen Gründen verweigerte. Beide reisten im Auftrag des englischen Clubs der Dilettanten und kamen aus Aegina, wo sie ihre Fähigkeiten schon ausgeübt hatten.

«Persönlich hätte ich es vorgezogen, wenn sie auf einem anderen Schiff als dem meinen Passage genommen hätten», gestand Sir James. «Es sind reichlich dünkelhafte Leute, mit denen sich schwer umgehen läßt und die uns möglicherweise einige Schwierigkeiten mit der Pforte verursachen werden. Aber der Erfolg Lord Elgins, der eine außerordentliche Sammlung kunstvoll behauener Steine aus dem großen Tempel von Athen nach London gebracht hat, scheint ihnen den Kopf verdreht zu haben. Sie behaupten, ein ebenso gutes, wenn nicht besseres Ergebnis erzielen zu können. So plagen sie unseren Botschafter in Konstantinopel mit Briefen und Beschwerden über den mangelnden guten Willen der Türken und die Apathie der Griechen. Ich glaube, wenn ich sie in Athen nicht an Bord gelassen hätte, hätten sie uns geentert!»

Doch die zufälligen Passagiere der Fregatte interessierten Marianne nur mäßig. Sie wünschte keine Berührung mit ihnen und teilte es dem Commodore ohne Umschweife mit.

«Ich denke, es wäre das Beste, wenn ich diese Kajüte vor der Ankunft gar nicht verließe», sagte sie. «Ihr wüßtet ja nicht einmal, unter welchem Namen Ihr mich vorstellen sollt. Ich bin nicht mehr Mademoiselle d'Asselnat, und es kann keine Rede davon sein, daß ich noch Francis Cranmeres Namen verwende.»

«Warum nicht Lady Selton? Ihr seid der letzte Nachkomme und habt durchaus das Recht, den Namen Eurer Vorfahren zu tragen. Auf jeden Fall hattet Ihr aber einen Paß, als Ihr Frankreich verließet...»

Marianne biß sich auf die Lippen. Die Bemerkung war mehr als zutreffend, und sie entdeckte, daß die Freuden der Lüge auch ihre Schattenseiten hatten.

«Ich habe beim Schiffbruch alles verloren», sagte sie endlich, «den Paß ebenfalls... und natürlich war er auf meinen Mädchennamen ausgestellt. Und dieser französische Name auf einem englischen Schiff...?»

Sir James erhob sich und tätschelte ihr väterlich die Schulter. «Gewiß, gewiß... Aber unsere Schwierigkeiten mit Bonaparte haben nichts mit unseren alten Freundschaften zu tun. Ihr werdet also Marianne Selton sein... denn ich fürchte, daß Ihr Euch trotzdem zeigen müßt. Abgesehen davon, daß diese Leute neugierig wie Katzen sind, haben sie eine unglaubliche Phantasie. Euer romantisches Auftauchen hat sie überrascht, und sie wären imstande, Gott weiß was für Räubergeschichten zu erfinden, die mir womöglich Schwierigkeiten mit der Admiralität einbringen. Für unser beider Gemütsruhe ist es jedenfalls besser, wenn Ihr wieder ganz und gar Engländerin werdet!»

«Eine Engländerin, die mit einem Diener wie Theodoros zwischen den griechischen Inseln herumirrt? Meint Ihr, daß ihnen das glaubhaft klingt?»

«Absolut!» versicherte Sir James lachend. «Bei uns ist es keine Sünde, exzentrisch zu sein, eher ein Zeichen von Vornehmheit. Unsere beiden Schlauberger sind brave Bürger. Ihr seid Aristokratin: das macht den ganzen Unterschied! Sie werden Euch zu Füßen liegen, und übrigens sind sie schon von Euch hingerissen.»

«In diesem Fall werde ich gern die Neugier Eurer Architekten zufriedenstellen», gab Marianne mit einem resignierten Lächeln nach. «Ohnehin bin ich es Euch schuldig, denn es täte mir entsetzlich leid, wenn meine Rettung Euch die geringste Unannehmlichkeit bereitete.»

13. Kapitel

Nacht über dem Goldenen Horn

Eine Viertelstunde später ging die englische Fregatte in dem kleinen Hafen Gavrion der Insel Andros vor Anker, und eine Schaluppe brachte Charles Cockerell an Land, den seine Kenntnis des Griechischen für den vertraulichen Auftrag am geeignetsten erscheinen ließ.

Er war vielleicht ein unmöglicher Mensch, aber gewiß auch ein Mann voller ungeahnter Fähigkeiten, denn er kehrte eine Stunde später mit einer Auswahl weiblicher Kleidungsstücke zurück, die zwar ausschließlich lokaler Herkunft, aber darum nicht weniger kleidsam und malerisch waren. Marianne begann sich an die Moden der Inseln zu gewöhnen und zeigte sich von ihrer neuen Garderobe entzückt, zumal der galante Architekt einigen Schmuck aus Silber und Korallen hinzugefügt hatte, der dem örtlichen Handwerk wie seinem persönlichen Geschmack alle Ehre machte.

Angetan mit einer weiten weißen Robe mit dreifachen wehenden Ärmeln, einem ärmel- und kragenlosen, mit roter Wolle besticktem Mantel, roten Strümpfen, Schuhen mit Silberschnallen und sogar einem breitkrempigen Hut aus rotem Samt präsidierte Marianne an diesem Abend Sir James' Tafel und bildete in dieser eigenartigen Kostümierung einen amüsanten Gegensatz zu den strengen Uniformen der Schiffsoffiziere und den Fräcken der beiden Archäologen.

Sie war die einzige leicht disharmonische Note in einem typisch englischen Konzert. Den britischen Traditionen sehr zugetan, wachte Sir James darüber, daß alles in seinem Quartier absolut englisch war, angefangen vom Silberzeug, vom Wedgwood-Porzellan und den gewichtigen Queen Anne-Möbeln bis zum lauwarmen Bier, dem Duft des Whiskies ... und der beklagenswert insularen Küche.

Trotz der mehr oder weniger spartanischen Ernährung im Verlauf ihrer unwahrscheinlichen Odyssee stellte Marianne fest, daß ihr Geschmack in kulinarischen Dingen durch ihren Aufenthalt in Frankreich geprägt worden war, und erkannte die Speisen, die sie in ihrer Kindheit geschätzt hatte, nicht wieder. Konnte man nach den Wundern der Küche eines Talleyrand wirklich Reiz an einer Pfefferminzsauce zu gekochtem Hammelfleisch finden?

Es wurde ein Toast auf den König, auf die Admiralität, die Wissenschaft und schließlich auf «Lady Selton» ausgesprochen, die einige bewegte Worte fand, um ihrem Retter und denen, die sich so rührend ihrer annahmen, zu danken.

Sichtlich beeindruckt durch ihre Anmut und natürliche Eleganz, sogen die beiden Architekten ihre Worte förmlich ein. Einer wie der andere – wie übrigens auch die Mehrzahl der anwesenden Männer – unterlag ihrem Charme, aber sie reagierten auf verschiedene Weise: Während Charles Cockerell, einer jenen sanguinischen und zu gut genährten Engländer, für die das Leben ein riesiger Weihnachtspudding ist, die junge Frau mit den Blicken verschlang und sich in Galanterien erging, in denen sich der Versailler Stil wunderlich mit dem Jahrhundert des Perikles mischte, richtete sein Freund Foster, ein schlanker, eher schüchterner Typ, der mit seinem langen rötlichen Haar erstaunlich einem irischen Setter ähnelte, nur kleine, kurze, von schnellen Blicken begleitete Sätze an sie, jedoch nur an sie allein, als seien die anderen Tischgenossen nicht vorhanden.

«Wenn es so weitergehen sollte», seufzte Sir James, als er nach beendeter Mahlzeit seine Passagierin zu ihrer Kajüte zurückgeleitete, «kann es sein, daß diese Reise ... und das schöne Einvernehmen dieser Herren in einem Boxkampf endet. Es ist wahr, daß ich sie notfalls immer meinem Bootsmannsmaat anvertrauen kann, für den die vom Marquis von Queensbury erlassenen Regeln keine Geheimnisse sind. Aber um Himmels willen, mein liebes Kind, lächelt keinem der beiden einmal mehr als dem anderen zu, sonst kann ich mich für nichts verbürgen! Ein Gelehrter, der absolut glänzen will, ist eine schreckliche Angelegenheit!»

Marianne versprach es natürlich lachend, mußte jedoch bald erkennen, daß dieses amüsierte Versprechen schwieriger zu halten war, als sie es sich vorgestellt hatte, denn während der wenigen Tage, in denen sich die Fregatte ihrem Reiseziel näherte, hielt der Ansturm der Rivalitäten unvermindert an. Sie konnte nicht auf Deck erscheinen, um ein wenig frische Luft zu schöpfen, ohne daß sich der eine oder andere der beiden Männer, wenn nicht gar beide, auf sie stürzten, um ihr Gesellschaft zu leisten. Eine Gesellschaft, die ihr übrigens sehr bald lästig wurde, denn die Gespräche des einen spiegelten die des anderen getreulich wider, und immer drehten sie sich um die großen Entdeckungen, die sie zu machen und auszuschlachten gedachten.

Indessen gab es noch einen weiteren Passagier, den die beiden Architekten in Wut brachten: Theodoros. Sie erschienen ihm von Kopf bis Fuß, lächerlich mit ihren Strohhüten, den gewaltigen, flatternden Foulardkrawatten über ihren engen Anzügen aus weißem Linen und den grünen Sonnenschirmen, mit denen sie beharrlich ihren bleichen Insulanerteint und, was Foster anging, eine stattliche Ansammlung von Sommersprossen schützten.

«Wenn wir in Konstantinopel sind, wirst du sie nicht loswerden», sagte er eines Abends zu Marianne. «Sie folgen dir wie dein Schatten, und erst einmal an Land, werden sie's weiter so treiben. Was fängst du mit ihnen an? Willst du sie zum französischen Botschafter mitnehmen?»

«Das wird nicht nötig sein. Sie beschäftigen sich mit mir, weil dieses Schiff ihnen keine bessere Zerstreuung bietet und auch, weil man mich Mylady nennt. Das schmeichelt ihnen. Aber sobald wir im Hafen sind, werden sie anderes zu tun haben, als sich für uns zu interessieren. Alles, was sie sich wünschen, ist die berühmte Genehmigung. Sobald sie sie haben, werden sie schleunigst nach Griechenland zurückkehren.»

«Genehmigung wozu?»

«Oh, ich weiß nicht recht! Sie haben eine Tempelruine entdeckt und wollen Ausgrabungen machen, Zeichnungen davon anfertigen, Untersuchungen über die antike Architektur anstellen, was weiß ich?»

Das Gesicht des Griechen hatte sich verhärtet.

«Schon einmal ist ein Engländer nach Griechenland gekommen. Es war ein früherer Botschafter in Konstantinopel, und er hatte die Genehmigung, all das zu tun. Aber es ging ihm nicht nur ums Entdecken und Zeichnen, sondern darum, die behauenen Steine in sein Land zu bringen, die alten Götter meines Landes zu stehlen. Und er hat es getan! Ganze Schiffe haben den Piräus mit den Resten des Athena-Tempels verlassen. Doch das erste von ihnen, das wichtigste, ist niemals angekommen: Der Fluch hat es getroffen und versenkt! Diese Männer träumen davon, das gleiche zu tun ... Ich spüre es, ich bin dessen sicher!»

«Wir können nichts daran ändern, Theodoros», sagte Marianne sanft und legte beschwichtigend ihre Hand auf den wie ein Olivenstamm knotigen Arm ihres ungewöhnlichen Gefährten. «Eure Mission und die meine sind wichtiger als ein paar Steine. Wir dürfen sie nicht gefährden, zumal wir nichts Sicheres wissen. Und dann ... wird vielleicht auch ihr Schiff untergehen.»

«Du hast recht, aber du wirst mich nicht hindern, diese Aasgeier zu hassen, die meinem elenden Volk das wenige entreißen wollen, was von einer großartigen Herrlichkeit übriggeblieben ist!»

Die Bitterkeit dieses Mannes, den sie jetzt als ihren Freund ansah, hatte tiefen Eindruck auf Marianne gemacht, aber sie hielt die Angelegenheit für abgeschlossen und erledigt, als die Ereignisse sie brutal widerlegten.

Die *Jason* war in die Meerenge der Dardanellen eingelaufen und glitt zwischen trostlosen Weiten schwarzer Erde, fahlfarbenen Sandes und kahlen Bergrücken mit verblichenen Ruinen und kleinen Moscheen dahin, über denen unermüdlich schneeige Meervögel kreisten.

Die Hitze in dieser Rinne von intensivem Blau, die wie ein träge ziehender Fluß wirkte, war erstickend, zurückgestrahlt von einem Ufer zum andern von baumloser Erde, die sich wie versteinert ausnahm. Die geringste Bewegung in diesem glühenden Universum wurde zur Anstrengung und schien den Körper zu verflüssigen. Auch die auf ihrer Koje liegende, nur mit einem an ihrer Haut klebenden Hemd bekleidete Marianne rang nach Atem trotz der auf das Kielwasser des Schiffs geöffneten Luke und vermied sorgfältig, sich zu rühren. Nur ihre einen leichten Fächer aus geflochtenen Aloefasern haltende Hand bewegte sich leise in dem Versuch, die wie aus einem Schmelzofen hauchende Luft ein wenig aufzufrischen.

Selbst das Denken war zur Mühsal geworden, und in der sanften Betäubung, in die ihr Geist verfallen war, war nur ein einziger Gedanke übriggeblieben: Am folgenden Tag würden sie in Konstantinopel sein! Nichts anderes wollte sie sich mehr ausmalen; diese letzten Stunden gehörten der Ruhe, und die Stille der Ewigkeit umgab das Schiff.

Doch jäh verflog diese schöne Stille durch wütendes Gebrüll, das sich auf der Brücke nur wenige Schritte von der jungen Frau entfernt erhob, und der Urheber dieses Gebrülls war zweifellos Theodoros. Da er griechisch tobte, verstand sie die Bedeutung der Worte nicht, aber der Ton sagte ihr genug, und als sie in der ihm antwortenden halb erstickten Stimme diejenige Charles Cockerells zu erkennen glaubte, packte sie jähes Entsetzen und jagte sie von ihrem Lager hoch. Hastig in ein Kleid schlüpfend und ohne sich die Zeit zu nehmen, ihre Sandalen anzuziehen, verließ sie ihre Kajüte und kam eben zur rechten Zeit, um zu sehen, wie zwei Matrosen buchstäblich an Theodoros hinaufkletterten und sich bemühten, den Architekten seinen Händen zu entreißen. Der Grieche hatte seinen Feind, der, halb vor ihm kniend und nur noch röchelte, an der Gurgel gepackt.

Erschrocken stürzte die junge Frau hinzu, doch andere Matrosen unter Führung eines Offiziers kamen ihr zuvor, und von der Übermacht überwältigt, mußte der Riese sein Opfer freigeben, das bis zur Reling rollte und dabei an seiner Krawatte riß, um seine Lungen wieder in Tätigkeit zu bringen. Trotz Mariannes Hilfe dauerte es ein Weilchen, bis der Engländer wieder sprechen konnte. Inzwischen war Theodoros endgültig gebändigt worden und Sir James war auf dem Schauplatz des Dramas erschienen.

«Mein Gott, Theodoros, was habt Ihr getan?» rief Marianne verzweifelt, während sie Cockerells Wangen tätschelte, um ihn schneller zu beleben.

«Ich wollte Gerechtigkeit üben! Dieser Mann ist ein Bandit ... ein Dieb!» erklärte der Grieche außer sich.

«Sagt nicht, daß ... Ihr ihn töten wolltet?»

«Und wenn ich es sage! Und es wiederhole! Er verdient den Tod! In Zukunft wird er sich hüten müssen, denn ich werde meine Rache nicht aufgeben ...»

«Falls Ihr dazu die Möglichkeit erhaltet!» unterbrach ihn mit eisiger Stimme Sir James, der sich als makellose Verkörperung der Ordnung zwischen die verstörte junge Frau und die gestikulierende Gruppe schob, die den entfesselten Griechen mühsam niederhielt. «Schafft mir diesen Mann ins Eisen», fügte er in der Sprache seiner Heimat hinzu. «Er wird sich vor den Bordautoritäten wegen Mordversuchs an einem Engländer verantworten müssen!»

Mariannes Entsetzen wurde zur Panik. Wenn Sir James das in der englischen Marine gültige unbarmherzige Gesetz gegen Theodoros anwandte, konnte die Laufbahn des griechischen Rebellen am Ende einer Rahe oder unter der Peitsche eines Bootsmanns enden. Sie kam ihm zu Hilfe.

«Habt Mitleid, Sir James! Laßt ihn sich wenigstens erklären. Ich kenne diesen Mann. Er ist gut, loyal und gerecht! Ohne ernsthaften Grund hätte er sich nicht zu solchen Tätlichkeiten hinreißen lassen! Erinnert Euch auch, daß er kein Engländer, sondern Grieche und mein Diener ist. Ich allein habe für ihn und sein Verhalten zu haften. Muß ich hinzufügen, daß ich die volle Verantwortung dafür übernehme?»

«Lady Marianne hat recht», mischte sich schüchtern der junge Bordarzt ein, der sich, schleunigst zum Tatort geeilt, um Cockerells Befinden kümmerte, aber deshalb nicht versäumen wollte, einer so toll verführerischen Frau zu Hilfe zu kommen. «Ihr könnt nicht weniger tun, Sir, als die Gründe dieses Mannes zu hören. Bedenkt, daß er vor allem der treue Diener einer Aristokratin ist, der seine Pflicht bis zum Fanatismus ausübt ...»

Offenbar war Mariannes neuer Ritter nicht weit davon entfernt, Cockerell des gewaltsamen Eindringens bei der jungen Frau zu verdächtigen, ein Verbrechen, das nach seiner persönlichen Wertskala mindestens den Strick verdiente. Sein Enthusiasmus entlockte dem Commodore ein unmerkliches Lächeln, aber er fuhr deshalb seinen Untergebenen nur noch härter an:

«Mischt Euch nicht in etwas ein, was Euch nichts angeht, Kingsley! Wenn ich Eure Ansicht hören will, werde ich Euch darum bitten! Tut, was Eure Aufgabe ist, und verschwindet. Trotzdem ... will ich gern hören, was dieser Berserker uns zu seiner Verteidigung zu sagen hat.»

Es bedurfte ziemlich weniger Worte. Cockerell war im Laufe eines der Gespräche mit Theodoros zu seinem Lieblingsthema gelangt: seinen Entdeckungen. Dabei hatte der Riese seinerseits entdeckt, daß die von dem Engländer so heiß begehrte Genehmigung ausgerechnet den Ruinen eines Tempels galt, die er, Theodoros, ein wenig als sein persönliches Eigentum betrachtete, weil er ganz in der Nähe jener edlen Säulenstümpfe das Licht der Welt erblickt hatte. Im Herzen des Massivs von Arkadien verloren und von Gestrüpp halb überwuchert, waren sie seinem ungestümen Herzen deshalb nicht weniger teuer.

«Mein Vater hatte mir erzählt, daß vor fünfzig Jahren ein verdammter französischer Reisender nach Bassae gekommen war, die Ruine betrachtet, bewundert und gezeichnet hatte, aber glücklicherweise war er alt und verbraucht. Er reiste ab, und wurde nie mehr gesehen. Aber dieser da ist jung, und seine Zähne sind lang! Wenn man ihm freie Hand ließe, würde er den alten Tempel Apollos zerstören, wie der andere Engländer den der Athena zerstört hat! Und ich habe beschlossen, es nicht dazu kommen zu lassen!»

Niemals hatte sich der Commodore King weder vor einem solchen Streitmotiv noch in solcher Mißlichkeit befunden. Innerlich verwünschte er den Architekten, sein allzu großes Mundwerk und seine Abbruchsgelüste, denen seine Seemannsseele nicht zu folgen vermochte. Zudem war da Marianne, die sich leidenschaftlich für ihren Diener einsetzte und es ihm bestimmt nicht verzeihen würde, wenn er ihn diesem anspruchsvollen Zivilisten opferte. Andererseits jedoch war der Angriff öffentlich erfolgt und der Schauplatz ein Schiff Seiner Majestät gewesen. Er gedachte, einen gerechten Ausgleich zu schaffen, indem er erkärte, daß Theodoros wie befohlen in Eisen gelegt werden müsse, daß man jedoch die Ankunft in ihrem Bestimmungsort abwarten werde, um seinen Fall zu entscheiden, der schließlich nur der Wirkung der Wärme auf ein allzu hitziges Gemüt zuzuschreiben sei. Im übrigen bringe er Lady Selton volles Vertrauen entgegen, daß sie einen solchen Verstoß gegen die guten Sitten bestrafen werde, wie es sich gezieme. Stillschweigend war darunter zu verstehen, daß Theodoros nach einigen 36 Stunden der Bestrafung die Freiheit zurückerhalten würde, sich woanders hängen zu lassen, aber der Architekt wäre wenigstens vor weiteren Racheunternehmungen geschützt.

Marianne atmete erleichtert auf. Doch leider genügte dieses nachsichtige Verdikt Cockerell nicht. Er hatte zuviel Angst ausgestanden, um nicht wütend zu sein, und kaum hatte er den Gebrauch seiner Stimme wiedergefunden, erhob er sie auch schon in schrillem Protest, unterstützt durch seinen Kollegen, in dem wundersamerweise wieder die alte Solidarität erwacht war, um die sofortige und mitleidslose Bestrafung des Schuldigen zu fordern.

«Ich bin britischer Bürger», rief er, «und Ihr, Commodore King, Offizier im Dienste Seiner Majestät, schuldet mir Verteidigung und Gerechtigkeit! Ich fordere, daß dieser Mann wegen Attentats auf mein Leben auf der Stelle gehängt wird!»

«Aber Ihr seid nicht tot, soviel ich sehe, mein lieber Cockerell», bemerkte der Angeredete in versöhnlichem Ton, «und es wäre nicht gerecht, Euren Vergeltungswünschen ein Menschenleben zu opfern. In diesem Moment befindet sich Euer Attentäter unten im Laderaum und wird dort bleiben, bis wir Anker geworfen haben.»

«Das genügt nicht! Ich will, ich befehle ...!»

Dieser Wille war zuviel. Die Zeit der Geduld war für den alten Seemann vorüber.

«Hier», unterbrach er schroff, «bin ich der einzige, der sagen kann: Ich befehle! Lady Selton hat erklärt – und Ihr habt es wie ich gehört –, daß sie die volle Verantwortung für die Handlungsweise ihres Dieners übernimmt. Mir scheint, Ihr habt vergessen, mit wie vielen Erklärungen galanter Ergebenheit Ihr sie überschüttet habt. Wollt Ihr ihr wirklich so unfreundlich begegnen?»

«Lady Marianne hat meine ganze Bewunderung und meinen ganzen Respekt, aber ich respektiere auch mein eigenes Leben. Wenn Ihr ihm also einen geringeren Wert zumessen solltet, Sir James, sehe ich mich gezwungen, es um so besser zu verteidigen. Entweder wird dieser Mann bestraft, wie es ihm zukommt, oder Ihr geht im ersten Hafen der anatolischen Küste vor Anker und setzt mich an Land. Ich werde Konstantinopel zu Pferd erreichen! Wir sind ja nicht mehr so weit entfernt.»

«Was für ein Unsinn!» mischte Marianne sich ein. «Ich bin bereit, mich an Stelle meines Domestiken in jeder Weise bei Euch zu entschuldigen, Mr. Cockerell. Ihr könnt mir glauben, daß ich diesen Zwischenfall von ganzem Herzen bedauere und den Schuldigen bestrafen werde, sobald wir an Land sind!»

«Ihr habt es leicht, von einem Zwischenfall zu sprechen, Mylady, und ich küsse Eure Hände», erwiderte der Architekt mürrisch, «aber ich sehe die Dinge nicht mit Eurer liebenswerten Nachsicht. So werdet Ihr mir erlauben, mich an das zu halten, was ich beschlossen habe: seine Bestrafung oder meine Landung.»

«Nun, geht zum Teufel!» rief Sir James aufgebracht. «Ihr werdet an Land gesetzt, da Ihr es so wollt! Mr. Spencer», wandte er sich an den Zweiten Offizier, «wir werden in Erakli vor Anker gehen. Sorgt dafür, daß das Gepäck dieser Herren ins Boot geschafft wird, denn ich nehme an, daß Mr. Foster Euch folgen wird.»

«Natürlich», stimmte der letztere majestätisch zu. «Wir aus Liverpool verlassen unsere Freunde weder im Unglück noch in der Ungerechtigkeit! Ich gehe mit Euch, Cockerell!»

«Ich habe nie daran gezweifelt, Foster! Bereiten wir uns also vor. Wir werden hier kaum Bedauern zurücklassen.»

Und nachdem sie sich mit trauriger Würde, die ihnen überaus nobel schien, die Hände gedrückt hatten, wandten sich die beiden Kumpane, für eine Weile ihre Rivalität vergessend, unter dem halb wütenden, halb spöttischen Blick des Commodore King, dem diese rührende Manifestation Liverpooler Schicksalsverbundenheit nur ein verächtliches Schulterzucken entlockte, ihren Quartieren zu, um sich ihrem Gepäck zu widmen.

«Seht sie Euch nur an!» knurrte er der verblüfften Marianne zu. «Kommen sie Euch nicht vor wie Pylades, der Orest über die Mißachtung durch Hermione hinwegtröstet? Was diese Dummköpfe nicht verdauen, ist der Umstand, daß ihre teure Lady Selton nicht ihre Partei ergriffen und ihnen von sich aus den Kopf des Schuldigen angeboten hat. Mir sind sie böse, aber Euch werden sie nicht verzeihen!»

«Glaubt Ihr?»

«Natürlich. Sie haben sich so viel Mühe gegeben, Euch zu gefallen, und Ihr seid eisig geblieben. Ihr habt ihre Bemühungen nicht gewürdigt. Diese Art Leute ist es, mit der man Revolutionen macht: Sie hassen, was sie nicht verführen oder sich gleichmachen können.»

«Aber warum das Schiff verlassen? Theodoros liegt in Eisen. Mr. Cockerell hat nichts mehr zu fürchten.»

«Um vor uns in Konstantinopel anzukommen und dem Botschafter einen Verhaftbefehl zu entreißen, natürlich!»

Mariannes Herz verfehlte einen Schlag. Kaum war Theodoros dank der Freundschaft Sir James' einer ernsthaften Gefahr entronnen, zeigte sich eine weitere, weit schwerere noch. Wenn man den Griechen bei der Ankunft im Hafen verhaftete, würde nichts ihn retten können. Sie erinnerte sich nur allzu sehr dessen, was Kouloughis gesagt hatte: Auf den Kopf des Rebellenchefs war ein zu hoher Preis gesetzt, als daß ein Diplomat, der Wert darauf legen mußte, sich einen Souverän geneigt zu machen, auf das Vergnügen verzichtet hätte, ihn ihm auszuliefern. Und einmal in den Händen der Justiz, würde sein dürftiges Inkognito gewiß sehr schnell gelüftet werden. Aber sie hatte vor den Ikonen von Ayios Ilias geschworen, alles nur mögliche zu tun, daß ihr Gefährte unbehindert die osmanische Hauptstadt betreten konnte ...

Sie hob zu ihrem alten Freund Augen, die sich feuchteten. «Dann ist also Eure Güte gegen diesen armen Burschen nutzlos gewesen», murmelte sie traurig. «Seine Gefühlsregung, so entschuldbar bei einem Mann, der seine Heimaterde liebt, wird ihm den Strick einbringen! Trotzdem danke ich Euch nicht weniger von ganzem Herzen, Sir James. Ihr habt getan, was Ihr konntet, und ich habe Euch wahrhaftig genug Kummer verursacht.»

«Unfug! Ohne Euch wäre diese Reise ein Monument an Langeweile gewesen! Und ich bin nicht der einzige, der so denkt. Ihr habt einen blühenden Garten aus ihr gemacht! Was Euren störrischen Neufundländer betrifft ... nun, das beste wird sein, daß er sich aus dem Staub macht, bevor der Anker ins Wasser des Bosporus taucht. Zeit wird ihm dazu bleiben, denn ich denke nicht, daß wir Sir Stratford Canning, unseren Botschafter, in Erwartung unserer Ankunft mit einer Korporalschaft auf dem Quai finden werden. Die Geschichte ist zu unwichtig, und die Kläger sind es auch. Hört also auf, Euch zu quälen und trinkt eine Tasse Tee mit mir! Es ist verdammt heiß, und ich kenne nichts Besseres als glühheißen Tee, um damit fertig zu werden!»

Trotz der tröstlichen Worte Sir James' war Marianne nicht beruhigt. Die Verärgerung und Rachsucht dieser beiden Männer konnten eine Gefahr bedeuten, so wenig Kredit sie auch bei den englischen Autoritäten haben mochten, aber die gekränkten Blicke ihrer einstigen Bewunderer hatten ihr klargemacht, daß sie zugleich Zeit und Haltung verlieren würde, wenn sie versuchte, sie von ihrem kleinlichen Entschluß abzubringen. Sie waren besessen von der Sturheit der Leute ohne Großzügigkeit und würden in der Geste der jungen Frau nur eine unverständliche, äußerst bedauerliche Schwäche einem Mann gegenüber sehen, den sie höchstwahrscheinlich für Abschaum der Menschheit hielten. Das beste war noch, sich auf Sir James' Worte und seine Freundschaft zu verlassen: Hatte er nicht durchblicken lassen, daß er der Flucht des Schuldigen nichts in den Weg legen würde? Sie erhielt volle Gewißheit in diesem Punkt, als er ihr sogar erlaubte, ein kleines Billet zu dem Gefangenen gelangen zu lassen, das ihn zur Flucht aufforderte, sobald er die Ankerkette fallen höre.

«Die Ketten werden ihm abgenommen, sobald wir diesen Hafen verlassen haben», sagte er, als das Schiff bei Sonnenuntergang vor dem einstigen Heraklea von Marmara eintraf. «Er wird also keinerlei Mühe haben, uns zu entwischen. Aber es kann auch sein, daß wir uns einen Roman zusammenreimen und Euren Anbetern schwärzere Absichten andichten, als sie haben.»

«Auf jeden Fall wird es eine gute Vorsichtsmaßnahme sein», sagte Marianne, «und ich danke Euch von ganzem Herzen, Sir James!»

Sichtlich ein wenig aufgeheitert, wohnte sie so der Ausschiffung der beiden Engländer inmitten einer wahren Flut von Hand zu Hand gereichten Gepäcks und des Geschreis der Bootsleute und Träger bei, die es vom Deck der Fregatte in eine Barke und aus der Barke auf den von einer lärmenden, durch das Nachlassen der Tageshitze in freudige Stimmung versetzten Menge erfüllten Quai transportierten.

Ohne ein Wort des Abschieds verließen Cockerell und Foster das Schiff, und sie konnten die grünen Sonnenschirme lange auf einem wogenden Meer von Turbanen und Fesen schwimmen sehen. Endlich verschwanden sie in der kompakten Masse buntscheckiger Häuser und Moscheen, hoch auf Eseln thronend und von schreienden Jungen und mit Stöcken bewaffneten Führern eskortiert.

«Wie undankbar!» seufzte die junge Frau. «Sie haben Euch nicht einmal gegrüßt! Eure Gastfreundschaft hätte Besseres verdient.»

Statt einer Antwort brach Sir James in Gelächter aus und gab Befehl, den Anker zu lichten. Und als fühle die Fregatte sich plötzlich von einer höchst unerfreulichen Last befreit, nahm sie im Schein der sinkenden Sonne auf einem amethystfarbenen, von vergoldeten Inselchen gefleckten Meer ihren Kurs wieder auf.

Die letzte Etappe hatte begonnen. Die lange, erschöpfende Reise, bei der sie mehrmals fast das Leben verloren hätte, ging ihrem Ende entgegen. Konstantinopel war nicht mehr als etwa dreißig Meilen entfernt, und Marianne war jetzt fast erstaunt darüber, es so nah zu wissen.

Im Verlauf der schwierigen Tage, die hinter ihr lagen, hatte sich die Stadt der blonden Sultanin, von der sie so vieles und vor allem einen Anlaß zu weiterem Hoffen erwartete, nach und nach in eine Fata Morgana, eine Märchenstadt verwandelt, die unablässig in Zeit und Raum zurückwich. Und nun war der Hafen doch ganz nah ... Die zahlreichen Segel auf dem noch bläulichen Meer kündigten ihn an, und auch der tiefe Himmel, dessen schon nächtlicher Samt von milchigen Spuren durchzogen wurde.

Spät am Abend, während das Schiff mit schlaffen Segeln wegen des nachlassenden Windes in einem Geräusch wie von knisternder Seide sanft dahinglitt, war Marianne noch auf Deck, betrachtete die Sterne und diese orientalische Nacht, so ähnlich denen, von deren Süße sie geträumt hatte, als ihre Zukunft sich noch «Jason Beaufort» schrieb. Wo mochte er zu dieser Stunde sein? Auf welchem Meer führte er seinen Stolz oder sein Elend spazieren? Wo blähten sich in diesem Moment die weißen Segel seiner schönen *Meerhexe*? Und wessen Befehlen gehorchte sie? Atmete er überhaupt noch auf dieser Welt, der herrschsüchtige und stolze Mann, der gestern noch erklärt hatte, auf der Welt nur zwei Dinge zu lieben: die Frau, die er nur erobert hatte, um sie wieder zu verlieren, und das Schiff, das ihr ähnelte ...

In dieser letzten Nacht ihrer Irrfahrt war der Ansturm des Bedauerns noch heftiger. Um diese Stadt zu erreichen, deren Nahen sie fühlte, hatte Marianne auf dem schmerzlichen Weg alles ausgestreut und zurückgelassen, was für sie zählte, was die Wahrheit ihres Lebens war: Liebe, Freundschaft, Selbstachtung, Besitz einschließlich der Kleidung, ohne den Gatten zu rechnen, dem sie sich nie genähert und den der Wahnwitz eines Schurken beseitigt hatte. Würde die Ernte dieser Saat eines Tages reifen? Würde sie wenigstens die alte, wiedergewonnene Freundschaft nach Frankreich zurückbringen? Oder würde ihr Mißerfolg die persönliche Katastrophe verdoppeln, die in jenem hartnäckigen Leben in ihrem Körper bestand, dem selbst die schlimmsten Daseinsbedingungen nichts anhaben konnten?

Lange betrachtete die junge Frau die großen, glitzernden Sterne, in ihnen ein Zeichen, eine Ermutigung, eine Hoffnung suchend. Einer von ihnen schien sich aus der tiefblauen Wölbung zu lösen, zum Horizont zu gleiten und dort zu versinken.

Rasch bekreuzigte sich Marianne, und die Augen auf den Punkt gerichtet, an dem der Stern verschwunden war, murmelte sie:

«Laßt mich ihn wiedersehen, Herr! Ihn wiedersehen um jeden Preis! Wenn er noch lebt, helft mir, ihn wenigstens einmal wiederzusehen ...»

Sie zweifelte im Grunde nicht, daß Jason noch am Leben war. Trotz seiner Grausamkeit ihr gegenüber, trotz seiner wahnwitzigen Eifersucht und seines seltsamen Verhaltens, das für sie Anlaß geworden war, sich zu fragen, ob Leighton ihm nicht eine jener Drogen eingeflößt hatte, die Raserei und Mordlust entfesselten, wußte sie ihn so tief im Fleisch ihres Herzens verankert, daß sein Herausreißen es vernichtet hätte und daß sein Leben selbst am Ende der Welt nicht erlöschen konnte, ohne daß es ihr durch jenes mysteriöse Beben bewußt geworden wäre, daß die Stimme der Seele selbst ist ...

Mit der aufgehenden Sonne erschien auch die kaiserliche Stadt.

Zuerst war sie fern am Horizont des perlmuttschimmernden Meers nur eine vom Dunst versilberte Linie, überwölbt von nebligen Kuppeln und gespickt mit den blassen Pfeilen der Minarette.

Das Meer, von den Hügeln Asiens mit ihrem üppigen Grün und ihren weißen Dörfern umschlossen, war übersät mit Schiffen, die einem orientalischen Märchen entsprungen schienen: vergoldeten, wie Odalisken bemalten Barken, roten oder schwarzen Schebecken, von seitwärts wie Haifische anzusehen, archaischen Galeeren, die wie gigantische Insekten mit langen, gleichzeitig sich im Takt bewegenden Beinen über die Fluten krochen, Tchektirmen mit spitzen, den Himmel bedrohenden Segeln ... sie alle bewegten sich der in der Sonne schimmernden Fata Morgana zu.

Je näher sie kamen, desto mehr breitete die Stadt sich aus mit hohen ockerfarbenen Mauern vom Schloß der sieben Türme längs der sieben Hügel und der sieben Moscheen bis zu den schwarzen Zypressen der Landzunge des Serails, einem erstaunlichen Gewirr roter Dächer, durchscheinender Kuppeln, Gärten und antiker Reste, bis hin zu den blauen Domen und mächtigen Strebepfeilern der Hagia Sophia zwischen den sechs Minaretten der Ahmed-Moschee.

Als sie die Insel der Prinzen hinter sich hatten, erschien die lange, zinnenschartige Linie der Wälle, gleich einer riesigen, irisierenden Perle gab sie ihren Umriß preis.

Die hohen weißen Segel im Morgenwind wie zu einer Reverenz neigend, passierte die Fregatte die Landzunge des Serails und glitt ins Goldene Horn.

An dieser Kreuzung der Meerarme, wo sich die Hektik des alten Europa und die Stille begegneten, zeigte sich die Majestät der dreifachen Stadt erdrückend. Man trat in sie ein wie in die Höhle Ali Babas, ohne zu wissen, wohin man zuerst blicken, was man zuerst bewundern sollte, die Augen geblendet von Glanz und Licht. Das glühende Leben dieses Schmelztiegels, in dem sich die Zivilisationen vermischten, zog den Betrachter in seinen unwiderstehlichen Bann.

Neben Sir James an der Reling stehend, der das Schauspiel blasiert und ohne Erstaunen betrachtete, verschlang Marianne den riesigen, wimmelnden Hafen, der sich zwischen zwei Welten vor ihr öffnete, förmlich mit den Augen.

Zur Linken, an den Quais von Stambul, drängten sich die pittoresken, bunten osmanischen Schiffe; gegenüber, an den Hafentreppen von Galata, reihten sich die Schiffe des Okzidents: schwarze genuesische, englische, holländische Segler, deren bunte Wimpel an den Zweigen der entblößten Masten von einem nachlässigen Gärtner vergessenen Früchten ähnelten.

An den Ufern bewegte sich gestikulierend eine lärmende Menge, die direkt oder indirekt von den Gaben und der Loyalität Neptuns und seines gewaltigen Reiches abhängig ihren Unterhalt bestritten: Matrosen, Kommissionäre, Beamte, Schreiber, Agenten von Händlern oder Botschaften, Träger, Schauermänner, Kaufleute und Kneipenwirte, durch deren Gedrängel sich die kriegerischen Erscheinungen der mit der Schiffspolizei betrauten Janitscharen schoben.

Von Barken mit hektischen Ruderern geschleppt, strebte die Fregatte majestätisch ihrem Ankerplatz zu, als eine Schaluppe vom Ufer ablegte und ihr entgegenfuhr. Englische Seeleute mit Hüten aus gummiertem Leder ruderten sie, und im Heck stand ein sehr großer, schlanker und sehr blonder Mann von äußerster Eleganz, die Arme unter den flatternden Flügeln eines weiten hellen Mantels über der Brust verschränkt. Bei seinem Anblick entfuhr Sir James ein verdutzter Laut. «Aber ... dieser Mann da ist der Botschafter!»

Marianne schrak auf, jäh aus ihrer Betrachtung gerissen.

«Was sagt Ihr?»

«Daß unsere beiden Besessenen einen längeren Arm haben müssen, als ich mir's vorgestellt hatte, mein liebes Kind, denn dort steuert Lord Stratford Canning in Person auf uns zu!»

«Bedeutet das ... daß er selbst kommt, um einen armen griechischen Teufel zu verhaften, weil er sich erlaubt hat, einen unglücklichen Architekten ein wenig zu schütteln?»

«Es ist unglaublich, aber es sieht mir ganz so aus! Mr. Spencer», fügte er, zu seinem Zweiten Offizier gewandt, hinzu, «seht im Laderaum nach, ob der Gefangene noch da ist. Falls ja, werft ihn ins Wasser, wenn's nötig ist, aber laßt ihn schleunigst verschwinden, sonst kann ich nichts mehr versprechen. Ich hoffe, die Ketten sind überzeugend vorbereitet worden.»

«Seid unbesorgt, Mylord», lächelte der junge Mann. «Ich habe es selbst überwacht.»

«Dann», schloß der Seemann und wischte sich diskret die Stirn unter seinem Zweispitz, «bleibt uns nur die Aufgabe, Seine Exzellenz bestens zu empfangen. Nein, geht nicht, meine Liebe!» Er hielt Marianne mit einer schnellen Bewegung zurück. «Es ist besser, wenn Ihr bei mir bleibt. Es könnte sein, daß ich Euch brauche ... und außerdem hat er Euch gesehen.»

In der Tat hatte sich der Blick des Botschafters auf die kleine Gruppe an der Reling der Brücke gerichtet, und Marianne in ihrer hellfarbigen Kleidung war sichtbarer als jeder andere. Resignierend verfolgte sie das Näherkommen des Diplomaten und wunderte sich nur, ihn so jung zu finden. Seine hohe Gestalt und die Steifheit seiner Haltung fügten einem einwandfrei jugendlichen Gesicht nicht viele Jahre hinzu. Wie alt mochte Lord Canning sein? Vierundzwanzig, fünfundzwanzig? Nicht viel mehr in jedem Fall! Und wie schön er war! Die Züge seines Gesichts hätten einer griechischen Statue gut angestanden. Nur der schmale, besonnene Mund und das ein wenig längliche

Kinn gehörten dem Okzident. Die Augen unter den vorspringenden Brauenbögen waren tief und ließen unter der protokollarischen Kühle des Diplomaten die Träume des Poeten ahnen.

Als die Schaluppe am Schiff anlegte, schwang er sich auf die Hecktreppe mit der Leichtigkeit eines mit allen körperlichen Übungen vertrauten Mannes, und als er endlich die Brücke erreichte, konnte Marianne feststellen, daß er aus der Nähe noch verführerischer wirkte. Von seiner Person, seinen Manieren, seiner ernsten Stimme ging ein nicht unbeträchtlicher Charme aus.

Dennoch hatte die junge Frau plötzlich das Gefühl, sich einer Gefahr gegenüberzusehen, als ihr Blick zum erstenmal dem des schönen Diplomaten begegnete. Dieser Mann hatte die Härte, den Glanz und die Reinheit einer jungfräulichen stählernen Klinge. Selbst seiner Liebenswürdigkeit, so vollkommen sie sein mochte, war etwas Unbeugsames, Unnachgiebiges eigen. Übrigens hatte er mit dem Commodore kaum die üblichen Begrüßungsworte gewechselt, als er sich auch schon Marianne zuwandte und ohne darauf zu warten, von Sir James vorgestellt zu werden, sich mit äußerster Höflichkeit vor ihr verneigte und dann in verbindlichem Ton erklärte:

«Ihr seht mich überaus entzückt, Madame, endlich Euer Durchlaucht begrüßen zu dürfen. Eure Ankunft hat sich so lange verzögert, daß wir kaum mehr darauf zu hoffen wagten. Darf ich sagen, daß ich persönlich darüber zugleich glücklich... und beruhigt bin?»

Keine Spur von Ironie schwang in diesen Worten mit, und während Marianne sie ohne Überraschung hörte, wurde ihr klar, daß sie irgendwie dunkel darauf gefaßt gewesen war seit dem Augenblick, in dem sie den Botschafter bemerkt hatte. Nicht eine Sekunde hatte sie daran geglaubt, daß ein so hoher Beamter sich eines einfachen griechischen Domestiken wegen bemühen könnte...

Indessen brach Sir James, der an ein Mißverständnis glaubte, in Gelächter aus. «Durchlaucht?» rief er. «Mein lieber Canning, ich fürchte, Ihr begeht da einen großen Irrtum. Madame...»

«... ist die Fürstin Sant'Anna, ebenso außerordentliche wie diskrete Botschafterin Napoleons!» versicherte Canning ruhig. «Ich wäre überrascht, würde sie es leugnen: Eine so große Dame läßt sich nicht zu einer Lüge herab.»

Vom scharfsichtigen Blick des Botschafters gefangen, spürte Marianne, daß ihre Wangen zu brennen begannen, wandte jedoch den ihren nicht ab. Sie pflanzte ihn im Gegenteil mit ebensolcher Ruhe in den des Feindes.

«Es ist wahr», gestand sie, «ich bin die, die Ihr sucht, Mylord! Darf ich wenigstens erfahren, wie Ihr mich gefunden habt?»

«Oh, mein Gott, das ist ziemlich einfach ... Ich wurde im Morgengrauen durch zwei recht merkwürdige Personen geweckt, die von mir irgendeine juristische Zwangsmaßnahme gegen einen angeblichen Attentäter forderten, einen jungen Griechen, der als Diener einer äußerst noblen wie außerordentlichen, in einer nebligen Nacht plötzlich aus den Fluten des Ägäischen Meers aufgetauchten jungen Dame auf der *Jason* weilte. Die Angelegenheit dieser Herren interessierte mich wenig, um so mehr dagegen die enthusiastische Schilderung der noblen Dame. Sie entsprach nämlich Punkt für Punkt einer Personenbeschreibung, die man mir schon vor einiger Zeit hatte zukommen lassen. Und als ich Euch erblickte, Madame, verflog auch der letzte Zweifel: Ich war darüber unterrichtet, daß ich es mit einer der hübschesten Frauen Europas zu tun haben würde!»

Es war kein galantes Madrigal, nur eine sachlich-ruhige Feststellung, die ihrem Objekt ein melancholisches Lächeln entlockte.

«Nun», sagte sie mit einem Seufzer, «Ihr seid Eurer Sache jetzt also sicher, Lord Canning! Verzeiht mir, Sir James», fügte sie hinzu, indem sie sich plötzlich ihrem alten Freund zuwandte, der diesem unglaublichen Wortwechsel mit einer Verblüffung zugehört hatte, die sich allmählich in Traurigkeit verwandelte, «aber es war mir nicht möglich, Euch die ganze Wahrheit zu sagen. Ich mußte alles nur mögliche tun, um hierherzukommen, und wenn ich Eure Gastfreundschaft getäuscht habe, bedenkt, daß ich es nur im Namen einer Pflicht tat, die größer ist als ich.»

«Gesandtin Napoleons! Ihr! ... Was würde Eure arme Tante davon halten?»

«Ehrlich gesagt, ich weiß es nicht, aber ich würde gern glauben, daß sie mich nicht verurteilt hätte. Seht Ihr, Tante Ellis hat immer gewußt, daß das französische Blut in mir eines Tages sein Recht fordern würde. Sie hat alles getan, um es zu verhindern, aber sie war darauf vorbereitet! ... Jetzt, Exzellenz», kehrte sie zu Canning zurück, «werdet Ihr mir vermutlich sagen, was Ihr zu tun gedenkt. Ich glaube nicht, daß Eure Befugnisse Euch dazu berechtigen, mich verhaften zu lassen. Dies ist die Hauptstadt des osmanischen Kaiserreichs, und Frankreich besitzt hier eine Botschaft wie England, nicht mehr ... aber auch nicht weniger! Es wäre Euch erlaubt gewesen, mich unterwegs abzufangen, wie Eure Admiralität es in den Gewässern von Korfu versucht hat. Jetzt ist das nicht mehr möglich ...»

«Deshalb werde ich's auch nicht tun. Wir sind in der Tat in türkischen Gewässern ... doch auf Deck dieses Schiffs sind wir in England. Es wird genügen, Euch hier festzuhalten!»

«Was bedeutet?»

«Daß Ihr nicht an Land gehen werdet. Ihr seid, Madame, Gefangene des Vereinigten Königreichs. Wohlverstanden, es wird Euch nichts Böses geschehen. Commodore King wird Euch lediglich in Eurer Kajüte einschließen und dort während der wenigen Stunden bewachen lassen, die er in diesem Hafen verbringen wird. Morgen früh wird er wieder Segel setzen und Euch unter strenger Bewachung nach England zurückbringen ... wo Ihr die kostbarste ... und charmanteste aller Geiseln sein werdet! Habt Ihr verstanden, Sir James?»

«Ich habe verstanden, Exzellenz! Eure Befehle werden ausgeführt werden!»

Von einem Schwindelgefühl gepackt, schloß Marianne die Augen. Alles war zu Ende! Fast schon am Ziel, scheiterte sie jämmerlich an der dümmsten aller Klippen: dem kleinlichen Groll zweier rachsüchtiger Spießer! Aber ihr Stolz schämte sich ihrer Schwäche und verlieh ihr neue Kraft. Weit ihre großen Augen öffnend, ließ sie sie funkelnd vor Zorn und unterdrückten Tränen auf dem ebenmäßigen Gesicht des Botschafters ruhen:

«Mißbraucht Ihr nicht Euer Recht, Mylord?»

«Keineswegs, Madame! Im Krieg ist nichts unfair, und wir sind im Krieg! Ich wünsche Euch eine angenehme Rückreise in ein Land, das Euch vielleicht in gewissen Grenzen teuer geblieben ist!»

«In festen Grenzen, Mylord ... und sehr engen! Ich grüße Euch! Tut jetzt Eure Pflicht, Sir James, und schließt mich ein!»

Dem Botschafter den Rücken kehrend, streifte sie die verschlossenen Züge des Commodore mit einem Blick und gab ihre letzte Hoffnung auf. Wie sie schon geahnt hatte, als sie auf die *Jason* gekommen war, würde sich James King niemals durch Gefühle in seiner Pflicht beirren lassen. Vielleicht verbände sich mit ihr sogar die ganze natürliche Verbitterung darüber, von einer alten Freundschaft getäuscht und in eine Falle gelockt worden zu sein.

Mit einem Seufzer wandte Marianne sich ab, warf über die Heckreling einen letzten Blick auf die verbotene Stadt und sah in diesem Moment die *Meerhexe* ...

An eine aus dem verzweifelten Verlangen nach einem Wiedersehen geborene Täuschung glaubend, hielt sie inne und fuhr sich mit zögernder Hand über die Augen, als fürchte sie unbewußt, das wundervolle Traumbild zu zerstören. Aber sie irrte sich nicht: Es war wirklich Jasons Brigg!

Nicht weit von den Quais entfernt verankert, wiegte sie sich sanft auf der schwach bewegten Flut und zerrte an ihren Ketten wie ein Hund an seiner Leine. Mit überwältigend aus dem Herzen hochschießender Freude, die ihr die Kehle zuschnürte und ihre Hände zittern ließ, erkannte Marianne in der geschnitzten Galionsfigur am Bug ihr eigenes Bild. Ein Zweifel war nicht mehr möglich: Jason war hier, in diesem Hafen, in den er nicht hatte kommen wollen und den sie als Ausgesetzte wie ein Gelobtes Land ersehnt hatte.

Aber wie hatte er hierher gelangen können?

«Kommt Ihr, Madame?»

Die eisige Stimme Sir James' rief sie in die Wirklichkeit zurück. Sie war nicht mehr frei, zu dem zu laufen, den sie liebte. Und wie um sie endgültig davon zu überzeugen, nahmen sie zwei bewaffnete Matrosen in ihre Mitte. Sie war nun eine politische Gefangene, nichts mehr!

Verstört warf sie dem alten Offizier einen Blick zu:

«Wohin bringt Ihr mich?»

«In Eure Kajüte! Euer ... Durchlaucht wird dort verwahrt werden, wie es sich gehört und wie Lord Canning es Ihr angekündigt hat. Ich hoffe, Sie hat nicht geglaubt, daß man Sie in Eisen legen würde. Eine Dame verdient Rücksichten ... selbst solche, die Napoleon dienen!»

Sie wandte den Kopf, um ihn nicht merken zu lassen, daß sie blaß geworden war. Der nachsichtige Freund von einst war für immer verschwunden. Er hatte einem Fremden Platz gemacht, einem englischen Offizier, der blind seine Pflicht tun würde, selbst wenn es die Pflicht eines Kerkermeisters war. Und Marianne war nicht sehr sicher, ob er in der Bitterkeit seiner Enttäuschung nicht bedauerte, sie nicht mit größerer Strenge behandeln zu können.

«Nein, Sir James», sagte sie endlich, «ich glaube es nicht. Aber es wäre mir lieb gewesen, zu wissen, daß Ihr mir nicht grollt!»

Mit einem letzten Blick auf die Brigg, auf der sich keinerlei Leben zeigte, einem Blick, der sich gleichgültig abzuwenden und woanders hinzusehen schien, ließ sich Marianne zu ihrer Kajüte führen.

Das Geräusch des sich im Schloß drehenden Schlüssels peinigte ihre Nerven, zugleich hörte sie die Matrosen ihre Gewehre abstellen. Solange sich das Schiff nicht auf hoher See befand, würden sie ihre Tür sorgfältig bewachen. England würde die Freundin Napoleons nicht so leicht wieder freilassen! ...

Langsam ging sie zum Fenster, öffnete es, beugte sich hinaus und konnte nur feststellen, was sie schon wußte: Fast unmittelbar dem Quartier des Kapitäns benachbart, lag ihre Kajüte in beträchtlicher Höhe über dem Wasser. Vielleicht hätte sie sich in ihrer Verzweiflung trotzdem zu einem kühnen Sprung in die Tiefe entschlossen, um ihren Wächtern und ihrem Schicksal zu entrinnen, doch selbst diese äußerste Möglichkeit war ihr untersagt: Um das Heck der Fregatte hatte sich ein Mosaik kleiner Schiffe, Kähne, Barken und Boote gebildet, die sich wie Küken um eine große Henne drängten und dem ständigen Umschlagverkehr zwischen den beiden Ufern des riesigen Hafens dienten. Springen hätte bedeutet, sich die Knochen zu brechen.

Entmutigt kehrte sie zu ihrer Koje zurück, ließ sich hineinfallen... und stellte fest, daß die Laken abgezogen waren. Offenbar hatte Sir James beschlossen, nichts dem Zufall zu überlassen und ihr selbst die leiseste Chance zu nehmen.

Ein wenig bitter dachte sie an Theodoros, der jetzt schon fern sein mußte. Er hatte eben noch zur rechten Zeit die sträfliche Nachsicht des Commodore für eine kleine Marianne genutzt, die alles der Erinnerung verdankte und der nun niemand die Fesseln lösen würde, um ihr zur Flucht zu verhelfen.

Der Grieche hatte das Ziel seiner Reise erreicht. Ihr selbst blieb nur die verschwiegene, mäßig tröstliche Befriedigung, den Schwur von Santorin gehalten zu haben. In diesem Punkt wenigstens war sie entlastet... aber das war auch der einzige!

Die heißen Stunden des Tages verstrichen wie im Flug. Die Zeit, die die Gefangene noch in Konstantinopel verbringen würde, war so kurz! Und die Nähe der *Meerhexe* machte ihre Situation noch verzweifelter.

Bald, sobald der neue Tag begann, würde die englische Fregatte die Segel hissen und die Fürstin Sant'Anna einem trüben, unbekannten Geschick entgegenführen, das, in den britannischen Nebeln verborgen, nicht einmal den Reiz der Gefahr haben würde. Man würde sie in irgendeinem Winkel einsperren, und das wäre alles! Vielleicht, um sie dort zu vergessen, wenn Napoleon sich nicht mehr um sie kümmerte...

Der schrill-näselnde Ruf der Muezzins, der die Menge zum Gebet rief, ertönte nach dem Sinken der Sonne. Dann kam die Nacht. Das lärmende Leben des Hafens verstummte allmählich, während die Signallaternen der Schiffe angezündet wurden. Mit der Nacht frischte der kalte Nordwind auf, der Marianne erschauern ließ, aber sie konnte sich nicht dazu aufraffen, das Fenster zu schließen, da sie noch ungewiß den Bugspriet von Jasons Schiff zu sehen vermochte, wenn sie sich hinausbeugte.

Ein Matrose trat mit einem brennenden Leuchter ein, von einem zweiten gefolgt, der ein Tablett trug. Sie setzten beides wortlos nieder. Offensichtlich hatten sie strenge Anweisungen erhalten, denn ihre Gesichter waren so gänzlich bar jeden Ausdrucks, daß sie einander sonderbar ähnlich sahen. Sie verschwanden, ohne daß Marianne auch nur versucht hätte, sich mit einer Geste oder einem Wort an sie zu wenden.

Das Tablett streifte sie nur mit einem gleichgültigen Blick. Es bedeutete ihr wenig, ob man sie ernährte oder ihre Kajüte erhellte. Die Behaglichkeit eines Gefängnisses ändert nichts an den harten Begrenzungen, die es auferlegt.

Nichtsdestoweniger verspürte sie brennenden Durst, goß sich eine Tasse Tee ein, trank gierig und war eben dabei, sie von neuem zu füllen, als ein dumpfer Aufprall sie herumfahren ließ. Irgend etwas rollte da über den Teppich ...

Sie bückte sich und stellte fest, daß es sich um einen Stein handelte, um den eine dünne Schnur fest verknotet war. Das Ende dieser Schnur verschwand durchs Fenster.

Mit klopfendem Herzen zog sie sanft, dann ein wenig stärker. Der Faden wurde länger, noch länger, und setzte sich in einem an ihn geknoteten festen Seil fort. Jäh begreifend, was das bedeutete, und von einer Freude überwältigt, die fast an Tollheit grenzte, preßte sie spontan ihre Lippen auf den Hanfstrang und küßte ihn, wie sie den Engel der Befreiung geküßt hätte. Hatte sie also doch noch einen Freund?

Rasch die Kerzen löschend, wandte sie sich zum Fenster und beugte sich hinaus. Unten im dichten Schatten des Quais glaubte sie eine menschliche Gestalt zu unterscheiden, doch sie hielt sich nicht mit unnützen Fragen auf. Die Zeit drängte, und sie konnte es nicht erwarten, ihrem Gefängnis zu entkommen! Sie kehrte zur Tür zurück und legte ihr Ohr ans Holz. Tiefes Schweigen herrschte im Schiff. Nur das leise Knarren seines Gebälks war zu hören, wenn das Wasser im Hafen es ein wenig bewegte. Die Wachen waren vielleicht eingeschlafen, denn auch von ihnen war kein Laut zu vernehmen.

Selbst sorgsam um Lautlosigkeit bemüht, befestigte Marianne das Seil am Fuß ihres Bettes, dann ließ sie sich mit einigen Schwierigkeiten aus dem Fenster gleiten. Sofort spürte sie, daß sich das Seil, von einer unsichtbaren Hand gehalten, straffte, und langsam begann sie hinabzurutschen, nach Möglichkeit darauf bedacht, nicht in den offenen schwarzen Abgrund unter ihren Füßen zu blicken und an der Außenseite des Schiffs Haltepunkte zu finden. Zum Glück war keines der Fenster der unteren Kajütenreihe geöffnet. Die Schiffsoffiziere waren offensichtlich vollzählig an Land gegangen, um diesen einzigen Abend der Freiheit zu nutzen.

Der Abstieg schien ihr endlos und mühsam. Ihre geschundenen Hände schmerzten sie unerträglich, doch plötzlich fühlte sie sich von Armen umschlungen und festgehalten.

«Laßt das Seil los!» raunte Theodoros' Stimme. «Ihr seid angelangt!»

Sie gehorchte und glitt an ihm auf den Boden des kleinen Bootes hinunter, im Dunkeln nach der Hand des Griechen suchend, dessen riesige, schattenhafte Gestalt sie überragte. Das Gefühl, auf so wunderbare Weise ihrem schwimmenden Gefängnis entronnen zu sein, erfüllte sie mit einer überschwenglichen Dankbarkeit, für die Worte zu finden ihr schwerfiel, da sie zugleich auch nach Atem rang.

«Ich glaubte Euch fern ...» flüsterte sie, «und nun seid Ihr da! Ihr seid mir zu Hilfe gekommen! Oh, ich danke Euch! Aber wie habt Ihr erraten ... wie konntet Ihr wissen?»

«Ich habe nichts erraten, ich habe gesehen. Als der große blonde Engländer ankam, hatte ich eben das Schiff verlassen und mich zwischen den Bauholzstapeln auf dem Lastkahn dort versteckt, um meinen weiteren Fluchtweg zu erkunden. So konnte ich beobachten, was auf der Fregatte vorging, und als die Matrosen dich wie eine Verbrecherin zwischen ihren Gewehren abführten, war mir klar, daß etwas nicht stimmte. Haben sie entdeckt, wer du bist?»

«Ja. Cockerell und Foster haben sich beim Botschafter beschwert und meine Personenbeschreibung gegeben.»

«Ich hätte sie umbringen sollen!» knurrte Theodoros. «Aber bleiben wir nicht hier. Wir müssen so schnell wie möglich fort.»

Er packte die Ruder und trieb das Boot mit vorsichtigen Schlägen ins offene Wasser.

«Wir werden die Landzunge von Galata umfahren und in der Nähe der Moschee von Kilidj Ali landen. Die Gegend ist ruhig und die französische Botschaft nicht weit ...»

Er schickte sich an, das Boot in die angegebene Richtung zu lenken, als Marianne eine Hand auf seinen Arm legte und ihn veranlaßte, innezuhalten. In geringer Entfernung ragte der dunkle Umriß der Brigg aus dem schwarzen Wasser. Nur eine der Signallaternen war angezündet, und auf dem Vorderdeck war ein schwacher rötlicher Lichtschein zu bemerken, nicht mehr.

«Dorthin will ich!» sagte Marianne.

«Auf dieses Schiff? Du bist verrückt! Was willst du denn dort?»

«Es gehört einem Freund ... einem sehr lieben Freund, den ich verloren glaubte. Es ist das Schiff, auf dem die Meuterei mich fast das Leben gekostet hätte!»

«Und wer sagt dir, daß es nicht noch immer in den Händen der Meuterer ist? Willst du wirklich in diese Stadt oder hast du vor, dein Unglück noch zu vergrößern? Bist du der Gefahren noch nicht müde?»

«Wenn es sich noch in den Händen der Rebellen befände, wäre es nicht hier. Der Mann, der sich seiner bemächtigt hatte, wollte nicht nach Konstantinopel! Ich bitte Euch, Theodoros, bringt mich zu diesem Schiff! Es ist so wichtig für mich! Und um so wichtiger, als ich nicht glaubte, es je wiederzusehen!»

Wie eine Bogensehne gespannt, versuchte sie, ihn mit all ihren Kräften zu überzeugen, und ganz leise fügte sie hinzu, als schäme sie sich, nach allem, was er schon für sie getan hatte, noch mehr zu fordern:

«Wenn Ihr nicht wollt, werde ich's eben schwimmend versuchen! Es ist ja nicht weit.»

Der Grieche schwieg. Die Ruder in der Schwebe haltend, überlegte er mit gesenktem Kopf, während die kleine Barke leise abtrieb. Schließlich fragte er:

«Es ist also ... der Mann, der sich Jason nennt?»

«Ja ... er ist es!»

«Gut! In diesem Fall bringe ich dich hin, und Gott schütze uns!»

Er legte sich in die Riemen, und das Boot nahm sein seidiges Gleiten durch die Fluten wieder auf. Bald umhüllte sie der Schatten der *Meerhexe*, und ihre steile Flanke reckte sich vor ihnen ins Dunkel. Auch hier war kein Laut zu vernehmen. Theodoros zog die Ruder ein und runzelte die Stirn.

«Es sieht so aus, als wäre niemand an Bord.»

«Unmöglich! Jason verläßt nie bei Nacht sein Schiff, wenn er in einem Hafen ankert. Zudem liegt es nicht einmal am Quai ... Übrigens, hört Ihr da nicht Stimmen?»

In der Tat drang von weiter vorn ein Gemurmel bis zu ihnen. Ungeduldig richtete Marianne sich auf und tastete mit den Händen die Schiffswand nach irgend etwas ab, das ihr helfen konnte, sie zu erklettern.

«Bleib ruhig!» knurrte der Grieche, der mit seinen Katzenaugen ebenso deutlich wie am hellen Tage sehen zu können schien. «Am Fallreep hängt eine Strickleiter ... und du wirst uns noch zum Kentern bringen!»

Er trieb das Boot vorsichtig längs des Schiffs weiter, doch als die junge Frau nach der Strickleiter greifen wollte, hinderte er sie daran.

«Rühr dich nicht! Das alles flößt mir kein Vertrauen ein. Irgend etwas stimmt hier nicht, und ich habe dich nicht aus den Händen der Engländer befreit, um dich in eine neue Falle tappen zu lassen. Ich werde da hinaufsteigen! Du wirst warten!»

«Nein! Das ist unmöglich», empörte sich Marianne, die ihre Ungeduld nicht länger zu zügeln vermochte. «Seit vielen Tagen lebe ich nur für den Augenblick, in dem ich wieder den Fuß auf dieses Schiff setzen kann, und Ihr wollt, daß ich hier im Boot bleibe und warte? Worauf soll ich denn warten? Alles, was ich erwartete, ist hier ... nur zwei Schritte entfernt! Und Ihr seht doch, daß ich nicht mehr kann!»

In der Einsicht, daß nichts und niemand sie zurückhalten könnte, gab Theodoros unwillig nach.

«Es ist gut, komm! Aber versuche, kein Geräusch zu machen. Es kann sein, daß ich mich täusche, aber mir scheint, da oben wird Türkisch gesprochen.»

Hintereinander kletterten sie lautlos die Strickleiter hinauf und glitten auf das verlassene Deck. Mariannes Herz klopfte zum Zerspringen. Alles war zugleich wie früher und doch ganz anders. Das Deck hatte seine makellose Sauberkeit eingebüßt. Undefinierbare Dinge lagen herum; die Kupferbeschläge glänzten nicht mehr; lose Taue schwangen leise im Wind der Nacht. Und dann diese Stille ...

Sie vermochte sich die offensichtliche Verlassenheit des Schiffs nicht zu erklären. Jemand würde kommen ... ein Matrose ... Craig O'Flaherty, der Zweite Offizier ... oder ihr alter Freund Arcadius, dessen Abwesenheit sie fast ebenso grausam traf wie die Jasons selbst! Aber nein. Da war niemand! Nur dieses Licht, das vom Vorschiff kam und dem sich Theodoros vorsichtig näherte ... nur um sich schleunigst wieder in die Deckung des Hauptmastes zurückzuziehen. Zwei Männer mit langen Gewehren waren aus der Luke aufgetaucht. An ihrer Kleidung, ihren funkelnden Waffen, ihrem wilden Äußeren erkannten Marianne und ihr Begleiter sie sofort: Janitscharen!

«Sie bewachen das Schiff!» flüsterte Theodoros. «Das bedeutet, daß die Mannschaft nicht an Bord ist.»

«Das ist möglich, aber es muß nicht heißen, daß auch der Kapitän nicht mehr da ist. Laßt mich nachsehen ...»

Unfähig, die Ungewißheit länger zu ertragen, von einer unerklärlichen Angst gewürgt und wie Theodoros dem Eindruck erliegend, daß hier irgend etwas nicht stimmte, glitt sie wie ein Schatten an den Deckaufbauten entlang und erreichte, sorgsam den Lichtschein der einzigen Signallaterne meidend, die Heckkajüten.

Hastig strebte sie dem zum Quartier des Kapitäns führenden Eingang zu, hielt jedoch bestürzt inne und starrte auf die verbarrikadierte Tür, auf die Bretter, mit denen sie vernagelt war, und auf die großen Siegel aus rotem Wachs, die Blutflecken glichen ...

Jetzt erst warf sie einen Blick um sich und bemerkte Einzelheiten, die ihr bisher entgangen waren und die der schwache Lichtschein ihr nun verdeutlichte. Überall waren Kampfspuren zu erkennen, gesplittertes Holz, verbogene Metallteile, von Kugeln verursachte Beschädigungen ... und auch dunkle, unheimliche Flecke auf den Planken des Decks.

Und mit einem Schlage verließ sie alle Hoffnung ...

Es gab nichts mehr zu erwarten, nichts mehr zu suchen! Jasons schönes Schiff war jetzt ein Gespensterschiff, der entstellte Schatten dessen, was es einstmals gewesen war. Jemand mußte es den Meuterern entrissen haben, aber dieser Jemand war nicht Jason, konnte es nicht gewesen sein, denn warum sonst diese Spuren, diese Siegel? Ein Barbareskenpirat vielleicht ... oder ein osmanischer Reis war der in den Händen der unerfahrenen Banditen Leightons nicht mehr voll manövrierfähigen *Meerhexe* auf offenem Meer begegnet, und die Beute war leicht gewesen ...

Mariannes verstörter Geist folgerte aus all den schauerlichen Spuren nur zu deutlich das Drama des Schiffs. Alles hier kündete von verlorenem Kampf, von Unglück und Tod, alles einschließlich jener gleichgültigen Soldaten, die dieses schwimmende Phantom bewachten, weil es immerhin das Eigentum irgendeines Notabeln war.

Was die betraf, die sie liebte und die sie an diesem Ort, dessen Dunkel nicht einmal mehr das Echo ihrer Stimmen bewahrte, zurückgelassen hatte, würde sie sie nie wiedersehen. Jetzt war ihr Gewißheit geworden, daß sie nicht mehr lebten ...

Durch diesen letzten Schlag endgültig besiegt, vergaß Marianne alles, was sie umgab, ließ sich zu Boden gleiten und begann, den Kopf gegen die Tür gelehnt, die Jason nie mehr durchschreiten würde, lautlos zu weinen. So in sich zusammengekauert und ans Holz gepreßt, als suche sie ihre eigene Substanz mit ihm zu vereinen, fand Theodoros sie wieder.

Er versuchte sie aufzurichten, aber trotz seiner Kraft gelang es ihm nicht: Sie lag da, niedergeschmettert durch Enttäuschung und Schmerz, die wie Felsblöcke auf ihr lasteten, und er spürte, daß sie nichts tun würde, nichts mehr tun wollte, um sich zu befreien. Die äußere Welt hatte plötzlich aufgehört, sie zu interessieren.

Neben Marianne niederkniend, tastete Theodoros nach ihrer Hand und fand sie kalt, als habe sich alles Blut schon aus ihr zurückgezogen. Doch selbst diese Hand stieß ihn zurück.

«Laß mich ...» hauchte sie. «Geh!»

«Nein. Ich werde dich nicht verlassen. Du bist meine Schwester, da du leidest. Komm mit mir!»

Sie hörte ihn nicht. Er begriff, daß sie ihm entschlüpfte, sich von der bitteren Flut ihrer Tränen davontragen ließ, weit über die Grenzen aller Vernunft und Logik hinaus. Sachte hob er den Kopf und spähte um sich.

Auf dem Vorschiff hatten die Janitscharen nichts gesehen, nichts gehört. Auf Taurollen hockend, die Gewehre zwischen die Knie geklemmt, hatten sie lange Pfeifen hervorgezogen, rauchten friedlich und blickten in die Nacht. Der scharfe Duft ihres Tabaks würzte den vom Schwarzen Meer kommenden Wind und vermengte sich mit dem Geruch der Algen. Sichtlich kamen die Wächter gar nicht auf die Idee, daß es außer ihnen auf diesem Schiff noch andere menschliche Wesen geben könnte ...

Ein wenig beruhigt, beugte sich Theodoros von neuem über Marianne:

«Ich bitte dich, überwinde dich! Du kannst nicht hierbleiben. Es ist Irrsinn. Man muß leben und kämpfen!»

Er versuchte, sie mit seinen Worten zu überzeugen, den Worten, die alles enthielten, was er auf der Welt liebte. Sie antwortete nicht einmal, weigerte sich nur durch ein fast unmerkliches Kopfschütteln, und der Grieche spürte das Rinnen ihrer Tränen über seine Hand. Sie erschütterten ihn durch ein noch nie gekanntes Mitgefühl.

Er wußte, daß diese Frau tapfer und voller Leben war, und doch wirkten die Worte des Lebens und des Kampfes nicht mehr auf sie.

Sie hatte sich hier niedergelegt, wie ein Hund sich vor die Tür seines verlorenen Herrn legt, und er fühlte, daß sie sich nie von hier fortrühren würde, wenn er nicht handelte. Was sie wollte, war, hier auf den Tod zu warten. Und sie war so jung ... so schön!

Zorn packte ihn gegen alle die, die sich dieser von hochtrabenden Titeln nur schlecht verteidigten Jugend und Schönheit hatten bedienen wollen, Titeln, die die Lasten und Verantwortlichkeiten, die man ihr aufgebürdet hatte – er selbst wie alle anderen –, nicht aufwogen! Und er schämte sich bei der Erinnerung an den von der Schiffbrüchigen vor den heiligen Bildern geforderten Schwur. Die leidenschaftliche Liebe zur Freiheit entschuldigte nicht alles. Und nun, da sie am Ende ihrer Kräfte war, dieses erschöpfte Kind, das ihm trotz allem geholfen und sogar für ihn getötet hatte, weigerte er sich, sie zu verlassen.

Sie regte sich nicht mehr, aber als er noch einmal versuchte, sie aufzuheben, spürte er die gleiche Ablehnung, den gleichen Widerstand. Sie klammerte sich mit all ihren Kräften an diese Planken, die zugleich ihre Vergangenheit und ihre letzte Hoffnung darstellten. Es war ihm klar, daß sie imstande wäre zu schreien, wenn er bei seiner Absicht beharrte. Und doch war es unmöglich, hier noch länger zu bleiben. Es war zu gefährlich!

«Dir zum Trotz werde ich dich dem Leben zurückgeben», murmelte er zwischen den Zähnen. «Aber verzeih mir, was ich dir antun werde!»

Seine große Hand hob sich. In mancherlei Formen des Kampfes erfahren, wußte er, wie man einen Menschen durch einen Schlag in den Nacken bewußtlos macht. Sorgsam seine Kraft kontrollierend, schlug er zu. Ihr Widerstand hörte auf, und der schlaffe Körper der jungen Frau entspannte sich. Er legte ihn sich über die Schulter und machte sich sodann tief gebückt, um mit der Reling zu verschmelzen, auf den Weg zum Fallreep und zur Strickleiter.

Die Anstrengung schien ihm mühelos und die Last leicht, so glücklich war er, sie bei sich zu haben.

Einen Moment später nahm er die Ruder wieder auf und lenkte das Boot zum Ausgang des Hafens. Nach einem Weilchen würde er an der Stelle landen, die er ausgewählt hatte, und seine Gefährtin zur französischen Botschaft tragen, die ihm gut bekannt war. Erst danach würde er sich wieder seinen eigenen Kämpfen und den furchtbaren Problemen seiner Heimat zuwenden. Doch sie mußte er ihrem Land, ihrem Milieu zurückgeben. Sie war wie jene zarten Blumen, die in fremder Erde zugrunde gingen und die Kraft zum Leben nur noch aus der eigenen gewinnen konnten.

Das Boot umfuhr die von den alten Mauern ihres Schlosses gekrönte Landzunge von Galata. Die Minarette der Kilidj Ali-Moschee ragten in ihrem verschwommenen Weiß gegen den sternenübersäten Himmel, während die kleine Nußschale auf den stärkeren Wellen des Bosporus zu tanzen begann.

Doch plötzlich kam Theodoros beim Rudern ein Lächeln an. Trotz des kalten Windes war die Nacht schön, klar und ruhig. Es war keine für Unglück und Leid geschaffene Nacht. Irgendwo war da ein Irrtum, dem er nicht auf die Spur kommen konnte, aber sein Instinkt, der Instinkt des Gebirglers, der es von Kindheit an gewohnt ist, den Himmel zu betrachten und die Sterne zu zählen, raunte ihm zu, daß für die bewußtlos auf dem Boden seines Bootes liegende Frau Sonne und Glück eines Tages wiederkehren würden, und Theodoros' Instinkt hatte noch nie getrogen. Es gab keinen Weg, der so lang war, daß man sein Ende nicht sah, und keine Nacht, die nicht mit dem Tage verging...

Für die Gesandte des Kaisers war die Reise beendet und die Stunde gekommen, endlich das Land des Großherrn und der blonden Sultanin zu betreten.

Entschlossen lenkte der Rebell Theodoros seinen Kahn in das ruhige Wasser einer kleinen Bucht und trieb ihn mit ein paar energischen Ruderschlägen auf den Sand...

Der Graf de Latour-Maubourg, Botschafter Frankreichs bei der Hohen Pforte, betrachtete verblüfft den wie eine Vogelscheuche aussehenden Riesen, der in seine Botschaft eingedrungen war, an die Türen gedonnert, den Pförtner herumgestoßen und ihn selbst schließlich durch all das Getöse aus dem Bett geholt hatte.

Dann richtete sich sein kurzsichtiger Blick perplex auf die ohnmächtige junge Frau, die der Eindringling mit mütterlicher Fürsorglichkeit in einem der Sessel untergebracht hatte.

«Ihr sagt, diese Person sei die Fürstin Sant'Anna?»

«Sie selbst, Exzellenz! Eben von der englischen Fregatte *Jason* geflohen, von der wir, sie und ich, aus dem Meer gefischt wurden, und auf der man sie als Gefangene zurückzuhalten beabsichtigte. Bei Tagesanbruch sollte die Fregatte die Anker lichten und nach England zurückkehren.»

«Eine recht seltsame Geschichte! Wer beabsichtigte, die Fürstin zurückzuhalten?»

«Euer englischer Kollege, der heute morgen an Bord kam und sie erkannte!»

Ein dünnes Lächeln kräuselte die Lippen des Botschafters.

«Lord Canning ist ein Mann von Entschlossenheit. Aber Ihr selbst, mein Freund, wer seid Ihr?»

«Nur ein Domestike Ihrer Hoheit, Exzellenz. Man nennt mich Théodore.»

«Alle Achtung! Sie reiste also mit Dienerschaft, und einer besonders glänzenden dazu, da Ihr türkisch sprecht! Aber diese Ohnmacht scheint sich in die Länge zu ziehen. Denn sie ist doch ohnmächtig, nicht wahr, nichts sonst? Ist sie das Opfer eines Unfalls gewesen?»

«Sie hat lediglich einen Schock erlitten, Exzellenz», bemerkte Theodoros, nach wie vor unerschütterlich. «Zu meinem großen Bedauern ... mußte ich sie betäuben, um sie vor der Verzweiflung zu retten.»

Die grauen Augen des Botschafters zeigten keinerlei Überraschung, wirkten eher träumerisch. Die Praxis der Diplomatie in osmanischen Landen hatte ihn gelehrt, sich über nichts zu verwundern. Weder über obskure Situationen noch über die oft zu schwer zu begreifende Psychologie der Frauen.

«Ich sehe!» äußerte er nur. «Auf dieser Konsole findet Ihr Wasser und Cognac. Versucht, Eure Herrin zu beleben. Ich werde indessen Riechsalz holen!»

Einige Augenblicke später kehrte Latour-Maubourg mit einer Persönlichkeit zurück, die schon auf der Türschwelle einen Freudenschrei ausstieß:

«Mein Gott! Ihr habt sie wirklich gefunden!»

«Sie ist es also? Canning hat sich nicht getäuscht?»

«Zweifelt nicht daran, mein lieber Graf! Großer Gott! Wie gern möchte ich noch beten können!»

Und Arcadius de Jolival stürzte mit von Tränen und vor Freude glänzenden Augen zu der noch immer ohnmächtigen Marianne, während der Botschafter langsamer folgte, um der jungen Frau sein Salmiakfläschchen unter die Nase zu halten. Sie erschauerte, machte eine instinktive Bewegung, wie um den beißenden Geruch abzuwehren, und öffnete die Augen. Ihr im ersten Moment vager Blick richtete sich fast augenblicklich auf das vertraute Gesicht Jolivals, der vor Erleichterung wie ein Springbrunnen weinte.

«Ihr, mein Freund?... Aber wie...? Wo sind wir?»

Theodoros war es, der sie sehr würdig und mit ins Weite gerichtetem Blick unterrichtete, wie es sich für einen Diener aus gutem Hause schickt:

«In der Botschaft Frankreichs, Frau Fürstin, wohin Frau Fürstin zu bringen ich nach Ihrem Unfall die Ehre hatte...»

«Meinem Unfall?»

Mariannes Geist befand sich noch auf der Suche nach ihren verlorenen Erinnerungen. Dieser elegante, behagliche Salon beruhigte sie wie auch das tränenfeuchte Gesicht ihres alten Freundes, das ihr in der momentanen Situation von allen am tröstlichsten schien, aber was hatte es mit diesem Unfall auf sich, der... Und unversehens zerrissen die Nebelschleier. Die junge Frau sah wieder das gespenstische Schiff vor sich, die rot versiegelte Tür, die Blutspuren, die wilden Gestalten der Janitscharen im kümmerlichen Schein der Laternen. Ein unwiderstehlicher Impuls warf sie an Jolivals Brust, an die Aufschläge seines Rocks geklammert.

«Jason?... Wo ist er? Was ist aus ihm geworden? Ich habe Blut auf dem Deck des Schiffs gesehen... Jolival, habt Mitleid, sagt mir, ob er...»

Sanft nahm er die verkrampften und noch so kalten Hände zwischen die seinen, behielt sie so, um sie zu erwärmen, wandte jedoch leicht den Kopf. Er konnte das Flehen dieses Blicks nicht ertragen.

«Ehrlich gesagt, ich weiß es nicht», erwiderte er mit heiser gewordener Stimme.

«Ihr... wißt es nicht?»

«Nein. Aber ich bin fest davon überzeugt, daß er lebt! Leighton konnte sich nicht erlauben, ihn zu töten.»

«Wie kommt es dann...? Warum...?»

Fragen drängten sich über ihre Lippen, zu viele und zu verschiedene, als es ihr hätte gelingen können, sie zu äußern. Der Botschafter mischte sich deshalb ein.

«Madame», sagte er ritterlich, «Ihr seid außerstande, was es auch sei in diesem Moment anzuhören! Ihr habt einen Schock erlitten, seid erschöpft, mitgenommen, zweifellos halb verhungert ... Erlaubt mir wenigstens, Euch auf Euer Zimmer führen und einen Imbiß bringen zu lassen. Danach vielleicht ...»

Doch schon hatte Marianne Jolival und den Sessel zurückgestoßen und sich erhoben. Vor kurzem noch hatte sie auf jenem verlassenen Deck geglaubt, daß ihr auf der Welt nichts mehr zu lieben und zu suchen bliebe, und sie hatte gespürt, wie das Leben aus ihrem Körper wich, sie jegliche Macht über ihren Willen verlor. Jetzt wußte sie, daß sie sich täuschte: Arcadius war da, vor ihr, durchaus lebendig, und er hatte gesagt, daß Jason vielleicht nicht tot sei ...

Mit einem Schlage kehrten ihre ganze Lebenskraft, ihre Kampflust zurück. Es war wie eine Wiederauferstehung! Eine Art Wunder!

«Herr Botschafter», sagte sie sehr ruhig, «ich bin Euch äußerst dankbar für Euren Empfang wie für Eure Gastfreundschaft, von der ich ohne Zögern profitieren werde. Doch bevor ich mich zurückziehe, erlaubt mir anzuhören, was mein alter Freund zu berichten hat. Es ist ... lebenswichtig für mich, und ich weiß, daß ich nicht schlafen könnte, bevor ich nicht erfahre, was geschehen ist.»

Latour-Maubourg verneigte sich.

«Mein Haus und ich selbst sind Euch zu Diensten, Fürstin. Ich werde mich also damit begnügen, uns unverzüglich ein Souper servieren zu lassen, dessen Ihr, wie Ihr zugeben werdet, zweifellos bedürft ... und wir auch! Was Euren Retter betrifft ...»

Sein Blick glitt von dem in seiner steifen Unerschütterlichkeit verharrenden Theodoros zu dem ängstlichen Gesicht Mariannes, die, höchst beschämt, nur an sich selbst gedacht zu haben, ihn nun hastig bat, sich ihres «Dieners» anzunehmen und ihn «angemessen» zu behandeln. Der Botschafter lächelte kurz:

«Ich glaube, Euer Vertrauen zu verdienen, Madame ... und dieser Mann ist unendlich weit weniger Euer Diener, als ich es bin! Die Botschaft Frankreichs ist ein Ort des Asyls ... Monsieur Lagos! Ihr seid hier willkommen und werdet mit uns speisen.»

«Ihr kennt ihn?» fragte Marianne verdutzt.

«Aber ja! Der Kaiser, der den Mut der Griechen bewundert, hat mir stets empfohlen, mich so gründlich wie möglich über alles, was sie betrifft, zu informieren. Wenige Männer sind in den Häusern Phanars so populär wie der rebellische Klephthe aus den Bergen Moreas. Und auf nur wenige Männer trifft seine Beschreibung zu: eine Frage der Dimensionen ... Ihr seid willkommen, mein Freund!»

Theodoros antwortete stumm mit einer höflichen Verneigung.

Und während seine Besucher sich allmählich von ihrer Überraschung erholten, verließ Graf de Latour-Maubourg den Salon mit einer Würde, der auch sein üppig wallender Morgenrock aus bedrucktem Kattun und die Madras-Nachtbehäuptung aus grüner Seide nichts anhaben konnten.
Sofort wandte sich Marianne zu Jolival.
«Sagt mir jetzt alles», bat sie, «was geschah, seitdem ... wir uns verlassen haben!»
«Ihr wollt sagen, seitdem dieser Bandit Euch sozusagen ins Meer warf, nachdem er uns wehrlos gemacht und sich des Schiffs bemächtigt hatte? Aufrichtig, Marianne, es gelingt mir kaum, meinen Augen zu trauen. Hier seid Ihr, lebendig, sehr lebendig sogar, während wir uns seit Tagen nicht einmal mehr vorzustellen wagten, daß Ihr noch am Leben sein könntet. Begreift Ihr nicht, daß ich darauf brenne, zu erfahren ...»
«Und Ihr bringt mich um, Jolival! Bringt mich um vor Angst, denn ich kenne Euch nur zu gut! Wenn Ihr mir nicht eine Fülle von Unheil zu verkünden hättet, wärt Ihr schon dabei, mich zu unterrichten! Ist es ... so schlimm?»
Er zuckte die Schultern und begann, die Hände unter den Schößen seines Rocks, im Salon auf und ab zu gehen.
«Ich weiß es nicht. Es ist vor allem seltsam. Von dem Augenblick an, in dem wir getrennt wurden, hat sich nichts auf vernünftige Weise abgespielt. Aber urteilt selbst ...»
In einem Lehnsessel kauernd, hörte Marianne ihm zu, und je länger Jolival sprach, desto hingebungsvoller lauschte sie seinen Worten und vergaß darüber alles, was sie umgab.
Am Abend nach der verbrecherischen Aussetzung Mariannes befand sich die *Meerhexe*, nachdem sie von ihrem ursprünglichen Kurs abgewichen war, um afrikanischen Boden anzusteuern, etwa in gleicher Entfernung von den Küsten Kretas und Moreas, als sie von Korsarenschebecken Vali Paschas angegriffen wurde.
Die Meute des epirotischen Paschas war mühelos mit einem den unerfahrenen Händen eines größenwahnsinnigen Arztes und einer Handvoll Freibeuter ausgelieferten Schiff fertiggeworden. Wenigstens hatten es die im Laderaum in Eisen liegenden Gefangenen aus der auffälligen Kürze des Kampfes geschlossen.
Von einem waren sie übrigens überzeugt: Seit dem Vorabend hatte Jason Beaufort sein Schiff nicht mehr befehligt.
«Wie könnt Ihr in diesem Fall annehmen, daß er noch lebt?» rief Marianne. «Leighton hat ihn sicherlich umgebracht, um das Kommando der *Meerhexe* zu übernehmen!»

«Umgebracht? Nein. Aber berauscht, bis ins Mark mit Drogen verseucht! Und ich glaube, daß wir nicht länger nach einer Erklärung für ein Verhalten zu suchen brauchen, das uns allen, die wir ihn seit langem kennen, bei Beaufort völlig verrückt schien. Wut und Eifersucht erklären nicht alles, und ich weiß jetzt, daß sich unser Skipper seit Korfu in der Gewalt dieses Leighton befand, dem wir nicht genug mißtraut haben. O'Flaherty hat mir gestanden, daß der Arzt an der Sklavenküste lange Menschenhandel betrieben und von den Zauberern Benins gewisse Geheimnisse gelernt hat. Nachdem er Euren Zustand preisgegeben hatte, drängte er Beaufort zum Trinken, aber das, was er trank, war nicht der übliche Rum oder der ehrliche Whisky!»

«Und was hat Leighton mit ihm gemacht, falls er nicht tot ist?»

«Er ist während des kurzen Kampfes mit ihm in einer Schaluppe geflohen. Die Nacht war stockdunkel und das Durcheinander groß. Der Schiffsjunge, der sich hinter einer Kanone versteckte, hat sie ins Boot springen sehen. Er hat seinen Kapitän erkannt, der sich nach seiner Schilderung wie ein Automat bewegte, und Leighton war es, der die Ruder nahm. Ich füge hinzu, daß er statt eines Taschengelds für die Reise Eure Juwelen mitnahm, denn wir haben sie trotz allen Suchens nicht unter Euren Sachen gefunden.»

«Jason sollte sein Schiff bei Gefahr verlassen, vor einem Kampf flüchten?» rief Marianne ungläubig. «Sich ruhig davonmachen, während seine Leute sich töten lassen? Das ist sehr unwahrscheinlich, Arcadius!»

«In der Tat, aber ich glaube Euch gesagt zu haben, daß er nicht mehr er selbst war. Mein liebes Kind, wenn Ihr Euch an allen unwahrscheinlichen Punkten unserer Odyssee stoßt, habt Ihr noch viel zu tun. Denn wir, die Gefangenen, waren überzeugt, daß uns in den Händen der Dämonen des Paschas nur der Tod erwartete ... oder zumindest die Sklaverei. Nun, es ist nichts dergleichen geschehen. Im Gegenteil, Achmet Reis, der Kapitän der ‹Admirals›-Schebecke, wenn ich so sagen darf, hat uns mit viel Lebensart behandelt.»

«Ist das nicht im Grunde ganz natürlich? Ihr und Gracchus seid Franzosen, und der Pascha von Janina dürfte es kaum wagen, mit dem Kaiser zu brechen. Sein Sohn wird dieselbe Politik verfolgen ...»

Arcadius lächelte sardonisch.

«Wenn es bei unserer Rettung nur um unsere Eigenschaft als Franzosen gegangen wäre, befände ich mich zu dieser Stunde nicht hier, um Euch diesen Roman zu erzählen, denn wir hätten um ein Haar den Kopf verloren, als wir in unser Gefängnis einen Trupp wutschäumender Burschen eindringen sahen, die höchst gefährlich ihre Krummsäbel schwangen. Aber – und damit wird die Sache außerordentlich! – es genügte, daß Kaleb ein paar Worte in der Mundart dieser Berserker sprach, um sie sofort zu beruhigen.»

Verblüfft starrte Marianne ihn an.

«Kaleb?»

«Ich nehme an, Ihr habt jenen bronzenen Gott nicht vergessen, dessen Verteidigung Ihr so großartig wagtet, als Leighton ihn von der Peitsche zerfetzen lassen wollte. Nun, ich fühle mich zu der Feststellung verpflichtet, daß er es war, der uns rettete!» schloß Jolival gemächlich und griff nach dem Champagnerglas, das ein merkwürdigerweise unterhalb seiner Livreejacke in weißen Flanell gehüllter Diener ihm reichte.

Der einen Moment zuvor zurückgekehrte Botschafter hatte sich's in einem Sessel bequem gemacht und verlor weder ein Wort über Jolivals Bericht noch ein Krümelchen des improvisierten, aber schmackhaften kalten Mahls, das seine eilends aus ihren Betten geholten Leute mit komischer Würde servierten.

Marianne trank mit einem Zuge den Inhalt ihres Champagnerglases, wie um sich von den Realitäten des Augenblicks voll durchdringen zu lassen, bevor sie ausrief:

«Er hat Euch gerettet? Ein den Türken entflohener Sklave? Aber Arcadius, das hält nicht stand!»

«Beim ersten Blick gewiß nicht! Doch um Euch nichts zu verbergen, hat mir dieser seltsame Flüchtling mancherlei zu denken gegeben. Nach Beaufort, der mir – unter uns gesagt – naiver vorkommt, als man es vermuten sollte, flüchtete dieser Kaleb aus seiner türkischen Sklaverei auf die Quais von Chioggia, das heißt, eine beträchtliche Anzahl von Meilen von türkischem Territorium entfernt. Um besagter Sklaverei zu entfliehen, ließ er sich nicht nur auf einem Schiff anheuern, das zu einer Nation gehörte, die notorisch Handel mit farbigen Menschen betreibt, sondern nahm es auch ohne mit der Wimper zu zucken hin, daß dieses Schiff... ihn nach Konstantinopel zurückführte! Und darüber hinaus entdecken wir, daß er einen gewissen Einfluß auf die Türken oder ihre Trabanten besitzt! Man glaubt zu träumen!»

«Ihr habt recht: das ist seltsam! Und was habt Ihr daraus geschlossen, mein Freund?»

«Daß dieser Mann auf seine Art dem osmanischen Reich dient. Vergeßt nicht, daß Schwarze oder ihre nahen Nachbarn oft wichtige Posten bei den Sultanen innehatten. Sei es auch nur im Harem!»

Marianne zuckte die Schultern. Ihr Gedächtnis beschwor augenblicklich die athletische Gestalt des Äthiopiers, seine tiefe, leise Stimme herauf.

«Dieser Mann ein Eunuch? Unmöglich!»

«Ich habe nie behauptet, daß er einer ist. Es ist nur eine Vermutung. Wie dem auch sei, er hat uns jedenfalls aus den Klauen Vali Paschas befreit. Wir haben kaum die Küste Moreas berührt, ohne im übrigen die Brigg zu verlassen, auf der wir wieder unsere alten Kajüten bewohnen durften, dann eskortierte uns die Schebecke zum Bosporus, nachdem Achmet Reis eine Aushilfsmannschaft an Bord geschickt hatte.»

«Und die anderen Leute der Mannschaft? Was ist aus ihnen geworden?»

«Die Meuterer sind tot, und das Schicksal, das ihnen der Pascha bereitete, hat sie sich sicherlich nach dem Strang sehnen lassen! Die anderen wurden wahrscheinlich als Sklaven verkauft. Nur O'Flaherty erfreute sich der gleichen Huld wie wir.»

«Und ... Kaleb?»

Jolival deutete durch eine Geste beider Hände seine völlige Unwissenheit an.

«Als wir Monemvasia in Morea anliefen, verschwand Kaleb, und da niemand bereit war, uns Auskunft zu geben, weiß keiner von uns, was aus ihm geworden ist. In dem Moment, in dem er uns verließ, grüßte er uns überaus höflich, dann verflüchtigte er sich ohne mehr Spuren zu hinterlassen als ein Dschinn. Ich füge hinzu, daß er auf keine unserer Fragen antworten wollte.»

«Mehr und mehr sonderbar!»

Einen Augenblick hing Marianne in Gedanken der Erinnerung an den äthiopischen Sklaven nach. War er wenigstens im Lande des Löwen von Juda geboren? Was die Frage betraf, ob er ein Sklave gewesen war... Er sah so wenig danach aus! Nein, Arcadius hatte zweifellos recht: Er mußte ein Beauftragter des Großherrn sein, ein Geheimagent vielleicht oder Gott weiß was sonst. Aber er besaß eine einnehmende Persönlichkeit, und obwohl er sie alle getäuscht hatte, fühlte sie sich erleichtert, ihn frei und vor Leightons Schlägen geschützt zu wissen. Doch bald wandten sich ihre Gedanken von der vollkommenen Gestalt des Mannes mit der dunklen Haut und den hellen Augen ab, um voller Leidenschaft zu ihrer liebsten Beschäftigung zurückzukehren: Jason.

Was sie empfand war wunderlich und komplex. Zu wissen, daß er in solchem Maße in die Gewalt eines Schurken geraten war, ängstigte und empörte sie, doch paradoxerweise weckte es in ihr auch etwas wie Freude. Jetzt, da sie wußte, mit welch diabolischer Geschicklichkeit der Arzt sich seines Geistes bemächtigt hatte, konnte sie ihm seine Wutanfälle, seine Ungerechtigkeiten und all das Böse verzeihen, das ihr von ihm angetan worden war, denn sie hatte nun die Gewißheit, daß er nicht verantwortlich dafür war.

Sie fegte die Vergangenheit beiseite und wandte sich der Zukunft zu. Sie mußte Jason suchen, ihn finden, von Leighton befreien und schließlich heilen.

Aber wo sollte sie ihn suchen? Wie? Wohin sollte sie sich wenden, um die Spur der beiden mitten in der Nacht in einem kleinen Boot irgendwo zwischen Kreta und Morea verschwundenen Männer aufzunehmen?

Die Stimme Latour-Maubourgs, der, von Schläfrigkeit bedrängt, ein Gähnen unterdrückte, lieferte ihr zur rechten Zeit die Antwort:

«Abgesehen von Euren Juwelen, Fürstin, dürftet Ihr hier alles finden, was Euch gehört, von Eurer Kleidung bis zu den Beglaubigungsschreiben des Kaisers und des Generals Sebastiani. Kann ich schon morgen im Serail die nötigen Schritte zur Erlangung einer Audienz bei der Sultanin unternehmen? Verzeiht mir, wenn ich Euch zu drängen scheine, denn Ihr bedürft zweifellos der Ruhe, aber auch die Zeit drängt, und ich werde sicherlich mehrere Tage brauchen, um die Zustimmung zu erhalten ...»

Das Leben forderte entschieden wieder seine Rechte und mit ihm jene verwirrende Mission, mit der der Kaiser sie betraut hatte.

Über den Rand des Glases, das sie einen Moment betrachtet hatte, als suche sie in seiner goldenen Durchsichtigkeit das Geheimnis der Zukunft, hob sie ihren hoffnungsvollen Blick zu dem Diplomaten.

«Tut, was Ihr für richtig haltet, Herr Botschafter, und je eher, desto besser! Und wißt, daß Eure Eile niemals der meinen gleichkommen wird. Aber ... wird man mich empfangen?»

«Ich denke, ja», lächelte Latour-Maubourg. «Die Sultanin Haseki hat durch einige Gerüchte, die ich ausstreuen ließ, schon von einer gewissen französischen Reisenden, ihrer Cousine übrigens, gehört, die sich auf große Gefahren einließ, um zu ihr zu gelangen, und plötzlich verschwand. Sie hat bereits den Wunsch ausdrücken lassen, sie zu sehen, falls sie wieder aufgefunden würde. In Ermangelung eines anderen Gefühls wird Euch die Neugier Eure Audienz sichern. An Euch ist es dann, sie zu nutzen!»

Mariannes Augen kehrten zu dem Champagnerglas zurück. Jetzt glaubte sie, im Sprudeln der winzigen Perlen ein verschwommenes Gesicht sich abzeichnen zu sehen, ein Antlitz, von lichtem, fließendem Haar umrahmt, schimmernd wie der blaßgoldene Wein, das noch unbekannte Antlitz derer, die einst auf den Inseln auf den zärtlichen Namen Aimée gehört hatte und die zu dieser Stunde unsichtbar und allmächtig das kriegerische Reich der Bajesid und Soliman regierte:

Nakhshidil! Die französische Sultanin, die blonde Sultanin, die, die allein genügend Macht besaß, um ihr den Mann zurückzugeben, den sie liebte ...

Diesem Bild zulächelnd schloß Marianne die Augen ... voller Vertrauen!

Inhalt

I. Teil
Lucindas Palazzo

1. Florentinischer Frühling   7
2. Der Entführer   31
3. Die Sklavinnen des Teufels   48
4. Ein Segel auf der Giudecca   92
5. Vom Traum zur Wirklichkeit   115

II. Teil
Ein gefährlicher Archipel

6. Strudel   135
7. Die Fregatten von Korfu   161
8. Auf der Höhe Kytheras   200
9. Sappho   226
10. Die Insel der angehaltenen Zeit   261
11. Von Charybdis zu Scylla   281
12. Ein jähzorniger Archäologe   300
13. Nacht über dem goldenen Horn   312

Romane von *Juliette Benzoni*

voll Spannung, Romantik & Abenteuer

- **Cathérine und der Weg zum Glück**
  504 Seiten, Leinen

- **Ein Halsband für den Teufel**
  480 Seiten, Leinen

- **Cathérine und der Weg zum Glück**
  480 Seiten, Leinen

- **Marianne – Gesandte des Kaisers**
  512 Seiten, Leinen

Herbig

Juliette Benzoni

Cathérine
rororo Band 1732

Unbezwingliche Cathérine
rororo Band 1785

Cathérine de Montsalvy
rororo Band 1813

Cathérine und die Zeit der Liebe
rororo Band 1836

Cathérine im Sturm
rororo Band 4025

Marianne

Ein Stern für Napoleon
rororo Band 4254

Das Schloß in der Toskana
rororo Band 4303

**Marianne und der Mann
der vier Meere**
rororo Band 4692

Gesandte des Kaisers
rororo Band 4894 Februar 82

Catherine Cookson

Der Spieler
Roman — rororo 4572

Nur eine Frau
Roman — rororo 4101

Ein Freund fürs Leben
Roman — rororo 4167

Die einzige Tochter
Roman — rororo 4338

Die Chronik
Ein Frauenschicksal · rororo 4496

Die Fremde
Roman — rororo 4680